HOPE IN THE DARK

de Poppy Monroe

TOME 1

HOPELESS PLACE

Dark romance

de Poppy Monroe

A.E.C Éditions

Ceci est un roman. Les noms, les personnages, les lieux et les événements ont été imaginés par l'auteure ou sont utilisés de manière fictive. Toute ressemblance avec des personnes réelles, vivantes ou non, avec des entreprises existantes, des événements ou des lieux réels est purement fortuite.

Photographie de couverture : ©Jairo Alzate design
Design de la couverture : A.E.C Éditions
Correction : Florence Chevalier

L'œuvre présente sur le fichier que vous venez d'acquérir est protégée par le droit d'auteur. Toute copie ou utilisation autre que personnelle constituera une contrefaçon et sera susceptible d'entraîner des poursuites civiles et pénales.
© 2021 Poppy Monroe

Avertissement au lecteur

Attention, cette histoire est une **Dark Romance** qui contient des scènes de sexe et de violence explicites pouvant heurter la sensibilité du lecteur.

1

Mal.

J'ai la sensation d'être lourde comme une pierre qui aurait coulé à pic au fond d'une rivière froide. La température est glaciale, je frissonne avec l'impression que les os de mon squelette s'entrechoquent au passage.

Mal.

La douleur est diffuse, sourde. Elle pulse dans chacun de mes gestes, dans chacune de mes respirations. Alors que je tente d'ouvrir les yeux, de sortir de cet état comateux, un pressentiment me paralyse. En ai-je vraiment envie ? Je ne reconnais rien autour de moi, ce ne sont pas les bruits de la rue que j'entends habituellement de mon lit, ce ne sont pas les mêmes odeurs. Ce n'est pas ma chambre. Je n'ai aucune idée de l'endroit où je suis.

Mal.

Cette même chape de plomb s'étend jusque derrière mes paupières, elle rend tout effort pour les soulever surhumain. Je gémis.

Mal.

Quelque chose de frais se dépose soudain sur ma joue, me faisant sursauter.

— Hé, la nouvelle ? Si tu continues, je t'appelle Belle, comme celle du bois. Ce qui ferait bien plaisir à Steeve, il les aime endormies…

La voix féminine est érodée comme celle d'une fumeuse avec un accent. Un peu dans le genre russe, si j'en crois les films que j'ai pu voir dans ma vie. Et j'ai la certitude de ne pas la connaître. Je réalise que je suis éveillée. À moins que je somnole, pense ou rêve ?

Quelque chose, tout au fond de mes tripes, me l'assure, me le prédit : non, tu ne rêves pas.

Cette constatation s'accompagne d'un frisson d'appréhension plus marqué. Je réussis enfin à ouvrir les paupières. Avec la pénombre, je mets un moment à distinguer les traits de la fille.

Elle a les cheveux clairs, un visage rond et des yeux très sombres. Ou c'est l'obscurité qui fait ça ?

— Hé. Moi, c'est Nadja. Tu as envie de vomir ?

Je finis par secouer la tête, hébétée.

— Je te demande, car la dernière m'a vomi dessus sans prévenir. Tu crois que tu peux retomber dans les pommes ou ça va mieux ?

Alors que je ne sais pas quoi répondre, je réalise grâce à sa question que j'ai effectivement dû avoir un malaise, ça explique mon corps lourd. À nouveau, je lui fais signe que non.

— OK. Tu es déjà plus réactive que bien des nanas qui arrivent. Super. Soit ils t'ont moins droguée, soit tu es plus maligne. Les deux sont bons pour toi. Tu peux rester encore allongée, ensuite je devrais revenir te chercher pour te montrer. Repose-toi, je ne te porterai pas.

Elle n'ajoute rien avant de disparaître de mon champ de vision. Une brusque luminosité me fait plisser les yeux. Sûrement a-t-elle passé une porte. Tourner la tête dans cette direction me prend un temps dingue. Quand j'y parviens enfin, c'est trop flou pour que je discerne quoi que ce soit.

Immobile, je tente de contrôler le mal de crâne qui me vrille les tempes et d'ordonner mes pensées. J'ai soif. Froid. Des fourmillements dans les mains. De manière instinctive, je tâtonne la chose rêche sous laquelle je suis, elle n'a rien à voir avec ma couette.

Certaines choses dites par cette fille ont provoqué des frissons le long de mes bras. Pourtant, impossible de comprendre pourquoi mon corps a eu cette réaction. Je suis dans un tel état que ses mots se sont imprimés en moi sans avoir le moindre sens. C'est ce qui me cloue sur le matelas sans que je puisse faire quoi que ce soit.

Enfin, avec le semblant de chaleur que me dispense la couverture sur moi, mon cerveau se remet petit à petit en marche. Je teste des pensées, doucement, l'une après l'autre, comme le ferait un enfant avec ses jouets.

Je m'appelle Hope. J'ai dix-huit ans. Hier, j'étais... je ne sais plus. Je suis à une fête ? Non. Je suis... je ne sais plus. Je... m'appelle Hope. Une fille qui pue la clope m'a demandé si j'allais bien. Je suis dans une pièce close. Je... qu'est-ce qu'elle m'a dit exactement ?

La conversation me revient par flash : « Les autres filles », « Ils t'ont moins droguée » ? Ce qu'impliquent ces paroles commence à m'apparaître clairement. Un frisson me parcourt à nouveau, je me sens moite.

Après une lutte de quelques minutes, je dois me rendre à l'évidence : mes bras bougent, mais je suis incapable de me lever ou de m'asseoir. Je tâtonne, mais rien qui m'entrave, je ne suis pas attachée... *juste droguée.*

Pour essayer d'endiguer la panique qui monte, accompagnée du goût âcre de la peur, je me force à examiner le lieu où je me trouve, maintenant que je me suis habituée à la pénombre. La seule source de lumière provient d'une ampoule nue collée au plafond de couleur rouge, qui donne à la pièce une teinte d'urgence et de sang.

À force d'écarquiller les yeux, toujours rivée au même matelas puant, je distingue une fenêtre sur le mur d'en face. Un volet en métal l'obstrue totalement. Fait-il nuit ou le volet est-il très efficace ?

Je remarque que mes jambes tremblent, et ma vessie est contractée à la fois par la peur et l'envie d'uriner. Péniblement, je parviens à me tourner sur le côté, mais je ne vois rien de plus. Le vertige qui m'a soulevé le cœur après cet effort ridicule me panique un peu plus.

Elle a parlé de revenir me chercher, mais pour faire quoi exactement ? Quelles drogues et quelles filles ? Je n'en ai jamais pris. J'ai beau essayé de me rappeler, je ne me souviens pas d'être allée à une fête, même si c'est ce qui paraît le plus logique. Je me suis saoulée ? On m'a saoulée ? Je viens de finir le lycée et j'attends la rentrée à la fac avec impatience, mais je ne sors jamais. J'ai une vie très calme ; je me disais que j'avais bien le temps. Peut-être que j'ai voulu célébrer l'obtention de mon diplôme et que ça a mal fini ? Mais pourquoi j'ai un tel trou de mémoire ?

Rien ne me semble tout à fait réel en dehors de ce que me transmet mon corps. Froid. Peur. Panique. Douleur. Odeurs aigres, sueur et... bile ?

Les minutes défilent lentement, mais être dans l'obscurité modifie sûrement mes impressions. Si ça se trouve, elle m'a quittée il y a cinq minutes, pour ce que j'en sais.

Je continue à réfléchir à ce que cette Nadja m'a dit. Mon cerveau se comporte comme un hamster coincé dans une cage : il tourne en rond, cherchant en vain à comprendre, mais tout ça n'a de toute façon aucun sens.

Ou plutôt, si, je pense que je suis dans une merde noire, mais laquelle ? Aucune explication rationnelle à cette situation ne me vient à part une très, très mauvaise. Le scénario le plus plausible me donne la nausée, et je ravale un sanglot.

Une lumière vive m'éblouit à nouveau avant qu'elle disparaisse subitement. Nadja est revenue, mais dans l'obscurité je devine qu'elle n'est pas seule. Le frisson qui me parcourt est différent.

Le bruit d'un objet en métal qu'on traîne sur le sol se fait entendre alors que je sens la présence se rapprocher, juste à côté du matelas. Je recule d'instinct. Le nouveau venu n'a pas ouvert la bouche, pourtant je jurerais que c'est un homme. Quelque chose de masculin émane de lui. Une aura brute. L'ampoule rouge sang située derrière lui ne me permet pas de distinguer ses traits, je capte seulement l'épaisseur massive de sa silhouette qui n'a rien de rassurant. Mon cœur accélère.

— Je suis River. Nadja pense que ça va plutôt bien ?

Je ne trouve pas quoi répondre, ne sachant pas où je suis et pourquoi, alors je garde un silence prudent. Devant mon mutisme, il finit par reprendre la parole :

— Comment tu t'appelles ?

L'envie de coopérer n'est toujours pas là. À la place, je réfléchis, ai-je déjà entendu cette voix grave, presque rauque ?

— Ton nom, la nouvelle, facilite-moi la vie. J'aimerais bien ne pas te frapper direct…

— Hope.

À la première menace, j'ai senti ma terreur grimper et je ne reconnais pas le couinement qui m'a échappé.

— Hope ?

Un brusque éclat de rire me fait sursauter. On dirait plus un aboiement cynique. Je me recroqueville un peu plus.

— Belle ironie… ou il t'en faudra pour supporter de t'appeler comme ça ici. Hope, tu es vierge ?

Mon sang se fige dans mes veines. Le pressentiment qui ne me quittait pas semble se faire plus vibrant et douloureux. Je me mets à hyperventiler sans pouvoir m'en empêcher.

Il soupire.

— Merde, Hope, si tu faisais l'effort de répondre, ça serait top ! Tu veux qu'on contacte le doc pour nous vérifier ça ?

Mon cerveau refuse de suivre. J'ai envie de pleurer ou de hurler. La fameuse drogue dont ils ont parlé doit encore jouer contre moi, car j'ai la certitude que si je pouvais sauter sur mes pieds, je bousculerais ce type pour partir en courant avant de devenir folle ou de vomir d'angoisse… Sauf que j'en suis incapable : je tomberais juste au sol, les jambes en coton. Cette impression que, quoi qu'il se passe, je risque de ne pas me défendre me terrifie, jamais je n'ai été si impuissante.

— Hope ! Réponds à la question. Et ne mens pas, sinon... Tu sais quoi ? On va le faire venir, ça sera plus simple que...

Ignorant la peur d'être frappée, je me mets à hurler : ça ne peut pas aller plus mal, alors je dois le tenter. La sensation de soif se réveille, et ma gorge a l'air tapissée de papier de verre. Pourtant, je beugle le plus fort possible sans reprendre mon souffle.

Avant que je réalise, son corps s'est penché sur moi. Sous le brusque afflux d'adrénaline, je parviens à bouger, mais le mur contre lequel je suis lovée ne m'aide pas à me dérober. Je n'ai rien le temps de faire, déjà je sens la morsure d'une piqûre dans mon cou.

— Riv ! T'abuses, elle était bien assommée, elle n'aurait pas pu...
— La ferme. Va chercher le doc, il est chez Jenna.

C'est la dernière chose que j'entends avant de sombrer. J'ai glissé sur le côté du lit, je pense une seconde que je vais tomber par terre, mais une main me retient. À ce contact, un drôle de courant électrique me traverse, sans doute le résultat de la nouvelle merde qu'il vient de m'injecter.

2

Quand je me réveille, je suis dans une nouvelle pièce. Il y a plusieurs lits en enfilade et, surtout, une lumière plus franche qui me permet de tout voir. Le soulagement que j'en éprouve est flagrant : je n'ai pourtant toujours aucune idée d'où je me trouve.

Dans mon champ de vision, le visage de Nadja apparaît. J'en profite pour détailler ses traits. Elle doit avoir dans les dix-huit ans, guère plus.

— Re-salut, Hope. Ça va ? T'es une sacrée gueularde, dit-elle avant d'éclater de rire. On a dû t'entendre de l'autre bout de ce taudis.

Je me décide à bouger pour reculer loin d'elle et réalise que mes poignets sont entourés de menottes. Son regard suit le même chemin que le mien avant de revenir à mes yeux.

— On a bien vu que tu ne serais pas coopérative. En général, il y a trois types de filles. Celles qui se défendent, crient, frappent... pour elles, c'est douloureux. Enfin, encore plus. Et il y a celles qui restent prostrées dans un coin et chouinent comme des malades. Pour elles...

— Laisse-moi deviner, c'est douloureux ? je raille sans pouvoir m'en empêcher, retrouvant enfin la parole.

Chaque mot me racle la gorge, je n'ai pas dû boire depuis une éternité. L'absence du dénommé River me redonne un peu d'assurance.

Elle sourit, visiblement désabusée.

— Y a de ça. Je te fais un topo rapide. Ici, c'est le Pensionnat...

— Et le troisième ?

— Quoi ?

— Trois genres de filles, je lui rappelle.

— Ah. Et celles qui n'arrivent pas à accepter.

— Et pour celles-là, c'est douloureux, je suppose.

Nadja secoue la tête, calmement.

— Non. Pour elles, c'est mortel. Donc, la chef, c'est Blanche. Toi, moi et toutes les autres filles, on est ses putes. On lui appartient.

Ma stupeur doit se lire sur mon visage alors que mon cœur accélère brusquement. Chaque seconde je réalise mieux ce qu'elle vient d'affirmer sans sourciller.

— C'est comme ça. Pas la peine de me fusiller du regard. Tu peux essayer de résister, de t'enfuir ou de te suicider. Certaines parviennent à se buter, c'est vrai, même si c'est rare. Se barrer, jamais. Oublie.

Je finis par desserrer à nouveau les lèvres : j'ai trop besoin de comprendre ce qui se passe, même si ma trouille me liquéfie sur place, de la sueur perlant sur mes tempes malgré la température.

— On est… où ?

— Au Pensionnat. C'est comme ça qu'on dit, mais ce n'est pas marqué au-dessus de la porte, hein. Blanche aime bien cette idée, genre on est ses petites protégées. Sauf que c'est à cause d'elle qu'on est ici. Tu vas rester jusqu'à tes vingt ans, là tu pourras sortir et retrouver une vie. Si t'es encore vivante, quoi.

J'essaie d'intégrer ses paroles, mais mon cerveau rame, sans doute ralenti par les résidus de drogue. Tout ça n'a pas de sens, ou je n'ai pas envie de le trouver.

— Au fait, le médecin a confirmé que tu étais vierge, annonce-t-elle d'une voix étrange, un peu plus basse.

Ses yeux noirs semblent plus sombres.

— On voit bien que t'es pas vieille, Blanche a parlé de quinze ans. Ma pauvre…

En deux mots, elle exprime tant de pitié que j'en suis stupéfaite. « Ma pauvre ». J'ouvre la bouche pour rectifier, car j'ai dix-huit ans depuis deux jours, et non quinze. J'ai un visage aux pommettes rondes, des hanches étroites et des petits seins, je fais encore gamine, mais je ne suis pas si jeune. Pourtant, je me ravise au dernier moment. Ils ont déjà mon vrai nom, pas besoin d'en rajouter. Ou il faudra que je le dise à Blanche, pas à Nadja, vu ce qu'elle m'a appris.

Elle ne semble pas méchante, mais est-ce que j'ai intérêt à lui faire confiance ? Je ne sais pas.

— T'es pas causante, remarque-t-elle.

Je hausse les épaules. Lui répondre me demande un effort.

— Ça doit être le fait d'avoir été kidnappée, ça jette un froid.

Un sourire plus franc illumine ses traits. Sous un maquillage épais, je discerne maintenant des cernes profonds, elle a les joues creuses d'une fille qui ne mange pas assez.

— J'ai entendu Blanche parler de toi, t'es pas une kidnappée. On est presque toutes issues de filières de ce genre. Des rapts, des réseaux... pas toi. Toi, tu as été vendue.

Elle ne le dit pas méchamment, elle constate.

— Vendue ?

Je ne peux empêcher ma voix de trembler, la surprise se dispute à l'incrédulité. Elle se trompe forcément. Ou elle ment. Qui vendrait son propre gosse ? L'appréhension me noue le ventre encore plus fort, à m'en donner la nausée.

— Ouep... par tes parents. Ils ne devaient vraiment pas être cools. Ma pute de mère n'aurait pas fait ça. Des toxicos ? s'enquiert-elle.

Une image d'eux me vient et me pince le cœur malgré l'espèce de barrière que la drogue dresse entre moi et toute pensée cohérente. Je revois ma mère et son mètre soixante, plus grande que moi, et ses cheveux sombres. Mon beau-père et son début de calvitie. Mais quand je tente de me rappeler mon dernier souvenir de chez moi, ça devient tout de suite étrangement flou, et une douleur me vrille le crâne.

Un objet percute le lit où je suis attachée dans un bruit métallique et me fait sursauter. Je découvre un homme massif derrière un fauteuil roulant.

— J'ai apporté ça. Je vais l'installer dessus, et tu t'occuperas de la visite.

La même voix que tout à l'heure : River. Il est, comme je le supposais, bardé de muscles. Son torse puissant tend son T-shirt noir à manches longues. Sur son cou, je remarque les lignes d'un tatouage, sans en comprendre la forme.

Il a un visage sec, sa mâchoire est acérée et son regard sombre ressemble à un puits insondable. Un piercing orne son arcade. Il émane de lui quelque chose d'indéfinissable, un mélange de danger et d'autre chose. Comme un avertissement. Je m'enfonce dans mon lit.

— La séance commence dans moins d'une heure, et elle y assistera de ce truc. Amène-la dans une des alcôves et ferme à clé. Si besoin, tu la bâillonnes.

— Personne ne la touche ce soir ? s'enquiert simplement Nadja en se relevant.

— Non. Blanche réfléchit à ce qui sera le plus rentable.

Si déjà la présence de River est impressionnante, ce qu'il vient de dire me colle aussitôt la nausée. Quand je me décide à lui parler, je ne sais toujours pas si c'est une bonne idée.

— Pourquoi je ne peux pas marcher ?

Il me dévisage froidement. Aucune lueur d'humanité ne passe dans ses yeux. Il culmine à côté du lit à près de deux mètres, restant à me regarder comme si j'étais un objet ou une quantité négligeable.

— Parce que la came que je t'ai injectée t'en rend incapable. Et on t'en donnera aussi souvent que nécessaire si tu t'amuses à crier ou te rebeller à nouveau. Ça doit même être difficile de réfléchir, non ?

J'avale ma salive, essayant de faire diminuer la boule d'angoisse qui m'obstrue la gorge.

— S'il vous plaît…

— On ne te relâchera pas. On ne va pas t'épargner. Quoi que tu veuilles demander… oublie. Tu es là pour cinq ans et tu bosseras comme tout le monde, *Hope.*

Mon prénom dans sa bouche sonne comme une insulte. Mes poings se serrent sous la colère, mais c'est bien la seule réaction physique que je peux avoir à cause de leur foutue drogue !

Il semble presque prendre son pied en disant ça. Nadja a l'air indifférente, voire compatissante de temps à autre. Lui ? Je me promets de me méfier de ce type. Sans un mot, il s'approche et ouvre les menottes qui me retenaient au lit. Je tente aussitôt de lever les bras, mais ils sont lourds comme de la pierre.

— Tu n'étais pas obligé de l'attacher, elle a tellement reçu qu'elle ne risque pas d'aller bien loin, souligne Nadja en se plaçant derrière le fauteuil.

Comme une vulgaire poupée, je suis soulevée et posée dessus. Pour la première fois, je remarque ma tenue, un simple débardeur et une culotte. L'envie instinctive de me couvrir me noue l'estomac, mais je suis incapable de retenir le drap qui était sur moi jusque-là. River l'arrache et le jette sur le lit d'un geste ample. Il me rattache au fauteuil avec les menottes et celles-ci se referment dans un claquement métallique sinistre, le genre de bruit que je n'aurais jamais cru entendre de ma vie.

Il me dévisage. Son visage est insondable, et je me surprends à songer que bien qu'il soit a priori un véritable connard, il est beau. Et ça me semble pire, comme une insulte.

N'importe quoi, cette drogue me bouffe le cerveau !

— Si tu ne veux pas finir camée comme certaines des filles ici, je te conseille d'accepter ce qui t'arrive. Sinon tu sortiras les pieds devant ou totalement junkie. Les nouvelles sont toujours au centre de l'attention. Fais avec, me crache-t-il avec un regard noir.

Il nous laisse là et part sans se retourner. Je détaille sa démarche souple, presque féline, et pense aussitôt à un prédateur. Le fauteuil se met en branle, et j'abandonne l'idée de le bloquer en posant l'un de mes pieds par terre ; impossible de contrôler assez mes muscles pour ça.

— Tu sais, ce qu'il t'a raconté est vrai. Il vaut mieux ne pas lutter pour rien et conserver tes forces. La drogue qu'il t'a injectée, c'est une des pires qu'on a ici. Blanche la file à toutes les nanas trop récalcitrantes, et tu n'as pas envie de finir en pute à nécro.

Les mots me font fermer les yeux, un goût de bile m'envahit la bouche.

— Je ne comprends pas, je souffle tout bas.

Nadja doit m'avoir entendue, car alors qu'on quitte l'espèce de dortoir où nous étions, elle précise d'une voix neutre :

— Les filles qui refusent d'accepter leur sort ne s'en vont pas. On en fait, les trois quarts du temps, des droguées tellement stones qu'elles sont incapables de se lever. Les mecs viennent leur passer dessus à la chaîne, c'est le premier prix, si tu veux. Ou c'est le bonheur de ceux qui ont des tendances nécrophiles, ça ne bouge pas, c'est quasi du cadavre, la raideur en moins. Ceux qui fantasment sur ça sans n'avoir jamais tenté aiment bien commencer par là.

C'est officiel, je vais vomir.

— Et dis-toi que ce n'est pas le pire des traitements.

— Ah non ? je ne peux m'empêcher de railler, la nausée devenant plus forte.

Nadja lâche le fauteuil et se penche par-dessus mon épaule pour que nos yeux se croisent.

— Non. Dis-toi que les vrais nécrophiles peuvent aussi monnayer ça les jours où Blanche est vraiment de mauvaise humeur… Si tu ne coopères pas, Blanche trouve toujours comment te rentabiliser. Elle n'a jamais de pertes, que des profits.

Ses mots se fichent en moi comme un coup de couteau, glacial et définitif. Si mon cerveau essaie de comprendre ce qu'elle a sous-entendu, une nausée bien présente me dissuade de continuer. Je ne veux pas savoir…

Elle me fait ensuite visiter le fameux Pensionnat.

— Il y a cinq dortoirs, et il y a cinq à six filles dans chaque. Les stars, celles qui ont le plus de succès ou sont là depuis longtemps, ont droit à des chambres individuelles. Mais pour ça, elles doivent atteindre un certain niveau. Les clients doivent les réclamer, elles doivent avoir un « truc », si tu vois ce que je veux dire. Moi, c'est le sado-maso. Je peux faire la domina ou la soumise, selon ce qu'ils demandent. La plupart des mecs viennent pour moi au moins une fois, assure-t-elle.

Le fond de fierté que je sens dans sa voix me sidère. Elle me pousse à travers des couloirs étroits et m'amène dans une salle de deux ou trois cents mètres carrés, à vue de nez.

Il y a des tables et des banquettes un peu partout, avec, le long des murs, ce qui ressemble à des petites alcôves isolées, qui sont actuellement plongées dans la pénombre. Au centre, un large espace dégagé fait penser à une piste de danse et, à l'opposé de là où on se trouve, un imposant escalier mène à l'étage.

Je lève la tête et admire la coursive intérieure qui surplombe la salle, formant un U qui permet à toute personne qui y monte d'observer ce qui a lieu en bas. On doit y accéder par le fameux escalier.

— C'est ici que se passera une bonne part de ta vie. Les filles doivent servir les clients et faire ce qui a été prévu par Blanche, qui propose régulièrement des soirées à thèmes. Déguisées, gang bang… Beaucoup de ce que tu vivras arrivera en public dans la grande salle. Les hommes qui nous rendent visite adorent baiser au milieu des autres, au mieux tu auras droit à ça…

Elle me montre du doigt les alcôves sur le côté. Je réalise qu'en guise de « pensionnat », j'ai surtout atterri dans un bordel à l'ancienne. L'envie de pleurer me serre le cœur, mais je suis trop sous le choc pour ça.

Une seconde, je ferme fort les poings, tellement que je sens la morsure des ongles dans la chair de mes paumes.

Faites que je me réveille, faites que je me réveille maintenant ! Pitié…

Mais la pitié ne doit pas être disponible, car mon fauteuil roule un peu plus loin. Je visite le réfectoire des « filles », interdit aux clients, les cuisines, les sanitaires et les douches communes. Les rares fenêtres sont condamnées par d'épais volets en ferraille. Quand Nadja remarque que je me tords le cou en continuant de fixer l'une d'entre elles, elle intervient avec un air amusé :

— Il n'y a pas de sortie ici à part l'entrée principale. Et elle est blindée, gardée par deux vigiles et, pour ouvrir la porte, il y a un boîtier où on doit taper le bon numéro. Et je te donne le tuyau direct, n'essaie pas de leur proposer une gâterie contre le code, des dizaines de filles se sont usé la langue sur leurs glands sans résultat. Crois-moi, aucune chance. On est dans un coffre-fort, et nous, on est les billets. Ça sert aussi à nous protéger. Une fois, il y a deux ans, une bande de mecs d'un gang a débarqué, ils voulaient récupérer toutes les femmes pour un trafic et éliminer la concurrence. Ils n'ont même pas réussi à entrer, et Blanche a fait venir des amis à elle pour régler le problème…

Elle s'interrompt et pousse mon fauteuil à travers un nouveau couloir.

— Qu'est-ce qu'il s'est passé ? je finis par demander, intriguée malgré moi.

La tête penchée en arrière, je ne peux voir d'elle que son menton pointu qu'elle refuse de baisser, m'ignorant.

— Disons que je rêve encore régulièrement du bruit des mitraillettes… je suppose que ça en était, je n'y connais rien. Tony, l'un des anciens vigiles, y a laissé sa peau d'ailleurs. Au bout de ce couloir, il y a l'unique ascenseur de la baraque pour monter à l'étage. Il est pratique pour certains jeux, les clients en fauteuil ou les nanas comme toi qu'on doit transporter.

— Pourquoi on doit…

J'interromps ma phrase, pas certaine finalement de vouloir connaître la réponse.

— Là-haut se trouvent aussi quelques chambres privées pour le boulot. Les appartements de Blanche et celui de River.

— River est le seul homme ?

À peine ai-je prononcé ces mots que je le regrette. Qu'est-ce que ça peut me faire ?

— Non, six mecs font la sécurité à tour de rôle. River les dirige, plus un ou deux types pour des shows. Ceux qu'on a en ce moment sont corrects, ils ne coincent pas les filles. Mais, si ça arrivait, Blanche s'en contrefout. Comme de tout ce qu'un client peut te faire. Ils paient le prix fort, ils font ce qu'ils veulent à qui ils veulent, martèle-t-elle d'une voix dure. On se remplace facilement.

Sa conclusion est définitive, nette. La même nausée me revient. Une sorte de malaise physique, un peu comme quand on prenait la route et que j'étais mal dès le premier virage. Sauf qu'ici c'est carrément une sortie de route dont il est question.

— Enfin, toi, il y aura un premier qui devra sûrement débourser un petit pactole…

Cette information semble normale, elle le dit sans y penser quand je réalise l'étendue de la merde dans laquelle je suis. Une goutte de sueur dégouline sur ma tempe,

Nous empruntons l'ascenseur, et elle me fait rouler jusqu'à la coursive. À l'extrémité, quelques loges se dressent, comme au théâtre, fermées par des portes.

— Je dois me préparer, remarque-t-elle brusquement. Profite du spectacle. Je verrouille, personne ne viendra te voir.

Elle hésite puis secoue la tête.

— Je m'apprêtais à te demander si ça irait, je suis conne, lâche-t-elle distraitement avant de claquer la porte d'un geste.

Elle éteint la lumière, me laissant dans le noir, et je comprends que c'est pour que je sois invisible de la salle, puis j'entends la serrure jouer et je me retrouve seule. Elle m'a amenée assez proche du bord et je regarde en bas sans problème.

Mais avec mes menottes et la porte verrouillée, impossible de m'échapper d'ici…

3

La soirée commence un peu plus tard. Alors que je suis assise depuis ce qui me semble une éternité, bloquée dans une position statique, des fourmis me courent sous la peau. Des hommes font leur apparition. J'arrête de compter à partir de la trentaine. Ils évoluent en groupes ou seuls. Certains portent des masques, d'autres doivent se moquer d'être reconnus. Un buffet a été dressé avant leur arrivée, et chacun s'y sert. Il y a une musique d'ambiance digne d'un ascenseur, du Vivaldi ou quelque chose de ce genre, mais cela ne diminue pas l'agitation palpable, comme le calme avant la tempête.

Les filles arrivent à leur tour. Certaines sont nues, d'autres ont revêtu des déguisements, de l'accoutrement de marquise cochonne à celui de pute couverte de latex. Je sens mon ventre se creuser d'appréhension.

Une fois, j'ai vu *Eyes Wide Shut* de Kubrick en douce. Je m'étais ennuyée et endormie après la scène de sexe un peu émoustillante des deux héros ; à l'époque, je préférais nettement regarder *Scream*. Pourtant, à cet instant, j'ai basculé dans un film d'horreur étrange qui aurait télescopé un film libertin et décadent comme celui de Kubrick.

Qu'est-ce que ce bordel à avoir avec moi ? J'ai accumulé plus de questions que de réponses. L'effet de la drogue s'estompe enfin, et j'ai l'impression de pouvoir à nouveau réfléchir librement, ce qui ne m'était pas arrivé depuis mon réveil dans la pièce rouge.

Mon cerveau a l'air d'un oiseau affolé qui ne cesse de se taper sur une même vitre. Je ne sais plus ce à quoi je dois penser en premier : comment me sortir de là, comprendre ce que je fais ici ou intégrer les informations, toutes plus effrayantes les unes que les autres, qu'on me donne. Y a-t-il la moindre chance que cette histoire ne soit qu'une mauvaise blague ? Ça serait trop glauque.

L'idée que mes parents m'ont vendue me revient. Mon cœur se tord un instant. Je pourrais être choquée ou réfuter en bloc cette affirmation de Nadja, mais honnêtement, je les connais. Je ne viens pas d'une famille particulièrement aimante, c'est un fait, mais jamais je n'aurais cru que ça puisse aller jusque-là, mais… au fond ?

Pour la première fois depuis mon réveil, je suis assaillie par la peur, les doutes et une panique tellement brute que je sens mes nerfs craquer et je fonds en larmes pour de bon. Je sanglote en silence en regardant ces hommes en bas, ayant parfaitement conscience de comment c'est censé finir selon Nadja… Mes pleurs m'étouffent, mais je serre les dents, me renfonçant dans mon siège pour ne pas me faire remarquer. Surtout pas maintenant.

Une grande femme habillée d'une longue robe noire apparaît dans l'escalier. À son arrivée, tous se taisent. Elle est blonde, elle a un port altier. Son visage est lourdement fardé, et je vois le rouge incendiaire de ses lèvres de là où je me trouve.

— Bienvenue à tous, je suis Blanche, attaque-t-elle d'une voix forte et claire. Je sais que certains d'entre vous ont beaucoup attendu pour pouvoir venir nous rendre visite, et j'en suis désolée. Vous avez tous conscience que les places dans les limousines qui vous ont amenés sont chères, et il faut les mériter. J'espère que le voyage s'est bien passé et je vous souhaite à tous une nuit merveilleuse. Débauche, luxure, tous les plaisirs seront de la partie, n'en doutez pas. Nous avons les meilleurs drogues et alcools, et, surtout, les plus belles filles.

Les hommes approuvent, les femmes ont aussitôt l'air de parader, certaines bombent la poitrine, seules quelques-unes restent indifférentes.

— Nous vous proposons comme réjouissances ce soir une grande chasse ! Le gibier sera les délicieuses créatures que vous voyez tout autour de vous…

D'un geste large, elle englobe toute la salle. Un nouveau murmure traverse l'assistance. Chacun semble prêt à s'élancer, ils se retiennent de plus en plus difficilement, les mouvements se faisant plus pressants, le brouhaha plus intense. Je pense à des fauves qui tournent en rond dans une cage, attendant leur heure.

— À vous de repérer votre proie en premier, de la capturer avant un autre et de la traîner dans votre tanière pour lui faire… ce que vous souhaitez, vous êtes maîtres à bord. Imposez-vous à elles.

Je remarque que quelques-uns des visiteurs parcourent déjà d'un regard concupiscent les prostituées qu'on leur offre, sûrement en train de faire leur choix.

— Aucune limite ne s'applique ici, reprend Blanche, mais vous connaissez tous les pénalités qu'il y a à payer en cas de dégâts irréversibles sur une de mes filles. Amusez-vous !

Sur cette invitation, une musique faite de basses sourdes s'élève. On dirait le battement d'un cœur affolé sur lequel on aurait rajouté des riffs de guitare enfiévrés. Les filles se déplacent aussitôt, frôlent les murs, démarrant le jeu et faisant d'elles des proies mobiles. Les prédateurs ne résistent d'ailleurs pas longtemps.

L'idée que toutes sont là, comme moi, contre leur gré me traverse l'esprit, et je détaille leurs visages. Aucune ne paraît réellement effrayée. Surtout pour des femmes qui viennent d'être déclarées comme étant un vulgaire gibier à attraper. Je me rappelle l'avertissement de River et me demande combien sont droguées.

Certaines semblent vraiment jeunes, je doute qu'elles aient quinze ans, et la nausée revient, plus forte. Quelques-unes font plus âgées, dix-sept, dix-huit ans tout au plus. Je remarque Nadja tout en haut de l'escalier. Elle s'est changée et porte un ensemble de cuir assorti à l'accessoire qui lui ceint maintenant le visage. C'est une sorte de cercle relié à deux lanières de cuir qui se ferme derrière la tête et maintient sa bouche grande ouverte. Cela lui donne un air curieux, on dirait une poupée vivante un peu malsaine avec une muselière étrange, qui lui tiendrait la gueule ouverte plutôt que de la lui maintenir fermée. Je comprends en frissonnant que c'est une invite, qu'elle est prête à recevoir n'importe quelle bite qui souhaite s'y enfourner. La nausée grimpe d'un cran.

Si au départ un léger flottement semble retenir certains des hommes présents, d'autres s'élancent par contre sans hésiter à la fin du speech de Blanche. Peut-être des habitués.

Ils courent, certains se précipitent sur les femmes les plus proches comme une horde, à plusieurs, et les plaquent au sol ou contre un mur. Celles qui tentent de s'enfuir sont vite rattrapées et finissent jetées sur une table ou à même la volée de marches. Les plus joueuses poussent des cris et réussissent à faire durer la partie, mais on voit aux gestes des hommes plus violents qu'ils se lâchent petit à petit. Je détourne le regard.

Mais en faisant ça, je remarque une des filles renversée sur une console. Devant elle, trois hommes commencent à se débraguetter dans une intention évidente. Je suis fascinée une minute avant de préférer pivoter à nouveau la tête, ce qui me fait tomber en arrêt sur Nadja, qui a été isolée par deux hommes en haut de l'escalier.

Bien qu'elle soit de l'autre côté de la salle par rapport à moi, le mouvement de va-et-vient au niveau de sa bouche qu'effectue celui en face d'elle m'indique clairement que son accessoire est déjà bien utile. Le second la maintient par les cheveux, tirant pour accentuer encore sa position de soumise, à quatre pattes au sol.

En quelques minutes, la salle se transforme en vrai bordel. Quel que soit l'endroit où mon regard se porte, des femmes plus ou moins habillées se font prendre. Des trios, des duos ou plus, la foule tout entière devient un amas de corps s'agitant en rythme dans un défouloir sexuel. Deux filles semblent s'être poursuivies et, allongées sur une table, se font un 69 qu'admirent quelques hommes, se branlant sans rien dire autour d'elles.

Mon souffle accéléré emplit la petite loge où je me trouve, et je me force à respirer moins fort de peur d'être découverte. Je redoute une minute de me vomir dessus, toujours attachée à mon foutu fauteuil roulant. À ce spectacle, la nausée ne me quitte pas, entretenue par les cris que je perçois malgré mes paupières closes pour me couper de tout ça. S'il y en a de plaisir, simulé ou pas, j'entends aussi une femme pleurer alors que retentissent des claques sonores. Lâchement, j'évite de regarder dans sa direction, craignant de ne pas le supporter. Le dégoût se dispute en moi avec une panique brute.

Je ne peux pas rester là ! Je ne peux pas survivre à tout ça ou me retrouver au milieu d'elles, c'est…

Un bruit me fait sursauter. C'est celui du verrou qui vient de jouer à la porte de ma loge. La larme qui coule sur ma joue me semble lourde comme une pierre. Je sens une présence dans mon dos et ne bouge pas, entravée par la chaise, mais surtout totalement tétanisée.

Le pas se rapproche et, quand je rouvre des paupières, apeurée, je découvre River à mes côtés. Il regarde sans rien dire le spectacle en contrebas. Immobile, il a l'air totalement indifférent à ce qui s'y passe. Avec nos positions respectives, je ne peux m'empêcher de remarquer que je me trouve au niveau de ses hanches, et mes yeux le balaient rapidement. Pas la moindre réaction alors qu'il fait face à une sorte de porno grandeur nature.

L'idée me déroute. D'avoir fait attention à ça, mais aussi de comprendre qu'il peut y être totalement hermétique. Il ne semble ni choqué ni dégoûté, et pas plus excité.

Son regard se braque soudain sur moi, et je sursaute. Prise dans le feu de ses pupilles sombres, je me retrouve fascinée par la force de sa mâchoire soulignée par la demi-obscurité de la loge.

— Comment une fille nommée « Hope » a pu atterrir dans le seul endroit au monde où plus une trace d'espoir n'existe ?

Il a plus l'air de se parler à lui-même qu'à moi, et je suis bien trop terrifiée pour répondre. Son expression se fait plus intense, presque douloureuse. Il secoue la tête.

— J'aurais préféré pour toi que tu ne sois pas vierge… ça aurait simplifié les choses.

Je cligne des paupières, mais il m'ignore à nouveau. Il se remet à détailler la salle, et je ne parviens pas à comprendre pourquoi il a dit ça. A-t-il pitié de moi ? Sans pouvoir m'en empêcher, alors que je me doute que c'est sûrement en pure perte, je murmure :

— Laisse-moi partir alors. Je te promets de ne pas parler à la police de cet endroit ni à qui que ce soit. Je n'irai pas...

— Ça ne dépend pas de moi, Hope.

Sa voix m'a coupée sans une once de colère, comme s'il se fichait bien de cette conversation. Ma mâchoire se contracte. La rage en moi couve, j'ai envie de lui envoyer un coup de pied même si ce serait sûrement de la folie ; ce type est une montagne de muscles. Je contemple ses épaules épaisses, la crainte me tordant le ventre.

— Blanche m'a expliqué que tes parents t'avaient vendue. Quinze ans...

Il secoue la tête. J'hésite à nouveau à le détromper. Le fait que mon âge ne soit pas celui-là peut-il jouer pour moi ou au contraire ? Nadja a dit qu'on ne partait qu'à vingt ans, et ça serait dans deux ans, pas dans cinq. Mais même ça, à l'idée de rester ici tout ce temps... je ne peux l'envisager, impossible. Ni deux ans ni deux jours ! Indécise, je garde le silence, me rendant compte que River est tout sauf un allié.

— Ne te drogue pas. Elles le font toutes pour supporter ce merdier, mais pas une ne réussit à se contrôler, elles finissent toutes junkies plus ou moins vite. Quand tu seras accro, Blanche pourra faire de toi ce que bon lui semble. Ce qu'elle veut, insiste-t-il d'une voix si glaciale que j'en frissonne. Tu deviendras une loque sur laquelle ils essuieront leurs pompes sales. Même si ça te détruit, ne prends rien. C'est le seul moyen pour tenir. Tu n'as ni besoin d'avoir une âme ou de l'espoir, tu dois juste rester consciente, lucide. Coûte que coûte.

Il m'aboie ces paroles, rapides, coupantes. Ses yeux sont encore plus froids quand il me dévisage à nouveau. Si je pouvais, je reculerais. Cet homme est une lame de rasoir prête à taillader, et je n'ai aucune envie d'être celle qui prendra.

— Si jamais t'étais le style gentille, mignonne, obéissante, douce… oublie, crache-t-il. Sinon tu vas crever ici en un rien de temps. Ne crois personne. Ne fais confiance à personne. Ne te fais pas d'amis, que ça soit des hommes ou des femmes. Et surtout, ne tombe pas amoureuse. Celles à qui ça arrive finissent très mal.

Ces paroles résonnent étrangement en moi. La partie la plus pragmatique se dit aussitôt qu'il a totalement raison. J'ai remarqué le regard de ces filles, et je suis sûre que certaines étaient droguées. Qui n'a pas vu à la télé, horrifié, un reportage d'investigation qui vous explique, à grand renfort de bande-son inquiétante, comment un mac rend une pauvre idiote dépendante avant de la jeter dans la rue ?

Et en même temps, le côté paternaliste condescendant d'un parfait inconnu qui refuse pourtant de m'aider me hérisse. Pourquoi je le croirais d'abord ? La rebelle en moi étrécit les paupières, puis le défie avant d'avoir réfléchi au risque qu'elle prend.

— Et pourquoi j'écouterais tes conseils du coup ?

Un éclat traverse ses yeux, impossible à définir.

— Touché. On va voir Blanche, conclut-il passant d'un mouvement souple derrière moi.

Avant que j'aie pu réagir, il pousse ma chaise vers la sortie, et on se retrouve dans le couloir. Le bruit de l'orgie qui se déroule à proximité m'agresse à nouveau, et je me cramponne aux accoudoirs.

Dix mètres plus loin, un homme qui se tenait le long d'une balustrade, la chemise ouverte et la ceinture tombant de son pantalon à moitié défait, nous regarde. Il fait un pas vers nous. Je me crispe un peu plus, m'apprêtant à hurler quand la voix de River claque :

— Recule. Elle ne fait pas partie des festivités.

— Mais… mais j'ai payé !

River se situe dans mon dos, pourtant je devine parfaitement l'espèce de froideur polaire qui émane de lui. Elle me glace sans être dirigée contre moi, et celui qui nous fait face semble effectivement commencer à douter, se ratatinant sur place.

— Pas pour elle, conclut-il finalement.

Il n'a pas besoin de faire le moindre geste, l'homme se pousse et plus aucun ne nous importune sur le chemin. Quand nous passons à quelques pas à peine de Nadja, je contemple, avec une fascination morbide, un client qui la prend en levrette au milieu d'un couloir. Une cravache dans la main, il fouette ses cuisses qui sont ornées de dizaines de traces rouge vif.

Je sens une voile de sueur recouvrir petit à petit mon corps, et mes yeux s'emplissent de larmes. Je réalise que la peur que j'éprouvais, bien à l'abri dans la loge, n'est rien si je la compare à celle de maintenant.

Faites que je tombe dans les pommes. Ou, non, pitié, faites que ça soit un rêve…

Mais alors qu'on s'enfonce dans un couloir sombre, s'éloignant des bruits de la « fête », j'ai le pressentiment que le cauchemar ne fait que commencer.

River s'arrête devant la porte et y frappe un coup sec. Depuis qu'on a croisé l'homme en rut, pas une fois il n'a tenté de m'adresser la parole, et je me suis calquée sur son comportement.

— Entrez.

Nous pénétrons dans un bureau où le bois domine. Les objets ne sont pas luxueux, et il en émane une sorte d'austérité qui cadre mal avec le lieu, à l'opposé des tentures rouge sang et or qui saturent la décoration de la pièce principale. Ici, on se croirait chez une vraie directrice de pensionnat, et non celle d'un bordel rempli de femmes séquestrées.

— Ah, revoici Hope. Comment vas-tu ? J'ai demandé à ce qu'on te soigne bien, mais c'est toujours un peu délicat quand on emploie des brutes, annonce-t-elle, tout sourire. Je m'appelle Blanche. Je suis la maîtresse de maison, si on peut dire.

Le rouge de ses lèvres jure presque sur sa peau diaphane. Je me contente de la dévisager sans répondre, à la fois effrayée et consciente qu'elle doit être l'unique personne que je ne peux me mettre à dos. Quel que soit mon degré de haine. C'est vrai, comment une femme peut-elle imposer ça à d'autres ? À des sœurs, quelque part, et en faire des marchandises, ne s'en cachant pas une seule seconde ?

Elle contourne le bureau. Je remarque une légère raideur dans sa démarche quand elle s'appuie sur une de ses jambes. Ses yeux me fouillent, scannant chaque centimètre carré de mon corps. Et vu ma tenue, peu de choses sont laissées à l'imagination. Il n'y a aucune compassion, aucune bienveillance dans ce regard. C'est celui d'un maquignon qui évalue combien il peut vendre une bête dont il dispose.

Je repense à mes cours de littérature, une de mes matières préférées, pour focaliser mon esprit ailleurs. Comment s'appelle ce livre dont j'ai zappé l'auteur, *La Bête humaine* ? De quoi ça parlait ? Je me sens parfaite dans le rôle-titre à cet instant.

— Alors ? s'enquiert-elle, m'ignorant pour se tourner vers River.

— Elle est bien vierge. Le médecin la trouve grande et formée, il a des doutes sur son âge... Il a aussi dit qu'à notre époque, on pouvait voir de tout, résume-t-il en haussant les épaules.

Il a croisé les bras et, dans sa tenue intégralement noire, on pourrait croire à un ninja. En contemplant le col de son T-shirt, je me demande à nouveau ce que peut bien représenter son tatouage.

— J'ai mis en ligne sur le site l'arrivée d'une jeune vierge avec la photo que j'ai de la vente. J'ai déjà eu des propositions intéressantes, et la cote grimpe. Mais je ne sais pas. Le profit pur et dur n'est peut-être pas la meilleure approche. Enfin, à court terme, j'entends.

River ne bouge pas, et j'ai juste envie de me ratatiner sur ma chaise. Je ne pensais pas avoir plus peur une fois éloignée de l'orgie, pourtant à cet instant, je tremble sur place. Son regard impavide me détaille. Je refuse d'essayer de comprendre ce qu'elle veut dire, ou je crains de crier dans la seconde ! Et alors ils vont encore me droguer. Qui les empêchera dans ce cas de faire ce que bon leur semble ?

— C'est-à-dire ?

— Je trouve que notre affluence est toujours très correcte, mais les demandes se font moins pressantes. La baisse est à peine notable, mais je sens l'inflexion arriver. Nous devons avoir de la concurrence, ou nous perdons des habitués. Et pour cela, un peu de show remédierait à notre problème...

Blanche n'a pas bougé, elle n'a pas fait un geste vers moi. Pourtant, j'ai l'impression d'encaisser des coups. Si je me méfiais de River, il a l'air d'un coup bien inoffensif comparé à cette femme.

— Imaginons qu'on crée un... spectacle. Qu'on propose à un petit nombre d'hommes triés sur le volet d'assister à la découverte de notre chère Hope des plaisirs... de la chair, s'amuse-t-elle visiblement, insistant sur le mot. Ils viendraient et verraient chaque jour un nouvel épisode, disons... une semaine ? On doit pouvoir conserver leur intérêt tout ce temps grâce à une initiation d'un genre bien particulier. Qui finirait, comme il se doit, par la jouvencelle déflorée. Combien penses-tu qu'ils seraient capables de mettre ?

Je ne sais pas si j'ai réellement gémi à voix haute, ou si mon cerveau a émis une plainte que seule moi peux entendre, mais le cri que je retiens et le besoin de me rouler en boule augmentent de seconde en seconde. Je remarque que mes genoux tremblent l'un contre l'autre et dois faire un effort démesuré pour contrôler ça.

— Je suppose que ça serait un « spectacle », répond finalement River. Mais d'habitude, on se contente d'enchères et le plus offrant rafle la nana.

Sa voix grave rend la phrase plus incisive, je ne peux m'empêcher de me visualiser dans ce foutu fauteuil devant une assemblée d'hommes prêts à me sauter dessus.

Blanche l'observe une minute.

— Oui, mais il n'y en a qu'un qui paie, au final. Celle-ci est vraiment jolie. Ils vont s'interroger, quelle est la prochaine étape ? On pourrait leur demander ce qu'ils souhaitent aussi. Imagine les possibilités, se réjouit-elle. Et, ensuite, après avoir fait monter la pression, les avoir frustrés de cette petite chérie inaccessible... on pourra la leur proposer le septième jour. À tous en même temps, s'ils y mettent le prix, dans un ordre de passage ou à plusieurs avec cette seule femme pour une orgie mémorable. Tout dépend ce qu'ils débourseront. Quelle belle initiation nous aurons !

Je réalise ce qu'elle entend par là, et un silence de mort accueille sa déclaration, semblant se répercuter dans mon ventre, alors que mes poumons ne contiennent plus d'air. J'expire bruyamment, incapable de faire bonne figure. Une larme roule sur ma joue, solitaire.

— Ne faites pas ça, je supplie sans honte. Je vous en prie, je ferai tout ce que vous voulez, mais...

Je cherche quelque chose à lui proposer en échange, une manière de l'apitoyer, de... mais son regard parle pour elle. Jamais elle ne cèdera à un sentiment qu'elle ignore.

— Je vous en prie, pas ça, je murmure quand même. Laissez-moi partir, je...

D'un geste, elle me signifie de me taire. Elle sourit, doucement, presque gentiment.

— Hope, tu vas faire chez nous une entrée triomphale. Tu n'as pas idée. Les gardes, les filles... personne ne pourra t'embêter tant que tu seras le clou du spectacle. Ça n'est pas un mal dans un endroit aussi rude que notre Pensionnat. Les anciennes aiment bien faire des initiations pas sympas aux nouvelles, pour se venger un peu. Tu serais protégée.

Sa voix compatissante ne trompe personne, elle me donne plutôt la gerbe. Je secoue la tête. Les larmes me brouillent la vue, et je suis incapable de me contenir. Mes genoux tremblent à nouveau, et je me demande si je ne suis pas sur le point de me pisser dessus, juste comme ça.

— Hier, Mary est morte. Elle a été frappée par une autre fille pour un simple fer à cheveux. Tu es chétive, tu seras l'une des plus jeunes et des moins expérimentées. Crois-moi, je te fais presque une fleur, assure-t-elle, acide comme une tranche de citron. River, c'est toi qui procèderas à son initiation.

— Pourquoi je...

— Parce que, insiste-t-elle en le coupant alors qu'il s'agite pour la première fois depuis le début de la conversation. Tu es le seul qui aura assez de self-control ici pour tenir ces sept jours sans faire une boucherie.

Elle hausse les épaules, comme si ça allait de soi. Il ne dit rien et la contemple un moment. Je sens mon cœur accélérer. Une seconde, j'ai l'espoir fou qu'il arrive à la dissuader. Qu'il lui explique que ça n'est pas une bonne idée, que je suis trop jeune…

— Très bien.

Deux mots. Deux petits mots scellent mon destin dans ce bureau. « Très bien », prononcés d'une voix neutre, presque indifférente par un homme qui me regarde à cet instant avec une froideur qui me glace jusqu'à l'os.

« Très bien ».

Sans que j'y pense, presque sans que je m'en rende compte, ma vessie me lâche et je m'urine effectivement dessus, terrorisée et silencieuse. Puis un cri monte dans ma gorge, puissant, il éclate avec une telle force qu'il me surprend moi-même. Je tire sur mes menottes en pure perte et hurle à m'en casser la voix. Toute ma rage et mon désespoir explosent alors hors de moi…

5

Quand je m'éveille, j'ai la bouche en coton. J'ai fait une crise de nerfs et me suis effectivement pissée dessus. Tout ça devant River, qui a dû prendre son pied à me voir dans un tel état, et Blanche. J'imagine bien cette perverse s'amuser d'avoir un tel effet sur les gens.

Après avoir hurlé, m'être débattue et même m'avoir entamé les poignets à force de ruer, j'ai été droguée. C'était prévisible, inévitable. Alors que, contre toute attente, j'espérais quelque chose, me détacher, échapper au pire, crier si fort qu'on m'abattrait ou que quelqu'un m'entendrait hors de ce fichu Pensionnat et viendrait me sauver, n'importe qui…, cela ne s'est évidemment pas produit.

Pour ce que je sais, nous sommes en plein milieu du désert. Je peux m'égosiller, personne n'apparaîtra ou si quelqu'un le fait, ce ne sera certainement pas pour m'aider. En deux minutes, Blanche a réglé ça avec une seringue et une piqûre. Fin de la rébellion.

Deux journées entières au lit, incapable de manger, me lever, faible comme un bébé. Je contemple le plafond depuis des heures. Ils m'ont ramenée dans mon dortoir, et j'ai vu des filles se coucher, se réveiller, puis discuter autour de moi, m'ignorant comme si je n'existais pas. À croire que ça n'avait rien de surprenant, que je sois clouée comme ça à ce matelas.

River n'est venu qu'une fois, pour m'injecter une autre dose. J'ai eu une sorte de black-out ensuite. Je ne me rappelle plus rien à part une intense chaleur. Comme si je n'arrivais plus à respirer, réfléchir ou faire quoi que ce soit. J'ai pensé que j'allais y passer, puis j'ai à nouveau émergé de la brume, doucement. C'était presque le soir à ce moment-là, j'ai entendu celles autour de moi parler de leurs « clients » et j'aurais préféré être évanouie que d'avoir droit à tous ces détails.

Toujours sur mon lit, je récupère mon corps centimètre par centimètre. J'ai réussi à bouger les doigts de pied et, seulement de longues heures plus tard, les doigts des mains. Si je voulais m'enfuir, je ne le pourrais même pas.

Nadja apparaît et me rejoint. Elle applique un tissu mouillé sur mon visage, puis mes lèvres. Instinctivement, je tente de le retenir avec mes dents, je le tète comme un nouveau-né, assoiffée.

— L'une des pires choses qu'ils font ici, c'est de te priver d'eau. Ne pas boire vingt-quatre heures, c'est très dur, quarante-huit, et tu deviens docile comme un agneau. Tu pourrais lécher tes aisselles... surtout s'ils surchauffent la pièce. Il y a tant de manières pour casser quelqu'un sans même le frapper. Après, crois-moi, tu acceptes ce qu'ils te demandent.

Elle a parlé tout bas, comme pour elle-même, et je suis restée immobile – bien obligée – à m'imaginer vivre ce qu'elle décrit. J'ai bu hier, River m'a forcée, et j'ai failli m'étouffer avec ce que j'ai pris. Pourtant, j'ai la sensation de n'avoir rien avalé depuis des jours. Enfin, je me concentre pour parler, ayant l'impression de réapprendre quelque chose d'aussi primaire.

— Que font-ils... d'autre ?

Nadja suspend son geste, elle me regarde, pensive.

— Pour « convaincre » ? Mmh, ils ont mis cette fille, Maria, dehors par moins quinze. Elle était nue. Ils l'ont rentrée quand elle a eu des engelures aux mamelons. Ça a beaucoup fait rire tout le monde, mais moins quand on l'a entendue gémir toute la nuit à cause de ça. Ils ont enfermé une autre avec une assiette, en la prévenant qu'elle n'aurait rien de plus pendant deux semaines. Une assiette normale, à peine remplie. Elle a tenu trois jours sans manger. Puis ça commençait à sentir, alors...

Je grimace, dégoûtée.

— Elle est morte de faim ? je finis par souffler, voyant que Nadja ne dit plus rien.

Elle continue à frotter mon visage au gant, puis prend un linge propre qu'elle passe dans l'eau et pose sur mon cou.

— Non. Pas en deux semaines. Il faut plus de temps, elle avait de l'eau en quantité. Mais elle n'a plus jamais été la même. Ta fièvre a baissé.

Je repense à la sensation de chaleur que j'ai ressentie, ce feu ardent au creux de ma poitrine.

— Hope, je n'ai pas bien compris ce qu'ils attendent de toi… mais fais-le. Blanche a trop d'imagination pour qu'on la défie. On a de la drogue pour tenir, tu peux traverser n'importe quoi avec. Et si jamais tu y restes… ça fera moins mal, conclut Nadja maladroitement.

Je contemple le plafond, réfléchissant à son conseil. Difficile de nier qu'elle connaît plus que moi cet endroit et qu'elle ne me dit pas ça dans son intérêt. La note de pitié que j'ai perçue dans sa voix est bien réelle. Et perturbante, quand je revois cette espèce de muselière qu'elle portait la dernière fois. C'est cette femme qui s'inquiète de mon sort.

Ne pense pas à ça, pas maintenant.

— Tu as le droit de manger, tu veux quelque chose ? Blanche a prévenu que ce soir ils lancent le show avec toi. Tu dois reprendre des forces… Enfin, ça sera que pour avertir les gens, hein, ils ne te feront rien encore.

— J'ai de la chance, je raille.

Nadja semble hésiter puis gratte son sourcil peint au crayon, comme si elle cherchait comment s'exprimer.

— Tu sais… River est clean à sa façon. Il ne fera que le nécessaire. Ça devra être intéressant pour les clients, mais il n'en rajoutera pas. Il y a un an il y avait un autre type, Carl. Et crois-moi, c'était autre chose.

Refusant de réfléchir à River et à ce qu'elle entend par « intéressant », je demande pour éviter d'y réfléchir un peu trop :

— Qu'est devenu Carl ?

— Ah… Je ne pense pas que tu as besoin des détails…

Pour la première fois, de manière totalement incongrue, je ris. Un petit rire tout étouffé, crachotant, qui me provoque une quinte de toux douloureuse. Pliée en deux, je tourne la tête sur le côté pour ne pas m'étrangler avec ma salive.

— Après tout ce que tu m'as dit, les engelures aux mamelons, les pauvres filles que Blanche torture littéralement… tu te tais d'un coup ?

Son regard se fait plus froid.

— C'était pour toi. Mais si tu veux, je m'en fous. Parmi les drogues qui circulent sous le manteau ici y a la « Red ». On l'appelle comme ça parce que ça « excite » les gens. Dans tous les sens du terme, ils sont un peu enragés, un peu morts de faim niveau cul, et ils adoraient ça, les soirées que Blanche faisait avec avaient un succès dingue. Mais ça finissait souvent en bagarre générale. Il y a eu quelques dérapages, dont une soirée où un client et Carl se sont entretués. Une fille y est restée aussi. River est intervenu pour que Blanche l'interdise. Elles l'ont détesté, mais il avait raison. Être assuré de prendre ton pied, ça n'en vaut pas la peine.

Je secoue la tête. Ignorant comment interpréter ce ramassis de ce qui me semble être des conneries : jamais je n'ai entendu parler de « drogue excitante ». Le poppers, à la limite, mais à ce point, je ne sais pas.

— Allez, repose-toi, je viendrai te chercher dans deux heures pour t'aider à te préparer.

*

Deux heures et demie plus tard, je me retrouve sur le grand escalier devant une foule massée au bas des marches. Il me semble qu'il y a au moins une vingtaine d'hommes en plus par rapport à la première fois, et le chiffre me rend nauséeuse quand je pense aux menaces de Blanche.

Cette dernière se trouve à mes côtés, elle porte une nouvelle robe noire qui tranche sur sa peau claire. Ses cheveux sont relevés en un chignon serré, et elle sourit à la ronde, comme une présentatrice de bulletin météo.

— Merci à tous d'être venus si nombreux ! Aujourd'hui, nous sommes vendredi. Je vous propose dès demain soir un jeu qui sera centré autour de… cette jolie demoiselle, annonce-t-elle en attrapant ma main qu'elle brandit en l'air.

Je remarque tous les regards rivés sur moi et la robe très fine et courte d'un blanc immaculé qu'on m'a enfilée. L'idée que ce geste doit montrer davantage ma poitrine et dévoiler mes cuisses en plus de faire de moi un genre de trophée me met carrément mal à l'aise.

Si je tombe dans les pommes ou me vomis dessus, là maintenant, ça peut empirer les choses ? Aucune chance.

— À partir de samedi, Hope, notre nouvelle venue, sera notre attraction principale. Chaque soir, et pendant une semaine entière, vous pourrez vous détendre devant une heure de show avant de vous livrer à vos activités habituelles. Le thème ? La découverte de la sexualité par une jeune vierge certifiée par un médecin. Notre ami River sera le chef de cérémonie, dit-elle en le désignant.

River arrive silencieusement derrière nous dans l'escalier. Il se place à côté de Blanche et m'ignore.

— On pourra participer ? hurle une voix du fond de la salle.

Un concert de sifflets, d'applaudissements et de murmures accueille cette demande. Blanche attend le retour au calme en souriant.

— Nous pensons vous proposer de voter pour le programme des festivités certains soirs, effectivement. Mais ça sera River qui mènera la danse. Du moins jusqu'à vendredi prochain, grande apothéose du spectacle où cette jolie vierge se verra déflorer. Mais, insiste-t-elle quand des protestations montent de toute part, samedi vous aurez non pas la soirée, mais bien toute la journée pour venir visiter Hope. Quelle belle manière de prendre part à l'éducation de notre Hope qui, bien plus expérimentée, sera prête à satisfaire chacun d'entre vous. Elle aura acquis en assurance, en endurance et aura découvert le plaisir devant vous, songez à tout ce que vous pourrez alors lui faire…

Des voix s'élèvent à nouveau dans la salle, et je dois fermer les yeux. Ma panique me rend liquide, je sue à grosses gouttes et j'ai l'impression que même mes paupières ne sont pas épargnées, à moins que ça soit des larmes. Si j'avais avalé quoi que ce soit, j'aurais tout vomi à cet instant tant la terreur me tord le ventre.

Incapable de m'en empêcher, je me laisse choir sur une marche. Je remarque un homme qui me détaille fixement à quelques pas à peine et ce que je devine dans son regard me donne envie de hurler. Il se voit déjà en train de me violer ou il m'imagine morte, je le jurerais.

— Mais tout ça, c'est pour demain ! Venez nombreux, conclut la voix de Blanche au-dessus de moi.

Elle ne semble pas se soucier de mon état une minute. Personne ici ne s'en inquiète en fait, les clients qui me font face se précipiteraient sûrement sur moi dès maintenant s'ils le pouvaient. Dans mon champ de vision, je perçois la robe de Blanche qui bouge quand elle se détourne pour remonter l'escalier. Pas une fois elle ne m'a adressé la parole. L'idée de la supplier me tente, mais je devine à quel point ça serait inutile, si ce n'est pour récolter une dose de drogue de plus.

Si je cours là-haut et me jette de la coursive, est-ce que je meurs en tombant ou est-ce que je risque juste de me rompre les jambes ?

Un goût de bile en bouche, je réalise que je ne vais pas tarder à vomir quand deux hommes font mine de m'approcher. River s'interpose, me tournant le dos. Sa voix est calme quand il déclare :

— Vous avez entendu Blanche, personne ne la touche avant la date prévue. Toi, debout !

Totalement hébétée, je ne pense pas vraiment à obéir ou réagir, je suis ailleurs. J'ai l'impression que quelque chose se brise en moi. C'est lui qui fait un geste, et je me retrouve soudain à la verticale. Sans ménagement, il me soulève et m'emporte dans ses bras comme si je ne pesais rien. Alors qu'il monte les marches, ma nausée est toujours là. Je suis contre celui qui commencera à me violer dès demain, et ça devant toute une foule en délire, ravie du spectacle.

— Je vais être malade, je le préviens en chuchotant dans son cou.

Brusquement, il me repose au sol une fois en haut de l'escalier. Une plante verte se trouve juste là, je soulage mon estomac dedans. J'ai l'impression de me retourner tout entière, comme si mon corps se révulsait. Des larmes acides me brûlent les yeux.

Faites que je me réveille, faites que...

Quand j'ai fini, j'essuie maladroitement ma bouche sur mon poignet. Une main m'attrape et, au courant qui passe sur ma peau, me donnant la chair de poule, je devine sans avoir besoin de rouvrir les paupières que c'est à nouveau River.

— Je te ramène à ton lit, se contente-t-il de dire.

On regagne effectivement le calme des dortoirs au second, où aucun client n'a le droit de pénétrer. Je tombe en vrac sur mon matelas malodorant. Je sais que les douches se trouvent après le couloir du fond, mais l'idée de marcher jusque-là... non, je n'y arriverai pas. Même pour me laver de ces regards sur moi.

River, qui est toujours là, me détaille avec une expression étrange, à la fois du mépris... et de la pitié ? Quand même pas de la compassion.

Je rêve, cet homme n'en a aucune. Il me l'a déjà montré.

— Hope ? Il faut que tu te blindes. Sinon tu vas être droguée toute la semaine pour être rendue juste assez malléable pour ne pas vomir ou t'effondrer à tout bout de champ... mais encore capable de crier, conclut-il en grimaçant.

Je frissonne. Il ne bouge pas, pourtant l'éclat de ses yeux me semble différent. Je réalise avec un temps de retard que mes mamelons se sont dressés à travers le tissu de la robe et qu'il les observe. D'un geste automatique, je les cache. Il a l'air presque gêné, évitant mon regard.

— Je suis sérieux. Tu ne veux pas devenir une junkie, si ? Tu as à peine quinze ans, tu ne sortiras jamais du Pensionnat à vingt, sinon les deux pieds devant.

Sa brutalité me fait étrangement du bien. Comme si en me secouant, il éloignait un peu la peur panique que je ressens. L'envie de rendre coup pour coup me revient.

— Excuse-moi d'avoir du mal à écouter les conseils… de celui qui va me violer.

Il ne réagit pas, comme s'il s'en foutait bien ou s'il ne saisissait pas l'ironie.

— Je suis ici depuis longtemps. J'ai vu des dizaines de filles comme toi et je sais comment ça finit. Mais à toi de juger, c'est sûr.

Je serre les poings. L'envie de le frapper se fait plus forte. Sauf que ce mec est une armoire à glace et que je ne dois pas faire la moitié de son poids. Mon regard s'évade vers la salle de bains. Je rêve d'une douche chaude. Mes muscles sont noués, j'ai l'impression que je pourrais me briser en plusieurs morceaux tant je suis tendue.

— Tu veux te laver ? Nadja ne t'a pas aidée ?

Je le dévisage, bizarrement choquée qu'il aborde ce sujet alors qu'il m'aboyait dessus deux secondes avant.

— Quoi ? Tu ne sens pas la rose, franchement, ajoute-t-il.

Contre toute logique, un sentiment de honte m'envahit. Je me mords les lèvres pour contenir mes émotions. Nadja m'a bien proposé de me laver, mais l'idée de me mettre nue ici était au-dessus de mes forces, même l'urine qui m'a irrité les cuisses n'a pas réussi à me convaincre de passer le cap.

Sans que je m'y attende, il attrape mes bras et me relève sans ménagement.

— Allez, va te laver. Je t'aide, tu dois encore avoir du mal à marcher avec tout ce qu'on t'a injecté.

— Arrête !

Je me débats sans réfléchir, mais mes pieds touchent à peine le sol. On traverse la rangée de lits et j'ai beau faire, je ne ralentis même pas River, qui continue de me traîner. Il m'emmène jusqu'aux douches, puis me relâche enfin devant une cabine.

Il n'y a aucune porte, aucun rideau nulle part. Je suppose que c'est totalement inutile quand on passe son temps à être exposée aux yeux de tous. Mais l'idée de me déshabiller devant lui ou les autres filles me révulse.

— Je vais pas te désaper en plus, grogne-t-il, le visage de plus en plus sombre.

Je m'agrippe à ma robe et tremble en essayant de reculer. Ce salopard a raison : mes jambes me portent à peine.

— Tu fais ta pudique ? Tu as conscience de ce qui arrivera dès demain ? Et tous les soirs de la semaine ? Crois-moi, on sera bientôt plus intimes que ça.

— Va te faire foutre ! je crache, ma colère dépassant enfin la peur.

Je tente de lui décocher un coup qu'il intercepte sans mal, serrant mon poing avec une force qui m'arrache un gémissement.

— Stop. Je pourrais te casser le cou si j'en avais envie. Je pourrais te violer mille fois avant que tu aies pu m'en empêcher. Ça amuserait même les gens d'ici que je te batte comme plâtre jusqu'à ce que tu me supplies d'arrêter.

Une larme de rage roule sur ma joue.

— Tu n'as aucune idée de ce que je vis ! Non, pardon, ça supposerait que ça t'intéresse. Je veux surtout dire que tu te contrefous de moi, alors cesse de me donner des ordres ou…

Il interrompt mon discours sans la moindre pitié. Une de ses paumes me plaque au mur de la douche, derrière moi. De l'autre main, il tire sur mes bretelles, j'en entends une craquer. Maladroitement, je tente de me débattre, mais la pression qu'il exerce sur mon sternum me tourne rapidement la tête alors que j'essaie de respirer en vain, craignant de m'évanouir sur le champ. Mes jambes sont flageolantes à cause de toutes les drogues, et il lui faut quelques secondes à peine pour faire tomber ma robe au sol, puis repousser vers le bas ma culotte.

Nue devant lui, je tremble. Il y a une sorte de défi dans ses yeux, comme s'il voulait me prouver qui commande. Lentement, il détaille mon corps des pieds à la tête. Je frissonne. La honte me brûle les joues. Et l'idée que bientôt il fera bien pire que me regarder renforce encore mon malaise.

Comme je ne bouge toujours pas, il agrippe un de mes bras et me traîne sous la douche. Mes pieds dérapent sur le sol humide, et je ne réussis pas à attraper le bord de la cabine en faïence.

L'eau me tombe dessus, glacée. Je hurle à pleins poumons, mais il me maintient. Le fait d'être à poil devient le cadet de mes soucis. Je tente juste de respirer sous le jet d'eau qui me fouette le visage et m'emplit la bouche. Petit à petit, la température se réchauffe, mais River ne me lâche pas. Épuisée, j'arrête finalement de me débattre. Je finis par basculer la tête en arrière, sentant la chaleur faire son effet et détendre mes muscles.

Une de ses mains desserre un peu son étreinte sur mon bras. Mes paupières se ferment une seconde, mon abattement ayant raison de moi, j'ai la sensation d'avoir une toute petite seconde de répit, enfin.

— Tiens, m'annonce-t-il. Sers-toi de ce savon et lave-toi, bon Dieu ! Surtout si je dois te toucher demain, j'aimerais au moins que tu sois propre.

Je rouvre les yeux d'un coup, estomaquée. Son expression est toujours sombre, mais il me semble qu'il y a une lueur d'amusement dans ses prunelles. Un instant, je reste immobile, trop choquée puis, d'instinct, je lui crache à la figure l'eau que j'ai dans la bouche.

J'ai atteint sa joue. Il s'essuie le visage. Sa barbe de deux jours crisse sous ses doigts. Son geste est lent, presque menaçant, alors qu'il ne me vise même pas. Je me recroqueville, attendant une gifle ou pire. Seul le bruit de la douche qui continue de nous dégouliner dessus se fait entendre. Nous gardons tous les deux le silence.

Peut-on se préparer mentalement à recevoir une rouste ? Verrouiller son esprit et penser à autre chose ? Mais à quoi ?

— Je pourrais t'apprendre le respect…

Foutue pour foutue, je remarque d'une voix qui tremble un peu :

— On ne doit aucun respect à son violeur.

— Je ne t'ai pas violée, rétorque-t-il avec un calme troublant.

J'avale ma salive, soudain épuisée et avec une énorme envie de pleurer.

— Pas encore, je précise.

Il ne nie pas, mais n'acquiesce pas non plus. Pourtant, on sait tous les deux que ça va arriver très bientôt.

— Savonne-toi.

Et River me plante là, me quittant sans un mot. Je reste immobile, comme si j'attendais que le coup tombe.

Au bout d'une minute, réalisant que je suis seule, et que j'en ai vraiment besoin, je lui obéis. Avec des gestes maladroits, je commence à me frotter et me récure des pieds à la tête. L'eau chaude coule sur moi, et mes muscles endoloris se détendent enfin un peu. Pour la première fois depuis que je me suis éveillée dans ce cauchemar, j'ai l'impression de respirer vraiment.

L'eau chaude me frappe le dos, le massage est hypnotique. J'évalue mieux mon seuil de fatigue seulement ; je pourrais m'endormir ici. L'envie de pleurer est toujours présente. L'épuisement que je ressens n'a pas de sens, ou c'est les effets de la drogue. Je détaille le décor autour de moi d'un air hagard. Existe-t-il la moindre chance que je puisse me suicider avant d'être trouvée ?

Un sanglot éclate. Puis un autre. Je me laisse glisser contre le mur, recroquevillée en position fœtale. L'eau a beau couler, je doute qu'elle puisse laver autre chose que la crasse. La manière dont ces hommes me regardaient, l'idée de ce qui m'attend… je me sens sale. Souillée quand rien ne s'est encore passé.

6

— Détends-toi, recommande Nadja en passant une brosse dans mes cheveux.

Je la fusille du regard à travers le miroir.

— Et comment je pourrais ?

J'ai conscience que lui aboyer dessus ne risque pas d'améliorer ma situation, mais je suis trop folle d'angoisse pour pouvoir me contenir. Dans une heure, nous serons devant tous ces malades, River et moi.

Je n'ai aucune idée de ce qu'ils ont prévu, et c'est sûrement le pire ; impossible de me préparer mentalement. Mais je n'ose pas trouver River pour l'interroger. De toute façon, il m'enverrait bouler, vu nos dernières rencontres.

Nadja m'a certifié l'ignorer aussi. Je veux bien la croire, même si un doute subsiste ; Blanche l'a-t-elle vraiment caché à tout le monde ?

— J'ai récupéré une dose si tu le souhaites…

Sa voix me fait sursauter, me permettant de réaliser que je m'étais perdue dans mes pensées. Ou mes cauchemars, les deux sont similaires en ce moment.

— De quoi ?

Je ne sais pas pourquoi je demande, j'ai très bien compris ce qu'elle entend par là.

— Du GHB. Efficace, simple. Tu seras désinhibée et avec un peu de chance, tu vas oublier. Si tu es chanceuse, répète-t-elle un ton plus bas.

— Nadja ?

Elle évite mon regard dans le reflet du miroir et se contente de finir de coiffer mes cheveux en chignon – directive de Blanche pour qu'on voie bien mon visage et ses expressions. Je déteste cette coiffure : elle accentue la finesse de mes traits et me rajeunit toujours, me donnant un air d'élève sage.

— Nadja ? j'insiste quand elle reste silencieuse.

— Rien, j'en ai pris deux le jour où Blanche a eu l'idée de faire une sorte de marathon SM. Je t'ai dit que j'étais une des filles qui en faisait le plus... c'est à partir de ce soir-là. Elle m'a expliqué que ça allait me conférer un statut, que j'aurais des privilèges... Mais je me doutais que ça serait hard. Et ça l'a été, le GHB n'a pas vraiment tout effacé, je m'en suis rappelé, mon corps aussi.

Alors qu'elle tire sur une de mes mèches, m'arrachant une grimace, je repense à sa proposition. Ne pas me souvenir... vu la situation, n'est-ce pas ma meilleure – et seule – option ? Mais en même temps, est-ce que je voudrais vraiment agir comme l'occupant d'une maison qui préfère la laisser grande ouverte, clé sur la porte, et revenir plus tard sans savoir ce qu'il peut y retrouver ?

La phrase qu'elle a dite me hante une minute « mon corps aussi ». Si mon esprit était protégé, caché dans un coin de drogue, quel intérêt si le lendemain je ne peux plus m'asseoir sur des toilettes sans hurler ? L'image me donne la nausée, et je redoute un instant de vomir pour de bon.

Sa paume ouverte apparaît à mes côtés. Elle tient une pilule. Devant moi, il y a le verre d'eau que je n'ai pas fini. Ça serait si simple, à portée de main...

— Je dois pouvoir t'avoir un truc plus fort sinon. De la coke ou... Tu dois faire très attention aux traces de piqûre. C'est interdit, seule Blanche décide qui doit prendre quoi. Ceci dit, tu peux te piquer par-dessus les marques que tu as déjà, ça ne se verra pas. Ici, les filles font ça entre les orteils ou sous la langue, me chuchote-t-elle après avoir jeté un coup d'œil à la ronde.

J'ai envie de lui crier que je ne veux pas connaître tous ces détails glauques, et de la repousser aussi fort que je peux. Une seconde, je la dévisage, me demandant si elle joue avec moi, comme un chat avec une souris, en s'amusant à me torturer à l'avance et à me faire peur... mais je ne pense pas. Elle croit m'aider.

Je continue à fixer sa pilule.

— Non, merci.

Les mots me blessent en sortant, me serrant la gorge, et j'hésite même à récupérer le GHB malgré tout, pour le cacher quelque part sur moi, au cas où… pourtant, j'ai l'intuition que ne pas savoir sera pire que le contraire, comme si je laissais River prendre le contrôle. Je songe à notre dernier tête-à-tête dans les douches.

Non, ça n'arrivera pas. Je ne vais pas plier devant cet homme.

*

Quand Nadja me prévient « Dans un quart d'heure les clients sont là, *show must go on !* », j'ai pensé à me pendre. Je n'ai pas de rasoir, je n'ai aucun objet tranchant ou pointu, et je ne sais évidemment pas où est ma carotide pour la perforer. Mais j'ai espéré trouver un truc, n'importe quoi et me pendre à la coursive. L'idée de ce qui doit se passer, quoi que ça soit et les jours à venir ensuite… tout me terrifie.

On dirait que je ne peux réfléchir à rien d'autre, c'est une sorte de pensée continue, maniaque, qui tourne en rond jusqu'à m'en rendre folle.

J'ai tenté de me planquer dans des toilettes, mais là comme ailleurs, aucun verrou à l'horizon. Aucun endroit où me cacher.

Je ne vais pas y arriver. Je ne vais pas y arriver. Je ne vais pas…

Mais tout le monde se fout de mes états d'âme ici. Seul mon corps a de la valeur. Enfin, on se servirait de cette expression pour quelque chose qu'on va soigner, alors que je risque plutôt d'être en fait utilisée, jusqu'à ce que je sois bonne à jeter.

Pour me donner du courage, j'ai demandé à Nadja de me montrer les fameuses junkies dont elle m'a parlé, consciente que j'étais prête à craquer. Ce sont deux jumelles à la peau mate, aux traits asiatiques, et Nadja m'apprend qu'elles sont issues d'un réseau. Originaires du Népal, elles ont été interceptées et revendues comme une marchandise quelconque.

Elles doivent avoir dix-sept ans, à tout casser. Quand on arrive dans leur chambre, je remarque qu'elles ne sont pas à l'écart par privilège. Elles sentent. Elles ne doivent plus beaucoup se laver, la pièce où elles se trouvent ne contient qu'une lumière chiche. Allongées sur des matelas, totalement parties, les yeux à moitié révulsés, elles ont déjà l'air mortes.

— Blanche ne le sait pas ? je questionne Nadja, perdue.

— Elle a abandonné l'idée de pouvoir les sevrer pour en tirer quelque chose. On les réserve aux clients qui veulent des sortes de poupées dociles, immobiles.

Je les contemple, longtemps. Ces filles sont « ma dose » à moi : exemples vivants de ce que je risque à me droguer pour fuir la réalité. Peut-être que River a raison. Je n'ai pas besoin de rester indemne, si je serre les dents jusqu'à ma sortie, je pourrai me faire soigner une fois dehors. Mais l'esprit se répare-t-il mieux que le corps ? On va espérer.

Si j'évite l'overdose ou de devenir comme les Népalaises, un genre de légume humain, je pourrai toujours aviser après… « Après » ? Combien j'ai de chances de réchapper d'ici, je me le demande sérieusement.

*

Ils sont nombreux. Je me retrouve encore au bas de ce même escalier. Il y a Blanche et River. Devant ce parterre de clients qui me semble plus dense que les fois précédentes. Je tente d'oublier la rumeur de voix et l'excitation latente qui émanent d'eux et que je sens courir sur ma peau, me donnant envie de me secouer pour m'en débarrasser.

Je tiens à peine debout. Mon regard croise celui de River. Habillé tout de noir, il a les mains derrière le dos, et une seconde je me demande s'il ressemble à un pénitent ou à un bourreau prêt à frapper.

Nous sommes côte à côte tandis que Blanche a descendu deux marches de plus pour faire son laïus et lancer ce jeu de massacre dont je suis la cible.

— Bienvenue à tous ! Vous êtes si nombreux aujourd'hui que nous avons dû nous serrer et enlever des meubles, alors merci à tous. Nous sommes ravis de vous accueillir pour cette semaine un peu spéciale.

Blanche fait une pause, ménageant ses effets. De là où je suis, je vois ses maigres clavicules émerger de la robe pourpre sombre qu'elle porte. Elle arbore quasiment le même chignon que moi, et j'ai envie d'arracher le mien, en signe de rébellion. Mais mes doigts tremblent, et l'idée que tous ces hommes s'en aperçoivent me cloue sur place.

Je me dis que c'est sûrement comme dans la nature : si un animal montre sa faiblesse, c'est lui qui sera attaqué le premier dans un troupeau. Je ne peux pas laisser paraître, une fois de plus, que je suis à deux doigts de m'effondrer.

River me regarde à nouveau, cette fois impossible de l'ignorer. Son expression indéchiffrable ne m'aide pas à comprendre le message que m'envoient ses yeux. Pourtant, quelque chose s'affirmit à moi. Je sens une moquerie. Sans savoir pourquoi, je l'imagine se foutant de moi dans sa tête, et ça me rend dingue.

Ma mâchoire devient rigide. Je serre les poings et me détourne. Pour tenir bon, je fixe un point loin au-dessus de la foule. Je dois pouvoir m'extraire de tout ça, aller à un endroit où je serai seule, à défaut d'être en sécurité.

Je pense comme une femme violée, super… Parce que tu vas l'être.

Cette certitude, brutale, me fait l'effet d'un coup dans l'estomac. Je dois faire un effort pour ne pas réagir et rester immobile. J'y parviens pour une raison : impossible de plier devant ce connard au regard assassin.

Si on donne à River mon corps, je ne lui laisserai que ça, je m'en fais la promesse.

— Ce soir, nous entamons les festivités ! À partir d'aujourd'hui, et chaque soir pendant une heure au moins, nous vous proposerons une sorte de saga. L'initiation d'une jeune fille de quinze ans.

La foule siffle, applaudit, se réjouit à cette idée quand mon cœur sombre pour de bon. Comme si je réalisais que tout ça allait vraiment avoir lieu. Maintenant, là, sans que rien ne se passe pour l'empêcher.

— Nous assisterons tous ensemble à son éveil par River. Elle aura droit à… tout. Nous ouvrons le bal en douceur. Après tout, c'est une vierge, si pure et innocente…

Au fur et à mesure que Blanche en rajoute, ma nausée s'amplifie, me prend à la gorge.

Je ne pourrai jamais le supporter, je…

Avant que j'aie pu réagir, je me sens soulevée, et River m'emporte sous les acclamations du public. Sans réfléchir, je me débats, mais il a une poigne de fer, et mes tentatives ne semblent même pas le ralentir. Il traverse la foule, qui s'écarte autour de nous, pour rejoindre une estrade au milieu de la salle que les clients me cachaient.

Horrifiée, je dévisage l'immense lit aux draps de satin rouge qui y trône. À chaque coin, de grands poteaux pendent en évidence avec des sangles épaisses en cuir noir. J'hésite entre le rire nerveux et des pleurs hystériques : *ça n'est pas possible !*

Mon énergie réapparaît comme par magie, je rue comme une furie et réussis à déstabiliser un peu River. Sauf qu'au lieu de ralentir, il me colle une énorme claque sur les fesses qui résonne dans la salle. Un cri étranglé m'échappe, ponctué par des rires gras.

River monte sur l'estrade et me jette dans le lit sans ménagement. Mon univers bascule alors que j'atterris en vrac, mon regard perdu sur les moulures du plafond et le souffle court. J'essaie de ramper loin de River, mais on m'attrape les mains. Je me débats pour voir qui me tient et reconnais l'un des vigiles.

Alors que je hurle de désespoir, les deux hommes me ceinturent et m'attachent en moins de temps qu'il ne faut pour le dire. Je pleure pour de bon, me demande si je ne risque pas la crise d'hystérie. Puis j'entends le vigile lancer à River à voix basse :

— J'ai une seringue, on la calme ?

Le sanglot s'étouffe dans ma gorge. Mes yeux croisent ceux, insondables, de River. J'y lis un avertissement et songe aussitôt aux deux prostituées comateuses. Mais la panique brute qui court dans mes veines se fiche bien de tout ça alors que tout mon corps me presse de me méfier. Puis l'image et surtout l'odeur rance des Népalaises s'imposent à nouveau à moi. Comment m'enfuir, ou avoir la moindre chance si je ne suis même plus consciente ?

J'inspire et adresse un signe de tête rapide à River, la terreur dans mon ventre de plus en plus puissante. Enfin, il répond :

— Ça ira. Je les aime actives. Crie, Hope, ça va leur plaire… et si ça devient chiant, je te bâillonnerai ou je t'assommerai, tant pis.

Quelque chose dans son ton me hérisse tout entière. Je referme la bouche et me cramponne à cette haine pour endiguer la peur. Sans un mot, je le défie du regard quand la voix de Blanche résonne :

— Pour ce soir, nous nous sommes dit que nous allions être magnanimes. River va montrer qu'il peut être le plus doux et attentionné qui soit, car nous allons offrir à notre petite Hope son tout premier… orgasme !

Elle a fait traîner la phrase pour l'emphase, loin de me rassurer. Un frisson me remonte le dos, qui est maintenant raide. La position dans laquelle ils m'ont ligotée, bras et jambes écartées en croix, donne un accès libre à mon sexe, encore couvert… *Pour combien de temps ?*

River se baisse et, quand il se relève, dans sa main puissante, je remarque un éclat de métal. Je me fige. C'est une lame. Il la lève haut, et une rumeur excitée traverse la salle. Et si Blanche m'avait baladée et qu'ils comptaient me tuer sur le champ ? Que tout n'était qu'une mise en scène ? Je ne sais même plus si l'idée me réjouit.

Après quelques secondes, parfaitement immobile, il a un mouvement vif, un silence religieux se fait. Tous les spectateurs tentent de se rapprocher, de trouver le meilleur angle, et j'en vois monter sur la coursive, à l'étage, pour pouvoir nous contempler d'en dessus.

Automatiquement, mes paupières se ferment d'appréhension... Mais en fait, il pose seulement la lame à plat sur mon pied, juste en dessous de la sangle de cuir, dont le froid me fait sursauter. J'ai l'impression que la sensation présage de ce qui va suivre, glaçante.

La lame descend le long de ma jambe, et mon cœur semble dégringoler en moi. Je me plaque en arrière, mais dans cette position, impossible de me protéger. La progression est terriblement lente. Je retiens ma respiration, mon cœur bat à dix mille... Incapable le regarder, je ne pleure ou ne geins pas, trop pétrifiée.

Puis un craquement sec et une secousse au niveau de mes hanches me font frémir. Il vient de déchirer d'un coup de couteau ma culotte. Il agit de même de l'autre côté, laissant courir la lame sur mon ventre qui se creuse d'appréhension.

Je ne sais plus si les gens autour de nous sont silencieux ou si je suis entrée dans un état second, mais pour moi, à cet instant, il n'y a plus que River qui existe. Lui et la terreur qu'il m'inspire.

Comme s'il le sentait et s'en amusait, il continue ainsi à jouer sur moi, alternant plat de la lame et pointe, la faisant glisser plus lentement sur mon bras jusqu'à ce qu'une griffure me tire un gémissement. Je devine la goutte de sang qui coule et crains de tomber dans les pommes, totalement en apnée. Alors que le tissu craque encore au niveau de mon col, il se penche soudain et souffle tout bas, si bas que je dois être la seule à l'entendre :

— Respire, je ne touche pas les mortes...

Je n'ai pas le temps de rouvrir les paupières qu'un nouveau bruit de tissu déchiré résonne alors qu'il éventre ma robe de bas en haut d'un unique geste puissant.

Je suis nue. Face à des spectateurs attentifs, qui me fixent comme s'ils voulaient m'absorber, me faire disparaître tout entière dans leur lubricité. J'étouffe un sanglot, malade d'angoisse, mais River bouge à nouveau, concentrant toute mon attention.

Il reste un moment dans mon dos, et si je résiste au début, je finis par me tordre en arrière, cherchant à apercevoir ce qu'il fait. Quand il réapparaît dans mon champ de vision, c'est avec un vibromasseur en main. L'objet est noir, sobre. Pourtant, l'idée qu'il le passe sur moi alors que j'ai envie de hurler me fait frémir.

Il l'enclenche. La vibration emplit le silence. Je le fixe et tente automatiquement de rabattre mes cuisses l'une contre l'autre, sans succès. Attachée comme je le suis, il peut faire de moi ce qu'il veut.

— River, je chuchote, paniquée.

Mais ses yeux ne me voient pas, ils sont indifférents. La vibration me parcourt quand il pose le sex-toy sur moi. À nouveau, il repart de la cheville, puis descend, lentement. Je me tends, me débats sans réfléchir. Je m'apprête à le supplier ou à crier que je ne veux pas, mais je sais que tout le monde s'en moquera bien.

La sensation est désagréable, comme un smartphone qui sonnerait sur vous mais avec l'aspect de ce sex-toy noir, je pense irrémédiablement à un insecte intrusif. La vibration se fait plus ou moins forte selon s'il appuie sur ma peau plus nettement, et je sursaute quand il le plaque d'un coup sur mon sein.

Je tente de me dérober, me faisant mal aux poignets à force de bouger, la vibration se fait plus insistante, plus présente et difficile à ignorer alors qu'il l'applique fortement sur moi. Mais la peur est trop puissante, je me surprends à guetter le moindre geste, à hésiter à cracher à la face de River, même si ça ne servirait à rien.

À nouveau, il éloigne le vibromasseur. Il repart du genou, puis va sur mon épaule et le long de mon bras… je ne sais pas combien de temps ça dure. Je perds la notion de la réalité, petit à petit, et me couvre de sueur à force de me débattre.

En particulier quand il s'attarde sur mes seins jusqu'à ce que chaque pointe en soit dressée à me faire mal. La sensation est étrange, piquante, entre douleur et… j'ignore quoi.

Brusquement, il plaque le vibro sur mon sexe que, malgré tous mes efforts, je n'ai jamais réussi à lui dérober. Le soubresaut qui m'agite est plus fort, le lit grince tant je me débats. Un rire, unique, perce la bulle dans laquelle je me trouve. Il est cynique, presque cruel tant il est moqueur. Je ravale ma salive.

River insiste, il enfonce le sex-toy entre mes cuisses sans pitié, puis remonte vers le haut de mon con. Et il recommence. Encore. Encore. Jamais ça ne semble s'arrêter. J'inspire bruyamment et me tords sur place. Je peux me tendre aussi fort que je le peux, ça ne change absolument rien ! Impossible de lui résister !

L'envie de sangloter me prend. Malgré moi, j'éprouve un trouble nouveau. Un sentiment diffus qui s'installe. Alors que je souhaiterais nier ce qui arrive ou repousser cet assaut brutal, il gagne du terrain. Vague par vague, insupportable au milieu du chaos, un frémissement plus net me remonte le long du dos.

Je ne suis que colère, dégoût, gêne. J'ai honte, tout simplement. Je ne veux pas ressentir quoi que ce soit. Surtout pas du plaisir et pas devant tant de gens. Mais River me piétine, moi et ma volonté, continuant son manège sans pitié.

Une larme m'échappe avec un premier frisson de pur plaisir. Je sens mes jambes qui s'écartent d'elles-mêmes, comme pour lui livrer le passage, et je me force à les rabattre. La honte enfle et me brûle tout entière.

Un sanglot m'étouffe, plus fort que les autres, et j'avale ma salive de travers, tournant la tête sur le côté pour retrouver ma respiration. Une seconde, River suspend sa torture et me laisse inspirer, mais alors que je me dis que c'est enfin fini, il plaque à nouveau le sex-toy dès que j'ai l'air remise.

Je continue à crisper les paupières, essayant de l'ignorer, d'ignorer tous ces gens, mes sensations, le trouble qui grandit en moi. Sans succès.

À force, mes cuisses se tétanisent totalement, je m'astreins pourtant à ne pas m'occuper de la brûlure que je ressens et surtout à ne pas réagir, me retranchant loin de mon corps… sur lequel je perds tout contrôle.

Mon corps se tend, un nœud se crée au creux de mon ventre à un endroit sale et honteux, un endroit que je ne connaissais pas mais… qui existe visiblement. Un premier gémissement m'échappe. Je le retiens de justesse. Mais je suis sur le point d'abdiquer, je le devine.

Le plaisir est là. Rien que le mot me dégoûte. Comment je peux, dans cette situation, éprouver quoi que ce soit ? Je me déteste tellement. Petit à petit, je sens mes genoux faiblir, ma résistance s'épuise, comme moi.

Alors River modifie un tout petit peu l'angle et appuie fortement sur mon sexe. Le vibro se retrouve en contact direct avec mon clitoris, et je pousse un cri de surprise. De dépit ou de plaisir, je ne sais plus. Je me mords la langue, fort. Comme cette sensation qui monte en moi par vague et me terrasse, balayant ma volonté.

Ma peau se couvre de transpiration, le désir que je tente de repousser me tend tout entière sous l'effort que je m'impose, en pure perte. Des sifflements se font entendre dans la salle quand River enlève le vibromasseur brutalement et qu'un soubresaut me parcourt.

Ma tête retombe en arrière, je sens un goût de sang dans ma bouche, sûrement à force de me morde. J'ignore si je suis soulagée ou… frustrée. À en pleurer. D'ailleurs, des sanglots me secouent. De dépit, de frustration, de dégoût. J'ai envie de vomir, je me déteste de réagir, de ne pas réussir à leur cacher ce que je ressens.

Subrepticement, je croise le regard de River entre mes paupières mi-closes. Son expression a changé, je devine maintenant de la pitié dans ses yeux. On ne dirait pas qu'il est celui qui m'impose ça. Il me laisse dans cet état, et j'ai l'impression d'être suspendue au bord d'un abîme. Mon sexe pulse, il m'a menée si proche de l'orgasme que mes orteils sont recroquevillés, je tremble tout entière.

Alors que je commence à me reprendre, le bruit du vibromasseur résonne à nouveau. Une vague d'applaudissements le salue, des cris, des rires… ils s'amusent. Ils sont au spectacle de me voir ainsi ! Un nouveau sanglot m'échappe. Il est douloureux, si douloureux. Je devine que quoi que je fasse, j'ai perdu.

Le vibromasseur revient contre moi, mais River le positionne plus haut au sommet de mon con. Les vibrations sont perceptibles, mais trop excentrées pour me pousser loin, pas assez faibles pour que je puisse l'ignorer, vu mon excitation.

Non, pitié, pas comme ça, pas…

Le plaisir monte. Sournois, il me tord le ventre, me griffe de l'intérieur, car je n'ai pas assez pour exploser, pas assez non plus pour lutter contre et repousser ces sensations qui m'assaillent. Je suis suspendue en apesanteur entre orgasme et redescente vertigineuse. Finalement, je sens mes jambes s'écarter d'elles-mêmes. Elles me trahissent, et je n'ai plus aucun contrôle là-dessus.

Le sex-toy disparaît alors quand mes hanches ruent en avant, à ma propre honte. Un applaudissement tout proche derrière ma tête me fait sursauter. Mes paupières se ferment, fort, sans parvenir à retenir mes larmes pour autant. Je tente d'ignorer ces gens, de ne pas penser à ce qui va se passer…

Une brusque douleur me fait crier. Je rouvre les yeux en catastrophe et découvre sur mes deux mamelons deux outils en métal, comme de minuscules pinces qui mordent ma chair. Une chaîne fine les relie. La sensation est piquante, très forte à chaque respiration, le fil crée une sorte de brûlure.

Je gémis, pas de plaisir, cette fois. Le vibromasseur réapparaît comme par magie, et à chaque fois que je bouge, la douleur s'avive sur la pointe de mes seins. River joue une fois avec la chaîne, m'arrachant une protestation sonore. Et alors que je me remets à pleurer, de souffrance et d'autre chose mêlée, il fait redescendre le sex-toy avec une lenteur infinie. Je rouvre les cuisses sans vergogne, n'étant plus autre chose qu'une boule d'instinct sans pensée cohérente et sans volonté propre.

Car je le devine, la douleur amplifie le plaisir. Il se télescope avec quelque chose de cuisant et, quand River tire à nouveau sur le fil, le cri qui résonne à travers la salle silencieuse parle de lui-même. J'inspire et expire à toute vitesse, craignant de tomber dans les pommes.

Tout va trop vite. Ma tête tourne. J'ai mal aux mamelons, toutes mes terminaisons nerveuses sont à vif et mon clitoris me semble palpiter au même rythme que mon corps.

D'un coup, le vibro disparaît.

— Nonnnnn…

Les mots m'ont échappé tout seuls. Je respire comme si je me noyais, ma vue se brouille. River tire maintenant en permanence sur la chaîne. Je souffre. La pensée qu'il est sur le point de me mutiler me traverse l'esprit… mais je m'en fiche à cet instant. J'ai besoin de plus.

Alors que je cesse de réfléchir, que River se penche sur moi, il recommence. Une fois de plus, il me mène au bord de l'orgasme, puis deux, puis trois… je perds le compte. Peut-être que cela va de plus en plus vite, je ne réalise plus rien, plongée dans un état second où je navigue entre nausée et plaisir douloureux.

Une rumeur me parvient de loin. Des gens frappent des mains en rythme, scandent en criant, puis je comprends qu'on réclame à River d'aller au bout. Le sex-toy revient sur mon ventre, mes cuisses… je rue sur le côté, tire de toutes mes forces sur les sangles. Mais peu importe, il me faut une toute petite vibration et… River me tape avec le sex-toy, pile sur le sexe. Comme une claque. C'est puissant. Je pleure. Il recommence. Trois fois suffisent, et j'explose.

Le cri que je pousse en jouissant est fort. Dedans, il y a mon soulagement, ma haine, mon plaisir tout à la fois. Enfin, c'est arrivé. Ma tête retombe en arrière alors que le nœud au creux de mon ventre se relâche brutalement.

Dans un état comateux, je ne prends pas garde aux bruits, aux rires que j'entends. Blanche fait un discours, mais les paroles ne me parviennent pas, je suis trop perdue dans une débâcle d'émotions.

Une douleur vive fuse dans mes mamelons en feu, et je geins sans réfléchir. Je rouvre les paupières et croise le regard de River. Il a retiré de mes seins les deux pinces. Mes bras retombent soudain, et la douleur qui me traverse les épaules me fait grimacer. J'ai l'impression qu'on a essayé de me les arracher. Le même coup de fouet me remonte des jambes quand elles percutent, inertes, le matelas.

Je me suis tant et tant débattue que je ne contrôle plus mes membres. Je ne suis qu'un corps noué. Alors River me dévisage, bien en face.

— Lève-toi.

Cette fois, aucun doute : la compassion ne se trouve pas dans ses yeux. Ni la honte ni rien d'humain. Cet homme vient de me bafouer devant des dizaines de gens… et s'en moque totalement. Je voudrais bien lui obéir, mais je ne le peux pas. J'en suis incapable.

J'ai l'impression d'être un déchet. Je suis un déchet. Il ne s'est encore rien passé, et mon corps est labouré, totalement en déroute. L'amertume que je ressens domine tout, même la douleur qui continue à pulser dans chacun de mes muscles.

On me soulève brusquement, et sentir les mains de River sur moi, larges, puissantes, me dégoûte. Je tente de bouger, d'opposer une résistance bien qu'il soit trop tard ou qu'elle est infime, mais sans résultat. Ma tête pend, sans vie. Je vois le noir du carrelage succéder au velours cramoisi de l'escalier, puis un couloir et l'obscurité juste avant le vestiaire.

Quand je percute le lit en mauvaise ferraille, je grogne à peine. Je suis épuisée, presque sous le choc ; on dirait que je sors d'un accident. Nos regards se croisent à nouveau, et je le défie, réussissant enfin à reprendre assez d'énergie pour ça. Je l'insulte, le tue en pensée, le roue de coups, l'émascule, lui crève les yeux et ainsi de suite. Une litanie de vengeance continue, et une larme coule sur mon visage. Ça pourrait être un aveu, une manière d'abdiquer, mais ce n'est qu'un concentré de la haine la plus pure.

Jamais je ne me suis touchée seule. Jamais je n'ai osé… et voilà qu'un inconnu vient de le faire, cynique, brusque, offrant ça en pâture à une foule de pervers. Si je pouvais, je lui cracherais à la gueule.

River me contemple. Il y a quelque chose d'ambivalent dans ses yeux et d'indéfinissable. Cela pourrait presque m'intriguer, pourtant je ne vois que l'épaisseur des bras, des épaules. Une montagne de muscles qui me passera bientôt dessus, écartelant mes chairs. Mais la peur reste largement dominée par le ressentiment, par la rancune brute, et je m'imagine encore le faisant souffrir.

— C'est bien. Continue à me regarder comme ça. Tu survivras à cette semaine.

Après avoir dit ça, sans le moindre sentiment visible, presque comme s'il m'annonçait qu'il pleut, il s'en va sans se retourner.

Bien plus tard, je tente de me lever. Ma vessie semble prête à me lâcher. Mes doigts sont engourdis, mes bras et mes jambes me brûlent, et j'ai l'impression d'avoir le sexe en feu, irrité par le contact du sex-toy.

Un sanglot m'échappe, solitaire.

⚡

Le lendemain, il me faut presque toute la matinée pour me décider, le temps que la fatigue se dissipe. J'ai frôlé la crise de nerfs, puis l'impression de glisser dans un désespoir sans fond m'a ligotée.

Enfin, sous la douche, c'est devenu plus clair. Il le fallait. J'ai réfléchi tout le repas comment faire. Nadja a essayé de m'adresser la parole, mais je l'ai ignorée. Elle n'a pas insisté. Toutes les filles me dévisagent de loin, elles semblent parler sur mon dos. Je regarde mon assiette d'œufs brouillés sans y toucher. L'idée que ça se transformera en vers grouillants dès que je serai morte me dégoûte.

Je dois attendre toute la journée, mais à un moment donné, le vestiaire se vide. Les filles se préparent pour le soir, sont en cuisine ou dieu sait où. Je me lève, grimaçant à chaque mouvement, mais ma décision est arrêtée.

J'agis vite, tirant sur les couvertures. Un relent de renfermé me prend le nez. Les deux premiers draps que j'attrape sont constellés de marques suspectes. Il me faut moins de cinq minutes pour en récupérer quatre, puis les nouer ensemble. Le nœud coulissant me semble totalement foireux, mais j'espère qu'il suffira.

Je me glisse hors du dortoir et longe les murs. Rejoindre la coursive me force à me cacher, et je risque de me faire voir plusieurs fois, mais j'y parviens.

Est-ce que je m'apprête à faire ça ? Jamais je n'avais pensé à me tuer. Pas une fois. Mais ici, vu ce qui est arrivé hier ? Comment je pourrais encaisser encore et encore quelque chose de ce genre sans me disloquer ou même seulement me détester ?

La grande salle, qui sera bientôt envahie, est vide. Je me dépêche, préférant agir vite avant de réfléchir. Mes doigts tremblent quand je fais le nœud autour de la rambarde. La sensation d'oppression me noue la gorge. J'enfile enfin le nœud à mon cou, puis contemple le vide en contrebas. Je tire un peu plus fort sur le drap, et il tient.

Chancelante, le souffle court, je vérifie. Personne. Je n'aurai pas de seconde chance… J'enjambe la barrière, m'y accroche, puis passe de l'autre côté. Mon pied glisse, et je me rattrape in extremis, avant de réaliser ce que je suis en train de faire.

Je pourrais presque en rire, même si c'est nerveux. Me retenir comme une perdue à ce bout de bois alors que je suis venue là pour me foutre en l'air : quelle logique !

Un instant, je ferme les yeux. Je peux le faire. L'intérieur de mes paumes est trempé, je mets quelques secondes à me décider, mais, enfin, je me résous à lâcher. Je pars en arrière. Mon cœur bat comme un sourd. Je me sens tomber à toute vitesse et attends le moment où mon cou va se briser et où tout s'arrêtera.

Mais je continue à chuter puis une résistance, rapide, me ralentit. Je vois le sol à moins d'un mètre de mes pieds. Ils se secouent inutilement dans le vide. L'oppression autour de ma nuque se fait plus nette, mais j'essaie de m'y accrocher. Puis un « crac » sonore retentit, et je m'effondre. Quand je percute le sol, je crie sans réfléchir.

Sonnée, je reste immobile. Des bruits de pas précipités me parviennent. J'ai la tête pliée vers l'arrière, une douleur remonte le long de ma nuque, et je tombe dans les pommes.

*

Quand je rouvre les yeux, peu de temps a dû s'écouler. Quelqu'un me pose sur un lit en douceur. Presque aussitôt un brouhaha se fait entendre. Dans mon angle de vision tordue, je vois arriver un type entre deux âges et Blanche.

— Elle s'est pendue, cette catin ?!
— Oui, dit-on dans mon dos.

River...

Blanche a l'air furieuse, elle accélère, puis se plante au pied de mon lit alors que j'essaie de comprendre ce qui se passe. Blanche se penche au-dessus de moi et à peine j'aperçois son mouvement qu'une claque me fait valser la tête sur le côté. Le bruit est mat, il résonne fort.

— Petite conne !

Une nouvelle claque me cueille, plus forte encore, et je me mords les lèvres en passant, un goût de sang en bouche.

— Sale petite conne !

Une série de coups pleut sur moi. Deux baffes sur le haut de la tête, et même un retour de main où elle semble volontairement tourner la paume pour que sa bague épaisse percute ma tempe.

Je suis tellement sonnée que je n'ai pas le réflexe de parer les coups.

— Blanche, la laisser intacte aura plus d'impact pour le show, non ?

C'est River qui intervient, réussissant à suspendre une brève minute ce déluge. J'inspire et dévisage Blanche à nouveau. Son regard est froid, il me taillade sur place.

— Si je m'écoutais, j'écraserais des mégots sur l'intégralité de ton corps ! Tu n'as pas le droit de faire ce genre de choses.

Elle a scandé ses derniers mots, se penchant pour être à la hauteur de mes yeux. La fureur se lit en elle.

— Tu vas voir, l'idée que tu as eue était brillante. On fera de toi un exemple. Je m'appliquerai à te briser menue jusqu'à ce que tu sois une chienne bien dressée. Crois-moi, je peux devenir ton pire cauchemar. Soignez-la. Je la veux en état pour ce soir.

Elle part sans rien dire, sa robe danse derrière elle au rythme de ses pas rendus saccadés par la colère. Ma tête roule sur le côté, et je me retrouve face à River.

Il n'ajoute rien avant de s'activer autour de mon cou. Je comprends qu'il desserre le drap qui s'y trouve encore. C'est lui qui m'a portée ? J'ai le souvenir d'une sorte de chaleur diffuse qui m'a fait presque du bien. J'espérais que c'était ça, la mort. Mais je rêvais toute seule, c'était trop beau pour être vrai…

Le regard de River me détaille, froid et sans la moindre complaisance.

— Tu es allée plus loin que les autres… et plus vite, remarque-t-il. Doc, examinez-la.

L'homme qui accompagnait Blanche et s'est tenu à l'écart se rapproche. Il pose sur le sol une valise de cuir lourde. Il soupire, comme s'il souhaitait être n'importe où ailleurs, avant d'annoncer :

— Bien. Je viens vous chercher quand…

— Je reste, Doc, le coupe River.

Le docteur a l'air surpris, il contemple un instant River, comme s'il était un peu perdu. Je préfère carrément fermer les yeux.

Je me suis plantée. Je suis en vie, et pas assez amochée pour échapper à ce qu'ils me préparent… Qu'est-ce que Blanche veut me faire ? Je sens les larmes affluer sous mes paupières, mais je les refoule, refusant de craquer. Pas devant River.

Même là, son regard pèse sur moi, avec assez de force pour que je le ressente physiquement.

Les mains du médecin me palpent, mais je ne réagis pas, indifférente. Ma gorge est si serrée que j'ai dû mal à respirer.

— Elle n'a rien de grave, mais la cheville droite est enflée. Peut-être y mettre un peu de glace.

Sa voix est incertaine, comme s'il doutait que ça ait le moindre intérêt.

— OK. En partant, demandez à la première fille que vous croisez d'en apporter. Merci.

Je garde résolument les paupières closes, attendant que le docteur et River me laissent. J'ai envie de dormir, de pleurer ou de sortir de mon corps. Alors que je tente de faire taire tout sentiment, ne sachant même plus où j'en suis, si je suis déçue ou quelque part soulagée d'en avoir réchappé malgré tout, j'entends un bruit à ma droite.

Je rouvre les yeux, mais oui, à mes côtés se tient bien River, assis tout au bout du matelas. Sa présence imposante m'écrase aussitôt, et je recule sans réfléchir.

— Qu'est-ce que…

Je referme la bouche dès que je réalise ce que je suis en train de faire : pourquoi lui parler ? Murée dans le silence, je le dévisage. Cela nécessite toute mon énergie, toute ma hargne, mais je ne baisserai pas le regard. Pas devant ce type… ce violeur d'orgasme. Finalement, mon dépit prend le dessus, même si je me parle plus à moi-même qu'à lui :

— Pourquoi ça a lâché ? Je pensais les draps plus solides…

J'ai vu ça dans un film, mais je refuse de l'ajouter à voix haute.

— Un nœud en haut s'est défait. Sinon, effectivement, c'était pas mal fait.

On se contemple une seconde en silence. Il pourrait sûrement détailler de la même manière un mur ou une plante verte, peu importe. Moi, j'y mets toute la haine que j'ai ressentie hier.

À quoi réfléchit River ? Il peut se regarder en face ? Nadja m'a expliqué qu'il aidait Blanche à « tenir les filles d'ici ». Ce qui s'est passé… A-t-il aimé me faire ça ? Croit-il que mon orgasme, difficile à nier, l'excuse ?

— On dirait que tu veux m'empoisonner avec tes yeux.

Son ton n'est pas accusateur, au contraire, il semble presque s'éclater. Sa voix grave a résonné avec une sorte de langueur, traînante. Elle me trouble malgré moi. Je songe à un moment précis où il a tiré sur la chaîne entre mes mamelons. Un frisson me remonte la colonne.

— Vu ce que tu prévois de me faire, je préférerais avoir un sexe empoisonné.

— Ou la bouche ? relance-t-il, un sourcil haussé.

Sous la provocation apparente, je remarque une lueur. Peut-être de l'amusement, mais tellement loin et caché que j'en doute.

Tu l'imagines, oui.

— Tu as conscience que je vais devoir t'initier... partout. Bouche, cul... Blanche n'en voudra pas moins. Ce que je t'ai fait hier, ce n'était rien. Tu pourrais presque me remercier.

— Tu m'as violée.

Il semble réfléchir à la question.

— Violer ton corps est le moins grave qu'on peut te faire subir ici. Tu n'as juste pas encore compris ça. Ce n'est rien. Tant que tu en es à pleurer sur un peu de sang, trois côtes cassées, c'est que tu t'en sors bien.

— Si ça t'aide à dormir la nuit.

— Ne t'inquiète pas pour moi, se contente-t-il de répondre. J'ai parlé avec Blanche. Elle voulait enlever toutes les couvertures, mais il aurait fallu punir tout le monde à cause de toi. T'attacher en permanence n'est pas une bonne idée non plus par rapport à la propreté... Je l'ai donc convaincue de lier ton sort à une fille d'ici. Suicide-toi, on la tue. Nadja, par exemple ? Rappelle-t'en quand tu essaieras de t'ouvrir les veines. Te tuer est une chose, prendre la responsabilité d'en buter une autre en même temps...

— Eh ! Ça serait vous et non moi qui...

— Ton choix. Un acte, une conséquence, martèle-t-il sans s'émouvoir devant mon regain de colère. Ah, et si tu ne me crois pas sérieux... tu as tort.

Sur ces mots, il se lève et part, comme ça. J'observe sa démarche assurée, puissante comme une lame fendant l'espace autour de lui. Pas une seconde, je ne doute qu'il bluffe...

Je repense à ce qu'il vient de m'expliquer. Quelque part, ça me semble trop facile. Oui, on peut briser mon esprit, ma volonté : n'est-ce pas ce qu'il a fait hier ? Je refusais tout ce que j'ai vécu et éprouvé... et pourtant. Je ne voulais pas réagir et j'ai fini par le faire. Mon corps va bien, mais le reste ?

Quand je songe à sa dernière menace, un frisson me parcourt malgré moi. L'idée qu'ils puissent tuer Nadja si je recommence... je ne vois pas ce qu'ils pouvaient trouver de plus efficace, en fait. Je ne peux pas. Impossible que ça repose sur moi, je crois que ça serait impardonnable, surtout après tout ce qu'elle a fait pour survivre.

River a en tout cas réussi une chose : je prends tout ce qu'il me dit terriblement au sérieux. Je suis certaine qu'ils le feraient. J'ai vu les filles shootées, Nadja en pleine orgie SM... rien ici n'est un coup de bluff, malheureusement.

Le rire a disparu, il ne me reste que les larmes. Mon corps recroquevillé sur le matelas, une odeur rance me piquant le nez. Je suis à bout. Et qui ça intéresse ? Ma gorge se serre un peu plus : début de crise de panique. Je me force à respirer, lentement, et tente de me calmer avant que ça n'empire.

Je me sens seule, misérable. Ma cheville me lance. Je hais River. Je déteste cet endroit et... mes sanglots redoublent. Je rabats mes jambes sur moi, essayant de devenir invisible.

*

Après plusieurs heures à rester immobile, pour laisser la glace agir, je sens ma cheville dégonfler petit à petit. Nadja, qui doit s'ennuyer, vient souvent parler avec moi. Elle récupère la poche de glace et hoche la tête.

— Cool, tu ne devrais même pas boiter. À mon arrivée, il y avait une fille, Maria. Un client avec une sorte d'outil l'avait amochée, un machin de torture du Moyen Âge. Puis ça s'est infecté et a gangrené. Trop dégueu.

Je fais mon possible pour ne pas réagir. Je me demande si Nadja se complaît dans des histoires glauques ou si elle a une bonne raison de me raconter tout ça. Je finis par craquer quand elle me décrit un pied gangrené dans le détail.

— Pourquoi tu me dis tout ça ?

Elle semble réellement surprise de ma question.

— Tu veux que je me foute en l'air ? Je doute de faire mieux, j'explique finalement.

Je n'ose pas lui rapporter la menace de River, pas sûre de sa réaction.

— Oui, ça ne pouvait pas marcher le truc des draps comme tu t'y es pris.

Agressive, je la dévisage avec l'envie de la secouer.

— Alors quoi ?

— Je… m'emmerde. Les filles parlent de moins en moins au fur et à mesure que le temps passe. Elles sont chiantes… Quelqu'un a éteint la lumière quoi. À part faire des plans pour s'entretuer, se bouffer le nez pour un fer à cheveux ou une meilleure couverture, elles n'ont plus rien dans la tête. Des animaux en cage.

Elle finit par hausser des épaules.

— Je crois que c'est la situation, ça nous rend… vides. On ressasse sans arrêt, on n'a aucun contact avec l'extérieur…

Je la regarde, cherchant à savoir si elle essaie vraiment de me faire peur ou pas. Mais non. L'ennui se lit sur ses traits, elle est sérieuse. Je représente juste de la nouveauté pour elle.

— Tu es là depuis combien de temps ?

Elle grimace.

— Dur à dire. On doit faire confiance à Blanche, même si certaines tentent de compter. On ne voit pas la lumière du jour, mais les hommes ne peuvent venir que le soir, ça aide à rythmer la journée. A priori deux ans. Il me resterait une seule année avant la vingtaine et mon ticket de sortie.

Elle ne sourit pas, et je réalise que soit elle n'y croit plus, soit… comment interpréter son expression en fait ? En même temps, elle n'a pas tort : comment s'adapter à la vie normale après un isolement aussi glauque ?

— Dis-moi, on fait des paris avec les filles. Lady Gaga a toujours la cote ou plus trop ? Moi, je pense qu'elle a fait une overdose, reprend Nadja.

Je me redresse dans le lit, ayant l'impression de rêver. Une fille, une pute, me demande à moi, dans un bordel situé dans un endroit non identifié, ce que devient Lady Gaga ?!

— Hope ?

— Non. Enfin, pas d'overdose. Pour sa célébrité, elle fait moins parler d'elle, mais elle est actrice aussi maintenant.

Quand je réalise que je tente de ne pas vexer Nadja, au cas où ça soit une grosse fan, un rire hystérique me secoue. Je ris si fort que j'en ai mal à la mâchoire, les larmes me viennent aux yeux. Puis des sanglots s'y mêlent, je ne peux les retenir.

— Tu chiales ou tu rigoles ? Merde, tu pètes déjà un câble ?

Nadja soupire.

— On ne va pas avoir de nouvelles de l'extérieur longtemps, je sens...

Je repense à nouveau aux menaces de River. Si jamais je faisais quoi que ce soit, serait-ce vraiment elle qui paierait ? Une fan de Lady Gaga qui s'ennuie ? Après avoir subi tout ça pendant plus de deux ans ? J'avale ma salive, un peu calmée. Et je hais un peu plus fort Rider dont c'est l'idée.

Connard de manipulateur !

Nadja sort de sa poche une pilule d'un rose pâle.

— Décontractant ?

— Nadja, je t'ai déjà dit non ! Je ne veux pas tomber là dedans.

— Non, réellement ! Pas de GHB. Juste un décontractant, m'assure-t-elle avant que son expression s'assombrisse. Écoute, j'ai entendu Blanche expliquer ce qui a été choisi par les clients pour ce soir... ça risque d'être rude. N'affronte pas ça à jeun.

Rester impassible me demande un effort. Elle me tend la pilule sans un mot. Les recommandations de River me reviennent.

— Je n'ai pas envie de devenir une camée.

Ma voix traduit assez bien mon angoisse.

— Un décontractant, répète-t-elle. Ça va seulement être plus simple à gérer. Y aura les souvenirs… Et la douleur, ne t'inquiète pas.

Ses yeux sont froids, et je devine qu'elle sait ce qui m'attend, l'a déjà vécu et qu'elle doit compatir à sa manière. Le visage de River s'impose à nouveau. C'est ce qui me décide.

— Donne.

J'avale le comprimé d'un mouvement sec.

8

La soirée est sur le point de commencer. Je vais devoir affronter ces regards, une nouvelle séance avec River… J'ai la nausée. Le comprimé de Nadja marche assez bien. Il me semble être un peu plus calme, mais je suis loin de planer.

J'observe le décor autour de moi, ces visages et les rumeurs de voix, et je ne peux m'empêcher de trouver le tout menaçant. Je me dis que oui, il est impossible de me détendre vraiment vu les circonstances.

Blanche m'a ordonné de rester en bas de l'escalier, et River est venu se placer à côté de moi. Sans doute pour repousser certains des clients trop familiers ; il ne faudrait pas qu'on abîme le gros lot de la semaine.

Blanche lève la main pour exiger le silence, et les hommes massés face à elle lui obéissent étonnamment vite, elle ferait presque penser à une maîtresse d'école devant des bambins.

— Ce soir, nous avions prévu une initiation en douceur, quelque chose d'un peu sympathique, ludique. Le sexe oral est toujours une belle découverte et, reconnaissons-le, qui refuserait une bonne pipe ?

Des rires s'élèvent.

— Mais Hope, ici présente, n'a pas été sage. La vilaine fille a voulu nous fausser compagnie, et nous devons l'aider à réaliser son erreur. Lui faire comprendre qu'elle est avec nous pour longtemps… tant que nous l'aurons décidé, en tout cas, rectifie Blanche.

Son sourire est juste effrayant et transmet parfaitement le message : elle me menace clairement.

— Le programme a donc évolué, tout naturellement.

Dès qu'elle a fini sa phrase, un bruit de roues qui grincent nous parvient. L'un des vigiles approche, et il porte une sorte de grand cadre en ferraille où deux sangles sont accrochées alors qu'au sol une planche étroite est fichée dans le socle.

Une copine, July, fait un trip sur le BDSM après avoir lu un livre bien connu, et elle a tenu à me montrer au lycée le résultat de certaines de ses recherches Internet, pour le fun. On a surfé sur un site de vente en ligne un jour de colle pour s'occuper. J'ai acquis quelques notions de base sur tous les trucs pour attacher des soumises, croix de saint André et autres. Ce cadre en semble tout droit inspiré. Si, à l'époque, je ricanais devant la page, à l'heure actuelle j'ai plutôt la gorge sèche.

— Non…

Je vacille en contemplant les sangles qui pendent dans le vide, attendant des poignets et des pieds. Je visualise déjà mon corps écartelé par ce cadre trop large pour ma stature. River me jette un coup d'œil. Je me trompe forcément, mais à cet instant, il a presque l'air d'avoir pitié.

Qu'est-ce qu'il est censé…

J'arrête là mes pensées, me disant que je risque de péter un câble très vite. J'ai l'impression que seule la drogue que j'ai avalée m'empêche de me mettre à hurler ou de m'écraser au sol, gardant sous contrôle une émotion que je ne peux guère endiguer.

— Désolé.

Je ne sais pas si j'ai bien entendu ou si je l'ai rêvé, car la minute d'après je me retrouve balancée sur une épaule dure, la tête à l'envers dans le dos de River. Je tente de me débattre aussitôt, mais c'est comme faire bouger une montagne à mains nues : impossible. Sa carrure est sans comparaison avec la mienne, et j'ai perdu d'avance, quelle que soit la force que j'y mets. Puis je réalise que le calmant n'y est pas pour rien : il doit finir de rendre mes gestes inutiles.

Je me retiens de supplier, consciente que personne ne m'écoutera, même si l'envie est forte malgré tout : comment je suis censée me laisser attacher sans moufter alors qu'on va visiblement me frapper et me faire souffrir ? Je repense au dernier conseil de Nadja, qui s'était habillé en domina, toute en latex, cheveux gominés et une cravache attendant sur son lit. « Ne résiste pas, laisse-toi aller. On peut aimer ça si on lâche prise. » Elle avait conclu ça après un instant de réflexion, et j'avais tout de suite eu du mal à la croire.

Je sens le cuir des sangles sur mes bras nus et me retrouve cernée de toute part par les clients qui, par en dessous, me reluquent allègrement, la petite nuisette noire ridicule que je porte ne couvrant pas grand-chose. Sans le décider vraiment, par pur instinct, je crie. River et le vigile m'attachent, se foutant totalement de ma résistance, d'autant plus que je suis affaiblie par ce que j'ai avalé.

Un grand mouvement de rage et de désespoir qui ne risque pas de m'aider. J'ai même la sensation que ça attise l'intérêt des hommes les plus proches, et en baissant les yeux, j'en vois un qui bande.

Je ferme un instant les paupières, dégoûtée par ce spectacle. La panique coule à flots dans mes veines, mais elle est contrecarrée par la drogue, et cela m'oppresse petit à petit, comme si j'étais sur le point de disjoncter, tiraillée entre deux feux. J'ai l'impression d'être scindée en deux. Une table est roulée jusqu'à nous. Dessus reposent divers outils, cuir, métal, lanières fines en corde… J'ignore les noms de ces trucs, malgré la passion de July.

Et n'ai aucune envie de faire connaissance.

— Pour les besoins de cette semaine, nous n'allons infliger aucun dégât permanent à Hope. Il faut que notre petite protégée soit en forme pour vous dès que le grand final aura eu lieu et pour tous ceux qui souhaiteront payer pour sa soirée d'ouverture…

Elle continue à tenir la jambe aux invités, sans doute pour laisser le temps à River de se préparer, ou pour faire monter la pression. River porte un T-shirt noir manches longues très moulant et un pantalon de la même couleur, on dirait un bourreau. L'impression d'être totalement détachée de ce qui se passe tout en étant étrangement consciente me perturbe, troublant tous mes repères.

Avec des gestes lents, il s'attache les cheveux qu'il a en carré haut sur la tête, ce qui fait saillir des muscles de toute part. Un bourreau aux allures de top modèle de catalogue. Seule une fine cicatrice barre son front, soulignant sa virilité en lui donnant l'air plus dangereux.

Et à cet instant, je me sens affreusement fragile et féminine. Pas dans le sens où je me l'imaginais plus jeune, telle une amazone courageuse, allant à l'encontre des conventions et assumant son rôle de femme. Non, là, j'ai l'impression d'être faible, et ça ne me plaît pas.

Je déglutis. Mes jambes sont étirées par les sangles, je ne suis pas grande, et le cadre est trop large pour moi. La position est inconfortable, je grimace déjà alors qu'on ne m'a rien fait.

Quand il relève la tête, son visage n'affiche plus aucune expression. Son regard passe sur moi, lentement. J'ai le sentiment de basculer en avant, pourtant je ne bouge pas. La trouille au ventre, je le dévisage.

Lorsqu'il approche, doucement, en silence. Il doit lire ma panique dans mes prunelles. Nous sommes installés sur une estrade, un peu surélevés pour que tout le monde profite du spectacle.

River se trouve face à moi, et je secoue la tête, à peine. Ma supplique est muette, parce que mes dents risquent de s'entrechoquer si je tente de parler. Un éclat traverse ses prunelles. Une moquerie ? Une façon de me provoquer ? Impossible à dire.

Une sorte de rage me coupe le souffle et ranime mon ressentiment.
Sombre connard !
Je l'insulte tout bas entre mes lèvres, pariant sur le fait qu'il n'entendra pas avec les bruits autour de nous. Une résolution apparaît en moi, je le regarde passer ses mains sur chacun des objets qui attendent. Il hésite, en saisit un, un fouet avec de fines lanières, puis le repose. Ensuite, il joue une seconde avec une

sorte de pelle carrée assez longue munie d'un manche. Un paddle, je me rappelle très bien de ça sur le site de July. Il faisait partie d'un lot nommé « spanking » – fessée.

Le temps qu'il prend à choisir creuse en moi une angoisse qui me tord le ventre, mais je me force à n'en rien laisser paraître. Je vais lui prouver que je me fous de lui. Sûrement qu'il arrivera à me faire crier, pourtant il doit lire dans mon regard que je l'envoie au diable ce connard, il y sera en bonne compagnie vu la foule qui se presse ici !

Finalement, il revient au paddle. Ses jointures se serrent fortement sur le manche. La désinvolture avec laquelle il semble me provoquer disparaît, à la place il s'approche de moi, résolu, le visage fermé.

Je détourne la tête, incapable de le regarder quand le premier coup va partir. Sauf qu'il continue à me tourner autour au lieu de passer à l'action. À deux pas de moi, il patiente. Pourquoi ? Que je devienne folle ? Que je chiale ou me pisse dessus ? Sous le puissant flot d'adrénaline qui doit couler dans mes veines, je commence à me dire que le calmant que j'ai pris est totalement inefficace. L'idée qu'il se joue de moi me fait serrer les dents.

Connard, connard, sombre…

La litanie m'aide à tenir. Finies les suppliques inutiles, fini… Soudain il laisse courir sur moi la tranche de la planchette. Je frissonne sans pouvoir m'en empêcher.

Le bruit de ma nuisette qu'on déchire rompt le silence, et je carre les épaules, attendant. Puis le coup tombe, brutal. J'essaie d'étouffer mon cri, mais il résonne et est accueilli par un holà dans l'assistance. J'expire brusquement. Une pluie de coups succède à ce premier sur ma fesse gauche, River y va fort, et j'ai l'impression en moins de deux minutes que mon cul se met à cuire.

Quand il arrête enfin, j'inspire et réalise que je suis en apnée, trop contractée pour éviter les coups, et ce en pure perte.

Je me suis tellement crispée que j'ai mal partout et pas seulement là où il m'a frappée. Rapidement, la sensation mue vers un élancement plus sourd.

Les paupières fermées, je tente de retenir les larmes qui ne demandent qu'à couler. J'ai crié. Même si je m'étais promis de ne pas le faire, j'ai tenu dix coups – j'ai compté – puis j'ai craqué. Je ne supporte pas la douleur, l'humiliation de cette position et de cet homme qui me punit devant tout le monde.

Quand je rouvre les yeux, je remarque Blanche. En retrait, elle s'est installée dans un fauteuil crapaud en bas de l'escalier depuis lequel elle assiste à un spectacle. Je vois le petit hochement de tête à peine perceptible qu'elle adresse à River. Ce dernier ne réagit pas.

Il retourne à la table et y abandonne le paddle pour passer aux accessoires suivants, deux cravaches. La tige fine de la première est terminée par un morceau de cuir. La seconde possède des clous qui traversent le cuir. J'avale ma salive. River tourne autour de moi, lentement. Comme pour m'observer, me jauger. J'arrive à peine à relever le menton et à l'insulter avec mes yeux. En fait, je crains surtout qu'il devine toute l'angoisse qui m'habite. Il saisit l'un des manches, mais je n'ai pas le temps de voir laquelle des deux il a choisie.

Alors que je ne m'y suis pas préparée mentalement, un coup de cravache claque, me fouettant en plein bas-ventre. Je rejette la tête en arrière en ruant, pour essayer de m'échapper. Évidemment, c'est impossible. Une caresse inattendue me frôle le mollet, puis remonte le long de l'intérieur de ma cuisse vers le string ridicule que je porte. Pourtant, le cuir s'arrête à peine à un ou deux centimètres de mon sexe. J'ai beau ressentir encore la morsure de la cravache, c'est la douceur de cet effleurement qui m'arrache un frisson.

Un deuxième coup tombe. River est d'une adresse redoutable, car il fauche précisément le mamelon à travers le tissu du soutien-gorge. L'éclair de douleur qui me traverse est fulgurant. J'ai l'impression qu'on vient de tordre ma peau si sensible. Aussitôt une nouvelle caresse surgit, insidieuse. Le cuir lèche mon autre sein, insistant à la pointe, qu'il titille.

Je garde les yeux clos pour ne pas voir, pour ne faire qu'entendre les hommes autour de moi qui regardent la scène. *Est-ce que j'ai rêvé où il y a eu un bruit de fermeture Éclair ?* À l'idée que l'un d'eux est en train de se masturber juste à côté de moi dans cette position, la honte que j'éprouve grimpe encore d'un cran.

Un nouveau sifflement du cuir, et une morsure cinglante attaque ma fesse, celle qui a déjà reçu les coups du paddle et la douleur que je pensais assourdie revient en flèche. Je geins, sentant une larme couler.

Puis, comme précédemment, une caresse surgit. Celle-là d'une main chaude qui me fait sursauter. Elle s'enfouit entre mes cuisses et frotte fermement mon entrejambe. Je pousse en arrière sans réfléchir, rejetant ce contact, mais il me suit. Son souffle est sur mon épaule, mais je refuse d'affronter son regard. Car cette fois, je ne sais pas ce qu'il y lirait.

Le jeu reprend. Un coup de cravache sur l'autre fesse, deux doigts pincent l'un de mes seins. Puis la cuisse, le dos, il répète l'opération… et à chaque fois il ponctue ses mauvais traitements d'un frôlement de cuir apaisant. Parfois de manière simultanée, commençant à susciter un trouble étrange que je n'arrive ni à comprendre ni à accepter.

Dès qu'il cesse, je tente de me ressaisir, d'endiguer les larmes, les gémissements, et de faire taire cette sensation trouble qui naît lentement entre mes cuisses. Je cherche à me redresser, à adopter une position qui ne me torture pas les épaules ou les jambes écartelées par ce foutu cadre de ferraille, mais sans succès. Plus je respire, me disant que je dois me calmer, moins ça fonctionne.

Soudain, il me passe un bandeau sur les yeux. Je ne m'y attends pas, comme il s'est approché par-derrière, et je réalise aussitôt pourquoi il fait ça. La perte de repères est tout de suite plus flagrante. Je ne peux me fier qu'à mon instinct pour savoir où il se trouve et je n'ai plus aucune chance d'anticiper ses coups.

Jouant là-dessus, il varie beaucoup plus ses approches : me cravachant plusieurs fois d'affilée, plus ou moins fort, ce qui produit des bruits secs qui résonnent dans la pièce ou, au contraire, insistant de son outil ou de ses doigts d'une torture toute différente. Il frotte mon sexe de manière si cash que j'ignore si j'y prends du plaisir ou s'il ne fait que m'irriter.

Je rue, je geins et crie, commence à me secouer et me débattre en tout sens. Puis les larmes solitaires sont remplacées par un flot interrompu. L'idée de me demander quelle image je renvoie aux hommes présents ne m'inquiète même plus, je bascule dans tout autre chose.

J'ai mal. Je suis une douleur cuisante, partout de nouvelles brûlures surgissent, comme autant de ronces qui enserrent mes membres l'un après l'autre. River est méthodique ; il ne laisse rien au hasard, et je me tords sous le châtiment.

Il n'évite que mon visage et le cou. Si au départ la cravache m'a immédiatement plus fait souffrir, j'étais sûre qu'elle ne pouvait entamer la peau ; là, j'en doute. Ma cuisse ne saigne-t-elle pas ? Et mon dos ? À moins que ça ne soit de la sueur ? Quand je réalise que tout mon corps en est couvert, je comprends aussi qu'une nouvelle moiteur l'accompagne bien malgré moi. Même si ce que je vis me révulse totalement, je dois bien reconnaître que je mouille.

Mes larmes redoublent. La honte me brûle littéralement la gorge, si fort qu'elle pourrait presque surpasser celle qu'incruste dans ma chair la cravache. Ma haine pour River irradie de moi si intensément que je me demande s'il le sent. Si je pouvais, je me jetterais sur lui !

Des images effrayantes m'envahissent, je m'imagine en train de lui arracher l'oreille ou de le frapper grâce à une batte avec tant de violence que je contemplerais son sang jaillir et ses os exposer dans des craquements sonores.

Un nouveau coup tombe, différent. Je réalise aussitôt qu'il a changé de cravache ; c'est celle avec les rivets. En plus de la morsure, des petites pointes semblent me percuter plus loin. Je mets trois ou quatre coups à ne plus être surprise et hurle à chaque fois.

Puis une main surgit, elle se frotte à mon sexe, et je sens deux doigts écarter mes chairs sans pitié. De son autre paume, il tire d'un coup sec sur mon string qui me mord la peau quand l'élastique résiste. Il se met à presser mon clitoris. Fort. Très très fort. J'ai l'impression qu'il me touche avec du papier de verre tant son pouce est rugueux.

Alors que je geins, subissant la caresse en me tendant au maximum, il faut moins d'une minute pour que quelque chose bascule. Une vague de plaisir pure naît sous ce traitement brutal.

J'inspire, paniquée. Impossible, je ne peux pas… une deuxième vague, plus puissante, me fait ployer les reins. *Non, non, non !* Je refuse que River le voie, que ces gens le sachent et… mais il stoppe tout à coup. Et, malgré moi, je regrette. Je me mords les lèvres de dépit, détestant mon corps comme jamais de me trahir ainsi… mais oui, je regrette.

Les coups s'arrêtent.

Je reprends ma respiration. Mes larmes engluent mes cils. Il y a deux sensations en moi qui se disputent toute la place : une fureur sans nom que la douleur amplifie… et la peur. La peur de ce que j'éprouve, d'un trouble dont je ne veux pas. Pas ici et comme ça… pas avec River. Peut-on haïr les mains d'un homme ?

Une longue minute s'écoule, ou une heure ; aveugle, je ne sais plus où j'en suis. J'ai la trouille au ventre, j'entends des murmures… je ne suis pas bien. Vraiment. Ma gorge est comprimée. J'ai l'impression que je tremble et m'apprête à tomber dans les pommes, que je suis incapable d'en supporter davantage.

Surtout que tout n'est pas de la peur, il y a… de la frustration. Je la sens qui vrille mes nerfs, remonte d'entre mes cuisses et me travaille de manière souterraine, à un endroit de moi dont j'ignorais l'existence. Mais décidée, je refoule tout cela.

Une minute, deux ou trois ? Je l'ignore. Perdue, dans le noir, je suis suspendue à l'instant qui va suivre et qui n'arrive toujours pas. En a-t-il fini ?

Est-ce que ça risque de continuer ? Un frôlement sur mon bras me fait bondir. Lent. La caresse comme du velours me met à fleur de peau.

— Tu vas compter les cinq derniers coups. Et t'excuser entre chaque. À voix haute, clairement... sinon je double. Résiste, je double.

Je garde le silence. J'entends un bruit. Qu'est-ce qu'il fait, à quoi il touche ? Alors que je me crispe plus fort, si fort que j'ai l'impression de me tétaniser sur place, j'attends. C'est ce qui me tue à petit feu. Presque plus que les coups. J'ai envie de chialer de peur, d'appréhension, quand je tremble de tout mon corps comme si je grelottais. Ça n'est pas possible, je vais craquer...

Un coup me surprend au creux des reins, fort. Je ne sais pas avec quoi il agit, une baguette ou des lanières ou... peu importe, mais ça me fait un mal de chien. Je hurle.

— Compte !

Je résiste un instant, bande mes muscles pour refuser à tout mon corps d'obéir. Mais la douleur est si puissante, si cuisante...

— Un.

Je compte, lentement. Arrivée à trois, j'éclate en sanglots bruyants et crache le chiffre dans un gargouillis de larmes et de morve, doutant de pouvoir m'asseoir le lendemain.

Le prochain coup est sur le point de tomber, et l'excitation qu'avaient suscitée ses caresses ou plutôt ses attouchements est bien loin ! Je n'ai qu'une sensation cuisante, une douleur qui irradie de plus en plus fort, enfin parfaitement compatible avec la haine brute que j'éprouve.

Alors que je commence à paniquer, pas sûre de pouvoir supporter encore la meurtrissure des lanières de cuir, je me force à respirer. Je me vide la tête comme si rien de plus n'avait d'importance que les dix secondes à venir. Puis dix de plus passent, auxquelles je survis. Et au milieu de mon troisième décompte, le quatrième coup arrive.

J'encaisse mal le choc, me mordant violemment et faisant venir sur ma langue un goût âcre de sang. Je sanglote. L'idée que je déteste cet homme n'est même plus en moi, car je ne suis plus que ce qu'il m'inflige, qu'une douleur et une humiliation cuisante. Je ne supporte plus rien, plus rien. J'ai besoin, de toute urgence, que ça s'arrête.

— Compte !

— Quatre ! je crie, rageuse.

Le cinquième coup claque aussitôt, très fort. Bien plus que les autres, et je perçois nettement cette fois le sang couler le long de mon dos. Mes jambes me lâchent sous le choc, les liens me démontent les épaules, j'ai l'impression que l'une d'elles ploie sous un angle bizarre et qu'elle va se déboîter.

Avant qu'une nouvelle injonction arrive, par pur instinct de survie, je me reprends :

— Cinq.

Il n'y a pas la rage de tout à l'heure dans ma voix. Il n'y reste qu'un immense dépit et de la souffrance. La force, si j'en ai eu, m'a abandonnée.

D'un coup, les sangles se desserrent, je glisse au sol, incapable de me retenir. Je tombe en tas, pitoyable. Des larmes baignent mes joues, et le bandeau qui a glissé me permet de voir autour de moi. Je suis ramassée sur moi-même, en chien de fusil, et je contemple le sang qui macule ma cuisse.

Alors que je m'apprête à refermer les yeux, ayant abdiqué, une poigne de fer attrape mes cheveux, me faisant hurler. On me tire, je me retrouve le dos cassé en arrière, et River me domine de toute sa hauteur. Les lumières sont derrière lui, et je discerne mal son visage à contre-jour.

— Supplie-moi de te laisser tranquille. Maintenant. Dis « Pardon, maître. » Et mets-toi à genoux.

Il me relâche d'un coup, et je me rattrape comme je peux avant de lui tomber dessus. J'ai la bouche sèche, mon cœur bat la chamade. Impossible. Je ne peux pas, je préférerais mourir...

River recule. Un pas, puis deux. Il tient dans sa main un manche qui se termine par des lanières de cuir tressées. Son bras se lève, lentement. Si lentement que son but est évident : à moi de choisir. Soit je ne dis rien, et il frappera encore, soit… Je le fixe, hypnotisée. Un frisson d'effroi pur me traverse. La sensation de ce cuir me mordant la peau jusqu'au sang remonte en moi, avec un goût de bile.

Puis je vois ses phalanges blanchir alors qu'il serre plus fort le manche, prêt à sévir. Ça sort de moi avant que je puisse me contrôler.

— Pardon, maître…

Ma voix s'est étranglée, j'ai des restes de sang et de salive sur la langue, et quand je me baisse comme il l'a ordonné, mes joues me semblent en feu. Le dernier tête-à-tête avec River me revient ; qu'avait-il dit ? Que mon corps n'était rien ? À cet instant, pour éviter à nouveau d'être humiliée ou frappée, je ferais n'importe quoi. Même… ça.

Un silence pesant accueille mon geste de soumission. Il avance finalement sa chaussure pile devant moi. Vu ma position avachie, n'ayant toujours pas retrouvé les muscles pour me lever, je la regarde, effarée. Il ne peut pas… son pied bouge, lentement.

Cette fois, je sens que je ne peux pas. Ça va trop loin, on ne peut pas me demander un tel truc, je m'en fous ! Je tire sur mes poignets pour m'éloigner de lui, mais je n'ai pas le temps de réagir que déjà un claquement sonore retentit en même temps qu'une douleur cuisante me cingle les reins. Le coup est plus fort que tous ceux qu'il a pu me porter. Je pousse un cri, au supplice, et éclate en sanglots.

Alors je le fais, je me baisse et pose mes lèvres sur le cuir noir sans réfléchir, tout plutôt que de subir ça à nouveau. Immobile, paniquée à l'idée de mal faire, je ne bouge plus, le cul en l'air, les seins frôlant le sol, et dans une position qui doit faire voir beaucoup de moi à tous ceux qui sont ici.

— Magnifique ! Merci à River pour cette belle initiation. Notre Hope grandit à vue d'œil. Hier le plaisir, et maintenant, l'obéissance… Messieurs, nous vous préparons un mets d'excellence ! Évidemment, nous laisserons à disposition tout le matériel utilisé, vous pourrez trouver dans nos filles de quoi à vous exercer ce soir.

Quand je devine que tout est enfin fini, que la vague d'applaudissements qui vient de s'élever déclenche en moi une nausée puissante qui me tord l'estomac, je m'écrase par terre sans un mot, yeux clos. Peu importe ce qu'on va faire de moi, j'ai l'impression de n'être même plus dans mon corps.

Quelque chose me recouvre. Puis je me sens soulevée et transportée. Ça n'est qu'au bout de quelques pas que je sors de mon état catatonique, réalisant que c'est River qui me porte. J'ignore comment je le sais, mais j'en suis certaine. Peut-être quelque chose lie-t-il un bourreau à sa victime, car j'ai la sensation d'être étrangement connectée à lui.

Malgré moi…

9

Je suis dans un tel état que je peine à réaliser que je ne suis pas dans les dortoirs. La pièce est petite, quasiment nue. River me pose sur un lit. La couverture qui s'y trouve possède une odeur que je connais. Puis je comprends : c'est celle de River. Celle que je sens au creux de son cou quand il me transporte, ce qu'il fait de plus en plus souvent.

Nos regards se croisent. Le mascara qu'on m'a mis, me grimant comme une jolie poupée pour ce sinistre spectacle, n'est qu'un lointain souvenir. J'ai les yeux englués.

J'entends des bruits d'eau qui coule. Une douche. Quand il revient, il ne me dit rien et me soulève à nouveau. L'adrénaline est retombée : j'ai mal partout. Je me sens fourbue, comme si j'avais couru des kilomètres. À ce stade, je ne sais pas quel muscle ne crie pas pitié. Lorsque je bascule dans le vide, je ne tente même pas de me raccrocher à lui, déjà je touche la surface de l'eau dans laquelle je m'enfonce.

La sensation me fait grimacer, réveillant d'un coup toutes les traces, tous les coups, la plaie sur ma cuisse qui saigne toujours. Je couine et me débats faiblement, mais d'une seule main à plat sur mon thorax, il me force à rester dans la baignoire.

Je n'ai plus assez d'énergie et finis par me laisser sombrer : après tout, se noyer serait aussi une solution. Ma tête plonge en arrière dans l'eau sombre, centimètre par centimètre, jusqu'à immerger mes oreilles, mes joues… quand même mon nez va être englouti, une main se glisse sous ma nuque et me retient.

Alors que nous sommes séparés par la surface de l'eau, je le dévisage d'en dessous. Son visage est légèrement troublé. De là, je suis même victime d'une illusion d'optique, car il semble presque souffrir. Ses traits plissés, une expression traquée au fond de ses yeux. Mais quand j'émerge pour respirer, pousser par le manque d'air, tout ça a déjà disparu. Je savais bien que je l'avais rêvé.

Son regard pique vers le bas, et je devine que ce sont mes seins qu'il contemple. Je cherche le courage de me cacher de mon bras, pas sûre d'y arriver, mais il m'en empêche.

— La pudeur est morte. Surtout entre nous. Reste tranquille, tu n'es pas en état et tu vas te faire mal.

J'ai envie de lui crier une phrase assassine, de l'insulter ou n'importe quoi d'autre. *Me* faire mal ? Quelle ironie ! Mais je n'ai plus de résistance, plus de force. Alors je continue à flotter en silence.

Petit à petit, un miracle se produit. Mes muscles se détendent un peu. Je ferme un instant les paupières, pour m'isoler de ce regard noir qui ne me lâche pas, mais aussi parce que j'en ai un besoin vital, pour ne pas que quelque chose crève en moi, là, ce soir.

Il fait apparaître devant moi un flacon quand je rouvre les paupières. Du gel douche. Il est débouché et embaume une odeur à tomber. Quelque chose de très viril, de la menthe et des épices… l'odeur de River. Le savon dont on dispose aux douches est d'un jaune douteux, mousse à peine et n'a pas le moindre parfum.

Je le détaille sans bouger, alors il fronce les sourcils et finit par aboyer :

— Prends ce putain de truc et lave-toi ! T'es couverte de… lave-toi.

Sous le choc, j'obéis. Une part de moi pense toujours au fouet et ne veut plus de ça. Il ne l'a pas ici, mais qui sait ?

Un soupir me parvient, mais j'évite de le regarder, refusant de l'affronter en face. Pas encore. Il me faut m'avouer que je vais flipper maintenant à chaque fois qu'il me dévisagera. Le reconnaître fait grincer quelque chose en moi. Pourtant, je dois l'accepter. Je n'ai pas la moindre chance de lui résister un jour et je dois en faire mon deuil avant que ça dégénère, le mot « douleur » ayant tout nouveau sens pour moi. Je l'ai profondément éprouvée.

Puis je songe à l'autre chose, celle plus trouble, et mon sexe humide à chaque effleurement de River... L'a-t-il senti ? Quel était son but en me caressant aussi ? Je croyais que Blanche lui avait dit de me faire payer mon incartade ?

River se laisse tomber sur le couvercle rabattu de toilettes, qui émet un craquement sous son poids massif. Ostensiblement, il se détourne, comme pour m'offrir un peu d'intimité. Je reste ébahie une seconde, mais il ne bouge pas, attendant.

Enfin, je me décide et savonne mes cheveux, mon cou, mes bras... les plaies me piquent aussitôt, je me rince rapidement.

Pour le bas, j'hésite sur la marche à suivre, mais River se tourne un peu plus comme s'il regardait derrière lui. Pourquoi ce mec épargne d'un coup ma pudeur ? Après m'avoir frappée, m'avoir mise violemment nue dans une douche la dernière fois en m'affirmant que je puais... comme aujourd'hui.

En fait, il a juste dit que j'étais couverte de sang. Parce que c'est bien ce qui a rendu l'eau du bain rosée. Je me redresse, me maintenant accroupie, et finis de me savonner avant de replonger. Ça n'a duré qu'une minute, mais je me suis sentie à découvert devant lui et j'ai détesté ça.

Puis je réalise la stupidité de cette idée. Il a tout vu. Tout touché, même l'intérieur, quand ses doigts se sont incurvés vers le haut pour me pénétrer. Avec tout ce que je viens de vivre, ce moment au milieu des autres surnage, comme si je me raccrochais à la seule pointe de plaisir brute, pour oublier le reste. Le trouble, l'indicible.

Alors je me laisse aller en arrière pour retourner m'immerger sous l'eau. Le calme de tout à l'heure réapparaît, l'apesanteur et le monde autour de moi soudain assourdi, plus lointain... jusqu'aux battements de mon cœur qui ralentissent. L'oppression de mes poumons qui réclament de l'air revient. Mais je l'ignore : j'ai trop besoin de calme. Je résiste encore un peu.

Mes yeux s'ouvrent et se ferment sous l'eau. Je doute qu'il y ait une sensation plus particulière que celle de l'eau directement sur les globes oculaires, remplaçant le confort familier des paupières…

L'oppression est plus forte. Elle commence presque à atteindre celle que j'éprouve depuis que je suis arrivée ici. Est-ce que je pourrais me forcer à le supporter assez longtemps pour me noyer ? À nouveau, j'évite de réagir. Je ne me noie pas, pas vraiment, et la menace qui pèse sur Nadja ne me quitte pas. Je sais que je ne « dois » pas faire ça…

Ma cage thoracique devient douloureuse, ma trachée brûle, je manque d'air maintenant. Je me concentre sur autre chose, ouvrant et refermant lentement les paupières quand cette bulle suspendue éclate brusquement. J'émerge d'un coup, ramenée à la surface par une poigne de fer qui me fait crier de surprise. J'avale de l'eau, et un goût de savon imprime mes papilles. La peau de River a-t-elle ce goût ? Il me dévisage, l'air furieux. Une quinte de toux me secoue.

— Espèce de conne ! Tu as envie qu'on te réanime et que la prochaine soirée soit consacrée à te faire une nouvelle initiation SM ?! Tu crois avoir eu mal ? Blanche a, au sous-sol, une putain de machine de merde, un truc à piston sur lequel elle branche l'accessoire qu'elle veut. Un god, une balayette à chiottes… un couteau. Et je te jure que des mecs ici paieraient pour voir ça.

Sa voix est devenue blanche. On se fait face en silence. Des gouttes me dégringolent des cils alors que je tousse. Il m'attrape le bras et tire violemment.

— T'as entendu ?!

Je hoche la tête, incapable de répondre. Alors il me relâche. Ses avant-bras sont trempés, son T-shirt à manches longues est maintenant gorgé d'eau jusqu'aux coudes, mais il semble s'en foutre totalement. Il se redresse. Nue devant lui, je me laisse glisser le long du mur jusqu'à ce que mes fesses reposent sur le rebord de la baignoire en émail.

— Qu'est-ce que tu as pris ce soir ?

Il me détaille froidement, comme si j'étais une machine en panne qu'il tentait de réparer. Et je lui souhaite bien du courage, car d'ici la fin de la semaine, plus rien n'ira chez moi. Rien ! Grâce à lui.

Soudain, il frappe du plat de la main l'eau de la baignoire, qui m'éclabousse. J'ai à peine le réflexe de tourner le visage pour me protéger.

— Tu peux répondre à une putain de question ? Juste une fois !

Comme par défi, je n'obéis pas immédiatement, mais finis par articuler :

— Un calmant. Selon Nadja.

Il jure.

— Ne prends rien ! Quand j'ai vu tes paupières dilatées tout à l'heure, j'ai eu envie de te secouer. Idiote ! Tu ne sortiras jamais d'ici à ce rythme. Deux jours ? Tu ne peux même pas encaisser plus que ça ? Deux tentatives de suicide…

— Deux ? Je n'ai pas…

— Deux, me coupe-t-il, sans pitié. Tu avais l'intention d'émerger ou tu essayais bel et bien de te noyer ?

Je ne réponds pas, ne sachant que dire en fait.

— Et de la drogue maintenant, crache-t-il à nouveau avec un visage rageur.

Après avoir hésité, il s'arrête, comme si ça n'en valait pas la peine. Je ne comprends pas vraiment l'origine de sa colère. Surtout qu'à la base, c'était moi qui devais le haïr, le maudire et vouloir le faire souffrir comme il l'a fait.

Sauf que je suis épuisée. Si on me mettait debout, là, je ne suis pas sûre que je tiendrais à la verticale. Peut-être que ça se voit, car il se penche vers moi. Je tente de reculer et me plaque contre le mur, mais en pure perte vu ma position, alors sans réfléchir, je rabats brusquement les jambes autour de son bras pour le bloquer et l'empêcher de m'approcher.

On se retrouve comme ça. Mes cuisses se serrent avec toute la force qu'il me reste, car je ne supporte pas l'idée qu'il pose la main sur moi à nouveau, même si c'est bizarre. Surtout sans public, sans leur foutue initiation… Il n'a plus aucune excuse pour ça.

Lentement, il tourne la tête vers moi. Nos visages sont si près qu'ils pourraient se toucher. Son épaisse musculature envahit tout l'espace, et j'ai toujours les cuisses autour de lui. Quand je réalise l'endroit approximatif où sa paume doit se trouver, j'avale d'un coup ma salive.

Il penche légèrement la tête, à peine, mais cela change toute son expression. Il paraît presque... doux. La force brute habituelle, la froideur de marbre, tout est oublié. Mes yeux piquent sur ses lèvres, sans raison. Ou peut-être que j'attends qu'il parle.

— J'allais ouvrir la bonde, murmure-t-il, me regardant bien en face.

Aussitôt je le relâche et écarte les cuisses. Pourtant, son bras ne recule pas, sa main semble même me frôler, mais je dois le rêver. Puis j'entends le bruit de l'eau qui s'écoule.

Le moment est passé. Je glisse de quelques centimètres sur le rebord de la baignoire et me recroqueville. Sans m'accorder la moindre attention, il se retourne et récupère une serviette qu'il me jette.

Je m'enveloppe dedans et cherche le courage de me redresser. Mais il me soulève et me porte jusqu'à la chambre, à nouveau sans me demander mon avis. Avant que je puisse protester, je suis déjà sur le matelas où il m'a jetée.

Quelque chose saute en moi, sans doute un verrou de sauvegarde qui me tenait en vie jusque-là, car je ne peux m'empêcher de lui en vouloir – et surtout de le lui dire !

— C'est pourquoi tout ça ? T'as mauvaise conscience ? Non, j'en doute.

— Je n'ai plus de conscience.

Je ne m'attendais pas à cette réponse, qui souffle d'un coup sur ma colère. Pas de conscience ? Il ne semble pas triste et ne se défend même pas. Il constate. On se regarde un moment en silence. Comment l'accuser de quoi que ce soit ou réagir maintenant ?

Finalement, il se tourne et fouille dans un tiroir. Il enlève son haut et se retrouve torse nu devant moi. Sa musculature est aussi puissante que je le pensais, les vêtements qu'il porte n'en cachent pas grand-chose au final. Mais est-ce pour séduire ou pour impressionner ?

— Tu as déjà été avec des clients ou ton rôle est juste de frapper sur les filles d'ici ?

Je vois ses épaules se contracter avant de revenir à la normale.

— Oui.

— Oui quoi ? je ne peux m'empêcher de répliquer.

— Oui au deux. J'obéis aux consignes, ça s'arrête là.

Il s'appuie sur la commode de la hanche, et une seconde je le regarde bouger, fascinée par ce qui émane de lui. Ses muscles bien découplés, la puissance de son torse et la force qu'il dégage. Celle avec laquelle il m'a fait mal tout à l'heure...

— D'ailleurs, ça n'a rien de personnel. Ici, rien ne l'est jamais.

— Même les coups ? Même les pénétrations ou...

— Même ça, tranche-t-il comme s'il ne souhaitait plus m'entendre. Tiens.

Il me balance à la volée un petit pot, et je le rattrape au dernier moment, évitant de peu de me le prendre dans le visage, même si quelque part son attitude me fait du bien : on n'enverrait pas ainsi un truc à une fille qu'on essaierait de ménager, et je ne veux pas me sentir à nouveau si faible que j'ai l'impression d'être plus bas que terre.

Je déchiffre l'écriture sur le pot.

— Pour tes plaies, une crème désinfectante. Je dois retourner bosser. Tu peux dormir là une heure ou aller aux dortoirs. Ils sont au bout du couloir à droite, t'es à l'étage réservé, souligne-t-il comme s'il se doutait de ma peur permanente de croiser des clients.

Je ne réagis pas. Sûrement parce que me faire ce genre d'offre n'a pas plus de sens que ce foutu bain. Surtout si tout ça n'a rien de « personnel ». C'est *ma* chair qu'il a marquée. Je ne vois pas ce qui pourrait l'être plus.

Je repense aux spéculations de Nadja sur ce qui m'attend. Elle ne croit pas au bondage, mais penche pour la douche dorée. Ce qui m'a fait sortir les yeux de la tête.

Il me regarde, en vrac sur son lit, et je tire sur la serviette pour mieux me couvrir. Il a les yeux trop noirs pour que j'y discerne quoi que ce soit. Quand il s'en va, un nouveau haut à la main, je ne cherche pas plus loin, soulagée d'être à nouveau seule.

Je me redresse dès que j'en ai la force et longe le couloir jusqu'aux dortoirs. L'idée de rester dans un lit qui sentait le propre, de ne pas avoir à subir les bruits des filles quelques heures m'a fait hésiter, mais je ne peux rien accepter de lui. Il devait avoir mauvaise conscience, ou il est complètement barge, mais je ne me laisserai pas embarquer là-dedans.

Quand j'arrive dans ma chambre, elle est vide. J'en profite pour taper dans le tas de vêtements qu'on a mis à ma disposition. A priori, à chaque fois qu'une fille s'en va – je préfère voir ça comme ça –, ses affaires sont redistribuées aux nouvelles après que les anciennes se sont servies. La fille en question devait être un peu plus grande que moi, car je flotte dans ce qu'on m'a donné, mais au moins je suis plus à l'aise dans des fringues larges.

J'ai devant moi deux bonnes heures avant que la salle ne soit à nouveau pleine. Roulée en boule sur mon lit, je ferme les yeux. Je pensais arrêter de dormir ici, mais la tension permanente qui m'habite doit épuiser mes nerfs.

Ce soir, pour la première fois, je n'ai même plus de larmes. L'idée me vient que je suis parfaitement seule et que je pourrais essayer de me suicider… mais comment ? À part frapper ma tête contre un mur jusqu'au trauma crânien, je ne vois rien qui puisse me servir.

Alors, trop épuisée, je me laisse glisser un peu plus loin dans le sommeil.

Le lendemain, je prends mon repas au milieu des filles. Chacune ici parle fort, elles s'interpellent comme si le but était d'occuper de l'espace et de se démarquer. Certaines sont totalement parties, sûrement celles qui sont droguées.

Je reste tout le temps à l'écart, personne ne me parle, et je ne fais rien pour que ça change ; c'est juste au-dessus de mes forces. Aucune des filles à part Nadja ne semble s'occuper de moi et, quelque part, je préfère ça. Au moins, je peux croire que je suis ailleurs.

Je les observe sans y penser, comme je le faisais sans cesse au lycée : cerner les gens, vérifier leur fonctionnement et éviter de me retrouver confrontée au petit caïd du coin, ce qui a d'autant plus d'importance, car régulièrement, des règlements de compte sanglants éclatent.

À un moment donné, une fille très brune, grande et tatouée prend le dernier morceau de pain qui traîne sur une table. Quand une blonde arrive pour manger à son tour et s'en aperçoit, il faut moins de deux minutes pour qu'elles commencent à s'insulter, puis deux de plus, et je recule en voyant les coups pleuvoir.

— Salope !

— Grosse pute, va !

La brune allonge une claque monumentale à l'autre par surprise, pour la sonner, et se jette sur elle. J'assiste à la scène, atterrée.

Aussitôt les filles autour de moi se mettent à crier, à les encourager, et j'ai l'impression de revivre un remake d'une mauvaise série sur le milieu carcéral. Mais personne ne compte les en empêcher ? La blonde, qui semble tout aussi hargneuse, réplique en attrapant les cheveux de son adversaire et tire dessus avant de lui donner un coup de coude en revers.

— Tu vas avoir du succès avec le nez explosé !

L'autre hurle, du sang lui sort des narines. J'entends des rires et des applaudissements, même si je ne sais pas de qui ça vient.

— STOP !

L'un des vigiles se tient à la porte, les mains dans les poches, il se garde bien d'intervenir. Elles finissent par se lâcher sous les sifflements sonores d'une des filles qui rit en contemplant le sang qui dégouline toujours du visage de la brune.

Nadja me rejoint et doit remarquer mon expression.

— Je ne t'avais pas dit qu'on s'ennuyait beaucoup ?

Son ton est celui de l'évidence, et c'est effectivement une façon de voir les choses : elles tournent en rond et un rien devient une affaire d'État. La brune a sûrement le nez cassé pour un pauvre bout de pain. Je secoue finalement la tête.

— Mais Blanche ne fait rien pour éviter ça ? La fille n'aura aucun succès ce soir, voire même elle ne pourra pas y aller, non ?

Nadja lève la main en signe de dénégation.

— Elle a de l'intérêt malgré tout, contre-t-elle, son accent plus prononcé quand elle parle vite. Même si aucun mec ne veut l'approcher, on s'en fout. Quoi que tu aies, tu y vas. À propos, je t'en ai récupéré une.

Elle me tend un morceau d'éponge de forme ovale, un peu épaisse.

— Ici, c'est le plus pratique quand on a... tu sais.

J'ai l'impression d'avoir douze ans quand je dois m'avouer à moi-même que non, je ne comprends pas de quoi elle parle.

— Hope ?

Elle soupire.

— OK, je t'explique. C'est une éponge.

— Jusque-là...

— Tu la mets en toi. Dans ton vagin, hein, elle précise finalement comme si elle doutait que je capte de moi-même. Pour tes règles, ça absorbe et si c'est placé assez haut, aucun homme ne le sentira, mais aussi pour les bébés, ça diminue les risques. Parce que ça non plus, ça n'est pas une raison pour éviter d'aller bosser.

Je dévisage l'éponge longuement. J'ai à la fois envie de rire et… de pleurer.

— Les enfants ?

— Normalement, Blanche donne la pilule, c'est le plus sûr, et ça nous évite quand même bien des emmerdes. Ça craint moins pour son business, mais tout le monde supporte pas. Je préfère ça perso. Surtout qu'à un moment donné, on avait quelques habitués qui réclamaient une femme enceinte, alors…

— Stop.

Je secoue la tête, refusant d'en entendre davantage. Je saisis l'éponge et me contente de faire un signe de remerciement qui doit lui convenir, car elle n'insiste pas. Quand je relève les yeux, je remarque Blanche qui traverse le réfectoire. Nos regards se croisent, et je devine aussitôt qu'elle est là pour moi.

Sans réfléchir, je me redresse, un peu paniquée. Je n'ai rien fait aujourd'hui qui…

— Hope, suis-moi.

Elle ne vérifie pas si je lui obéis, sans doute sûre que ça sera le cas. Et elle a raison, c'est bien ce que je fais par prudence. On rejoint son bureau où je m'attends à trouver River, comme il semble toujours dans les parages, mais je ne le vois nulle part.

D'un geste brusque, elle me fait signe de m'installer, et je prends un siège libre en cuir capitonné face à son bureau. Une seconde, elle me détaille de la tête aux pieds. Sans que je sache pourquoi, ma gorge se serre. Je réalise que malgré tout ce que je viens de traverser, c'est elle qui m'inquiète plus que River.

— Tu n'as pas quinze ans, pas vrai ?

Ébahie, je ne réagis même pas, me contentant de la dévisager bêtement.

— J'ai reparlé au médecin, et il en doute. On a préféré le garder secret pour tout le monde, ça ferait moins de spectacle pour ton initiation de te présenter comme une « jeune vierge de dix-huit ans », même si c'est devenu rare. Là, il y a une innocence à ravir.

Ignorant si elle attend la moindre réponse, je ne bouge pas immédiatement.

— J'ai dix-huit ans, j'admets finalement, me demandant si ça pourrait réellement changer quoi que ce soit à mon sort ici.

Elle a un sourire crispé.

— Je vois... quelque part j'ai été arnaquée à l'achat, mais j'ai su tirer le meilleur de mon investissement, on dira.

Sa voix traînante me donne envie de crier. Elle a le regard froid, calculateur, et l'impression d'être un simple bout de viande me revient en force.

— Qu'est-ce que font les gens de ta famille ?

Cette mention brusque de ma vie d'avant me fait l'effet d'une claque cinglante. Depuis que je suis au Pensionnat, j'ai fait tout mon possible pour ne pas y penser. C'est trop douloureux. Comment accepter l'idée qu'on m'a « vendue » à ce bordel comme ça ? Je n'arrive pas à faire avec.

Ma famille n'a rien d'idéal. Mes parents sont divorcés, mon père biologique a parfois la main leste, mais à part quelques gifles, je n'ai pas morflé tant que ça. C'est l'épisode d'hier avec River qui m'a permis de le réaliser. Mon beau-père m'ignore purement et simplement. Ma mère n'est pas méchante, mais elle est paumée. En longue dépression, elle a développé une addiction aux médocs qu'elle prend, et son jules ne fait rien pour l'aider à en sortir. De là à penser...

— Hope !

La voix est beaucoup plus pressante, les paupières étrécies, Blanche me dévisage avec une expression tranchante. J'avale ma salive.

— Mon beau-père est routier, ma mère n'a pas de boulot.

— Et ton paternel ? Inconnu au bataillon ?

— Si, il vit à Philadelphie, où il bosse comme masseur…

Alors que Blanche s'était détournée et triait une liasse de feuilles, elle s'arrête brusquement. Son regard me scrute. J'ai presque peur, ne comprenant pas ce que j'ai bien pu dire qui provoque tant d'intérêt.

— Il te massait ?

— Pardon ?

Elle a un geste sec, comme agacée, et je sens la panique revenir malgré moi.

— Oui, souvent. Enfin, quand on vivait encore ensemble jusqu'à mes treize ans. Ma mère adorait les massages, et du coup j'en voulais aussi…

Je me demande quelle impression cette histoire laisse dans un cadre comme celui-là : qu'est ce qu'elle va s'imaginer ?

— Tu as des connaissances dans le domaine ?

Cette fois je crois deviner ce qu'elle cogite, et un frisson me remonte la colonne vertébrale. Elle ne compte quand même pas sur moi pour réaliser ce cliché qu'on voit dans les films, l'histoire avec le massage et « finition » ?

À peine ai-je pensé ça que je me surprends à réfléchir : tant qu'à être coincée dans un bordel, est-ce que je ne préfère pas m'en tenir à faire des massages et des pipes ? Ça ne serait jamais que ma bouche, que… la nausée me vient.

— Hope ! Si je dois répéter chacune de mes questions, je risque de te le faire regretter.

Son ton définitif m'avertit : elle ne plaisante pas, et je ne souhaite pas vérifier ce qu'elle entend par là.

— Il m'a montré quand il le faisait à ma mère. Ça m'arrivait de l'imiter… comme un jeu.

— Tout ça sans te violer, remarque-t-elle. Quelque part, tu as de la chance et mérites bien ton nom.

Son sourire qui n'en est pas un me met mal à l'aise, et je finis par hausser les épaules, ce qui réveille une douleur dans mon dos. Depuis ce matin, je ne cesse d'avoir des élancements un peu partout ; River n'a pas dû y aller de main morte.

— Tiens, je voulais te voir pour ça aussi.

Elle fait le tour de la table qui lui sert de bureau et récupère une petite boîte orange de médicaments.

— Des antidouleurs. Au cas où tu te poses la question, même toute la dose ne te tuerait pas. Alors, évite, et prends-en toutes les quatre heures. Ce soir j'espère ne pas devoir à nouveau à te punir, ou nous mettrons la vitesse supérieure, je te le promets. Il y a des rumeurs sur ce que je fais aux filles, elles aiment bien en parler aux nouvelles... elles sont toutes vraies. Sans exception. Crois tes camarades, conclut-elle.

De la main, elle me fait signe de partir, et j'obéis. Je repense à l'expression de Blanche ; pourquoi semblait-elle si surprise ? Elle avait l'air de chercher à savoir si je mentais, comme si elle voulait m'évaluer. Mais pourquoi j'aurais menti sur mon âge ou ma famille ?

11

Le soir venu, je suis une boule de nerfs. Personne ne sait ce qu'on va me réserver. Nadja m'affirme que je ne risque pas de nouveaux coups : ça serait trop ennuyeux. Ça me rassure un peu, mais on a vu mieux.

Nadja a encore été désignée pour m'habiller et me maquiller. Je me laisse faire même si je fais la tronche. Jouer le jeu, ne pas me rebeller est déjà assez dur et humiliant. Mais être apprêtée comme une jolie poupée Barbie pour faire de moi une pute, je trouve ça ironique.

Quand on vient me chercher, j'ai envie de courir me planquer, m'enfermer quelque part. Mais j'ai regardé partout sans succès : il n'y a aucun verrou nulle part. Sans doute pour nous enlever toute possibilité d'intimité. Puis, je percute. Il existe bien un endroit que je n'ai pas vérifié ! La chambre de River !

— Hope ?

— Euh, toilettes. J'arrive, mais il faut absolument que j'y aille avant.

Nadja a une moue dubitative.

— Dépêche-toi, je ne veux pas que ça me retombe dessus.

Sans réfléchir, je file. Ils m'ont interdit de me suicider, là je veux seulement m'échapper. La peur de savoir ce qui va se passer est trop puissante. River n'a pas l'air de répondre aux mêmes règles que les autres, peut-être a-t-il une chambre qui ferme.

Après avoir suivi le couloir à toute allure, je contrôle derrière moi et franchis le seuil tant qu'il n'y a personne. Sauf qu'au moment où je m'apprête à refermer le battant, la silhouette massive de River apparaît au coin.

Mon cœur fait un bond. Je claque la porte et tâtonne dans l'obscurité, cherchant une clé, un loquet, n'importe quoi ! Ne trouvant rien, je tapote le mur à côté du chambranle, essayant de localiser l'interrupteur. *Vite, vite, viiiite !* La panique me fait trembler alors que j'entends son pas lourd qui se précipite.

Enfin, je repère le loquet, mais la porte est repoussée tandis que je tente de la bloquer, pesant de tout mon poids dessus. Une main s'impose, et il me rejette sans mal, me balayant d'un simple geste. L'un de ses pieds me fauche et, déjà déséquilibrée, je tombe par terre lourdement.

Sans réfléchir, je hurle et me débats, mais il me rattrape. La lumière s'allume, me permettant de découvrir les yeux de River, et une lueur assassine me transperce.

Son corps me plaque contre la porte qu'il vient de refermer avec violence. Ma mâchoire claque, et je me mords la langue.

— J'ai eu peur que tu fasses ça mais comme un con, je ne voulais pas y croire au départ. Puis finalement, il a fallu que tu me donnes raison, hein.

Sa voix est furieuse, il me secoue avec la même rage que cette fois, dans les douches collectives.

— Je n'ai jamais vu une fille aussi conne et butée ! Tu as envie d'être droguée ? Que ça soit quelqu'un d'autre qui te dresse comme hier ? Tu n'as pas idée à quel point j'ai été cool, articule-t-il froidement à deux doigts de mon visage.

Je sens son haleine chaude sur ma peau où s'attarde une odeur de… menthe ? Sa proximité m'écrase tout entière. Alors que j'ouvre la bouche pour répliquer, sans doute pour éviter qu'il ne remarque le début de tremblement qui m'habite, sa réaction ne tarde pas : il frappe de son poing le bois de la porte à côté de moi, me faisant sursauter. D'instinct, j'ai fermé les paupières, persuadée que c'était pour moi… et n'essayant même pas de me défendre. Qu'est-ce que cet endroit est en train de faire de moi ?! Qu'est-ce que River fait de moi ?

Je sens les larmes me brûler les yeux, mais les garde clos. Pour qu'il ne voie pas l'état dans lequel il me met, comme sous tension. J'anticipe chaque mouvement, peine à respirer, et le monde entier semble se réduire à cet homme. Son prochain geste, son prochain coup. Cet homme et moi, ça ressemble à ça, une suite sans fin de chocs et collisions dont je ne peux pas ressortir indemne. Il va me briser petit à petit jusqu'à ce qu'il ne reste rien de moi.

Sa main glisse de mon épaule, qu'il serrait à m'en faire un bleu, jusqu'à ma gorge, qu'il presse. J'inspire brusquement, paniquée, et rouvre les yeux.

— Regarde-moi, exige-t-il.

Un frisson de terreur pure me prend, mais j'obéis, sentant ses phalanges chaudes autour de ma trachée.

— Arrête de déconner. Ou je ne te garderai pas en vie.

Je reste immobile, choquée. Il me menace de me tuer, c'est ça ?

— Arrête de jouer les princesses ou les effarouchées. Oui, ce qui t'arrive est dégueulasse. Tous les gens ici vivent des trucs dégueulasses et injustes. Remets-toi ! Fais ce qu'il faut pour survivre, point, martèle-t-il d'une voix si dure que mes larmes reviennent, mais cette fois à cause de la colère fulgurante que je ressens et qui brûle tout sur son passage.

Il s'entend parler ce connard ? Qui a le beau rôle entre nous deux ? Qui ?!

Avant que j'aie pu répondre quoi que ce soit, il me traîne par le bras en dehors de sa chambre, puis dans le couloir. Ce n'est qu'arrivé dans le couloir devant les dortoirs qu'il me laisse enfin tranquille.

— Avance, ordonne-t-il en me voyant ralentir.

J'obéis, presque malgré moi, et descends les marches dans un état second. Je vais à nouveau rejoindre la grande salle. Me retrouver devant ces gens, et devoir subir… puis l'évidence me percute : bientôt, je ne me contenterai pas de « subir » justement, je devrai devenir active et… l'idée me donne le vertige, je vacille, mais on me pousse dans le dos.

Pas besoin de me retourner, je devine sans mal que c'est River. Mon corps le sait, comme s'il y avait laissé une empreinte.

Une empreinte malsaine, personne n'a le droit de me faire ça…

Quand on pénètre dans la grande salle, une nouvelle estrade est installée. Dessus, il y a le lit et les sangles, mais elles ont été remontées en haut du pilier, comme si elles ne devaient pas servir. Ce qui m'aurait rassurée il y a à peine une heure ne change rien maintenant que j'ai réalisé. Parce qu'il est obligé qu'on en soit là de ma foutue « initiation » : je vais devoir faire quelque chose à River. Forcément.

Je lui jette un coup d'œil. Comme à chacune de nos représentations, on se tient au pied de l'escalier pendant que les gens arrivent. Blanche se montre ensuite, reine de la cérémonie. Elle apparaît aujourd'hui dans une robe rouge aux fines bretelles et s'engage dans la volée de marches.

J'ai déjà remarqué une certaine raideur dans sa démarche à différentes occasions, cette fois je dirais qu'elle boite carrément. Si elle n'en laisse rien paraître, descendant avec un calme infini les dernières marches, l'une après l'autre, ce qui atténue un peu l'impression qu'elle a un problème, sans l'effacer tout à fait, je capte une petite grimace quand elle s'arrête.

Rapidement, le silence se fait. Ils attendent tous de connaître le programme. Une tension parcourt toute la salle, palpable. Chaque jour, je le perçois un peu plus, écrasante. Leurs regards vrillés sur moi sont lourds, épais au point que j'ai l'impression qu'on me palpe avec concupiscence. Rien que pour ça, je me sens mal. Qu'est-ce qu'il se passera quand ils auront le droit de me toucher, dimanche ? Je n'y survivrai jamais !

Nul besoin d'être bonne en maths pour voir que les gens autour de moi sont petit à petit plus nombreux. Le premier soir il n'y en avait pas tant que ça. Un effet de bouche à oreille, ou Blanche qui accepte de plus en plus de monde, je ne sais pas. Si l'oppression que j'ai éprouvée dès le début était bien réelle, que devrais-je dire à ce stade ?

— Bonsoir, messieurs. Nous sommes ravis de vous accueillir ce soir pour notre petite séance exceptionnelle du jour. Vous avez déjà assisté aux premiers balbutiements pour Hope, cette fois, elle va devoir grandir un peu. Vivre sa sexualité pleinement et assumer tous ses fantasmes. Nous espérons qu'elle en provoquera à l'occasion quelques-uns chez vous, souligne Blanche.

Mon regard croise le sien. Froid, implacable. Je doute qu'elle soit humaine, ou elle ne me considère, moi, pas comme ça : parce que l'idée de ce qu'elle est en train de me faire ne semble clairement pas la chagriner.

— Vous pourrez les satisfaire dès dimanche, je vous le rappelle. Mais n'en disons pas plus. Il est l'heure. River ce soir ne s'occupera pas seul de notre petite Hope, il y aura aussi… Nadja.

Mon cœur a cessé de battre. Je suis immobile, debout, mais ce que je ressens en entendant ça est juste surréaliste, comme si on atomisait quelque chose en moi. La boule qui m'obstrue la gorge m'empêche presque de respirer.

Cette dernière apparaît en haut de l'escalier, qu'elle descend tranquillement. Elle porte une sorte de combinaison de cuir étrange, qui laisse voir sa poitrine, la présentant nue, mise en avant de manière indécente, tandis qu'une jupe collante lui arrive à peine sous les fesses. Elle a enfilé des escarpins hauts d'une bonne quinzaine de centimètres, une plateforme surélevant le devant. Le talon n'a pas de piques, comme j'en ai déjà remarqué sur ses chaussures d'hier, je suppose que ça ne fait pas partie de ses tenues SM.

— Car notre petite Hope, jolie vierge effarouchée, ignore encore quels sont les plaisirs de la chair, et nous avons pensé qu'une femme saurait mieux lui montrer qu'un homme comment s'y prendre. Ce soir, nous vous offrons un trio !

Des applaudissements fusent. Comme autant de baffes que je reçois en rafale. Nadja ? Pourquoi ne m'a-t-elle rien dit ?! Je croise son regard, mais n'y lis rien. Ni excuse ni amusement… Une main m'attrape et m'entraîne. River.

Je me prends les pieds dans les marches en essayant de lui résister, mais il imprime un mouvement plus sec à son bras, me forçant à avancer. Bientôt, je suis au pied du lit. Tout va vite, trop vite.

J'ai à peine le temps de me retourner qu'un corps se plaque au mien, c'est celui de Nadja. Sans prévenir, elle m'embrasse à pleine bouche. C'est si brusque que son baiser me coupe le souffle. Je perçois sa langue sur mes lèvres, elle saisit mon menton quand je tente de me détourner.

River derrière moi s'est assis sur le lit et a gardé mes poignets qu'il enserre dans ses mains. Il me tire vers lui, fermement, tandis que Nadja pousse mes épaules. Déséquilibrée, je tombe sur ses genoux. River me bloque contre son torse, je suis si pressée contre lui que je sens chacun de ses muscles avec acuité. Même ses jambes se rabattent autour des miennes pour m'emprisonner contre lui.

Nadja fait quelques pas autour de nous, comme si elle se livrait à un show. Elle marche lentement, roulant des hanches, se penchant en avant, souriant à des clients… La voir comme ça fait monter en moi ma colère. On lui avait forcément dit ce qui allait se passer, et elle a préféré ne pas m'en parler. River avait raison : ne faire confiance à personne – lui compris.

Puis elle vient se mettre à genoux devant nous. Alors que je ne m'y attends pas, ses mains se posent sur moi, tout en douceur. Elles me massent les épaules. C'est si incongru après les coups d'hier que je ne réagis pas, la fixant bêtement.

Elle continue à me masser, puis se baisse et embrasse mon cou. Je rue en arrière, mais ne vais pas bien loin, ainsi plaquée contre River. Je secoue lentement la tête, mais elle me lance tout bas :

— Tchhhh…

Ses doigts se font encore plus légers, tellement que me débattre paraît ridicule. Elle me malaxe gentiment, souriante. Puis ses doigts font tomber les bretelles trop fines de mon haut, presque par mégarde.

Mes seins se dévoilent, et je croise les yeux braqués sur moi d'un homme. Il est brun, grand. Il a une expression sur le visage que je ne peux que qualifier de cruelle ou vicieuse. Les paupières plissées, il a une fixité dans son regard qui me fait frissonner.

Deux doigts saisissent mon menton, et je détourne enfin les yeux, détaillant à nouveau Nadja qui me maintient fermement. Elle semble me ramener à elle et à un certain calme. Je fronce les sourcils. Sa main frôle ma pommette dans une caresse qui coupe tout élan de rébellion en moi. Comme si j'avais un tel besoin d'affection, que même ce simulacre me convenait. Parce que c'est faux :

cette fille m'a trahie et elle n'a aucune intention bienveillante envers moi, certainement pas.

Elle se penche et m'embrasse. Ses lèvres sont douces. Là encore, ça n'a rien à voir avec ce que je vis depuis que je suis arrivée, et cette fois je ne m'arrache pas immédiatement à son étreinte. Je suis paumée, quelque part. Jusque-là, on n'a fait que me forcer ou me brutaliser. Tout a été violent, extorqué sans pitié… mais comment réagir, me débattre, frapper ou mordre quelqu'un qui me cajole ?

Sa langue envahit ma bouche par surprise, pour la caresser. Il y a une sorte de tendresse inattendue là-dedans. Sans la moindre logique, ma gorge se noue. L'idée que chaque jour ici me rapproche d'un désastre imminent, que j'y resterai sûrement et que ça sera horrible ne me quitte pas une minute. J'en rêve, j'en pleure, je le respire même à chaque instant. Il n'y a aucune autre possibilité.

Alors même si ça n'a pas de sens, repousser Nadja à ce moment-là, eh bien, je n'y arrive pas. On dirait qu'elle tente de me consoler, de me faire du bien, et je me sens si mal, je suis si affamée que j'en ai besoin.

Son baiser s'approfondit et plus que de le subir, ma langue réagit d'elle-même, la caressant à son tour. À peine, je ne pense pas que qui que ce soit puisse le voir à part elle. Elle masse à nouveau mon épaule puis descend sans me brusquer, pour empaumer mon sein.

Le contact plus direct me fait sursauter, je me dégage aussitôt, et elle me relâche, ce qui me donne envie de pleurer de gratitude : elle a respecté mon choix ! Elle ne me force pas ? Elle prend l'une de mes paumes qu'elle malaxe et un autre massage s'ajoute à celui de Nadja. Les mains sont plus fermes, plus puissantes et larges… Je sais, confusément, qu'il s'agit de River. Et que *lui*, je dois le repousser. Sur le principe, oui, j'en ai conscience.

Sauf qu'il y a quatre mains sur moi à cet instant. Et j'ai besoin de contacts à en crever. Ce genre de contact où toute brutalité est absente. Avec une habilité étrange, Nadja me caresse sans vraiment le faire, comme si elle massait simplement mes muscles endoloris par les coups d'hier pour que j'aille mieux.

Elle s'attaque ensuite à mes bras, mes épaules... tout mon corps se détend. Leurs mains m'amollissent, doucement, mais sûrement, et vient le moment où certains gestes glissent, frôlent un peu plus bas. Je sens à peine quand Nadja effleure le haut de mes fesses, mais déjà elle est passée sur les jambes. C'est sans forcer qu'elle les écarte, puis elle se remet à l'œuvre, lentement.

Cuisse droite, puis gauche... je sais confusément ce qui est en train de se passer, j'en ai conscience. Ça n'est pas un massage, et certainement pas anodin, vu les circonstances. Peu importe que je sois quelqu'un de tactile, et que j'en crève depuis que je suis ici de me replier sur moi de plus en plus fort. Peu importe, Nadja me manipule... même si je réalise enfin qu'ils ont la pire manière de faire ce soir, car c'est la seule qui peut atteindre quelque chose de plus profond en moi.

Mon père est masseur, il a toujours usé de ce moyen pour me rassurer. C'est ancré en moi comme pour d'autres le câlin, caresser les cheveux ou n'importe quoi de ce style. Mon corps tout entier le reconnaît comme un signal. Il se détend, lentement. Surtout à cause de celui qui m'est fait aux hanches, le long des reins. Ce sont les doigts solides de River. Il pétrit les muscles qui ont douillé hier et si l'idée m'a tendue, son habileté finit par l'emporter, et je me laisse aller.

Cette chaleur à travers ses doigts, la fermeté avec laquelle il se joue de moi, prend possession de ma peau qui semble s'échauffer petit à petit... Ce qui n'était qu'une note parmi d'autres devient plus important.

Quand Nadja embrasse mon genou, puis ma cuisse, je ne bouge pas vraiment. Alors elle avance lentement et se rapproche de mon sexe. Pourtant, je suis presque surprise en sentant sa bouche sur moi, à cet endroit si précis. Mes jambes sont plus largement écartées que je ne le croyais, je suis un peu basculée en arrière et la pointe de sa langue se darde sur moi à travers mon sous-vêtement, qui, je le réalise, est déjà humide.

Je tente de rabattre les genoux sans y penser, et elle en profite pour insister, repoussant dans le mouvement mon string pour me dévoiler, plongeant directement dans ma chair. Le choc que j'en éprouve est plus net. Je réalise. Non, non, non ! Mon corps me trahit encore ! Je ne peux pas…

Cette fois je tente de basculer en avant et de lui interdire l'accès à mon sexe, mais le massage a disparu au profit de la même poigne. D'une main, River a réuni mes mains derrière moi et les maintient en me plaquant contre son torse. De l'autre, il dessine et s'occupe d'un mamelon dressé. Dans mon dos, je devine la forme de son érection pressée contre moi. Cette sensation provoque quelque chose de trouble en moi.

Mon sexe commence à s'ouvrir, je le sens et serre les dents. Pourquoi je réagis malgré moi ? Mon corps est fait pour se trouver ici, être traité comme ça, sérieusement ? Une honte que je commence à bien connaître réapparaît, mais elle n'efface pas ce que j'éprouve en bas : un début d'excitation pure, trop brute pour être contré.

Le plaisir peut-il dominer n'importe qui, lui enlevant toute volonté, ou bien suis-je la seule à être ainsi ? Car quand ils s'y mettent tous les deux, je tiens pendant cinq minutes, puis un premier frisson de plaisir me remonte l'échine.

Les vagues de plaisir sous la langue qui joue avec mon clitoris deviennent impossibles à ignorer, et quand River pince le bout de mes seins, je finis par me laisser aller contre son torse, débordée par tout ce que mon corps expérimente pour la première fois. À cet instant, je ne suis plus que ce plaisir liquide que je n'avais jamais ressenti. Je découvre la dextérité d'une langue et sa douceur sur moi, comme du velours, et cela n'a rien à voir avec la caresse brutale d'un doigt. La sensation m'envahit, et j'en viens à avoir des tremblements dans les jambes que River a écartées plus largement, ouvrant les siennes sous moi en miroir.

Ce qu'ils me font est trop bon. Peu importe qui me touche, les yeux fermés, je suis dans une bulle de volupté dont je ne veux pas sortir. À tout prix. Je me fous du reste tant je suis en apesanteur dans un état de plaisir intense.

Les premiers soubresauts arrivent, et quand deux doigts fouillent mon sexe, se courbent et frottent un point bien précis en moi, ce qui me fait perdre totalement pied, j'émets un long râle. C'est tellement bon ! Je ne suis plus que cette sensation.

Il insiste encore et encore, je me secoue, je gémis… je prends mon pied. C'est au-delà de ce que je peux décrire ou ai jamais ressenti. Et l'espèce de tension en moi s'accumule de plus en plus, comme une digue prête à céder.

Quelque chose manque, comme si cet équilibre si précaire pouvait se maintenir ainsi sans basculer jusqu'à me rendre folle. Il me faut un petit détonateur de plus, pour que je passe un cap. Et c'est River, cette dynamite. Quand il souffle dans mon cou, je frissonne, me tords sans raison : cet effleurement n'est rien. Puis il me mord le creux de l'épaule, ses doigts sur mes seins en pinçant une pointe, et cette fois c'est trop.

Je crie en jouissant. Fort. Jamais ça ne m'a fait ça. La douleur d'hier n'est pas loin, sauf que cette fois elle n'est que plaisir et volupté, je suis plongée dedans et vis à fond l'orgasme qu'il me provoque, qui se répercute en moi par ricochet, fort.

Un bref instant, j'ai tout oublié et je me sens épanouie, satisfaite, palpitante et pleine de vie… C'est parfait.

Puis la descente est brutale. Un raclement de gorge me tire hors de l'état dans lequel je flottais encore, et je réalise où je trouve et ce qui vient de se passer… mais surtout devant qui. J'avale ma salive, et l'envie d'éclater en sanglots me tord le ventre.

C'est le moment que Nadja choisit pour se relever et saluer le public comme une actrice quittant la scène. Elle reçoit même quelques applaudissements, mais son petit manège à l'avantage de me cacher alors que je tente de me couvrir maladroitement.

Sans oser affronter le regard de River que je sens sur moi, je saute de ses genoux et manque de peu de m'étaler de l'estrade avant qu'il me rattrape.

Pourtant, je lui arrache mon bras. Blanche a déjà commencé son habituel discours, ce que je préfère ignorer : elle ne fait que vendre à nouveau l'orgie à venir et rappeler aux clients qu'ils pourront m'avoir s'ils y mettent le prix, surtout s'ils souhaitent être les premiers à me toucher.

Personne ne semble faire attention à moi à part River.

— Hope…

Je remarque une fenêtre au milieu de la foule et n'hésite pas, je plonge entre deux groupes et file plus vite que mon ombre. Tout plutôt que de rester là une minute de plus, de devoir parler ou même faire face à Nadja ou River.

Si on me force, si on me brusque, j'ai une bonne raison de « craquer », de me laisser faire. Alors que cette fois qu'ont-ils fait ? Quasiment rien. Deux caresses, et j'ai ouvert les cuisses ? Je me dégoûte, tout simplement. Je mérite sûrement ma foutue place dans cet enfer et suis destinée aux bordels si j'en viens à réagir ainsi. La honte est si cuisante qu'une larme coule, solitaire, et je l'écrase aussitôt avec rage. J'ai envie de me frapper, de me taper la tête contre un mur et certainement pas d'accepter mes larmes de faible.

J'ai presque rejoint les dortoirs quand je les entends. Immédiatement, je sors de mon marasme et me retourne. Ils sont bien là. Quatre hommes remontent le couloir dans ma direction en souriant. Au milieu d'eux il y a le type de tout à l'heure, celui au regard vide. Cette fois, j'y trouve plutôt un abîme de perversité, pleine de tout ce qu'il s'imagine déjà me faire…

12

Mon cœur remonte dans ma gorge. Je fais volte-face et sprinte. On m'a clairement expliqué les règles du lieu : les clients sont rois. S'ils sont tous en bas, je n'ai aucune chance qu'on me vienne en aide et je n'essaie même pas de crier.

Il faut que je me mette à l'abri, et vite ! Je pense aussitôt à la chambre de River, mais doute de pouvoir y arriver, ils sont trop proches pour ça.

Ils gagnent du terrain. J'ai beau accélérer, mes pieds nus dérapent à l'angle d'un couloir, et je tombe à genoux. Je jure et me relève après m'être pris le chambranle.

Mais on m'attrape brusquement par les épaules. Je rue immédiatement dans tous les sens, mais d'autres bras m'agrippent. Je me retrouve plaquée contre un de ces hommes. Il sent la sueur, le tabac froid. Il me ceinture à la taille et mes jambes pendent dans le vide comme il est grand, et quand je tente de m'arc-bouter contre lui, on me décoche une grosse claque. Ma tête part en arrière, mais je ne lui donne même pas de coup.

La trouille au ventre, je les détaille. Surtout celui qui m'effraie, le brun au crâne dégarni. Il a un nez large, épaté, qu'il a dû se casser par le passé. Quand il éclate de rire, c'est comme si on me frottait au papier de verre. Je serre les dents et essaie d'inspirer malgré les bras qui me compriment de plus en plus fort. La manœuvre fait forcément ressortir mes seins en avant, et l'un d'eux les regarde fixement.

Finalement, ma fameuse initiation n'aura pas tenu une semaine. Trois jours, et je vais finir violée dans un couloir par ces hommes.

— Elle n'est pas vierge, remarque avec un ricanement le brun en face de moi. La maquerelle nous balade… enfin, on sera bientôt fixés.

Jamais dans ma vie je n'avais entendu ce bruit. Celui d'une fermeture de ceinture qui se déboucle comme le cran de sureté d'un pistolet qu'on enclenche. Et ce son bien caractéristique met à mort quelque chose en moi ce soir, à cet instant, au creux de moi. Ce qui n'appartient à personne d'autre que moi et qu'ils veulent tous s'approprier en me piétinant au passage pour l'obtenir. Mais après tout, c'est bien le seul enjeu depuis la nuit des temps. Une virginité qui encombre, qui obsède ou devient tribu de guerre et provoque… tout ça. Cette cupidité, ces regards malsains de convoitise. Je ravale ma salive, les larmes aux yeux.

Alors qu'il tire sa ceinture lentement hors des passants de son pantalon, je suis chacun de ses gestes. Je repense à ce type à mon lycée, Bryan. On devait sortir ensemble à la fin de l'année, et il m'aurait sûrement pris cette foutue virginité sur une banquette arrière, comme ça. De manière un peu nulle, mais si classique… Sauf que ma mère a été malade avec tous les médocs qu'elle prenait et j'ai préféré rester chez moi pour vérifier si elle ne faisait pas d'overdose. Si tout s'était déroulé différemment à ce moment, cela aurait-il empêché ce que je suis en train de vivre, au fond ?

Il passe la ceinture autour de mon cou et la referme sur moi comme un collier sur un chien. Mon mouvement pour essayer de me dégager ne fait que me blesser lorsqu'il serre plus fort, pour me dissuader.

La terreur que je ressens devient si puissante qu'il est impossible pour moi de me tenir tranquille. Je me secoue, me penche de toutes mes forces à m'en déboîter l'épaule, mais il tire à nouveau.

— Voilà ce qu'aurait dû proposer l'autre, l'asphyxie érotique !

En disant cela, il imprime un mouvement sec, et je sens la boucle de métal s'incruster dans ma peau. Inspirer me demande un tel effort que je ne suis pas sûre d'y arriver longtemps à ce rythme, sans finir par tomber dans les pommes.

— Je la veux consciente ! s'agace son voisin, en bousculant celui qui m'étouffe.

— Elle sera juste plus docile, ta gueule, laisse-moi faire…

Paniquée, je force encore. Le type qui me maintient est une vraie armoire à glace, mais c'est mon unique chance. Chaque inspiration me déchire la gorge, se fait plus rare et amplifie ma terreur.

Je suis si concentrée sur le simple fait d'arriver à respirer que les deux hommes en face de moi deviennent moins réels, tout comme leur dispute.

— Très bien, tiens-la, je passe le premier.

— Pas question, tu ne voulais même pas monter !

— C'est moi qui t'ai amené ici hier…

L'homme tire à nouveau sur le cuir, qui me mord la chair. Ma nouvelle inspiration n'est pas suffisante, je vois déjà des points noirs danser devant mes yeux et me demande combien de secondes il me reste… j'arrête de me débattre, incapable de continuer et à la recherche de la moindre parcelle d'air, c'est la seule chose qui compte.

— Lâchez-la.

La voix a claqué dans le couloir et provoque un silence. Une part de moi la reconnaît, mais je suis en train de suffoquer littéralement. Les bras autour de moi se relâchent un peu, mais ça ne m'aide même pas : je bascule vers l'avant, molle comme une poupée de chiffon, ce qui m'étrangle un peu plus.

Quand je tombe brusquement par terre, ma gorge est assez dégagée pour que j'inspire plusieurs fois d'instinct. Mes doigts accrochent le bois du parquet, j'ai les larmes aux yeux et je tâtonne pour arriver à me libérer de la ceinture, les idées trop confuses pour trouver la boucle de métal.

Une main tire doucement, et le garrot se desserre d'un coup. Tremblante, je ne fais rien d'autre que respirer, à peine consciente de ce qui m'entoure. Une quinte de toux me secoue tout entière. L'impression d'avoir avalé du papier de verre s'accentue, douloureuse.

Je vais crever.

C'est la seule pensée cohérente que j'ai depuis deux minutes alors que tout mon corps hurle « respire ».

Lentement, les choses se calment. Ma tête arrête de tourner, et si j'ai encore mal, je devine que c'est la trace qu'a laissée le cuir la responsable. On me soulève, mais je n'ouvre pas les paupières. Je suis portée et finis sur un lit. Je n'ai toujours pas tenté de regarder autour de moi. Pas besoin, c'est River.

Mon corps doit avoir enregistré parfaitement son odeur ou la forme de ses mains, parce que je n'ai pas le moindre doute, peu importe le nombre d'hommes qu'il y avait dans ce couloir. C'est là que je réalise : malgré tout ce qui s'est passé, je préfère être livré à lui qu'à un autre.

Ce constat me perturbe, mais je suis trop HS pour m'y attarder vraiment.

— Mick s'occupe de faire descendre les gars. On en a frappé deux, et ils ne reviendront pas. Hope ? Je dois vérifier si t'es consciente, dit-il en essayant de me redresser et de voir mes yeux, repoussant mes cheveux en arrière.

Je ne sais pas. Mais je ne peux pas parler. Ses doigts parcourent mon cou.

— Tu saignes, la boucle de ceinture t'a entaillée. Regarde-moi, ordonne-t-il, sa voix se faisant plus dure.

J'obéis même si je pèse une tonne. Une lumière m'éblouit, il vient de me braquer quelque chose dans les yeux. Un sursaut me prend, j'attrape son poignet pour l'immobiliser. Je plisse les paupières pour détailler ce qu'il tient… mais oui ! C'est bien un portable !

— Il n'a pas de réseau. Rien. C'est juste une lampe torche, une calculatrice et deux applis de jeux à ce stade, commente-t-il sobrement. Je peux te laisser vérifier après, si tu ne me crois pas… t'as un vaisseau sanguin qui a éclaté dans l'œil. Tu as vraiment failli y passer ce coup-ci.

Sa voix a perdu sa neutralité habituelle. Je repousse le smartphone pour le dévisager, cherchant à comprendre ce que j'ai perçu en lui. Mais il se contente d'éteindre le faisceau de lumière. Qu'est-ce que… qu'est-ce que c'était ? J'ai bien vu ou… Je me mords l'intérieur des lèvres en réfléchissant à toute vitesse.

L'un de ses doigts vient tirer sur ma lèvre inférieure, et je reste interdite devant lui.

— Arrête. Tu saignes déjà, ça suffit comme ça... même un soir où ça devait aller, tu as réussi à tout transformer en carnage. Pourquoi tu compliques les choses comme ça ?

Alors sans prévenir, sans la moindre once d'amour propre, j'éclate en sanglots devant lui. Comme une fontaine, je craque littéralement et chiale toutes les larmes de mon corps. J'ai le nez morveux, mal de pleurer si fort, mais quelque chose en moi se dénoue. Les tensions accumulées disparaissent d'un coup.

Entre mes larmes, les cheveux en vrac, je devine l'expression de River. Pour la première fois depuis que je le connais, il a l'air dépassé. Il fait plus humain... et désolé.

— Ne pleure pas, Lake, arrête, pitié...

Sidérée, je relève la tête, et on se regarde bien en face. Son visage se durcit brusquement, changeant du tout au tout.

— Lake ?

— Stop !

La menace est à peine sous-entendue, il semble létal à cet instant : prêt à frapper. Je referme la bouche alors que je m'apprêtais à insister. Lake ? Je n'ai aucun doute là-dessus : une seconde, il m'a prise pour quelqu'un d'autre.

D'un geste sec, il m'attire vers lui et écrase sa bouche de la mienne. Je ne sais pas trop comment ni pourquoi, mais il est en train de me prouver quelque chose : c'est moi, Hope, qu'il embrasse à cet instant.

Je ne réagis pas immédiatement, trop ébahie. C'est la première fois que nos lèvres se touchent. Il me presse contre lui. Je tâtonne pour m'agripper à ses épaules et le forcer à reculer, mais c'est le moment qu'il choisit pour caresser la plaie dans mon cou.

Ses doigts s'attardent sur la trace qu'a laissée la ceinture. Je grimace. D'un coup, il monte sur le lit et me renverse, passant sur moi. Sa chaleur me submerge. Le souffle me manque, je cherche mes forces pour le repousser... sauf qu'il embrasse bien. Pourquoi ? Pourquoi ça me coûte ? Chacun des jours ici semble durer un an. Il y a vingt-quatre heures, ce type me rouait de coups de cravache et je le détestais à en crever. Ce soir, il y a eu les caresses, cet orgasme… ces hommes qui m'ont presque tuée pour pouvoir me culbuter et le voilà contre moi…

Il n'y a pas de douceur dans ces gestes, c'est autre chose. Une urgence, une panique, du désespoir. Et je réponds à tout ça, parce que c'est ce que je ressens. Je suis paumée, seule, je ne suis plus moi-même, peut-être une autre ou plus rien, je ne sais plus.

On s'embrasse finalement avec fureur. Il me mord presque les lèvres, et je le lui rends, mais la différence avec en bas, dans la salle, c'est que si ça n'a pas plus de sens, c'est réciproque. Il me laisse accéder à son corps.

Je lui griffe les épaules sans y penser tant je m'accroche à lui. Nous sommes plaqués sur le lit, on s'étouffe plus qu'on ne s'étreint, et ça me va très bien. Je préfère perdre le souffle avec un corps chaud contre le mien qu'à cause d'une ceinture.

La notion du temps m'échappe quand il passe ses paumes rudes sur moi. Brutal, il va finir par arracher ma robe avec la force avec laquelle il me touche. Je me sens nue sous lui, le haut largement remonté sur les cuisses et ses jambes entre les miennes. La toile du jean, rugueuse, frotte contre moi et me met petit à petit en transe.

L'orgasme récent doit exacerber tous mes sens, je ne vois que ça pour basculer si vite. Parce qu'il ne peut pas me faire réagir à ce point. C'est River dont il est question. Je deviens schizophrène… ou alors, c'est Stockholm et son syndrome. Il n'y a que cette explication ! Il ne peut pas me mettre dans cet état second, totalement fébrile. Je dois repousser ses mains, le mordre, donner un grand coup de genou dans ce que je sens se presser contre mes reins… pas à en perdre le souffle.

Je le hais.

Je le hais.

Je me répète ça dans ma tête… et lui rends son baiser. Cet homme me vrille tout entière. Il ruine mon esprit, envahit mon corps comme une marée sans jamais me laisser de répit, jusqu'à ce qu'il ne reste de moi que des décombres.

Sans y penser, quand il libère une petite seconde mes lèvres pour s'enfoncer dans mon cou qu'il mord, je murmure d'une voix étranglée :

— Pourquoi tu fais ça ? Où est le public ?

River s'arrête brusquement. Il prend appui sur ses avant-bras autour de moi pour me dévisager, m'écrasant de sa puissance. Son visage a repris sa froideur hautaine. Cette espèce de rudesse que j'ai appris à connaître et détester. L'envie de le taper est à nouveau présente. Furieuse. Je serre déjà les poings pour me débattre et le repousser.

— Et toi ? rétorque-t-il. Je te force peut-être ?

On se regarde longuement. La haine me noue la gorge. Comment répondre oui ? Il n'est pas sur moi, ses poignets reposent le long de ses cuisses épaisses et musclées… la bosse qui déforme son pantalon provoque quelque chose d'étrange en moi. Un frisson. Peur, doute… envie ?

Pour m'empêcher de réfléchir, je me relève pour aller à sa rencontre. Je le percute presque, et il m'attrape pour me stabiliser, me sautant dessus lui aussi. Il me bouffe littéralement les lèvres. C'est là que je perds tout. La tête, le contrôle, la pudeur… ce qui compte, c'est cette façon de m'enlacer.

Il peut me broyer, je le suis déjà. Je ne ressortirai jamais d'ici indemne alors ça me va. Quand à moitié à califourchon sur lui, je sens son jean sur mon sexe, je laisse mes cuisses glisser sur le côté, mine de rien. L'attouchement se fait plus franc, et il doit le remarquer. Il saisit mes hanches avec force, imprimant ses doigts dans mes chairs pour me frotter sur lui sans pudeur. Et ça me convient.

Je ferme les yeux, me concentrant sur ça. Quand il me palpe à travers le tissu de ma robe, il me faut à peine une minute ou deux pour gémir. Plus rien n'existe à nouveau, mais quelque chose me manque : ses lèvres.

Sans que je le décide vraiment, ma main va mouler son sexe à travers les vêtements. Maladroite, je le caresse de haut en bas. Un soupir qui lui échappe me fauche au ventre. C'est la toute première fois qu'il semble réagir. Son self-control à toute épreuve a disparu. L'expression tendue, presque douloureuse de son visage n'a rien de commun avec d'habitude et le transforme totalement.

Je lui fais de l'effet, moi ? L'idée que je ne suis pas sa mission, qu'on ne joue pas me trouble un instant. Le tressautement qu'il a me tire de mes réflexions.

À tâtons, je cherche les boutons du jean que je fais sauter, puis j'accède enfin à sa queue. Pour la première fois, je la sens à défaut de la voir. Il y a eu de brefs moments où j'ai deviné, mais des couches de vêtements nous séparaient. Pas là. Le frisson que me procure ce contact se propage en moi jusqu'à vibrer dans mon ventre. J'aime qu'il bouge dans ma main, le sommet de sa verge est humide et je sais très bien pourquoi.

Sa bouche trouve mon sein, il me soulève à moitié et, en apesanteur, je me laisse dévorer. Il aspire mon mamelon, fort. Un suçon et la pression me font un bien fou, un courant électrique parcourt mon corps qui s'enflamme. Je gémis à mon tour.

On se provoque ainsi, chacun essayant de faire basculer l'autre. Ses doigts fondent sur mon sexe, et il me caresse jusqu'à parvenir à mon clito qu'il pince, fait rouler. Je lâche un cri. Me contenir et ne pas relâcher sa queue me demande un réel effort. Pourtant, je refuse : il reprend le contrôle et, sans que je sache pourquoi, l'idée d'être à égalité cette fois compte trop.

Je ne veux pas rester immobile. J'ai besoin de ça. Je le branle avec plus d'ardeur, me calant sur son souffle, sur la force de sa mâchoire contractée, et je croise son regard sombre. Quand, un bref instant, il cesse de me toucher, j'ai envie de crier victoire ! Je suis celle qui le met dans cet état qui, enfin, le trouble.

Sans réfléchir plus, je le repousse vivement. S'il ne l'acceptait pas, vu sa puissance, il ne bougerait pas d'un pouce. Mais il se laisse faire et m'abandonne les rênes. La pensée que je le domine est juste jouissive. Je me recule assez pour pouvoir attraper sa queue dans ma bouche. Pour la première fois de ma vie, je suce un homme.

L'idée de mal faire me bloque un peu, mais le râle qu'il émet me rassure. Je vois ses hanches qui avancent, mais il s'immobilise brusquement. Après avoir relevé la tête, je vois son expression et devine qu'il tente de se contenir. Sauf que je ne veux pas. C'est moi qui mène la danse. Peut-être que je lui rends la monnaie de sa pièce, quelque part.

Moi aussi, je peux le faire. Je crochète mes pouces dans sa ceinture. Le tire vers le bord du lit dont je descends à reculons, et il se retrouve les pieds campés dans le sol. À genoux devant lui, je le regarde une seconde. Il me contemple d'en haut, puis s'apprête à parler, mais je m'assure de son silence de la meilleure des manières : je reprends sa queue en bouche. Plus aucun de nous ne peut parler ; je suis occupée, il est envahi.

Un gémissement me récompense aussitôt. Mes doigts toujours crochetés, je ne lâche rien et le tire vers moi. L'une de mes mains agrippe son cul. Il me faut une petite minute pour m'adapter à l'épaisseur de son sexe et trouver comment l'aspirer loin en moi. J'ai mal à la mâchoire, mais je tiens bon, joue de ma langue, le couvre de salive jusqu'à ce qu'il coulisse en moi sans problème. Nouveau gémissement.

Cette fois, je devine plus nettement ses hanches qui tentent de ruer en avant et vois les tendons de ses cuisses se contracter sous l'effort qu'il fait pour se retenir. Sans réfléchir, je saisis une de ses mains et la pose sur ma tête, le laissant me dominer. Même si j'ignore pourquoi, mon trouble s'accroît aussitôt à cette idée, et je le prends en moi plus profondément alors que mes cuisses s'ouvrent d'elles-mêmes.

Sa paume me caresse puis agrippe enfin une poignée de cheveux d'un geste alors que je l'accueille dans ma bouche aussi loin que je le peux, ayant même du mal à respirer.

Je sens la perte de contrôle dans toute l'attitude de River, son souffle haché et la façon dont il se comporte… J'ai juste envie de crier victoire. Ses mains me maintiennent, et il se met à aller et venir en moi, je m'adapte, bougeant pour lui faciliter la progression. Ses gémissements se font plus forts, plus bruts… et m'excitent pour de bon. L'entendre ainsi me fout en transe.

La pensée que je n'ai jamais osé formuler revient : ce mec est beau à se damner. L'idée d'être à genoux devant lui, soumise et à la fois maître de sa queue, me fait un effet fou. Je mouille, lâchant tout instinct ou toute logique pour devenir une simple tempête de sensations.

J'éprouve parfaitement la puissance de son sexe dont je peux deviner les veines gonflées par le plaisir ; il est prêt à exploser et mon propre vagin se contracte rythmiquement, appelant désespérément à être pénétré.

Une minute après, je me recule. On se dévisage. Je dois avoir les lèvres humides, je sens un goût salé en bouche, celui de son sperme. Un bref instant, je me demande quelle image je lui renvoie… quelque chose de sale ? De pervers ? Et au final, je m'en fous totalement ! Parce que je prends aussi mon pied. Cela renforce peut-être cette impression. L'idée de ce qu'il voit m'excite. Je ne m'attarde pas là-dessus et replonge sur lui, guidée par quelque chose d'irraisonné, de totalement viscéral.

La pression n'a pas vraiment eu le temps de descendre. Il se remet à bouger et gémit en moins de quelques minutes, je remarque du coin de l'œil tous ses tendons à bloc, qui saillent sous la peau. Ceux des poignets, des jambes…

Quand je recule à nouveau pour tout stopper brutalement, il jure bruyamment :

— Hope, merde !

Je le défie du regard, vérifiant comment il va réagir. Pas besoin d'en dire plus, il a capté. Oui, j'y prends un plaisir confus, mais mon attitude n'est pas gratuite. L'idée de me venger de ce qu'il me fait, d'être celle qui torture, provoque et domine m'apporte une sorte de soulagement. Et c'est un test, je dois savoir s'il va me tomber dessus et se montrer cruel. Quelque part en moi, je suis sûre que ça serait différent d'en bas et m'aiderait à comprendre quelque chose entre nous.

Car il n'est pas attaché, lui. Il pourrait facilement attraper ma tête et se servir de moi comme d'une poupée pour se branler… mais il ne le fait pas. Tendu comme un arc, il ne bouge pas d'un pouce. Il semble à la limite du point de rupture… mais ne me force pas, ne m'allonge pas une claque, rien.

Lentement, je le reprends en bouche. Quelque chose a changé, et je me fais plus douce, léchant son sexe avec application, le lapant, faisant tournoyer ma langue… je suis certaine de ne pas être la meilleure à ce petit jeu : c'est la première fois. Mais putain, j'y mets vraiment toute ma concentration, ma volonté pour que ça compense mon inexpérience. Et quand il ferme les yeux, la tête basculant en arrière et le bassin ployé vers l'avant, me laissant le champ libre, je me dis que j'y réussis un peu.

Sa queue a un nouveau sursaut et ses veines sont gonflées au point de tracer des sillons sous sa peau. Dès que je touche son gland, ça semble presque trop, et il tressaute au fond de ma bouche alors qu'un nouveau goût salé s'en échappe. Mais c'est loin de me rebuter, je goûte son sperme comme une première chose intime qu'il m'abandonne ; après tout ce qu'il a eu de moi, j'ai besoin aussi de m'approprier quelque chose de lui, n'importe quoi.

Enfin, je me décide, après une large inspiration, je l'enfile tout entier dans ma bouche aussi loin que possible, me servant de mes mains sur son sexe trop long pour devenir son fourreau.

Il se crispe, et je sens la salve quand il jouit. Son sperme se décharge directement au fond de ma gorge. Ses mains s'agrippent à moi à me faire mal, alors qu'en même temps on pourrait croire qu'il craint de tomber, et je le suce encore, y mettant tout mon zèle. Le grognement qu'il pousse semble presque douloureux : il rend les armes. Finalement, il se laisse choir à genoux devant moi.

J'ai conscience que j'ai du sperme sur les lèvres et dans la bouche, mais alors que je ne m'y attends pas, il se penche et m'embrasse sans s'en soucier. Son baiser est teinté de la même urgence. Il en a besoin comme de respirer. Tant mieux, parce que moi aussi.

À peine cela s'arrête que mes certitudes partent en vrille, la réalité percutant durement ce moment hors du temps et de la logique. Je ne sais plus ce qui s'est passé et surtout pourquoi. Oui, j'ai pu le faire jouir… et alors ? Quelle victoire ? Je l'ignore, complètement paumée.

Il m'embrasse encore, plus fort. On perd l'équilibre, et je bascule en arrière alors qu'il m'écrase. Il me tombe dessus sans vraiment se retenir, me pressant de tout son corps. Je devine sa queue entre nous, encore bandée, et me demande s'il continue à me couvrir de sperme… l'idée me donne un drôle de frisson.

Alors qu'il aurait pu me rejeter ou se moquer, ce qui aurait sans doute été la pire des choses qu'il m'ait faites jusque-là, au contraire il ne me laisse pas comme ça. Ça fait toute la différence. Je ne peux pas me comprendre, toutes mes actions n'ont aucun sens objectivement… mais est-ce que c'est si grave, là tout de suite ?

Je suis contre lui. Je me fous de trouver du sens, peut-être n'y en a-t-il aucun tout simplement ici. Ses mains se promènent partout sur moi, ou plutôt s'agrippent comme s'il vérifiait mes contours, et ça m'aide à me rappeler que je ne suis pas vide, j'existe. Ses paumes me redonnent un corps qui n'est pas celui dont disposent les clients en bas.

Ça n'a vraiment pas la moindre logique, je suis totalement incohérente, ne cesse de répéter une voix têtue dans ma tête.

Déteste-le ! C'est lui qui te fait tout ça. Lui qui a imposé des coups, t'a jetée sous une douche ou t'a secouée dans sa chambre pour te traîner au milieu des autres… et aussi lui qui m'a caressée, qui m'a fait jouir. Lui qui me touche et m'a sortie de ce couloir, a enlevé cette ceinture de mon cou.

Une larme coule de ma paupière.

— Hope ?

Je ne réponds pas, détourne seulement le regard et mords dans le biceps qui passe à portée de ma bouche. Fort. Il grogne et se précipite encore plus contre moi. Ses reins puissants me plaquent au sol, plusieurs fois à m'en couper le souffle. S'il n'y avait pas un sous-vêtement toujours sur moi, il pourrait me pénétrer d'un seul coup, sa queue est à nouveau dressée, mais il ne tente rien de plus.

D'ailleurs, est-ce que c'est ce que je veux ? Je pourrais perdre ma virginité, là, maintenant ? Peut-être que tout s'arrêterait ? L'idée fait son chemin en même temps que la langue de River sur moi.

Une de mes mains descend le long de son torse, de ses côtes, j'essaie de me faufiler entre nous et bascule le bassin pour tenter de… Mais il agrippe mon poignet et le remonte brutalement au-dessus de moi, le claquant violemment au sol. Je gémis sous l'impact.

— C'est ce que tu veux faire depuis le début ? Tu as été jusqu'à me sucer pour me convaincre de faire ça loin des regards ? C'était pour ça ?

Il rit. D'un rire qui grince, qui me gratte la peau partout. Ça n'a rien d'un son joyeux comme ça devrait, c'est moqueur, presque méchant.

— Il me semblait aussi.

Il se redresse d'un geste souple, m'abandonnant les cuisses ouvertes, du sperme sur moi et les cheveux en bataille. Le souffle court, je le contemple. Dans cette tenue, son futal à moitié baissé sur les fesses et torse nu avec cette musculature puissante qui le caractérise, ses cheveux noués haut sur sa tête, il ressemble à un guerrier. Son attitude méfiante me transperce de part en part. Le dégoût que je lis dans son regard me cingle de plein fouet.

— Casse-toi, immédiatement.

Titubante, j'obéis. Dans le couloir, l'idée de recroiser des hommes me fait accélérer le cœur aussitôt… Non, il n'y a pas de chance pour que ça arrive. J'hésite, puis me force à faire un pas. Il le faut. *Allez !*

Sauf que c'est plus facile à dire qu'à faire. Je me déporte vers le mur et y pose ma main pour me guider. Ça l'empêche de trembler. L'autre se porte automatiquement à mon cou et aux traces qui s'y trouvent. Trois jours... Même pas une moitié de semaine. Dans quel état je serai à la fin ? Chaque jour, je prends une marque de plus...

— Hope, avance !

Je sursaute et évite de peu de pousser un cri en me frappant au mur où je me suis collée. River me dépasse, longeant le couloir au pas de charge. Une seconde, je le regarde faire, interloquée. Puis je réalise qu'il a beau m'avoir jetée comme une merde... et avoir bien compris mes intentions, difficile de me défendre totalement de ce dont il m'a accusée – sauf pour la fellation et ses raisons, mais il n'a pas besoin d'être au courant –, il est venu dans ce couloir pour moi, et je serais toujours bloquée sur place s'il ne m'avait pas engueulée, flippée comme je suis.

Sans rien dire, je le suis. Quelque chose a changé entre nous. Ça a mal fini, et ça n'aurait pas dû commencer, ce truc dans ma chambre. Je ne sais pas si j'ai bien fait, et même de me poser la question est sûrement stupide... mais difficile de nier malgré tout.

Devant mon dortoir, il attend que je passe le seuil et repart sans me laisser le temps d'ajouter quoi que ce soit. Il est presque à l'angle du couloir quand je lance :

— Merci.

Sans doute trop bas pour qu'il l'ait entendu. Épuisée, je vais comme un automate aux douches et me nettoie rapidement, évitant de réfléchir à ce que je suis en train de faire, avant de retourner à ma couchette, où je m'installe. Une fois de plus, je me sens vidée alors que cette soirée se termine pour moi mille ans avant celle des autres filles. Comment tiennent-elles ?

Avec de la drogue...

Un bruit me fait sursauter. Nadja vient d'arriver. Sa position, bras croisés sur la poitrine, me semble accusatrice et réveille mon ressentiment : cette fille m'a totalement baladée !

— C'était malin.

— Pardon ? je demande, pas sûre d'avoir compris.

— Essayer de tordre River en faisant la martyre, la sainte-nitouche et j'en passe. Facile quand on est vierge, pas vrai ? Ça se voit tellement... c'est pitoyable. Et ça ne marchera pas. Il va bien ravager chacun de tes trous à un moment donné, ma cocotte. Alors, oublie. Tu n'y échapperas pas.

Je la dévisage une seconde, elle et son dédain teinté de colère, ayant l'impression qu'elle a totalement inversé les rôles. Puis je réalise : de la jalousie ?! Je songe à toutes les fois où elle a évoqué River ou son attitude quand il est là. Son visage, ses expressions... merde, comment j'ai pu rater ça ! Nadja a des sentiments pour lui.

Et elle est la seule, tu crois ? Des « sentiments » ? Ça veut dire quoi ? Toi aussi, tu en as, quels qu'ils soient...

Cette pensée me parasite tellement que je manque de peu de grimacer et me ressaisis au dernier moment. Finalement, je hausse les épaules, espérant ne pas me faire griller.

— Je ne sais pas de quoi tu parles.

Elle a un petit rire sec.

— Bien sûr.

Sans répondre, je relève mes cheveux pour exhiber mon cou. Ses sourcils se froncent.

— Des mecs m'ont choppée dans le couloir. Ça, c'est la trace laissée par la ceinture avec laquelle ils m'ont étranglée. River m'a récupérée pour Blanche. Point barre.

Son expression demeure perplexe, mais j'y vois moins d'agressivité.

— Ça sera moche demain.

C'est à mon tour de pouffer sans joie.

— Sans blague.

On en reste là. Je me rallonge, elle n'ajoute pas un mot. L'idée de dormir est à la fois ce qui m'aide à tenir toute la journée et mon pire cauchemar : quoi que je fasse, on avance vers dimanche, inexorablement…

13

Le lendemain je me réveille tôt, toutes les filles dorment encore. Je vais aux toilettes et me regarde ensuite dans l'un des miroirs au-dessus du lavabo. J'ai bien le cou marbré. Il y a une sorte de trace rouge dans le blanc d'un de mes yeux, un vaisseau explosé peut-être ? Et le moment où River m'a affirmé que c'était dû à l'étranglement me revient. Mon cerveau a-t-il des séquelles ? Ça n'a pas duré assez longtemps, du moins je l'espère.

Vu ce que tu as fait avec River, t'as un doute ?

Qu'est-ce qui m'attend ce soir ? Cela tourne en boucle dans mon esprit. Je me retrouve donc seule aux douches – ceci dit, au moins, elles sont calmes –, avant de descendre manger. Même les filles les plus matinales ne sont pas encore là.

Je me fais un café, prends deux toasts et du beurre et m'installe tout au bout d'une table. Quand je pense à la bataille qui a eu lieu ici pour un bout de pain, je grimace et me dis que venir aussi tôt a du bon.

Alors que je comate au-dessus de ma tasse en bâillant, j'hésite à aller me recoucher. Ça serait la meilleure des options, mais je n'ai pas le courage de remonter. À deux lits de moi, une fille grince des dents dans son sommeil. Une autre ronfle, et je crois qu'une parle en dormant – ou pleure peut-être ?

J'évalue la pièce du regard, cherchant un endroit où je pourrais me poser pour faire une sieste. Le plus logique serait la grande salle, celle réservée aux clients. Il y a des dizaines de banquettes et d'alcôves. Mais l'idée de traîner là-bas, juste non !

— Tiens, je pensais être seule…

À cette voix, je me fige. Mais quand je me retourne, c'est bien Blanche qui se trouve dans mon dos. Elle avance lourdement. Sa démarche est difficile, impossible de passer à côté. Je fronce les sourcils, même si je me garde bien de faire un commentaire. Pourtant, mon expression doit parler pour moi, car elle s'arrête à ma hauteur et m'interpelle vertement :

— Quoi ?

— Rien… enfin, vous paraissez souffrir, c'est tout.

Son visage se plisse de colère, et elle serre les dents. OK, elle fait partie de ces gens qui n'aiment pas montrer la moindre faiblesse. Je rectifie :

— Désolée, c'est juste que ça ressemble à une des crises de sciatique de ma mère.

Elle me dévisage une minute sans rien dire.

— Et ?

— Je… rien. J'ai grandi en la voyant souffrir. Mon père la massait souvent pour ça…

Une idée germe dans ma tête, mais j'hésite. Soit c'est génial, soit je fais une erreur monumentale, quitte ou double… Pourtant, ma situation est à ce point merdique, alors pourquoi pas ?

— Il m'a appris comment faire quand il bossait.

Alors qu'elle se détournait, elle s'arrête net. Lentement, elle pivote vers moi à nouveau. Sauf que pour une fois, ça n'est pas pour prendre de grands airs, elle a seulement du mal à bouger, je pourrais le parier.

— Je suis sérieuse, j'insiste calmement.

Sa voix siffle :

— Qu'est-ce que tu crois ? Que contre un massage je vais te foutre la paix ce soir ? Même pas en rêve.

Je ricane. Elle me pense vraiment plus naïve que je ne le suis.

— Je n'espérais rien de ce genre. Mais vous avez raison, je n'ai rien dit.

— Bien.

Elle s'éloigne en direction de la cuisine. Quand elle en ressort avec un café, son rictus de douleur au passage des deux petites marches qui délimite l'espace du réfectoire ne m'échappe pas. Pourtant, je me contente de fixer ma tasse.

Lentement, elle remonte l'allée entre les deux tables. Alors que je termine mon café, j'entends :

— Suis-moi.

Surprise par son revirement, j'obéis sans commenter, consciente qu'elle n'est pas d'humeur. On rejoint – à deux à l'heure – son bureau. Elle me guide dans une pièce derrière. Cela me fait penser à une sorte de salon privatif. Il y a une banquette contre un mur et une table basse avec des fauteuils crapauds autour. Blanche demeure plantée, immobile au milieu de la pièce.

— Vous avez l'air de souffrir. Allongez-vous sur le côté, là-bas, et je pourrai vous masser.

D'un coup, Blanche avance vers moi de son pas raide et sans un mot me palpe. Les yeux ronds, j'hésite à reculer avant de comprendre son intention.

— Je ne suis pas armée.

— Je ne vais pas te croire sur parole.

Sa voix est si tranchante que mon envie de l'aider disparaît aussitôt, mais difficile de l'envoyer bouler à ce stade.

— Effectivement, se contente-t-elle finalement de dire. Si tu espères m'assommer ou…

— Vous êtes sérieuse ?! je m'exclame sans réfléchir.

Une claque retentissante me cingle la joue. Ma tête valdingue en arrière, et je mets une seconde à retrouver mes esprits. D'un simple revers de main, elle vient de m'exploser la pommette, qui me lance, douloureuse. Je remarque la bague à sa main. *Ceci explique cela…*

— Si tu tentes quoi que ce soit, je promets que ce soir est ton dernier, je te ferai massacrer.

Je grimace. Ils vont le faire, mais ça sera dimanche. Elle le sait tout comme moi… Je reste immobile et elle aussi, on se toise. Finalement, elle accepte de se laisser glisser sur la banquette et étouffe de son mieux un gémissement.

S'allonger complètement lui prend un temps fou, ce qui me permet d'évaluer à quel point elle doit douiller. C'est sûrement pour ça qu'elle a cédé ; elle semble trop méfiante pour courir le moindre risque. Son regard me fixe, songeur.

— Je devrais appeler Mick, il te garderait à l'œil…

Alors que je m'étais agenouillée, je me relève.

— Écoutez, on laisse tomber, je ne vais pas…

Quand je lui tourne le dos et m'éloigne de quelques pas, elle siffle, furieuse :

— Qui t'a dit que tu pouvais partir ! Reviens ici immédiatement !

Mais je l'ignore et attrape le premier objet qui me tombe sous la main, une sorte de statuette en métal un peu lourde. Une femme en toge, une déesse grecque peut-être. Je la rejoins d'un pas vif, et elle essaie de se relever en catastrophe pour se défendre.

— Tenez.

Stupéfaite, elle s'immobilise.

— Allez-y ! Prenez-le. Vous aurez un truc pour vous défendre et moi rien. On peut y aller ?

Elle m'arrache des mains la statuette. Je me mets à nouveau à genoux. Après m'avoir fusillée du regard, elle finit par me préciser :

— Masse-moi sur les vêtements. Je ne veux pas me déshabiller.

Je ne commente pas et pose les mains sur elle alors qu'elle reste tendue comme un arc. Son visage est tordu par une grimace comme elle continue de se plier vers l'arrière pour surveiller chacun de mes mouvements.

— Arrêtez, je ne compte rien vous faire, je soupire.

Seul un grognement me répond. Je préfère l'ignorer et commence à masser le plus bas possible vers le genou. Elle est assez mince, presque osseuse. Me repérer entre les tendons et les muscles n'est pas bien compliqué. Impossible de la guérir ainsi, mais les massages peuvent vraiment soulager la douleur. J'ai vu mon père le faire des dizaines de fois à ma mère, son nerf sciatique n'avait cessé de la faire souffrir depuis son accouchement, les gestes me viennent presque par automatisme.

— Je peux aider, mais ça ne va pas disparaître. Il faut voir un chiropracteur ou quelqu'un comme ça…

Sans doute le sait-elle, mais je l'aurai dit. Comme elle ne me répond pas, je n'insiste pas. Je me rappelle peu à peu les mouvements enseignés pour mon père et les reproduis fidèlement. Il m'avait également montré comment masser le crâne pour le mal de tête ou détendre des trapèzes.

Ma mère était aussi une grosse migraineuse, on comprend mieux comment elle a développé une addiction aux antidouleurs. Petit à petit plus à l'aise, je remonte le long de la cuisse. Le nerf va jusque dans la fesse, même si la masser là me semble plus compliqué.

— Vous faites des positions pour dénouer ça ? je demande sans réfléchir.

— Pardon ?

— Des mouvements, je précise. Pour que votre nerf…

— J'ai mal que ça soit debout, assise ou allongée, donc…

Elle se tait : ma mère était pareille. J'attends un peu avant de réexpliquer d'une voix détachée :

— Je pensais plus à… du yoga.

Le mot la fait rire.

— Mais bien sûr.

— Je suis sérieuse. Essayez, si vous voyez que ça marche, qu'est-ce que vous aurez perdu ?

— Tu te fous de moi, crache-t-elle, me fusillant du regard alors qu'elle se retourne pour essayer de m'apercevoir.

Je hausse les épaules et me contente de malaxer les muscles. Il faut cinq bonnes minutes de plus pour que ça ait une chance de fonctionner. On reste silencieuses, conscientes que toute tentative de discussion serait vide de sens. Pourtant, elle finit par reprendre la parole.

— Je souffre moins…

Je ne dis rien, parce que je le sais : oui, elle a moins mal. J'ai calmé les crises de ma mère pendant plus de deux semaines avant qu'elle se décide à consulter.

— N'espère pas de traitement de faveur.

Je soupire, franchement agacée, et m'arrête brusquement.

— Je ne vous ai rien demandé ! je m'insurge.

— Tu le feras. Vous le faites tous. Si vous faites le moindre petit geste ou effort, vous attendez quelque chose en retour. Bande d'ingrats…

Elle a marmonné ces derniers mots dans sa barbe mais j'ai, pour le coup, vraiment envie de l'étrangler. *Quelle conne d'avoir proposé un massage ! Qu'elle souffre !*

Alors que je ne cesse de songer à ma famille depuis que j'ai commencé, me demandant si elle a vraiment été honnête en m'affirmant qu'ils m'ont vendue ou s'il y a une autre explication, que la nostalgie me noue la gorge, la voilà qui ose se plaindre des filles qu'elle exploite sans vergogne. *Sale pétasse !*

— Masse.

Son ton n'admet pas la discussion alors, même à contrecœur, je reprends. J'appuie un peu plus fort mais je dois bien bosser, car elle ne râle pas.

— Non, je n'attends rien, je peste à nouveau, dégoûtée de ses accusations.

Elle émet un petit sifflement moqueur.

— Si. Tous. Jusqu'à River, l'un des plus vieux ici, il espère toujours après tout ce temps. Vous ne pouvez pas vous en empêcher.

— Et puis espérer quoi ? Partir d'ici ? Vous ne me lâcherez pas avant dimanche, ça serait perdre trop d'argent.

— Exactement ! souligne-t-elle.

Malgré moi, je réfléchis à ses paroles. River veut s'échapper du Pensionnat ? Il y semble plutôt bien adapté, je remarque pour moi-même avec aigreur, songeant à toutes les fois où il lui obéit au doigt à l'œil.

— River doit être au Pensionnat depuis un moment s'il fait tout votre sale boulot, je doute qu'il ait hâte de s'en aller vu sa position...

— Non, lui, c'est autre chose son moteur. Il court après un fantôme, commente-t-elle alors que je viens d'insister sur un point que je sentais particulièrement tendu, lui tirant un soupir.

Je manque de peu de m'arrêter mais continue. Elle ne m'a pas vraiment parlé, elle s'adresse à elle-même, je pense. Mais ses paroles se fichent en moi comme une flèche. Ça n'a pas vraiment d'importance pour moi, alors pourquoi je me répète ces mots comme si j'avais peur de les oublier ?

Son attitude se modifie, je me demande si elle a compris qu'elle avait lâché quelque chose qu'elle n'aurait pas dû. Mon massage se poursuit une petite minute avant qu'elle ait un mouvement sec.

— Ça suffit, stop.

Aussitôt, je m'interromps. Tandis que je recule, elle me lance un regard et me fait un signe vague. Ça pourrait être tout et rien à la fois, un merci ou une manière de repousser un chien trop pressant.

— Tu peux redescendre.

— Bien.

Elle finit par se relever. Je vois à son expression qu'elle anticipe la douleur à l'avance... mais n'en découvre pas spécialement. Comme quoi, je ne dois pas si mal me débrouiller... Ou je dois lui reparler de cette histoire de massage et finitions. Sucer des dizaines de queues comme avec River et éviter tout le reste, dont le risque d'être enceinte, le sida...

Je grimace. Non, je n'arrive pas à envisager ça comme une « bonne » solution, j'ai envie de me pendre à l'idée de devoir agir ainsi, et ceci pendant des années. Tout mon corps se révulse.

Après avoir pris appui sur le sol, je me redresse malgré la raideur de mon dos. Les séances que je viens de traverser, toujours attachée, me marquent petit à petit et une bonne part de mes muscles crie de plus en plus pitié. Je sens le regard de Blanche sur moi, mais n'ajoute rien. Ses yeux parcourent mon cou rapidement ; on doit y voir les traces de la ceinture de manière assez flagrante, et je me demande si River ou Mick lui en ont parlé. Peut-on aussi me reprocher ça ?

— Une question, s'enquiert-elle soudain. Tu préférerais vivre tout ce qui t'arrive en une fois ou en plusieurs, comme c'est le cas ?

Je reste immobile, cherchant dans son visage pourtant impassible un signe pour expliquer cette phrase.

— Comment ça ?

— C'est simple. Tu préfères tout encaisser d'un coup ou en plusieurs fois. Si on devait te mettre une raclée, quel serait le meilleur scénario ?

Quand on la regarde, on pourrait croire qu'elle s'interroge sur mes goûts, si je suis plus pancakes ou bacon le matin. Après une hésitation, j'y réfléchis sérieusement. Elle parle forcément de leur foutue initiation. Est-ce qu'on repousse l'inévitable ou est-ce que ça me laisse le temps « d'encaisser » comme elle dit ?

Je hausse les épaules.

— Franchement ? En un coup. Peut-être que mon corps lâchera, mais là j'en suis malade d'angoisse en permanence. Ça me bouffe. J'en rêve, j'y pense, je le redoute à chaque seconde.

À peine ai-je répondu que je me rappelle la promesse de Blanche de me faire payer ma tentative de suicide. Compte-t-elle s'en servir contre moi ? Rallonger ce calvaire, juste pour me pourrir ? Puis je me rends compte qu'il y a peu de chances : les hommes qui viennent chaque jour ne vont pas le supporter.

Ça ne tiendrait pas indéfiniment l'intérêt, surtout si on les empêche encore un moment de me toucher.

— Tu peux t'en aller, répète-t-elle.

Cette fois j'obéis sans me retourner, pas pressée de me retrouver à nouveau avec cette femme. Contre toute attente, alors que je devrais me focaliser sur sa dernière question, que, peut-être, ça devrait me donner un espoir… je continue à me demander ce qu'elle a voulu dire concernant River.

14

Nadja est en train de se raser les jambes quand je la rejoins à la salle de bain deux heures plus tard. Après avoir essayé en vain de redormir – il n'y a aucun planning ou horaire à respecter en dehors de la présence des clients, on pourrait pioncer toute la journée que ça ne gênerait personne –, j'ai pris une décision. Depuis je cherche la seule fille qui me parle ici.

Elle lève à peine la tête à mon approche. Le pied dans le lavabo, elle fait courir la lame sur sa peau.

— Je ne peux pas te le donner, si c'est ce que tu veux. T'es interdite de rasoir, je dois même le ramener au vigile dès que j'ai fini. Avec tes conneries, ils ont tout supprimé jusqu'à la fin de ton initiation.

Mon geste vague est censé lui signifier que je m'en tamponne totalement. Ce n'est pas pour ça que j'ai préféré arrêter de la fuir. Comme il n'y a pas de manière subtile de demander, j'attaque frontalement :

— Est-ce que tu pourrais me dire qui est depuis le plus longtemps ici ?

Une seconde, elle relève les yeux, le rasoir au-dessus du genou. Lentement, elle le frappe sur l'émail du lavabo deux fois, puis hausse les épaules.

— Moi.

— T'es la première ?

Elle secoue la tête au bout d'une plombe, puis répond :

— En fait, presque. Mais c'est vrai que Loli a dû arriver... quoi, six mois avant ? Sinon il y avait plusieurs junkies mais elles sont toutes mortes.

— Loli ?

— La fille qui s'est fait péter le nez.

Eh merde. Je me retiens de grimacer, dégoûtée. La meuf vicieuse qui peut faire un bordel pas possible pour du pain, il fallait que ça soit la seule dont je pourrais peut-être obtenir des infos.

À nouveau, je me demande si j'ai mal évalué la situation ; Nadja connaît-elle des détails sur River ? Et en apprendre davantage, peut-il m'aider ? Franchement, il n'y a quasiment aucune chance, mais bon…

— OK… Elle aime un truc ?

— Comment ça ? s'enquiert Nadja, comme si elle ne comprenait pas.

— Je sais pas… à bouffer ou… je n'ai rien, je marmonne pour moi-même, réalisant que ça ne sert à rien de toute façon.

Nadja me dévisage comme si j'étais folle maintenant. Je finis par hausser les épaules et descends du lavabo où je m'étais perchée. Autour de nous, il y a heureusement peu de filles et la plus proche est visiblement défoncée. Elle a des gestes lents, les yeux dans le vague.

— Elle aime une série. Elle est dingue de *Breaking Bad* et n'a jamais vu la fin. Aucune des nanas d'ici récemment n'a pu lui raconter.

Je me fige. C'est si simple que j'ai du mal à y croire. La série que j'ai regardée en entier en mode marathon pendant les vacances à Noël ?! Juste ça et elle pourrait se calmer si je lui parle au lieu d'essayer de m'arracher les dents ? Dubitative, je hoche quand même la tête.

— OK, merci.

— Ça va aller ? On sera quittes pour hier.

Je repense à la séance sur l'estrade et ce qu'elle m'y a fait… et que j'ai laissé faire. Mais il n'est pas question de ça. À mon avis, c'est plutôt le fait qu'on s'y soit retrouvées toutes les deux sans qu'elle me prévienne.

Est-ce que cette info vaut que je passe l'éponge ? Peut-être, je ne peux pas encore le savoir.

— Je suppose, je finis par répondre, totalement honnête.

*

Quand j'aperçois enfin Loli, elle est en train de s'admirer dans un des miroirs de la grande salle. Quasiment aucune fille ne vient là en dehors des heures ouvrables, et j'ai atterri ici en dernier recours, ne la trouvant nulle part.

Je vois son regard me balayer rapidement, avant de retourner à son occupation. Message reçu : la petite nouvelle n'a pas à parler à la routarde de la maison close.

— J'ai matté la fin de *Breaking Bad*. Et toutes les saisons il y a moins d'un an. En plus, j'ai une excellente mémoire.

Il m'a semblé que je n'avais pas meilleure entrée en matière. Sans bouger, elle me dévisage. Son nez est encore bleu, je me demande s'il est cassé, on ne voit pas de déformation, mais la couleur fait un peu bizarre.

— Qu'est-ce qu'il arrive à Skyler ? Elle meurt à cause de Walter ? Et le bébé ? J'ai toujours pensé qu'ils allaient tuer sa famille un jour ou l'autre, pour le finir.

— J'ai également des questions.

Elle me regarde d'un air mauvais. Une seconde, je me dis qu'elle s'apprête à me taper ; d'ailleurs, je crois qu'elle hésite. Je secoue la tête. Si c'est ma seule monnaie d'échange, il me faut la jouer fine.

— OK. C'est bon. Alors ? Et est-ce qu'il s'excuse ?

Je réfléchis à la scène.

— Il reconnaît avoir fait ça pour lui, pas pour eux, alors qu'il le nie depuis le début.

Dans son œil une drôle de lueur passe, comme si elle avait été vengée de quelque chose. J'évite surtout de faire remarquer que pour moi, c'est le personnage dont on se fout de la série, préférant ne pas finir avec le même nez qu'elle.

Elle soupire.

— OK, balance ta question…

J'hésite une seconde.

— Tu m'en as posé plusieurs, je souligne, bien que j'aie toujours peur qu'elle me frappe.

Un rictus passe sur son visage.

— Bien. Tu peux me poser deux questions, propose-t-elle de mauvaise grâce.

— Qui est Lake ?

C'est la première qui m'est venue alors qu'à la réflexion, il y aurait peut-être plus urgent. Ceci dit, elle est encore ici et pourtant, selon Nadja, ça fait plusieurs années, donc inutile de demander s'il existe une manière de s'enfuir. A priori, non. Mais on peut lui reconnaître le fait d'être toujours en vie et, visiblement, sans être tombée dans la drogue. Même si son statut de plus ancienne ne lui évite pas les bagarres.

Elle a des lèvres épaisses sans cesse étirées en une moue boudeuse et des yeux noirs surmontés de sourcils fins qu'elle doit trop s'acharner à épiler.

— Une fille qui est passée au Pensionnat. Pas longtemps.

OK... ça me donne des réponses, mais ça me pose surtout plus de questions, au final. Cette fois, je pèse mes mots, cherchant la meilleure formulation.

— Blanche a affirmé que River courait après un fantôme. Elle parlait de quoi ? Ou de qui, plutôt ?

Cette fois, je lis l'intérêt dans le regard de Loli. Au lieu de me dévisager comme si j'étais une bête de foire ou qu'elle souhaitait m'en coller une, là, elle réfléchit.

— Eh bien, sûrement de Lake.

Si je m'en doutais, l'entendre le confirmer me semble quand même important.

— C'était qui ?

— Si tu me racontes la fin quasi mot pour mot avec les dialogues, je te dis tout ce que je sais sur River et Lake.

Le deal est clair.

— OK, alors l'épisode s'appelle *Felina*. On retrouve Walter affaibli par son cancer du poumon et un peu en bout de course…

Ce qu'il y a de bien à avoir une mémoire pas trop pourrie, c'est que j'ai pu restituer un épisode entier que j'ai vu il y a pourtant une bonne année à une fille qui m'a écoutée dans un silence religieux jusqu'au bout. Comme j'y ai mis du mien, elle a même eu les émotions et a chialé toutes les larmes de son corps, donc je pense avoir rempli ma part du contrat.

Contrepartie de cette capacité ? Je doute de pouvoir oublier le moindre détail de ma captivité ici. Les odeurs de cette pièce où nous sommes par exemple. Un mélange de foutre, de sueur, de vieux mégots… La sensation qu'on a quand on se fait fouetter, attendant le prochain coup, le dos tendu, le muscle tétanisé… Non, rien de tout ça ne me quittera jamais.

Loli s'essuie les joues et se racle la gorge.

— OK, lance-t-elle. C'est à mon tour. River a une sœur jumelle, Lake. Qui est censée avoir été transférée dans un autre bordel pour les empêcher de déconner. À leur arrivée au Pensionnat, ils se sont trop rebellés. Surtout quand Blanche a clairement affiché ses intentions : les forcer à coucher ensemble. En faire un spectacle, que River fasse subir à Lake tout ce que demandaient les clients, jusqu'à… la briser.

Je grimace. Ou je vais vomir, j'hésite. Je suis fille unique, mais j'imagine quand même assez bien l'horreur de ce qu'ils ont vécu. Loli a retrouvé sa réserve habituelle quand elle reprend :

— C'était ça, le plan. Sauf qu'ils ont fait une tentative de suicide. Qui a failli marcher, surtout pour Lake qui a fait une overdose alors que River a été malade et a gerbé une partie de ce qu'il a pris, contrairement à elle. Les substances auraient du coup fait plus de dégâts.

— Mon dieu, murmurai-je, choquée.

Loli continue sans se soucier de mon expression.

— Quand Blanche a compris qu'ils étaient incontrôlables, qu'une semaine à faire tabasser et violer River ne changerait rien, il tenait bon, elle a préféré une autre tactique. Elle a toujours une idée. Toujours. Personne ne peut lui échapper et abîmer Lake pour le convaincre aurait été mauvais pour le business, même si elle a pensé à l'estropier, précise-t-elle. Alors ils ont transféré Lake en secret une nuit. Seule Blanche sait où elle se trouve.

J'ouvre la bouche, me disant que c'est à la fois horrible et… totalement logique.

— Ça semble effectivement une manière efficace de s'assurer que River soit docile, j'approuve.

— Il a même fait du zèle, faisant tout ce que Blanche exigeait et devenant une sorte de bras droit avec le temps. Il est infaillible. Jamais une connerie… et pourtant Lake n'est jamais revenue, ce qui prouve assez bien que Blanche vise diablement juste.

Je secoue la tête, sous le choc. *« Diablement », sans blague…*

— J'avais remarqué.

— Non, tu n'imagines même pas, contre Loli en haussant les épaules.

Elle me dévisage longuement avant d'ajouter :

— River… Il a vingt et un ans. Il aurait pu partir, comme sa sœur, mais à sa date d'anniversaire, il n'a rien demandé. S'il s'en va, il perd la trace de Lake.

— Blanche n'aurait pas dû lui avouer ? je m'enquiers, surprise.

— Ça ne faisait pas partie précisément du deal. Elle devait lui dire, oui. River s'est planté en passant son accord avec elle. Je ne sais pas toute l'histoire, mais Blanche a joué sur les mots sans rien lui promettre de concret… alors elle le fera… mais un jour. Quand, c'est elle qui le décidera. En attendant, il reste là à espérer. Je suppose qu'il n'a rien de mieux comme option.

Cette révélation me coupe le souffle. Pourquoi ne pas la forcer, pourquoi… Loli repousse ses cheveux en arrière.

— S'il se comporte mal, n'importe quoi, il a conscience que ça retombera sur Lake.

Logique, j'aurais dû y penser.

— Et comment peut-il être sûr qu'elle est encore en vie ? Blanche n'a pas l'air d'être une tendre.

— Il ne se serait pas tenu tranquille sans preuve qu'elle allait bien, même si j'ignore comment ça marche entre eux. Des messages ?

Elle a un geste vague et se regarde à nouveau dans le miroir le plus proche, détaillant son visage à la loupe comme si elle y cherchait la moindre imperfection. Je réfléchis à tout ce qu'elle m'a expliqué. L'idée qu'il est resté dans ce trou après la « date » officielle de libération me semble étrange. Et en même temps évident : il a une bonne raison. River a tant encaissé depuis son arrivée, c'est…

Je songe à tout ce que m'a confié Loli et me dis que je peux objectivement reconnaître à River d'avoir vécu le pire ; être là est horrible, mais savoir qu'une personne à qui l'on tient plus que tout est dans la même situation…

— Combien de filles sont déjà sorties d'ici ?

Loli me dévisage, les sourcils froncés.

— On avait parlé de deux questions.

Je hausse les épaules. Je m'en rappelle parfaitement, mais je ne croyais pas que celle-ci comptait.

— OK, merci.

Je me lève pour partir et contourne une table pour rejoindre l'allée principale.

— Aucune.

Sa voix est tranchante, nette. Je pivote vers elle, pour être sûre d'avoir bien entendu. Son visage n'a plus l'air bravache qu'il affichait tout à l'heure. Elle semble plutôt épuisée. Je remarque ses cernes, ses joues creuses et me demande si elle mange assez... sans parler du fait qu'elle n'a, a priori, pas vu le moindre rayon de soleil depuis sûrement des années.

— Vraiment aucune ?

— Réfléchis, bébé vierge, comment elle pourrait nous relâcher avec tout ce qu'on sait ? Tu crois vraiment qu'on peut disparaître cinq ans, revenir dans un état plus ou moins délabré, sans que ça provoque d'enquête ? Regarde les ruines que sont certaines nanas ici... Celles qui sont issues de réseaux et sont plus ou moins du bétail, clairement. Tout le monde s'en fout, mais ce n'est pas toujours le cas. Regarde-toi, conclut-elle avec un brin de ressentiment dans la voix. On a beau toutes avoir dit au moins une fois « Je ne parlerai pas, promis », qui le pense vraiment ?

Elle a raison. Bien sûr. J'en ai conscience depuis le début, mais Nadja semblait si affirmative, j'avais fini par espérer que peut-être... Je pensais que retrouver sa liberté valait bien de garder cet enfer pour soi, même si c'était affreux pour celles qui y étaient encore dans le fond. Je demande enfin d'une voix neutre :

— Elles deviennent toutes junkies avant la fin du délai ?

Loli met un moment à réagir, comme en pleine réflexion.

— Ouais, souvent. Il y a des mecs qui en amochent... certaines ont essayé d'avoir un bébé, pour s'occuper ou attendrir Blanche, je ne sais pas, mais ça s'est mal terminé à chaque fois. Au final, c'est bien la drogue qui fait le plus de ravages.

Alors qu'elle s'apprête à se retourner, une émotion diffuse passe sur son visage.

— On t'a prévenue au moins ? Nadja a fait son taf ? Évite cette merde. À tout prix. Jamais de drogue quelles que soient la raison ou les circonstances... Regarde-moi, je suis encore là, non ?

Je hoche la tête, pour signifier qu'on m'a déjà – largement – prévenue. Et je commence à y croire, l'expression de Loli parle d'elle-même : combien de copines elle a perdues comme ça ? À moins que ça n'ait rien à voir.

— Tu sors quand ?

Elle sourit, presque gentiment.

— T'es trop jeune, hein ? Tu n'as pas écouté. Je ne sortirai pas. Mais mon anniversaire est dans une semaine.

— Tu ne te drogues pas, je lui rappelle.

Elle a un signe vague.

— Comment disent les gens ? Dieu y pourvoira. Et ici c'est Blanche le tout-puissant.

Dans ses yeux, il n'y a pas la moindre trace d'espoir. Pas une minute elle ne pense pouvoir en réchapper. Alors quoi ? Un client la tuera, forcément ? Peut-être que certains fantasment là-dessus, je ne serais même pas surprise à ce stade.

15

Le soir, j'arrive vêtue d'une nouvelle robe. Elle est d'un blanc virginal, mais aussi affreusement décolletée et transparente. On m'a peut-être contemplée à moitié à poil, mais être habillée tout en montrant autant de moi me met vraiment mal à l'aise. Même si ça n'a pas de sens.

River attend, déjà en place. On ne s'est pas revus depuis l'épisode dans sa chambre, et j'ai une envie bizarre, totalement tordue, de m'excuser auprès de lui. De lui dire que non, je n'ai pas fait ce que je lui ai fait dans le seul but de l'amadouer. Enfin, pas uniquement...

Il évite mon regard, et je me résous à monter sur leur foutue estrade même si j'ai les genoux tremblants. De toute façon, si je refuse, j'y serai traînée de force.

L'idée d'affronter une nouvelle séance me noue la gorge, j'ai l'impression d'être au bord de la crise de panique. Qu'est-ce qu'il va se passer ? Du SM, puis un truc à trois... cette fois ça sera encore violent ?

Blánche arrive, et je remarque aussitôt qu'elle boite beaucoup moins que ce matin. Sa tenue d'un jaune pâle ornée de broderie lui donne un air de lady un peu dépassée, une femme du début du XXe.

Après avoir descendu quelques marches, elle s'immobilise. Presque aussitôt, de l'autre côté de la salle, on roule plusieurs estrades, chacun des vigiles s'en occupe. Il y a une large croix de bois de laquelle pendent des sangles. Une croix de saint André, cette fois on y est ! Je ferme une seconde les yeux pour ne pas chanceler. Mon amie July affirmait que ça se trouvait dans des « donjons », ce qui m'a fait douter sérieusement des recherches qu'elle faisait à l'époque et de son état mental. Mais que dire maintenant ? À part, que je suis bien dans ce type d'endroit avec tout l'effroi que ça évoque.

Il y a aussi un grand lit recouvert d'un simple et unique drap qui a l'air dans une drôle de matière synthétique, et au milieu de la dernière estrade trône un genre de cheval d'arçon, à deux niveaux en cuir. Il est équipé de menottes un peu partout pour sangler quelqu'un dessus.

Des sueurs froides m'envahissent le dos et les tempes. SM. Tout ça hurle la punition, les fessées, les contraintes… et pour le dernier, de m'attacher en position debout ou levrette pour faire… ce qu'ils veulent. Le goût de bile en bouche me revient plus fort, affreusement familier, un mélange d'horreur et de dégoût pur.

River croise mon regard. J'y lis quelque chose, mais impossible de comprendre quoi.

— Bonsoir à tous. Nous avions un programme que vous connaissez tous concernant notre jolie Hope… mais que nous sommes obligés d'abandonner. En effet, une de nos filles a enfreint les règles. Il nous faut sanctionner à la hauteur de la faute, et cela risque d'être assez sévère. Nous reportons donc l'initiation de Hope à demain, mais pour me faire pardonner, l'entrée de demain sera gratuite pour tous ceux qui étaient venus pour elle. Et, petite compensation, ce soir vous pourrez participer…

Alors qu'elle dit ça, je réalise que, a priori, je suis sauvée. Pas pour longtemps, une unique soirée de rien… mais ça me semble déjà énorme vu ma situation. Méfiante, je vérifie l'expression de River, toujours impénétrable. Est-ce que j'ai tort d'y croire ? Est-ce *vraiment* possible ? Comment ?

Les filles débarquent toutes sur la coursive qui domine la salle et se placent le long des balcons, comme des spectatrices muettes au show qui se prépare. Alors que je n'ai pas bougé, je remarque le signe du menton clair que m'adresse River et remonte de quelques marches pour m'éloigner des clients, hésitant pour de bon à tourner les talons.

La tension dans l'assistance est électrique, chacun attend de voir ce qui va se passer. Quel sera le prochain mouvement, que nous a réservé Blanche ?

Enfin, Mick le videur apparaît, maintenant fermement Loli qu'il traîne à moitié. Elle semble molle et trébuche régulièrement, s'il ne la tenait pas, elle tomberait.

Mon sang se fige dans mes veines quand je repense à notre conversation du matin. Blanche l'a-t-elle surprise ? Qu'est-ce qui peut mériter qu'on la punisse et pourquoi elle et pas moi ?

— Loli, l'une de nos plus anciennes protégées, a enfreint une des règles de base. Un incontournable que j'ai posé il y a longtemps maintenant, annonce Blanche d'une voix forte. Elle a consommé de la Red. Cette drogue est formellement interdite ici.

Abasourdie, je me tourne vers Blanche. Loli a été très claire lors de notre conversation : jamais elle n'aurait fait ça. D'où sort cette histoire ?! Pourquoi Loli ne dément pas d'ailleurs ?!

— Pour la punir… je vous la livre, enchaîne Blanche. Tous autant que vous êtes, vous qui étiez venus pour Hope, pensant sans doute à tout ce que vous pourriez lui faire dimanche… c'est le moment de vous entraîner. Lâchez-vous. Loli est à votre disposition. Quelle que soit votre envie, vous allez pouvoir l'assouvir. Vous êtes nombreux, il faudra juste réussir à vous la partager, car pour les prochaines heures, elle est tout entière dévouée à vos fantasmes aussi cruels, noirs ou pervers soient-ils. Aucune restriction ou limite, messieurs. Amusez-vous bien !

Ses derniers mots résonnent comme les clous qui scelleraient un cercueil. Autour de nous les hommes se pressent en masse. S'il a été question de me réserver le même sort, Blanche avait bien sous-entendu qu'il y aurait une sorte d'ordre de passage… là, non. Elle leur livre cette femme sans poser la moindre règle.

Les yeux exorbités, je tente de croiser le regard de River, mais il fixe le sol. Seule une contraction de son avant-bras finit par attirer mon attention, elle remonte jusqu'à l'épaule, comme s'il se tétanisait. Je relève la tête et cherche à déchiffrer l'expression de Loli… mais rien, elle paraît toujours amorphe, le regard dans le vague. Mick l'a lâchée et s'est reculé prudemment, mais elle n'a aucune réaction. Immobile au milieu de l'estrade où se trouve le lit, elle semble se moquer de tout ce qui l'entoure… ou n'en a aucune conscience ?

Puis tout va très vite. Deux hommes se jettent en même temps sur elle, ils la font basculer sur le lit, et je contemple, atterrée, d'autres s'approcher aussitôt. Il faut moins d'une minute pour qu'il soit dix autour d'elle. Je vois ses cuisses écarter brutalement par un client alors que son pantalon est déjà sur ses chevilles.

Mais les autres, loin de patienter, se ruent en masse sur elle, montant sur elle de toute part alors qu'un bruit de voix et de disputes s'élève. Je pense à des rats se déversant sur un bout de viande et m'imagine clairement à la place de Loli. C'est ce qui m'arrivera d'ici deux jours… Les larmes coulent sur mes joues sans que je fasse quoi que ce soit pour m'en cacher.

Je jette un œil à la balustrade avec toutes les filles, mais aucune ne réagit. Pas plus que moi, en fait. Nous assistons à ce qui ne peut que finir en boucherie sans bouger, sans faire le moindre geste… la nausée me prend, et la honte. Toute différente de celle des soirs précédents, elle n'en est pas moins cuisante. Pour la première fois, je deviens complice. Je ne tente rien pour m'interposer, ou aider… je reste là.

Alors que trois hommes en même temps entreprennent de repositionner Loli, qui, allongée comme elle l'était, ne devait pas leur offrir assez de possibilités, j'en vois un sortir sa ceinture de ses passants pour la fouetter, un autre tire sur ses cheveux pour forcer son sexe dans sa bouche…

On tire sur mon bras, et je manque de peu de tomber sur la marche derrière moi, découvrant River qui me regarde avec urgence. Je réalise ce que j'étais en train de contempler, fixement, comme quand on ne peut se détourner d'un accident au bord de la route, des secouristes, des bâches et traces de sang…

— Viens.

Sans un mot, j'obtempère. Je tremble des pieds à la tête. Impossible d'ignorer le bruit qui me parvient encore de l'estrade ou certains entreprennent de se battre pour s'assurer d'atteindre Loli immédiatement.

Ce n'est pas réel, je nage en plein cauchemar...

— Accélère ! ordonne River.

Et je le fais. Je le suis et me dépêche autant que je peux de m'échapper de cette salle. Personne ne nous retient. Les filles là-haut n'ont pas bougé, les vigiles et Blanche se sont éclipsés, il n'y a plus que Loli et l'armée de clients en bas.

Je trébuche sur la dernière marche, mais me relève aussitôt, pressée de m'éloigner maintenant. Pour fuir cette scène et la honte que je ressens... et aussi la certitude que je ne ferai rien pour elle. Pour celle qui rêve depuis plusieurs années de ne connaître que la fin de *Breaking Bad* et qui va peut-être mourir ce soir, car comment pourrait-elle survivre à autant d'hommes et à un tel déchaînement de violence ?

Blanche l'a dit : aucune limite. Puis la voix de Loli me revient : personne ne sort d'ici, et son anniversaire est dans une semaine.

River me conduit au réfectoire, vide à cette heure-là. Je me laisse tomber sur un banc, il s'assoit sur un autre en face de moi dans l'allée. Nous sommes séparés par quelques pas.

— Tu trembles.

— Et toi, tu ne fais plus la gueule, je me contente de murmurer.

— Non. Tu avais raison d'essayer, n'importe qui l'aurait fait. Ma réaction était stupide... mais c'est la première fois que j'ai à ce point l'impression qu'une fille se... prostitue pour obtenir ce qu'elle veut de moi et l'idée m'a... tu n'as que quinze ans, dit-il en grimaçant.

Il se tait, mettant un terme à un discours que j'ai eu du mal à suivre, l'esprit rivé sur ce qui doit se passer en bas. Ses cheveux sont noués haut sur son crâne. Ses vêtements le moulent comme une seconde peau et maintenant que je connais mieux son corps, mon imagination remplit seule les blancs. Il est beau comme un guerrier, pas comme l'homme de main, brute épaisse qu'il est devenu.

C'est là que je réalise que les confessions de Loli ce matin m'ont durablement marquée : impossible de le considérer comme avant. Déjà la colère se battait en duel avec une sorte de trouble. Maintenant, si je ne pardonne pas, en tout cas je le comprends mieux. Je peux peut-être même l'accepter. Il fait ça pour elle. Pour sa sœur. La famille avant tout, non ?

Dit celle vendue par ses parents.

— À quoi tu réfléchis ? finit-il par s'enquérir, comme pour m'aider à penser à autre chose, quand il voit que je jette régulièrement des regards à la porte.

— Honnêtement ?

Il rit.

— Ça existe ici ? J'en doute. L'honnêteté, c'est quand on a encore de l'espoir et une conscience, ce lieu n'en a pas vu depuis longtemps.

Clairement, il n'a pas tort.

— Je n'ai pas fait ça pour me… prostituer, ou pour t'acheter. J'en avais envie.

J'ai soufflé les derniers mots si bas que je me demande s'il a pu les entendre. Il reste immobile, on pourrait croire que je n'ai rien dit. L'idée que je viens d'admettre ça à voix haute, et surtout qu'il ne réagisse même pas, me met une jolie claque.

Je fixe le décor autour de nous et me frotte les paupières pour prévenir la moindre larme, m'étant déjà assez humiliée comme ça devant cet homme.

— En fait, parler de ça en sachant ce qui se passe en bas avec Loli…

— N'y pense pas.

Son ton n'est pas rude, il est juste inflexible. Il me l'ordonne. Je le regarde, vraiment. Il doit la connaître depuis longtemps, comment peut-il rester là ?

— Tu veux trop de comprendre. Arrête, murmure-t-il finalement, un peu plus bas. Parce qu'essayer va te bouffer. Rien n'a de sens. Tout ceci c'est… ça te flinguera de chercher une raison à ce qui se passe ici. Tu finiras par croire que tu le mérites ou que tu as fait quelque chose. Accepte que tout ça n'est qu'un truc cruel, dingue, et ça sera plus simple.

— Ça t'aide, toi ?

Il a vraiment l'air d'y réfléchir un moment.

— Un peu.

Je hoche la tête. Sans doute a-t-il raison et que la différence entre devenir folle ou garder un peu de santé mentale se situe dans ce genre de « détail ». Cesser de croire au karma, au bien et au mal, tout ça… Pourtant, l'idée que tout ceci arrive par hasard me semble trop désespérée. Je ne peux pas faire avec ou je finirai par me foutre par la fenêtre.

Non, à Hopeless Place, comme dirait River, il n'existe aucune fenêtre pour s'y jeter. Sa voix me sort brusquement de mes pensées :

— Pourquoi tu me mens ?

— Comment ça ? je m'étonne.

— Je t'ai dit que j'avais compris pour… l'autre fois. C'était normal d'essayer.

Je me mords les lèvres. Pourquoi me croirait-il ? Pourquoi je pourrais avoir envie de lui faire une fellation après tout ce qu'il m'a fait ? Il a raison, ça n'a pas de sens. Pas le moindre.

Puis je lâche sans réfléchir :

— On m'a raconté pour Lake.

Toute son attitude se modifie en une seconde. D'un certain relâchement, accoudé à la table, il se fige. Je lève une main, craignant de le voir me frapper ou s'enfuir.

— Je ne pouvais pas oublier d'un coup, c'est toi qui en as parlé le premier, je lui rappelle.

Sa mâchoire se durcit encore. À cet instant, il n'a plus rien d'humain ? Il est juste une statue découpée dans un bloc de béton. Pourtant, je tente à nouveau :

— Blanche doit toujours te dire où elle est ?

Il ne réagit pas. Ça dure une éternité, et je me fais à l'idée que c'était le sujet à ne pas aborder. Qu'il me signifie clairement que non, ça ne me regarde pas. La froideur et la noirceur de ses yeux me transpercent. Il n'existe plus d'humanité là-dedans.

Je recule sans réfléchir. Un souvenir voit le jour en moi. Ça n'est pas une image, une parole ou quoi que ce soit de ce genre, c'est la sensation des coups lorsqu'il me frappait. Tout juste enfouie, elle refait surface, étouffante. Pourtant, River n'a pas bougé d'un pouce. J'inspire, paumée.

— Pardon.

Et alors que je pensais ça impossible, il devient encore plus tendu. Un muscle joue sur sa joue, solitaire, et j'entends presque le grincement de ses dents. Mais son regard, lui, a changé. Il y a de la peine, ce que je m'attendais à trouver en évoquant Lake.

— Tu as peur de moi.

Il ne me demande pas de confirmer, il le sait. Je me mords à nouveau les lèvres. En même temps…

— Oui, j'admets.

— Mais tu m'as sucé. Sans que ça soit pour obtenir quelque chose, selon toi, reprend-il se penchant brusquement en avant, ce qui réduit à rien l'espace entre nous.

En fait, il y a encore un bon pas, mais il a volé tout l'air, l'électricité entre nous est si forte que je ne peux plus inspirer.

— Je n'ai pas dit ça, je finis par contrer d'une voix blanche.

Il fronce les sourcils.

— J'ai seulement dit que je ne voulais pas quelque chose de toi et que j'en avais envie… et c'était vrai. Je ne devrais pas. C'est tout.

On se regarde fixement. S'il reste de l'oxygène dans la pièce, il refuse de venir à moi. Je suis en apnée. Hypnotisée par ses yeux, je réalise pleinement ce qui se passe. Contre toute logique. Contre toute rationalité, probabilité ou bon sens, ce mec est en train de m'aspirer comme un trou noir. Il est le vide, le chaos et moi, je le laisse me gagner. Je vais disparaître s'il continue... et il ne m'a rien demandé, c'est ça le pire.

— Non, tu ne devrais pas.

L'image de Loli en bas et ce qui lui arrive forcément me hantent. Je n'en parle pas, mais c'est le cas. Bientôt, je serai à sa place. Et à cause de ça, on ne va pas pouvoir coucher ensemble. Parce que cette espèce d'attirance malsaine pour River, elle se résoudrait sûrement s'il venait en moi. Il est l'antidote et le poison à la fois. S'il me contamine pour de bon, ça ira mieux.

— Blanche doit toujours me dire où est Lake, confirme-t-il quand je n'y croyais plus. Je pense que l'endroit où elle se trouve est pire qu'ici. Elle aurait eu un enfant un an après notre séparation, et il est mort-né.

— Mais vous avez passé l'âge où on devait vous libérer, tu n'as pas peur qu'elle soit retournée dans la vie... normale ?

Il hésite à peine.

— Pas vraiment. Je suis presque sûr qu'elle aura fait le même choix que moi de vouloir me retrouver avant toute chose. Elle n'a personne sinon, ajoute-t-il d'une voix plus basse. C'est plus dur pour les filles ce genre de lieu...

— Pourquoi ? je ne peux m'empêcher de souffler, les yeux fixés sur ses lèvres qui, contre toute attente, se confient.

— Parce que je suis un homme.

Je fronce les sourcils.

— J'ai conscience de ce qu'on a dans le crâne, précise-t-il en voyant mon expression. J'ai parfaitement conscience d'à quel point on peut être tordu, foutu et faire du mal ou détruire tout ce qu'on touche. Regarde, Hope. Tu as quinze ans, et j'ai osé te... Quinze ans, répète-t-il.

Son index vient caresser ma joue, puis il secoue la tête. Je lis le dégoût dans ses prunelles, alors sans réfléchir, je rectifie :

— J'ai dix-huit ans. Blanche le sait. Elle a été trompée en... en m'achetant.

La conclusion a été difficile à sortir, mais sans que je comprenne pourquoi, j'avais besoin d'effacer un peu de ce dégoût, quoi qu'il m'en coûte. Même en admettant à voix haute que j'ai bien été vendue.

Il hausse les épaules.

— Ça ne change rien, souffle-t-il enfin. Une part de moi à aimer tout ce que je t'ai fait, Hope. Qu'est-ce que tu dis de ça ? Et tu sais ce qu'il faudra te faire demain ? Ce que j'aurais dû te faire ce soir ? Je vais devoir te baiser, Hope. De toutes les façons possibles. Ça sera dur, brutal. Ça te fera mal tant ça va être intense...

Il finit par se taire. J'ai des frissons. Et je ne sais pas exactement pourquoi... mais ça n'est pas dû qu'à de la peur. Quand je baisse le regard, trop perturbée, je ne peux ignorer l'érection qui déforme son jean. J'en ai le souffle coupé. Il a aimé tout ce qu'il m'a fait...

Cette idée me force à fermer les yeux. Pour supporter, pour encaisser. Il ne me touche plus, et je pense que j'éclaterais en sanglots s'il le faisait. Pourquoi je le crois ? Pourquoi ça ne me surprend pas totalement... et pourquoi, mais pourquoi je l'ai sucé et laissé me toucher.

Si j'avais encore un minimum de sens commun, je me lèverais pour partir. Je le laisserais là. Alors même si rien en moi n'en a envie, j'écoute cette voix raisonnable, me redresse puis le plante sur place. L'illusion d'agir « normalement », « comme je le dois », me fait avancer pas après pas.

C'est la bonne réaction, celle que je devrais avoir... n'est-ce pas ?

16

Le lendemain mon stress monte au fur et à mesure de la journée. Le matin on a appris à même pas dix heures la mort de Loli par une des filles d'ici dont je ne retiens jamais le nom. A priori, elle a fait une hémorragie interne. Rien de plus précis. Personne n'a pleuré, crié ou fait le moindre commentaire, mais l'ambiance est devenue plus qu'étrange, à la fois lourde et électrique. Après un silence de plomb, les choses ont recommencé normalement dans le réfectoire, du moins en apparence ; il y avait clairement quelque chose de différent dans l'air, mais personne ne voulait l'affronter.

Depuis je ne cesse de repenser à notre seul et unique tête-à-tête. À l'idée que Loli avait un discours antidrogue et qu'elle n'avait aucune raison d'avoir touché à cette fameuse Red. Pourquoi faire un truc aussi illogique ? J'ai d'abord soupçonné une des filles d'ici avant de me rappeler de la certitude de Loli : jamais elle n'en réchapperait vivante. Je me suis alors demandé si Blanche ne l'a pas forcée ou n'a pas menti… mais l'état de Loli parlait de lui-même, elle était stone à son arrivée dans la salle, quoi qu'il en soit. Et, ainsi, incapable de protester ou de se défendre.

Au repas de midi, nous sommes à nouveau toutes au réfectoire. Sans se consulter, les filles vont chercher un plateau et s'assoient, attendant. Je regarde ce manège, un peu étonnée : d'habitude chacune récupère de quoi à manger et se jette sur la moindre parcelle de nourriture comme une affamée. Nadja me l'avait dit dès le début, les filles, s'ennuyant, ont tendance à prendre du poids. Mais cette fois, rien, pas un coup de fourchette n'est donné.

Enfin, l'une d'elles se racle la gorge et commence à chanter. Elle a la peau métisse, de grands yeux noirs et un port de tête altier. Sa complainte est triste, gutturale et me fait penser à un air de gospel, même si je ne saurais pas l'identifier.

Cela ne dure pas longtemps, deux ou trois minutes, mais l'émotion est là. Je vois une fille essuyer une larme furtive. Personne ne parle. Depuis que je suis ici, pas une fois le silence n'a réussi à dominer cette salle et la différence est frappante. Presque immédiatement, tout le monde reprend son activité ou la conversation interrompue, juste comme ça.

Alors que je m'apprête à retourner à mon dortoir pour récupérer de quoi me laver, Mick apparaît à la porte du réfectoire, presque en face de moi. Il me repère aussitôt. D'un geste, il me fait signe de le rejoindre. Je sens les regards sur moi et me contente d'obéir.

Je le suis dans le couloir mais au lieu de m'adresser la parole, il continue son chemin.

— Mick ?

Aucune réponse. Ignorée, je me décide à lui emboîter le pas, un peu stressée. Les vigiles m'ont foutu la paix pour l'instant, mais ont-ils droit de s'amuser avec les filles ? Si ça se trouve.

Puis je remarque qu'on prend le chemin du bureau de Blanche et me détends un peu. Quoique, ça n'est pas forcément bon pour moi pour autant. Mick me précède dans la pièce et j'y pénètre avec prudence. Blanche est allongée sur la même banquette que la dernière fois, et j'ai à peine fait un pas qu'elle m'apostrophe :

— J'ai besoin que tu me masses. Ma sciatique me fait mal à pleurer.

Ses traits tirés parlent pour elle : je doute qu'elle ait dormi de la nuit. Mick reste à l'entrée, me rappelant sa peur que je tente de la tuer. A priori, la confiance n'est toujours pas de mise.

— Allez ! me crie-t-elle dessus quand elle doit trouver que je ne réagis pas assez vite à son goût.

Je la rejoins, remarque un coussin posé sur le sol et hausse un sourcil surpris. Tiens, mon niveau de condition de vie s'est d'un coup amélioré maintenant que je lui suis utile. Enfin, ce n'est pas comme si avant je ne l'étais pas, elle se faisait de la thune sur mon dos, mais quelque chose semble quand même avoir changé. J'hésite une seconde, pensant à ce qu'elle vient de faire à Loli.

— Bouge-toi ! Sinon tu le regretteras, promet-elle.

Je me mets à la masser et vois à sa tension qu'elle doit déguster. Pourtant, à peine ai-je commencé que j'aie envie de me relever et de lui dire : « Je suis sûre que vous avez piégé Loli, alors frappez-moi, tant pis, je ne vous aiderai pas à vous sentir mieux ! » Surtout quand on songe à la manière dont Loli a dû agoniser suite à ce qu'elle a fait. Mes mains commencent à trembler mais je ne m'arrête pas.

Je dois être honnête, l'idée de suivre le même chemin que Loli me tord le bide. Je ne peux pas me rebeller. Elle a trop de pouvoir, et je n'en ai aucun. Ce constat me fait enrager, et je pince le muscle sans y penser. Avec une détente surprenante, elle se retourne et me lance une claque en plein visage. Je ne m'y attends pas et suis déséquilibrée, tombant sur le sol.

— Hope, si tu ne...

Elle n'a pas le temps d'achever sa phrase, un bruit nous fait lever la tête alors que l'un des vigiles entre en trombe.

— Patronne, y a un...

Lorsqu'il m'aperçoit au sol, il se tait. Je les dévisage successivement, mais me tiens tranquille.

— Paul ? Ça n'est pas le moment, reviens plus tard.

— Je ne crois pas, c'est un code bleu.

Blanche jure et me fait signe de reculer pour pouvoir se redresser. J'obéis tandis que Mick la rejoint et lui permet de se redresser. Elle semble hésiter puis me dit :

— Ne bouge pas. J'en ai pour moins de cinq minutes, tu n'as pas terminé.

Paul s'est déjà éclipsé, et elle lance un regard à Mick.

— Il faut que tu m'aides à descendre, mais après tu remontes la surveiller, OK ?

Alors qu'elle s'en va d'une démarche raide, en partie portée par Mick, je reste assise sur le sol. Au bout d'une ou deux minutes, je finis par me relever. Je détaille mieux le décor autour de moi. Tout ce bois donne à ce bureau un côté presque strict quand on sait ce qui a lieu chaque jour en bas au Pensionnat. Je pourrais en rire si ce n'était pas si triste.

Puis je réalise. Je suis dans le bureau de Blanche ! Si le risque est gros, je ne peux pas laisser passer cette chance. Je me rue sur la porte pour la fermer à clé, mais elle n'est pas sur le battant. Je jure, dégoûtée.

— Ça aurait été trop beau, je marmonne.

Ne pouvant m'enfermer, j'hésite un peu plus. Et si on me surprend ? Puis la perspective que nous sommes déjà vendredi et que le compte à rebours file à toute allure me décide. Tant pis !

Je contourne les sièges et vais au bureau. Aucun téléphone apparent, pourtant il y en a forcément un ! Si je parviens à contacter la police, ils doivent pouvoir localiser les appels, non ?

J'essaie un tiroir au hasard, mais il est fermé. Les suivants ne le sont pas mais ne contiennent aucun téléphone. Trombones, papiers en vrac… je ne vois rien qui pourrait avoir le moindre intérêt ; je ne sais pas, une facture avec une adresse, n'importe quoi ! Blanche doit être encore plus parano que je ne le croyais.

Le plus bas abrite une série de dossiers. Je remarque la petite clenche pour fermer à clé qui dépasse et me dis qu'elle n'a pas dû pousser assez fort pour le verrouiller automatiquement la dernière fois. Sur la tranche des dossiers, il y a des dizaines de noms. Sur le plus récent, on peut lire « Hope ».

Mon souffle s'accélère. Je m'en saisis sans réfléchir et l'ouvre. Je parcours la première feuille qui ressemble à s'y méprendre à un formulaire administratif classique. Blanche semble d'une grande rigueur avec la paperasse. Dedans on y trouve mon nom et l'âge que je suis censée avoir, quinze ans.

Je continue à parcourir le dossier et m'arrête pour de bon de respirer. Il y est inscrit combien on m'a vendue, où l'échange a eu lieu et qui était là pour la transaction. Celui qui m'a fait ça n'est autre que mon beau père. Le mec que je pensais plutôt cool et que j'ai toujours défendu lorsque mon père s'en moquait. L'impression d'avoir été stupide et manipulée de A à Z depuis le début me fait cligner des paupières, les larmes affluant brusquement. Je suis à la fois dégoûtée et en colère !

Surtout quand je fixe pour la deuxième fois le prix. Pour cet homme, je vaux mille malheureux dollars, et il m'a refourguée sur une autoroute à vingt minutes de chez moi à Chicago. L'information me semble presque drôle, et un rire nerveux reste bloqué au fond de ma gorge. Tout ce que j'endure, ce que je me tape depuis mon arrivée, ça lui a rapporté seulement mille dollars.

Je tourne la page avant d'obéir à ma première impulsion : celle de la déchiqueter en confettis. La feuille suivante est intitulée « Enchères ». J'y découvre une liste de noms et des sommes reportées à la main. Il ne me faut pas longtemps pour comprendre de quoi il s'agit : c'est le détail de ce qu'ont offert les clients pour me baiser après River.

Il y a des dizaines de noms, je m'arrête de compter à trente-cinq, et les chiffres vont par ordre croissant, la plus modique étant à cinq cents dollars. Blanche va très, très largement se rembourser « l'investissement » que je représente.

Je referme le dossier et le remets dans le tiroir, puis me laisse tomber sur le siège du bureau. Je ne sais plus où j'en suis. Quelque part, je me doutais de tout ça, je n'ai rien appris. Mais combien d'enchères étaient enregistrées ? Largement plus de quarante… Cinquante ? Auront-il des restrictions ou cela va-t-il être comme pour Loli ? Je vais finir comme elle, avec une hémorragie interne, un trauma ou je ne sais quoi. J'imagine l'un de ces malades en train de m'étouffer comme la dernière fois et, aussitôt, l'image d'un River qui se détourne et m'abandonne à mon sort, ce qui a pour effet immédiat de me crisper un peu plus.

La main sur la bouche, je secoue la tête lentement, essayant de trouver une manière de ne pas exploser. Rien que ça. Ne pas péter un câble me semble au-delà de mes forces. On peut devenir démente comme ça, d'un claquement de doigts ?

Juste pour ressentir quelque chose, sortir de mon état de stupeur, je mords dans la peau de ma paume. Fort. La douleur s'infiltre en moi sans réussir à changer quoi que ce soit.

Au bord des larmes, je baisse les yeux et regarde à nouveau le tiroir. Un instinct que je ne m'explique pas vraiment me pousse à y replonger. Mes doigts fouillent d'eux-mêmes, et je tire à fond sur le tiroir pour l'ouvrir en grand et en explorer le fond. Enfin, je le trouve. « River ».

J'ouvre le dossier et lis une date de naissance. Il est du même mois que moi, en mai. Cela fait quatre ans qu'il est là. Ça me semble une éternité. Quatre ans sans voir le soleil, reclus, maltraité dans cette ambiance sordide.

Je jette un coup d'œil au tiroir et un autre mot attire mon regard : « Loli ». Je l'ouvre pour parcourir ses infos. Mais le premier truc que je remarque est la croix rouge sur le prénom. Simple, efficace. Ce qu'elle veut dire n'offre pas le moindre doute : il n'y en avait pas sur mon dossier ou celui de River. Pourtant, je décide quand même d'en apprendre plus sur elle.

Son vrai prénom était Lolita, elle a été récupérée dans un réseau de prostitution et venait d'Europe. A priori, débarquée illégalement aux États-Unis à New York, elle est devenue totalement dépendante de ses souteneurs, n'ayant aucune existence légale jusqu'à finir chez Blanche avec deux filles dont le nom est mentionné – elles doivent déjà être mortes elles aussi, je n'en ai jamais entendu parler ici.

Je vérifie dans le tiroir et trouve effectivement une « Amber » dont le dossier est barré d'une croix rouge à l'intérieur sur le nom. Après avoir replacé le tout au bon endroit, j'aperçois un nom et me fige, le souffle court. « Lake ».

Je regarde autour de moi. J'ai totalement perdu la notion du temps. Depuis quand Blanche est-elle partie ? Mick devait revenir et il va forcément arriver d'une seconde à l'autre. Le plus sûr serait de reposer vite tout ça, mais je ne peux pas. Rapidement, je range ce que j'ai laissé dehors, juste au cas où, puis tends l'oreille. Aucun bruit.

Avant de l'avoir décidé, je me penche et saisis le dossier de Lake. À peine l'ai-je ouvert, l'information me saute au visage comme une bombe : son nom est barré de la même croix rouge que Loli ou Amber. Sous le choc, je laisse mes yeux dériver sur la feuille et lis ce qui est écrit, mais on retrouve les infos de River : Lake a été raptée à Seattle comme River, devant un lycée. A priori ils l'ont attrapée en premier et s'en sont servis pour faire monter River dans la voiture sans qu'il se débatte. Leur lien de parenté est précisé, à croire qu'ils cherchaient des jumeaux ?

Ils avaient seize ans à peine. Le dossier de Lake est si léger… Comment River peut-il continuer à la penser aveuglément en vie s'il n'en a aucune preuve ? Qu'est-ce que Blanche lui dit ? Un bruit de pas me parvient. Dans la panique, je rabats la couverture sur les feuilles et replace le tout aussi vite que possible là où je l'ai trouvé. J'arrive même à me rappeler au dernier moment avoir mal classé River et le décale d'un cran.

La rumeur des voix provient du bout du couloir, et je repousse le tiroir au maximum, appuyant sur la clenche, j'entends le déclic de fermeture.

Je m'éjecte littéralement de la chaise et retourne de l'autre côté de la pièce au pas de course, me prenant le pied d'un siège au passage, mais je ne ralentis pas malgré la douleur qui me remonte la cuisse.

J'ai à peine posé mes fesses sur la banquette que Mick apparaît, soutenant Blanche. Si j'ai le souffle court, je fais de mon mieux pour respirer normalement malgré la sensation d'oppression. Blanche regarde autour d'elle du seuil et s'attarde sur son bureau mais d'où elle se trouve, elle ne risque pas de deviner mon incursion là-bas.

Pour détourner son attention, je me relève et lui libère la place. Il est temps qu'elle pense à autre chose et vite ! Je m'agenouille sur le coussin, dans une attitude de soumission qui me fait crisper le dos.

Enfin, Blanche me rejoint et, avec mille précautions, s'allonge. Dès qu'elle semble installée, je recommence à masser le bas de la cuisse, ce qui la fait grogner.

— Doucement !

— Désolée…

17

Le soir venu, je suis en train d'enfiler la robe que Nadja m'a apportée, tremblant de retourner dans l'arène. Ils ont eu du sang hier – c'est le cas de le dire, mais je doute que ça les rende plus calmes. Au contraire, s'ils ont aimé ça et que mon tour approche, inexorablement, cela risque d'être d'autant plus douloureux.

Une minute, je me contemple dans la glace. J'ai une allure différente en quelques jours à peine. J'ai dû perdre quelques kilos, et la marque violette dans mon cou est toujours là, choquante. D'ailleurs, Nadja m'a confié un large bijou qui cache en partie les dégâts.

Mon visage ne doit pas avoir changé, pas si vite, pourtant j'ai du mal à me reconnaître. Quelque chose dans mon regard peut-être ? Je tourne sur moi-même pour m'examiner et aperçois des traces sombres dans mon dos, une marbrure sur les reins… les résultats de mon initiation se lisent sur moi.

Un bruit me fait sursauter. Je me détourne et trouve River dans l'encadrement de la porte. Après avoir vérifié si j'étais seule, il avance vers moi.

— J'évite de venir ici normalement à cette heure, mais je devais te parler.

Dès que je le vois, mon cœur se serre. Le constater ne me surprend pas vraiment, mais me met quand même mal à l'aise. Car si notre dernier tête-à-tête et l'expression de son visage quand il a avoué avoir aimé me faire souffrir ne me quittent pas, l'image de la croix sur le prénom de Lake non plus.

J'ignore ce que je dois faire à ce sujet et comment le prévenir. Peut-être que ce type est un psychopathe vu ce qu'il m'a dit et qu'il risque de se défouler sur le messager. D'ailleurs, pourquoi me croirait-il ? Que pourrait me faire Blanche si elle apprend que j'ai parlé ? Pourtant, en moins d'une semaine, je me sens déjà différente ; j'ai assisté à une forme d'exécution et ne me suis pas interposée. Moins d'une semaine ! Qu'est-ce que je peux espérer de quelqu'un comme lui qui est là depuis quatre ans ? Ça n'excuse rien quelque part, mais j'ai peut-être un début d'explication, à défaut de mieux. Blanche a foutu ce mec en l'air, elle l'a brisé en morceaux, en faisant un tordu irrécupérable. Mes sentiments confus à son égard ne sont sans doute que mon besoin de me raccrocher à quelque chose, n'importe quoi.

Je dois m'en rappeler. Il faut que je le fuie, que je ne lui fasse plus jamais confiance, mais je peux… non, je ne sais pas si je peux pardonner. Je dois juste éviter de me laisser atteindre par cet endroit et me transformer.

Par exemple, en le prévenant qu'il court après un « fantôme », pour reprendre les mots de Blanche ? Ça me semblerait quand même le minimum en tant qu'être humain. Ou au contraire, est-ce cruel de lui enlever toute raison d'avancer ?

Et de le laisser rester dans cet enfer des années durant, en pure perte ?

Le sort réservé à Loli me fait de toute façon croire qu'il aura bien du mal à s'en aller, lui aussi.

Alors que je cherche comment lui parler de tout ça, il se rapproche. Sa présence me fait la même impression que d'habitude. Entêtante, obsédante.

— J'ai réfléchi, annonce-t-il brutalement. Je suppose qu'ignorer ce qui va se passer chaque soir est difficile, non ? Surtout qu'on est vendredi et…

— Je sais, je m'empresse de le couper.

S'il veut évoquer de ce qui va arriver, je risque d'être malade. Ne pas supplier Nadja de me filer un comprimé m'a demandé toute ma volonté. En fait, je n'arrête pas de me dire que je dois craquer et j'ai juste tenu bon, car je la fuis depuis le truc à trois avec River. Ça aussi, c'était trop tordu. Elle ne m'attire pas. N'est même plus une amie. L'idée qu'elle et moi, on a… c'est trop perturbant.

— Ce soir, je dois te sodomiser.

L'information me fait l'effet d'une gifle à la volée. Le mot, je le connais. L'acte quant à lui, c'est plus compliqué. Je suis vierge, penser à ce genre de pratique ne m'a jamais trop travaillé. À la limite, ça me paraissait être une préoccupation à voir quand j'aurais un chéri depuis un moment par exemple. Mais comme ça, de but en blanc...

River se rapproche encore, et je recule, d'instinct, me frappant contre la faïence du lavabo.

— Aïe !

Il attrape mon bras pour m'empêcher de m'éloigner, parfaitement conscient de ma réaction. Finalement, il le laisse tomber.

— Écoute, je sais ce que j'ai dit et ce que tu dois en penser. OK. Mais je veux t'aider. Une sodomie sans excitation, ça sera...

Il se tait à nouveau. Pour le coup, il semble vraiment gêné, comme s'il n'arrivait même pas à me regarder en face.

— Blanche va précipiter les choses. Elle a vu que des gens ne pourraient pas venir dimanche, de gros clients, et elle a prévu trop long selon elle. Samedi soir je suis censée te prendre et ensuite ils pourront... il faut que tu sois plus préparée.

J'éclate d'un rire grinçant.

— Préparée à quoi ? Tu as bien compris ce qui s'est passé pour Loli ? Et ça fait des années qu'elle était là !

Il grimace, n'ayant aucune manière de nier. On peut dire ce qu'on veut, impossible de se préparer à ce qui ne pourra qu'être une boucherie. Je ne sais pas pourquoi, mais Blanche a l'intention de tirer de moi le maximum en une journée avant de me jeter comme un déchet.

— Je ne peux pas te faire ce qu'elle m'a demandé comme ça, tu risques la fissure anale et samedi...

Ses paupières se ferment une seconde, alors que de mon côté je crains de lui vomir dessus tant la nausée qui me tord le ventre se fait plus forte de seconde en seconde. Sans pouvoir m'en empêcher, je l'apostrophe :

— Et tu veux que je fasse quoi ? Si tu as un truc pour me tuer, c'est sympa de…

Il me secoue d'un coup, alors que je ne m'y attends pas.

— Arrête, bordel !

— Quoi ? C'est quoi ? Tu espérais ma permission ? L'un de nous y prendra du plaisir.

Son étreinte sur mon bras s'accentue encore, il y laissera sûrement une marque, mais je ne réponds pas, le fusillant simplement du regard.

— Tu ne vas pas oublier ça, hein ? Tu voulais que je mente ? Que je dise avoir détesté ce que je t'ai fait.

Je souris. En moi il n'y a rien de joyeux. Mon sourire est à la hauteur de la pitié que j'ai pour nous.

— Non. Au moins, tu es direct et franc. Il te faut bien une qualité.

Ma réplique a plus d'impact que je ne l'aurais cru, il recule, comme choqué.

— Je ne t'ai jamais menti.

— Je sais. Je ne plaisantais pas en le disant.

Il grimace.

— Peu importe ce que tu penses de moi. Là, le souci, c'est ce soir et ce que je dois te faire.

Je me sens si fatiguée, pourtant me laisser tomber au sol ne changerait rien. Peut-être que je ressemblerais au paquet en vrac de sentiments, d'émotions et de trouille que je suis. Sauf que et ensuite ? Je devrais quand même me relever, descendre et affronter un baptême du feu de plus. Inéluctable.

Après avoir repoussé ses cheveux une fois de plus, il finit par faire apparaître de sa poche arrière un petit sac de velours noir. Elle tient dans le creux d'une main.

— Mets ça à l'intérieur de toi. C'est un sex-toy télécommandé. Il est silencieux. J'ai la télécommande, si on le déclenche, ça devrait être plus facile pour toi.

Je demeure un instant interdite.

— River, tu te moques de moi ?

— Tu me détestes, OK, mais là ce que je te propose est ta seule chance pour que ça puisse se passer sans trop de blessures. Tu es vierge, bordel ! grogne-t-il avant de se reprendre et de baisser d'un ton. Comment tu espères… mets ce truc.

Une part de moi a envie de lui rétorquer d'aller se faire foutre, mais il y a aussi un constat juste risible, quand on voit où on est, et le sujet de notre conversation, je ne suis pas sûre de savoir « mettre ce truc », comme il dit.

Il se rapproche de moi, si près que je sens son haleine. On reste silencieux, s'affrontant du regard. J'évite d'avoir la moindre réaction alors que je perçois encore cette espèce de courant basse tension. Ce quelque chose d'indéfinissable qui existe entre nous est bien là, même si je tente de le nier.

Je secoue lentement la tête. Il doit penser que je refuse son offre. En fait, je n'ai aucune idée de ce que je dois faire. Je ne veux pas. Je ne sais pas. Mais comment lui dire ça ? Je me trouve déjà assez ridicule. Ce dont j'ai vraiment envie, c'est qu'on ne me force pas à faire ça tout court.

Perturbée, la mâchoire serrée, je m'éloigne de lui et gagne la salle de bains, comme si je pouvais espérer m'y mettre à l'abri. Pourtant, je ne réfléchis pas, j'agis par pur instinct.

La minute suivante, j'ignore s'il s'est penché ou pas, mais je suis plaquée contre le carrelage du mur et il est collé à moi. Nos corps se font face, s'affrontent sans se toucher. Ça pourrait être un baiser ou un combat à mains nues, ça me laisse à peu près la même impression quand on est ensemble, au final.

D'un coup, sans qu'il me prévienne, ses doigts sont sur moi. Au creux de sa paume, le sex-toy est reconnaissable, matière à la fois douce et rugueuse qu'il presse contre mon sexe. Je m'agrippe à son poignet, mais il continue. Sans hésiter, il s'enfonce entre mes chairs, et je perçois mieux la forme de l'œuf en silicone. Je tente de l'en empêcher, sentant un haut-le-cœur familier à l'idée d'être à nouveau forcée, violentée contre mon gré par cet homme. Nos regards se croisent, et je secoue la tête, le suppliant sans un mot d'arrêter.

— J'aurais préféré faire ça avec ton accord.

Alors qu'il dit ça, il me pousse contre le mur. J'essaie de me débattre, de basculer, de m'éloigner en glissant sur le long du carrelage frais contre mon dos, mais impossible, il profite de sa position et me soulève presque, faisant porter mon poids sur sa main dont je développe une conscience précise et troublante.

Son regard en particulier a une force qui m'épingle sur place à lui seul. Il lit en moi. Difficile dans ces conditions de lui cacher que je retiens mon souffle dès qu'il me touche, et pas que de peur. L'anticipation devient si forte qu'elle me coupe la parole. Alors que je ne m'y attends pas, il remarque d'un coup à voix basse :

— Il faut que tu aies joui plusieurs fois avant tout à l'heure. Vraiment. S'il te plaît.

Sa déclaration me bloque complètement. Il a vraiment utilisé les mots « s'il te plaît » ? Depuis quand je n'ai pas entendu ça ? Surtout qu'au fond, qu'est-ce qu'il veut dire après sa sortie sur le fait qu'il va le faire, même sans mon accord ?! Est-il vraiment scindé en deux, comme moi, ou fait-il seulement semblant ?

Des larmes envahissent mes yeux, et je me débats enfin, pas sûre de ce que je veux vraiment si ce n'est me rebeller. Contre cette situation, son attitude que je ne comprends pas et, surtout, mes sentiments. Parce que je crois en avoir, conne que je suis !

Non, aucun sentiment, surtout pas ici. Tu fonces droit dans le mur !

— Ne me dis pas s'il te plaît si tu comptes me forcer. Ne me dis pas...

Je me tais brusquement quand une vibration survient et qu'il pousse franchement de deux de ses doigts l'œuf en moi après être passé outre la barrière ridicule de mon string.

D'un geste assuré, il le positionne, et je ressens aussitôt les effets des vibrations, le souffle court. Je n'y connais pas grand-chose, si ce n'est le nom, mais je parierais que River vient de me faire découvrir mon point G.

— River…

Il ne me laisse pas finir ma phrase. Mes yeux rencontrent les siens quand il m'embrasse à pleine bouche. Ce qui est trop. Gérer les vibrations difficiles à ignorer en plus de son regard qui ne m'a pas quittée et semble m'envoyer un message incompréhensible, et maintenant ses lèvres.

Depuis quand je suis si sensible à un baiser ? J'ai déjà embrassé une dizaine de gars du haut de mes dix-huit ans, mais jamais, jamais ça n'a été ça. Là il y a une intimité. Une connexion que je ne peux pas repousser ou contrer, c'est plus fort que moi. Et la peur viscérale que je me plante, que j'interprète tout quand il n'y a rien, trompée par ce lieu me perturbe encore plus.

Mes paupières se ferment malgré moi. Je me sens faiblir, craquant petit à petit. Je peux rejeter sa violence. Je peux faire avec sa méchanceté ou les moqueries. Mais ce baiser ? La douceur de ses lèvres et sa langue sur moi ?

— Ne me fais pas ça, je trouve la force de chuchoter quand il lâche une seconde ma bouche, le temps d'augmenter les vibrations en moi.

Son front se pose sur le mien et le rythme du sex-toy accélère pour devenir très rapide et puissant. On n'entend rien malgré le silence de la pièce alors qu'à l'intérieur de moi un mini ouragan se cache. Mon sexe est agité de soubresauts, et je ne peux plus ignorer le plaisir qui se déploie sous ma peau, lèche tout mon corps en me faisant basculer dans un état second.

Le souffle court, je gémis. Tout va trop vite. Je n'arrive pas à m'adapter à mon plaisir qui est venu de manière mécanique. Oui, mais pas que. Je sais que ce qui me trouble, c'est River qui contrôle cet objet. River qui me regarde bien en face alors que je plaque la tête en arrière, au supplice, me contractant pour ne pas craquer, les mains agrippées à lui à en avoir les articulations blanchies par l'effort.

Aussitôt, il augmente encore la cadence, et je ferme les yeux et mets moins d'une minute à jouir. Sa bouche contre mon oreille, il me susurre :

— Ce que je ne t'ai pas dit, c'est que si j'avais aimé te faire ça… ce n'est pas parce que j'aime faire souffrir, mais parce que c'était toi.

J'ai à peine conscience de ses paroles, car au lieu de me relâcher enfin après cet orgasme, il s'agenouille d'un coup devant moi, et je sens sa langue sur mon clitoris déjà gonflé. D'une main, il me pousse avec force pour que je reste contre le mur et entreprend de me lécher. Mes jambes risquent à tout moment de se dérober, mais visiblement River s'en fout.

Il se joue de moi, suce mon clitoris, le fait rouler et quand, en plus, de nouvelles vibrations s'y ajoutent, je geins sans m'en rendre compte. Ses dents sur mon clito qu'il a découvert de sa langue et j'explose à nouveau en gémissant.

Incapable de me retenir, je m'écroule sur lui. Il me rattrape au passage et m'installe au sol. Totalement engourdie, j'ai les yeux fermés tandis que l'œuf s'agite toujours en moi à un rythme endiablé, ne me laissant pas une seconde de répit !

— River, pitié…

— Pas encore, Hope, il faut juste un tout petit peu…

River me couvre de son corps et vient embrasser mes seins, il mordille les mamelons l'un après l'autre et les aspire. Je n'ai plus aucune pensée cohérente, totalement partie ailleurs, et je me tords au sol, je pousse, je tente de lui échapper, persuadée que je vais craquer au prochain orgasme : je ne peux pas plus, impossible !

D'un coup, il extrait l'œuf en moi de ses doigts, ce qui me provoque un hoquet de plaisir, ma tête ruant en arrière au point de frapper sur le carrelage. Mais ce n'est pas une trêve qu'il m'offre, au lieu de ça, il se joue de l'œuf et le fait rouler sur mes grandes lèvres, d'un côté puis de l'autre.

Si mon clitoris était devenu trop sensible pour supporter le moindre frôlement de plus, River contourne le problème en concentrant les vibrations toutes proches, sans le toucher, ce qui fait monter aussitôt mon excitation très haut, très fort, vu mon état.

Il continue, de droite à gauche, puis l'un de ses doigts vient appuyer derrière. Je le sens à peine, à moitié en transe, et quand il me pénètre, lubrifiée par ma propre excitation, j'inspire profondément.

River plaque à nouveau le sex-toy sur mon clitoris. Je crie et jouis presque instantanément. Il en profite pour introduire un second doigt dans mon cul, étirant la peau avec dextérité, tandis que l'orgasme ravage toute pensée consciente.

Je suis en sueur. Mon sexe me semble détrempé, et je réalise que, plus que mouillée, j'ai dû perdre du liquide. La gêne que je ressens me force à essayer de reprendre pied, je tente de me servir de mes bras, de ramper en arrière.

Nos yeux se croisent, je lis un avertissement sombre dans les siens et je sens plus nettement ses phalanges franchement fichées en moi.

— River...

— Pas encore, contre-t-il, intransigeant.

Quand il replonge vers mon sexe, que je comprends qu'il va me lécher, je supplie à mi-voix, sans force pour le repousser :

— River, arrête, j'ai dû... il ne faut pas...

Mais sa langue est sur moi, il aspire mon clitoris et me lèche sans la moindre gêne. La sensation me rend dingue. J'émets un long râle rauque. La partie de moi qui a réalisé que j'avais joui, qui se disait que c'était dégueulasse, s'en fout. On a passé un cap : du moment qu'il continue cette douce torture, il peut aller aussi loin qu'il veut.

À ce stade, je ne peux plus rien lui refuser. Il fait de moi ce dont il a envie. Sa langue modèle mon sexe, cherche mon clitoris encore et encore. J'ai été si échaudée que j'encaisse des caresses de plus en plus poussées. Cette fois, il applique ses dents et si je deviens folle, je ne jouis pas immédiatement.

Ses doigts derrière se sont mis à bouger, il les replient et frottent une paroi très sensible en moi, mais ça n'est que lorsqu'il introduit l'œuf dans mon vagin, pile au bon endroit, que j'explose. C'est là que je perçois distinctement le liquide qui s'écoule hors de moi. Au lieu d'être dégoûtée, j'en retire une sorte de fierté inattendue. Comme si je me comportais de manière totalement impudique et adorais ça. Je repense à son sperme sur moi et nous sens à égalité.

Je demeure sur la brèche un très long moment. Un putain de moment. Toute une éternité de volupté, de plaisir liquide, et c'est tellement puissant que j'en chiale pour de bon.

Enfin, la vibration s'arrête et moi aussi. Mon corps retombe d'un coup. Je ne réalise pas tout de suite que River a enlevé ses doigts de moi, ou qu'il me domine maintenant, me regardant avec une expression intense sur le visage.

Je songe à ses derniers mots. Il aime ce qu'il me fait parce que c'est moi ? Non, ça n'est pas ce qu'il a dit, mon cerveau refuse de se rappeler. Et puis s'il l'a dit, c'était seulement dans le but que je plie… et il y a réussi.

— J'ai… désolée.

— Pour l'éjaculation ? J'ai adoré ça.

Il vient plaquer ses hanches aux miennes. Fort, le coup de reins me fait même sursauter. Mon bassin se creuse, comme pour lui répondre et l'accueillir. Nul doute que s'il ne portait pas son jean, il serait en moi vu l'érection que je sens. Sans rien dire, il s'approche tout près et m'embrasse. Il a le goût de mon excitation, et je me souviens du moment où je l'ai moi-même sucé. Nous avons sans doute dépassé le stade de la gêne ou de la moindre pudeur.

— Fais-moi confiance tout à l'heure, lâche-toi. Si tu te tends, ça n'ira pas.

J'inspire, le souffle encore court. On doit lire sur mon visage le plaisir que je viens de prendre et le regard lourd de River me trouble un peu plus.

— Tu m'as ordonné de ne croire personne.

Il sourit, puis caresse ma joue alors que je reste allongée au sol pendant qu'il me domine, ses genoux installés de part et d'autre de mon bassin.

— C'est vrai. Et tu ne dois pas me faire confiance ou croire en moi. Sauf pour cette fois. Je suis sûr de pouvoir te faire traverser ça sans te blesser. Au moins une fois, je veux qu'on évite…

— Pourquoi ?

Il ne répond pas tout de suite. Ça semble même le laisser totalement perplexe, comme s'il n'y avait pas réfléchi.

— Pour… Je ne sais pas.

Je sens l'honnêteté dans ses mots. Il l'ignore vraiment les raisons de son comportement.

— Ne me fais pas confiance, finit-il par reprendre. Fie-toi seulement à ce qu'il y a entre nos deux corps, ça suffira pour ce soir.

18

Quand je me retrouve sur l'estrade, après le speech de Blanche aussi racoleur qu'à l'habitude, la foule massée autour de nous me semble plus dense et oppressante. Je pensais m'y faire, mais pas du tout. Ou ça prend plus de temps pour trouver l'horreur banale.

Ce soir ils ont ressorti l'espèce de banc ou de cheval d'arçon, je ne sais pas quel terme est le plus adapté : il possède une première assise pour les genoux, et un second banc rembourré sur lequel River me pousse à m'appuyer au niveau des épaules, cela fait saillir mon cul vers l'arrière ; sûrement le but, vu ce qu'il m'a annoncé.

J'entends distinctement le mouvement de ceux qui se pressent autour de nous pour arriver à passer derrière moi et être aux premières loges, seuls quelques-uns préfèrent rester face à moi et ne me lâchent pas du regard. Je suppose que ce sont les pires, d'ailleurs : que peuvent-ils guetter de là, si ce n'est de la souffrance sur mon visage ?

Mon souffle devient plus court, je me demande si je ne frôle pas la crise de panique. Quand River apparaît devant moi et qu'un silence se fait dans la salle, je serre les dents. La tension de mes muscles les rend presque rigides, on les dirait faits de bois. Je me tétanise petit à petit et n'arrête pas de penser à ces derniers mots sur les blessures que je pourrais avoir.

D'un coup, la vibration en moi se déclenche à nouveau. River a à peine eu un geste vers la poche de son pantalon, il a dû appuyer sur un bouton à travers le tissu, car je ne l'ai pas vu agir. Ses yeux, par contre, me happent aussitôt. Il n'y a pas de gentillesse dedans, ou ce qui pouvait un peu rappeler la tendresse, quelquefois – sûrement un doux rêve de ma part, parce que c'est impossible. Non, j'y trouve une volonté implacable.

Sans rien dire ou faire, il s'impose à moi par sa carrure et son magnétisme. Soutenir son regard me demande un effort. La tension qui m'habitait se dirige vers lui, comme si quelque chose nous reliait à nouveau. L'idée qu'il est en train de me conditionner, se servant de mon désir pour me retourner le cerveau, me traverse l'esprit. Mais que j'en ai conscience ne change pas grand-chose : j'ai l'air incapable d'y résister pour autant !

Les mains bien à plat sur ses cuisses, il me détaille, longuement. Toujours immobile. Le sex-toy en moi commence à vibrer plus fort, et je devine qu'il a encore augmenté la cadence.

La séance de préliminaires poussée qu'il m'a imposée – au moins au début ? Je ne sais plus – et ses effets m'ont laissée à vif. Mon sexe me semble à peine avoir cessé les répliques de tous ces orgasmes. À peine a-t-il déclenché l'œuf vibrant à nouveau que cela revient en force.

Le nœud en moi se tend, mon ventre se creuse et j'avale ma salive, me demandant quelle image je vais donner s'il continue ainsi, surtout quand je repense à l'état dans lequel il a déjà su me plonger.

Ce mec est une sorte de drogue. Comme tout ce qui n'est pas bon pour nous, l'accoutumance se développe, insidieuse. C'est ce qui explique ce frisson d'anticipation pervers qui me chatouille tout entière.

Il y a une supplique impérieuse dans ses yeux, il me pousse à lui faire confiance, à me livrer. Je me rappelle ses paroles sur le fait de ne pas lutter. Mais comment me détendre dans cette position ? Aussi vulnérable et exposée ? Et si je ne le fais pas, de toute façon, il m'y contraint, tirant si fort jusqu'à ce que je craque.

Mais à cet instant, sans doute parce que l'œuf vibre en moi et que son regard insondable me provoque à nouveau, impossible de résister. On s'affronte en silence mais finalement il fait un pas sur le côté et me contourne. Perdre le contact visuel me déstabilise complètement. Il ne m'a pas aveuglée mais c'est tout comme. Ce qui m'aide à garder pied a disparu, et je vacille sur le banc sans savoir pourquoi.

L'œuf monte encore en intensité d'au moins un ou deux crans. J'encaisse, résolue à ne rien laisser paraître. Il est évident que ce n'était pas une initiative de Blanche et quelque part, j'ai l'impression qu'il fait de moi sa complice en introduisant dans l'équation cette petite chose vibrante.

La nuisette que je portais est rabattue brusquement et me couvre jusqu'à la tête, m'offrant un semblant d'intimité. S'il n'y avait pas une dizaine d'hommes me reluquant pile en face de moi.

Une éclaboussure fraîche un peu visqueuse me surprend, frappant le bas de mes reins. Je comprends qu'il vient de me couvrir de lubrifiant, ça dégouline de partout et l'effet détrempé et brillant provoque quelques soupirs dans l'assistance.

Le frisson qui me parcourt au contact de ses paumes est tout sauf discret. Je me tends un peu plus, mal à l'aise d'être si transparente. Ses mains se mettent à malaxer mes fesses et l'œuf s'agite fort. Tellement que je crains qu'on finisse par l'entendre ; cette technologie est d'un silence effrayant ! Je pourrais l'utiliser au milieu d'un métro bondé sans que qui que ce soit s'en doute.

Petit à petit, je perds pied. Mes paupières s'abaissent, je retiens un premier gémissement de plaisir quand il s'attarde sur mon sexe. J'ai les jambes très écartées sur le banc et ne repose que par l'appui qui me maintient au niveau du buste, laissant pendre en avant mes seins.

Comme pour me taquiner, River tire sur mon décolleté pour me dénuder et montrer ma poitrine à tous ceux qui me font face. Je remarque le regard fixe d'un blond. Il a une expression sur le visage qui parle pour lui et le trouble que je ressens augmente, accompagné d'une gêne tout aussi puissante. Être ainsi livrée à leurs yeux avides, à cet œuf devenu fou et aux mains de River, tout ça si peu de temps après avoir joui.

J'ai beau me crisper, tenter de garder le contrôle, je sens les choses déraper assez vite en moi. Cela ne doit même pas faire cinq minutes, et j'ai l'impression de résister depuis des heures.

Les spectateurs doivent en avoir pour leur argent et me prendre pour une fille facile, car bientôt je ne peux retenir un nouveau gémissement quand il frotte ses doigts sur mon clitoris. Il y va très fort, mais vu la manière dont il m'a déjà attisée, ça me convient totalement.

J'inspire, en nage, alors que rien n'a encore eu lieu. Puis ça arrive, brusquement : il met en moi un de ces doigts. J'ai à peine eu le temps de le deviner à l'entrée de mon cul qu'il s'y enfonce. J'entends un cri dans la salle, un autre siffle.

La sensation d'inconfort et de brûlure ne réussit pas à se démarquer de mon excitation créée par l'œuf qui continue à s'agiter, têtu. River y a impulsé une sorte de rythme syncopé, il oscille entre des pauses aléatoires et des phases d'accélération brutales qui me font vite tout oublié. Son doigt va et vient en moi, appuyant fort vers le bas et la paroi proche de mon vagin. Il repart en arrière, presque jusqu'à sortir avant de replonger.

J'ai beau être face à des inconnus, je commence à prendre mon pied, peu importe les circonstances. Peut-être même que l'idée d'être ainsi livrée aux regards, les mains attachées au banc supérieur et de me sentir palpiter malgré tout, le cul ouvert par un doigt et le sexe appelant quelque chose de plus fort. J'aime ce qui se passe quelque part. La honte cette fois ne réussit pas à balayer mon plaisir.

Jamais jusque-là je n'avais cru avoir ce fond en moi, une sorte d'exhibitionnisme, je suppose ? Pourtant, à cet instant, du moment que River continue à s'occuper de moi, je me rends compte que je peux oublier le reste.

Son doigt s'enfonce, loin, de plus en plus facilement. Je réalise que ça devient trop peu pour moi, qu'il m'en faut plus, car avec mes précédents orgasmes, je semble plus endurante, prête à en encaisser davantage, un deuxième doigt me pénètre. Là encore, il y va fort. Je sens sa présence appuyée contre moi, il laisse la vue libre à tous ceux qui me matent et l'idée de ce qu'ils voient me trouble un peu plus.

Quand l'œuf après une longue pause redémarre, je geins littéralement. Un homme rit d'un rire gras qui me fait frissonner. Il y a du dégoût en moi… et tellement de plaisir. Rien ne l'efface, cette initiation bizarre, ma position, impossible de tenir bon alors je commence à lâcher prise. J'accepte d'être ainsi et me cale plus correctement pour supporter l'assaut de River en moi.

Le troisième doigt qui vient encore m'élargir m'arrache un autre râle. Cette fois la nuance entre plaisir et douleur est trop ténue pour que je sache où je me situe. Je respire fort, je tente de m'adapter. Les gestes de River n'ont rien de doux, ils me poussent plus loin sans ménagement, me forcent à le suivre sur une frontière étroite dont je ne cesse de basculer.

Selon le mouvement de l'œuf, mes émotions changent d'un claquement de doigts. Dès qu'il accélère, je sens les pulsations dans mon vagin, le sang qui me bat aux tempes, et j'ai envie de ruer en arrière, car c'est bon. Si le sex-toy s'arrête, là, mes chairs écartées m'envoient le message qu'il faut ralentir, que je souffre… et l'œuf repart.

Je reste en suspens ainsi un moment, mais je perçois plus nettement mon anus qui s'est distendu, je me demande s'il n'y avait pas quelque chose dans ce lubrifiant, car j'ai une sensation de fraîcheur presque glacée qui m'engourdit.

Puis le son résonne, très net : River s'est débraguetté. Cette fois, je retiens mon souffle et me contracte, mais ses doigts ne m'ont pas lâchée. Il va et vient, me forçant à me concentrer, puis change la force de vibration. La pulsation revient, continue, elle semble me remonter jusque dans le ventre.

Quand il se positionne derrière moi, je réalise ce qui se passe : il compte vraiment me pénétrer ?! J'ai à peine le temps de sentir une chaleur intense, celle d'une peau contre la mienne à l'entrée de mon cul. Mais mon excitation et la préparation sont telles qu'il plonge sans mal de plusieurs centimètres ; ça n'est qu'ensuite que je le sens vraiment, que son sexe s'enfonce plus loin que ne le pouvaient ses phalanges.

Je crie. Il y a une vraie douleur, un écartèlement qui me donne envie de fuir, de m'échapper vers l'avant. Je ne peux pas supporter ça ! Sauf qu'il force l'allure et me retient aux hanches, une main me coince au niveau de la nuque.

La sensation est saisissante, puissante. Comment fait-il ça ? De deux paumes, sans réelle violence, il m'impose une domination totale, et la position me réduit au silence. Il me pousse dans mes retranchements, et je n'ai plus rien à quoi me raccrocher à part cette douleur qui se dispute au plaisir qui refuse de refluer. Je crie à l'un de ses mouvements, la souffrance se faisant plus cuisante.

Je repense à ses conseils et me contrains à respirer à nouveau plusieurs fois, calmement, tandis qu'il s'enfonce. Soudain, ses cuisses claquent contre moi. L'envahissement de mon corps est achevé. Il y est allé fort, loin, et je suis prise jusqu'au fond de moi.

Une main glisse entre nous, et je hoquète quand il fouille en moi pour attraper de ses doigts le sex-toy qu'il ramène résolument vers l'entrée de mon sexe. Alors que je souffle et contracte mes muscles par réflexe dessus, je sens immédiatement l'impact de ce geste. Les vibrations sollicitent toute la partie interne de mon clitoris le long des grandes lèvres et l'effet est bluffant. J'ai le souffle coupé. Mon plaisir grimpe en flèche, et l'orgasme se profile aussitôt.

River vient en moi à coups de reins lents, puis plus forts. Il coulisse dans le gel qu'il a mis et me pilonne pour de bon, alors que je me concentre sur ce qui se passe en bas. Tout mon corps s'est replié dans ses sensations, je n'ai plus de cœur, plus de poumons. Je palpite, respire et pulse dans mon vagin, dans mon cul qu'il martèle plus fort.

Le plaisir monte par vague, il se tord dans mon ventre, explose sur chaque terminaison nerveuse et crépite jusque dans mon cerveau, dans ma bouche qui salive. L'idée de ce qu'il en train de me faire, en face de tous ces gens, finit de me faire basculer. Je me fous qu'on nous regarde ou de l'image que je renvoie, je suis dans un état second.

Je crie. Il me semble aller et venir en moi librement maintenant, et la sensation est bizarre, détonante. Rien de commun avec ses doigts sur moi ou ce que j'ai connu. Si jamais personne ne m'a prise par devant, je me dis à un moment donné, entre deux eaux, et totalement partie, que mon cul lui n'est définitivement plus vierge. River m'a ravi ça. Il est si loin que j'ai l'impression qu'il est dans mon ventre.

Une de ses paumes m'incite à ployer pour me faire poser la tête sur le banc où sont mes mains. Par-dessous je vois les hommes en face de moi, l'état dans lequel ils sont et dans lequel je suis, puis finalement l'orgasme arrive, et je ne tente rien pour me contrôler.

Mon cri de plaisir résonne fort dans la pièce. Ils me dévisagent tous mais je m'en fous, j'abandonne mon cul à cette queue puissante, mon vagin se contracte comme un fou sur le sex-toy, et je continue à jouir, à en pleurer, vu les sillons humides que je sens se dessiner sur mes joues. J'ignore si j'ai l'air de souffrir ou de prendre mon pied, quelque part, c'est bien les deux. Et à cet instant… ça me va.

Puis quelque chose se brise, j'entends des rires, les regards lourds vrillent quelque chose en moi, dont un en particulier en face de moi. Il passe lentement son doigt sur sa gorge, dans un signe clair, et ma trachée se serre aussitôt, revivant l'épisode du couloir avec ces hommes.

River, qui est sorti de moi, libère mes poignets, et je tente d'ignorer des commentaires et les insultes qu'ils disent, ravis de me traiter de chienne en me fixant. Plusieurs fois le mot « bientôt » résonne. Complètement larguée, je baisse le menton. Blanche intervient et parle, mais je suis dans un brouillard si épais que je ne l'entends pas.

Poussée par l'instinct qui me crie de fuir cette estrade, et vite, je manque de peu d'en tomber, et c'est River qui me retient. Heureusement, il a arrêté le sex-toy, sinon je crois que je l'aurais arraché de moi devant tout le monde.

— Attention, lance-t-il alors que j'essaie de lui reprendre mon bras une fois rétablie.

Sans répondre, je m'éloigne enfin, au radar. Même l'idée de ce qui m'est arrivé la dernière fois que j'ai voulu m'échapper alors les clients étaient encore là ne me fait pas ralentir, pourtant le bleu à mon cou est encore douloureux. J'ai besoin de partir.

Je traverse la salle et ignore Blanche, qui annonce les autres filles et promet à l'assistance une apothéose pour le lendemain et ma fameuse perte de virginité.

Peut-on vraiment dire ça ? Qu'est-ce qui en moi est innocent à l'heure actuelle ? Quand j'ai éprouvé du plaisir à être vue et regardée en train de… j'accélère encore. Une pesanteur à chaque pas me rappelle ce qui vient de se passer et si je ne dois pas avoir de vraie fissure anale, je me demande s'il n'y a pas eu quelques dégâts quand même, à moins que ça ne soit normal ? Qu'est-ce que j'en sais, au fond ; je ne l'avais jamais vécu.

Quand je gagne finalement le couloir, je décide subitement que j'ai besoin d'une douche après tout ce qui s'est passé. Cette sensation est aussi prégnante que le plaisir que j'ai éprouvé, qu'est-ce que je dois en conclure ? Qu'à la fois je m'éclate et que je suis assaillie par une honte terrible ?

J'ai les larmes aux yeux quand j'entre sous le jet de la douche. J'y reste longtemps, même s'il est à peine tiède à cette heure. Les filles ne seront pas là avant plusieurs heures, et je réalise que c'est mon moment préféré de la journée, ce répit où je suis seule, enfin. Ce qui, dès samedi, ne sera plus qu'un lointain souvenir. Si je survis à mon baptême du feu, en tout cas. Le regard de tous ces hommes m'apparaît à nouveau, parfaitement net, et un goût de bile me vient en bouche.

Je me recroqueville dans le bac, le dos présenté au jet, espérant vaguement qu'il réussira à me détendre. De mes doigts, prudemment, j'explore mes fesses et tâte ma chair, aussitôt j'ai une grimace. Outch, c'est super sensible.

Les larmes qui coulent sont amères. Jusque-là je crois que je comprenais à peu près ce qui se passait. Non, je me leurre en disant ça. Je n'en avais aucune idée en fait. À partir du moment où j'ai vu River sans témoins, tout a dérapé.

— Hope ?

Mon cœur manque un battement. Je ne lève pas la tête, refusant de lui faire face. Je garde les yeux bien fermés pour l'oublier. Oublier ce qui a lieu à chaque fois que je suis en bas et que mon corps s'enflamme comme une allumette, brûlant tout sur son passage de ma pudeur à mon honneur.

L'eau au-dessus de moi est maintenant froide, mais je ne bouge pas : tant pis. Si jamais je tombe malade et qu'on me laisse crever dans un coin, j'aurais tout gagné. Pourtant, le jet s'arrête. Une serviette se pose sur mes épaules, et on me soulève.

Je rouvre enfin les paupières, mais c'est plus par principe, c'est forcément River : mon corps me l'a dit. Il m'a marquée, c'est inscrit en moi, et je reconnaîtrais ses doigts sur moi dans le noir complet et cette voix au milieu d'une foule.

— Hope ?

Sa voix est plus pressante. Mais je ne peux pas répondre, je crois que je ne sais plus parler. Devenir une coquille vide fera-t-il disparaître la culpabilité de me laisser entraîner, de sombrer et d'y prendre du plaisir ?

— Hope !

Il attrape mon menton et me force à lui faire face. Je lis une inquiétude dans son regard à laquelle je ne m'attends pas.

— Parle, bordel ! T'as mal, tu saignes ? Qu'est-ce qu'il y a…

Enfin, je retrouve le mode d'emploi :

— Oui.

— Oui quoi, putain ? s'agace-t-il.

— Oui, j'ai... mal.

Il serre la mâchoire, je la vois jouer sous la peau. Je ne devrais pas, mais j'aime sa mâchoire.

— Tu saignes ?

— À l'intérieur.

Ses doigts effleurent mes fesses, et je me crispe, ce qui me semble si ridicule que j'éclate de rire d'un coup, quasi hystérique.

— Non, pas réellement, je ne crois pas, je tempère doucement. Mais c'est comme ça que je me sens. Des lambeaux de dignité en vrac, une espèce d'addiction... je deviens accro à tout ça. Je perds pied. Tu fais de moi une chose faible et haletante... je te déteste.

Ma voix fragile, presque friable, s'est durcie pour se faire aussi sèche qu'un coup de fouet. Il vient à peine de me poser sur mon lit, nous sommes seuls et ma rage éclate. Celle que je pensais disparue n'était en fait pas bien loin, et je me jette littéralement sur lui. River ne s'y attend pas, et je le déstabilise, on roule par terre.

Je griffe, mords, livre bataille de toutes mes forces. La conscience que tout ça est ridicule, qu'il est tellement trop tard, attise ma folie. Je me déchaîne. Il y a quelque chose en moi qui se tend vers lui. C'est violent, chaud et brutal, ça se débat avec une force qui écorche tout sur son passage, moi y compris.

On se bat ainsi quelques minutes dans le silence. Il pare seulement les coups, ne m'en rendant aucun, et ça m'enrage encore plus ! Je redouble d'efforts et les larmes recommencent à couler. J'ai la haine de devenir une sorte de chienne en chaleur, toujours à quémander une caresse de ce mec ; combien de temps avant que je finisse par être comme ça avec n'importe qui ? Le moindre inconnu qui traîne ? Il n'y a qu'à voir : même avec Nadja !

À force de lutter, mon énergie s'épuise, et je m'écroule d'un coup, reposant dans ses bras, molle comme une poupée de chiffon.

C'est foutu. Je suis foutue.

Un sanglot me secoue, puis un autre. Après quelques secondes, River m'attire plus près et me serre dans ses bras. La poigne n'est pas délicate, il me broie une côte. Mais cette force me fait du bien, elle contient tout ce qui s'affronte en moi, se cogne jusqu'à m'en donner la nausée.

— Pardon.

— Ne t'excuse pas, alors que tu as aimé ça.

J'ai craché avant de réfléchir. Son excuse m'a fait l'effet d'une gifle, le genre de mot qu'on dit pour faire plaisir, mais vide de sens. Ses muscles se tendent sous ma joue, et je sens sa mâchoire crispée, les tendons saillants.

— Tu n'as pas compris. Oui, j'ai aimé ça. À chaque fois que je t'ai touchée, Hope.

Je grimace, mais me tais. Parce que même si je me déteste pour ça, j'ai aimé ce qu'il m'a fait… la plupart du temps. La douleur n'a pas suffi à balayer les autres moments.

— Quand je t'ai touchée, toi, Hope, ajoute-t-il enfin d'une voix rauque. Je ne prends jamais mon pied d'habitude.

On se regarde brusquement en chiens de faïence. Je réalise que mes mains ont agrippé son T-shirt et que je serre si fort le tissu sous la gorge que je l'étrangle à moitié. Mais peu importe.

J'entends ce qu'il me dit… mais est-ce que je le comprends ? Est-ce que ça n'est pas aussi effrayant que je le pense ? Si, assurément. Il ajoute, un ton plus bas :

— Je sais de quoi j'ai l'air, d'un pervers, et je crois que c'est le cas. Cet endroit m'a sûrement totalement pourri… Mais il n'y a que toi qui me fais ça, Hope. Rien que ton nom, ça me fait mal de le dire. Comment tu peux t'appeler ainsi ? Comment je dois le prononcer en te regardant dans les yeux quand j'ai l'impression de détruire en toi l'espoir un peu plus chaque soir ?

À nouveau il me serre à me broyer, mais on l'est déjà, broyés. On n'est plus à ça près, pourquoi s'arrêter. Nous sommes au fond d'un cloaque immonde. Ici il n'y a que des malades et des pervers auxquels on a été livrés. Avec un sentiment de bête traquée, je ne peux m'empêcher de ronger moi-même mes plaies. Alors au lieu de me taire, je craque.

— Tu ne le penses pas. Tu essaies juste de me faire tenir, mais j'ignore pourquoi... Je lui ressemble ? Tu vois Lake en moi, c'est ça ? je l'interroge subitement.

Il serre si fort la mâchoire que je l'entends grincer.

— Hope, ne parle pas de...

— River, je peux comprendre qu'elle te manque. T'as besoin de sauver quelqu'un ? Mais tes mensonges ne m'aident pas, ils m'enfoncent !

Ses yeux sombres me transpercent.

— Tu crois que je veux te sauver ? Tu te fous de moi ? Je te souille un peu plus chaque fois, bordel !

Lentement, je tente de juguler mon émotion sans y arriver. Au moins, il le sait. Au moins, il le dit. À moi d'être honnête.

— Tu as vu comment j'ai réagi ce soir ? Juste pour un sex-toy ? Tu n'as rien perverti. J'étais déjà ainsi, j'ai honte de moi à un point, je lui avoue, le menton tremblant.

Mon dégoût est palpable malgré la longue douche, rien n'a changé. Ses regards, ce que j'ai ressenti ou pensé, comment c'est possible ?!

Il me détaille avec une fixité presque hypnotique.

— Tu te trompes. Ton corps jouit. Et alors ? Pas une fois je n'ai vu l'abandon dans tes yeux. Je crois que c'est ce qui me pousse à ce moment-là et... c'est ce qui m'effraie. Je veux te conquérir, Hope. Envahir chaque partie de toi... cette idée d'initiation est horrible, et pourtant je ne laisserais personne prendre ma place.

Sa voix se casse sous le coup d'une émotion, rocailleuse comme la pierre.

— Pauvre de nous, raille-t-il finalement, amer.

Totalement timbrée, je me vois me pencher en avant, embrasser ses doigts à proximité, puis la mâchoire râpeuse de barbe.

Il a raison. Pauvre de nous.

Pardonner son bourreau serait ridicule, terrible même. Lui parler, l'écouter ou le croire, pire encore, et c'est bien ce que je fais. Chercher à faire de quelqu'un sa victime est un crime, une attitude honteuse. Il le sait. Je le sais. Pourquoi ça ne suffit pas ?

Et on en est là, assis en vrac au pied de mon lit, alors que je remarque une griffure nette dans son cou que je lui ai infligée.

— Je pense tout ce que je t'ai dit, en tout cas. Même si ça n'a pas de sens, c'est vrai.

Cette phrase résonne aussitôt en moi. Oui, rien de tout ça n'a de sens. Et peut-être que ça n'enlève rien à ce qu'on vit, que c'est réel malgré tout ? Ou je suis victime du fameux syndrome de Stockholm. Comment je le saurais dans ce cas ? C'est mon cerveau qui me tromperait, non ?

Puis je me décide. Quelque chose me retenait, comme une forme de vengeance, mais j'abandonne cette idée avec celle de trouver une logique à notre histoire quand c'est impossible. Le monde n'en a déjà pas. Le meilleur y côtoie la cruauté sans bornes et dans ce bal infernal, j'ai eu le pire, voilà tout.

— River, j'ai été dans le bureau de Blanche ce matin. J'ai trouvé des dossiers.

Son visage change du tout au tout. Il semble arrêter de respirer, et je comprends ce qu'il se passe : il espère. Je me mords les lèvres. Je vais piétiner le feu qui l'anime depuis des années, lui ôter sa raison d'être, l'expression n'a jamais eu tant de sens.

En fait, même si je ne le souhaitais pas, je l'ai ma vengeance. Mais est-ce que j'en veux ?

— J'ai vu le dossier de Loli, il était barré d'une croix, elle était déjà…

— Morte.

— Oui. Et celui de Lake. Loli m'en avait parlé, je savais que tu la cherchais...

Il m'agrippe et me tire à lui, me déséquilibrant. Son regard est celui d'un fou à cet instant. L'espoir que j'y lis broie quelque chose en moi. Et si je croyais encore en avoir un, ça serait sans doute mon cœur.

— Donne-moi son adresse ? Je ferai ce que tu veux, tout ce que...

— Il y avait une croix sur son dossier aussi, River, je l'interromps avant de ravaler ma salive.

Il me dévisage. Son expression reste la même, comme s'il ne m'avait pas entendue. Je secoue la tête.

— Je suis si désolée.

— Tu mens. Tu dis ça pour me faire du mal.

— Peut-être que je t'en parle pour ça, je ne sais plus, mais je ne mens pas. La vérité te fait plus de mal, non ? je souligne avec dépit.

Il me rejette d'un coup, si fort que je valdingue en arrière et me prends le pied du lit derrière moi en plein dans le dos, gémissant. D'un bond, il se relève. Je me couvre d'un bras pour me protéger, mais au lieu de me frapper, il me fixe avec un dégoût affiché qui me fait serrer les dents. Ce colosse à la musculature impressionnante tremble des pieds à la tête. S'il me surplombe, je réalise qu'il est à terre.

— Tu mens.

Il s'enfuit sans un mot. Son corps avait l'air d'une arme prête à charger, à déchiqueter la moindre chose qui se présenterait à lui ; il est la balle du barillet, je me demande ce qu'il va exploser. Avant de me rappeler de ce qui m'attend demain.

Ça sera moi sa cible. Dommage collatéral, mais c'est déjà le cas en fait.

19

Après une nuit agitée, je me réveille avec l'impression de n'avoir pas fermé l'œil. Dès les premières minutes, devant un café et un toast que je ne parviens pas à avaler, je sais ce qu'il en est. Aujourd'hui, je vais mourir. Il n'y a que cette option.

On va me piétiner et réduire mon corps à l'état de loque. Et je n'ai aucune chance d'empêcher ça, je peux tout au plus trouver une drogue quelconque pour m'anesthésier en attendant la fin. Les discours de River sur le fait de garder toutes mes capacités avaient du sens si je pouvais en réchapper, Loli m'a fait réaliser que non, ça n'arriverait pas.

Les filles ne m'ont jamais vraiment intégrée, et ce matin, elles me fuient carrément. Je vais me laver seule et reste sous le jet un long moment sans que personne intervienne, ce qui est plutôt étrange, tant l'eau chaude est une denrée rare ici. Tout ça confirme mes craintes, et j'ai du mal à faire comme si ça ne me touchait pas.

Continuer à voir les minutes de cette interminable journée s'écouler me met au supplice. Lorsque le milieu d'après-midi arrive, je suis déjà épuisée nerveusement. J'ai l'impression que je m'apprête à fondre en larmes à chaque seconde. Quand Mick vient me chercher, je suis à deux doigts de craquer.

Mon regard de travers ne semble lui faire aucun effet.

— Lève-toi de ce lit, Blanche attend.

Je devine que refuser n'est pas une option et que je serai de toute façon forcée d'obtempérer. Avec des gestes brusques, je me relève et le suis donc. À son bureau, je trouve Blanche allongée sur la banquette, sans trop de surprise. Me doutant de la suite, je la rejoins, m'agenouille et pose les mains sur sa cuisse pour la masser.

— Bien, au moins tu n'es pas stupide. Il y en a ici, franchement je me demande...

Son ricanement me hérisse. L'envie de la pincer me démange, mais qu'est-ce que ça changerait ? Alors je la masse en essayant d'oublier que c'est elle.

L'idée que cette femme n'est autre, en fait, que mon assassin, qui a commandité le crime et chargé des dizaines d'hommes de le faire à sa place me vient soudain.

— Hope, la séance d'hier a été démentielle. Ce soir, nous t'avons prévu un bouquet en feu d'artifice. Ça va être grandiose...

Si elle s'attend à ce que j'aie la moindre réaction, elle en est pour ses frais. Je ne bronche pas et continue à masser, dans un état second.

— Tu sais combien d'hommes ont payé pour t'avoir ? Aucune des filles ici n'a eu un tel traitement, c'est un succès sans précédent, m'assure-t-elle. Même si River y est pour beaucoup, il prépare le terrain à merveille.

Je serre les dents et ferme une seconde les paupières. Si je perds mon calme... non, elle ne le mérite pas.

Et puis, ça ne changera rien ! Pourtant, je me force à réagir, parce que personne ici ne doit le faire au final :

— Loli n'a effectivement pas eu ce privilège...

Blanche me regarde par-dessus son épaule. Cette femme a les yeux les plus froids que j'aie jamais vus, une couleuvre.

— Tu sais que j'ai défendu ta valeur. Tous ceux qui comptaient me payer moins de cent dollars n'ont rien eu. J'ai mis une barre minimum à cinq cents. Et plus d'hommes que je ne le croyais ont réussi à trouver l'argent. Pour passer en premier, bien sûr, c'est plus cher.

— Tant mieux pour vous...

J'ai craché ça avec morgue, mais de toute façon, elle s'en fiche. Qu'est-ce que ça peut lui faire ? Mes massages pour sa sciatique ne devaient pas valoir de me garder en vie. Elle grimace soudain plus fort.

— Doucement !

Je ne m'excuse pas, mais obéis.

— Tu me manqueras.

Voilà tout ce qu'elle me sort avec une fausse gentillesse qui me fait l'effet d'une gifle.

Loin de m'énerver, je continue après avoir jeté un coup d'œil à Mick, qui à l'autre bout de la pièce feuillette un magazine avec des photos de motos.

Il me faut quelques minutes de plus pour réaliser qu'une opportunité s'offre enfin à moi et que je suis en train de la rater. Réfléchissant à toute allure, je sens que Blanche va bientôt me renvoyer ; toute sa posture est plus détendue et me dit qu'il est temps d'agir.

Sans prévenir, je bondis sur elle et m'accroche à son dos. J'entoure sa gorge d'un bras et serre de toutes mes forces pour l'étouffer. Blanche glapit et se débat, mais j'accentue ma pression avec une rage croissante.

Je fais ça pour Loli. Pour toutes ces filles qu'elle réduit à un esclavage sexuel dégueulasse. Pour River. Pour Lake… Pour moi…

Le premier coup tombe, sur le coin de ma joue, et me sonne un peu. Mais le shoot d'adrénaline que j'ai éprouvé en passant à l'acte et le voile de colère rouge qui m'embrume le regard m'empêchent de réagir. Je ne lâche rien et, au contraire, serre encore plus fort.

Déjà, Blanche lutte moins, occupée à essayer de me griffer pour libérer sa gorge, ce qui me donne une joie perverse. J'ai vécu quasiment la même situation par sa faute ! La tuer est plus gentil qu'elle ne le mérite : elle ne nous offre pas tant de clémence, nous faisant souffrir encore et encore pour de l'argent. Au moins, mon agression est brutale et rapide. Elle, elle préfère nous laisser mourir à petit feu. Utiliser des dizaines d'hommes qui font de nous des jouets, des poupées gonflables vivantes.

Mick frappe à nouveau, plus fort. Il me tire les cheveux.

— Lâche, salope !

Il continue de me taper. J'encaisse quelques coups sans moufter, trop concentrée sur mes doigts qui se crispent et la sensation sous mes ongles de sa peau, que j'ai envie de déchiqueter. Son poing percute ma tempe et me désarçonne. Il en profite et m'envoie un revers en pleine face, qui me fait valdinguer en arrière. Enfin, mes bras retombent, et je libère Blanche.

Elle s'écroule sur le sol en toussant, alors que Mick se jette sur moi. Pendant ce qui me semble une éternité, il se déchaîne. Je reçois un pied dans les côtes, un uppercut dans la mâchoire… Méthodique, il me roue d'une pluie de coups. Ma position recroquevillée sur moi-même me protège à peine, mais je suis trop sonnée pour faire mieux.

— Mick, stop ! On ne la veut pas abîmée pour son grand final. Elle a fait ça pour qu'on la bute et on ne lui fera pas ce plaisir.

Enfin, l'enfer s'arrête. Je relève lentement la tête et sens ma mâchoire douloureuse alors que des points noirs valsent devant mes yeux. Blanche a encore la trace de mes mains autour de son cou, je le vois d'où je me trouve. La joie que j'en éprouve me semble tellement malsaine que je devrais avoir honte… j'ai juste un regret, celui de ne pas être allée au bout.

— Enfin, « idiote », pas vraiment. C'est l'un des meilleurs plans d'évasion qu'on m'a fait jusqu'ici. Et sûrement l'un des seuls qui pourraient marcher, dans le fond, remarque à nouveau Blanche, d'une voix plus calme. Mais tu ne t'en sortiras pas si facilement, que ça te plaise ou pas. J'en fais une affaire personnelle.

Son ton définitif en dit long sur son état d'esprit, et Mick me soulève sans ménagement pour me traîner hors de la pièce. Je tape au passage sur un meuble dont le coin s'incruste dans ma cuisse, mais il ne réagit pas à mon gémissement étouffé.

*

Quand la fin d'après-midi se profile, j'ai déjà vomi deux fois aux toilettes, malade d'angoisse et encore remuée par la rouste que j'ai reçue. Mon estomac a dû prendre un mauvais coup. L'idée que je fais peut-être une hémorragie interne ne me rassure même pas : ça semble bien trop lent pour me tirer d'affaire.

J'ai passé en revue toutes les manières de me foutre en l'air, jusqu'à provoquer une fille d'ici au sang chaud pour qu'elle me mette hors service, Nadja pourrait sûrement m'informer là-dessus.

Mais on continue à me fuir, à croire qu'elles ont toutes eu des consignes. J'ai l'impression d'être déjà morte. Il n'y a jamais un temps calme dans les dortoirs. Un moment à soi pour réfléchir… sauf le jour où je donnerais tout pour éviter ça ! Je peux presque m'entendre penser quand je me traîne aux toilettes pour vomir une troisième fois. Celles qui squattent toujours autour de la salle de bains, des dortoirs, ont toutes disparu. Elles se sont sans doute regroupées ailleurs.

Je me penche au-dessus du lavabo pour me laver les mains, le cœur en déroute. J'aperçois quelqu'un qui m'observe, du seuil, et m'immobilise une seconde.

— Ça va ?

J'ai un rire sec, presque douloureux après le traitement spécial appliqué par Mick. Le pire étant quand je me suis imaginée en train de devoir faire à ces hommes une pipe et où, du fond de mon désespoir, j'ai ouvert la bouche pour vérifier si j'en étais même capable – pas sans larmes. Conclusion : non, ça ne va pas.

— À ton avis ? Qu'est-ce que tu fais là ? On ne t'a pas dit que j'étais pestiférée ?

Nadja ne bouge pas, toujours accoudée au chambranle, comme si elle ne comptait pas s'attarder.

— C'est plutôt que tu leur fais peur. Une fois River a collé une baffe à une nana qui se moquait de toi, et il lui a promis, si Blanche projetait un nouveau gang bang, de proposer son nom, me répond Nadja sans la moindre trace d'émotion dans la voix. Les autres t'en veulent. Elles prennent cher. Les hommes sont frustrés de ce petit jeu, d'être observateurs une partie de la soirée, ça les rend plus… durs. Mais je crois qu'aucune t'envie ta place, t'inquiète.

« T'inquiète ». C'est moi qui y vois de l'ironie ou c'est vraiment ça ? Je secoue juste la tête, sans rien ajouter.

— Je… ça devrait s'arrêter assez vite.

— Hope…

Elle semble hésiter, puis me fait signe avant de s'en aller.

« Merci de ce soutien »…

Je retourne à mon dortoir et me rallonge en prenant d'infinies précautions pour ne pas provoquer plus de douleurs dans mon corps, qui commence à grincer de partout. Au point que je n'imagine pas comment je vais pouvoir supporter la suite… Quand je pose la tête sur l'oreiller, j'entends un bruissement. Surprise, je me redresse et vérifie. C'est bien un morceau de papier que je trouve et déplie après avoir jeté un coup d'œil alentour.

« Viens me voir stp. »

Pas de signature, pas d'indication… mais je n'ai pas la moindre hésitation : c'est River. Je ne sais pas d'où me vient cette certitude, pourtant je l'ai. Comme si ce pauvre morceau de papier portait son odeur ou que je pouvais reconnaître son écriture. Je l'observe d'ailleurs une seconde, passant mon doigt sur les quelques mots jetés à la va-vite. Son écriture est légèrement penchée, acérée, elle est rapide. On devine qu'il a été pressé par le temps.

Il parle forcément de sa chambre. Je ne vois pas d'autre lieu où nous pourrions avoir un échange discret. Il ne m'a pas adressé la parole ni même croisée depuis la révélation sur Lake. Je pensais seulement être confrontée à lui sur l'estrade, pour...

Ai-je envie de l'y retrouver ? Je l'ignore.

Je relis le mot plusieurs fois puis réalise que mon corps obéit de lui-même ; je me redresse et traverse la rangée de lits en enfilade jusqu'à sortir du dortoir. Après avoir vérifié si le chemin était libre, je rejoins sa chambre en rasant les murs et j'entre sans frapper, ne voulant pas être surprise dans le couloir.

Une demi-obscurité m'accueille. J'inspire doucement. Mon cœur a accéléré en lisant son mot, mais maintenant il a un rythme impossible.

Calme-toi, sérieux !

— Merci d'être venue...

Je sursaute, ne l'ayant pas remarqué dans l'encadrement de la salle de bains qui se situe dans mon dos. Je fais volte-face pour pouvoir le détailler. Il a l'air sombre. Enfin, plus que d'habitude. Son corps massif est tendu à l'extrême par une sorte d'urgence palpable, même de là où je me trouve. En réponse, je sens mon pouls pulser sous la peau de mes tempes, comme un avertissement.

Ses yeux me parcourent, puis je repère le moment où il fronce les sourcils et se penche en avant.

— Qu'est-ce que... Hope ?

— J'ai essayé d'étouffer Blanche, je me contente d'expliquer en haussant les épaules, ayant bien vu son regard fixe sur ma mâchoire devenue bleue il y a une heure.

— Pourquoi ?

Je ne comprends pas tout de suite sa question. Comment ça, pourquoi ?

— J'avais l'occasion. Ça aurait pu accélérer les choses, j'ajoute, honnêtement.

Il hoche la tête. Après s'être passé la main dans les cheveux, il se dirige vers le lit où il prend place. River ne me propose ni de le rejoindre ni de m'asseoir par terre, alors je ne bouge pas.

— Hope... j'ai hésité à te le dire, j'ai pensé qu'on pouvait aviser le moment venu, mais il faut que tu le saches. Justement pour arrêter ça.

— Tenir ?

Le mot est vide de sens. Qu'est-ce que River a fait, au Pensionnat, sinon « tenir » ? Qu'est-ce que ça lui a apporté ? Il est devenu un bourreau...

— Tu me détestes, hein ? s'enquiert-il comme s'il lisait en moi.

Je hausse les épaules. Ça peut sembler surprenant, mais j'avais dépassé ce stade en fait. Il y a des fois où mon corps le détestait, voire mon cœur. Tout mon esprit le repousse, se révulse à l'idée de... de tout. De ce lieu, de ce qu'il me fait, de ce qui m'attend encore. Dans ces cas, sans doute j'éprouve de la haine. Mais il y a également le reste du temps. Quand il est la seule chose ici qui... qui quoi ? Je ne sais plus. À laquelle j'ai envie de penser, sur laquelle je reviens même malgré moi. Non, je suis bien au-delà de le « détester », c'est trop simple comme sentiment. Ce qu'il m'inspire n'a pas de nom, parce qu'on doit être les premiers sur terre à vivre un truc pareil, aussi bizarre et tordu, alors je ne peux pas lui répondre, pas vraiment. Mon cœur qui s'emballe, ce trouble et la rancœur à cause de ce qu'il me fait qui ne me quitte pas... tout ça est un leurre.

— On va tenter de tout faire craquer ce soir.

Je le dévisage, plus attentive. Il n'y a aucun espoir dans sa voix. Il ne me demande pas, n'a pas de doute, il m'informe. Qui est ce on ? Il parle de ma virginité et...

— Comment ça ? je finis par le relancer.

Après s'être gratté la mâchoire, il hausse les épaules.

— Je te crois pour ce que tu as dit sur Blanche. En fait, je le sais depuis longtemps, mais le reconnaître était trop...

— Tu avais l'impression de l'abandonner ?

J'ai murmuré ça sans réfléchir, poussée par l'instinct, mais il semble tellement sur la brèche que je me demande si j'ai eu raison. Il lève vers moi des yeux traqués, puis hoche la tête avec raideur.

— Ouais, sans doute. Comme l'impression de la tuer une deuxième fois… mais elle ne reviendra pas. Elle est… partie. Je n'ai pas pu empêcher ça, mais je peux punir celle qui en est responsable. Arrêter de la laisser détruire des dizaines de filles, toi compris.

Je ne sais pas comment je dois prendre le « moi compris », alors je reste silencieuse.

— Et tu comptes faire ça comment ?

Il fixe un point derrière moi une seconde, et je me tourne. Mais la porte est toujours fermée. Hésite-t-il à se montrer direct, ayant peur de ce que je pourrais faire ?

— Je n'ai pas l'intention de te balancer pour sauver ma peau, je l'informe avec un peu plus de froideur que je ne le prévoyais, sûrement vexée.

Nos regards s'accrochent. Quelque chose passe, c'est infime mais capital. On n'a pas ouvert la bouche, et on s'est peut-être pourtant tout dit.

— Je vais faire basculer cet endroit dans le chaos. Cesser les faux-semblants une bonne fois pour toutes. Il y aura d'immenses dégâts et même des morts… tout partira en fumée.

On continue à se dévisager. Ma respiration est hachée. Sa voix grave est une promesse. De cet enfer, il fera un tas de cendres. Ça me paraît tout indiqué au final. J'approuve en silence.

— Et ceux qui seront victimes de… de tout ça ? ajoute-t-il, un ton encore plus bas en faisant un pas de plus.

On est maintenant tout proches. Sans qu'il me touche, je sens son souffle et la chaleur qu'il dégage. Tout ce qu'il dégage… pourquoi sa présence me parle ainsi ? Elle m'aspire, m'hypnotise. C'est forcément ce qu'il m'a fait, il m'a brisée… et c'est trop tard pour lutter contre ça. Et pourquoi, mais pourquoi semble-t-il demander mon absolution alors qu'il est question de tuer des gens ?

— Est-ce que c'est juste ? continue-t-il.

J'avale ma salive, cherchant comment lui répondre. Nos yeux sont noués comme le seraient des membres, des souffles ou deux âmes. On ne se lâche plus. Me frôle-t-il ? J'en ai l'impression alors que j'en doute… Je murmure enfin :

— Rien n'est juste.

Voilà au moins quelque chose que j'ai appris ici. Il approche encore, et ses mains sont sur moi. Mes paupières se ferment, une toute petite seconde, avant de se rouvrir pour que je puisse l'observer à nouveau. De sa peau calleuse sur la mienne, douce malgré les entailles et les bleus, il me caresse. Souligne mes marques et les efface à sa manière. En me rappelant qu'il y a pire que Mick. Plus douloureux, plus profond… et plus fort.

— Je vais devenir un meurtrier…

Son regard est hanté. À cet instant le bourreau qui m'a fait souffrir me fait face. Et derrière, un River qui est à peine adulte, un homme qu'on a trahi, bafoué et qui a fini par faire pareil aux autres. Une larme roule sur ma joue sans que je m'y attende. Puis-je le sauver, moi ? Sauver son âme ?

— Beaucoup sont déjà mortes, ou le seront bientôt… Sinon ressors ce portable que tu m'as montré et mets la puce dedans. Localise-toi, contacte la police et ça sera terminé…

Il a un rire grinçant.

— J'étais sérieux la dernière fois. Ce téléphone ne marche pas. Il n'y a aucune carte SIM planquée ici. Un client m'a extorqué plus de faveurs sexuelles, m'a avili plus que… jamais je… plus de six mois pour rien. Je n'ai jamais obtenu la carte.

Une nouvelle porte de sortie que je n'ai jamais vraiment oubliée se claque brutalement. Alors je ferme les yeux une seconde, puis fais le deuil.

Je fronce les sourcils, réfléchissant encore, presque malgré moi :

— Dans le bureau de Blanche, elle a forcément un téléphone.

Il secoue la tête.

— Ça fait des années que j'essaie, et il faudrait savoir où nous sommes. Même les clients l'ignorent. Ils sont baladés une bonne heure avant d'arriver dans un bus aux vitres aveugles. Ils ne voient rien. J'ai déjà exploré cette piste… Non, sans la Red, sans la sauvagerie qui déborderait tout le monde ici… on se ferait chopper.

On est au-delà de ça, ne cesse de répéter mon esprit, têtu. Je lui demande donc :

— Tu veux quoi ? Qu'on te dise…

— Rien, il n'y a rien à dire pour pardonner ça.

Ma tension monte d'un cran. Il redoute ce qu'il va se passer, mais il est clairement décidé. Que compte-t-il faire ? Un pressentiment m'agite.

— Tu penses à quoi ?

Sa mâchoire joue sous la peau quand il la serre un peu plus fort.

— J'ai de la Red de côté. Assez pour en faire consommer à tout le monde. Les hommes, les filles… ça sera fini.

— Pourquoi tu m'en parles ?

— Pour… te dire de ne rien manger ou boire. Pour te prévenir, que tu puisses te mettre dans un coin et t'enfermer. Ressors quand tout sera terminé. Quoi que tu entendes, reste planquée… Si on pousse assez fort, tout peut s'écrouler et tu ne vivras pas…

Il a un visage traqué et contemple une seconde le sol.

— Enfin… le début, ça sera inévitable. La Red met presque une heure à monter à fond… mais une fois que ça sera fait on a une chance. *Tu* as une chance. Moi, je m'occuperai de Blanche quoi qu'il arrive.

Son corps exprime une certitude inébranlable. Je fais face à un mort. On dirait qu'il est déjà parti et l'accepte très bien. Je me mords les lèvres, mon cœur bat la chamade mais je ne sais pas quoi faire.

— Sous l'escalier du sous-sol, là où il y a une chaudière avec un placard en ferraille. Ça devrait être assez isolé et résistant. J'ai planqué la clé dessous le renfoncement de la grille sur la gauche, tu ne peux pas ne pas trouver, même si on le voit pas à part en passant les doigts dessus...

Alors que j'ai la gorge serrée, au bord de la nausée, une résolution s'affermit pourtant en moi. Je suis prête à brûler pour que tout ça s'arrête. Je préfère ça à me laisser massacrer par des hommes qui s'en sentent le droit sans se poser de questions. Les filles d'ici ne s'en sortiront pas, de toute façon, alors ce qu'il s'apprête à faire est-il si grave ? Elles ne seront bientôt plus que des coquilles vides.

Il faut suivre son plan, quoi qu'il en coûte.

— Hope ?

— Embrasse-moi.

— Quoi ?

On pourrait croire que je l'ai frappé, il recule subitement avec un air gêné.

— Embrasse-moi, je répète.

— Non.

Sa voix a tremblé, il fait un signe de dénégation avec une expression étrange.

— Parce qu'on ne te force pas ?

— Parce que...

Je le regarde une minute, puis mon cœur se serre. Affreusement, me faisant un mal de chien malgré tout ce que j'ai traversé ici, ça me semble pire à cet instant tant j'ai la poitrine broyée par un poids énorme. C'est ridicule ! Je baisse la tête.

— Je me doutais que tu... tu ne voulais pas vraiment de moi.

— Hope...

— Merci de m'avoir prévenue. Je vais... je vais...

Comment terminer cette phrase ? Je devrais dire « serrer les dents », je l'ai pensé d'ailleurs. Mais quelque part, une partie de moi, perverse et confuse, a pensé « profiter ». Profiter d'être contre River encore une toute dernière fois avant que ce petit enfer qui nous a réunis ne disparaisse en nous emportant avec lui.

Je n'ai plus de mots, alors je me détourne et le laisse. Je m'apprête à ouvrir la porte quand River fond sur moi. Son mouvement est si puissant que je finis collée contre la porte en grognant sous la douleur cuisante dans mon épaule qu'il a percutée.

Pourtant, il n'en tient pas compte et s'agrippe à moi. D'un coup, je sens ses mains partout sur moi et ses dents s'enfoncent dans mon cou. Je crie sous la morsure… et mouille ; immédiatement. Malgré tout, sans aucun doute possible, le désir latent qui ronronne en moi dès qu'il est présent brûle si fort que mon sexe pulse. J'ai la sensation d'être brûlante, avide, et cette morsure apaise à peine le feu. Oh, oui, j'ai besoin de bien plus…

Il me fait me retourner brusquement et tire sur mon haut d'un seul coup, qu'il m'arrache presque. Une bretelle vole, me fouette la joue, mais je m'en fous. Quand nos lèvres se trouvent, on se dévore, on s'embrasse à se faire mal. Il possède ma bouche, sa langue envahit la mienne et la dompte, la soumet. Je peux à peine respirer, ma poitrine tout entière est chauffée au fer rouge.

Mes mamelons sont pointés, le moindre contact les fait pousser encore plus. J'ai l'impression que River tente de m'épingler de son corps à la porte, il se presse avec force, et chaque inspiration est une lutte pour gagner un peu d'air. Mais je me sens à nouveau pleinement vivante dans ce cloaque sinistre, au milieu de cette obscurité lourde qui pèse sur moi. River balaie tout ça par sa chaleur, sa force.

Sa façon de m'étreindre n'a rien de tendre, c'est sauvage, total. Il a oublié depuis longtemps comment se montrer doux, mais de toute façon, même s'il est mon premier, je ne lui demande rien de tel. Il me soulève d'un de ses genoux, me faisant reposer sur sa cuisse, qu'il frotte sans pitié contre moi.

D'une excitation qui me semblait déjà incendiaire, je bascule dans un état second. Toute réflexion me quitte, toute envie de négocier avec la réalité ou la raison est vaine, je ne veux plus qu'être ce que River fera de moi.

Sous chacune de ses caresses, les digues craquent un peu plus et je finis nue, sans protection. Il m'entraîne vers son lit où il s'assoit, m'attirant sur ses genoux pour que je me retrouve à califourchon sur lui. Je remonte aussitôt l'une de mes jambes et la passe autour de ses hanches. Si j'ai craint à un moment que ses mains sur moi n'aient un effet aphrodisiaque que dans des situations bien particulières, avec des voyeurs ou des accessoires, là nous sommes seuls, et je suis en feu.

Cet homme me coupe le souffle et vrille mes sens. Ma peau crépite sous ses doigts. Ma tête bascule en arrière alors qu'il explore ma gorge, souligne le creux entre mes seins et se saisit d'un coup de l'un d'eux. Mes ongles s'enfoncent un peu plus dans ses épaules. Lorsqu'il commence à mordiller ma peau à travers le tissu, je perds totalement pied. Je pousse en avant pour qu'il continue ou y aille plus fort, je ne sais plus trop, et je bouge sur lui pour me soulager, frottant mon sexe sans pudeur.

En réponse, l'une de ses paumes descend entre nous, et il prend possession de mon sexe sans le moindre préliminaire. Ses doigts glissent sous l'élastique de la culotte, et il plonge directement en moi. Je hoquète de surprise, de plaisir. L'invasion brute me convient, j'ai même besoin de plus !

L'idée que c'est l'unique fois où cet homme me touchera sans qu'on nous interrompe, sans que qui que ce soit n'intervienne et qu'il est à moi seul, sans limite, provoque quelque chose de différent en moi.

Je l'embrasse avec une assurance dont je ne me serais jamais cru capable, je réagis à chacune de ses caresses, explorant ses épaules, son dos, m'accrochant à ses cheveux, et j'accompagne le mouvement de sa main en moi en m'appuyant sur un de ses genoux.

Je perds totalement la notion du temps. L'unique chose qui m'occupe est la transe qui m'habite, la puissance avec laquelle le plaisir monte en moi. Quand il tape un coup sec sur mon clitoris, je sens les prémisses de l'orgasme et me contracte autour de ses doigts. Essoufflée, je tente de résister… mais un second coup, plus fort, me fait décoller aussitôt.

Les paupières fermées, je suis balayée par une énorme vague dont je ne parviens pas à me remettre. J'ai l'impression d'avoir été totalement renversée par une sensation trop intense.

Les larmes aux yeux, je me tends comme si ma vie en dépendait ; il ne doit pas réaliser que je suis à deux doigts de pleurer ! Quand il tire sur ma culotte, je me redresse maladroitement, parfaitement consciente de son regard.

Je recule d'un pas et m'offre à lui. Il me bouffe des yeux, ses doigts qui sont encore marqués de mon plaisir humide creusent le trouble dans mon ventre… Il émane de lui une force implacable, quelque chose de si brut que ça en devient animal. Hypnotisée, j'ai le haut de travers et je suis à demi nue devant lui, en désordre, en vrac, comme mon cœur à cet instant.

— Viens ici.

La voix est impérieuse, et j'obéis. Je m'apprête à m'agenouiller devant lui, songeant à le sucer à nouveau, quand il m'arrête.

— Tout à l'heure, je vais devoir te pénétrer. Ils n'auront pas ça, Hope. Je te veux, là tout de suite. Si tu n'es pas d'accord, n'as pas envie, dis-le maintenant. Car ensuite plus rien ne pourra me stopper… j'ai besoin de te pilonner à ne plus sentir ma queue, à me perdre en toi jusqu'à oublier mon nom, annonce-t-il d'une voix calme, basse, presque féline.

Un frisson me remonte l'échine.

— Ça sera fort, ça va aller loin et vite. Prouve-moi que tu as compris, exige-t-il.

Je hoche la tête dans un état second, pantelante. Je devrais sans doute avoir peur mais je ne suis qu'impatience. L'attente de ce qu'il me promet me brûle les reins. Si je m'écoutais, je me laisserais tomber au sol, jambes écartées, juste là, pour cet homme. J'en ai besoin comme de respirer.

— Tu pourrais trouver mieux que moi, reprend-il encore une octave en dessous, si bas que sa voix a l'air de résonner dans mon ventre. Un mec doux, gentil. Le gars qui prendra soin de toi ne sera pas tordu jusqu'à la moelle… mais il n'aura jamais envie de toi comme moi, ça, je peux te le jurer. Je ne suis rien, tu devrais partir d'ici en courant, c'est le meilleur conseil que je peux te donner…

Il me prévient, mais ce que je vois, moi, ce sont ses yeux. Ils sont fixés sur mon nombril. Ils ont une lueur proche de la folie. Je repense à toutes ces chansons qu'on entend à la radio, *Crazy In Love*… Il y a de ça. Une autre me vient à l'esprit, il y a des rythmes de basses saturées et la chanteuse ne cesse de scander qu'elle a trouvé l'amour dans un endroit où l'espoir a disparu…

L'idée me file le vertige, et je préfère agir. Je fais un pas vers River.

— Baise-moi. Maintenant.

L'effet est immédiat : telle une bête féroce lancée, il se lève d'un coup, et on bascule ensemble au sol. J'en remarque à peine la froideur, trop occupée par lui. Il arrache son haut d'un mouvement souple, et je l'aide, ignorant le tissu qui craque dans notre précipitation. Alors que je finis, je l'entends tirer d'un coup sec sur sa ceinture, et une fermeture Éclair descend ; dans quelques secondes, il sera en moi.

Mes paupières se ferment, je redoute autant que j'attends avec impatience le moment où enfin… Au lieu de me pénétrer, son membre se frotte à moi. Nos yeux se croisent, et il continue à m'attiser ainsi, pour torturer mon sexe qui semble de plus en plus béant, en attente d'un assaut qui ne vient pas.

Furieuse, je secoue la tête, tente de glisser en avant, puis de basculer le bassin. Quand je lui griffe finalement les épaules, à la troisième provocation, il attrape subitement mes hanches et me repositionne, puis donne un coup de reins, un seul. Sa queue entre en moi, très fort, j'entends ses fesses claquer dans le mouvement.

Je devine que s'il y est allé franco, il ne croyait pas me trouver aussi prête. La puissance de sa verge, son épaisseur, m'écartèle, et la sensation me fait serrer les dents. C'est trop mais, étrangement, jamais il ne me viendrait à l'idée de gémir ou de lui demander de ralentir. Je l'accepte juste. Évite son regard et bouge pour l'inciter à recommencer. Il ne réagit pas aussitôt, alors je prends appui sur le sol et pousse en avant mes hanches.

— Prends-moi ! Fais-le, prends-moi, prends…

Il m'obéit enfin. Il va et vient, et la lame chauffée à blanc me traverse pour de bon, emportant avec elle ce qu'il me reste de « virginité », un hymen qui n'avait plus aucun sens vu tout ce que cet homme a pu me faire. La pureté, la candeur… tout ça a brûlé il y a longtemps.

Au lieu de me tendre, j'accueille la douleur qui, en quelques coups de reins, bascule vers autre chose. Elle devient une force, une pression qui enfle en moi. J'ai envie de lui hurler de me prendre à en perdre la voix, qu'il y aille si fort que je ne puisse plus marcher.

Cet homme peut me ravager, ça me convient. Je ne veux souffrir que par lui, ce soir et pour toutes les autres nuits. Cet éclat de conscience perce la brume érotique dans laquelle je flotte, me faisant réaliser ce qui se passe, mais il est trop tard de toute façon.

Pas maintenant, ne t'occupe pas de tout ça, pas encore… pitié…

— Vas-y, vas-y…

Je l'encourage tellement, mes ongles plantés dans son dos, qu'il lâche tout et se précipite contre moi à coups de reins, de baisers. On se fait mal, je sens un goût de sang sur mes lèvres, et je n'échangerais ça contre rien au monde. Cette première fois m'appartient ! Personne ne me l'a imposée, volée ou exposée ! Ce sentiment inestimable me galvanise.

River contre moi semble aussi en transe. Il est en sueur, il bouge avec les gestes désespérés d'un condamné à mort et s'enfouit en moi si loin que j'en perds le sens des réalités. On tente l'un comme l'autre de s'échapper dans ce corps-à-corps fou. Et peut-être y parvient-on un peu dans un état de grâce hors du temps.

Quelques minutes, j'oublie mon nom et le sien, je deviens une peau qui crépite au contact d'une autre. Je suis des lèvres qui s'épanouissent, des seins qui s'alourdissent et une respiration hachée. Tout le reste n'a plus de prise, plus de sens. On ne s'étreint pas, on s'agrippe. Lorsqu'on se sait tout au bord du gouffre, de la mort, la vie a une saveur particulière, et on la célèbre une dernière fois de la meilleure des façons.

Quand il a un râle long, presque un sanglot, je sais qu'il va jouir et je m'accroche à lui avec ce qu'il me reste de force. Je repense à son premier geste vers moi et le lui rends, mon sexe enserre le sien aussi fort qu'il le peut, et je le mords en haut du torse. Assez fort pour le faire basculer. Il expire bruyamment et tombe sur moi d'un coup, m'écrasant de son corps alors que je sens en moi le tressautement de sa queue fauchée par le plaisir.

La sensation est totale. J'ai son parfum plein les narines, je me concentre sur ce sexe encore en moi et l'angle qui me stimule profondément. Je suis tout proche de jouir, mais juste au bord de l'abîme.

— Meurs avec moi, exige-t-il alors que l'un de ses doigts vient presser mon clitoris.

Un simple effleurement, et je jouis. Il se contracte déjà, notre plaisir simultané me semble irréel, mais après mon premier orgasme je monte plus haut, ayant du mal à redescendre.

Puis la tension s'apaise, on repose au sol en vrac ; ses membres et les miens emmêlés, on pourrait peiner à nous distinguer dans la pénombre. Je sais que je suis au bon endroit et que j'ai eu un cadeau inestimable. Quoi qu'il se passe ce soir, qu'il y ait vraiment ma mort annoncée ou de la Red ou… eh bien, j'aurais vécu ça, personne ne peut me le prendre. C'est un ultime présent égoïste que j'emporte avec moi.

River a les yeux fermés. Sous cet angle, il est aussi beau qu'un dieu grec. La rudesse s'est un peu adoucie, à peine, mais juste assez pour imaginer ce qu'il aurait pu être ailleurs, dans un autre cadre, loin d'ici. La chanson revient dans ma tête « *We found love in a…* »

Arrête. N'y pense pas.

Je referme les paupières et j'oublie, je me concentre ailleurs. Je peux tout ignorer, tout encaisser. Je m'imagine en cotte de mailles, en armure, comme le soldat impossible à abattre. J'ai une lance, et ils sont loin de moi, que ça soit River ou les autres.

Il le faut…

Quand il bascule sur le dos, son visage a repris sa force habituelle. La puissance contenue, immobile, a un côté fascinant.

— Tout à l'heure, ce qu'elle veut que je te fasse… un fist. Tous les doigts, la main… en prenant son temps, ça peut être bon à en pleurer de plaisir. Là, je ne pourrai pas faire ça, je…

Sa voix s'étrangle. J'y ai senti une culpabilité qui me perturbe. Je tourne la tête sur le côté. Il évite de me faire face, pourtant je suis sûre qu'il a conscience du poids de mon regard sur lui. Finalement, je fixe à nouveau le plafond. Un fist… Voilà une pratique beaucoup plus vague pour moi.

Après deux essais, je parviens à demander sans émotion apparente :

— Un… truc… enfin, anal quoi ?

Il secoue la tête.

— Non, devant ou pas, c'est au choix. C'est bien ta virginité qui est visée…

— Et tu m'as déjà prise par-derrière, je commente, étrangement atone.

— Je… oui.

OK… Un fist. Mes yeux piquent malgré moi vers les mains de River. Elles sont larges, épaisses. L'idée que ça puisse entrer en moi semble… Je tente de songer à autre chose, de me dire que ça n'est pas mon problème immédiat.

Après tout, comment va-t-on sortir de cette pièce ? Sans plus jamais se parler, complices pour son plan ? Ou...

— Je suis désolé, Hope.

Une seconde, ses mots flottent entre nous. Espère-t-il m'entendre lui assurer que ça ne compte pas, que ça n'est pas grave ? Peut-être. Mais je ne le pense pas. Ni qu'il n'y est pour rien. Il a tout à voir là-dedans... mais quelque part, je ne regrette rien.

Un coup brusque ébranle la porte, me faisant sursauter.

— River ! Il y a pas mal à installer à l'avance pour ce soir, bouge-toi le cul.

Figée, je reconnais la voix de Mick, et ma mâchoire m'élance aussitôt alors que je l'avais carrément oubliée. River m'observe avant de prendre la parole à voix haute :

— Je viens, je m'étais endormi.

— Ouais, pendant que tu fais de beaux rêves, y en a qui taffent ! Magne !

— J'arrive, répond River, sans élever le ton.

Il me regarde sans rien dire, longuement. Mon cœur se serre, et je me demande à quoi je ressemble, ce qu'il peut lire dans mes yeux.

— De beaux rêves, hein ?

Il a l'air pensif, mais déjà il se redresse. Sous ses épaules, les muscles bougent, la peau roule, et je me détourne pour arrêter de le fixer. Ça ne me mènera à rien.

La réalité est là, à la porte...

20

J'ai suivi Mick sans réfléchir vers le milieu de la pièce. Marcher un pas après l'autre pour rejoindre l'estrade, pour éviter de paniquer. Ils ont mis un lit comme la dernière fois, recouvert d'un drap noir étrangement sobre. Il n'y a pas de sangles apparentes, peut-être qu'on suppose que je vais me laisser faire ?

En même temps, au stade où j'en suis…

Alors que je suis seule et attends les premiers clients, Mick attrape soudain mon bras et le tord vers l'arrière. Avant que j'essaie de me rétablir ou de réagir, je sens une piqûre dans ma peau et grogne.

— Arrête !

— Ta gueule, si ça ne tenait qu'à moi…

— Mick, intervient la voix de Blanche, presque avec douceur. Hope, c'est un décontractant. Ça te rendra plus sympa ce soir, ça devrait plaire aux clients, le parfait résultat d'une initiation bien menée, d'une envie de… cul. Ça enlève les inhibitions aussi…

— Vous ne m'avez pas injecté de la Red ?! je geins, mon cœur me remontant aussitôt dans la gorge.

Le sourire de Blanche me glace le sang, mais elle ne se donne pas la peine de me répondre, se contentant de hausser les épaules.

— Belle soirée, elle sera inoubliable, un genre de bouquet final…

Blanche se détourne, mettant un terme à la conversation – et à ma vie – d'un simple geste. River arrive à ce moment-là, nos yeux se croisent et, à travers la salle, je le vois froncer les sourcils, puis vérifier autour de nous. Mick vient de sauter au bas de l'estrade, et Blanche s'est déjà éloignée.

J'ai à peine le temps de me composer une expression neutre avant qu'il soit à mes côtés. Après un regard prudent alentour, il me demande d'une voix pressée :

— Qu'est-ce qu'il y a ? Tu es livide ?

Il doit ignorer ce qui s'est passé. Pas après ce qu'il m'a avoué sur la Red, son plan... pas maintenant. Je hausse les épaules.

— Blanche et ses menaces habituelles. Tu as... tu sais ?

Il hoche rapidement la tête, à peine, on pourrait croire un mouvement involontaire.

— La bouffe des vigiles lors de notre collation de début de soirée, et je me suis occupée de Blanche en profitant d'une occasion. Elle a des douleurs...

— Je sais.

— Il y avait une pilule en plus, mais quand elle est dans cet état, elle ne capte rien, j'ai juste dit avoir doublé la dose, elle souffrait, et ça lui allait.

Sa voix devient froide dès qu'il parle d'elle. Je sens encore la colère en lui et me demande ce qu'il compte faire si son plan fonctionne ; je ne donne pas cher de la peau de cette femme. Vu l'accès de haine qu'elle m'a inspirée, j'imagine à peine ce que River peut ressentir.

Il observe le buffet dressé en bout de salle, et je l'imite : tous les clients ou presque y passent en arrivant, c'est un rituel. Ils ne commencent la soirée qu'après avoir bu. Sans doute une façon de se lâcher ou de se trouver des excuses ? Se penchant une seconde vers moi, River me murmure à toute vitesse :

— Pas une seule de ces boissons n'a été oubliée. Ils ne mangent pas tous, mais pas un ne repart sans avoir éclusé de l'alcool. Bière, whisky ou autre, ça va marcher...

Je m'assois sur le lit, sentant mes jambes plus faibles et me demandant si c'est l'appréhension ou la Red.

On le saura bientôt...

*

Blanche fait son discours. Elle m'a vendue comme un trophée, comme la ligne d'arrivée d'un long marathon et a su exalter l'esprit de conquête de chacun des convives. Tous ceux qui ont payé pour être là, pour me voir, me toucher, affichent une avidité presque palpable ; leur attention rampe sur moi à m'en donner la nausée.

Si je n'arrêtais pas de me dire depuis ce matin « Je ne vais pas y arriver », la Red a au moins un effet : ma peur est passée au second plan. Mes muscles me paraissent aussi beaucoup moins toniques, comme si j'avais un temps de retard sur tout et que mon corps s'engourdissait. Ça n'a pas vraiment de sens, River a été clair : la Red surexcite, met sous tension, ça n'anesthésie pas !

Faites que je ne fasse pas un genre d'overdose bizarre…

Je croise le regard de River, qui semble inquiet. Je ferme une seconde les paupières pour lui montrer que ça va, puis fixe à nouveau la foule.

— Ce soir est votre soir. Faites découvrir à Hope… tout ce que vous voulez. Tout. Cette jeune fille a été initiée avec art, elle a aimé tout ce qu'elle a vécu… et attend votre savoir. Que la nuit soit longue et intense, pour qu'elle devienne inoubliable ! promet-elle d'une voix tonitruante accueillie par un concert d'applaudissements.

J'ignore la panique, le dégoût, et me concentre sur l'idée de rester immobile et de ne rien laisser paraître. Enfin, le silence revient dans la salle, et toute l'attention converge en un unique point : nous, River et moi.

On se fait face. J'ai la gorge sèche. Dans ses yeux, je lis une sorte de douleur, mais il finit par me faire signe, et j'obéis, allant de moi-même sur le lit sans rien dire. Une seconde, je me demande si ça n'est pas ça, son plan : me rendre docile, malléable, me faire croire que ce qu'il y a eu entre nous n'était pas entièrement prémédité pour que je me dirige vers cette boucherie sans réagir…

Stop. Respire.

C'est ce que je fais. Quand River monte à genoux sur le matelas, ce dernier ploie sous son poids. River est impressionnant, presque écrasant. Mon cœur accélère. Dans ses yeux, je ne trouve pas la froideur habituelle. Quelque chose de nouveau y a pris place... de la compassion ? Du regret ?

Je me blinde et lui fais un geste rapide, l'incitant à se lancer. J'ai l'idée confuse que si c'est lui, je peux tout supporter. Ça va aller. Sans pouvoir m'en empêcher, je louche sur ses mains régulièrement, une boule d'angoisse m'obstruant la gorge.

Tu peux le faire, courage.

Quand il se penche sur moi, j'oublie les clients autour et que nous sommes encore le centre de l'attention. Je ne perçois plus que cet homme. Il fait un mouvement et sort de derrière l'oreiller sur lequel je suis un sex-toy que je n'avais jamais vu. Il est de couleur noire, et il y a un embout rond. Alors que je ne comprends pas immédiatement, il presse un bouton en forme de petit diamant. Un léger bruit se fait entendre. Il en profite pour lancer si bas que je manque de peu de rater le début de sa phrase :

— J'ai réussi à arracher l'accord de Blanche pour être sûre que tu puisses ensuite...

Le geste qu'il fait pour approcher le sex-toy de moi est infiniment lent, ma tension grimpe en flèche. Je regarde autour de nous, me sentant traquée. Ai-je envie que tous ces gens... mais là, précis et sans pitié, River pose sur moi l'embout qui aspire mon clitoris.

La sensation est forte, je devine qu'il a directement mis une vitesse élevée. Au début, c'est presque bizarre, ou désagréable. Je me tortille, tente de reculer. Il me bloque d'une main sur mon ventre et m'intime de rester calme. Enfin, de me concentrer peut-être. Cet homme m'a caressée et fait monter au rideau. Mais cet appareil ? Indescriptible. Que je sois prête ou pas, je suis embarquée très fort.

La stimulation est intense, presque trop, à la limite du supportable. Ça me pousse dans mes retranchements, je ne sais plus ce qui m'arrive et comment réagir. Il faut deux minutes à peine pour que je gémisse vraiment. Une de plus, et je ferme les yeux. Encore une, et je me dis que je ne vais même pas tenir cinq minutes sans jouir devant tous ces gens.

La main de River est ferme, et je tombe sur le lit, trop perturbée pour lutter. Le plaisir me déborde, me bouleverse, semble me secouer tout entière. Ça n'a vraiment rien de commun avec ce que j'ai pu vivre ou la manière dont on a pu me faire du bien. C'est mécanique, purement… mais putain que c'est efficace !

Je crie une première fois, et les doigts de River sont soudain sur moi. Sa main est huileuse, glissante, et il faufile en moi deux doigts. Il commence des mouvements de va-et-vient, j'y prends à peine garde.

Mes paupières sont fermées, et je bascule les jambes sur le côté, lui ouvrant largement le passage ; je vais jouir dans deux secondes… une… je crie, encaissant une onde de plaisir si forte que mon dos se tord sur le lit. Je me contracte tout entière et aspire l'air par bouffées brutales, bruyantes.

Ses doigts me semblent plus envahissants, un coup d'œil m'apprend que loin des deux doigts que je pensais avoir en moi, il en a en fait mis quatre. Sa main s'enfonce déjà en moi, il s'approche des articulations de la paume. De le voir, je sens la brûlure se réveiller et me crisper.

Aussitôt, River réagit en faisant accélérer le rythme du sex-toy sur mon clito. Je geins, la sensation flirtant résolument avec la douleur… mais bientôt remplacée par autre chose. Le plaisir n'a pas reflué, il est fouetté à blanc par ce que me fait River. Impossible d'ignorer ce que j'éprouve, l'écartèlement et la succion sur mon clitoris, forte et sans faille. Des larmes m'échappent. Je pleure de douleur, de plaisir, le tout mêlé.

Des cris lointains me parviennent. Ils encouragent River à être plus brutal, j'entends des : « Baise-la ! », « Défonce cette salope ! », comme autant de gifles qui mettent à mal la bulle dans laquelle je m'étais isolée. Mes yeux croisent ceux de River.

À voix basse, il intervient :

— Regarde-moi. Il... n'y... a... que... moi...

À chaque mot, il pousse. Fort. Jusqu'à ce qu'une sensation de brûlure intense me fasse hurler. Il m'a pénétrée entièrement, je pourrais le jurer, sa paume tout entière est en moi. C'est si puissant que j'ai l'impression que je vais perdre la voix à force de crier ou tomber dans les pommes. C'est trop. Je me sens envahie... Mais River ne lâche rien, la pulsation du sex-toy sur mon sexe qui martèle mon clitoris continue, aspirant la peau sensible, et je sens un orgasme revenir de loin, malgré tout le reste.

Je geins, pas sûre de pouvoir le supporter, et suis balayée par la jouissance malgré moi. Je pleure à nouveau, je ne pense plus à bouger, ayant trop peur que le moindre geste ne puisse me déchirer, vu la position de River. *Oh mon dieu...* Je secoue la tête.

Comment je peux prendre du plaisir et souffrir autant ? Mais comment ! Puis River rebouge, il chuchote mon nom, encore et encore, si bas que je dois être la seule à l'entendre. River reçoit des sifflements, des applaudissements, on crie des mots que je ne comprends plus, comme si j'avais perdu l'esprit.

La douleur dans mon sexe se calme un peu, je peux enfin respirer deux fois, amplement, tentant d'ignorer mon clitoris qui pulse à chaque seconde. River bouge en moi de gauche à droite, imprimant un mouvement de balancier qui apaise le feu. La brûlure se fait plus sourde. Puis je suis capturée par son regard. Il commence à aller et venir en moi sans s'arrêter, répétant le même mouvement... et ça devient bon. Mon dieu, comment, mais comment... Ce sont ses yeux, c'est River en moi.

L'intrusion a été trop franche, trop brute... mais je veux River en moi. À tout prix, même ainsi. Il continue, et je me concentre sur l'aspiration que l'espèce de martèlement de mon clito que produit le sex-toy, me rendant compte qu'il m'a offert la clé de salut. Cet appareil réglé à la perfection, juste positionné comme il l'est... j'inspire et expire de plus en plus vite... et ça vient, mes sensations voguent vers un plaisir pur.

Même ça, River a su me le faire. La seule chose qui me manque, c'est l'idée de son sexe. Je m'accroche aux draps, tangue sur place. Je me mords les lèvres. Dans les yeux de River, il me semble lire une promesse. Il ne me quitte pas du regard, m'isole de tout le reste. Oui, il bouge en moi, et j'ignore ce qu'il se passe, mais je suis en feu.

Ça me dévore de l'intérieur, ça part de mon sexe, envahit ma poitrine, mon cœur qui pulse... puis je réalise que la Red doit faire son œuvre. Il a fallu un peu de temps, mais grâce à la drogue, je suis en train de vivre cette expérience à fond au lieu de hurler de douleur. Blanche avait raison...

Son mouvement rotatif en moi se fait plus fort, il s'enfonce, revient... et je commence à crier de plaisir, chaque geste en moi me liquéfie un peu plus. Ma tête tombe en arrière, et je me sens ouverte comme jamais, plus rien n'a de consistance. Je deviens uniquement ces sensations.

Puis un éclat perce mon état second, la transe épaisse où je flotte. Il y a un cri, puis un autre... mais on ne s'adresse pas à nous. Alors que je jouis une troisième fois, en hurlant de plaisir, couverte de transpiration, je remarque enfin deux types en train de se battre.

Ils sont à quelques pas à peine et bousculent les clients autour. Un autre intervient, se mêlant à la bagarre, ça dérape. Même River suspend son geste, alerté par un homme en train de grimper sur l'estrade. Celui à ses côtés tire sur son pantalon et le fait reculer...

Le sex-toy quitte mon sexe, et j'ai l'impression de sortir d'une longue apnée. Je vois River détailler ça et repère son sourire discret à peine visible. Puis je réalise : la Red. Elle agit. Il m'avait prévenue... nos yeux se croisent. Le frisson que je ressens et mon pouls qui s'emballe se disputent avec un mouvement de panique.

Je lève les yeux et me rends compte qu'au balcon, les filles sont toutes en train de regarder la scène. En surplomb, elles ont assisté à toute la scène... Je ne suis pas la seule à les remarquer. Les clients aussi, l'un d'eux siffle et les montre du doigt.

Puis le basculement a lieu. Alors que certains tentent de monter sur l'estrade où je me trouve, une partie des clients se ruent vers l'escalier, d'autres continuent à se frapper, et je vois une gerbe de sang gicler quand un grand brun s'empare d'un tabouret pour l'éclater sur la tête d'un autre. La voix de River me parvient par-dessus tout ça :

— Va là où je t'ai dit !

Il retire la main de moi, et je sens nettement le passage le plus épais de la paume, même s'il m'arrache à peine un cri. Un homme est au pied du lit, et River se jette sur lui. Mick s'est approché, mais il a été intercepté par deux types qui essaient de le faire tomber…

Autour de moi, l'apocalypse prédite par River se joue. Il n'y a rien d'autre que des cris, des groupes de gens qui se s'entre-tuent et d'autres qui hurlent aux filles ce qu'ils veulent leur faire. Blanche a tourné le dos à la foule et a déjà gravi quelques marches, ralentie par une démarche chancelante, elle a sans doute appelé Mick en vain, car je repère le signe qu'elle lui fait, et ses lèvres remuent. Mais impossible d'entendre dans un tel bordel.

Je ne peux m'empêcher de rire, la trouvant ridicule. La conscience que je me comporte bizarrement, la sensation d'éprouver un temps de retard à chaque fois que je pense ou bouge se fait plus présente. Comme si rien de tout ça n'était réel. Pourtant, je me force à m'éjecter hors du lit pour m'éloigner d'une main qui tente de m'agripper pour me faire basculer de l'estrade, au milieu des hommes. Je donne un coup de pied dans le vide et ne m'attarde pas sur le cri qui résonne.

Sans attendre, je me retourne et rampe. River se bat encore, il a plaqué l'homme sur le lit et le roue de coups. Les craquements et les gémissements qui me parviennent me font grimacer, mais je continue.

Je repère un trou entre les groupes et m'y jette, tombant en désordre sur le sol. Pas mal d'hommes ont grimpé voir les filles, ou elles sont descendues, je ne sais pas trop. L'une d'elles m'interpelle en hurlant comme si elle voulait me tuer. Je me relève, les genoux douloureux après ma chute, et me faufile à travers la foule. Je sais que Blanche est partie, elle a dû s'enfermer dans son bureau.

Avancer au milieu de la salle s'apparente à esquiver, un coup, une chaise qui vole… le chaos. L'univers semble sur le point de basculer. Pourtant, je parviens au bas des marches. Un homme fond sur moi et me plaque au sol. Je me frappe la tête d'un coup sec et gémis, sonnée.

Il pèse sur moi alors que je sens une érection contre mes fesses. La pression sur moi me cloue sur place, je ne sais même pas comment je peux encore respirer. Puis ça s'arrête.

Un coup d'œil m'apprend que River m'a délivrée. Il a du sang sur le visage, et je me demande à qui il appartient.

— BOUGE ! hurle-t-il.

Je vois des clients courir vers nous et obéit sans réfléchir. Je fais volte-face et grimpe les marches.

— Hope, pas par-là ! crie la voix de River dans mon dos, mais je l'ignore.

Une des filles vient vers moi, et je me baisse brusquement, fonçant pour la percuter au ventre avant qu'elle puisse me saisir. Je bondis par-dessus son corps effondré et accélère pour atteindre l'étage.

Quand je me retrouve dans un couloir vide, mon cœur bat si fort à mes tempes que je n'entends que ça. J'ai un drôle de goût en bouche et mal au sexe. Malgré l'impression que je suis à deux doigts de m'évanouir, couverte de sueur, je me force à continuer. Il me faut… qu'est-ce que je voulais faire déjà ?

Désorientée, je ralentis une minute et tente de me rappeler. Je dois secouer la tête pour me remettre les idées en place. Je suis là… C'est la Red ! Cette foutue Red me tord le cerveau…

— Réfléchis, réfléchis…

Blanche !

Je reprends ma course, me dirigeant dans le couloir vers son bureau. Quand j'y parviens, il est fermé à clé. Le champ de vision un peu flou, je regarde tout autour de moi. Puis je remarque une plante dont le pot semble assez solide, sans doute une sorte de pierre.

Il me faut m'y essayer à deux fois, ma démarche étant de moins en moins assurée, mais j'arrive à le faire : je m'en saisis et m'approche de la porte. Ma première tentative est désastreuse, je m'enfonce le pot dans le ventre et crie de douleur. Pourtant, je m'acharne, aveuglée par mon objectif, et vise un peu mieux les fois suivantes. Les impacts laissent des traces sur le battant de la porte, juste au-dessus de la poignée, et je me concentre comme si ma vie en dépendait, dégoulinante de sueur.

Au fond de moi, je suis presque sûre que je ne supporte pas cette fameuse drogue. Un truc se passe en moi, sans doute un genre d'overdose. Mais tant pis. Je continue, têtue.

Quand un craquement sonore retentit, j'ai envie de hurler de joie. Je mets toute ma force dans le coup d'après et, enfin, la porte éclate ! Je m'engouffre dans le bureau et trouve Blanche derrière le bureau. Elle a dans sa main la statuette dont j'ai déjà voulu me servir pour l'assommer. L'ironie me fait sourire.

Sans réfléchir, je lui jette le pot en grès que je tiens malgré son poids, mais il tombe à côté d'elle. C'est ridicule, je le réalise du fond de ma transe et je m'en fiche totalement. Au lieu de m'y attarder, je fonce sur elle et la charge à travers le bureau.

Blanche, qui ne s'y attend pas, recule en catastrophe et parvient à me renvoyer un coup de statuette, qui me frappe en plein dans l'épaule. Je grogne, mais, emportée par mon élan, la percute quand même et m'agrippe à elle.

On s'écroule au sol, je lui balance une claque monumentale.

— Je vais te tuer, sale…

Elle me donne un nouveau coup, j'avais oublié qu'elle avait cette foutue statuette et, cette fois, elle me cueille en plein au menton. La douleur cuisante me balaie, je retombe en arrière et cogne sur le bureau.

Blanche se relève d'un bond et s'enfuit. Je ne peux rien faire pour l'arrêter, j'ai la vue trouble, je tremble. Ma vision se stabilise, et un goût de bile en bouche, j'inspire plusieurs fois, pas loin de me trouver mal.

— Allez, bon dieu…

Je dois… me lever et courir après Blanche ?

Non, préviens quelqu'un !

L'idée me paraît cohérente. Je repense en flash au tiroir fermé et m'accroche au bureau pour vérifier. Il est bien verrouillé, mais je repère au sol la fameuse statuette. Je m'en saisis et vise ; j'ai bien eu une porte, je ne suis pas à ça prêt !

Il me faut bien une ou deux minutes en tapant dans tous les sens pour arriver à quelque chose, mais, enfin, je commence à enfoncer le bois dans un craquement. Il est en partie arraché, et je me serre du pied de la statuette pour faire levier et finir de le faire sauter.

Ma main se faufile par l'ouverture, puis je tâtonne à la recherche de… quand je sens les contours froids de l'objet rectangulaire et plat, je pourrais pleurer de bonheur. À nouveau, j'ai la vue trouble et dois faire une pause quelques secondes. Puis je me reprends et tire à moi le téléphone portable.

Mes doigts tremblent alors que je cherche le bouton pour allumer l'écran. La batterie est à moitié pleine, largement de quoi donner l'alerte. Je fais glisser l'écran de veille qui n'est pas sécurisé par un mot de passe. Ça doit être le téléphone de Blanche qu'elle range là quand elle est au travail, avec deux verrous pour y avoir accès, elle devait penser que c'était suffisant.

Mon esprit me semble enfin un peu plus vif. Je réfléchis rapidement. Appeler la police, oui. Pour leur dire quoi ? Je ne sais pas où je suis, et ils doivent venir, et vite. Après avoir contemplé l'écran quelques minutes, j'affiche les fonctionnalités.

Je balaie du regard les icônes à la recherche d'une idée… puis je trouve. Mon cœur fait une embardée quand je tente de connecter la 3G et que je fixe l'écran, consciente que ma vie et celles d'autres gens est en jeu… l'icône change : j'ai bien une connexion à un réseau Internet ! Aussitôt, j'appuie sur la suivante et autorise le portable à se localiser.

Enfin, je compose en tremblant le numéro de la police. Les sonneries qui s'égrènent me semblent durer des heures. La certitude que je risque de perdre connaissance dans très peu de temps ne me quitte pas. Je sais que ça va arriver, que…

— Allô, ici la police, que puis-je faire pour vous ?

Le soulagement que j'éprouve est si intense que je m'assois, prise d'un vertige de plus en plus fort. Mon cœur ne peut juste pas battre aussi vite, c'est impossible sans que ça devienne problématique !

Je crachote un mot et me racle la gorge en entendant ma voix pâteuse.

— Mademoiselle ? Qu'est-ce que vous avez dit ?

Mon interlocutrice a l'air calme. Je me fixe sur sa voix pour ignorer mon corps qui est en train de me lâcher ou le fait que tout repose sur moi, notamment la vie de River, s'il n'est pas encore mort… Volontairement, j'articule très lentement :

— Je suis séquestrée dans un bordel clandestin. Ça n'est pas une plaisanterie, je m'appelle Hope Avery, j'ai dû disparaître il y a une semaine… je…

Je repense d'un coup qu'on m'a vendue et me demande si ma disparition a été effectivement été signalée.

— Il y a une urgence ici. Des dizaines de filles sont séquestrées, et une émeute est en cours, j'ai mis la localisation sur le portable, mais je ne sais pas où nous sommes, je…

Ma voix se fait plus hachée. Je réalise que je vais perdre connaissance.

— Je me sens mal. J'ai été droguée, je vous en supplie, pitié, faites quelque…

Le trou noir me happe, impossible de résister cette fois. Je bascule et ne parviens même pas à amortir le choc quand je touche le sol derrière le bureau.

*

Mal.

J'ai la sensation d'être lourde comme une pierre qui aurait coulé à pic. L'impression que tous les os de mon squelette sont en miettes me fait grimacer.

Mal.

La douleur est diffuse, sourde. Elle pulse dans chacun de mes gestes, dans ma respiration. Mon cœur rate un battement : mon dieu, je revis ce même cauchemar ! Je revois la pièce aux teintes rouge sang.

Mal.

Dans quelques secondes, Nadja se penchera sur moi et me traitera de « nouvelle ». Une chape de plomb pèse sur moi. Une envie de pleurer… est-ce que c'est un cauchemar ? Qui va recommencer encore et encore… Je gémis.

Mal.

Quelque chose de frais effleure soudain sur ma joue, me faisant sursauter.

— Mademoiselle, calmez-vous. Vous êtes à l'hôpital, en sécurité.

Ses mots, je ne les attendais pas. Quand je réussis à ouvrir les paupières, je réalise que je ne suis pas dans l'obscurité, il fait jour. Je suis dans une pièce claire aux murs écrus. Le lit sur lequel je repose est moelleux, et une odeur que j'ai ignorée jusque-là me parvient enfin. Un mélange de désinfectant et d'autre chose, impossible à identifier.

Les larmes qui coulent de mes yeux sont différentes de toutes celles versées ces derniers jours. Quand l'infirmière, une jolie femme à la peau brune et aux cheveux tressés, me sourit, j'éclate en sanglots. Elle me regarde avec une compassion infinie et passe à nouveau un gant sur mon front.

— Ça va aller, assure-t-elle.

21

Dix-huit mois plus tard.

Le procès va commencer. Je dois absolument sortir de ces toilettes et affronter les gens dehors. Il me faut juste… du courage.

Tu dois le faire…

Je me dévisage à nouveau dans le miroir. Je *dois*, oui. Mais est-ce que je *peux* le faire ? Mon avocat attend que je le rejoigne. L'affaire défraie la chronique depuis des mois et enfin, on passe en jugement. Ça me semble remonter à des lustres alors que la procédure a été assez rapide, vu les circonstances.

Je me regarde dans le miroir. Est-ce que j'ai changé ? Mes cheveux sont courts, le carré que j'entretiens a pour but de me faire oublier certaines choses, comme quand on m'a agrippée ainsi dans un certain Pensionnat…

J'inspire et expire. Une fois, plusieurs… Je ne parviens pas à me calmer. Ça n'est peut-être plus possible ? Je sais pourtant qu'il me faut aller dans cette salle d'audience et témoigner. Je n'ai pas le choix. Des hommes ont été arrêtés, un réseau entier démantelé… mais l'une des principales coupables manquera à cette grande réunion : Blanche.

Pendant mon inconscience, elle a été retrouvée par les filles. A priori, le déchaînement sur elle a été sans précédent. Loli a été vengée. Des hommes s'en sont mêlés… cette nuit-là, la Red a fait de gros dégâts. Il y a eu des morts, des blessés à la pelle avant que la police intervienne.

Aujourd'hui, sur les bancs des témoins et victimes, nous serons une petite dizaine. Toutes les autres y sont restées. Certaines le jour de l'émeute, d'autres des suites de leurs blessures et d'autres encore se sont suicidées à leur sortie. Une dernière a fait une overdose.

Nadja a péri dans le déchaînement qui a eu lieu. Avec le recul, je lui ai pardonné et j'ai l'impression d'avoir perdu une sorte d'amie. Il y a peu de chances qu'elle m'ait considérée ainsi, pourtant je repense souvent à la façon dont elle est morte, et ça continue de me perturber.

Je me décide finalement à sortir des toilettes et rejoins mon avocat, qui me fait signe. À côté, ma mère a l'air stressée. L'idée de passer tout le procès dans le public la crispe, je sais qu'elle aurait préféré qu'on ne vienne pas après le premier procès qui nous a opposées à mon ex-beau-père. Mais je devais le faire ; il me faut me confronter à tout ça, en particulier à l'un des accusés.

Quand on arrive dans la salle, ma tension monte d'un cran. Des flashs de mon séjour au Pensionnat me reviennent depuis plusieurs nuits, les séances avec le psy n'y font rien. Mon regard furète partout, cherchant un visage dans la foule. Sans succès…

L'absence de River me semble impossible à ignorer, comme un trou béant autour duquel tout gravite. Je me rassois, fixant le sol. La déception que j'éprouve n'a pas de sens. Depuis dix-huit mois, j'essaie de me faire une raison. J'ai mis dix mois à en parler à mon psy, à oser sans craindre qu'il me prenne pour une folle de cul ou une psychopathe.

On a évoqué Stockholm, un TSPT ou stress post-traumatique… il y avait tellement de noms, des tentatives d'explication, de justifications… Mais rien ne le pouvait vraiment. L'impact qu'il a eu sur ma vie, l'attente dans laquelle je reste coincée malgré moi… la thérapie n'y fait rien.

River est toujours quelque part en moi depuis des mois. J'ai beau essayer de l'extraire de force, c'est sans succès. Il n'existe pas de mots pour que je puisse l'accepter, rien que je puisse faire pour arrêter de penser à lui… je suis mal.

*

Au fur et à mesure que nous nous sommes approchés de la date du procès, la panique n'a fait que monter. Elle me submerge pour de bon maintenant que je me retrouve sur le banc devant un juge et un jury.

Le procès commence par un rappel des faits de la part des avocats. Cela durera plusieurs jours, et je réalise à quel point ça risque d'être dur. Le décalage entre ce que j'ai vécu et ce qui est rapporté ici, loin de ce lieu sombre et glauque, pour être exposé froidement dans une pièce en plein jour, aseptisé, où des policiers sont présents… comment croire à tout ça ? Comment comprendre ce que nous avons enduré ? Cela sonne faux.

Un remue-ménage s'élève derrière nous, mais je ne réagis pas, anesthésiée. Je me suis demandé s'il y avait une chance pour que River ne vienne pas… a priori, oui. L'audience continue. Je réalise un peu mieux à quel point ça va me coûter d'aller jusqu'au bout.

L'idée qu'on va examiner à la loupe ce que j'ai dû raconter pour la préparation de ce jour devant tant de gens me noue l'estomac. Quand ma mère est dans la salle et après tout ce qu'elle a aussi sacrifié suite à cette histoire, son couple, sa tranquillité, tout en assumant les retombées des articles dans la presse, les remarques des gens dans les commerces de notre petite ville de banlieue… Que va-t-elle penser ? Elle n'a pas besoin de ça, elle a déjà assez à faire avec ses peurs, et la réalité est pire. Je lui ai expliqué certaines choses, le psy m'y a aidée… mais là, comme ça, ça me fait un peu flipper.

*

À la pause, je me lève en chancelant. Ma seule pensée est qu'il me faut fuir d'ici et vite ! Même si c'est par la fenêtre des toilettes, je dois absolument m'échapper, car je ne peux pas survivre à ce procès. Ça va me flinguer.

Tout revivre, tout réexpliquer face à un jury, des inconnus qui vont me juger… oh mon dieu. Puis le coup de foudre frappe, brutal. Ce sont ses yeux qui me capturent en premier. À travers une salle pleine, on se dévisage.

Finalement, il est venu. Le fait qu'il existe ailleurs qu'au Pensionnat, dans cet espace clos où nous n'étions que des pions sans le moindre libre arbitre… à moins que malgré tout, si, il y ait eu ça.

Je l'ai laissé m'approcher. J'ai été « Stockholm » de lui. On a lancé une apocalypse… et on y a survécu. Chacun de notre côté.

— Chérie ? On y va. Tu as besoin de te reposer, m'interpelle la voix de ma mère.

J'approuve et suis ma mère, rompant le contact visuel. River… il est là. On pourrait se rejoindre, je pourrais le toucher le… Mais je quitte la pièce sans le revoir. Je me dirige vers la sortie et accueille le soleil sur le parvis devant le tribunal en faisant une pause.

Je plisse les paupières. C'est seulement en revenant du Pensionnat que j'ai pu mesurer le luxe inouï de retrouver ma liberté, qu'une seule semaine loin du monde, de l'extérieur et du soleil… c'était l'enfer. J'ai développé une compassion immense pour les gens incarcérés. Ceux qui restent des années enfermés entre quatre murs, à tourner en rond, loin de toute vie, c'est sûrement pire que la mort. Une vie irréelle, inutile.

Je ne sais pas si j'ai vécu la même chose qu'eux, sans doute pas. Une comparaison d'un journaliste qui évoquait la Shoah m'a rendue encore plus malade. C'était irrespectueux, faux… Mais une chose est vraie ; je me sens nulle d'avoir survécu. C'est injuste. Nadja, Loli… Lake, la sœur de River. Aucune d'elles ne méritait ça. On leur a enlevé leur liberté, toute dignité, et pour finir, la vie.

— Maman ? Je voudrais aller au square, juste là…

Le square est visible de la sortie du tribunal. Il borde une des larges avenues de la ville. En ce jour de semaine, il sera vide.

— Tu ne veux pas rentrer plutôt ? propose-t-elle, soudain tendue, repoussant des mèches blondes derrière son épaule.

Sans y penser, je la détaille, me disant que je ne lui ressemble pas. Qu'avons-nous en commun ? Je n'ai pas réussi à reprendre ma vie là où je l'ai laissée, mon visage n'est pas le sien… et mon expérience, ce que j'ai appris sur moi… non, je n'ai pas grand-chose en commun avec ma propre mère.

— S'il te plaît ? J'ai juste besoin… d'un peu de temps. Tu peux m'attendre au bar ?

Elle grimace, puis finit par acquiescer, incapable de me refuser quoi que ce soit. Elle a toujours peur que ça recommence, et au fond, moi aussi. Un peu. C'est pour ça que ma vie n'a pas encore repris son cours normal : je me méfie sans cesse de tout, même de mon ombre ! Mais je ne supporte plus de me tenir loin des autres ou enfermer dans une maison, ça me stresse.

Le gros des journalistes est déjà parti. Je suis sûre que je peux être tranquille. Pourtant, une fois au parc, je m'éloigne autant que possible de l'entrée. Les balançoires sont vides, le bac à sable déserté. C'est le début du printemps, il fait plutôt doux.

Quand le bruit d'un pas me parvient, je sais que c'est lui. River a reçu de la part des avocats un marché : il a témoigné et réussi à faire tomber beaucoup de gens, ainsi il a obtenu une sorte d'amnistie. Personne n'a compris qu'il était à l'origine de l'histoire avec la Red, sinon il n'aurait pas eu cette proposition… Je ne l'ai pas dit. Il n'a dû le confier qu'à moi – ou l'autre personne est morte, contrairement à moi.

En me retournant, je retiens mon souffle. River est bien là. Un coup d'œil autour de moi m'apprend qu'on est seuls. Cet homme que j'attends et appelle de mes vœux depuis des mois, mais que je n'ai pas tenté de revoir.

On y est.

Mon cœur bat la chamade. Ça faisait si longtemps… et il est si proche qu'en faisant un pas ou deux, je pourrais le toucher. River me détaille des pieds à la tête avec une sorte de timidité, alors je fais de même. Ses cheveux ont encore poussé, il les a attachés haut sur la tête. Sa barbe est plus longue maintenant, d'à peine quelques millimètres, mais ça le change. Son visage a gardé une dureté que je reconnais, peut-être qu'elle ne partira jamais après les années qu'il a passées au Pensionnat.

— Je n'étais pas sûr que tu existes vraiment, dit-il enfin d'une voix basse.

Je fronce les sourcils, surprise par cette entrée en matière plutôt inattendue.

— Comment ça ?

Il hausse les épaules, puis se gratte la nuque. Sa gêne est palpable, il fait passer son poids d'un pied sur l'autre plusieurs fois.

— Une impression. Celle que te rencontrer ne pouvait pas être... réel. Je ne sais pas. Entre nous il y a eu quelque chose, non ?

Je manque de m'étouffer et tousse brusquement, m'en voulant de cette réaction ridicule. Après une hésitation, je m'assois sur une balançoire pour reprendre contenance.

— Je... oui.

— Mais c'était là-bas, remarque-t-il.

J'hésite. Que veut-il dire exactement ?

— Quand je te faisais du mal, que... je t'ai forcée et violentée...

Il se tait, comme s'il était incapable de poursuivre. On se dévisage un moment. Oui, tout ça est vrai.

— C'était là-bas, répète-t-il d'une voix douloureuse.

— Oui.

Il finit par me rejoindre et prend la balançoire à mes côtés. Elles sont très larges, mais il occupe tout l'espace entre les deux chaînes. Je regarde autour de nous, les quelques arbres, l'aire de jeu qui trône sur une espèce de matière synthétique d'un rouge criard...

— Ça te manque ?

J'ai soufflé ça sans oser affronter ses yeux toujours aussi perçants, n'assumant pas cette question. Et, surtout, car je ne le lui demande pas par hasard quelque part.

— J'ignore si je peux vraiment te répondre. Je suis déjà un monstre, pas vrai ?

Je secoue la tête, infiniment fatiguée tout à coup. Comment je peux être aussi consciente de sa présence à mes côtés ? Si je fermais les paupières, je pourrais dire quand il a le moindre mouvement ou tourne la tête, sans même qu'il fasse un bruit.

— Tu n'es pas un monstre. Pas totalement.

J'aurais sans doute dû m'arrêter à la première phrase. Et pourtant… il a un rire triste.

— Pas totalement… Comme ce jeu, un peu, beaucoup… ça finit bien sur pas du tout. Oui, le Pensionnat me manque. Parce que je connaissais les règles, le fonctionnement. J'avais un rôle… Depuis que je suis sorti, rien de tout ça n'est vrai. Je ne suis personne, j'ai tout perdu… mes parents sont totalement…

Il se tait. Je repense à ma relation avec ma mère, biaisée, abîmée, qu'un psy tente de réparer comme il peut… sans grand succès.

— J'imagine… Et je ne suis pas partie longtemps. Je sais que je devrais rester sur cette idée : ça n'a duré qu'un instant, un claquement de doigts…

Et une éternité tout à la fois.

— Mais on t'a tout pris, me rétorque-t-il en se tournant vers moi brusquement, comme si mes paroles le mettaient en colère.

Je le dévisage, surprise.

— Et toi, on ne t'a pas tout pris ? Personne ne t'a forcé à faire quoi que ce soit… ne t'a… violé ?

Il ne réagit pas tout de suite. Il a les yeux sombres, bordés de cernes… Chez lui aussi la réadaptation est dure. Dormir est ce qu'il y a de plus compliqué, je n'y arrive quasiment plus, surtout que je refuse les médicaments du médecin.

— Si, si… est-ce que ça compte ? J'ai joué le jeu. À qui as-tu fait du mal, toi ?

Je réfléchis un moment à sa question.

— Peut-être… à toi, non ? Je t'ai dit pour Lake… je t'ai griffé, mordu… À Blanche… mais je ne suis pas sûre de regretter d'avoir essayé de l'étrangler.

Son regard se fait plus trouble. Sans rien ajouter, il m'a coupé le souffle.

— Tu m'as libérée, Hope. Personne n'a jamais fait ça pour moi. C'est même toi qui as appelé la police quand je voulais juste y crever… et te laisser dans cet enfer en plein dérapage, sans aucune aide, lâchement. Je t'ai abîmée, puis je ne me suis pas assuré qu'on t'ouvrirait la porte de sortie. J'ai été con.

Je repousse mes cheveux, sentant une colère que je ne m'explique pas. Puis je comprends.

— J'ai envie de marcher…

Il se lève et me suit alors que je parcours déjà l'allée du parc. Dans les plantes ou les graviers, je ne trouve aucune réponse. Mais je suis soulagée de cet échange avec River ; on se parle plutôt de manière honnête et je ne demande rien de plus.

Les gens normaux disent-ils ce qu'ils pensent ? J'en doute, personne ne les y a forcés. Ils n'ont pas été exposés comme on l'a été l'un et l'autre. Quand on a tout perdu, jusqu'à sa dignité, que nous reste-t-il ? La vie. Être vivant, avancer pas après pas comme je le fais.

— Je ne t'ai jamais demandé de me sauver, je finis par répondre, un peu plus calme.

Nos yeux se croisent, et j'y lis de la surprise.

— Non, c'est vrai. Peut-être que c'est moi qui avais besoin de ça… pour ne pas me détester plus ?

Je hausse les épaules.

— Tu as fait ce que tu avais à faire. J'aurais sans doute agi pareil.

Je m'arrête brusquement, au milieu de l'allée, pour lui bloquer le passage et prends mon courage à deux mains. J'ai les paumes moites, mais il le faut.

— Tu as fait semblant ?

Il ne me répond pas immédiatement. Son silence me met les nerfs à vif. Trop long pour mon cœur qui risque de lâcher.

— Non.

— Tu m'as manipulée ? je le relance, bien décidée à mener à bien ce que j'ai commencé.

Cette fois, il hausse les épaules.

— Forcément. On ne faisait que ça là-bas. Mais... pas... je ne peux pas dire que ça n'était pas volontaire ni que... merde ! Pourquoi c'est si difficile ?

Cette question ne m'est pas vraiment adressée, pourtant je comprends ce qu'il veut dire. Malheureusement.

— Tu as pensé à moi ?

Cette fois je me tourne vers lui, voulant absolument voir son expression. Immobile au milieu de l'allée, il me fixe un temps qui semble infini.

— Oui. Chaque jour, Hope.

Je crois que quelque chose se fissure en moi. Normalement quand on est heureux que l'espoir renaisse, on ne devrait pas ressentir ça, si ?

— Moi aussi.

Il a l'air encaisser ma réponse presque physiquement. Je remarque sa mâchoire qui se contracte, son expression traquée...

— Tu as... regretté ?

— Quoi ?

Pourquoi je dois le dire ? Pourquoi je prends un tel risque...

— Nous, je souffle un ton en dessous.

Il penche la tête sur le côté et met les mains dans ses poches avec une lenteur infinie.

— Quelle partie ?

— Euh...

Bonne question. Je pensais à notre... couple n'est pas le mot. Qu'est-ce que j'ai envie d'entendre ?

— La partie en tête-à-tête, je suppose ? je conclus, sans le lâcher une seconde du regard.

On sent que je ne suis pas sûre de moi, mais tant pis. Je ne peux pas faire mieux franchement. Au lieu de me répondre, il approche. Soudain, il abolit la distance entre nous, et on se touche sans que je m'y attende. J'ai l'impression de m'être pris une décharge de courant.

— Non. Je ne regrette pas. Mais ce que je n'arrive pas à assumer, c'est que c'est pareil pour le reste. Je te l'ai dit à l'époque… Et je le pense encore plus maintenant. Dans le monde normal quand on raconte ce que je t'ai fait, ce qu'il y a eu… c'est inacceptable.

Sa voix est dure, coupante. Il me regarde avec une expression farouche. Ses mots, il les porte en lui depuis un moment.

— Vraiment, hein, ne me pardonne pas. Jamais. Je te le demande comme un service, ajoute-t-il, tranchant.

Il a les yeux plus sombres qu'au pire de nos instants partagés au Pensionnat. Ce sont des puits sans fond… avec des larmes contenues. Prises en otage, comme nous.

— Il y a sûrement un truc de tordu en moi, et c'est irréparable. On m'a proposé de me payer une thérapie, mais j'ai l'impression que ça serait injuste. Je dois vivre avec ce que j'ai fait, ça doit me ronger, me bouffer jusqu'à ce que je me foute en l'air. Mais je ferai ça le plus tard possible. Je dois souffrir pour expier d'abord, sinon ça serait trop facile.

Ses mots font sombrer mon cœur dans ma poitrine comme une pierre dans un lac. Alors sans pouvoir m'en empêcher, ou peut-être parce que moi, je n'ai pas passé des années dans cet enfer, je pleure. Je m'autorise les larmes qu'il se refuse. Je pleure pour lui. Et je pleure pour moi ; je ne suis pas sûre de supporter l'idée d'un monde sans River. Quoi qu'il m'ait fait.

— Et moi, je peux te poser une question ? ose-t-il d'un coup, d'une voix hachée.

Je renifle.

— Quoi ?

— Tu regrettes ?

Là, je vois dans ses yeux qu'il joue un jeu qu'on sait dangereux. Il me demande de lui tendre une arme, de porter le coup qu'il a l'air d'attendre pour partir en vrille. C'est entre mes mains…

— Quoi ? je le provoque, un peu plus calme.

Il faut qu'il le dise. S'il te plaît…

— Nous.

Entendre ce simple petit mot me donne des frissons. Bordel, il l'a fait ! ça ne signifie sûrement rien, OK… enfin, sauf pour moi.

— La partie en…

Il ne me laisse pas finir ma phrase et m'attrape à la nuque, me collant à lui. Nos bouches se trouvent à un ou deux centimètres, en somme, rien du tout. Ses doigts pressent ma nuque en tirant un peu sur mes cheveux emmêlés par le vent. Toujours la même rudesse, rien n'a changé.

Un instant, je ferme les yeux, je savoure. River… me… touche. Rien que ce contact, c'est bon. Si je me suis demandé ce que je ressentirais, je crois que j'ai un début de réponse. Après l'avoir tant imaginé, maintenant je sais…

— Arrête, pitié…

L'entendre me supplier fait vibrer quelque chose en moi, c'est un peu grinçant et doux à la fois. Bizarre. Moi qui l'ai tant fait en vain.

— Non. Je ne regrette pas.

Il me dévisage et a l'air soulagé… et super mal. Il se déteste aussi fort que je l'ai haï.

— Ni en privé… ni le reste.

J'aurais dû taire ça. Je sais quelle image ça donne de moi… et en même temps, River est le seul à comprendre, j'en mettrais ma main à couper.

Sa paume sur ma nuque se fait plus légère. On n'ajoute rien, figés ainsi un long moment. J'ai le cœur qui bat, prêt à exploser. J'ai mal. J'ai chaud. J'ai... envie de lui. Je ne suis pas assez grande pour contenir tant de sentiments, il y en a trop, et ils sont tous contradictoires.

— River, s'il te plaît. Si tu as été... vrai, je veux dire, avec moi. Embrasse-moi. Sinon arrête.

Ma demande est claire. Je suis suspendue à ses lèvres, ce qui me semble un temps infini. Elles sont encore loin, elles ne bougent pas ni ne parlent... Mon salut se trouve là, sur une bouche. Pourquoi reste-t-il immobile ? N'accepte-t-il pas de me délivrer enfin ?

Ma peur grandit, je me sens me liquéfier et ma vue se trouble, comme avec la Red. Je crains même de tomber dans les pommes. Alors je m'arrache de ce supplice et décolle mon front du sien pour me détourner.

— OK...

J'ai le cœur en miettes, je suis des éclats épars, plus une vraie personne.

Mais c'est le moment qu'il choisit pour me rattraper.

Le pas que j'ai fait pour m'éloigner de cet homme tant que je le pouvais encore, il le fait à ma suite à toute vitesse, me percutant presque. On dirait qu'on danse. Et quand il se jette sur moi et m'embrasse, j'oublie tout.

Ses lèvres sur moi, son souffle, le goût de sa langue que j'ai l'impression de retrouver à l'identique... tout ça me permet de respirer. Juste ça. Je suis en apnée depuis dix-huit mois. Depuis tout ce temps, la seule chose que j'ai faite, c'est survivre en attendant cet instant-là.

River est pressé contre moi si fort qu'on inspire ensemble. Ses mains me tiennent comme s'il n'allait plus jamais me laisser partir, et je m'accroche à lui, parce que ma vie en dépend. Et c'est tout à fait ça. S'il interrompt ce baiser, j'en crèverai.

On s'embrasse avec un manque qui n'a pas de fin, ses lèvres me dévorent, sa langue dompte la mienne qui se soumet aussitôt. Mon cœur explose dans ma poitrine. Il éclate d'une émotion trop puissante à définir, impossible à contenir. River me soulève du sol une seconde, il devient l'axe de mon univers.

Un bruit de sirène dans la rue nous percute de plein fouet et ce n'est que là qu'il me lâche. Je remarque son regard traqué ; on dirait qu'il s'attend à voir la police débarquer dans le parc, mais à la manière dont il me tient, ça lui serait égal. Et ça me bouleverse. Il l'ignore sans doute, mais s'il le faisait, je ne serais pas son otage : je le suivrais sans hésiter. N'importe où.

Quand nos yeux se croisent, je ne sais pas ce qu'il lit dans les miens. J'ai conscience d'avoir versé de nouvelles larmes, incompréhensibles. Il a dû créer quelque chose en moi que je ne peux pas définir. C'est River. River et moi. Ça s'arrête à ça, tout bêtement.

Pourtant, je devine en lui tant de remords qu'il doit avoir même du mal à respirer. Malgré ce baiser, il semble loin de moi, encore prisonnier de Blanche et du passé. Je cherche les mots, ce qui pourrait faire la différence… sans succès.

Alors il fait marche arrière et s'écarte. Un pas. Puis d'un autre. Il peine à chaque fois et m'arrache le cœur. Je devrais avoir le courage de me jeter sur lui, de l'en empêcher, mais je reste immobile, peut-être moi aussi trop abîmée par le Pensionnat. Une semaine. Une toute petite « initiation »…

Il y a depuis le début un doute persistant qui m'empoisonnait : et si j'étais la seule à ressentir ça ? Mais j'ai eu ma réponse. On était deux dans cette histoire et depuis le départ. Qui a eu le plus mal ? Je ne pourrais le dire. Ce qui m'appartient ou lui est propre n'est plus facile à définir, jusqu'à mon cœur qui a perdu ses limites claires quand il en a emporté un morceau en reculant d'un pas.

— Je…

Sa voix se brise. Il serre si fort la mâchoire que j'entends ses dents grincer.

Il existe sûrement une parole ou une action qui pourrait tout changer, mais ni lui ni moi ne les trouvons.

River fait encore un pas en arrière. Il a l'air plus vieux, plus douloureux. Son dos est voûté. Il souffre et moi aussi. Je pleure sans me retenir. Enfin, il hoche la tête, se détourne et m'abandonne là.

Mon cœur vole en éclats. Je vais devoir recommencer à survivre, à vivoter sans pouvoir respirer, sans pouvoir m'en sortir… il m'assassine sans le savoir.

ÉPILOGUE

Dix-huit mois plus tard.

— Merci de votre achat, je débite d'une voix monocorde.

Je souris, arrache le ticket de caisse et me rassois sur le siège. Dehors les nuages sont bas. Le footing que j'avais prévu semble compromis. Peut-être la piscine à vingt et une heures ? Je me fatigue jusqu'à épuisement plusieurs soirs par semaine et comme ça, je dors enfin.

Ma journée de travail est presque finie, je vais pouvoir rentrer chez moi, m'enfermer et regarder le monde à travers l'écran de mon ordinateur. La vie quotidienne me met mal à l'aise. Faire les courses, sortir boire un verre dans un bar… j'ai perdu le mode d'emploi pour ce genre de choses.

Je bosse parce qu'il le faut, et quand je dois prendre l'air, je le fais carrément en allant loin. J'ai visité Bali, le Cambodge et ma prochaine destination sera sûrement la Norvège. Je veux voir un fjord et une aurore boréale. C'est les seuls moments où je ressors mon appareil photo et redeviens un peu celle que j'étais avant le Pensionnat, à l'époque je rêvais de faire une école dans ce domaine.

Sans tout ça, je m'en tire quand même assez bien ; mon compte Instagram de voyage a explosé en un an, et je pense pouvoir en vivre dans quelque temps.

Dès ce moment, à moi la vie itinérante. Je ne supporte plus d'être enfermée. Et je ne m'inquiète plus pour moi. Quoi qu'il se passe, je me dis que j'ai déjà traversé l'épreuve du feu. J'ai eu peur de mon ombre pendant deux ans, puis je suis allée au bout du monde et j'ai compris ; les fameuses ombres sont en moi, pas ailleurs. Impossible de les semer, alors j'ai fini par les provoquer, presque les convoquer. Même lorsque je me suis mise volontairement en danger, jamais rien ne m'est arrivé depuis. C'est assez ironique, quand on y songe.

Mais pour repartir en Norvège et gagner des followers, je dois bosser encore un peu et économiser le moindre dollar.

Je remercie un nouveau client qui vient de payer les légumes que j'ai pesés. Faire les marchés par tous les temps n'était pas vraiment un plan de carrière auquel je m'attendais, mais au moins, je suis dehors et j'ai l'impression d'une certaine liberté. Et de risquer de perdre un orteil chaque nouvel hiver, mais ce sont les risques du métier.

Enfin, c'est l'heure, et je laisse le patron et son fils remballer. Ils détestent les clients, moi la logistique, notre association fonctionne donc assez bien. Pour rentrer, je dois marcher plus de vingt-cinq minutes du nord de la ville où se situe le marché jusqu'à mon appartement, mais ça me convient.

En regardant l'heure sur mon portable, je remarque soudain la date. Un coup au cœur, familier, me surprend. Ça faisait longtemps.

River.

Il m'a fallu du temps pour ne plus rêver de lui, m'inquiéter pour lui en permanence. Il a été un moment traqué par la presse après le procès. Plus de six mois quand j'ai mis à peine deux ou trois mois à retomber dans l'anonymat. Un an après, on le cherchait encore. Il a disparu de la circulation, et Internet n'a plus pu me servir à l'espionner.

Alors je me suis retrouvée à attendre. A-t-il fait sa fameuse thérapie ? Pense-t-il revenir vers moi un jour ou, justement, m'a-t-il mise de côté avec ce passé trop lourd à supporter ? J'aurais dû lui dire clairement : « Je t'attends, River. » Et l'idée qu'il l'ignore peut-être me tient bien souvent éveillée.

Quand j'arrive chez moi, je vérifie mon compte bancaire sur l'ordinateur après m'être fait du café. Ça y est ! J'ai à nouveau assez ! Il me faut moins d'une heure pour prendre en ligne un billet d'avion pour la Norvège en faisant pas mal d'escales, histoire de diminuer le coût. Une heure de plus, et je commande aussi un retour. La tentation de ne pas le faire est plus forte à chaque fois : j'ai l'intuition que je dois changer de pays, partir pour de bon et recommencer ailleurs. Loin d'ici.

Mais je ne peux pas.

Comment River va me retrouver sinon ? Alors je finis toujours par acheter ce billet de retour… du moins, pour l'instant.

*

Je suis complètement jet-laguée, mais cette escapade en Norvège me permettra de tenir un moment. Ce voyage était sublime. Comme les autres. En fait, je me sens bien partout, sauf chez moi. Les fjords, le quartier de Bryggen ou Trolltunga vont rester parmi mes meilleurs souvenirs de là-bas.

Quand je descends du bus, le sentiment d'oppression se dissipe aussitôt et j'enfile mon lourd sac à dos de routarde. Je rétablis le poids d'un coup d'épaule, raffermis ma prise sur les sangles et me mets à avancer.

Je vais me faire un thé et un paquet de ramens instantané. J'ai eu froid au retour. Alors que je dresse la liste mentalement de tout ce qu'il me faut accomplir, de tout ce que je dois gérer maintenant que je suis de retour, je ne fais pas attention à ce qui m'entoure.

Ce n'est qu'en arrivant devant chez moi en ce début de soirée que je remarque la silhouette massive, dans l'ombre du porche, éclairée à contre-jour par une veilleuse faiblarde qui clignote. Pourtant, malgré tout, je la reconnais entre mille.

Mon sac tombe dans un bruit mat au sol, et je ne fais rien pour le ramasser. Lentement, la silhouette se déploie. Relevée, elle semble trop imposante pour mon seuil. Ses épaules larges, ses hanches étroites et ses longues jambes… J'ai la gorge serrée.

Il est revenu ? Lorsqu'il redresse la tête et que ses traits se découpent dans la lumière, j'étouffe un gémissement.

River.

Il est bien là, juste à quelques pas !

Mon cœur se met à frapper à coups sourds sur un rythme unique, chaque battement pourrait se résumer ainsi :

River. River. River…

FIN

TOME 2

HOPELESS MIND

de Poppy Monroe

Dark romance

- L'histoire du roman HOPELESS PLACE du point de vue de River -

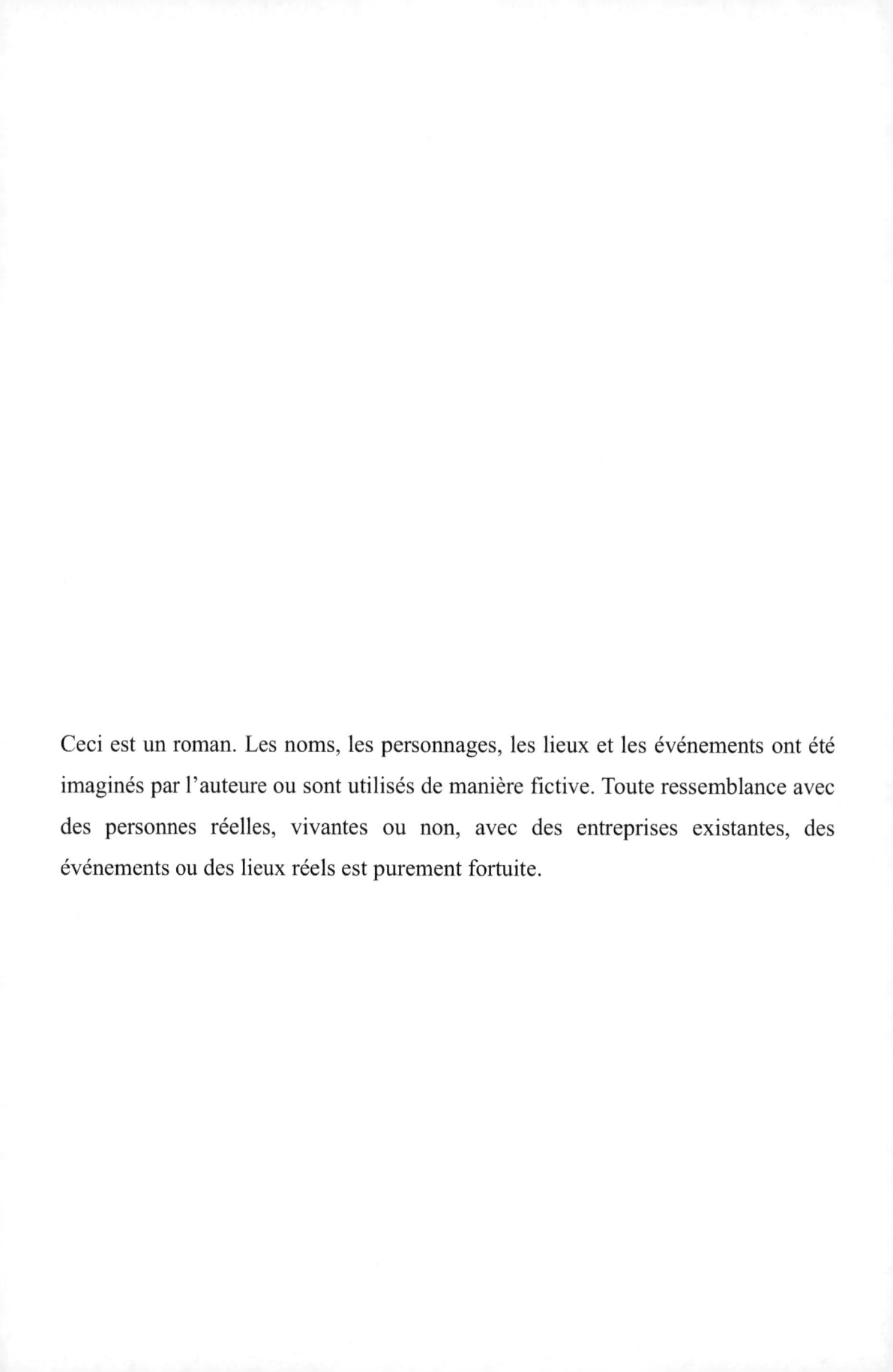

Ceci est un roman. Les noms, les personnages, les lieux et les événements ont été imaginés par l'auteure ou sont utilisés de manière fictive. Toute ressemblance avec des personnes réelles, vivantes ou non, avec des entreprises existantes, des événements ou des lieux réels est purement fortuite.

1

Quand on me demande de m'occuper de la nouvelle, je râle. Ça commence à me gonfler d'être celui qui doit s'occuper de tout pour Blanche. Elle a toujours mieux à faire, des choses plus urgentes à gérer. Elle me prend surtout pour son foutu larbin.
Lorsque j'arrive, je distingue mal ses traits. Elle est vautrée dans la pièce rouge, comme je l'appelle, cet endroit où on isole les nouvelles le temps de voir ce qu'on va en faire.

A priori, elle n'est pas grande, brune… peut-être jolie et mince. Ses seins attirent mon regard puis je balaie mentalement ce détail, ayant vu tant de femmes ici que ça m'a immunisé. Enfin, c'est faux. Je peux bander sur commande, comme un acteur de porno, je suppose. C'est devenu une sorte de réflexe, un job, oui, c'est un peu ça.

La nana semble vraiment jolie. La pauvre, ça ne va pas lui faciliter la vie. Mais elle a l'air de se sentir mal. Si elle me vomit dessus, je lui en colle une. Ma compassion pour ce qu'elle traverse a disparu il y a une dizaine de filles de cela. Je n'ai plus aucune pitié. J'en ai trop bouffé ici. Elles meurent toutes, en plus. Ne pas les calculer, les considérer comme des ombres qui n'existent pas, un peu comme des personnages de bouquins, aide beaucoup.

Après que je l'ai éblouie avec la lumière en ouvrant la porte, elle tourne à nouveau la tête vers moi. Lentement.

Elle a des yeux noirs, profonds. L'air effrayé, bien sûr, mais pas que. C'est assez rare. On pourrait croire… qu'elle me défie ?

Peut-être qu'ils ont ramassé une suicidaire, qui sait…

Je chope la chaise qui a connu des jours meilleurs et la traîne jusqu'au lit. Le grincement métallique la fait sursauter, elle tente de reculer, mais coller au mur comme elle est, elle peut toujours rêver.

Après avoir cherché… cherché quoi ? La flamme ? L'envie ? Le courage de faire ce speech nécessaire ? Je n'ai rien de tout ça, de toute façon, je me lance, parce qu'il le faut :

— Je suis River. Nadja pense que ça va plutôt bien ?

Leur dire qu'elles se sentent bien est une feinte ; parfois, elles chialent moins. Comme elle ne répond pas, je finis par me décider à reparler.

— Comment tu t'appelles ?

Elle ne moufte pas. Je fixe sa bouche, attendant qu'elle l'ouvre, mais rien ne vient.

— Ton nom, la nouvelle, facilite-moi la vie. J'aimerais bien ne pas te frapper direct…

— Hope.

Il faut donc la menacer. Comme c'est surprenant… Pourtant, je ne peux m'empêcher de croire qu'elle fait de l'humour.

— Hope ?

J'éclate de rire, incapable de me retenir.

— Belle ironie… ou il t'en faudra pour supporter de t'appeler comme ça ici. Hope, tu es vierge ?

Je pose toujours cette question. Là, elles disent « Non », rarement je dois redemander ou coller une mandale. Ensuite, je continue mon interrogatoire pour savoir si elles sont malades, enceintes… cette dernière catégorie est la plus chiante. Là, on est mal. Enfin, elles. La plupart du temps ça s'arrête net pour elles, et Blanche prend le relai. Je préfère ignorer ce qui se passe ensuite, ça vaut mieux.

Mais elle reste muette comme une tombe. *Putain, elle me gonfle déjà !* Je soupire.

— Merde, Hope, si tu faisais l'effort de répondre, ça serait top ! Tu veux qu'on contacte le doc pour nous vérifier ça ?

Elle a l'air tellement terrifiée… je ferme quelque chose en moi, bloque tout pour ne pas m'en préoccuper. Ce n'est pas mon problème. Absolument pas.

Je deviens plus cassant.

— Hope ! Réponds à la question. Et ne mens pas, sinon… Tu sais quoi ? On va le faire venir, ça sera plus simple que…

Là, d'un coup, elle se met à beugler comme un veau. Ça éclate, elle me perce les tympans, balayant le début de pitié que j'ai pu avoir pour elle. Retour à la normale.

Je récupère la seringue dans ma poche et arrache le capuchon avec mes dents. Il me faut quelques secondes pour viser et lui injecter le produit. On n'a pas plus efficace pour calmer les gueulardes.

Nadja qui est chargée d'accueillir les nouvelles se tient à mes côtés. Elle soupire avant de remarquer :

— Riv ! T'abuses, elle était bien assommée, elle n'aurait pas pu…

Je la foudroie du regard, la dominant de quinze bons centimètres. Elle baisse la tête, évitant de ses yeux bruns mon regard.

— La ferme. Va chercher le doc, il est chez Jenna.

Je vois les yeux de la nouvelle se révulser. Out. Elle s'effondre sur elle-même, molle, et je la rattrape en réalisant qu'elle va basculer par terre.

En la touchant, je me prends une décharge. Électricité statique.

2

Le médecin vient pour s'occuper de la nouvelle, Hope selon elle, même si ce prénom me semble toujours une sorte d'injure ici.

Ma mauvaise humeur crève les scores, comme à chaque fois qu'une nouvelle arrive. J'ai parfaitement conscience des emmerdes que ça va être. Peut-être aussi que ça continue à me faire quelque chose, quelque part... non, c'est juste les galères à venir qui me gonflent déjà. Je dois cerner la bête, savoir si on va se taper à une future loque, une paumée, une junkie ou une bientôt morte.

Je donnerais tout pour aller faire un footing. Mais je n'ai pas le temps. Je suis l'unique prisonnier volontaire du Pensionnat, un bordel de luxe, et aussi un des seuls hommes avec les videurs, tout comme le seul qui a le droit de sortir de cet enfer où nous sommes. Un enfer qui possède une porte blindée, un code pour l'ouvrir, code que je connais. Les filles d'ici tueraient pour cette information. Mais si je dispose de ce privilège, c'est aussi car je ne partirai jamais, je reviens seul dans ma cage et tourne la clé moi-même, pas besoin de m'enfermer.

La mâchoire serrée, je remonte l'allée jusqu'au lit où la nouvelle est avachie. À ses côtés, Nadja lui tient le crachoir.

Le fauteuil roulant que je pousse percute le sommier, mais je ne fais rien pour l'empêcher.

— J'ai apporté ça. Je vais l'installer dessus, et tu t'occuperas de la visite.

J'ai lancé ça à Nadja, me disant que le reste peut attendre pour l'instant.

— La séance commence dans moins d'une heure, et elle y assistera de ce truc, j'ajoute. Amène-la dans une des alcôves et ferme à clé. Si besoin, tu la bâillonnes.

— Personne ne la touche ce soir ? demande Nadja, ruinant par-là tous mes plans.

— Non. Blanche réfléchit à ce qui sera le plus rentable.

Je remarque les yeux de Hope rivés sur moi. Je lui fais peur. Comme d'habitude, elles flippent toutes en me voyant. Et elles ont raison, en fait.

— Pourquoi je ne peux pas marcher ?

Tiens, elle sait donc parler sans que je doive lui grogner dessus ? Lentement, je la dévisage.

— Parce que la came que je t'ai injectée t'en rend incapable. Et on t'en donnera aussi souvent que nécessaire si tu t'amuses à crier ou te rebeller à nouveau. Ça doit même être difficile de réfléchir, non ?

Sa confiance semble se fissurer.

— S'il vous plaît…

— On ne te relâchera pas. On ne va pas t'épargner. Quoi que tu veuilles demander… oublie. Tu es là pour cinq ans et tu bosseras comme tout le monde, *Hope*.

J'ai prononcé son prénom avec toute la haine que j'ai pour cet endroit. À la manière dont je pourrais dire « Blanche », la maquerelle qui fait tourner la boutique, ma « patronne », mais surtout la personne que je déteste le plus au monde.

Une lueur de défi passe dans les prunelles de Hope, comme si elle pensait très fort « va te faire foutre ! » et je suis sûr que c'est à moi qu'elle dit ça.

Sans rien ajouter, je me dirige vers elle pour la transférer du lit au fauteuil. Comme je m'y attendais, elle ne peut même pas se débattre, encore totalement stone. Je pourrais la violer sans qu'elle réussisse à serrer les cuisses, elle n'est plus en état.

— Tu n'étais pas obligé de l'attacher, elle a tellement reçu qu'elle ne risque pas d'aller bien loin, me fait remarquer Nadja en prenant place derrière le fauteuil.

Dans ses yeux, du défi initial on bascule à de la haine : bien, elle apprend vite. Elle déteste être bougée comme un vulgaire objet. Tant mieux pour elle. La haine peut servir au moins.

Même si c'est inutile, je la sangle quand même au fauteuil avec des menottes, juste pour commencer à lui expliquer les règles. Ce genre de détail les met en condition, si elles se laissent briser dès le début, c'est plus simple pour nous. C'est pire pour elles. Je ne sais pas pourquoi j'ajoute ça après avoir croisé une seconde son regard, même si Hope semble terrifiée maintenant. Peut-être quele contact des bracelets de métal autour de ses poignets lui a permis de réaliser :

— Si tu ne veux pas finir camée comme certaines des filles ici, je te conseille d'accepter ce qui t'arrive. Sinon tu sortiras les pieds devant ou totalement junkie. Les nouvelles sont toujours au centre de l'attention. Fais avec.

Ma voix a claqué, sèche exprimant assez bien mon ras-le-bol. Je préfère les planter là, saoulé.

Des dizaines d'overdoses me reviennent en mémoire avec des cadavres à trimballer, à aller récupérer dans les dortoirs… définitivement, j'en ai vraiment ma claque de ces conneries. Pourtant, je devrais m'y être habitué. Cela ne fait pas des mois mais des années que j'ai appris les règles et le fonctionnement de ce lieu, j'en fais même partie maintenant. Moui, ça doit être la fatigue, c'est tout.

3

Je retourne à ma routine et m'occupe du lancement de soirée, puis surveille les clients, comme d'habitude. Je calme un mec qui a commencé à frapper une junkie sans avoir allongé la somme prévue pour ça ; car ici tout est possible, mais tout se monnaie. Chaque envie, fantasme ou demande a un prix à payer, et c'est Blanche qui le fixe. Moi et les vigiles, on est là pour vérifier que tout se passe dans les règles. Pas pour la sécurité des filles : clairement pas notre problème, juste pour éviter qu'un mec s'en sorte sans avoir payé ce qu'il doit.

J'en suis ensuite un autre pour m'assurer de ce qu'il est venu faire, Blanche a besoin de connaître les habitudes des clients pour leur faire cracher plus. Et ce type est un dépense petit : il n'a déboursé que le minimum pour être présent, et ça ne convient pas à cette pute avare de Blanche.

Enfin, je repense à la nouvelle qui doit être enfermée seule comme une conne, attachée à son fauteuil roulant, sûrement en train de se chier dessus de peur, et j'ai vaguement pitié. Sur un coup de tête, je décide de la rejoindre. Je dois la conduire à Blanche, c'était prévu mais je disposais d'encore un peu de temps avant de la récupérer.

En faisant jouer le verrou, je vérifie que la voie est libre, préférant éviter de voir un client se radiner et de devoir le remettre à sa place, mais ils sont tous en bas.

Hope reste parfaitement immobile, comme si elle se moquait totalement de savoir qui vient d'entrer.

Quand je me tiens à ses côtés, elle a les yeux fermés et je réalise à quel point elle est terrifiée. Bien, son instinct de survie fonctionne.

Je la dévisage, pensif. Étrangement, elle sursaute, comme si j'avais fait un geste vers elle alors que je n'ai pas bougé. Je songe au verdict du médecin :

vierge. Depuis quand on en a pas eu ? La plupart ne le sont plus depuis longtemps et les rares que j'ai vues passer au Pensionnat étaient vraiment des gamines, ce qui a sûrement été le plus dur à encaisser : assister à la mise aux enchères d'une gosse de douze ans et la voir disparaître avec un des clients le lendemain de son arrivée… Les cris ont dû hanter bien des filles d'ici, je les entends encore moi-même.

— Comment une fille nommée « Hope » a pu atterrir dans le seul endroit au monde où plus une trace d'espoir n'existe ?

Je pense à ce qu'il l'attend, à ce qui va forcément se passer et qui la brisera petit à petit. Elle a l'air si jeune et fragile. Quelque chose dans ses yeux me rappelle d'un coup Lake. Peut-être une sorte d'accablement sombre, celui qu'avait ma sœur au départ. Je me force à arrêter de penser à cette dernière ; ce n'est pas le moment.

— J'aurais préféré pour toi que tu ne sois pas vierge… ça aurait simplifié les choses.

Elle cligne des paupières. Je détaille le décor autour de nous, sinistre, puant. Ici des hommes se sont enfermés pour violer des femmes. Pour se masturber en regardant d'autres être malmenées. Ce lieu est glauque, c'est un endroit de perdition. Soudain, j'ai pitié d'elle. Vraiment. Ça m'arrive encore, mais ça devient rare. À quoi bon ? Elles meurent ou elles disparaissent dans la drogue et la soumission.

— Laisse-moi partir alors. Je te promets de ne pas parler à la police de cet endroit ni à qui que ce soit. Je n'irai pas…

Je la coupe, blasé :

— Ça ne dépend pas de moi, Hope.

Elle semble agacée par ma réponse, pourtant c'est un fait. Même si je le voulais, je ne me risquerais pas à l'aider. J'ai mes raisons et, de toute façon, c'est trop tard pour elle depuis son arrivée au Pensionnat. Les règles sont claires : quel que soit l'âge de la fille, elle doit servir Blanche jusqu'à ses vingt-et-un ans, date à laquelle elle retrouve sa liberté. Enfin, si elle est encore en vie, ce qui arrive rarement, mais pas besoin de le leur préciser.

Curieux, je finis par reprendre la parole : c'est la seule chose dans son histoire qui sort vraiment de l'ordinaire. Toutes les filles ici n'ont pas eu de bol. Elles ont atterri dans ce cloaque infâme et vont le payer cher. Mais souvent, c'est dû à des rapts, des réseaux quelconques. Ou ce sont des prostituées à qui le pire est arrivé. Pire que le trottoir et la rue dangereuse, elles sont passées de l'autre côté pour devenir invisible et disparaître dans le réseau qui alimente le Pensionnat.

— Blanche m'a expliqué que tes parents t'avaient vendue. Quinze ans...

Je secoue la tête. Quinze ans. Ça reste jeune, elle est là pour une éternité. Une seconde, je pense que son corps, même frêle, me paraît plus âgé. Il y a une maturité, une sensualité qui émane d'elle. J'ai vu passer quelques gamines prépubères ici, et aucune ne m'a donné cette impression.

Alors bizarrement, parce qu'elle a quinze ans, que sa vie est foutue, qu'elle n'a pas mérité ça, je me dis qu'elle saura peut-être être intelligente et prendre soin d'elle. Se sauvegarder de tout ça. On doit lui avoir dit.

— Ne te drogue pas. Elles le font toutes pour supporter ce merdier, mais pas une ne réussit à se contrôler, elles finissent toutes junkies plus ou moins vite. Quand tu seras accro, Blanche pourra faire de toi ce que bon lui semble. Ce qu'elle veut, je précise froidement. Tu deviendras une loque sur laquelle ils essuieront leurs pompes sales. Même si ça te détruit, ne prends rien. C'est le seul moyen pour tenir. Tu n'as ni besoin d'avoir une âme ou de l'espoir, tu dois juste rester consciente, lucide. Coûte que coûte.

Puis je réalise que je viens encore de perdre mon temps à mettre quelqu'un en garde alors que ça ne sert à rien, l'expression hautaine dans ses yeux me le confirme. Pourtant, elle n'a aucune idée de ce qui l'attend, moi si. Je connais tout de ce lieu, même ce qu'elle va vivre, car j'y suis passé il y a un bail. J'ai envie de secouer cette petite conne qui me défie du regard.

Si elle savait… quelque chose en moi bouge quelque part. Un besoin de prouver mes dires, peut-être ? Je ne m'y attarde pas. Je conclus :

— Si jamais t'étais le style gentille, mignonne, obéissante, douce… oublie, crache-t-il. Sinon tu vas crever ici en un rien de temps. Ne crois personne. Ne fais confiance à personne. Ne te fais pas d'amis, que ça soit des hommes ou des femmes. Et surtout, ne tombe pas amoureuse. Celles à qui ça arrive finissent très mal.

Elle rétorque aussitôt :

— Et pourquoi j'écouterais tes conseils du coup ?

Je la dévisage, presque amusé par son ton bravache. Peut-être que malgré ses quinze ans elle a un truc. Je survis bien à cet endroit, elle y arrivera peut-être ? Puis je me reprends : non, elle ne peut pas. Personne ne le peut, pas même moi. Je n'ai pas vraiment survécu, en fait, je me leurre en le pensant.

— Touché. On va voir Blanche.

Je passe derrière Hope et la guide vers la sortie. Dire que je ferais un infirmier convenable à force d'avoir piqué des filles ou les avoir transportées en fauteuil est presque ironique quand on y songe.

Les rumeurs des baises qui se déroulent en bas nous parviennent dès qu'on arrive dans la coursive, et elle s'agrippe comme une perdue aux accoudoirs. Elle flippe.

Nous croisons un homme qui se tenait le long d'une balustrade, les vêtements en vrac, à moitié désapé. Il fait un pas vers nous. Du coin de l'œil, je vois bien la tension qui habite Hope et réagit sans réfléchir pour couper court :

— Recule. Elle ne fait pas partie des festivités.

— Mais… mais j'ai payé !

Ce mec vient de gagner mon mépris en une phrase. Ils sont tous comme ça. J'ai payé. J'en veux pour mon argent… pathétique.

— Pas pour elle, j'affirme tranquillement en le défiant du regard.

Je me suis souvent battu, j'ai tellement pris de coups et en ai donné aussi tant que je ne m'inquiète pas le moins du monde à l'idée qu'il puisse me foncer dessus. Qu'il essaie. Ça fait des années que je me muscle pour mater la plupart de ces abrutis sans me fouler : en plus, il n'y a rien d'autre à faire.

Alors qu'il recule, on repart en silence. Devant la porte, je marque un temps d'arrêt pour frapper.

Depuis des années que je suis là, ce battant en bois a toujours le même effet sur moi. Je revois le moment où j'ai été traîné ici pour qu'on m'annonce que Lake, ma jumelle, avait été transférée ailleurs, sans moi.

J'entends encore mon cœur se briser définitivement, le goût de bile dans ma bouche et l'espèce de trou noir qui m'a perforé à ce moment-là, restant en moi bien des années après et me transformant en ce que je suis aujourd'hui.

— Entrez.

La voix que je connais si bien, et déteste avec tant d'application, résonne. Comme à chaque fois, je passe dans un état second, celui qui me permet de ne pas détruire cette femme à coups de poing à faire gicler son sang jusqu'au plafond.

Je pousse la chaise roulante dans le bureau. Le luxe tout en ostentation de la pièce au milieu d'un bordel qui a perdu tout clinquant avec le temps a un côté ridicule. Si j'y suis insensible, Hope, elle, détaille chaque objet d'un regard à la fois curieux et apeuré.

— Ah, revoici Hope. Comment vas-tu ? J'ai demandé à ce qu'on te soigne bien, mais c'est toujours un peu délicat quand on emploie des brutes, annonce la maquerelle en souriant. Je m'appelle Blanche. Je suis la maîtresse de maison, si on peut dire.

Hope garde le silence, se contenant de la dévisager. Comme quoi elle est assez constante dans son comportement.

— Alors ? s'enquiert Blanche, se tournant vers moi.

— Elle est bien vierge. Le médecin la trouve grande et formée, il a des doutes sur son âge... Il a aussi dit qu'à notre époque, on pouvait voir de tout, résume-t-il en haussant les épaules.

Je croise les bras, comme pour me tenir loin de tout ça. Je sais ce qui va suivre : une mise aux enchères. Encore. Une soirée d'enfer pour une pauvre fille innocente qui aurait mieux fait de baiser vite fait mal fait avec son flirt de lycée.

Je sens les yeux de Hope rivés sur moi, comme si elle ne pouvait s'en empêcher.

— J'ai mis en ligne sur le site l'arrivée d'une jeune vierge avec la photo que j'ai de la vente. J'ai déjà eu des propositions intéressantes, et la cote grimpe...

Dans la voix de Blanche, quelque chose de différent attire mon attention. Surpris, je cherche à lire dans son regard pervers ce qui se trame.

— Mais je ne sais pas, remarque-t-elle finalement. Le profit pur et dur n'est peut-être pas la meilleure approche. Enfin, à court terme, j'entends.

Ça pue. Je n'ai aucune idée de ce qu'elle veut dire par là, mais je me dis d'un coup que de simples enchères étaient, tout compte fait, une bonne option...

— C'est-à-dire ?

— Je trouve que notre affluence est toujours très correcte, mais les demandes se font moins pressantes. La baisse est à peine notable, mais je sens l'inflexion arriver. Nous devons avoir de la concurrence, ou nous perdons des habitués. Et pour cela, un peu de show remédierait à notre problème...

Blanche, parfaitement immobile, a eu une expression comme seule elle sait en faire. Ma mâchoire se contracte, par réflexe.

— Imaginons qu'on crée un... spectacle. Qu'on propose à un petit nombre d'hommes triés sur le volet d'assister à la découverte de notre chère Hope des plaisirs... de la chair, s'amuse-t-elle visiblement, insistant sur le mot. Ils viendraient et verraient chaque jour un nouvel épisode, disons... une semaine ? On doit pouvoir conserver leur intérêt tout ce temps grâce à une initiation d'un genre bien particulier. Qui finirait, comme il se doit, par la jouvencelle déflorée. Combien penses-tu qu'ils seraient capables de mettre ?

Hope gémit tout bas. Ses genoux tremblent, et je me demande si elle risque de se pisser dessus de frayeur. Je me décide à réagir, sentant l'attention de Blanche braquée sur moi, ce dont je ne veux pas.

— Je suppose que ça serait un « spectacle ». Mais d'habitude, on se contente d'enchères et le plus offrant rafle la nana.

Blanche approuve distraitement.

— Oui, mais il n'y en a qu'un qui paie, au final. Celle-ci est vraiment jolie. Ils vont s'interroger, quelle est la prochaine étape ? On pourrait leur demander ce qu'ils souhaitent aussi. Imagine les possibilités, se réjouit-elle. Et, ensuite, après avoir fait monter la pression, les avoir frustrés de cette petite chérie inaccessible… on pourra la leur proposer le septième jour. À tous en même temps, s'ils y mettent le prix, dans un ordre de passage ou à plusieurs avec cette seule femme pour une orgie mémorable. Tout dépend ce qu'ils débourseront. Quelle belle initiation nous aurons !

« Celle-ci est vraiment jolie », cette remarque résonne en moi. Je l'avais bien vu mais refusais de le reconnaître frontalement. Pas d'une fille de quinze piges, putain.

Hope ne dit rien. Elle respire plus fort et laisse couler une unique larme, plus saisissante ainsi qu'avec de gros sanglots incontrôlés.

— Ne faites pas ça, supplie-t-elle tout à coup. Je vous en prie, je ferai tout ce que vous voulez, mais…

Elle s'interrompt, paniquée, et avale sa salive.

— Je vous en prie, pas ça. Laissez-moi partir, je…

Blanche lui impose le silence d'un seul geste.

— Hope, tu vas faire chez nous une entrée triomphale. Tu n'as pas idée. Les gardes, les filles… personne ne pourra t'embêter tant que tu seras le clou du spectacle. Ça n'est pas un mal dans un endroit aussi rude que notre Pensionnat.

Les anciennes aiment bien faire des initiations pas sympas aux nouvelles, pour se venger un peu. Tu serais protégée.

Sa voix douceureuse est infecte, comme son sourire de faux-cul. Ma mâchoire est serrée, mais je me contiens, guidé par des années d'entraînement. Hope est au bout de sa vie ; on voit qu'elle ne pourrait pas se sentir plus au fond du trou, et je me demande si elle va s'évanouir. Au moins, elle ne risque pas de tomber.

— Hier, Mary est morte, annonce Blanche sans pitié. Elle a été frappée par une autre fille pour un simple fer à cheveux. Tu es chétive, tu seras l'une des plus jeunes et des moins expérimentées. Crois-moi, je te fais presque une fleur. River, c'est toi qui procèderas à son initiation.

Alors que je songeais à cette pauvre Mary qu'on vient effectivement d'évacuer, je ne réalise pas tout de suite la phrase suivante qui m'est pourtant destinée.

— Pourquoi je…

— Parce que, me coupe-t-elle alors que je me redresse. Tu es le seul qui aura assez de self-control ici pour tenir ces sept jours sans faire une boucherie.

Elle hausse les épaules, comme si c'était l'évidence. Je me tais et croise le regard horrifié de Hope. On dirait qu'elle me supplie silencieusement de l'aider. Elle ne connaît pas ses lieux ni cette femme…

Détaché, je fais ce que Blanche attend de moi, comme toujours, n'ayant pas le choix. Mes chaînes, encore et toujours.

— Très bien.

Et dans le désespoir immense que je lis dans les yeux de Hope, il y a une sorte de déception. Elle me touche de plein fouet quand ça ne devrait pas. Je ne suis rien pour elle, et je ne lui dois rien.

Mais quand elle se pisse dessus de peur, littéralement, je sens ma gorge se serrer, et un vague sentiment de culpabilité qui s'ébroue en moi.

Il y a longtemps que plus rien ne m'atteint, alors pourquoi ce regard-là, si ?

Elle se met d'un coup à crier, un son rauque et animal de bête traquée, mais qui me sauve. Ça, je connais et sais gérer. Elle peut y aller.

Hope devient folle, se secouant en tout sens, tirant sur ses poignets, jurant, faisant trembler le fauteuil sur place.

Blanche la laisse faire, totalement impassible, et finit par froncer les sourcils comme dégoûtée ; elle est sensible au bruit et son petit confort personnel doit être un peu dérangé.

Elle me fait signe, et je réalise que je vais encore devoir droguer cette fille. La sédater pour qu'elle la ferme. Je repense à mon speech « ne touche pas à la drogue ». Sous-titre : de toute façon, on te rendra accro, ne t'inquiète pas…

Mais comme d'habitude, je me contente d'obéir aveuglément. Je récupère le nécessaire dans la pièce où on stocke tout, mais que je refuse d'appeler une « infirmerie », puis rejoins rapidement le bureau de Blanche pour régler son cas à Hope.

Même après qu'elle est tombée, ses cris de rage, puissants, me transpercent les tympans. Ou c'est ma mauvaise conscience qui s'agite.

Non, je n'ai plus de conscience.

Ça y est, tout est prêt pour la démolition : au programme ce soir, une vierge à massacrer.

Dans le rôle-titre du bourreau ? Moi.

Ai-je le choix ? Non.

Ai-je envie de faire ça ? Non.

Plantée sur le grand escalier, Hope semble encore plus fine et jeune. Elle a l'air à deux doigts de vaciller. Devant nous dans la salle principale où se trouve le buffet et où se situent la plupart des orgies ici – même si on dispose de quelques chambres privatives –, une foule compacte, avide, attend, impatiente, que la maîtresse de maison ouvre les festivités.

Ils se réjouissent tous à l'avance, venus exprès pour Hope. Un dégoût me vient, familier au point qu'il ait sa propre saveur dans ma bouche. Je connais si bien ce sentiment.

J'en ai exploré toutes les nuances en étant violé sans pitié, avant de me transformer à mon tour en violeur, forcé et manipulé par Blanche. J'ai même été jusqu'à devenir le maître de filles que j'ai soumis à coups de cravache, m'enfonçant pour obéir toujours plus loin dans la perversion. Je sais que le dégoût n'a pas de fond, pas de limite. On s'y habitue juste, faute de mieux.

Blanche intervient enfin et impose le silence dans sa belle robe noire. Elle a soigné son apparence, aimant se mettre en scène au milieu de ce cloaque immonde.

Avec sa peau claire sur ce tissu sombre, on dirait un vampire. Et c'est plutôt vrai : elle aspire des autres la moindre parcelle de vie jusqu'à ne rejeter que des cadavres encore animés.

— Merci à tous d'être venus si nombreux ! Aujourd'hui, nous sommes vendredi. Je vous propose dès demain soir un jeu qui sera centré autour de… cette jolie demoiselle, clame-t-elle en brandissant soudain la main de Hope, qui frissonne.

Une rumeur traverse la salle. De l'impatience…

— À partir de samedi, Hope, notre nouvelle venue, sera notre attraction principale. Chaque soir, et pendant une semaine entière, vous pourrez vous détendre devant une heure de show avant de vous livrer à vos activités habituelles. Le thème ? La découverte de la sexualité par une jeune vierge certifiée par un médecin. Notre ami River sera le chef de cérémonie, précise-t-elle en me faisant signe.

Je descends alors les escaliers pour les rejoindre et me place à côté de Blanche comme elle me l'a indiqué il y a une heure dans son bureau. À cet instant, je préfère ignorer Hope : elle semble à bout, et c'est peut-être le seul service à lui rendre pour ne pas la faire craquer et qu'elle ne projette dans ce que je devrai bientôt lui faire.

— On pourra participer ? gueule un type.

Cette demande est accueillie par une salve de sifflets, d'applaudissements. Blanche patiente, consciente que le calme reviendra de lui-même.

— Nous pensons vous proposer de voter pour le programme des festivités certains soirs, effectivement. Mais ça sera River qui mènera la danse. Du moins jusqu'à vendredi prochain, grande apothéose du spectacle, où cette jolie vierge se verra déflorer. Mais, insiste-t-elle quand des protestations montent de toute part, samedi vous aurez non pas la soirée, mais bien toute la journée pour venir visiter Hope. Quelle belle manière de prendre part à l'éducation de notre Hope qui, bien plus expérimentée, sera prête à satisfaire chacun d'entre vous. Elle aura acquis en assurance…

J'ignore pour de bon la voix de Blanche pour me concentrer sur Hope. L'idée qu'on va traverser ça ensemble est bizarre. Comme si Blanche me mettait dans la même équipe qu'elle tout en m'opposant à cette fille.

Cette pauvre fille clairement terrifiée. Pas que par cet endroit, cette femme et ce qui va se passer. Par moi. C'est la première fois que je dois agir ainsi avec une nouvelle. J'ai eu des shows à faire avec Loli, Nadja ou d'autres, mais c'était totalement différent. Elles savaient ce qu'il en était depuis longtemps, n'ayant rien de novice. Les filles préfèrent presque avoir à faire à moi et me le disent souvent.

Quelque part, je respecte et gère les choses, bien plus que ces excités qui en veulent pour chaque dollar qu'ils ont pu claquer. Ils cherchent les limites, en obtenir plus. Pas moi. Moins j'en fais, mieux je me porte. Je ne donne jamais aucun coup inutile ou ne tronche pas une nana si je peux l'éviter, et elles en ont conscience.

Tout ça continue à me donner trop envie de gerber, cette sensation qui ne me quitte jamais pouvant me couper l'appétit des jours entiers.

Comme là. Depuis l'annonce de Blanche dans le bureau, je n'ai pratiquement rien avalé. Je ne peux pas. C'est moi qui vais être l'outil du massacre de cette fille. S'il y en a eu d'autres, cette fois ça me semble grave, c'est pire. Pire que tout ce que j'ai pu faire, je crois. Putain une mineure… fait chier !

L'intense sentiment de rejet que Hope va forcément ressentir me revient, me rappelant un autre, plus vieux, que j'ai tout fait pour refouler. Je revois Blanche dans son bureau, Lake à mes côtés…

***

— Bien, vous savez pourquoi nous sommes là ? s'enquiert Blanche avec un air un peu blasée.

À mes côtés, Lake est tendue. Notre lien ne m'a jamais semblé si puissant qu'ici, depuis que nous sommes en danger. Nos corps se ressemblent beaucoup, on voit notre lien de parenté sans mal ; si elle fait quinze centimètres de moins que moi, elle est très grande pour une fille, brune, le visage longiligne et des lèvres pulpeuses qui font penser aux miennes.

En étant jumeaux, je ne peux pas deviner parfaitement ce qu'elle a dans la tête, bien sûr, ce lien ne rend pas magicien, malgré tout il y a quelque chose. Je pense que je la connais mieux que moi-même. Je ne suis qu'une part d'ombre, toujours trop sombre et pensif, elle est la lumière autour de nous, la vie qui pulse. Celle qui doit me permettre de tenir bon chaque soir depuis notre arrivée quand je suis roué de coups.

— Les enfants, il va falloir y mettre du vôtre. River a été puni comme il se doit, mais si vous vous obstinez… je devrai me montrer méchante.

Ce mot me donne envie de hurler de rire. « Méchante ». C'est un euphémisme. Ce qu'on traverse dans cet enfer depuis notre kidnapping est mille fois pire que « méchant », ce n'est même plus « mal », c'est au-delà de ça.

— Si la société vous a appris qu'un frère et une sœur ne pouvaient pas s'aimer ainsi, ils sont juste prudes. Entre tout homme et femme, il y a une tension, un désir. Vous êtes proches comme vous ne le serez jamais de personne d'autre, coucher ensemble n'est qu'un pas de plus dans votre intimité, reprend Blanche.

Je me demande si elle espère nous avoir tellement affaiblis et retourner le cerveau qu'on la croirait sur parole. Elle rêve. Si je sais parfaitement ce que j'éprouve pour Lake, jamais il n'y a eu cette envie d'elle. Et j'ai beau être un ado qui bande pour un oui ou un non, ma propre sœur n'a jamais provoqué ça, putain. L'idée qu'elle me prend à ce point pour un con me file la rage.

— C'est chimique. Vous ne faites déjà qu'un, le sexe ne sera qu'un aboutissement de…

— Bouclez-la ! grince d'un coup Lake, sûrement à bout de nerfs.

J'évite de la toucher, de peur d'empirer la situation. Nos regards se croisent, et elle referme la bouche.

— Je vais me montrer clair. Ça arrivera. Tôt ou tard. Sinon je perdrais trop d'argent. Je vous ai sélectionnés uniquement pour ça. Un frère et une sœur. Pensez à tous ces hommes qui en rêvent en secret et que vous allez libérer. Vous vous aimez… et toi, River, tu as forcément quelques pulsions, pas vrai ?

Je ne relève pas. Ça n'en vaut pas la peine. J'ai appris à me taire et à encaisser au Pensionnat. Même quand Blanche m'a fait… par ce type… je n'ai rien dit. J'ai encaissé. Je peux tout encaisser pour Lake. Qu'elle me coupe un bras ou la langue, ça ne changera rien.

La haine viscérale que je ressens pour elle se teinte d'autre chose, une sorte de dégoût, de rejet de tout mon corps, de chaque cellule, à l'idée de ce qu'elle suggère. Je ne crois pas qu'elle puisse comprendre ; cette femme est folle.

Blanche me dévisage, et son regard se modifie.

— Très bien. Je vais présenter ça autrement. Si tu ne prends pas ta sœur, je veillerai à ce que d'autres le fassent et la massacrent avec application. Elle en ressortira dans un tel état que tu peineras à la reconnaître. Penses-y, cela devrait aider à te motiver…

— Connasse ! crache ma sœur, se redressant brusquement.

Mais je n'ai pas le temps d'intervenir, un vigile à ses côtés lui retourne une claque si forte qu'elle est projetée par-dessus sa chaise, tombant à la renverse comme une poupée de chiffon. Je pourrais l'avoir reçu personnellement tant l'impact est fort chez moi : un mélange de rage froide et de douleur. On peut me battre comme plâtre sans que je bronche ; un apprentissage que j'ai eu dès l'enfance grâce à un paternel trop sanguin. Mais jamais on ne doit toucher Lake devant moi. Même mon père l'évitait.

Je me lève pour me jeter sur lui, mais suis plaqué au sol par les autres types qui servent Blanche comme des larbins. Ces espèces de connards sans âme qui font du mal aux filles, qui devraient aller se tuer tellement ce sont des hontes pour nous. Depuis que je suis ici, j'ai assisté à trop de choses, plus jamais je ne pourrai être fier d'être un homme.

Je hurle, me débats et me fais rouer de coup de pied sous les yeux de Lake qui perd du sang de la tempe dans un long filet.

Nous sommes par terre tous les deux, et on se regarde. Ils ne la touchent même plus ; elle a mal de me voir dans cet état, et ça doit leur suffire. Moi, je repense aux menaces de Blanche que chaque coup enfonce un peu plus loin dans ma peau. Pourtant, je devine que Lake est sûre d'elle : rien n'a changé. Ils ne nous auront pas ainsi… On se l'est promis, elle m'a fait jurer de ne jamais obéir, quoi qu'il puisse lui faire. Mais est-ce que je peux tenir si jamais c'est elle qui devient leur souffre-douleur ?

Ensemble, pour toujours contre eux. Contre elle…

***

Des voix s'élèvent à nouveau dans la salle, rompant brutalement le fil de mes souvenirs.

Je baisse la tête une seconde pour reprendre contenance. J'entends à peine Blanche conclure

—… Venez nombreux !

Deux hommes pas très attentifs ou trop opportunistes pour rater le coche profitent de l'apathie de Hope, qui n'a toujours pas bougé. Blanche qui s'est déjà détourné ne risque pas d'intervenir. Je m'interpose donc, à la fois par pitié devant son air paniqué, mais surtout parce que Blanche a été claire : on n'abîme pas la marchandise. Elle n'a même pas besoin de vérifier si quelqu'un s'occupe de sauver les miches de sa petite poule aux œufs d'or, elle sait que je vais m'y coller.

— Vous avez entendu Blanche, personne ne la touche avant la date prévue. Toi, debout !

J'ai été plus sec que je ne le voulais, mais elle m'agace à rester comme une bûche, immobile, quand deux mecs fondent sur elle comme une proie. Si elle réagit comme ça dans les jours à venir, je ne donne pas cher de sa peau. Peut-être aussi que l'idée que bientôt elle sera dans cet état devant moi, à cause de moi, m'énerve.

Comme elle ne bouge toujours pas, je finis par la redresser moi-même d'un mouvement brusque et l'emporte carrément sur mon dos, sinon on en a pour des plombes.

À force, je ne sais plus contre qui est dirigée ma colère, mais elle me noue le bide à ce moment même.

— Je vais être malade, annonce-t-elle, pas loin de mon oreille, vu sa position.

Je la jette presque au sol avant de me faire vomir dessus. Ma colère devient rage. Rage d'être coincé dans cette merde, de contempler cette fille qui semblait avoir un peu d'amour-propre se transformer en loque sous mes yeux.

Alors qu'elle vide le contenu de son estomac, je me détourne. Je suis plus gêné que dégoûté, mais quand nos regards se croisent, je vois la honte dans ses yeux. Si elle en est encore à se sentir mal pour ce qui vient de se passer, je me demande ce que donnera la suite. Dès demain, elle et moi, nous… ou plutôt, *je* lui ferai des choses.

Tellement. Sans respect, sans consentement et, surtout, sans la moindre douceur… Je repense à ma propre première fois longtemps avant d'atterrir ici. Même Lake n'était pas vierge ! Putain, c'est trop injuste.

Elle s'essuie la bouche maladroitement. Je me décide à la relever et perçois une petite décharge de courant, toujours cette électricité statique due à ses vêtements. Un peu calmé, je parviens à ne pas lui aboyer dessus :

— Je te ramène à ton lit.

Quand on arrive au dortoir, Hope s'écroule sur le matelas comme si elle n'avait plus d'énergie.

Je la détaille un moment. Quelque part, je peux comprendre… mais je crois que ça me fait peur. Comment je vais me sortir de cette galère ? De cette espèce de duo qu'a créé Blanche. Je vais fracasser cette fille si fort qu'il n'en restera que des décombres. La question est de savoir si je me fous totalement ou pas qu'elle vive ça si vite… ou si elle pourrait traverser tout ça ?

Tu rêves. Elle va exploser. C'est tout. Un tas de lambeaux pathétiques. Comme toi, comme les autres…

Finalement, je reprends la parole malgré moi, ne supportant pas l'idée de contempler le désastre une fois de plus :

— Hope ? Il faut que tu te blindes. Sinon tu vas être droguée toute la semaine pour être rendue juste assez malléable pour ne pas vomir ou t'effondrer à tout bout de champ… mais encore capable de crier.

Elle me dévisage, horrifiée, mais ne moufte pas. On ne peut pas dire qu'elle cause beaucoup. Puis je remarque ses mamelons dressés. Je me demande automatiquement si elle a froid. À moins que… Je la fixe sans fausse pudeur, surpris par ce détail inattendu. Puis, pour arriver à cesser de mater quand je devrais m'en foutre, je la relance :

— Je suis sérieux. Tu ne veux pas devenir une junkie, si ? Tu as à peine quinze ans, tu ne sortiras jamais du Pensionnat à vingt, sinon les deux pieds devant.

Elle a l'air se reprendre un peu. Il était temps !

— Excuse-moi d'avoir du mal à écouter les conseils… de celui qui va me violer.

La formulation ne manque pas de vérité. Je ne réagis pas, immédiatement, préférant jouer cartes sur table :

— Je suis ici depuis longtemps. J'ai vu des dizaines de filles comme toi et je sais comment ça finit. Mais à toi de juger, c'est sûr.

Elle semble en colère. Bien, c'est mieux pour elle. Si elle me déteste, lui faire du mal sera plus simple. Puis un relent de sueur me parvient.

— Tu veux te laver ? Nadja ne t'a pas aidée ?

Je suis maintenant certain que personne n'a fait ça, qu'elle soit droguée ou pas : qui le ferait sans en avoir reçu l'ordre ? Elle me dévisage bizarrement.

— Quoi ? Tu ne sens pas la rose, franchement.

Elle se mord les lèvres et baisse les yeux, honteuse.

Bon, retour en arrière, il est temps d'agir. Je la saisis par les bras et la relève aussi sec.

— Allez, va te laver. Je t'aide, tu dois encore avoir du mal à marcher avec tout ce qu'on t'a injecté.

— Arrête !

Elle se débat, mais je la traîne dans la salle de bain attenante et aucun de ses efforts ne me ralentit. Je regrette déjà ce geste et j'ai hâte de partir.

Elle peut puer, au fond, en quoi ça me regarde ? Pourtant, je continue, aiguillé par le même démon étrange, celui qui a envie de la pousser dans ses retranchements pour faire resurgir la colère.

— Je ne vais pas te désaper en plus, je crache, complètement saoulé maintenant.

La façon dont elle s'accroche à sa robe ridicule m'agace direct. Elle a vraiment besoin de percuter !

— Tu fais ta pudique ? Tu as conscience de ce qui arrivera dès demain ? Et tous les soirs de la semaine ? Crois-moi, on sera bientôt plus intimes que ça.

— Va te faire foutre ! crie-t-elle soudain.

Quand elle tente de me frapper, une joie mauvaise s'éveille en moi. Enfin ! J'attrape sans mal son poing et serre un peu. Elle gémit.

— Stop. Je pourrais te casser le cou si j'en avais envie. Je pourrais te violer mille fois avant que tu aies pu m'en empêcher. Ça amuserait même les gens d'ici que je te batte comme plâtre jusqu'à ce que tu me supplies d'arrêter.

Une larme dévale sa joue, mais c'est de la haine ou de la colère, pas de l'abattement et ça me va.

— Tu n'as aucune idée de ce que je vis ! Non, pardon, ça supposerait que ça t'intéresse. Je veux surtout dire que tu te contrefous de moi, alors cesse de me donner des ordres ou…

Mais elle a raison : je m'en fous. Je ne suis pas là pour ça. Sans pitié, je l'interromps et tire sur les bretelles de sa robe pour la mettre à poil.

Comme elle continue à se débattre, le besoin de la dominer prend le pas sur la réflexion, car c'est comme ça que ça fonctionne ici, par hiérarchie, on s'affirme avant de se faire bouffer, et elle doit l'apprendre. Je la plaque au mur, poussant sur son sternum sans hésitation. Elle inspire aussitôt, paniquée, la respiration bloquée par ma manœuvre et beaucoup moins agressive.

Je ne m'y attarde pas et la force à finir de se déshabiller.

Nue devant moi, elle a un frisson, mais la colère est encore dans ses prunelles, fichée sur moi, alors qu'elle essaie de respirer. Je la détaille, me disant que c'est peut-être la première étape de sa fameuse « initiation » et que je vais le faire sans public. Si je dois envahir son intimité, briser sa volonté et prendre son corps de force devant tout le monde, là, ce moment est à nous.

Merde. Elle est super belle. Son corps est fin et bien proportionné, et ses seins… je ne réagis pas, sous le choc.

Sans réfléchir, je la repousse sous la douche et ouvre d'un geste sec le robinet. Une eau glaciale cascade sur elle.

Hope hurle.

Elle se débat de toutes ses forces, enfin, ce que j'attendais arrive : une sorte d'électrochoc d'instinct de survie peut-être.

Lutte pour vivre. Vas-y ! Déteste-moi, putain, mais sors les griffes, sinon t'es foutue !

Elle cesse finalement de se démener quand l'eau devient tempérée puis chaude, j'en profite pour relâcher ma pression sur elle.

Ses paupières se ferment une seconde. La tête ainsi renversée en arrière, elle n'a pas l'air d'avoir quinze ans. Ces seins hauts et fermes me font oublier toute notion d'âge... L'idée que je pourrais avoir du plaisir à la violer me prend par surprise, gênante.

Je préfère encore lui grogner dessus :

— Tiens. Sers-toi de ce savon et lave-toi, bon Dieu ! Surtout si je dois te toucher demain, j'aimerais au moins que tu sois propre.

Enfin ! Quand elle rouvre les yeux, elle me déteste vraiment. Tant que cette émotion est là, je suis certain que ça peut lui sauver les miches. Je l'aide, mais elle ne le saura jamais. La haine maintient en vie, j'en suis la preuve vivante. Rien ne me tient debout mieux que ce sentiment que m'inspire Blanche. L'amour, tout le reste, ça vous abandonne dans le noir. La haine, c'est tenace, profond, ça demeure au fond de vous, niché dans vos tripes.

Quand elle me crache à la tête, je suis surpris. Ça n'est même pas de la salive, plus l'eau qu'elle a dans la bouche. Lentement, je m'essuie le visage.

Je la vois se recroqueviller, ayant compris ce qui vient de se passer : elle attend un coup. La douche se déverse en trombe dans son dos. Nous ne parlons pas. Je dis ce que la situation exige de moi, presque par habitude, parce que certaines filles avant Hope ont tenté ça, des durs à cuire qui pensaient pouvoir obtenir quelque chose ainsi.

— Je pourrais t'apprendre le respect...

Elle redresse vaillamment le menton avant de lancer :

— On ne doit aucun respect à son violeur.

Juste.

— Je ne t'ai pas violée.

À son expression, elle a l'air épuisée, sans doute rattrapée par ses émotions. Peut-être a-t-elle envie de chialer, mais elle se retient.

— Pas encore, rétorque-t-elle.

Difficile de nier. Ça arrivera. À moins qu'elle ne soit d'accord, et non, elle ne le sera pas. J'ai besoin d'espace, je préfère battre en retraite :

— Savonne-toi.

Sans un mot, je l'abandonne et m'en vais. Elle doit être capable de sortir de là toute seule. Sur le seuil, j'hésite ; pourrait-elle se faire du mal ? Finalement, je décide de la laisser. Si elle doit se tuer, elle sera sans doute bien plus en paix et heureuse que si elle affronte réellement toute cette merde.

Si j'étais un mec bien, un type courageux, je lui dégoterais même une lame de rasoir. Mais elle n'en aura pas. Je ne vais pas l'empêcher de souffrir.

5

Hope vacille à mes côtés. Nous revoilà sur l'escalier, c'est le moment, celui où je vais détruire cette gosse sans pitié. Une seconde, je m'imagine dans la peau de Hope, ce qui n'est vraiment pas une bonne idée. Tous ces mecs sont si nombreux. Ils ont tous les yeux braqués sur elle, avides… même de mon point de vue, c'est angoissant.

Si elle ne bronche pas, elle est pâle et semble prête à tomber dans les pommes. Mais je ne peux rien pour elle : Blanche me la ferait la secouer jusqu'à ce qu'elle revienne à elle.

Blanche se tient plus bas pour parler aux clients tandis que je garde Hope dans ma ligne de mire, toute petite à mes côtés.

— Bienvenue à tous ! Vous êtes si nombreux aujourd'hui que nous avons dû nous serrer et enlever des meubles, alors merci à tous. Nous sommes ravis de vous accueillir pour cette semaine un peu spéciale.

Blanche fait une pause. Hope a un mouvement, à peine perceptible, et je crains de la voir fuir en courant. Or ça empirerait les choses, pas maintenant ! Du regard, je lui intime de prendre sur elle, j'essaie de la toiser pour réveiller la colère qui va la sauver. Elle doit l'attiser, la rendre brûlante et surtout ne pas lâcher. Sinon elle va sombrer.

Hope capte le message cinq sur cinq : son menton se relève, et elle foudroie les gens devant elle comme si elle pouvait les tuer avec ses yeux.

— Ce soir, nous entamons les festivités ! À partir d'aujourd'hui, et chaque soir pendant une heure au moins, nous vous proposerons une sorte de saga. L'initiation d'une jeune fille de quinze ans.

La foule remue, et les cris et applaudissements m'écœurent. Je donnerais tout pour planter tout ce bordel et retourner dans ma chambre.

— Nous assisterons tous ensemble à son éveil par River. Elle aura droit à… tout. Nous ouvrons le bal en douceur. Après tout, c'est une vierge, si pure et innocente…

Pourquoi mon nom est dans cette phrase ? Pourquoi ? Qu'est-ce que j'ai pu faire dans une vie antérieure de si salopard pour que je paye si cher maintenant ? Le visage de Lake me revient, comme un talisman. À chaque fois que je vais mal, elle est là. Elle est devenue l'image de ma douleur. Mais je la repousse : si je dois faire toutes ces choses à ses femmes, elle ne devrait pas voir ça.

Blanche me donne le signal, elle aussi a capté que Hope va réagir et éclater d'une minute à l'autre, même si nous ne savons ni l'un ni l'autre ce qui va arriver exactement : cris, évanouissement, vomi de peur…

Je verrouille mon esprit, me transforme en machine et agis. D'un bond, je suis sur elle et la soulève sans ménagement. J'ignore royalement les gens qui me félicitent ou me soufflent tout ce que je devrais lui faire. Je n'ai pas le temps pour eux.

Nous devons faire vite, pour finir vite. Passer à autre chose. Ce qui fait pulser le sang dans ma poitrine accélère, mais ce n'est plus un cœur, je n'en ai plus depuis un bail.

Quand elle se débat, les hommes autour de nous adorent et l'hystérie monte d'un cran. Je fends la foule sans m'en occuper, avec comme seul objectif une estrade où attend un pieu. Les draps rouges sont comme une sorte de pied de nez, on dirait un lit dans un hôtel de Las Vegas, ceux où vont les couples pour se marier sans réfléchir et finissent divorcés moins d'un an après.

À chaque coin, de grands poteaux pendent en évidence des sangles épaisses en cuir noir. Cela semble réveiller Hope, qui se démène à nouveau avec l'énergie du désespoir. Sauf que je suis plus fort qu'elle. Rentrant petit à petit dans mon rôle, retrouvant des automatismes, je lui expédie une énorme claque sur le cul pour la calmer ; ils vont adorer ça. Un cri me répond.

De tous ceux qui en rient, j'ai envie de les frapper un par un, de les torturer pour leur faire comprendre ce que ça peut être de devenir la chose, l'objet de regards comme l'est Hope. Parce que j'ai aussi été violé, je sais parfaitement ce qu'elle va traverser. La souillure, la sensation de dégoût, de haine, quand on ne s'appartient plus.

Je ferme un peu plus la porte, m'éloignant de toute émotion. Je la ceinture au lit avec les quatre sangles est rapide.

L'un des gars qui m'a rejoint pour me prêter main-forte me questionne discrètement :

— J'ai une seringue, on la calme ?

Au milieu de ses cris, de ses soubresauts et de la lutte sans merci qu'elle mène contre nous, un sanglot unique s'échappe, qui semble littéralement l'étouffer. Elle tousse, et je vois ses yeux briller de larmes contenues. La terreur brute se lit en elle. Finalement, elle m'adresse un petit signe de tête. OK, elle a repris pied. Le courage que doit lui demander ce geste m'impose une forme de respect, plus que l'attitude des filles qui supplient qu'on les drogue et qui finissent toujours mal.

— Ça ira. Je les aime actives, je tranche d'une voix nette. Crie, Hope, ça va leur plaire... et si ça devient chiant, je te bâillonnerai ou je t'assommerai, tant pis.

J'ai choisi soigneusement mes mots. Si avec ça elle n'a pas envie de me prouver qu'elle va me faire mentir et ne veut pas me défier, je ne peux plus rien pour elle. Je me trompe peut-être, mais je crois la cerner un peu mieux et commencer à trouver ce qui la fera réagir. Après l'avoir dévisagée, je m'apprête à la titiller encore quand Blanche annonce :

— Pour ce soir, nous nous sommes dit que nous allions être magnanimes. River va montrer qu'il peut être le plus doux et attentionné qui soit, car nous allons offrir à notre petite Hope son tout premier... orgasme !

Hope se fige. Sans que ça ait le moindre sens, je me demande si elle s'est déjà caressée seule, a-t-elle donné du plaisir à ce corps recroquevillé, tremblant de peur ? Ce qui ne changerait rien, au final. Pourtant, l'idée qu'elle n'a peut-être jamais rien éprouvé de ce genre réveille quelque chose en moi. Les vierges sont assez rares. En soi, ça ne m'a jamais attiré spécialement. Mais les yeux de Hope sont différents sans que je sache pourquoi ; quelle lueur auront-ils quand elle va jouir ? Et est-ce que ça sera pour la première fois ?

Blanche a été claire : elle veut du spectacle. J'ai appris à faire ça. Il faut que les gens en aient pour leur argent, mon rôle est bien précis.

Quand je récupère le couteau pour déchirer sa robe, je procède avec des gestes lents. Je suis un acteur, ceci est un spectacle. Ces gens tout autour, Hope, moi... rien n'est réel. Nous sommes tous les membres d'une pièce. *Dis-toi que tout est faux. Il le faut. Je ne vais pas violer une femme. Mon personnage le fait.*

Lorsqu'elle ferme les yeux, j'abats enfin la lame sur elle. Je la caresse doucement avec. L'éclat du métal sur sa peau à quelque chose de dérangeant et magnifique. Je prends mon temps, fais remonter cette chose létale sur elle avec calme. J'en oublie même de respirer et vois son ventre se creuser ; nous inspirons à l'unisson.

Puis je me décide : dans un craquement, je déchire le tissu fin de sa culotte. Alors que je suis dans un état second, mes gestes deviennent automatiques, je suis happé par l'éclat de sa peau, sa poitrine qui se soulève comme par spasme, tant sa respiration est hachée par la peur. Tout autour de nous s'efface un peu, je suis trop concentré pour y penser vraiment.

Je sens sa terreur. Elle est palpable, mais ça ne m'arrête pas. Je dois faire ce que Blanche attend de moi... Et peut-être qu'une petite envie de voir ce qui va se passer et ses réactions s'y mêle, il n'y a plus à prouver que je suis un monstre après tout.

Je prends mon temps pour me jouer d'elle grâce à la lame de mon couteau, ça entretient sa frayeur et fait monter le suspense. Puis quelque chose bascule en moi, un éclat de compassion peut-être et je lui souffle pour la mettre en rogne :

— Respire, je ne touche pas les mortes…

Sauf que je ne dois pas m'occuper de ses sentiments : on s'en fout, et ce n'est pas mon rôle. Je me force à endosser à nouveau mon rôle. Il faut de l'action, de la violence ou ça n'ira pas, je le sais parfaitement. Je déchire avec un geste ample sa robe, le craquement sinistre annonce la suite, son hymen qui sera en lambeaux un de ces jours, à cause de moi. De ce lieu.

J'ai croisé son regard et je n'aurais pas dû, plus que de l'accusation j'y lis autre chose et réalise comment elle me voit. Le monstre dans son ensemble qui la surplombe. Je me positionne alors dans son dos, pour fuir ses yeux, mais elle finit par se tordre en arrière, pour continuer à m'accuser en silence. Pourtant, je m'en fous. On m'a déjà tout dit, tout fait.

Je saisis le vibromasseur, bien décidé à la bousculer, estimant que c'était moins grave que ce qui a pu se passer ici, tellement moins important et violent. Tant de choses ont eu lieu au Pensionnat que sans les avoir vues, on n'y croirait pas. C'est trop. Même des clients ont eu des hauts-le-cœur entre ces murs ; mais la perversion de l'un n'est pas celle de l'autre, tout s'accumule, se délite et petit à petit rien ne semble impardonnable, on peut toujours aller creuser plus loin vers l'enfer.

J'ai choisi un sex-toy noir, le plus sobre possible. L'enterrement de son innocence commence. La vibration remonte dans ma paume jusqu'à mon bras aux tendons crispés. Elle peut tenter de se débattre, ainsi liée par les poignets et les chevilles, elle est foutue.

— River, murmure-t-elle, les yeux agrandis par la panique.

Mais je ne la vois plus, j'isole son visage du reste, le gomme dans ma tête pour me focaliser sur son corps, si j'arrive à arracher de ses membres un frisson réel, peut-être que ce que je fais sera moins grave. On peut jouir et se briser, je l'ai vécu.

Alors j'arrête d'y penser et j'agis. Elle a beau se tendre, se débattre, je pousse le sex-toy sur elle et l'envahis. D'abord son sein, ignorant la façon dont elle tire sur ses poignets et les marques qu'ils afficheront forcément le lendemain.

Nous basculons dans un moment étrange, hors du temps. Je suis concentré sur les vibrations, son corps qui s'agite, je me demande si la pression monte en elle et si le désir va réussir à s'y loger, s'incruster en douce malgré elle. Sa réaction est si forte, l'aversion si palpable que ça me fascine.

Elle me rejette si loin que j'ai envie… de la forcer. De gagner. J'ai toujours été dominant, du genre à aimer arriver le premier lors d'une course ou d'un jeu. Je vais gagner.

Je la cherche, repartant vers le genou, l'épaule, le long de mon bras… je perds un peu le compte mais réalise bientôt que si ça continue, Blanche va intervenir et s'immiscer entre nous, ce que je ne veux pas.

Je délaisse le mamelon que j'ai fait dresser à force d'acharnement et plaque sur elle le vibro. Le soubresaut qui lui fait soulever le bassin et le râle qu'elle émet me font un drôle d'effet. Pour la première fois, je sens de l'excitation en moi et crains d'avoir une érection. Quand je sais qu'une initiation m'attend et que je ne pénètrerai pas la fille, je bande toujours mon sexe. Les mecs qui n'attendent que ça de ma part en sont pour leurs frais, mais c'est ma manière de me rebeller, de me retirer de leurs regards. Moi, je le peux, pas elles.

J'insiste et ignore un rire gras à nos côtés, car le type se prendrait un coup de pied en pleine tête : ça me gonfle qu'il voie ça, j'ai envie d'être le seul à la voir jouir sauf que c'est impossible.

Cette fois, je délaisse ses lèvres pour le haut de son con, je cherche à trouver une vibration de plaisir en elle, quelque chose de réel, pas que le vibro lui imposerait, la faisant décoller en deux minutes. Car si certains pervers de la salle vont s'en contenter, les plus sombres ne le feront pas. Ils ont besoin qu'elle craque et perde tout contrôle devant eux. Perdre pied est une chose, toute pudeur quand on est vierge et inexpérimenté, par contre…

Mais si j'y parviens, c'est parce que je m'acharne avec vice. Je la force, la pousse. Finalement son corps ondule, elle lève le bassin, je vois sa tête partir en arrière et ses yeux se révulser. Le corps peut exulter en laissant loin derrière l'esprit. Ça arrive. Elle a d'ailleurs sûrement envie de pleurer autant que de jouir. C'est horrible, mais ça me va. Je ne me sens pas si fautif à cet instant, je suis juste fasciné par ce que je suscite en elle, de l'admirer en train de se tordre et la modeler sous mes doigts.

Elle ne me fusille plus du regard, ses paupières sont closes pour cacher ses pensées, et ça me frustre. Pourtant, c'est trop tard, je sais qu'elle bascule petit à petit, de plus en plus loin avec plus de force.

Et je perçois ce sentiment qui m'a quitté depuis longtemps : l'impression qu'on a quand on obtient quelque chose. Malgré moi, je vérifie son visage, et remarque la larme qui coule sur sa joue. Elle me secoue sans que je m'y attende, un aveu liquide de haine, de désespoir… provoqué par moi.

Mon cerveau hurle, je le fais taire, ma main n'a même pas tremblé, continuant le mouvement circulaire sur elle pour la faire jouir et prendre son pied malgré elle. Je m'acharne parce que je suis étrangement incapable de me retenir. Pourquoi ? Je l'ignore.

Quand elle tousse et tourne brusquement le visage sur le côté, s'étouffant à moitié, pourtant je m'arrête. Peut-être a-t-elle envie de vomir ? Le dégoût est assez fort pour se manifester physiquement, on dirait. Lorsque ça cesse, c'est là que les filles sont devenues mortes à l'intérieur et que plus rien ne les atteint. Mais pour Hope, ça vient à peine de commencer, c'est encore le tout début…

Mon objectif en tête, je repousse tout le reste, de toute façon il est trop tard. Je vais chercher son désir loin en elle, pour me rappeler de ce que j'ai à faire. Je sors un autre gadget, des pinces à téton en métal qui vont mordre ses chairs.

Ça peut être bon pour une fille si elle en a envie, si elle est échauffée comme il faut, mais c'est aussi dur et violent si on se débat.

Et elle le fait. Pourtant, je joue encore avec du bout de mon vibro, la forçant à éprouver du plaisir, à frôler l'orgasme, jusqu'à ce qu'elle me supplie. Quand je m'arrête, elle me souffle un « Non » paniqué, qui souffre et capitule. J'ai si bien gagné que je pourrais m'arrêter, mais je continue. Je suis comme fasciné par sa peau, je souhaite la voir couverte de sueur, de larmes peut-être, tout se confond.

Et on en vient exactement là, elle écarte les cuisses, m'ouvre tout, et je lui en veux de m'avoir laissé gagner, comme je m'en suis voulu il y a très longtemps à mon premier viol. Je la punis en lui refusant l'orgasme plusieurs fois, je la torture, transformant son propre corps en supplice.

Finalement, c'est une suite de coups secs sur elle avec le sex-toy qui la font basculer. Son cri emplit la salle, et je sais que le spectacle a dû être à la hauteur des espérances de Blanche. Je le lis sur les visages braqués vers nous et les regards torves ; tous ici ont embarqué avec nous. Ils sont voyeurs, mais leur imagination les a projetés en acteurs de la scène. Ils lui ont fait comme moi, par procuration. Nous venons tous de salir Hope.

Son cri a quelque chose de primal, de libérateur ; elle jouit et hurle son plaisir comme si elle devait l'expulser tant il lui fait du mal. Ça n'a rien de commun avec un orgasme normal, c'est toute autre chose, mais je lui aurais arraché au moins ça. Son corps a été à moi tout ce temps.

Et son esprit, l'a-t-elle gardé en sécurité, ailleurs ?

Avec des gestes automatiques, je lui enlève ses entraves mais, évidemment, elle est incapable de se relever comme ça. Pourtant, la colère qui gronde en moi, la même qui m'a donné envie de la punir, me pousse à lui parler sèchement, rien que de la regarder me fout en rogne !

— Lève-toi.

Je viens de la malmener sûrement comme personne ne l'a jamais fait, et elle me dévisage, presque choquée. Mais dans ses yeux, il y a une toute petite lueur qui m'encourage : oui, elle m'en veut. Elle n'a pas basculé ou pas aussi vite que d'autres filles ici. Le cul peut rendre n'importe qui accro, c'est une drogue puissante. Prendre son pied très fort, même malgré soi, peut tout faire oublier, jusqu'à votre personnalité et vous devenez un toxico obligé de quémander sa dose. La dose doit juste augmenter toujours un peu. Hope n'est pas encore junkie, elle se relèvera peut-être de ce premier fixe.

Comme elle ne bouge pas, je la soulève et l'emporte dans les dortoirs. Si elle traîne dans le coin, la meute de chiens va la ronger comme un os, et il n'en restera rien à la fin.

Je n'y mets aucune douceur, je n'en ai jamais eue, mais à ce moment-là, particulièrement. J'ai besoin de la savoir en sécurité et de me tirer. C'est pour que Blanche ne me tue pas si elle perd son bénéfice d'un coup, je me fiche totalement qu'on lui fasse du mal, c'est évident.

Oui, c'est ça. J'accélère encore en montant les escaliers.

Après l'avoir jetée sur son lit dans le dortoir, je m'apprête à m'en aller. Mais elle me regarde avec une telle haine que quelque chose remue en moi. Elle a peur, mais elle me déteste de chaque fibre de son être. Certaines filles du Pensionnat m'apprécient, voire ont voulu quelque chose de moi, je ne sais trop quoi, la notion de couple n'a plus de sens ici. Pourtant, dans les yeux de Hope, c'est autre chose. Je la domine de toute ma hauteur et contemple ce que je lui ai fait. Les bleus apparaissent déjà, elle reste belle malgré tout.

Est-elle en train de s'imaginer me faire la même chose ? Non, sûrement pas. Elle m'espère plutôt mort, roué de coups.

— C'est bien. Continue à me regarder comme ça. Tu survivras à cette semaine.

Je l'abandonne là, me disant qu'elle peut au moins avoir un peu de paix tant que les filles sont retenues en bas, ce qui lui laissera le temps de lécher ses plaies.

Premier jour. Début de l'initiation. Ce n'était rien. Les cris, les larmes… ça va aller tellement plus loin.

6

Je ne sais pas quand ça a dérapé, mais quelque chose a dérapé. À mon avis, c'est dès le début, dans cette chambre rouge quand j'ai bloqué un instant sur son regard. C'est cette électricité entre nous. Peut-être une histoire de chimie, d'odeur corporelle ?

J'ai dû projeter un truc qui n'a pas de sens, voire un peu Lake en Hope et l'innocence qu'elle avait. Je ne sais vraiment pas.

Lake ne ressemble pas à Hope, leurs corps n'ont rien de commun et si ma sœur me manque, j'ai appris à faire avec. C'est si loin, des fois je doute même qu'elle ait existé et que je ne l'ai pas inventé. Comme un conte réconfortant.

Alors pourquoi quand je vois Hope pendu à ce drap, je ressens une telle panique, c'est presque primaire. C'est moi qui la découvre peu avant la soirée, elle se balance encore et vient sûrement de se jeter de la rambarde qui surplombe la grande salle de réception du bordel. Elle étouffe visiblement et je cours comme un con pour attraper ses jambes et la soutenir. Une seconde, je me dis que je devrais la laisser, qu'elle a fait son choix et a trouvé un moyen, ce que peu de filles ici ont réussi à faire.

Au fond, je m'en fous. Peu importe, ça serait même du boulot en moins cette initiation de merde qui disparaît subitement… mais au lieu de ça, je cours et m'agrippe à elle, je la soulève à bout de bras sans mal elle est trop légère pour être un poids. Je la sens qui devient lourde, sans doute s'est-elle évanouie. Je gueule à l'aide, je me concentre uniquement sur le fait de la porter assez haut pour épargner la pression autour de son cou. Elle n'est pas morte, non. Sinon quand je l'ai vu tomber elle n'aurait pas eu de soubresaut… Elle n'est pas morte.

La panique, étrange, monte en moi.

— Bougez-vous putain !

Ma voix résonne si fort que j'entends trois personnes accourir.

***

Hope revient à elle quand je la pose sur son lit. J'ai dû aller lui dire ce qui s'était passé et elle aurait débarqué illico si elle n'avait pas été en train de marchander avec l'un de ses fournisseurs. On a négocié quelque chose, mais ça ne lui suffira pas ; elle va vouloir punir Hope en direct et ne va pas tarder. Mes dents se serrent en pensant à la scène qui va suivre et que je ne peux pas éviter. En effet, l'écho de ses pas furieux martèle bientôt le sol. À peine pénètre-t-elle dans le réfectoire, qu'elle lance d'une voix perçante, celle des mauvais jours :

— Elle s'est pendue, cette catin ?!

— Oui, je me contente de répondre

Hope tourne vaguement la tête vers moi, comme si elle prenait conscience de ma présence, encore dans les vapes.

Blanche se penche vers elle brusquement et je devine à peu de choses près ce qui va se passer sans pouvoir intervenir. Ma mâchoire se serre. La claque part, brutale.

— Petite conne !

Une nouvelle claque retentit, plus forte, et je vois du sang sur ses lèvres.

— Sale petite conne !

Une série de coups s'abat sur Hope. Deux baffes sur le haut de la tête, un retour de main avec la bague comme punition, percutant la pommette fragile.

Elle a l'air totalement sonnée, ne réagissant même pas. Je finis par m'interposer, attendant assez pour qu'elle ne se venge pas plus, mais quand ça paraît évident que la colère ne va pas refluer d'elle-même.

— Blanche, la laisser intacte aura plus d'impact pour le show, non ?

Elle s'arrête temporairement, mais rien n'est gagné. Finalement, Blanche se redresse.

— Si je m'écoutais, j'écraserais des mégots sur l'intégralité de ton corps ! Tu n'as pas le droit de faire ce genre de choses.

Elle a craché ça en la dévisageant, furieuse.

— Tu vas voir, l'idée que tu as eue était brillante. On fera de toi un exemple. Je m'appliquerai à te briser menue jusqu'à ce que tu sois une chienne bien dressée. Crois-moi, je peux devenir ton pire cauchemar. Soignez-la. Je la veux en état pour ce soir.

Blanche s'en va sans un mot. Le manque de réactivité de Hope m'inquiète, je me demande si son cerveau a des séquelles ? Je me penche pour dégager le drap qui est toujours autour de son cou. La peau est déjà marquée, elle aura des bleus et on va penser qu'elle s'est fait étrangler ; pas que pourrait alerter qui que ce soit, tout le monde s'en moquera clairement.

Sans pouvoir m'en empêcher, je la détaille d'un œil nouveau, étonné.

— Tu es allée plus loin que les autres… et plus vite, j'admets car elle n'est pas la seule à avoir voulu se foutre en l'air ici. Doc, examinez-la.

Je me recule pour laisser le type qui examine les filles pour nous, un ancien médecin radié suite à une erreur commise en devenant junkie. La plupart du temps, il est clean. La plupart du temps… Sauf que là il a l'œil vitreux, je l'ai vu dès son arrivée.

— Bien. Je viens vous chercher quand…

— Je reste, Doc, je le coupe.

S'il semble surpris, il ne me répond pas, pas fou. Hope a fermé les paupières et je me demande avec une sorte d'anxiété ce qu'il va en dire. Si son cerveau a manqué de sang, les dégâts se font en combien de temps ? Je n'en ai aucune foutue idée, je n'ai même pas fini mes études.

Je ne sais plus rien d'ailleurs, le président de ce pays, si une guerre a éclaté quelque part… mon monde se résume cet endroit et il n'y a pas grand-chose qui s'y passe. C'est vide, comme moi. Je ne réussis pas à enlever mes yeux de Hope, ils sont comme aimantés. Pas pour la mater, ça pu arriver une fois ou deux au début que des corps m'intriguent, m'excitent même. Là, il y a autre chose. Je n'aurais pas dû sentir mon cœur accéléré quand elle était pendue. Ça n'a pas de sens.

— Elle n'a rien de grave, mais la cheville droite est enflée. Peut-être y mettre un peu de glace.

On voit bien qu'il doute que je lui obéisse : les bleus ici ne comptent pas, les plaies ouvertes non plus on soigne quand une fracture est constatée, rarement avant. Pourquoi faire ? Une septicémie ne fait que libérer une place pour une nouvelle en meilleure santé, inconnue des habitués et donc plus susceptible de faire du fric. Elles sont remplaçables, c'est du bétail.

— OK. En partant, demandez à la première fille que vous croisez d'en apporter. Merci.

Il nous laisse et je devrais sûrement le suivre, pourtant je m'assois sur le matelas qui s'affaisse sous mon poids, et Hope sursaute en rouvrant les paupières.

— Qu'est-ce que…

Sa bouche se referme brusquement. Tiens, elle tire la tronche ? Son regard m'épingle avec une force que son corps frêle ne trahirait jamais. Finalement, elle craque :

— Pourquoi ça a lâché ? Je pensais les draps plus solides…

Ça me fait sourire.

— Un nœud en haut s'est défait. Sinon, effectivement, c'était pas mal fait.

Nous nous dévisageons sans rien dire. Son regard est d'acide, c'est presque fascinant en fait.

— On dirait que tu veux m'empoisonner avec tes yeux.

Et, forcément, je repense à l'orgasme que je lui ai arraché. Mais je garde cette idée loin, ce n'est pas le moment. Comme être troublé n'a pas de raison d'être. Le sourire qu'elle a à cet instant est bien pire que ses yeux.

— Vu ce que tu prévois de me faire, je préférerais avoir un sexe empoisonné.

Amusé, je réagis aussitôt :

— Ou la bouche ?

Ce ton décontracté pour parler de trucs plutôt horribles – évoquer un viol avec autant de décontraction c'est spécial même si j'ai toujours était assez cash et humour noir, elle n'a sûrement pas envie d'entendre ça –, à un côté étrangement fun. Je me montre brutalement honnête, quitte à péter l'ambiance :

— Tu as conscience que je vais devoir t'initier... partout. Bouche, cul... Blanche n'en voudra pas moins. Ce que je t'ai fait hier, ce n'était rien. Tu pourrais presque me remercier.

— Tu m'as violée.

J'évalue cette affirmation sans me presser.

— Violer ton corps est le moins grave qu'on peut te faire subir ici. Tu n'as juste pas encore compris ça. Ce n'est rien. Tant que tu en es à pleurer sur un peu de sang, trois côtes cassées, c'est que tu t'en sors bien.

— Si ça t'aide à dormir la nuit.

— Ne t'inquiète pas pour moi, je rétorque sachant pertinemment à quoi m'en tenir sur le sujet.

Les nuits reposantes et paisibles, je n'en ai pas connu depuis des années. Je ne tombe pus qu'une fois mort de fatigue, après avoir soulevé des poids et m'être épuisé. Ce qui va suivre ne va pas lui plaire, mais c'est le plus efficace sinon Blanche lui serait tombé dessus et elle n'aurait plus pu marcher seule ce soir. J'ai conscience que si le karma existait, je finirais de salir le mien. Est-ce que ça me préoccupe ? Pas vraiment.

— J'ai parlé avec Blanche. Elle voulait enlever toutes les couvertures, mais il aurait fallu punir tout le monde à cause de toi. T'attacher en permanence n'est pas une bonne idée non plus par rapport à la propreté... Je l'ai donc convaincue de lier ton sort à une fille d'ici. Suicide-toi, on la tue, j'explique sans m'émouvoir de ses yeux horrifiés. Nadja, par exemple ? Rappelle-t'en quand tu essaieras de t'ouvrir les veines. Te tuer est une chose, prendre la responsabilité d'en buter une autre en même temps...

Elle se redresse presque, choquée.

— Eh ! Ça serait vous et non moi qui...

— Ton choix. Un acte, une conséquence, je martèle sans m'occuper de son regard noir de colère. Ah, et si tu ne me crois pas sérieux... tu as tort.

Sans attendre, je me lève pour partir. Tout est dit. Hope doit encore apprendre qui a le dernier mot au Pensionnat : et ça ne sera jamais elle.

7

Une fille, Chica, a fait une overdose. Le docteur s'apprêtait à partir mais j'ai réussi à le rattraper et l'envoyer s'occuper d'elle. Il a fait ce qu'il a pu, mais elle a bien ramassé.

Devant son lit, à côté de Loli, une fille que je connais depuis des années – fais plutôt rare parce que personne dans cette turne n'a ce genre d'endurance à part elle et moi –, je réfléchis à une solution.

— Blanche va faire quoi ?

Je soupire et regarde Chica en vrac sur le lit. Aucune trace de piqures n'est visible mais elle doit se piquer à des endroits discrets comme entre les orteils. Un des clients doit l'approvisionner, ce type de came est dure à trouver ici.

— Elle est remontée à cause de la tentative de suicide de… la nouvelle.

Merde, j'ai failli dire « Hope ». Elle n'a pas à avoir plus de nom qu'une autre ici. Loli grimace, consciente de ce que ça implique.

— On fait quoi ?

« On ». Depuis quand je suis devenu le mec qui résout les problèmes ? Depuis bien trop longtemps. Je soupire à nouveau, crevé. La soirée commence à peine, je ne serai pas couché avant quoi ? 4h du mat ? J'ai la punition de Hope à mener… Le BDSM n'a jamais été trop mon truc, la plupart du temps j'ai seulement l'impression de me salir les mains.

— Je ne sais pas, elle n'avait qu'à pas déconner, je finis par grincer, en colère contre cette conne de Chica.

La Mexicaine comate encore sur le matelas sale, totalement partie. Il y a du vomi au sol, ça pue et je donnerai tout pour me casser sans me retourner. Loli pose sa paume sur mon bras.

— Riv, s'il te plaît, insiste-t-elle.

Loli fait partie des filles avec qui j'ai baisé. Pour le taf et parce qu'on s'ennuyait. Mais aucun de nous n'a été assez fou pour y voir autre chose que ce que c'était : un moyen de relâcher la pression.

— Très bien. Alors emmène là dans la chambre cinq et restes-y avec elle, si vous recevez les mecs à deux ça devrait passer. Je me débrouillerai pour qu'on vous foute la paix, j'envoie juste trois ou quatre gars et tu gères. Et c'est ta responsabilité, je la préviens.

Elle acquiesce aussitôt.

— Ça me va.

Loli n'a rien d'une gentille fille et elle a fait de la vie de certaines nanas d'ici un véritable enfer. Mais elle aime bien Chica ; comme quoi, on a tous nos points faibles.

Je rejoins la grande salle pour y retrouver Blanche et Hope après m'être changé. Je suis remonté. Ma journée était pourrie, elle ne fait qu'empirer en fait. En couvrant Chica je prends un risque et cette fille n'est rien à mes yeux. Loli passe encore, on a sûrement l'âme aussi noire l'un que l'autre, Chica ? C'est une dinde qui a eu assez de chance pour survivre jusque-là, mais qui tombe visiblement dans la drogue par ennui. Je déteste les gens faibles. Ils ne sont pas faits pour le Pensionnat.

Blanche est déjà en place, prête à chorégraphié son spectacle et je me glisse dans mon rôle sans y penser, anticipant déjà le show à venir dans ma tête.

Hope se tient à mes côtés, droite, mais on sent qu'elle fait des efforts démesurés pour ne pas vaciller.

La soirée va être longue...

— Ce soir, nous avions prévu une initiation en douceur, quelque chose d'un peu sympathique, ludique. Le sexe oral est toujours une belle découverte et, reconnaissons-le, qui refuserait une bonne pipe ?

Des rires fusent ausitôt.

— Mais Hope, ici présente, n'a pas été sage. La vilaine fille a voulu nous fausser compagnie, et nous devons l'aider à réaliser son erreur. Lui faire comprendre qu'elle est avec nous pour longtemps… tant que nous l'aurons décidé, en tout cas, ajoute Blanche d'une voix tranchante.

Avec un sourire carnassier, elle enchaîne :

— Le programme a donc évolué, tout naturellement.

À la fin de sa phrase, le grincement de roues nous parvient. L'un des vigiles approche, et il porte le cadre de ferraille muni de sangles qu'on utilise pour les soirées BDSM, il suffit d'y attacher n'importe quelle fille – ou client, parce que ça arrive – et de lancer les hostilités.

Hope inspire bruyamment à mes côtés.

— Non…

J'ai pitié d'elle une seconde. Son visage au charme doux est marqué de terreur, malgré moi un mot m'échappe :

— Désolé.

Réalisant ce que je viens de dire, ce que ça implique, je réintègre aussitôt mon rôle. Comme un interrupteur qu'on pousserait, et je la jette sur mon épaule avec plus de force que nécessaire et ignore toutes ses tentatives pour se débattre. Je bande les muscles et fonce dans la foule.

Au moins, elle ne supplie pas. Le cuir des sangles sur sa peau claire est presque beau. Comme un opposé. Ying et yang. Souplesse de l'articulation sur rudesse du cuir tanné. Son corps est trop petit pour la taille de ce cadre et sa position, pendue légèrement en avant, va tirer fort sur les épaules. Ses seins semblent en suspension, on ne voit qu'eux dans la nuisette et son décolleté me fait face, profond.

La voix de Blanche résonne à nouveau dans la salle.

— Pour les besoins de cette semaine, nous n'allons infliger aucun dégât permanent à Hope. Il faut que notre petite protégée soit en forme pour vous dès que le grand final aura eu lieu et pour tous ceux qui souhaiteront payer pour sa soirée d'ouverture…

Je me suis habillé tout de noir, entre bourreau et ombre. Peut-être, si un jour elle va d'ici, oubliera-t-elle plus facilement si je me fonds dans l'obscurité. Où elle en sera marquée à vie… puis, je me rappelle : elle ne s'en sortira jamais.

Alors je ferme mon esprit et avec des gestes lents, lance la punition. Le BDSM n'est qu'une histoire de retenue et de force contrôlée, savamment dosée. Frapper à hauteur de ce que l'autre peut supporter. Faire ployer. Casser une volonté. Soumettre. En tout cas, au Pensionnat, on le pratique de cette manière.

Je détaille Hope sans la voir, repensant à ma journée de merde, entre pendaison et overdose. La rage que j'ai toujours au cœur et qui couve se réveille, se met à gronder. J'en ai marre. Clairement.

Je m'approche du corps de Hope. J'imagine un punching ball et me dit que je vais peut-être pouvoir passer mes nerfs, dommage ça sera sur elle.

Puis je croise ses yeux terrifiés. Elle tremble presque, ce qui pourrait me cacher le léger signe qu'elle m'adresse : elle me demande de ne pas faire ça. Et tant qu'elle me dévisage ainsi, je suis sûr de l'effet que va faire chacun de mes coups. Des marques indélébiles, des cicatrices béantes dans son âme.

Je la foudroie du regard et lui ordonne de se redresser. De serrer les dents. Je la toise comme on le ferait d'une sous merde, cherchant à la pousser, à réveiller son instinct.

Enfin, ça marche. Ses yeux brillent, assassins. À cet instant, si on lui filait un flingue, elle m'abattrait sans hésiter. Cool. Je n'en attendais pas moins d'elle. La colère que j'ai toujours en moi de subir cette journée, de devoir faire ça… de tout, en fait, je ne suis qu'une boule de colère depuis des mois, voir des années, va pouvoir s'exprimer. Et cette fois, on est prêt à s'affronter. Tout est en place.

Je ne voulais pas la casser en deux sans résistance. Je préfère qu'elle lutte, qu'elle force. Qu'elle soit la même fille qui a pu se balancer d'un balcon. *Vas-y, défie-moi ! Je ne demande que ça.* C'est injuste : je sais que je tiens le manche du fouet et pas elle. Mais qu'est-ce qui est équitable dans la vie ? Cette situation pas plus qu'une autre.

Finalement, je préfère au fouet que j'avais saisi le paddle, il devrait suffire pour démarrer. Hope me dévisage avec une sorte d'appréhension mêlée de haine. Je la vois qui m'insulte mentalement, ou m'émascule ou m'étripe, mais ça me boosterait presque. Cette force qu'elle met me pousse à lui en opposer une plus importante. Après avoir fait jouer sur elle le paddle en bois, promesse de ce qui va suivre, je me décide. Ça a assez duré.

Je déchire à nouveau son vêtement : un classique, tous les clients adorent ce genre de geste. Elle crie un peu, c'est encore mieux. J'y vais aussitôt, j'attaque fort et sans attendre visant la fesse gauche sur laquelle j'administre un déluge de coups bien dosés. Je ne prends pas de gants ou Blanche viendrait finir le boulot.

Si elle essaie de garder une expression neutre, ça ne dure pas. Son visage se tord, ses paupières closes sont plissées par chaque coup encaissé. Le corps de Hope se tend comme un arc, elle résiste autant qu'elle peut et je continue, méthodique. On entre dans un autre espace temps, le même que la dernière fois. Je la punis sans y penser, mais en même temps bien trop présent à ce que je fais comparé à d'habitude. Comme si mes yeux remarquaient malgré moi le grain de sa peau échaudé par le paddle, le bruit de ses gémissements qui présagent ceux qu'elle doit faire quand on la tringle.

Je suis excité. J'ai envie de lâcher ce truc pour lui écarter les cuisses et lui faire bien plus que ça, même si on nous observe, même si je n'ai pas le droit… Elle a les paupières crispées et je voudrais savoir ce qu'il y a dans sa tête. Que se dit-elle ? Sur moi, sur ce que je fais… elle n'a pas d'excitation c'est évident. Pourtant, sans la moindre logique, j'aimerais que ça soit le cas. Impossible. Pourquoi j'y pense d'ailleurs ?

Le trouble devient plus étrange, moins familier. Je ne suis pas en terrain connu et ça me déstabilise. Je maîtrise chaque minute, chaque seconde de mon existence ici : sinon j'en crèverai sûrement rapidement. Que se passe-t-il ?

Après avoir tenu quelques minutes, elle finit par émettre un couinement et pleure. Ça me fait un effet si contradictoire que je ne sais plus ce que c'est : à la fois une sorte de jubilation et une consternation. Je me sens encore plus perdu.

J'ai parfaitement conscience de Blanche qui s'est installé un fauteuil en soie rouge pour assister à tout ça, tel un roi observant les jeux du cirque où les gladiateurs s'entretuent pour le bon plaisir du peuple. Elle me fait d'ailleurs signe : je dois monter de niveau.

Serrant les dents, j'obéis sans m'attarder avant de commencer à réfléchir. Après avoir lâché le paddle, je récupère une cravache. Il y en a deux, l'une d'elles est un vrai supplice, ça laisse de vilaines marques, ça fait vriller la personne en peu de temps et les cris sont juste atroces derrière. Je déteste l'utiliser, je ne dois pas supporter le bordel que ça provoque, trop bruyant.

Sans attendre, je frappe un bon coup, visant le bas ventre mais pas le cul ou les fesses. Doser la surprise a son importance, que ça soit pour les réactions de Hope ou pour maintenir l'attention des spectateurs.

Elle rue en arrière et crie. Je caresse un mollet de mon outil de torture, puis remonte à l'intérieur de la jambe. J'avais prévu de punir uniquement, mais l'idée me taraude : une novice pourrait-elle prendre son pied comme ça ? Les clients aimeraient ça, Blanche laisserait sûrement passer… et j'ai putain envie de le savoir.

Je suis devenu le pire pervers de cette planète. Pire que tous ses gars. Je connais ses filles, pas eux. Cette fille. Je l'ai vu pendue à ce bras. Seule la pitié devrait m'habiter… pas cette excitation. Mon sexe bande et si je n'avais pas procédé comme d'habitude, tout le monde pourrait le constater.

J'alterne cajoleries et frôlement, retenant un nouveau coup juste assez longtemps pour la voir se détendre, et cette fois, j'attaque.

Elle passe de gémissement à sanglots, perdue. Mon sexe bande plus fort. Il y a quelque chose dans sa façon de le faire qui doit provoquer la bête en moi.

Je ne vais pas beaucoup la frapper, elle ne le supporterait pas, mais je calibre chaque coup avec minutie. Fasciné par son corps qui se tord avant de se détendre, se relâchant entre chaque punition. Une larme coule sur sa joue, qui m'hypnotise quand elle glisse jusqu'à ses lèvres entrouvertes qui halètent.

Sans le décider vraiment, je remplace le cuir par ma paume, ayant besoin de la toucher. Là, tout de suite. Je songe à une scène de mon enfance : mon père qui dressait un chien. C'était sa manière de s'y prendre il frappait l'animal avant de lui offrir une douceur, puis le rouait de coups et le caressait à nouveau jusqu'à voir la bête à moitié folle se rouler au sol, ne sachant plus où elle en était, queue fouettant joyeusement l'air alors qu'il geignait encore.

C'est ce que je fais à Hope. Repenser à mon père m'ébranle pour de bon. Ça n'arrive jamais. Je laisse scrupuleusement ma vie d'avant en dehors de ce que je vis ici. C'est plus prudent. Je sais que le passé n'est qu'un frein, une faille qui peut m'engloutir. Lake me suffit.

Lake s'interpose entre moi et Hope, brièvement j'imagine son corps à la place de celui de Hope et c'est elle que je punis. De m'avoir abandonné, d'être partie dans un endroit peut-être pire... est-ce possible ?

La bile me brûle la gorge. Nouveau coup. Alors que je détestais voir mon père faire ça à ses chiens, refusant de l'accompagner à la chasse ensuite, quand il estimait ses bêtes assez dominées et obéissantes, je m'inspire de sa technique.

Et ça marche. Hope oscille entre douleur et soulagement. C'est ce dernier qui lui fait le plus de mal, qui la perd petit à petit. Je lui cache même les yeux d'un bandeau ; pour ne plus arriver à anticiper mes coups ou mes mains posées sur elle ; mais aussi pour la garder avec moi et l'isoler de tous ses hommes qui la regardent.

Oublie les autres !

Je la maintiens en équilibre si longtemps que j'oublie les minutes qui s'écoulent, comme fasciné. Je ne devrais pas trop la taper. Je devais me contenter d'un ou deux coups de cravache, mais je me surprends à guetter. À quoi s'attend Hope ? Surtout ne pas le faire, trouver autre chose pour la déstabliser.

Personne ne m'a laissé m'adapter au Pensionnat, on m'a forcé et contraint à tout. Je lui rends service, elle apprend en une soirée ce que j'ai digéré en un an. Elle aura bientôt plus d'expérience que certaines filles ici. Et c'est grâce à moi.

Grâce à chacun de mes gestes. Comme sa peau marbrée, ses larmes… tout ça m'appartient. Et ça devrait m'effrayer, me dégoûter. Pas me fasciner. Alors je dérape un peu plus, mais Blanche ne réagit pas. Je frotte son sexe de mes doigts. J'envahis son clito, les lèvres… tout. Je force le passage et la trouve trempée.

J'exulte. J'ai réussi. Elle résiste, se tord et gémis plus fort. Ce son me rend fou, je me penche pour mordre ses lèvres avant de me reprendre : pas ça. Ça n'a pas de sens. Ça ne plaira pas aux clients c'est… à moi non plus. Je m'en fous de l'embrasser.

Je stoppe tout avant de perdre le contrôle et c'est là que je le remarque : elle se mord les lèvres. Ça n'est pas du soulagement, de la haine… c'est de la déception. Elle veut, ou son corps plutôt, a envie que je continue.

Mon souffle se fait plus haché. Mon rythme cardiaque est trop rapide. Rien ne va. Me reprendre me demande un effort que je ne suis pas certain de parvenir à faire. J'ai même du mal à respirer.

La laisser immobile ainsi est presque pire que de la taper. Je vois ses muscles se contracter, elle avale plusieurs fois sa salive ; sans doute la panique.

Puis Blanche me fait signe à nouveau, pas le même : on peut arrêter sur un bouquet final. Sans le savoir, elle vient de me sauver les miches. Mon contrôle habituel réapparaît brusquement, infiniment rassurant. La voix neutre, j'annonce donc :

— Tu vas compter les cinq derniers coups. Et t'excuser entre chaque. À voix haute, clairement… sinon je double. Résiste, je double.

Totalement, tétanisée, elle n'a aucune réaction. Je fouette ses reins sans attendre, sûr qu'elle m'a entendu : je pourrais chuchoter et les autres faire du brouhaha que ça serait pareil. À cet instant, la douleur a créé un lien entre nous. Je hurle :

— Compte !

Elle se tait avant de capituler, sa tête s'abaissant un peu sous la honte.

— Un.

À trois, elle sanglote. Elle semble à nouveau vouloir résister, contractant fort tous ses muscles quand ça n'a plus la moindre chance de marcher. Sans pitié, j'annonce après un nouveau coup :

— Compte !

— Quatre ! crache-t-elle avec une rage palpable.

Je réplique aussitôt par le cuir. Elle expulse de l'air et gémit.

— Cinq.

Cette fois, elle n'a pas eu besoin de coup de semonce, c'est venu seul. Elle se plie aux ordres.

L'instinct de survie.

Je fais jouer les sangles et la détache, me doutant qu'elle va sûrement s'écrouler au sol après avoir été ainsi écartelée par un cadre bien trop grand pour elle. Ce que j'ai fait sciemment, refusant de donner plus de lestes pour qu'elle soit plus exposée et faible.

Elle s'effondre effectivement comme une poupée de chiffons. Couverte de larmes, de sueurs, avec des marques rouges sur elle et même du sang. Puis, je réalise : à cet instant, je pense que j'accepterais sans me faire prier de faire d'elle ma soumise. J'ai adoré ça.

Pour la première fois.

Les gestes se font de manière automatique, je pourrais me dire que c'est pour ceux qui me regardent, mais même Blanche ne bronche plus de son trône. C'est moi qui provoque la suite, sans pitié. J'attrape ses cheveux comme j'ai envie de le faire depuis qu'elle a commencé à gémir et y enroule mes doigts pour la forcer à ployer en arrière, la dominant tout entière. Quelque chose dérape en moi, totalement. Une part que j'ignorais jusque là.

On se dévisage, la lumière crue derrière moi doit cacher mon visage, mais elle l'expose parfaitement en soulignant chaque trait délicat et je ne passe pas à côté des traces de désir encore visibles dans ses prunelles. Impossible que je le rêve, c'est bien là… Ma voix claque, forte déchirant le silence de la pièce :

— Supplie-moi de te laisser tranquille. Maintenant. Dis « Pardon, maître. » Et mets-toi à genoux.

Elle s'écroule à moitié quand je la lâche. Je tiens toujours la cravache et elle rive son regard dessus, paniquée. C'est le moment crucial : si elle me défie et n'obéit pas à assez vite, je n'ai qu'à la rattacher et l'achever. Blanche ne l'acceptera jamais. Ou moi ?

Lentement, je lève le bras, lui montrant qu'elle n'a aucune carte en main. Alors que je pense qu'elle ne craquera plus, que j'arme pour viser et frapper à nouveau, elle finit par dire :

— Pardon, maître…

Personne ne parle autour de nous. Je la domine, debout, jambes écartées et sexe bandé, même si je suis le seul à le savoir, elle est prostrée au sol, obéissante. Ça devrait me suffire. Mais le truc qu'on a brisé en moi agit à ma place. C'est moi qui devrais avoir honte. Pourtant, je pousse le pied devant elle, lui demandant d'un geste de baiser mes pompes, ultime geste pour la salir.

Au départ, elle ne bouge pas, comme si elle ne comprenait pas. Puis je vois la rage revenue et, clairement, elle s'apprête à se débattre ou reculer ?

La punition arrive sans que je sois conscient de lui appliquer, je frappe un grand coup là où je l'avais déjà fait pour réveiller instantanément la douleur.

Enfin, elle craque et obtempère. Baisant mes pompes. Alors que cette bête immonde en moi exulte d'avoir dominé si parfaitement quelque chose dans ma foutue vie, quand rien n'a jamais été de mon ressort, loin en moi je sens que quelque chose se brise. Un autre morceau de moi, et non de son honneur à elle. On vient de perdre tous les deux quelque chose.

La voix de Blanche s'élève, rompant ma transe étrange alors que j'oscille entre une envie de rire et… de chialer.

— Magnifique ! Merci à River pour cette belle initiation. Notre Hope grandit à vue d'œil. Hier le plaisir, et maintenant, l'obéissance… Messieurs, nous vous préparons un mets d'excellence ! Évidemment, nous laisserons à disposition tout le matériel utilisé, vous pourrez trouver dans nos filles de quoi à vous exercer ce soir.

Les applaudissements retentissent et je vois Hope baisser la tête, vaincue. J'ai mal. Ça n'est pas moi qui ai reçu les coups ça n'a pas de sens. Pourtant j'attrape la nappe noire qui était plié sous la table des instruments BDSM celle qui recouvre parfois le tout pour garder le suspense et l'enveloppe avec.

Quand je la soulève, ça pourrait être un corps sans vie. J'ai brisé quelque chose et elle ne semble plus là, ses yeux sont absents.

La joie et ma jubilation perverse m'ont déserté. Je me sens… sale. Je me déteste autant qu'elle doit le faire à cet instant, et réalise que, si, un jour, je sors du Pensionnat, toute une vie de thérapie avec Freud en personne ne pourrait rien pour moi.

Un monstre de mon espèce doit s'abattre avant qu'il ne commette plus de dégâts. En passant au niveau de Blanche, je la regarde. Je la déteste, conscient que je devais être un gars à peu près normal à la base. Avant ce lieu, avant elle.

Blanche est en pleine conversation avec un de ces plus gros clients, un industriel dont les extravagances vont de pair avec le prix qu'il est prêt à les payer. Rien ici ne lui est refusé ou presque.

Et s'il voulait emporter Hope, là, ce soir et mettre un terme à tout ça ? Quelque chose remue en moi, encore plus sombre que la bête qui a maltraité cette pauvre fille que je porte.

Je gravis les escaliers. Comment peut-elle être si légère ? Si fragile ? J'ai tendu toute ma volonté pour faire rompre la sienne.

Elle ne m'oppose aucune résistance, soit pas vraiment consciente que c'est moi… ou résignée. Vu notre position, je rêve forcément. Tout comme l'impression de pouvoir anticiper ce qu'elle fait, chacune de ses inspirations. Pourtant j'ai la sensation que son souffle s'apaise, comme si je le devinais et que ça se répercutait en moi. J'ignore pourquoi et si je me fais des idées. A moins que quelque chose lie-t-il un bourreau à sa victime, car j'ai cette sensation de connexion entre nous.

Malgré tout…

8

Je suis forcément sous l'effet d'une drogue quelconque, mais j'ignore quand je l'ai ingérée. Quand elle est tombée dans les pommes dans mes bras, je n'ai pas réfléchi. Au lieu d'aller la jeter sur son matelas, je l'ai ramené chez moi. Dans ma foutue chambre ! Celle où absolument personne ne pénètre ! Seule Blanche en aurait le droit et elle n'a jamais tenté le coup, sans doute consciente qu'elle me pousse souvent bien assez loin dans mes retranchements pour ne pas faire plus.

Devant l'état dans lequel elle est, quand je fais le bilan des zébrures, marbrures et autres traces dont je suis l'unique responsable, j'ai la nausée.

Sans y penser, je vais dans la salle de bain attenante et bouche la baignoire pour faire couler un bain.

Quand je vais la récupérer, elle geint dès que je la touche et la soulève. Son mascara n'est plus qu'un souvenir elle a des yeux cernés de noirs, lui donnant un air dramatique assez adapté à la situation.

Je l'immerge aussi doucement que possible, mais à moitié dans les vapes elle est tellement molle dans mes bras que je manque de peu de la lâcher, la faisant basculer d'un coup. Elle grimace, sûrement, le savon sur ses blessures. L'eau se teinte de rouge. Son sang. La plaie de sa cuisse n'est pas très jolie, mais rien de grave non plus.

Comme si elle reprenait conscience, elle essaie de se débattre un peu, mais je la maintiens d'une main et moins d'une minute après elle s'abandonne et laisse sa tête partir, jusqu'à avoir les oreilles sous l'eau, les joues… mais je la retiens quand elle s'apprête à plonger entièrement ne supportant pas l'idée de la voir en apnée après sa récente tentative de suicide.

On ne sait jamais ; je ne pourrais jamais expliquer sa présence ici et même en la rapportant aux douches communes ça ne passerait pas, impossible de se noyer – en tout cas sas sans aide – dans un bac à douche.

Elle a quand même les yeux ouverts sous l'eau et me dévisage fixement à travers la surface de l'eau. Son visage a conservé les traces de peur, de souffrance et de tout ce qu'elle traverse. Par ma faute. Son regard se fait plus curieux lorsqu'elle me détaille et je me force à reprendre une expression neutre.

Finalement, à court d'air, elle émerge. Hope semble réaliser qu'elle est nue, son bras la couvre mollement, maigre rempart contre mes yeux inquisiteurs.

L'idée m'agace. Et la pensée que c'est parce que je viens de la dominer et que c'est une manière de me rejeter me consterne encore plus. Putain, mais dans quoi je me suis embarqué ? Plus sèchement que prévu, je lui fais remarquer :

— La pudeur est morte. Surtout entre nous. Reste tranquille, tu n'es pas en état et tu vas te faire mal.

Un regain de colère passe dans ses pupilles fatiguées, mais elle ne dit rien, sans doute trop crevée.

Progressivement, elle se détend même, fermement une seconde les paupières, peut-être d'ailleurs pour me tenir à distance parce que je refuse de la lâcher et la laisser se noyer sous mon nez.

J'attrape le gel douche et lui tends. Ses narines remuent et je comprends qu'elle inspire l'odeur du flacon. C'est une gamme pour homme, le parfum ne lui convient peut-être pas, mais à sa façon de détourner la tête je suppose plutôt qu'il y a autre chose, bien que je ne sache pas quoi. J'ai beau l'avoir envahi et forcé de bien des manières, ses pensées sont hors d'atteintes.

Ce constat ne devrait pas éveiller le moindre écho en moi, pourtant je la dévisage, plus curieux, en réalisant que je le regrette. Comme elle me fixe sans bouger, je finis par lui grogner dessus :

— Prends ce putain de truc et lave-toi ! T'es couverte de… lave-toi.

Je n'ai pas envie de prononcer le mot sang ; elle doit s'en douter, non ? Sans rien dire, elle m'obéit. Je soupire, à cran. Pourquoi d'ailleurs ?

La toucher ainsi est ridicule et vu la taille de ma salle de bain je pourrais l'extraire de force rapidement s'il le fallait. Je relâche donc ma prise pour lui donner plus de liberté de mouvement alors qu'elle se shampouine.

Je m'écroule sur le couvercle rabattu de toilettes. L'impression d'avoir couru un marathon ne quitte pas mes épaules nouées. Gêné de la contempler comme si j'étais un mateur, je détourne la tête. Mais la laisser seule est toujours hors de question : que ferait-elle vu ce qu'elle a déjà tenté avec les draps ?

Immobile, j'attends. Hope reste quelques minutes sans réaction, sans doute déstabilisée puis recommence à frotter son cuir chevelu. Elle ne bronche pas quand elle savonne ses plaies, mais je ne vérifie pas son expression pour autant, pas vraiment à l'aise.

Où est passée la sensation de puissance, cette espèce de fierté de lui avoir fait ça ? Pourquoi j'ai autant aimé ça sur le moment et suis-je aussi… paumé, maintenant.

Quand elle hésite à se lever pour savonner le bas de son corps, je me tourne pour de bon vers le mur. C'est idiot. Qui lui a dit que la pudeur était morte entre nous, hein ? Quel con.

Elle se redresse et moins d'une minute après replonge dans l'eau d'un geste brusque. Je pourrais en rire. Si ma propre attitude n'était pas plus pitoyable. Je repense à ses lèvres, son sexe que j'ai touché, sa chatte étroite autour de mes doigts… pourquoi ? Ce n'est pas le moment putain.

L'idée qu'elle aussi y songe me traverse l'esprit, mais c'est ridicule. Je peux la frapper autant que je veux, nos pensées ne s'accorderont jamais. Ce n'est pas comme ça qu'on se rapproche de quelqu'un où j'aurais eu un lien avec mon père assez génial. Rien ne pourra jamais me relier à qui que ce soit, surtout pas après qu'on m'ait pris ma jumelle.

Pas vraiment attentif, je la vois plonger sous l'eau du coin de l'œil. Elle se rince les cheveux. Puis je réalise qu'elle ne bouge pas. Je tourne la tête. Toujours rien. Hope demeure immergée, immobile.

Fasciné, je contemple le spectacle sans réagir. Est-elle en train de… et si je la laissais faire ? J'arrêterai de la détruire. De mesurer jusqu'où je peux aller et que je n'ai pas assez de regrets pour ce que je lui fais.

Mais elle n'émerge pas et je pète une pile, je bondis et la récupère en l'agrippant par la nuque. Je la force à se relever avec violence. Une quinte de toux la secoue. Le besoin de lui filer une grosse claque me prend aux tripes, fulgurante.

— Espèce de conne ! Tu as envie qu'on te réanime et que la prochaine soirée soit consacrée à te faire une nouvelle initiation SM ?! Tu crois avoir eu mal ? Blanche a, au sous-sol, une putain de machine de merde, un truc à piston sur lequel elle branche l'accessoire qu'elle veut. Un god, une balayette à chiottes… un couteau. Et je te jure que des mecs ici paieraient pour voir ça.

Elle n'a pas l'air choquée ou concernée, ses yeux me dévisagent comme un peu ailleurs. Impossible de l'accepter, je la secoue en la forçant à se relever pour de bon, prêt à l'éjecter de la salle de bain.

— T'as entendu ?!

Elle approuve simplement. Je n'ai pas pu m'empêcher de la questionner. En plus, ça n'a pas de sens : c'est évident. Hope essaie se sauver de cet univers malade et glauque. Me fuir. Pourquoi ce matin ça me semblait logique et là ça me fout la rage ? Parce que moi, je ne le peux pas. Il y a Lake. Et envier cette fille vu tout ce qu'elle va vivre n'a pas de sens, c'est ridicule.

Quand je la relâche, je me sens con. Je suis trempé et je tire sur le tissu gorgé d'eau jusqu'aux coudes. Entièrement nue, elle se laisse glisser le long du mur jusqu'à ce que ses fesses se posent sur la baignoire en émail.

— Qu'est-ce que tu as pris ce soir ?

Je frappe dans l'eau pour l'éclabousser, réagissant à une pulsion que je ne m'explique pas. Je suis contrôlé, froid. Rien ne bouge jamais et aucun de mes actes n'est irréfléchi ou stupide. C'est vital vu ma situation. Mais là…

Elle détourne à peine la tête, comme si elle était ailleurs. Alors je grogne d'une voix basse, me retenant à grande peine de me jeter sur elle et d'être violent.

— Tu peux répondre à une putain de question ? Juste une fois !

Comme par défi, elle relève le menton pour la première fois depuis la séance de ce soir pour lâcher, hautaine :

— Un calmant. Selon Nadja.

Je jure.

— Ne prends rien ! Quand j'ai vu tes paupières dilatées tout à l'heure, j'ai eu envie de te secouer. Idiote ! Tu ne sortiras jamais d'ici à ce rythme. Deux jours ? Tu ne peux même pas encaisser plus que ça ? Deux tentatives de suicide…

Je pourrais rouer Hope de coups tant je suis énervé. Sauf que ça me fait penser à mon père et que je serre les dents pour me contenir. Parce que, là, je pourrais la secouer si fort que sa tête valserait et ses idées de merde avec ! Sombre conne ! Elle s'étrangle aussitôt et je devine parfaitement pourquoi, elle flippe pour Nadja.

— Deux ? Je n'ai pas…

— Deux, je la coupe, sans pitié. Tu avais l'intention d'émerger ou tu essayais bel et bien de te noyer ?

Elle se tait.

— Et de la drogue maintenant, je continue toujours en rogne.

Elle me dévisage avec tellement de surprise et d'incompréhension que, bizarrement, ça me calme direct. Hope a l'air vannée. Elle tient à peine debout. Surtout avec ce que lui a filé l'autre, évidemment qu'elle ne sait plus ce qu'elle fait…

Sans réfléchir, je me penche vers elle pour ouvrir la baignoire et laisser l'eau s'écouler, histoire d'éviter un nouveau problème, mais elle se plaque aussitôt au mur et ses jambes viennent encercler mon bras, pour le retenir ou le repousser, je ne pourrais dire. Surement le deuxième, forcément. Mais j'aimerais penser au premier.

Bloqués dans cette position étrange, ses cuisses me serrent avec toute la force qu'elle doit posséder, et vu ce que je lui ai fait tout à l'heure je suis étonné de la vigueur qu'elle a encore. Hope semble juste dégoûtée à l'idée que je la touche, en fait.

Je bouge mon visage et je suis si près d'elle que je pourrais l'embrasser. Pas que cette pensée m'effleure bien sûr. Toute mon attention se dirige malgré tout vers ma main qui est à quelques centimètres à peine de son sexe. Que j'ai d'un coup une envie dingue de caresser.

L'a-t-elle prévu en faisant ça ? Puis j'ai ma réponse : aucune chance. Ses yeux croisent les miens emplis de stupeur… et de peur, tout court.

Je ne crois pas que ça peut m'attendrir, ce genre de sentiments n'existent plus nulle part en moi, la douceur, la gentillesse… tout a été épuisé ou brisé. Pourtant je finis par reprendre la parole en la regardant bien en face alors que ses yeux me semblent étrangement braqués sur mes lèvres. J'en suis vraiment à prendre mes désirs pour des réalités ; ou elle flippe de ce que je vais dire, possible.

— J'allais ouvrir la bonde, j'explique seulement, craignant d'un coup que ma voix trahisse le trouble insidieux qui continue à m'habiter à chaque fois que je pense à l'endroit où est niché ma main.

Ses cuisses s'écartent aussitôt, me laissant au passage un aperçu sur son sexe que j'ignore sans moufter. Je ne bouge pas, pas encore capable de ça sans être sûr que mon prochain geste sera mes doigts plantés en elle. Enfin ça se stabilise en moi et j'ouvre effectivement la douche.

Quand je recule, je ne peux que réaliser. J'ignore ce qui se passe, mais quelque chose vrille totalement avec Hope. Je dois avoir mauvaise conscience. Ou je suis fatigué. Mais rien ne va. C'est… inquiétant. Elle me fait de l'effet putain ! Un drôle d'effet, rien qui ne devrait avoir lieu rien qui… qu'est-ce qui m'arrive ?!

Quand elle détourne les yeux et glisse sur le bord de la baignoire pour s'éloigner, je ne l'en empêche pas. À la place, je préfère saisir une serviette que je lui donne.

Une fois qu'elle s'en est enveloppée, je la porte jusqu'à la chambre sans me poser de questions : elle semble toujours aussi frêle et épuisée.

Aussitôt elle se rebelle :

— C'est pourquoi tout ça ? T'as mauvaise conscience ? Non, j'en doute.

Bien vu.

— Je n'ai plus de conscience.

Elle a l'air si surprise par ma réponse que je ne comprends pas pourquoi : ça n'est pas évident, peut-être. Surtout pour elle ? Hope continue à me fixer, sur le cul. Je fouille dans un tiroir pour y récupérer un haut et retirer celui, trempé, qui me colle à la peau.

Elle me dévisage avec une expression proche de celle que doit afficher un lapin apeuré coincé dans les faisceaux des phares d'une voiture. Elle craint quoi ? Que je lui saute dessus pour la violer ? Si je le voulais vraiment le faire, elle y serait passée il y a un moment.

— Tu as déjà été avec des clients ou ton rôle est juste de frapper sur les filles d'ici ?

La question me prend au dépourvu. Je me contracte sans réfléchir, comme pour parer un coup. Et puis, à quoi bon ? Pourquoi mentir.

— Oui.

Comme pour me défier elle me fixe, le menton haut.

— Oui quoi ? rétorque-t-elle.

Je suppose que je devais lui faire ravaler ses mots, lui rappeler qui des deux domine. Mais, franchement, je suis fatigué.

— Oui au deux. J'obéis aux consignes, ça s'arrête là.

Je m'adosse à la commode alors qu'elle me détaille ; serait-elle en train de mater ? J'entretiens mon corps avec une sorte de maniaquerie, persuadé qu'un kilo en trop me serait fatal en cas de combat, je dois inspirer la crainte, comme une arme bien affûtée. L'idée que ça puisse troubler une femme ne m'a pas vraiment effleuré depuis un bail. Ici ça ne se passe pas ainsi, personne ne choisit vraiment personne, je crois, l'attirance n'existe plus. Pour faire suite à mes pensées, je remarque à voix haute :

— D'ailleurs, ça n'a rien de personnel. Ici, rien ne l'est jamais.

Son expression se durcit.

— Même les coups ? Même les pénétrations ou…

— Même ça, j'approuve sans hésiter. Tiens.

Je lui jette presque un pot de crème, maintenant pressé de la voir partir et de retrouver le calme de ma chambre intact.

Je déchiffre l'écriture sur le pot.

— Pour tes plaies, une crème désinfectante. Je dois retourner bosser. Tu peux dormir ici une heure ou aller aux dortoirs. Ils sont au bout du couloir à droite, t'es à l'étage réservé, je précise.

Elle reste immobile sur mon lit et je me dis que j'ai été le dernier des cons de la poser là, fatiguée ou pas.

Mon regard doit en dire long, car elle tire sur la serviette pour se couvrir. Enfin, elle se lève et disparaît sans un mot, la crème dans la main. L'idée que, si elle ne cache pas ce truc, on risque de faire le lien entre elle et moi ne me contrarie même pas : j'inventerai quelque chose, au moins, elle m'a laissé.

Ma chambre me semble comme d'habitude, silencieuse. Vide. Tellement vide. Non, calme. C'est ce qu'il me faut.

9

Chica est morte. Le doc a dû merder ou l'overdose a été suivie d'une nouvelle dès le lendemain ou il y a eu des dégâts internes, on ne saura jamais. Elle a été retrouvée aux toilettes. Blanche est en rage et, évidemment, c'est sur moi qu'elle passe ses nerfs. Enfin, pas que.

Le corps sans vie de Chica est au sol et Blanche s'applique à le rouer de coups. Il n'y a dans sa tête aucune borne qu'on ne devrait franchir. Frapper un cadavre ne pose aucun souci, même quand c'est celui d'une fille qui lui a rapporté un paquet de thunes avant d'en arriver là. Le respect doit être un mot qui a cessé d'avoir un sens il y a longtemps pour elle.

Mais ça ne fera pas de mal à Chica et elle évitera de s'en prendre aux autres filles, alors je la regarde faire sans m'émouvoir. Finalement, l'ordre tombe.

— Débarrassez-vous de ça…

La première fois, je me suis senti dégoûté d'avoir à faire ça. Maintenant, je le fais sans y penser ; avec un des gars on attrape chacun bout, l'un les épaules, l'autre les pieds et on la porte à travers le Pensionnat. On croise deux filles, mais elles font comme si elles n'avaient rien vu, pas folles.

Il vaut mieux ici. On emmène Chica qui commence à se raidir dans le parking. C'est le début de la journée, le petit matin est encore jeune et le mec des pompes funèbres ne va pas tarder à arriver. Blanche a un accord avec lui et contre des visites gratuites, le type vient récupérer nos filles pour les jeter ni vu ni connu en même temps qu'un cercueil lors d'un enterrement officiel. Ce mec est une charogne : je suis quasiment sûr qu'il s'est tapé celle qu'il s'apprête à brûler, mais ça ne doit pas le déranger.

Son break soulève de la poussière. Je regarde le ciel et les nuages qui s'effilochent. Quand on passe son temps enfermé qu'on oublie vite à quoi ça ressemble le soleil, l'extérieur. J'inspire profondément, immobile, les pieds plantés au sol. Est-ce qu'un jour je serais à nouveau libre ? Si ça arrivait, je crois que je me prendrais une cabane au fond des bois et vivrais dehors, voire une tente me suffirait.

Puis je réalise l'ironie de cette pensée : personne n'est avec moi sur ce parking. Toutes les filles ou presque à l'intérieur donneraient n'importe quoi pour ça ; c'est simple, elles feraient absolument tout ce que ce connard de croque-mort demanderait, même le plus vicelard sans sourciller pour se faire embarquer dans le coffre du type avec le cadavre Chica. Tout pour s'en aller.

Et moi je suis ici, sans la moindre surveillance. Pourquoi ? Parce que je suis le seul qui rentrera assurément.

Sans bouger, je contemple un moment les alentours, les légers bruits qui me parviennent ; un avion, un oiseau ou un rapace peut-être ? Qui doit voler dans le coin mais je ne vois rien dans le ciel. Je perçois la chaleur du soleil qui se lève sur ma peau et un souffle de vent me caresse. Juste ça, c'est comme se sentir mille fois mieux d'un coup. C'est la différence infime, mais douloureusement évidente entre captivité et liberté.

Je regarde la porte du Pensionnat là-bas, où je dois aller m'enfermer volontairement à nouveau... et me dit, comme à chaque fois, que je pourrais m'en aller. Laisser tout ça derrière moi et marcher. Tailler la route sans me retourner.

Je ne sais pas pourquoi, mais j'ai la certitude que Blanche ne chercherait pas à me ramener ; à quoi bon ? Un homme de main obéissant ça doit exister, monnayant finance ; même si c'est sûrement aussi une de mes qualités pour elle, je ne coûte rien. Quoi qu'il en soit, je suis tout, sauf indispensable.

Peut-être que je pourrais trouver Lake autrement, arriver à repérer le réseau pour lequel bosse Blanche et demander à la police de l'infiltrer, de la localiser de... bien sûr. Il y a autant de chances pour que ça se passe comme ça que de voir mon pays se bouger pour faire interdire les armes à feu.

L'image de Lake se superpose avec le ciel au-dessus de moi, je pense à ses moments où on allait, tout gosse, dans le parc en bas de chez nous. Notre père ou notre mère n'était pas vraiment du genre à être sur notre dos ; nous pouvions disparaître des après-midis entières sans inquiéter personne. Et traîner au parc à deux pas de notre immeuble était notre occupation préférée quand il n'y avait pas école.

Nous n'avions pas des tonnes de jouets, mais à deux c'est inutile ; votre frère ou votre sœur est votre meilleure distraction. Mais au parc il y avait le tourniquet, je m'y allongeais et Lake le poussait si fort que j'en avais le cœur soulevé, pourtant je ne bronchais pas et je fixais le ciel, tournant toujours plus vite. Ma vie est un peu à l'image de ces moments, sauf que ce que je ressens est une nausée permanente de dégoût au lieu d'un sentiment de liberté. Je me frotte les paupières et soupire.

Les premières années, j'ai tenté de trouver où était Lake par des moyens détournés, mais sans succès. J'ai eu des châtiments exemplaires, j'ai été menacé d'y laisser un membre, certains hommes aimant les manchots. Mais j'étais plus utile entier, alors elle s'était contenté de m'infliger une punition de plus.

Je m'étire pour retrouver le courage de faire les quelques pas jusqu'à ma prison. Je suis fatigué. Infiniment épuisé quand je n'ai même pas… je perds le compte ? 23 ? 24 ? Depuis quand n'ai-je pas fêté mon anniversaire ? Peu importe. Je suis un vieillard avant l'heure.

Enfin, je me décide. Après cinq minutes de plus je rentre, je frappe lourdement à la porte et le type qui m'a aidée à porter Chica ouvre puis s'efface pour me permettre d'entrer. Au départ, les vigiles sortaient avec moi, mais à quoi bon ? Blanche a bien compris que je reviendrais toujours.

Une fois de plus, je me demande si Lake va bien ? Ce qu'on lui a fait ou pris. Est-elle manchote, borgne ou, au contraire, n'a-t-elle que des cicatrices invisibles ? Si on oublie celle que j'ai au front suite à une bagarre due à la Red, on pourrait croire que je suis comme à mon arrivée. Enfin, avec plus de muscles, plus grand et plus tordu, évidemment.

Je repense à Hope et ce que je lui ai fait. *Tellement plus tordu...*

***

Le soir venu, c'est déjà le moment de remonter en scène. D'humilier une femme et la briser un peu plus, que reste-t-il d'elle que je n'ai pas atteint ? Sûrement de nombreux espoirs.

Je vais comme d'habitude me changer juste avant. J'enfile les couloirs sombres rapidement, me dépêchant pour ne pas être en retard ; je préfère me tenir en bas quand Hope.

Quand j'arrive dans le couloir qui fait face à ma porte, tout au fond, je ne réalise pas de suite. Mais oui, c'est bien Hope qui est en train de refermer le battant. Nos regards se croisent. Je lis la panique dans le sien.

Sans hésiter, elle claque la porte avec force alors que j'accélère, sentant la rage monter en moi comme une vague déferlante prête à exploser. Les quelques pas qui me séparent de cette petite conne me semblent durer des siècles, je me demande si elle va avoir le temps de pousser le loquet et si je vais devoir défoncer ma propre foutue porte ! Combien de chance que je n'en ai plus jamais après ça ?

Ma colère gronde, encore plus puissante. Je force sur la porte et parviens à l'ouvrir centimètre par centimètre alors que Hope doit s'agripper de l'autre côté. Je passe ma main par l'entrebâillement quitte à le payer cher si elle réussit à refermer la porte, et je la repousse d'un geste sec ou je mets toute mon énergie pour lui montrer assez clairement ce que je pense d'elle.

Elle tombe à terre en désordre et se débat aussitôt comme une furie quand je me penche pour la ceinturer. La traînant à moitié j'appuie sur l'interrupteur après avoir claqué la porte sur nous pour atténuer le bruit de notre affrontement : cette salope va nous faire repérer !

Sans ménagement, je la plaque contre le battant, lui opposant ce que j'ai de plus solide, mon propre corps. Sa tête frappe le bois sans que je m'en préoccupe et elle gémit.

— J'ai eu peur que tu fasses ça, mais comme un con, je ne voulais pas y croire au départ. Puis finalement, il a fallu que tu me donnes raison, hein.

Je lui ai offert une échappatoire et elle s'y est engouffrée. Évidemment. Ma colère a atteint une telle force que je pourrais la rouer de coups comme Blanche l'a fait de Chica. Je ne supporte pas l'idée qu'on se serve de moi, c'est devenu épidermique, ça me révulse et la rage me brûle tout entier dans ces cas-là. Plus depuis que je suis ici et que je me suis transformée volontairement en Kleenex humain dont un tas de gens se sert, Blanche comprise. Ma prise sur elle se referme, brutale.

— Je n'ai jamais vu une fille aussi conne et butée ! Tu as envie d'être droguée ? Que ça soit quelqu'un d'autre qui te dresse comme hier ? Tu n'as pas idée à quel point j'ai été cool, je la préviens en la regardant fixement avec ce qui doit ressembler à de la haine.

Mais quelque chose s'est mêlé à la colère : la conscience aigüe de son corps emprisonnée par le mien. Son haleine effleure ma peau et la sentir si proche devient de plus en plus net, oblitérant tout le reste.

Quand elle ouvre la bouche, je ne réfléchis plus, j'agis ! De mon poing, je frappe le bois de la porte juste à côté de sa tête, le choc résonne dans mes phalanges sans parvenir à me calmer.

Elle ferme les paupières s'apprêtant sans doute à encaisser le premier coup mais ça me semble trop facile. Pas une plainte. Pas le plus petit mouvement de rébellion. Puis je remarque les larmes qui bordent ses cils.

Je desserre un peu ma prise sur elle, hésitant une seconde, puis attrape sa gorge à la place, comme si je voulais contrôler le moindre de ses gestes.

— Regarde-moi, j'ordonne.

Elle obéit, les yeux agrandis par la peur.

— Arrête de déconner. Ou je ne te garderai pas en vie.

Ma phrase nous a surpris tous les deux, mais seule la colère doit encore transparaître de mes traits tant je suis au bord de l'explosion. Pourtant je vais au bout, parce qu'il le faut, elle *doit* réaliser.

— Arrête de jouer les princesses ou les effarouchées. Oui, ce qui t'arrive est dégueulasse. Tous les gens ici vivent des trucs dégueulasses et injustes. Remets-toi ! Fais ce qu'il faut pour survivre, point, je scande la voix rude.

Cette fois, c'est elle qui paraît au bord de l'explosion. Ses yeux me foudroient littéralement. Mais y en a ras le bol, juste ras le bol donc je ne la laisse pas répliquer et la traîne hors de ma chambre jusque dans le couloir sans ménagement. Une fois aux dortoirs, je la relâche enfin.

— Avance, je la préviens, prête à la porter jusqu'en bas si elle ralentit.

Elle accélère aussitôt et s'emmêle presque les pieds dans les escaliers, le regard devenu fixe. Réaliser que chaque marche la tétanise un peu plus me fait un drôle d'effet, mais je ne moufte pas, ayant trop la rage.

Sauf que, en vrai, ça n'est pas que ça. Je sais ce qui va arriver. Ce soir Hope va connaître son premier plan à trois. L'idée que ma colère vient peut-être aussi de là m'effleure, pourtant je refuse de m'y attarder. Je ne veux juste pas d'emmerde et c'est ce qui se serait passé si elle avait pu s'enfermer chez moi. Je me fous totalement de ne pas l'avoir touché depuis la veille, je n'en ai même pas envie, jamais de la vie.

Jamais je n'ai été en manque. Cette fois pas plus qu'une autre.

Blanche lance la soirée comme à son habitude, mais j'ignore volontairement ses mots, pas sûr de supporter le son de sa voix. Et j'ai l'impression de vivre les minutes suivantes déconnecté, en pilote automatique. Ça n'est pas comme quand je me mets dans un personnage. Pas ce coup-ci ; je sens qu'autre chose noue.

Traîner Hope jusqu'à l'estrade, puis la maintenir pendant que Nadja entre en scène et assure presque à elle seule le show est assez étrange.

Je réalise que la colère sourde toujours en moi. Cantonné au rôle qui m'a été attribué : à savoir empêcher Hope de se rebeller n'est pas difficile… mais ne me va pas.

À distance de l'action, j'ai tout le loisir d'écouter sa respiration, de me concentrer sur sa peau contre la mienne quand je la bloque de mes bras, de mes jambes. Si ça en restait là, je suppose que je pourrais m'emmerder ou même être soulagé : ce n'est pas à moi de mener la danse.

Oui, mais voilà, petit à petit j'ai la sensation que ça ne me convient pas. Hope bouge contre moi, réagit, se débat… pas pour moi. C'est Nadja qui en est l'origine. Sans pouvoir me retenir, je me retrouve à guetter la moindre accélération de son souffle, de ses gestes, à attendre l'amollissement de sa résistance, sûr qu'elle finira bien par survenir. Nadja a du métier et elle viendrait à ses fins avec n'importe qui : le corps est faible face au plaisir, j'en ai conscience. Je l'ai vécu. Plusieurs ont réussi à me branler et me faire éjaculer contre mon gré, forçant mon corps.

À la différence de ce que j'ai traversé, Nadja y va lentement et cajole Hope qui, aussitôt, se détend sensiblement. Je réalise que j'ai fait la même chose. Ce qu'espère Hope ce n'est pas de la force, de la violence… elle veut juste une approche, plus… douce ? Respectueuse ?

Je ne saurais dire. L'idée que j'en suis incapable s'impose à moi. Je peux faire semblant. Mais seulement pour l'avoir et la tromper. Nadja, elle, a l'air vraiment gentille et câline, comme si elle s'amusait de ce moment qui doit la changer de toutes les séances de soumission qu'elle enchaîne quotidiennement.

Quand Nadja tombe à genou devant nous et que je devine qu'elle va lécher Hope, ma mâchoire se serre. L'excitation revient. Et l'envie, putain ! J'aimerais être à la place de cette fille. Le réaliser me file un coup. Parce que putain, si je n'ai jamais détesté ça, pourquoi j'aurais envie de faire ça à Hope ? Mais c'est bien ce que je ressens.

Fasciné ou horrifié j'assiste aux premières loges à se spectacle. Hope rue en arrière pour s'échapper mais, forcément, je la bloque. La sentir pressée contre moi alors que je n'y suis pour rien et pourrais bien être un foutu mur est perturbante. Comme si je participais sans le faire.

Puis je regarde autour de nous et remarque l'état de transe des clients. Ce spectacle est sûrement sexy parce qu'il l'est naturellement, ça n'a rien à voir avec le fait qu'il concerne Hope, je me trompe. N'importe quelle autre fille me ferait cet effet… mais une petite voix en moi me souffle que je me plante. Ou je mens, plutôt. Je connais si bien tout ça et ce n'est certainement pas ma came ; j'ai toujours eu besoin d'un mec et d'une femme pour fantasmer, deux nanas ne me permettent pas de m'imaginer à la place de l'une d'elles. Sauf ce soir. Et c'est parce qu'il y a Hope dans l'équation.

Le constat a beau être choquant, difficile de nier quand je réalise que c'est vraiment ça qui se passe. Dieu seul sait pourquoi, avec cette fille, c'est différent.

C'est pour ça que je commence à me mêler à leur jeu. Quand Nadja l'embrasse, puis la masse et la caresse avant de plonger vers son sexe, je finis par relâcher graduellement ma pression guettant le moment. Et il vient, Hope oublie sa vigilance et se contente de ressentir les caresses qu'on lui prodigue.

Ma main va d'elle-même sur son sein, toucher un téton et sentir le soubresaut que je provoque, plus net que ceux qu'elle a eus jusqu'à présent avec Nadja me procurent une joie sombre.

Plusieurs fois, je retente l'expérience. Force est de constater qu'elle réagit à chaque frôlement. Que ça soit de la trouille ou pas, je lui fais plus d'effet. Et j'en suis presque soulagé.

Refusant de m'attarder sur cette idée, je suis le spectacle sous mes yeux, plus que curieux de contempler, si proche, une langue lécher le sexe de Hope avec une application de chatte gourmande. Aux gestes de cette dernière contre moi, Nadja s'y prend bien.

La jalousie revient, car c'est bien ça et je pince plus fort l'un de ses mamelons pour la punir.

Mes mains se joignent à celle de Nadja sur Hope, je ne veux plus rester en retrait. À nous deux, entre massages et caresses, Hope se met bientôt à chavirer, complètement abandonnée. Sa résistance est lointaine à présent.

Pourtant je vois bien que Nadja ne parvient pas à la faire basculer, elle est proche de l'orgasme… mais sans y arriver. Juste pour tester, je souffle dans son cou, aussitôt elle geint. Mes doigts sur elle provoquent un nouveau sursaut et je mesure mon pouvoir sur elle. Finalement, un instinct se réveille en moi et ce sont mes dents qui vont croquer le creux de sa nuque.

Je n'y mets pas vraiment de douceur mais ça semble ce dont elle avait besoin, je sens la décharge de son plaisir montée et exploser brusquement quand elle jouit contre moi, se plaquant contre mon torse en transe.

Déjà, quelqu'un fait du bruit dans la salle et tout son dos se raidit, Nadja se relève et salue à la ronde, on dirait une comédienne à la fin d'un spectacle de théâtre.

Les gens rient, applaudissent et une sorte de remue-ménage s'ensuit ; ceux qui veulent aller au buffet, ceux qui parlent entre eux et Blanche qui entame un discours pour rappeler ce qui va arriver à Hope à la fin de la semaine.

Cette dernière s'arrache d'un coup à mes bras et je la rattrape alors qu'elle titube et s'étale. Mais elle se dégage d'un coup énergique.

Personne ne nous prête plus la moindre attention, pourtant je devine la panique en elle.

— Hope…

Soudain, elle plonge entre deux groupes et s'enfuit en courant. Je jure entre mes dents. La poursuivre me ferait remarquer. Blanche me fait d'ailleurs signe et je ronge mon frein, la rejoignant alors que j'aimerais savoir ce que va faire Hope exactement vu son état. En même temps, elle ne trouvera rien pour se foutre en l'air… est-elle allée pleurer ? Se cacher ? Y a-t-il une chance qu'elle retourne dans ma chambre ? Il y a sûrement dedans quelque chose avec lequel elle pourra s'ouvrir les veines… *Fais chier !*

Sur pilote automatique, j'écoute Blanche et son client sans y penser.

— River ? me rappelle-t-elle à l'ordre, les yeux étrécis.

Je hoche la tête sans réfléchir.

— Mandy. Elle doit pouvoir se charger de Monsieur pour ce genre de demande.

— Bien sûr, je fais organiser ça, je réponds l'esprit toujours ailleurs.

L'expression suspicieuse de Blanche s'apaise un peu. Je regarde autour de moi pour repérer Mandy, et lui amène notre client.

Deux minutes plus tard, je peux enfin m'éclipser ; Blanche est occupée et elle va bientôt revenir à son bureau, elle n'assiste jamais aux orgies et j'ai bien remarqué sa démarche particulièrement raide aujourd'hui. Elle souffre de sciatiques chroniques et certains soirs ça la rend presque invalide, incapable de gérer. D'où mon rôle à ses côtés, je suppose.

En l'occurrence, ça m'offre assez de latitude pour agir à ma guise. Je grimpe les marches avec un sentiment d'urgence, comme si j'étais sûr à cet instant que quelque chose ne tournait pas rond, sans savoir quoi. Je balaye le réfectoire et un dortoir, avant de réaliser que Hope n'y est pas. Alors que je m'apprête à rebrousser chemin, un éclat de voix venu du couloir qui mène aux douches me parvient ; il y a des hommes là-bas et à cette heure-là aucun vigile ne peut s'y trouver. Des clients ! Donc on a un problème. J'accélère.

Avant d'être sur place, je devine ce que je vais découvrir. Ils l'encerclent comme des charognes, l'un la maintient par-derrière et une ceinture a été passée autour de son cou, simulacre de laisse à chien.

Ils ne me remarquent même pas, trop occupés à déterminer qui va la violer en premier, alors que Hope montre des signes évidents : elle étouffe et ils baiseront bientôt un cadavre à ce rythme, les abrutis !

La colère monte en moi, froide et destructrice.

— Lâchez-la.

Le silence qui me répond est profond, ils se sont figés. Parce qu'ils ont beau être plus nombreux, ma carrure à elle seule suffit souvent à imposer le respect ; et, surtout, on est dans un lieu que ces types ne connaissent pas et ne maîtrisent pas. Ça les excite peut-être de jouer les caïds ici, mais ils ne sont pas assez cons pour ne pas comprendre dans quelle merde ils viennent de se foutre. Blanche est très claire avec les règles de la maison et les enfreindre coûte cher.

L'un d'eux lâche assez Hope pour qu'elle s'écroule au sol. Elle tousse, prostrée incapable de bouger.

Aucun d'eux ne fait le geste pour m'attaquer, je charge donc avec un calme olympien bien décidé à défoncer le premier que je chope. Mais si l'un d'eux me défie un instant du regard, en voyant ses amis refluer dans le couloir, il finit par les imiter. Je les poursuis sans réfléchir, enjambant Hope pour m'occuper d'eux.

Un simple signe à Mick une fois en bas et il m'emboite le pas, je lui crache en deux mots ce qui s'est passé et on attrape ces abrutis avant de les trainer à l'écart. Chacun s'en prend violemment au client le plus proche et le dernier, celui que je soupçonne d'avoir lancé l'attaque contre Hope, reçoit à la fin. J'en ai mal aux phalanges de frapper. Mais repenser à Hope en train de suffoquer fait redoubler mes coups.

— Riv, laisse le, il doit s'en aller vivant.

Pourquoi ? Pourquoi ce connard doit s'en tirer, quand il a presque tué une femme sans s'en soucier ?! Mais mes mains le relâchent finalement : mon corps garde une discipline que j'ai temporairement oubliée.

— Vire les ! je grogne, conscient que je vais sévir à nouveau à la moindre provocation, bien que je doute qu'ils soient en état.

Je repars sans attendre sûr de l'obéissance de Mick.

Je rejoins Hope, elle n'a pas bougé même si mon absence n'a pas excédé quelques minutes c'est inquiétant. Sa respiration sifflante est la seule chose qui résonne dans le couloir déserté. Sans forcer, je dégage la boucle de ceinture pour libérer son cou. Elle continue à inspirer et tousse régulièrement, puis ses épaules se détendent un peu. Hope a failli obtenir ce qu'elle voulait en se barrant comme ça : éviter son initiation en grande pompe et la remplacer par une tournante mortelle.

Quand elle semble aller mieux et qu'elle n'a plus l'air sur le point de tomber dans les pommes, je la soulève et la porte jusqu'à ma chambre où je la pose sur le lit, ne réalisant qu'après que j'ai encore enfreint mes propres règles en la ramenant ici.

— Mick s'occupe de faire descendre les gars. On en a frappé deux, et ils ne reviendront pas. Hope ? Je dois vérifier si t'es consciente, je lui annonce, la trouvant amorphe.

Elle remue doucement la tête ce qui me rassure à peine. J'effleure son cou.

— Tu saignes, la boucle de ceinture t'a entaillée. Regarde-moi, je lui demande de plus en plus inquiet en songeant à sa tentative récente de suicide et son cerveau qui a encaissé à chaque fois un manque d'oxygène.

Si ça ne trouve, ça n'est pas grave... ou ça l'est au contraire, comment savoir ? J'ai lu sur le Net des trucs sur les commotions avant de venir ici, un coup où Lake s'était bien plantée à la patinoire. Il faut vérifier l'activité des pupilles, je cherche donc mon portable, il doit encore avoir de la batterie, je m'en sers très peu.

Quand je le braque dans ses yeux, elle détourne la tête mais je la force à me faire face. Puis soudain, à la façon dont elle s'agrippe à mon poignet, je devine sans peine pourquoi ; en même temps, comment lui en vouloir ?

— Il n'a pas de réseau, je préviens. Rien. C'est juste une lampe torche, une calculatrice et deux applis de jeux. Je peux te laisser vérifier après, si tu ne me crois pas... t'as un vaisseau sanguin qui a éclaté dans l'œil. Tu as vraiment failli y passer ce coup-ci.

J'ai conscience que ma voix a dérapé. Peut-être pas elle,, elle semble trop à l'ouest. J'éteins la lumière et baisse le téléphone, paumé. Qu'est-ce que je ressens exactement, qu'est ce que... Sans y penser, Hope se mordille les lèvres : impossible de se tromper sur ce geste, c'est de la déception. Par contre l'émotion que j'ai moi en face de ça n'a rien à voir. C'est déplacé. Comme tout en moi, ça n'a pas lieu d'être et c'est difficile à faire taire. *Ne la mate pas, abruti.*

Énervé, je tire sur sa lèvre pour la forcer à lâcher prise. Devant son air sidéré, je décide de mentir :

— Arrête. Tu saignes déjà, ça suffit comme ça...

Elle n'a pas besoin de capter que si elle continue ainsi, c'est bientôt moi qui aurais envie de lui rouler une pelle. Puis je reprends la parole, bien que je me parle plus à moi-même à ce stade :

— Même un soir où ça devait aller, tu as réussi à tout transformer en carnage. Pourquoi tu compliques les choses comme ça ?

Le premier sanglot me surprend et elle aussi, vu ses yeux écarquillés.

Elle craque devant moi et se met à pleurer comme un veau, complètement secouée parce qu'elle vient de vivre. Je ne sais pas quoi faire de ça. Donc je ne fais rien, la contemplant bêtement. Si elle a envie de réconfort, ça va être dur, je ne suis pas équipé pour ça... finalement, je me racle la gorge et murmure, désolé :

— Ne pleure pas, Lake, arrête, pitié...

Elle relève la tête brusquement, et je réalise avec horreur : ce n'est pas son prénom que j'ai dit, c'est celui d'une autre, de ma jumelle. Hope n'a évidemment pas raté le truc. Sa réaction ne se fait pas attendre :

— Lake ?

— Stop !

Mon ton est clair ; si elle en rajoute, je risque de la frapper. On ne s'engagera pas elle et moi sur ce terrain ! Alors je préfère faire ce que Hope m'inspire de plus en plus, loin de la compassion ou de l'inquiétude : le désir.

Je l'attire à moi et l'embrasse. Il n'y a aucune délicatesse là-dedans. J'y mets une hargne, c'est presque une punition mais je m'en fous. Pourtant je suis vite dépassé par ce baiser. Lake s'efface totalement et laisse place à Hope, petit bout de femme couvert de marques, de coups et au cou bleui.

Malgré tout ça, l'envie de la baiser sur-le-champ revient, puissante, balayant pour de bon tout espoir d'être encore un mec bien, masi je n'y croyais déjà plus. Je devrais la ménager, y aller avec douceur, mais j'en semble incapable. Une sorte de désir latent explose contre ses lèvres, sa langue. Le besoin de l'avoir à moi seul, la rage de l'avoir senti jouir sous la langue de Nadja, puis l'image d'elle, étranglée dans ce couloir… tout se mélange. Si quelqu'un doit lui faire tout ça, ce sera moi, personne d'autre.

Ce que je ressens m'inquiète tellement que je préfère l'occulter pour éviter d'analyser. Pour un premier baiser, il y a de la rage et du désespoir. C'est un baiser qui serait le contraire parfait de son prénom ; aucun espoir là-dedans. Pourtant, malgré moi, ma main va caresser son cou meurtri, désolé de voir une marque de plus sur sa peau. À moins que ça ne soit parce que je n'en suis pas responsable. Ma langue plonge en elle, n'excusant même pas mes pensées de pervers.

Quand je m'apprête à la relâcher, Hope qui me rejetait jusque-là s'accroche brusquement à mes épaules au lieu de les repousser.

Puis je le fais sans en avoir vraiment conscience, mon corps prend les commandes et je la renverse sur le lit pour la dominer.

Je ne suis pas respectueux ou doux, je ne sais plus faire mais l'urgence de mes gestes, la manière dont je la traite ne semble pas lui déranger, elle me répond d'ailleurs avec force.

Notre baiser est puissant, il doit lui écorcher les lèvres. On s'agrippe, elle me griffe, je la mords… tout se mélange. C'est à la fois une étreinte et un affrontement mais aucun de nous n'a l'air prêt à y mettre un terme. Et putain, c'est juste trop bon.

J'oublie tout le reste, noyé dans un tourbillon de sensations. Elle paraît en transe, rivée à moi comme si sa vie en dépendait alors que je la plaque au matelas de mon corps. L'envie de la pénétrer pour de bon se fait plus pressante, j'ai besoin de plus.

Plus je me montre brutal et entreprenant, plus elle semble perdre pied. Dans chacun de ces gestes, je sens une sorte de rage contenue ; elle m'en veut. Elle doit me détester et peut-être se détester au passage, mais elle m'embrasse quand même à en crever.

Ce moment résume assez bien notre relation depuis le début en fait. On se repousse, mais là, on s'accroche l'un à l'autre encore plus fort. Il faudrait me rouer de coups pour que je le lâche. Et même comme ça, pas sûr que je la rende.

Le sentiment de possessivité que j'éprouve me perturbe pourtant je le laisse me submerger. À la tenir si fort que je vais la marquer. Finalement, elle me regarde avec un air torturé.

— Pourquoi tu fais ça ? Où est le public ?

Sa question m'interrompt. Je ne m'y attendais pas. Au-dessus d'elle, je la contemple, elle et ses poings serrés, puis je fais valoir à mon tour :

— Et toi ? Je te force peut-être ?

En bas, je la force. Là, elle sait forcément qu'au moindre geste, au premier signe de lutte j'aurais lâché. Personne ne pourrait pas s'interposer entre nous… sauf elle. Je lui laisse ce droit ici. J'ai besoin qu'elle puisse, cette fois, se refuser. Mais ça n'est pas ce qu'elle fait. Elle en est juste incapable.

D'ailleurs, elle se redresse tout à coup et se jette sur moi, mais je suis prêt à l'accueillir. Je prends ses lèvres et la dévore. On se presse l'un à l'autre est bientôt je sens ma queue contre son sexe, contre lequel elle se précipite.

La décharge de plaisir que j'en ressens me traverse tout entier. Mes doigts agrippent ses reins et je la frotte à moi pour l'allumer. Aussitôt, elle ferme les yeux et gémis.

Elle vient attraper ma bite et la serre avec force, faisant grimper en flèche mon envie d'elle. Elle commence à me branler et s'en sort plutôt bien pour une vierge. A l'idée de l'âge qu'elle a et de ce que je suis en train de lui faire, sans y être contraint, une vague honte me taraude, mais pas assez forte pour que je retrouve la raison. Ma propre excitation finit de me faire perdre tout self-control. Sans pouvoir m'en empêcher, je la laisse faire, me soumettant à ses caresses. Volontairement. Depuis quand je n'ai pas fait ça ? Avec n'importe qui ? En étant consentant, je veux dire…

Elle s'attaque à mon jean pour m'en libérer, et me touche directement sans la barrière de mon boxer. Mes hanches se mettent à bouger et je me branle dans sa paume, prenant mon pied sans m'inquiéter de la choquer ; au contraire, elle accompagne le mouvement, me dévisage avec un air trouble. Elle aussi adore ce qui se passe, elle a envie de moi, que je baise sa main ainsi.

J'attrape son sein entre mes lèvres, juste pour la provoquer et elle sursaute. Sans réfléchir, je l'aspire assez fort pour y coller un suçon me moquant bien de ce qui adviendra demain ou si elle en garde la trace.

Ses gémissements me font l'effet de coup d'électricité, tout mon corps est sous tension, aimant trop la voir ans cet état. Je commence à la caresser, frottant le clito, le pinçant pour qu'elle tangue plus fort contre moi et ça marche à merveille ; elle a même l'air d'avoir du mal à se concentrer sur ce qu'elle me fait.

Un cri lui échappe, plaisir et douleur. Un jeu de pouvoir se joue entre nous : qui fera le plus de bien, qui arrachera un gémissement à l'autre… et on semble assez bon tous les deux, faisant grimper l'excitation entre nous à toute vitesse. Je ne sais pas combien de temps il me reste avant de décharger, mais ça ne va pas durer, j'ai trop envie.

Elle redouble de zèle, me branlant si bien, si fort, sa paume autour de mon membre qu'une seconde je la lâche, je vois l'éclat dans ses yeux quand elle le réalise.

Aussitôt, elle me repousse et se penche en avant, empalant ses lèvres sur ma queue sans que je m'y attende. Pour une vierge, elle n'a pas l'air pas trop hésitante, l'audace remplaçant l'expérience. J'ai été souvent sucé ici, très bien, mais là c'est autre chose.

Ses lèvres, ses dents, sa langue, tout est maladroit, mais la force qu'elle y met... ne pas décoller me demande un effort. Elle suce de mieux en mieux, attentive à mes réactions, je la vois même sourire quand un râle m'échappe.

Elle me tire vers le bord du lit, se met à genoux et cette vision me fait bander plus fort. On entend plus dans la pièce que le bruit de ma respiration hachée. Putain, c'est juste excellent !

Elle enfonce loin ma queue dans sa bouche et je réalise qu'elle a vraiment un don pour ça, ou une motivation à me faire perdre la tête au-delà de toute raison.

Mes hanches ruent en avant, j'ai besoin de la baiser, de prendre cette jolie bouche encore plus profond, mais je résiste, étrangement conscient que c'est sa première fois... je dois peut-être la ménager un peu, oui. D'où me vient cette pensée ?!

Pourtant, loin de m'encourager à la retenue, elle saisit mes mains et les colle sur sa tête. Ce geste de soumission réveille la partie sombre de moi ; celle qui a aimé lui faire tout ça, qui aime la voir à mes pieds et veut plus que ce qu'on fait là, vierge ou pas.

Complètement coupé en deux dans mes envies et ce que je devrais ou pas faire, son comportement me fait basculer. J'ignore un reste de raison pour écouter mon corps et ce qu'il me crie. Je vais la baiser à lui faire mal. Elle n'aurait pas dû me provoquer ainsi, tant pis. Elle a envie de ça et d'être dominée que je prenne tout ce qu'elle à me donner et, coup de bol pour elle, ça me va très bien.

Je saisis une poignée de cheveux à pleine main, plus aucune douceur ne va me guider, elle n'attend pas ça de moi. Je pousse ma queue en elle, fort, avec un coup de rein sec et je la vois qui peine à s'adapter, pourtant elle tourne la tête et s'applique à me sucer profondément.

Je la maintiens, je vais et viens entre ses lèvres, avec la pensée confuse qu'après avoir pris sa bouche comme il se doit, le reste sera bientôt à moi et que je veux tout. Sa bouche, son sexe et son cul. Rien ne m'échappera de cette femme j'en fais le serment putain.

Je geins et elle m'imite, comme si la transe dans laquelle j'ai basculé avec une espèce de frénésie, de besoin viscéral d'être en elle l'excite aussi. Je suis sûre que si je touchais sa chatte elle serait trempée.

Quand elle recule, elle me garde en bouche pour pouvoir me dévisager. Ainsi à mes pieds cuisses ouvertes, elle est magnifique. Ma chienne soumise avec un besoin de cul et d'être prise qui la domine tout entière, je crois qu'elle ferait n'importe quoi si je l'exigeais d'elle. Cette idée pousse toujours plus mon côté sombre, l'envie d'aller plus loin et de tout envahir d'elle.

Je vois dans ses yeux qu'elle adore ça. La peur n'est pas là, elle a juste l'air d'avoir hâte et qu'elle aime ce qui se passe, qu'elle doit mouiller, ce qui me plonge dans un état second.

Une seconde je me demande si c'est l'effet de ce lieu, si un autre mec pourrait lui faire un tel effet ce qui me tend aussitôt. Non, elle est à moi. Et si ce n'est pas encore le cas, je vais mettre mon empreinte si profondément en elle qu'elle n'aura plus jamais aucun doute sur ce point.

À nouveau elle recule, arrêtant pour de bon de me sucer pile quand je me pense proche de jouir. Sans réfléchir, je jure comme un charretier avant de m'écrier :

— Hope, merde !

Elle me défie clairement du regard et je repense à quand elle s'est montrée dominée, puis dominante, sa façon de jouer entre les deux. Puis je réalise qu'elle veut juste se venger. Venger de ce que je lui fais en bas où j'ai exactement fait ce genre de truc pour la rendre folle, repoussant ses orgasmes aussi loin que possible sans m'en cacher. Elle s'éclate à me le faire payer.

Quelque part, ça pourrait me foutre en rogne, mais ainsi elle rectifie l'équilibre. Et que ça n'est peut-être pas plus mal.

L'idée que c'est contradictoire ne me chagrine même pas, mais une autre question me vient : est-ce qu'elle vérifie si je vais la forcer ici ? La violer ou la rouer de coups pour la forcer à obéir ? Pourtant dans ma tête une chose est évidente, j'ai envie de la prendre, d'imprimer en elle une empreinte indélébile… mais pas de la violer. Pas là. J'aime qu'elle se soit mise à genou d'elle-même, preuve qu'elle le voulait que ça n'avait rien à voir avec ce qu'on peut faire en bas. Je préfère.

J'ai les tendons saillants, une frustration que je n'ai peut-être jamais ressentie me tord le ventre. Mais je ne moufte pas. Cette fois, je n'exigerai rien de force. J'ai envie de la malmener, mais qu'elle se laisse faire, qu'elle me le demande même.

Quand elle me suce à nouveau, c'est différent. Plus… doux. Me lapant, sa langue me cajole avec une sorte d'application qui me sidère, je la regarde longuement faire, écartelé entre le plaisir qu'elle me procure et la façon dont elle le fait, surtout. Pourquoi c'est si… attentif ? Je n'ai pas le mot pour le décrire. Ce n'est pas vraiment ça, mais tout ce qui me vient n'a pas de sens au Pensionnat.

Pourtant je bascule bientôt, impossible de penser à autre chose que ce qu'elle me fait. Le bref temps où elle m'a lâché m'a à peine permis de redescendre et je dois résister comme un malade pour ne pas jouir dès à présent. Mais putain, je suis prêt à m'y mettre toute ma foutue énergie ! Jamais ça n'a été si bon si… je ne sais pas ce qu'elle me fait, mais jamais je n'ai vécu ça.

Ma tête part en arrière, je suis totalement offert à ses caresses et la laisse mener la danse, le moindre mouvement pouvant rompre cet équilibre si parfait qu'on a atteint.

J'ai beau lutter, ça revient. Ma queue tressaute dans sa bouche, gonflée à bloc et sur le point d'exploser. Lorsqu'elle effleure mon frein de ses dents, j'éructe un soupir douloureux, et sens du sperme s'échapper de mon sexe, prémices de ce qui va suivre. Loin de la choquer, ça doit lui plaire, car elle me lèche avec une application proche de la dévotion.

Puis, soudain, elle plonge en avant et me prend tout entier ou presque dans sa bouche, si loin que sous la pression, je décharge. Sans y penser, je la retiens parce que j'en crèverais qu'elle me lâche maintenant. Elle gémit et avale, se frottant à moi avec une sorte de moue qui me rend dingue quand je la contemple entre mes cils.

Finalement, je la force à reculer et tombe avec elle à genoux sur le sol. C'est la meilleure pipe et caresse intime, car c'est bien ça, au final, qu'on m'a jamais fait. J'ai le souffle court, le cœur qui bat à dix mille… et encore envie de la baiser à lui en faire trembler les jambes.

Elle a du sperme au coin des lèvres. C'est cru, érotique, et putain je n'ai juste jamais vu quelque chose d'aussi bandant. Mon sperme. Sur elle, jusqu'au fond de sa bouche que j'embrasse aussitôt, parce que si je ne le fais pas j'ai l'impression qu'un truc va se passer et j'y laisserais ma santé mentale. Ou c'est trop tard, j'ai déjà dérapé dans la folie.

On bascule sur le sol, je la recouvre de mon corps, j'ai besoin de me frotter contre elle, de la pénétrer, absolument. Hope, après un instant d'immobilité étrange, se raccroche à moi, comme si elle réalisait avec un temps de retard ce qui est en train d'arriver et avait besoin de me toucher pour y croire.

Puis je me rends compte qu'elle pleure. Ses paupières sont fermées, mais des larmes s'en échappent.

— Hope ?

Le retour de claque est violent, me faisant redescendre d'un coup. Elle détourne la tête et mon cœur, parce que c'est bien lui, se serre. Je ne l'ai pas forcé, si ? Est-ce que j'en suis à un stade où je viole une fille sans m'en rendre compte ? Que je tiens sa nuque en pensant qu'elle prend son pied alors qu'elle ait dégoûtée ? Est-ce que je suis à ce point totalement foutu ? Un tremblement secoue mes épaules sous le choc.

Mais c'est le moment qu'elle choisit pour mordre mon biceps sans ménagement et ça n'est pas pour me repousser. Peut-être me punit-elle encore, mais ça, je peux le comprendre et l'accepter. Ce qui a de l'importance c'est sa façon de m'agripper, comme pour me garder contre elle.

Je grogne et la plaque de mes reins au sol. J'ai envie de la pilonner comme je n'ai jamais eu envie de quoi que ce soit dans ma vie. C'est plus que sexuel, c'est physique, un besoin que je ne peux ignorer sans en crever à petit feu.

Je me frotte à elle comme si je la baisais déjà, sans sous-vêtement ça serait le cas d'ailleurs ; ma queue a nouveau dressée frappe contre elle ce rempart de tissu.

Confusément, je réalise : si je le fais, ici et maintenant, elle ne sera plus vierge. Il y aura des conséquences ça va être… quand je capte son regard de biais, que sa paume se faufile entre nous pour me saisir, quelque chose vrille en moi.

J'ai froid. La colère qui ne me quitte jamais, même quand je dors, s'avive d'un coup : elle s'est foutu de moi bordel ! Tout ce qu'elle avait en tête, c'est clairement se faire dépuceler pour échapper à son sort. C'était pour ça cette façon de me sucer ? Quel con !

Ma main, chope son poignet presque sans avoir conscience. J'ai envie de hurler de frustration. J'ai la rage putain ! Toute ma vie on m'a manipulé et voilà que, même elle, petite vierge innocente vient me la faire à l'envers pour me baiser ? Ma voix claque comme un fouet :

— C'est ce que tu veux faire depuis le début ? Tu as été jusqu'à me sucer pour me convaincre de faire ça loin des regards ? C'était pour ça ?

J'éclate de rire, trop dégoûté.

— Il me semblait aussi.

Comment j'ai pu penser que ce qui se dessinait entre nous n'avait rien à voir avec ce lieu pourri jusqu'à la moelle ? Après toutes ses années, j'ai encore des rechutes ou je crois aux miracles ? Pathétique. Je suis juste pathétique…

D'un bond, je me relève, et contemple au sol Hope, cuisse ouverte, lèvres gonflées et des traces de mon sperme partout sur ses vêtements ; elle est totalement en vrac. Son expression est choquée, mais je ne m'y attarde pas. C'est une foutue bonne actrice !

— Casse-toi, immédiatement.

Maladroite, elle se redresse et m'obéis avec des gestes désordonnés. Dès que la porte s'est refermée sur elle, l'envie de péter un truc me vient. N'importe quoi. Sans réfléchir, je balance le point et explose une planche en bois sur le côté de mon armoire branlante, ça ne me fait ni bien ni mal. Je suis sûrement déjà mort, c'est pour ça.

Je suis en enfer. Et je continue à errer et commettre les mêmes erreurs…

Sauf qu'une pensée me traverse l'esprit. Hope a failli être violé tout à l'heure. Il reste des mecs pleins la baraque à cette heure… Je la déteste, à cet instant, je pourrais la buter putain… pourtant, je sors de ma chambre et longe le couloir la mâchoire raide, avec la démarche d'un automate.

Je la trouve prostrée à l'angle, comme si elle était incapable d'avancer ; la pitié que j'en ressens attise encore ma haine.

Je la dépasse et crache au passage

— Hope, avance !

Ma colère est telle que je ne vérifie pas si elle obéit : elle a intérêt, point barre ! J'entends ses pas maladroits quand elle me suit.

Devant le dortoir, je la laisse en franchir le seuil sans un regard pour elle, contemplant un mur sale qui aurait bien besoin d'être lessivé. Dès qu'elle y est entrée, je fais demi-tour et, si je n'étais pas si conscient de cette putain de fille, tout mon corps en permanence tourné vers elle sans que je sache pourquoi, j'aurais sûrement raté le dernier mot qu'elle me lance :

— Merci.

Ma nuit est mouvementée et je dors super mal, malgré le temps passé à épuiser mon corps par toute une série d'exercices. Je rêve d'avant le Pensionnat, de Lake, de moi et elle enfant qui jouons, riant comme des gosses insouciants. J'ai presque pitié de ses enfants qui ne savaient pas ce qui va leur arriver.

Lake me manque comme un membre fantôme. Je l'imagine, je l'appelle, je lui parle… avec le temps c'est plus difficile, moins net, et quelque part c'est pire. Il y a de la culpabilité, la peur d'oublier. Mon sentiment de solitude est si fort que je pourrais le situer dans mon corps. Lake est ma part d'humanité. Sauf qu'elle m'échappe petit à petit, je suis ici depuis trop longtemps et tout ce qui n'est pas mon quotidien s'efface.

Pour autant, je ne pourrais jamais renoncer et planter Blanche. Impossible. J'ai besoin de rester là comme une promesse qui n'a plus lieu d'être mais qu'on doit tenir. Peut-être qu'un jour elle me dira où elle se trouve et j'irais la rejoindre. Dans quel état, ça… mais peut-être s'en sera-t-elle mieux sortie que moi.

J'ai toujours été la mauvaise graine des deux. J'avais l'idée des conneries, je prenais les punitions pour nous et les claques pour deux. C'était mon rôle. La plupart du temps j'étais celui qui avait provoqué les désastres qu'on commettait, donc ce n'était que justice.

Justice ? Qui avait inventé ce mot ? Pas quelqu'un qui avait séjourné au Pensionnat.

Je me réveille presque nauséeux après une gueule de bois. Les moments passés en tête à tête avec Hope me reviennent aussitôt. Cette réalité parallèle qu'on a mise en place sans s'en rendre compte en la volant aux autres… à moins qu'elle ne l'ait aussi planifiée ?

Quelle que soit la raison, je dois être gravement atteint ou vrillé, cette fille m'a fait un truc parce que je commence à me dire qu'elle n'a pas voulu me manipuler la veille. Ou pas pendant la fellation. Après, peut-être, mais maintenant que j'ai pris du recul : qui ne tenterait pas sa chance pour échapper au pire ? Peu importe le moyen, ça me semble… de bonne guerre.

Je lui en ai fait voir, elle a repéré une opportunité et a plongé. Pourquoi je suis si sûr de moi alors qu'hier je pensais voir clair dans son jeu, je ne sais pas.

Quand je me fie à quelqu'un, je me plante. Toujours. Exemple, mon deal avec Blanche : elle devait me dire pour Lake, mais je n'ai pas pesé assez mes mots et elle m'a enflé, me forçant à demeurer ici peut-être toute ma vie et ne se débarrassera de moi qu'au moment où elle n'aura plus besoin de larbin, donc jamais.

Les filles du Pensionnat que j'ai pris en pitié me l'ont toutes fait à l'envers à un moment donné : dénonçant la drogue ou la pilule que j'avais récupéré pour elles après multiples galères, m'accusant d'avoir mis un terme à celles qui tentaient d'extorquer quelque chose des vigiles ou des clients – en pure perte.

Rien n'ici est appelé à être vrai. J'en ai conscience. Et ne dois pas me laisser avoir à nouveau, il est question de ma vie, mais pas que ; qui va aider Lake si je me fais baiser par le Pensionnat et qu'on me tue ? Elle aura besoin de moi, ça sera une junkie – mais je n'espère pas elle était assez forte pour tenir – ou elle aura été estropiée et incapable de bosser, ou, plus probablement, juste brisée par trop d'années d'esclavage sexuel. Peut-être même qu'elle est déjà… je bloque là le flot de mes pensées, l'ayant imaginé mille fois plus bas que terre. À chaque fois je ne parle pas de la journée et je manque de peu de faire de grosses conneries.

Putain, pourquoi Hope arrive, sans le savoir, à faire vaciller mon monde ? Croit-elle vraiment que j'entraîne beaucoup de nanas dans ma chambre pour les laisser me sucer et les prendre à même le sol ? Pas une fille avec qui j'ai dérapé n'est venue ici. Ça a toujours eu lieu entre deux portes, dans un recoin sombre ; c'est l'avantage de connaître un lieu comme sa poche, même si le lieu en est question est l'enfer.

Je dois tenir Hope à distance. Absolument. Peu importe si ce qui se passe et qu'elle y reste : plonger avec elle c'est abandonner Lake à son sort et je m'y refuse. Ma fidélité est déjà acquise à quelqu'un, Hope n'aura qu'à lutter seule…

***

Le soir venu, je m'attends à une nouvelle séance avec Hope et n'ait aucune idée de comment je vais le gérer. Étrangement, Blanche n'a pas essayé de me voir en tête à tête pour en parler alors qu'en général j'ai des consignes assez précises.

À l'idée de toucher Hope à nouveau, j'ai envie de partir en sens inverse… et ça m'obsède franchement. On dirait un camé qui a besoin de sa dose.

Pourtant, quand Blanche je ne m'attends pas à ce qui va suivre.

— Bonsoir à tous. Nous avions un programme que vous connaissez tous concernant notre jolie Hope… mais que nous sommes obligés d'abandonner. En effet, une de nos filles a enfreint les règles. Il nous faut sanctionner à la hauteur de la faute, et cela risque d'être assez sévère. Nous reportons donc l'initiation de Hope à demain, mais pour me faire pardonner, l'entrée de demain sera gratuite pour tous ceux qui étaient venus pour elle. Et, petite compensation, ce soir vous pourrez participer…

En réalisant ce qui est en train de passer, mon cerveau tourne à dix mille : depuis quand Blanche planifie ce genre de chose sans me prévenir ? Sans que je sois dans le coup, même malgré moi ? Loin du soulagement de m'en laver les mains, je commence à psychoter : il y a une raison, il y en a toujours une. A-t-elle découvert ce que moi et Hope nous avons fait ? N'ai-je pas été assez prudent ? Il y a eu l'histoire avec Chica, mais je doute que ça soit la raison, il y a forcément autre chose…. Quoi ?

Je croise le regard incrédule de Hope, cette dernière semble osciller sur place, ne croyant pas à sa chance d'y réchapper – temporairement. Mais je suis trop agité pour réagir, puis je me suis promis de me tenir à distance.

Quand les filles débarquent l'une après l'autre et s'installent sur la coursive pour assister à ce qui va suivre, que je réalise qu'elles ont toutes eues le message sauf moi, mon malaise s'amplifie. Ça pue. Carrément, je ne sais pas à quel point je suis dans la merde, mais je parierais qu'il y a un gros souci.

L'ambiance dans la salle est à couper au couteau, personne n'ose bouger, jusqu'à nos clients les plus chiants habituellement.

Enfin, Mick apparaît traînant avec lui une Loli totalement amorphe. *PUTAIN ! C'est pour ça, c'est parce que c'est Loli dont il est question !* Personne ici n'ignore qu'on s'entend bien, mais on nous laisse tranquilles. Surtout car aucun de nous n'a été assez con pour se comporter bêtement : pas de sexe, pas d'histoire, pas de faveur visible… j'ai toujours été prudent et elle ne réclamait rien, en tout cas en public, trop maline pour ça. Même Blanche avait appris à fermer les yeux sur cette espèce de complicité « d'anciens » qui nous réunissaient ; ça n'entravait pas le business. Mais voilà pourquoi elle m'a tenu éloigné, pour m'empêcher d'intervenir.

Je serre les poings très fort, m'astreignant à une discipline de fer pour ne rien laisser paraître. Même quand je réalise que Loli est totalement défoncée, celle qui jamais n'a pris la moindre drogue en plusieurs années.

Putain de bordel, qu'est-ce que Blanche a foutu ?!

Cette dernière poursuit son speech :

— Loli, l'une de nos plus anciennes protégées, a enfreint une des règles de base. Un incontournable que j'ai posé il y a longtemps maintenant, annonce Blanche d'une voix forte. Elle a consommé de la Red. Cette drogue est formellement interdite ici.

Hope croise à nouveau mon regard, et, à ma grande surprise, semble aussi perplexe que moi ; Loli et elles s'étaient rapprochées ? Quand ?

— Pour la punir… je vous la livre, enchaîne Blanche. Tous autant que vous êtes, vous qui étiez venus pour Hope, pensant sans doute à tout ce que vous pourriez lui faire dimanche… c'est le moment de vous entraîner. Lâchez-vous. Loli est à votre disposition. Quelle que soit votre envie, vous allez pouvoir l'assouvir. Vous êtes nombreux, il faudra juste réussir à vous la partager, car pour les prochaines heures, elle est tout entière dévouée à vos fantasmes aussi cruels, noirs ou pervers soient-ils. Aucune restriction ou limite, messieurs. Amusez-vous bien !

Cette déclaration, définitive et mortelle résonne dans la pièce quelques secondes. Les filles en haut s'agitent, j'en vois une porter la main à sa bouche, toutes savent parfaitement jusqu'où cette histoire peut aller.

Je baisse les yeux et fixe le sol, je tente de trouver une solution, vite ! Loli est foutue si je ne parviens pas à… je cherche, conscient que chaque seconde qui passe précipite le désastre : c'est sur le point d'arriver… et je ne trouve rien. Putain, Loli va y rester. Ils vont la massacrer comme une bande de chacals sur une proie qu'on a bien pris soin d'affaiblir en la droguant.

Mes paupières se ferment alors que je réalise que je ne vais rien pouvoir faire. J'ai un goût de bile en bouche et revois par flashs les dizaines de conversations que j'ai eu avec elle, et même quelques moments complices, des rires… rares, certes, mais qui ont eu lieu.

La poitrine serrée à me faire mal je me sens comme un prisonnier, pieds et poings liés, totalement impuissant. Elle va y passer et ma position, tout ce que j'ai accepté de faire pour Blanche, m'avilissant toujours plus pour elle… tout ça n'aura servi à rien, je ne pourrais rien faire.

Quand le pas lourd des premiers hommes qui réagissent et se mettent en marche pour s'emparer en premier de Loli me parviennent, je crispe un peu plus les paupières, au bord de la nausée.

Finalement, comme par respect pour elle, j'arrête de fuir cette réalité et me force à ouvrir les yeux pour me punir, pour imprimer à jamais ce qui va se passer dans mes rétines. Ils sont déjà dix autour d'elle, elle a les jambes écartées. Ça commence…

L'image de prédateurs et de proie me revient en même temps qu'un flash de Loli à l'une de nos soirées secrètes une after après que les clients soient partis, nous avions organisé ça pour l'anniversaire d'une des filles. Je la revois rire, plaisanter et danser sur une table…

Sans y penser, je secoue la tête. Aucune de celles qui la contemplent de là-haut ne bougera pourtant… et moi non plus. Nous avons tous été proches de cette fille et on va assister à son exécution sans s'interposer. La pire forme de toutes ici, qui plus est… Si je pouvais, je me vomirais. Respirer m'est difficile tant je suis écrasé par une culpabilité brute.

Puis je réalise que Hope détaille tout ça. L'horreur dans ses yeux a encore une autre ampleur que ce que je dois ressentir : elle s'imagine à la place de Loli. Puis l'idée que, Hope, au moins, je peux la sauver de ça, de l'anticipation de ce qui arrivera forcément s'impose à moi.

Sans attendre, je la rejoins et tire sur son bras avant de lui intimer à voix basse :

— Viens.

Comme elle ne réagit pas, je la traîne à ma suite, persuadé que lâcher ainsi une meute sur une fille n'est pas sans conséquence, quand ils en auront fini, ils vont se déchaîner sur toutes celles qui vont leur tomber sous la main. Hope doit se barrer, et vite. Avec cette histoire d'initiation et sa beauté naturelle, elle ne doit pas rester dans le coin.

— Accélère ! je la presse dès qu'elle fait mine de ralentir.

Finalement, elle semble enfin se réveiller et me suis sans moufter, courant presque. J'essaie de me fermer hermétiquement aux bruits de bagarres et aux cris de la salle, pensant à la dernière fois où j'ai croisé Loli et où une fille lui demandait qu'elle serait la première chose qu'elle ferait une fois libre. Je me figure parfaitement son expression à ce moment-là, cet espère de sourire cynique, accompagné d'une moue.

— Voler.

La fille en face avait pris ça pour une blague ou une façon de parler de deltaplane, l'interrogeant à nouveau, mais je compris mieux : Loli avait été plus clairvoyante que moi. Parce qu'une seconde au moins, j'avais cru qu'une y parviendrait. Loli avait une force hors du commun et une résistance dont peu ici pouvaient se vanter... Mais il y avait Blanche.

Quand nous pénétrons dans le réfectoire, il est désert, en toute logique. Elle s'effondre sur un banc et, plus mesuré, je m'assois en face de l'autre côté dans l'allée. Nous sommes à quelques pas l'un de l'autre sans témoin pour la première fois depuis l'épisode dans ma chambre.

— Tu trembles, je finis par murmurer.

— Et toi, tu ne fais plus la gueule.

Je soupire.

— Non. Tu avais raison d'essayer, n'importe qui l'aurait fait. Ma réaction était stupide... mais c'est la première fois que j'ai à ce point l'impression qu'une fille se... prostitue pour obtenir ce qu'elle veut de moi et l'idée m'a... tu n'as que quinze ans, je rappelle en grimaçant.

Elle me détaille, pensive. Son regard sur moi a l'air différent. Qu'est-ce qui a changé ?

— À quoi tu réfléchis ?

— Honnêtement ?

Ça me donne envie de rire.

— Ça existe ici ? J'en doute. L'honnêteté, c'est quand on a encore de l'espoir et une conscience, ce lieu n'en a pas vu depuis longtemps.

L'expression de Hope est claire : elle semble d'accord avec moi.

— Je n'ai pas fait ça pour me... prostituer, ou pour t'acheter. J'en avais envie.

Une seconde, je reste immobile pas sûr de ce que je viens d'entendre.

— En fait, parler de ça en sachant ce qui se passe en bas avec Loli…

Je comprends ce qu'elle veut dire, mais j'en ai encaissé dans cet endroit pour répondre sans hésiter :

— N'y pense pas.

Ma voix a sonné plus méchamment que je ne le prévoyais, mais c'est la stricte vérité. Ne pas penser, ne pas se laisser rattraper : trop dangereux…

Hope me dévisage avec curiosité, comme si elle devait trouver la signification de mes paroles. Alors je décide de me montrer honnête.

— Tu veux trop comprendre. Arrête. Parce qu'essayer va te bouffer. Rien n'a de sens. Tout ceci c'est… ça te flinguera de chercher une raison à ce qui se passe ici. Tu finiras par croire que tu le mérites ou que tu as fait quelque chose. Accepte que tout ça n'est qu'un truc cruel, dingue, et ça sera plus simple.

Hope semble y réfléchir sérieusement.

— Ça t'aide, toi ?

À mon tour de peser sa question, pas sûr de ma réponse.

— Un peu.

Il me semble : c'est ce qui me maintient la tête hors de l'eau. Ça et la certitude que, si je tout ça est bien fait pour moi car je suis un connard fini, Lake non. Elle n'avait rien à foutre là. Contre toute attente, je ne peux m'empêcher de gratter mes plaies en repensant à sa sortie de tout à l'heure.

— Pourquoi tu me mens ? j'attaque, frontal.

— Comment ça ?

— Je t'ai dit que j'avais compris pour… l'autre fois. C'était normal d'essayer.

Elle se mord les lèvres et mon envie de l'embrasser revient. Je n'en ai pas le droit. Mais au lieu de me répondre, elle me surprend en remarquant d'une voix atone :

— On m'a raconté pour Lake.

Mon corps réagit le premier, je sens mon dos devenir dur comme la pierre, je me fige tout entier. Elle me fait signe d'attendre, comme si elle redoutait ma prochaine action.

— Je ne pouvais pas oublier d'un coup, c'est toi qui en as parlé le premier.

Impossible de réagir, je suis bloqué. Evoquer Lake c'est… je ne l'ai pas fait depuis des mois, même des années. La dernière fois, c'était avec Blanche et elle m'a piégé totalement : après tout ce temps, je ne sais toujours pas où ma jumelle a été emmenée et dans quel bordel elle a échoué. Après une hésitation, Hope chuchote, comme si elle lisait dans mon esprit :

— Blanche doit toujours te dire où elle est ?

Je ne dis rien, indécis. Peut-être que je pourrais devenir méchant. Ai-je besoin qu'on me rappelle que j'ignore tout du sort de ma sœur ? Que, si ça se trouve, les choses resteront éternellement ainsi jusqu'à ce que je crève, d'une manière ou d'une autre ? Hope doit lire quelque chose sur mon visage car elle se tasse sur elle-même avant de murmurer :

— Pardon.

C'est parfaitement logique. Elle me craint. Je la fais flipper alors elle présente ses excuses car elle croit que c'est ce que j'attends. Après tout, je l'ai frappé, rudoyé… c'est normal. Sur le ton du constat, je remarque :

— Tu as peur de moi.

Elle n'a pas besoin d'approuver, on sait tous les deux que c'est vrai, pourtant elle finit par soupirer.

— Oui.

Toujours tendu après l'évocation de Lake, me sentant à vif, j'attaque.

— Mais tu m'as sucé. Sans que ça soit pour obtenir quelque chose, selon toi.

Je me penche vers elle pour capter l'éclat de son regard, mais aussi pour lui imposer une forme de silence. Sauf qu'au lieu de l'impressionner et la pousser à reculer, cette chose familière revient entre nous, pleine d'électricité.

— Je n'ai pas dit ça.

Surpris, je fronce les sourcils.

— J'ai seulement dit que je ne voulais pas quelque chose de toi et que j'en avais envie… et c'était vrai. Je ne devrais pas. C'est tout.

Je la dévisage, pensif. La tension entre nous ne fait que grimper, j'en suis à me demander si on va se sauter à la gorge ou se renverser sur une table pour se culbuter une bonne fois pour toutes.

Mais elle a raison, terriblement raison.

— Non, tu ne devrais pas.

J'ai admis ça sur un ton tranquille, car je n'ai pas de mal à le faire. Je ne devrais pas non plus être là : je devais la fuir. Et pourtant… Finalement, je décide de lui répondre bien que ça soit un peu tard, révélant quelque chose que je n'ai dit à personne, même pas à Loli :

— Blanche doit toujours me dire où est Lake. Je pense que l'endroit où elle se trouve est pire qu'ici. Elle aurait eu un enfant un an après notre séparation, et il est mort-né.

Elle étrécit les paupières, réfléchissant visiblement à toute vitesse.

— Mais vous avez passé l'âge où on devait vous libérer, tu n'as pas peur qu'elle soit retournée dans la vie… normale ?

Je m'attendais à un peu à cette remarque : les gens ne nous comprennent pas.

— Pas vraiment. Je suis presque sûr qu'elle aura fait le même choix que moi de vouloir me retrouver avant toute chose. Elle n'a personne sinon, repensant notre enfance, puis notre adolescence quand on s'est retrouvéS orphelins, ballotés de foyers en foyers. C'est plus dur pour les filles ce genre de lieu…

Je repense à la façon dont nos parents sont morts tous les deux brusquement, fauché par un camion sur l'autoroute. Hope semble intriguée.

— Pourquoi ?

Si la question lui tient à cœur, la manière dont elle fixe mes lèvres me perturbe ; je ne sais pas si elle rappelle nos baisers ou si elle espère ainsi me faire avouer quelque chose.

— Parce que je suis un homme.

Elle tique, visiblement ne faisant pas le lien. Et je préfère lui dire, ruinant tout élan romantique qu'elle projetterait sur moi.

— J'ai conscience de ce qu'on a dans le crâne. J'ai parfaitement conscience d'à quel point on peut être tordu, foutu et faire du mal ou détruire tout ce qu'on touche, j'explique avec un calme olympien. Regarde, Hope. Tu as quinze ans, et j'ai osé te... Quinze ans.

Je caresse sa joue, me disant que je suis la pire des merdes. Elle semble hésiter.

— J'ai dix-huit ans. Blanche le sait. Elle a été trompée en... en m'achetant.

Le choc me paralyse une seconde et un poids invisible glisse de mes épaules... l'a-t-elle fait pour ça ? Elle ne devrait pas me faire ce genre de fleur. Je ne le mérite pas. Au fond, je ne peux même pas dire que c'est dangereux : je ne me serai clairement pas arrêté à ça. Des types bien, le feraient, j'ai la preuve que je n'en fais pas partie. En repensant à ce qu'on a vécu tous les deux. Après une courte pause, je déballe sans la moindre émotion :

— Ça ne change rien, je finis par estimer, honnête. Une part de moi à aimer tout ce que je t'ai fait, Hope. Qu'est-ce que tu dis de ça ? Et tu sais ce qu'il faudra te faire demain ? Ce que j'aurais dû te faire ce soir ? Je vais devoir te baiser, Hope. De toutes les façons possibles. Ça sera dur, brutal. Ça te fera mal tant ça va être intense...

Elle frissonne. Enfin, elle comprend. Lorsqu'elle fuit mon regard, je vois qu'elle fixe mon entrejambe. Et ce n'est que là que je réalise : je bande. J'avoue ce que je suis, ce que j'ai fait ou dit... et ça me fait bander.

Plus tordu et foutu que moi, ça n'existe pas. Ce serait presque risible.

Hope a la réaction que toute personne saine d'esprit aurait – et comme elle vient d'arriver ici, son esprit n'est pas encore foutu, preuve en est –, elle se lève, puis s'en va sans se retourner.

Elle a raison. Vraiment. Mais elle donne un coup précis dans quelque chose en moi dans ma poitrine… et c'est mon cœur. Le salop que je suis a eu ce qu'il méritait.

11

Loli est morte. Au départ des clients, je l'ai retrouvée dans un état que je voudrais pouvoir oublier mais qui me hantera toute ma vie. Je ne pense pas que ça soit des hommes, ou si, car les animaux n'ont pas tant de perversité.

Moi et Mick l'avons emmené dans un salon à l'écart et je suis resté avec elle, conscient de comment ça allait finir. Vers cinq heures elle a convulsé, le médecin à qui j'avais laissé un message en la récupérant au départ des clients est arrivé trop tard, elle avait arrêté de respirer malgré mes tentatives de réanimation. J'avais demandé au doc de me montrer la technique, mais j'ai du mal m'y prendre, ça n'a rien changé. Ou il n'y avait rien à faire, je ne le saurais jamais.

L'idée que j'ai été nul ne me quitte pas pour autant. J'ignore même si elle réalisait ce qui lui arrivait, quand j'ai senti que ça dérapait, je lui ai tenu la main me disant que j'aurais aimé que quelqu'un soit là pour moi et fasse ce genre de chose, un signe, n'importe lequel. Ça m'a semblé tellement dérisoire malgré tout.

Ce qui a peut-être été le plus bizarre, au final, a été mon envie de rejoindre Hope. Pour rien, sans la moindre raison juste pour la voir dormir ou n'importe quoi d'autre, au lieu de rester auprès du cadavre de Loli le temps que le mec de la morgue puisse passer. Mais c'était lâche de détourner la tête de son état, si elle l'avait subi, je pouvais bien l'affronter. Et Hope n'avait rien à faire là dedans.

À la place, j'ai continué à veiller Loli plusieurs heures. Je n'ai pas pleuré, je ne sais plus faire. J'avais seulement la haine et une colère sans bornes. Heureusement, Blanche n'est pas venue. Je suis sûr que je lui aurais sauté à la gorge. Après des années à encaisser, ce genre d'événement devrait me laisser indifférent mais ça n'est pas le cas. Ça me démonte. J'ai peut-être atteint mes limites et je ne peux plus. Ou quelque chose a changé ?

Quand Mick et moi on l'a annoncé aux filles après avoir refilé Loli à ce bâtard des pompes funèbres pour qu'il aille la faire disparaître discrètement, j'avais juste envie de ne plus penser de ne plus rien faire pendant dix ans. Mais elles ont voulu des nouvelles, conscientes que Loli n'avait pas réapparu, ne se faisant pas d'illusion non plus. Elles n'ont pas pleuré. Elles sont restées immobiles comme si tout cela leur passait au-dessus. Je crois que c'est pire que tout : elles sont du même côté de la barrière que Loli et leurs réactions sont la preuve de tout ce qu'elles ont perdu, espoir, émotion… des coquilles vides. Mick fuit leur regard, moi je l'affronte percutant de plein fouet tout ce qu'on a pris à ses filles. Et c'est bien ainsi que je le ressens "on", je fais parti des connards qui ont fait ça. Mais ça me choque de les voir si réservés si... Loli a vécu ici depuis plus longtemps que la plupart d'entre elles. Puis je me dis, qu'elles veulent peut-être ne pas moufter devant nous, justement, et j'adresse un signe à Mick pour qu'on leur foute la paix.

Je vais m'écrouler dans ma chambre et dors quelques heures d'un sommeil de plomb. Quand j'émerge, je me douche et me change rapidement avant de rejoindre le réfectoire pour y récupérer de la nourriture.

C'est dans le couloir que l'écho du chant me parvient. Je reconnais la voix pour l'avoir déjà entendu, même si c'est rare. C'est Rine. Une fille métisse que les clients apprécient particulièrement. Elle est magnifique et a gardé une attitude qui la différencie largement, la rendant inaccessible quelque part, comme si tout glissait sur elle. Je crois qu'elle vient d'un pays d'Afrique en guerre, là-bas les exactions contre les femmes sont légions, le viol étant utilisé comme arme de guerre elle a grandi dans une violence sans bornes et a dû subir ça dès le plus jeune âge. Le Pensionnat n'en est que le prolongement.

Je m'interromps pour ne pas ruiner leur moment. Sa complainte est vraiment belle, je pense à des chants comme *Old Man River* même si ce n'est pas celle-là, sans doute est-ce quand même inspiré du gospel.

Finalement, si, même un endroit sans espoir comme le nôtre, tout au fond de l'enfer le plus sombre à ce genre d'instant de grâce, Blanche n'a pas tout détruit. Peut-être ne le peut-elle pas totalement. Le découragement qui pèse sur moi semble un peu s'alléger : je trouve fabuleux l'idée que cette maquerelle n'ait pas cassé en deux tout le monde ici. Blanche et Rine ont un passif, elle a voulu la dompter, mais cette dernière a subi un paquet de privation sans jamais obéir. Blanche a abandonné quand elle a réalisé que c'était justement son attitude particulière qui attirait les clients. Elle l'a donc laissé à l'état "brut" tant qu'elle ne ferait pas de vague et Rine s'y est appliquée.

Blanche peut-elle perdre ? Peut-on vraiment lui tenir tête ? Rine le fait quelque part. Et moi ?

Plutôt que d'y réfléchir, trop mal à l'aise, je me faufile dans l'arrière-cuisine dès le chant fini et me prépare un en-cas rapide pour tenir jusqu'à ce soir. Ensuite, j'irais faire du sport. Je soulève des bouteilles d'eau que j'ai lestées de terre, puis ficelées entre elles pour en faire des poids de fortune, avant d'enchaîner avec toute une série d'exercices pour garder un corps affûté. Ça et le fait que je mange très peu à tendance à me donner une musculature assez sèche.

Alors que je mâche ma nourriture sans plaisir, une seconde je pense à ce qui va se passer dans quelques heures : le retour de l'initiation de Hope.

Ça me déprime. Peut-être parce que, tout au fond, j'ai hâte. C'est à gerber. J'ai conscience d'être tordu, que j'ai perdu toute compassion ou intérêt pour les autres êtres humains, devenant une espèce de raclure qui ne survit que pour sa pomme, mais jamais je n'avais envisagé d'être aussi pervers que les clients qu'on reçoit.

C'est ça le vrai fond du problème. Comment ça a pu arriver ? Comment, juste ça. Je l'ignore. Et surtout est-ce mon séjour ici qui m'a lavé le cerveau ou ma perversion s'est-elle réveillée au contact de Hope ? Hope qui n'a rien demandé, et surtout pas ça.

Après tout, c'est peut-être la seule chose dont je peux me réjouir : au moins je suis réaliste et je sais à quoi m'en tenir sur moi-même. Je sais que c'est moi le souci, pas elle ; combien de nos clients j'ai entendu dire aux filles qu'elles avaient provoqué tout ce qu'elles subissaient à longueur de temps ? J'ai aussi été à leur place, je connais la vérité, tout comme les clients mais ils préfèrent se trouver des excuses. Voilà à quoi j'en suis réduit : être fier d'être un pervers clairvoyant que les salopards qu'il côtoie…

Blanche apparaît et jette un œil alentour avant de braquer son regard sur moi. Aussitôt, elle me rejoint d'un pas rapide et je me retiens de réagir, continuant de manger. L'image du corps de Loli totalement esquinté, couvert de marque me revient, je dois reposer ma bouffe pas loin d'avoir la gerbe.

Elle s'assoit en face de moi, d'une main vérifie l'état de son chignon, puis se racle la gorge. C'est un tic qu'elle a, mais ça n'a rien d'un signe de nervosité : que pourrait-elle redouter ? Je la crois plutôt sûre de son emprise sur ce petit univers qu'elle dirige à la baguette, ce que rien ni personne ne remet jamais en question, il faut l'avouer.

On se dévisage une seconde. Notre relation a quelque chose d'assez pourri. Comme si j'étais à son niveau quand elle me manipule tel un pantin, comme tous ici.

— Pour Hope, il y a un souci.

Je hausse un sourcil, surpris.

— Le paternel ne devait pas être à l'image de la mère, il y a des avis de recherches.

C'est effectivement assez rare : la plupart des filles qui atterrissent ici sont des rebus de la société dont tout le monde se fout, même leurs proches quand elles en ont encore.

— Et il m'a menti, elle n'était pas mineure.

Ça, je le savais mais je ne réagis pas ; Blanche n'a pas besoin de comprendre que j'étais au courant.

— Le docteur avait des doutes, je me contente de rappeler.

Son air se fait plus contrarié.

— Les clients semblent aussi moins prêts à investir pour le jour J donc on devrait accélérer et, comment dire ? Y aller plus franco.

Cette fois, je ris.

— Je la ménage trop ? je raille, pensant à la séance de SM qui a laissé des traces indélébiles sur sa peau ou les humiliations répétées qu'on lui inflige.

— Tu aurais pu être plus méchant, finit-elle par remarquer, indifférente.

Ou c'est ce qu'elle aimerait me faire croire, je repère finalement l'éclat dans ses yeux : l'avidité et la curiosité malsaine qui entraîne le pire chez elle. Attentif, je reste immobile sous son examen. Ça vaut mieux, nous sommes sur une frontière fragile et je ne dois pas me rater.

— Quelle est l'idée ?

Blanche semble baisser un peu sa garde, ma réaction a dû la rassurer.

— Un classique, mais d'une efficacité redoutable…

Ça veut tout et rien dire, j'attends donc sans broncher. Si elle espère me voir impatient ou si elle me teste, elle sera bien déçue. Elle ne doit pas deviner une seconde ce qui se passe avec Hope ; elle trouverait un moyen de s'en servir contre moi. Et contre, Hope c'est presque sûr.

Au lieu de me répondre, elle étrécit les paupières et finit par reprendre la parole.

— Toi, ici à me seconder… ça commence à faire un moment.

Méfiant, je la dévisage. C'est quoi ce nouveau jeu ?

— Je suppose. Je n'ai pas vraiment une bonne notion du temps, je rappelle, pince-sans-rire.

Ici on ne célèbre rien, ni Noël ni le Nouvel An ou aucune autre fête nationale. À part la température qui change, comment savoir les successions des saisons ? Si je ne sortais pas dehors de temps en temps, je n'en aurais aucune preuve dans le fond.

— Tu as déjà pensé à monter en grade ?

Le terme est si bizarre, que je tique.

— C'est-à-dire ?

Elle me détaille avec l'air d'un chat face à sa proie. Si elle peut en tromper, je doute qu'elle arrive à le faire à nouveau avec moi. Avec la manière dont elle m'a baladé pour Lake, il n'y aura plus jamais de confiance possible, si tant est donné que ce mot ait eu un sens entre nous – pas vraiment. Pourtant ça ne l'empêchera pas d'essayer.

Son visage est lisse, trop maquillé elle a des traits figés et durs. Son regard est celui d'un prédateur, froid, calculateur et sans pitié. Seule sa bouche détonne, pulpeuse et adoucissant vaguement son expression, mais elle ne sait pas sourire – pas réellement –, donc personne ne s'y méprend.

— Recruter des filles ? Aller les chercher, me les ramener… on commence à en repérer sur les réseaux sociaux par exemple. Certaines se servent de la géolocalisation de leur portable, tu pourrais aller me les récupérer, elles suivraient un beau gosse comme toi sans problème. Et je suis sûre que tu reviendrais toujours, n'est-ce pas ?

Blanche a un rire froid. Est-ce le moment de le tenter à nouveau ?

— Et en échange j'aurais le lieu où se trouve Lake, enfin ?

Elle pouffe, rejetant la tête en arrière.

— Pour que tu mettes les voiles aussitôt ? Je ne suis pas folle.

— Je pense avoir eu l'âge de partir d'ici depuis un bail, combien de temps je vais devoir rester avant d'avoir ma réponse ?

Blanche prend un air désolé.

— Nous n'avions rien fixé, tu en as conscience… tu m'es vraiment utile. Les filles te respectent, les gars aussi et tu connais la maison et ses règles par cœur. Tu as beau être mon bras armé et punir sans pitié, les filles continuent à se laisser avoir par ta gueule d'ange…

J'ai envie de rire tant c'est pathétique. Ange ? Déchu, dans ce cas. J'essaie une autre stratégie.

— Faites revenir Lake.

Je serre les dents en disant ça : peut-être Lake se trouve dans un endroit mieux que le Pensionnat et je la condamnerai en agissant ainsi. Mais quelque chose en moi sait que, quelles que soient ses conditions de vie, elle préfèrerait être avec moi. Comme je serais prêt à rejoindre un lieu mille fois pire à celui-ci, quitte à être frappé, humilié ou violé chaque jour si c'est pour elle. Être à deux a toujours maintenu notre équilibre, c'est pour ça que je vais si mal et que je peux vriller avec une fille comme Hope, il me manque ma boussole.

— Tu accepterais de te soumettre à mes exigences ? s'enquiert-elle, très sérieusement.

Mon corps se fige aussitôt, parfaitement conscient de ce dont il est question. Coucher avec Lake... non, je ne peux pas. J'ai cette limite sorte de trace indélébile que je ne m'imaginais pas pouvoir franchir et elle était d'accord avec moi.

Quitte à ce qu'elle nous détruise, littéralement, on s'était promis de ne pas le faire. Avant que Blanche ne fasse évacuer Lake en pleine nuit, je redoutais qu'elle menace de la tuer devant moi, je n'aurais pas pu laisser faire même si Lake m'avait supplié de ne pas intervenir dans un tel cas. Je ne sais pas si j'en aurais eu la force, elle, oui. Mais elle avait toujours été plus forte que moi.

— Ton visage parle pour toi, tu n'as pas encore compris que, parfois, les sacrifices sont nécessaires.

Une envie de rire me prend, mais j'ai la gorge trop serrée pour ça. Je suis à la fois si près et si loin de revoir ma sœur.

— Blanche...

— Tu as ta réponse, elle ne reviendra ici que si tu te comportes comme je l'exige.

Je me rejette en arrière sur ma chaise et croise mes bras.

— Franchement, qui ça intéressera ? Ça fait trop de temps. Nous ne sommes plus mineurs.

Je bluffe, je ne suis pas sûr de moi : il y a deux ans elle a persévéré et a retrouvé un couple de frère et sœur, ne voulant pas rester sur l'échec que j'avais représenté pour elle avec Lake. Ça avait beaucoup plu, elle avait fait une belle recette. Les pauvres avaient craqué en moins de dix jours et elle les avaient forcés à recommencer dans toutes les configurations possibles jusqu'à ce que les clients s'en lassent. Mais ils étaient « seulement » frère et sœur, nos liens avec Lake, plus étroits, ainsi que notre ressemblance auraient mieux fonctionné.

C'est terriblement cynique, mais aussi pragmatique et je savais comment marchait Blanche. Repenser à ses gosses qui avaient sombré dans la Red avant que je réussisse à pousser Blanche à interdire cette drogue pourrie attaquant le cerveau encore plus vite que les autres, me laisse un goût amer en bouche.

Le même doute que j'ai déjà eu mille fois m'assaille à nouveau.

— Quelle preuve j'ai de toute façon qu'elle est toujours en vie ?

Blanche lève un sourcil, hésite puis finit par chercher dans une poche de sa robe dissimulée dans la doublure. Je sais parfaitement ce qu'elle y cache. Un portable. LE portable qui compte ici.

Une fois, je le lui avais arraché, je l'ai menacé, frappée… mais jamais elle ne m'a donné le code de sécurité, j'en étais à envisager sans arriver à passer le cap quelque chose d'extrême, comme de la traîner aux cuisines pour voir si une blessure assez grave pour la faire lâcher, mais les vigiles nous avaient retrouvés et j'avais été puni, comme à chaque fois. Mes échecs sont légion, tout comme mes tentatives diverses pour me libérer de Blanche sans y parvenir.

Il m'a fallu longtemps pour revenir à la raison et réaliser qu'on pouvait effectivement ne jamais s'en sortir.

Elle me fait signe de me détourner, consciente de mon regard trop avide.

— Tiens, annonce-t-elle en tournant le téléphone vers moi.

Je me penche aussitôt, le souffle coupé. J'ai réussi à obtenir des photos de Lake moins d'une dizaine de fois. Quand je craque et n'en peux plus, elle m'appâte toujours avec ça.

Mon regard se reporte avec automatisme sur le code incrusté en haut qui affiche la date à laquelle a été fait le cliché.

— Nous sommes en mai, précise-t-elle.

Mai… le cliché à deux semaines. Je me force à détailler Lake en essayant de focaliser mon attention sur son visage et non son corps, un frisson glacé me parcourant le dos.

C'est le double effet de ses photos : un soulagement immense, elle est en vie. Elle existe bien quelque part… mais ces photos, eh bien elles sont pornos. Lake semble dans une position pire que la dernière fois, cette fois un mec la prend clairement par le cul elle est face à l'objectif. Je ferme les paupières, essayant de refouler cette image, puis me concentre à nouveau sur le cliché et son expression. Ses yeux sont vides. Je soupçonne une drogue quelconque. L'ont-ils fait plonger ? nous nous étions promis que nous ne le ferions pas…

Combien de temps dure une promesse en enfer ? Celle qui me relie à elle et me maintient au Pensionnat aura-t-elle un jour une fin ? L'idée qu'elle attend dans un endroit glauque qu'on se rejoigne me tue à petit feu. J'accepterai bien plus que ce que j'encaisse pour éviter ça… À moins que je ne doive y mettre un terme, si elle me savait morte, elle serait peut-être libre elle aussi, au lieu de s'acharner coûte que coûte à survivre.

Ma voix est hachée quand je dis :

— Vous la… vous…

— On en fait ce qu'on veut. Comme de toi, tranche Blanche. Je peux vous rassembler et tu peux être le seul à lui faire ça… ou ça ne te regarde pas.

—Vous deviez nous lâcher quand on aurait vingt-et-ans. Tout le monde ici reçoit cette promesse, je rappelle, mais c'est en désespoir de cause, parfaitement conscient que j'ai perdu, encore une fois.

Lake m'avait juré qu'elle était prête à subir n'importe quoi pour éviter qu'elle et moi on ne couche ensemble. J'étais d'accord avec elle. Surtout si j'avais été le seul à subir tout ce merdier. Mais ce n'était pas le cas et ils étaient peut-être en train de la bousiller.

Je repense pour la énième fois à notre promesse, à Lake étendu sur le sol que je tente de réconforter alors qu'elle pleure de douleur. Son regard sombre, et ses yeux si semblables aux miens. Puis elle me dit en secouant doucement la tête :

— River, jamais. Tu m'entends ? Je préfère mourir. Je te le jure putain... ça n'est pas si grave de crever, surtout ici. Nous trahir, ça serait pire.

L'écho de sa voix me hante encore si souvent. Surtout ce moment-là. J'ai la tête qui tourne. La photo de Lake, le sourire froid de cette salope de Blanche en face... je pourrais devenir fou, juste là maintenant tant je me sens mal. Ma peau me gratte et j'ai envie de me l'arracher avec les ongles et les dents. Putain, peut-on vraiment haïr à ce point ?

Blanche se racle la gorge, comme pour me rappeler à l'ordre.

— Je ne te laisserais pas partir tout simplement, River, assène-t-elle, faussement douce. Et que fais-tu de mon attachement ? Comment je pourrais renoncer à toi après tout ce temps.

Quelque chose dans ses yeux me perturbe. Elle joue. Jamais elle n'a eu de sentiments, et surtout pas pour moi. Aucune chance. Peut-être croit-elle pouvoir m'avoir ainsi ? Elle rêve debout sérieusement. J'éclate de rire sans pitié et son regard s'assombrit si vite, qu'une toute petite seconde, je me demande si c'est vraiment possible que... non, c'est une manipulation, rien de plus.

Blanche se redresse et me toise. Pourtant sa sortie, si peu crédible me revient et je continue à sourire et lui rire au nez ; ce n'est pas la peine de répondre à ce stade.

— Ce que ce mec fait à ta sœur, c'est ce que tu feras à Hope ce soir, conclut Blanche en se levant.

Elle époussette sa robe et s'en va. Elle m'a menti, jamais je ne saurais où est détenue ma sœur. Ou ça sera le jour où un client l'aura roué de coups et tué en la baisant comme un tordu, j'irais ramasser son cadavre.

La mâchoire douloureuse à force de la crisper, la rage au ventre et ma nuit d'insomnie passée auprès de Loli me mette la tête à l'envers, mon cœur est plus lourd que d'habitude, si serrée que je pourrais penser à un malaise. Je me concentre pour ne pas hurler. Pour ne pas péter une pile et devenir fou.

Qui ça gênerait ? Lake ne doit plus m'attendre, elle a dû perdre espoir, comme moi. Alors qu'est-ce que ça ferait que je me flingue ? J'ai récupéré une lame de rasoir il y a un moment, je pourrais... L'image de Hope s'interpose devant moi. Son initiation va continuer, avec ou sans moi. Qui me remplacera ?

Mes dents grincent et je ferme les yeux une seconde. Je soupire et finis par me lever. Chacun de mes gestes me coûte. Je pèse mille tonnes et ma carcasse a cent ans.

***

Nous sommes le soir, l'initiation approche à grands pas. Une demi-heure après, je me faufile jusqu'aux dortoirs des filles et joue les passe-muraille pour rejoindre Hope sans me faire repérer. Je dois la voir avant ! Absolument.

Quand elle me remarque dans son dos, elle sursaute, comme si je lui avais fait peur. Je jette un coup d'œil autour de nous mais elle est bien seule, bien que j'ai dû attendre trois plombes que Nadja lui foute la paix. J'attaque sans perdre une minute, même si je doute que Nadja revienne, elle va toujours au réfectoire à peu près à des horaires fixes :

— J'évite de venir ici normalement à cette heure, mais je devais te parler.

Son visage se crispe. Même ainsi elle est belle... et paraît plus vieille, plus mûre. Quelques jours au Pensionnat l'ont déjà transformé.

Je me demande si elle repense à mes aveux : pourquoi je me suis montré honnête ? Elle n'avait pas besoin de savoir que j'aimais lui faire subir tout ça, j'ai été trop con. Surtout ce genre de choses, sales, perverses… mais c'est vrai. Elle est la première pour qui c'est vrai. Dommage pour elle qu'elle arrive une fois que j'ai totalement chuté dans les tréfonds du glauque.

Elle semble sur le point de me dire quelque chose, son expression est comme perturbée, mais elle garde le silence et je finis par me bouger : nous n'avons pas le temps. Je fais un pas vers elle et me lance avec un peu plus de rudesse que prévu, mal à l'aise :

— J'ai réfléchi. Je suppose qu'ignorer ce qui va se passer chaque soir est difficile, non ? Surtout qu'on est vendredi et…

Elle secoue la tête l'air affolé.

— Je sais.

Je vois bien qu'elle n'a pas envie d'y penser, mais je ne peux pas lui accorder ça. Sinon ce soir nous lui ferons mal. Vraiment. Personne ne peut subir de sodomie à sec comme le souhaite cette salope de Blanche sans se taper une fissure anale. C'est la réalité crue de ce qui l'attend. Et l'idée qu'elle subisse ça avant cette séance avec tous ses hommes ensuite… même sans ça, j'ai conscience de comment ça aurait tourné, OK, mais je ne veux pas être celui qui va… empirer les choses à ce point. Je ne peux pas supporter cette idée.

Il faut absolument qu'on trouve un moyen et que Blanche l'ignore. Je joue gros moi aussi, si Hope lui parle, je vais m'en prendre plein la tronche, mais je la crois plus intelligente que ça… et puis il y a ses yeux qui me fixent d'une certaine manière, en tout cas me prouve que ce lien particulier que je développe avec elle n'est pas à sens unique. Quelque part, sans que je sois sûr du pourquoi et du comment, elle a vaguement confiance en moi.

Alors je me lance.

— Ce soir, je dois te sodomiser.

Elle encaisse, silencieuse, mais son regard est celui d'une bête traquée. Ma mâchoire se contracte et un sentiment de honte me traverse dont je n'ai pas le temps de m'occuper.

Je m'approche encore, presque à la toucher et elle fuit aussitôt, se frappant au lavabo.

— Aïe !

Je la retiens, réalisant que ça ne risque pas de se passer exactement comme je l'espérais… mais ça n'a rien de surprenant en soi.

— Écoute, je sais ce que j'ai dit et ce que tu dois en penser. OK. Mais je veux t'aider. Une sodomie sans excitation, ça sera…

Je préfère me taire ; pas besoin de lui faire un dessin ou d'expliquer clairement ce que ça va lui faire, ça sonnera plutôt comme une menace.

— Blanche va précipiter les choses. Elle a vu que des gens ne pourraient pas venir dimanche, de gros clients, et elle a prévu trop long selon elle. Samedi soir je suis censée te prendre et ensuite ils pourront… il faut que tu sois plus préparée.

Elle a un rire un peu hystérique.

— Préparée à quoi ? Tu as bien compris ce qui s'est passé pour Loli ? Et ça fait des années qu'elle était là !

Difficile de contrer cet argument imparable. J'aurais aimé éviter d'en parler, mais Hope est loin d'être stupide ou crédule, toute vierge qu'elle soit.

— Je ne peux pas te faire ce qu'elle m'a demandé comme ça, tu risques la fissure anale et samedi…, je me tais à nouveau.

Je ferme les paupières ne sachant plus si j'ai honte ou la nausée. Mais l'expression horrifiée de Hope me fait plutôt pencher pour le premier. Au lieu de s'effondrer, elle se redresse et me défie du regard me rappelant une fois de plus qu'elle a plus de force que je ne le crois souvent.

— Et tu veux que je fasse quoi ? Si tu as un truc pour me tuer, c'est sympa de…

Je secoue la tête sans pouvoir m'en empêcher. L'image de son corps pendu à la rambarde revient me hanter et je sens la nausée s'intensifier. Hope a vraiment un drôle d'effet sur moi. En colère, je finis par réagir à mon tour :

— Arrête, bordel !

— Quoi ? C'est quoi ? Tu espérais ma permission ? L'un de nous y prendra du plaisir.

Je serre son bras, me fichant bien d'y laisser un bleu, peut-être en partie parce qu'elle a raison et que je n'assume pas. Il est temps de vider l'abcès une bonne fois pour toutes :

— Tu ne vas pas oublier ça, hein ? Tu voulais que je mente ? Que je dise avoir détesté ce que je t'ai fait.

Elle a un sourire si triste que j'ignore pourquoi j'appelle ça ainsi, ses lèvres s'étirent, tout au plus. Elle a juste l'air désolé.

— Non. Au moins, tu es direct et franc. Il te faut bien une qualité.

La répartie est efficace. Je me la prends en pleine gueule et recule sous l'impact, pourtant je ne devrais pas être surpris de son avis sur moi.

— Je ne t'ai jamais menti.

Elle approuve.

— Je sais. Je ne plaisantais pas en le disant.

Je sens ma bouche se contracter, mais me force à afficher à nouveau une expression neutre.

— Peu importe ce que tu penses de moi. Là, le souci, c'est ce soir et ce que je dois te faire.

Je repousse mes cheveux, agacé de ne pas me les être encore attachés et je sors de ma poche arrière ce que je lui ai amené.

— Mets ça à l'intérieur de toi. C'est un sex-toy télécommandé. Il est silencieux. J'ai la télécommande, si on le déclenche, ça devrait être plus facile pour toi.

Elle dévisage le petit sac de satin dans ma paume, presque choquée.

— River, tu te moques de moi ?

Énervé, je rétorque, grinçant :

— Tu me détestes, OK, mais là ce que je te propose est ta seule chance pour que ça puisse se passer sans trop de blessures. Tu es vierge, bordel ! Comment tu espères... mets ce truc.

Elle secoue la tête, l'air perdu et je repousse la vague de compassion qui me traverse ; clairement elle n'a jamais dû manipuler de sex-toy.

Je passe sur pilote automatique pour éviter de penser, je pousse l'objet contre elle, puis la défie des yeux. Quelque chose remue en moi aussitôt à son contact : elle m'a manqué. J'avais besoin de la retrouver après tout ce que je viens d'encaisser avec Loli. C'est totalement stupide. Dire qu'elle préfèrerait me fuir...

Je décide de passer outre et de ne pas m'occuper plus de l'envie que j'aie de l'embrasser depuis que j'ai fixé ses lèvres, surtout qu'elle me fusille du regard en secouant la tête, me suppliant de ne pas faire ça silencieusement. Titubante, elle glisse sur le côté et rejoint la salle de bain d'un pas rapide, espérant peut-être que je vais en rester là.

Mais je suis sûr de moi : si elle n'accepte pas ce sex-toy, elle va finir avec des blessures. Et peu importe pourquoi, je m'y refuse, même si ce ne sont pas mes oignons.

Une envie de la toucher à nouveau me démange, courant sous ma peau et je la suis les yeux braqués sur ses omoplates frêles pour éviter de penser plus. Tout bascule à toute vitesse, je marche sur elle et la colle au mur contre son gré. Sa poitrine se soulève rythmiquement et ignorer le contact de ses seins me demande un effort, mais je ne lâche rien.

Mes doigts la pénètrent sans la moindre douceur, rencontrant une résistance, elle ne mouille pas. Et je n'aime pas ça, j'aurais aimé que ça soit le cas, ce qui est totalement barré ! Comment je peux être foutu à ce point putain ! L'idée me met la pression.

Le sex-toy est dans ma main, la matière est lisse grâce au silicone et si elle s'agrippe à mon poignet je le pousse contre elle, presque à la pénétrer avec. Devant son regard sombre où le ressentiment se lit, mais aussi autre chose, peut-être parce que j'envahis un endroit intime sans pitié, je lui murmure :

— J'aurais préféré faire ça avec ton accord.

Elle se débat à nouveau, plus fort sauf que sa position contre le mur et ma force ne lui laisse aucune chance. Quand je réalise qu'elle retient son souffle, j'ai un doute : je pourrais en rester là, mais quelque chose me pousse à savoir. Mes intentions changent et je lui susurre au creux de l'oreille.

— Il faut que tu aies joui plusieurs fois avant tout à l'heure. Vraiment. S'il te plaît.

J'ai ajouté ces derniers mots sans y penser pourtant ce sont eux qui la font s'immobiliser. Elle se fige, peut-être par surprise. La sensation que j'ai dit ça pour la manipuler n'est pas loin : j'ai dans l'idée que Hope a besoin de ça, comme avec Nadja, elle veut juste qu'on demande son consentement.

Étrangement, ça semble ridicule tant c'est logique… et impossible ici. Je m'apprête à la forcer alors que je suis sûr de faire ça *pour* elle. Mais elle ne peut pas le comprendre. Si un mensonge peut lui faire du bien, ma foi… *Et puis quoi encore ? Tu comptes lui dire « Je t'aime » voir si elle devient docile et te laisse faire ?*

C'est là que je remarque les larmes qui perlent à ses paupières me donnent une nouvelle claque, je me sens nul en la devinant si fragile tout à coup. Je pourrais la serrer dans mes bras ou faire quelque chose, n'importe quoi sans pour qu'elle aille un peu mieux.

— Ne me dis pas s'il te plaît si tu comptes me forcer. Ne me dis pas…

Ses mots empirent la brèche en moi, ce qui est trop dangereux. Je me force à cesser de penser, pour que mon corps agisse de lui-même. Aussitôt, tout est plus simple. Parce que j'ai envie d'elle et si elle prend son pied, ça m'excusera peut-être de tout ce qui suivra ce soir. Ou pas. Mais il est trop tard.

Je déclenche le vibro pour couper court. Mes doigts désertent son sexe, à regret, et à la place j'y insère l'œuf qui va lui sauver la mise.

Ayant déjà fait ça, je le positionne sans mal et m'aide des vibrations. Son point G me remerciera bientôt et elle arrêtera de se rebeller, acceptant ce qui doit arriver.

— River…

Ce mot sonne comme une supplique et je me sens bander. J'adore quand elle dit mon nom, voire ses yeux écarquillés, les premiers frissons qui lui courent sur la peau. Pourquoi ça me fait cet effet ?

Une fois encore, je suis presque sûr de pouvoir lui arracher un orgasme, mais la question reste entière : est-ce son corps qui capitule et seulement lui, ou Hope tout entière ? Car je n'ai pas envie d'un simple frisson de chair échauffée, je veux une femme perdue, dominée par ce qui se passe entre nous. Puis ça s'impose à moi. *Non, pas une femme. Cette femme. Je veux Hope.*

Je guette le moindre de ces gestes, sa respiration et son rythme attendant la bascule, le plaisir qui la gagne petit à petit. Mais elle résiste et je me décide, mes lèvres se posent sur elle. Le baiser est total et je lui demande de me répondre. Je vérifie, le souffle court si ça va marcher et si elle peut d'elle-même… C'est là qu'elle gémit, fondant littéralement contre moi. Ses paupières se ferment. Elle craque.

Je joue de ma langue, la caressant, cherchant un peu plus à la rendre malléable. Pourtant elle me supplie à nouveau quand je la relâche juste assez pour régler le vibromasseur sur une position plus forte :

— Ne me fais pas ça.

Je pose mon front sur le sein. Réalisant qu'on est mal. Je lui fais de l'effet. Elle me déteste peut-être, mais il n'y a pas que ça. Et moi je la veux. Pas une autre, elle. Je veux qu'elle gémisse mon nom, qu'elle prenne son pied avec moi malgré toute cette merde.

Penser est trop dangereux. J'accélère le rythme que le sex-toy se déchaîne assez en elle pour l'amener au bord de l'orgasme. Elle retient son souffle, puis expire bruyamment. Elle semble avoir perdu le mode d'emploi et peine à respirer.

J'ai pris un sex-toy très efficace. Certains de nos clients adorent ce genre de gadget : avoir le contrôle, faire ce qu'on veut sans se préoccuper de l'autre, se moquant bien de son état... C'est ce que je vais faire ce soir. Je vais pousser Hope. Loin.

Et à la façon dont elle me dévisage, je me demande si elle n'apprécie pas ce qu'elle ressent même si elle ne le devrait pas, et c'est ça son problème. Si elle n'a pas très envie que je continue à l'entraîner avec moi, malgré elle, sans lui laisser le temps de s'adapter à cette montée de désir trop rapide, ce qui est frustrant : tout va trop vite pour s'y habituer et prendre vraiment son pied.

Elle se mord les lèvres, sexy, et me rejoins sur ce rivage trouble où on aime ce qui se passe tous les deux, que des gens soient autour, quel que soit la raison... nos corps se lient.

J'augmente la cadence, sans pitié, conscient qu'on a très peu de temps savant de devoir descendre. Je sens les prémices de l'orgasme et varie la force de vibration, changeant le tempo pour aider à basculer et quand c'est le cas sans que je le prévoie vraiment des mots m'échappent avant que je puisse les retenir :

— Ce que je ne t'ai pas dit, c'est que si j'avais aimé te faire ça... ce n'est pas parce que j'aime faire souffrir, mais parce que c'était toi.

Au lieu de la laisser se reprendre de son orgasme, poussé pas un besoin que je ne m'explique pas je tombe à genou et entreprend de la lécher, persuadé que si, là tout de suite maintenant, je ne lui fais pas ce cuni je pourrais en crever. J'ai besoin qu'elle ait le maximum d'orgasmes, qu'elle en soit dévastée... qu'elle oublie que je vais lui faire bientôt.

Si elle tente un peu de lutter, elle se raccroche soudain à moi comme pour garder pied. Je joue de ma langue, aspire son clito, profitant qu'elle soit bien chaude pour pouvoir aller plus loin. Le sex-toy vibre toujours en elle, têtu, et je sais qu'elle ne mettra guère de temps à décoller.

C'est finalement mes dents qui mordillent directement sa chaire gonflée provoquent le déclic ; elle geint tout bas comme une bête blessée et jouit à nouveau. Quand elle glisse, je m'y attends et je la rattrape pour la basculer sur le carrelage en position allongée. Elle se laisse faire, comme dans les vapes.

Elle a un geste vague, je comprends que c'est le vibro ou mes caresses qu'elle voudrait que j'arrête, sauf que c'est trop tôt : si on en reste là elle ne sera plus dans cet état quand on sera en bas et je dois la mettre à vif, pour que le reste se passe bien.

— River, pitié…

— Pas encore, Hope, il faut juste un tout petit peu…

Je viens la recouvrir de mon corps et m'occupe de ses seins, que je lèche et mordille. L'idée que je l'oblige et qu'en même temps j'arrive à lui faire autant de bien est contradictoire, comme l'effet que ça a sur moi : je suis dans un état d'excitation presque douloureux. J'ai envie de la prendre, d'aller plus loin, de continuer jusqu'à qu'elle en pleure et me supplie… et je la force en me demandant, fasciné jusqu'où je peux la conduire.

Ses suppliques sont bien réelles, mais à l'idée de la lâcher… je ne peux pas. Et j'ai une excuse : c'est pour elle, pas vrai ? Ça n'est pas pour moi, pour profiter de l'impression que ça me fait de la sentir sous mes doigts, sous ma langue quelqu'un qui réagit à ce point, une personne unique au monde sur laquelle j'ai une emprise… et je bascule avec elle, c'est ce dont j'ai besoin, il me faut juste plus d'elle. Toujours plus.

Elle se débat sur le sol, tente de se redresser ou de reculer avant d'abandonner. Le combat qui se livre sous mes yeux attise cette part inconnue de moi qui n'apparaît qu'au contact de Hope.

J'adore la voir dans cet état et en être le seul responsable. Bon dieu ! Elle semble frôler la folie, se tordant de plaisir et haletant. Plus aucune pensée cohérente ne doit la guider, c'est un corps, un tourbillon de sensations brutes.

Ne supportant plus qu'elle ait cet œuf en elle quand je dois la toucher ou je risque bien d'en crever, je le sors sans prendre de gant et le peu de résistance que m'oppose son sexe parle pour elle. Ce qui me pousse un peu plus loin moi aussi.

Elle est dans un tel état que j'évite d'effleurer directement son clitoris, je pose le vibro tout autour, massant les petites lèvres dans un mouvement circulaire large, chacun de mes gestes provoque des soubresauts puissants dans ses jambes écartées, elle se roule au sol en gémissant, toute pudeur évanouie.

Je la sens grimper plus loin dans le plaisir qu'elle l'a jamais fait, allant exactement où j'ai besoin, là où je pourrais lui faire à peu près n'importe quoi et qui fonctionnera comme un détonateur. Je pourrais la sodomiser et ça sera bon pour elle, j'aurais fait ce que demande Blanche mais elle ne sera pas blessée... et l'idée de baiser son cul me met dans un état second.

Je serai le premier. Partout. Le mot « Dernier » traverse mes pensées mais je le repousse, pas sûr de comprendre ce que ça peut vouloir dire, ou refusant en tout cas de m'y attarder. Ça doit être quelque chose de primaire qui ne nous concerne pas.

Je continue mon manège et cette fois me décide à la préparer ailleurs, car il faudra bien y venir. Alors l'un de mes doigts effleure son cul. Je l'ai lubrifié dans son sexe avant et elle ne semble même pas s'en rendre compte, en transe comme elle l'est. Quand j'insiste un peu plus, elle rue du bassin, essayant de s'échapper ou de réagir, je ne saurais dire et je plaque le sex-toy sur son clito que j'ai bien assez excité pour ça.

L'effet est immédiat : un orgasme la traverse alors qu'elle crie. Si le coin n'était pas désert – les filles sont toutes au réfectoire à cette heure avant de devoir aller bosser –, on se ferait chopper. Mais je m'en fous, car rien ne pourrait me faire arrêter. Si quelqu'un venait, je trouverais simplement le moyen de l'obliger à se taire, je ne stopperais pas ce que je fais, impossible.

Je ne sais plus si je la prépare ou si je jouis moi aussi du spectacle que me livre son corps en s'abandonnant à moi et profite de cet orgasme pour planter un deuxième doigt dans son cul, profondément faisant attention à ne pas la blesser.

Son bassin sursaute, se tord, elle a les gestes d'une femme qui a besoin d'être prise et dieu que j'aimerais la pilonner à cet instant… mais pas encore.

Tout son corps est détrempé de sueur, des gouttes perlent de ses seins et son sexe coule sur moi. Mais je veux plus. Je suis sûr de pouvoir la pousse plus loin.

Ses yeux s'entrouvrent et elle me regarde fixement, presque apeurée mais avec un air stone, de junkie et c'est moi sa drogue.

— River…

Je secoue la tête.

— Pas encore.

J'ai envie de la manger, de lécher son sexe dégoulinant alors que mes doigts fichés dans son cul se font leur place. Elle gémit :

— River, arrête, j'ai dû… il ne faut pas…

Elle a eu coulé un peu et elle a dû le sentir, à sa panique, je suppose qu'elle parle de ça, et ça me semble à la fois bizarre et touchant. Mais je m'en fous son corps m'appartient et je sais qu'il peut aller plus loin, elle l'ignore simplement car je l'initie, c'est tout… même là. Mon érection devient douloureuse.

J'aspire donc son clito, le titille de ma langue qui se fait dure. Elle éructe un son plaintif ou l'extase se lie encore, comme si elle n'en pouvait plus. Rien que ça, je pourrai jouir.

Ces sons qu'elle fait sont à rendre dingue n'importe quel mec, l'idée qu'elle puisse les faire à nouveau sans moi me donne une envie de sang, de violence. Personne ne doit entendre ça, c'est à moi. Entièrement.

Petit à petit, elle se détend et accompagne mes caresses en s'ouvrant comme pour m'encourager et je la récompense comme il se doit. Je peux lui faire tout ce que je veux, elle semble juste inspirer à chaque assaut, prête à affronter le suivant. J'ai aperçu ses larmes, mais cette fois je suis sûre qu'il n'y a aucune douleur là-dedans.

Je frotte de mes doigts recourbés contre un point sensible, le cherchant minutieusement dans son cul serré, jusqu'à la voir tanguer. C'est le bon moment.

J'introduis l'œuf à nouveau sans prévenir avant que je ne plante pour de bon ma queue en elle, quel que soit les règles, répondant à un dernier reste de raison : non je ne peux pas agir ainsi, là dès maintenant.

L'œuf a l'effet escompté et elle crie. Elle éjacule même comme je pourrais le faire, le liquide se déversant de son sexe d'un coup, très fort. Tout à l'heure, ce n'était rien en comparaison et à l'idée qu'elle vient de jouir à ce point, j'ai envie de gronder… et de la prendre tellement fort.

Elle pleure avec de grands sanglots alors que son orgasme perdure, prolongé par mes doigts dans son cul, l'œuf et je m'applique à gagner quelques secondes de plus, puis quelques secondes… la voyant se tordre toute entière de plaisir. La contempler dans un tel état me ferait presque jouir, je suis très proche. Ce qu'il me manque c'est sa peau sur ma queue ; là ça serait parfait.

Quand je retire mes doigts d'elle, l'envie de l'embrasser ou de dire un truc stupide, même si je ne sais pas vraiment quoi, me noue la gorge. Bordel c'était magnifique. Cette force avec laquelle elle s'est livrée, la sensation que ça m'a procurée…

Elle semble perdue et murmure enfin après avoir jeté un coup d'œil vers le bas de son corps et le sol :

— J'ai… désolée.

— Pour l'éjaculation ? J'ai adoré ça.

Il n'en faut pas plus, ce sont mes hanches qui viennent contre les siennes sans que je le veuille. Je donne un coup de bassin et elle se cambre pour m'accueillir. Cette idée me fait gémir, moi, pour la première fois. Elle en a besoin si fort…

Je pourrais aller me nicher tout au fond d'elle, me lover dans son sexe ouvert palpitant, je pourrais même lui arracher un dernier orgasme. Si je n'étais pas habillé, je serais en elle. Mon érection et notre position ne laissent nul doute là-dessus. Je l'embrasse à pleine bouche pour lui ressentir son propre goût sur mes lèvres et elle me répond, éperdue.

Enfin, je me relève assez pour chuchoter sur sa bouche :

— Fais-moi confiance tout à l'heure, lâche-toi. Si tu te tends, ça n'ira pas.

Elle inspire, paniquée d'un coup, les yeux grands ouverts. Je ne sais pas ce qu'elle lit sur mon visage, mais ça semble la calmer ou l'hypnotiser car elle finit seulement par murmurer :

— Tu m'as ordonné de ne croire personne.

Elle a raison et je souris, presque attendri. Surtout moi, je la veux. Je ne devrais pas, mais c'est une évidence je la veux à en crever. Elle, son corps… même son cul, que j'aurais bientôt.

— C'est vrai. Et tu ne dois pas me faire confiance ou croire en moi. Sauf pour cette fois. Je suis sûr de pouvoir te faire traverser ça sans te blesser. Au moins une fois, je veux qu'on évite…

Je ne termine pas ma phrase : le mot que j'ai en tête est trop rude. Mais elle me relance :

— Pourquoi ?

Cette question me perturbe alors qu'elle semble la suite logique.

— Pour… Je ne sais pas.

Il est rare que je me montre aussi honnête, mais je suppose qu'elle ne peut pas le deviner.

— Ne me fais pas confiance, je conclus. Fie-toi seulement à ce qu'il y a entre nos deux corps, ça suffira pour ce soir.

12

Le public est là, Blanche a fait son discours, c'est le moment où on entre en scène. Hope semble terrifiée. Je l'aide à prendre place malgré tout sur le chevalet dont on se sert aussi pour le SM et la sangle fermement.

Il y a des bruits autour de nous et à chacun d'entre eux, elle sursaute. Les clients se positionnent sur les côtés dans le dos de Hope maintenant qu'ils savent ce qui l'attend.

Je me sens mal. Je fais mon possible pour retrouver l'état d'esprit nécessaire et me détacher, me dire que ça n'est rien… ça n'est pas rien. Elle va être encore une fois avilie devant tous et il est probable que je dérape encore et aime ce qui va se passer.

La voyant trembler, je n'y tiens plus et sors de mon rôle déjà fragile, incapable d'ignorer sa terreur pour me mettre devant elle. Je dois capter son attention et effacer le lieu où nous nous trouvons, qu'elle se concentre uniquement sur moi, peut-être ainsi arrivera-t-elle à traverser ça plus facilement… qui je crois tromper ?

Un goût amer en bouche, je me force quand même à capturer son regard. Ses muscles sont tendus et elle tremble à nouveau, peut-être même pas consciente de cette réaction. Si elle continue comme ça, elle va finir par se faire mal à être si crispée.

Si j'avais pensé le retarder encore un peu, je déclenche le sex-toy, comme pour lui rappeler ce que je lui ai fait. Ça la ramènera peut-être à autre chose. Comme je le prévoyais, c'est assez discret et silencieux, donc on ne risque pas d'être découvert.

De mes yeux, je la fixe intensément, essayant de lui faire passer une toute petite part de ce qu'elle m'inspire, de la noirceur aux élans les plus humains, ceux qui m'ont donné envie de l'aider à éviter des blessures où ce que j'ai ressenti en la voyant pendue ou agressée, ces fois où la compassion à guider mes actes, même si c'était rare. Le mot compassion raisonne en moi, faux. Peu importe.

Même ma noirceur n'est dirigée que vers elle et elle semble assez terrible pour pouvoir engloutir Hope. Pourtant, je m'en servirais. Mentalement, je lui ordonne : *Concentre-toi sur moi.*

Comme si elle pouvait m'entendre, ses yeux se braquent sur moi et elle cesse de s'occuper de ce qui est autour de nous. Quelque chose émerge assez vite, cette chose impalpable que je perçois toujours entre nous. Sûrement le désir. Je ne sais pas si je suis le seul à le sentir où si elle aussi… mais elle doit y être sensible, car je la vois se redresser pour me dévisager.

J'en profite pour pousser le rythme du vibro, histoire de finir d'attirer son attention. Si ça doit être invisible pour les autres, je vois assez rapidement le plaisir qui revient dans son regard, amollissant sa position comme je l'espérais ; elle n'a pas réussi à se calmer assez de notre séance préliminaire pour rester impassible.

Cette promesse me guide : on peut le faire. Je ne vais pas la briser… Je continue à lui parler dans ma tête, pariant sur le fait qu'elle m'entende, que ça change la donne et lui rappelle qu'elle doit me faire confiance ce soir. *Juste pour cette fois.* Il faut qu'elle se relâche plus que ça. Puis quelque chose passe dans ses yeux, c'est infime, mais elle me semble prête. C'est à la fois une capitulation : elle me laisse faire et, en même temps elle se prépare à tenir le choc, épaules carrées telle une guerrière.

Je reviens donc du côté de son cul d'un pas lourd, me disant que le spectacle ne peut pas plus faire patienter la meute ; ils s'agitent ils vont ruiner sa concentration.

Elle vacille étrangement sur le banc, comme si elle avait été poussée et j'effleure à travers ma poche la télécommande du vibro pour la rappeler à l'ordre.

Je rabats sa nuisette sur elle, lui offrant un peu d'intimité alors que, ironiquement, elle en dévoile bien plus ainsi au final.

D'un geste, je la couvre de lubrifiant ce qui provoque une vague de réaction chez les clients. Mon envie de leur hurler de la fermer me fais serrer les dents. En plus d'être là, d'attendre comme un chacal au-dessus de sa proie, il faut aussi qu'ils interviennent ? Bande de connards…

Ma colère hésite ; contre qui veut-elle se retourner ? Eux ? Blanche ? Moi, pour ce que je m'apprête à faire ?

J'ai mis la dose, elle dégouline et je pense à mon sperme sur elle. Un rêve, un fantasme qui n'a pas lieu d'être et prouve assez bien ce que je ne sais pas juguler : une envie toujours plus envahissante.

Sous mes doigts, elle frissonne. Je malaxe son cul, offrant à nos voyeurs assez pour s'imaginer à ma place. Cette idée me fous la rage alors que je sais que c'est nécessaire.

Je lui ai laissé assez de temps et elle a une petite ondulation, assez pour que je sois sûre que le sex-toy planté en elle fait son effet. Je me penche et découvre son décolleté d'un geste sec, que tout le monde puisse mater ses seins qui pendent dans le vide.

Nouvelle bouffée de colère : pourquoi tous ces connards doivent en profiter ? Je suis le seul qui le devrait.

Je sens qu'elle résiste mais les orgasmes récents et le vibro commencent à la trahir, elle ne pourra pas tenir longtemps.

Avant d'aller plus loin, je m'autorise pourtant quelques mouvements de va et vient sur son clito, ce qui la fait gémir et met notre public en transe, se disant que sous leurs yeux avides, une pucelle devient une vraie salope, geignant au moindre effleurement. S'ils savaient…

Son dos s'est couvert de sueur : la position inconfortable, mes propres caresses et l'œuf, sûrement. Ainsi harnachée elle est belle, le cul offert en arrière incapable de se dérober.

Je sens revenir le désir d'elle trouble mais impérieux, celui qui me fait prendre mon pied quand elle tremble. River le connard infini, pire que tous ces hommes qui nous entoure : moi, je lui ai parlé. Bien plus qu'eux, je commence à la connaître. C'est une femme, non un simple fantasme. Je serre les dents.

Brusquement, je pénètre son cul d'un doigt, certain qu'ils vont siffler ou m'invectiver si je n'accélère pas et ça va rompre la bulle dans laquelle je tente de plonger Hope.

À sa crispation, il y a de la douleur mais quand j'accentue la vibration, elle finit par se détendre.

J'insiste sur la zone sensible de son sexe, faisant sauter les verrous l'un après l'autre. Petit à petit, je la sens glisser ; mes doigts en elle lui font plus de bien que de mal, c'est ténu, fragile, mais ça s'amplifie.

Je continue à m'enfoncer en elle, pas besoin de la ménager, mes mouvements semblent les mettre sur la corde. L'œuf est sur niveau 4, ce qui équivaut à un tempo plutôt aléatoire, quand elle rue d'un coup en geignant, j'en déduis qu'il vient de grimper niveau vitesse et calque mon rythme dessus.

À un moment donné, je sens que le chemin se fait facilement et que je peux continuer. Un deuxième doigt passe sans trop de mal, elle réagit à peine. Et je me sers de l'œuf pour aller jusqu'à trois doigts. Cette fois je la vois lutter, mais elle finit par se détendre.

Le lubrifiant que je lui ai appliqué contient un décontractant musculaire, normalement on l'utilise pour les clients en quête d'une expérience de pénétration mais un peu inquiet de souffrir, mais j'en ai récupéré me disant que ça aiderait, vu la situation.

Une fois que je la trouve moins réactive, je fais ce qu'on attend de moi.

Après avoir libéré mon sexe, je me place derrière elle ; son dos se tend, mais je ne la laisse pas réaliser et plonge en elle. Peut-être aussi car je ne peux plus me retenir. Mes doigts en elle ont provoqué un besoin de plus.

Quand elle crie en me sentant en elle, je positionne ma paume sur elle pour la guider, conscient que le lubrifiant ne permet que d'atténuer la brûlure et qu'il ne peut pas tout faire. Après une hésitation, je saisis ses reins pour me caler et son cou pour la pousser à se soumettre, ça a quelque chose de jouissif de la tenir ainsi ; et surtout de la sentir réagir aussitôt.

Elle doit prendre sur elle le temps que l'œuf et ma queue fassent leur effet. Il faut quelques allers et vient mais je vois ses reins se cambrer un peu, même si c'est infime, ça m'aiguillonne. Ma main autour de sa nuque l'encourage, je presse la chair pour qu'elle se rappelle de mon conseil : elle doit se détendre et m'accueillir, elle n'a pas le choix.

Enfin, elle inspire et expire plusieurs fois, calmement, j'en profite pour m'enfoncer plus loin, mais elle se tend à nouveau. L'idée d'un électrochoc qui détourne son attention pourrait aider, alors je lui donne une grande claque sur le cul sans réfléchir.

Elle a un soubresaut et je me plaque contre elle, plaquant mes cuisses contre les siennes. Je vérifie son sexe, le sex-toy a bougé et je le ramène au bon endroit, même si de l'extérieur tout le monde doit croire que la doigte au passage.

Après avoir temporisé, je reviens en elle, plus loin, décidé à la prendre fort, comme chaque homme ici rêve de le faire. Surtout pour une fille aussi belle que Hope, dans une telle position.

Hope se met à se mouvoir en rythme, autant que ses entraves lui permettent, elle a quitté la zone de douleur pour celle où je souhaitais l'attirer, un entre-deux qui peut devenir très bon. L'idée que je suis enfin en elle est grisante, même si c'est son cul. Drôle de manière de découvrir la pénétration…

Enfin, j'accélère la cadence, sex-toy et coup de rein compris, je serre la mâchoire pour me contenir et sens ses muscles se crisper, annonciateur de ce qui va suivre quand elle commence à partir, lâchant de petits cris. Je l'incite à appuyer son torse et sa tête pour la stabiliser et elle jouit si fort que je perçois les contractions autour de ma queue ce qui pourrait facilement me faire décoller tant c'est bon ; sauf que jamais je n'ai été jusque là en public et cette fois encore, je parviens à me retenir refusant de décharger en Hope. *Pas dans ces conditions.*

Elle reste un moment sur la brèche puis des gens éclatent de rire, adorant visiblement la regarder pleurer ainsi. Si je suis conscient que ce n'est pas de la douleur pure, eux ne l'ont pas compris.

Aussitôt, elle se tend comme un arc et c'est fini, l'équilibre est rompu. Je fixe les hommes en face d'elle et en voit un qui la menace passant un doigt sur sa gorge dans un signe clair le mot « chienne », « tu vas prendre », « sale pute » et d'autres résonnent. Si je les entends, elle aussi. Comment elle doit le prendre semble assez évident. Je serre les dents avec l'envie de défoncer ces mecs.

Alors que je tente de la détacher rapidement, elle s'écarte en titubant, comme si elle était droguée ou saoule – ce dont ils sont sûrement tous persuadés, mais moi je mesure la claque qu'elle vient de se prendre et comment elle doit se sentir. Mon malaise s'amplifie, plutôt brutal après l'intense montée de désir que je viens d'avoir et la frustration de me retenir.

J'ai arrêté le sex-toy me doutant de son état d'esprit et quand j'essaie de la rattraper, inquiet qu'elle ne s'étale par terre, elle m'ignore.

— Attention, je préviens même si elle ne me prête pas plus attention.

Elle se laisse tomber de l'estrade, profitant de la diversion que crée Blanche qui a pris la parole pour annoncer que les filles vont rejoindre et les clients et la thématique de la soirée. Je pense à ce qui est arrivé la dernière fois qu'elle a quitté une soirée si vite mais Hope à l'air à moitié en transe et se moque bien de ce genre de chose.

— Nous vous attendons demain pour l'apothéose de notre programme et la perte d'innocence définitive de notre petite Hope ! clame Blanche, aussitôt saluée d'une vague d'applaudissements.

Toujours planté sur place, j'assiste à cet ultime affront avec l'impression que nous crachons tous sur cette fille, moi compris, un peu plus chaque jour. L'ironie est cruelle, peut-on plus que ça être ignoble avec quelqu'un ? J'en doute.

Dès que je peux, je m'éclipse et cherche Hope, ayant besoin de la voir, même une minute et de vérifier qu'aucun client ne l'a suivi. Je la trouve dans les douches, complètement prostrée. Intérieurement, je jure. Être confronté au mal qu'on fait de manière si frontale donne une bonne claque. Je me force à parler :

— Hope ?

Elle ne réagit pas, j'approche doucement et des éclats d'eau rebondissent sur ma peau ; c'est glacé. Je me décide et éteins le jet avant de choper une serviette avec laquelle je lui couvre les épaules.

Si elle ouvre les paupières, elle ne me fait pas face pour autant. Une sorte d'angoisse me prend.

— Hope ?

Son corps debout, ses yeux sont perdus dans le vague et je réalise l'ampleur ce que je suis en train de faire. Est-ce que je la brise petit à petit ? Je réduis son esprit à… ça, cette chose catatonique, toute molle. C'est la première fois que j'ai vraiment peur pour elle, l'angoisse me serre la gorge pour de bon.

— Hope !

Je saisis son menton et la force à me regarder. Elle fronce les sourcils en me contemplant.

— Parle, bordel ! T'as mal, tu saignes ? Qu'est-ce qu'il y a…

Je lui ai peut-être seulement fait une fissure ? Avec mon excitation, je n'ai pas géré au top, j'ai dû… Merde, quel con sérieux !

— Oui.

— Oui quoi, putain ? je m'énerve devant son manque de réaction.

— Oui, j'ai… mal.

Je contracte si fort la mâchoire que je risque de la faire grincer, puis la soulève pour la porter jusqu'à son lit à côté.

Après avoir inspiré, je répète :

— Tu saignes ?

Elle a à peine une hésitation avant d'annoncer :

— À l'intérieur.

Vu notre rapport, je ne réfléchis pas trop avant de passer mes doigts dans la raie de ses fesses à la recherche de sang ou de plaie, voir si c'est externe ou si on peut soigner d'une manière ou d'une autre. J'essaie d'y mettre un peu de douceur, mais j'ai les doigts sont rêches et abîmés par les travaux que je réalise ici pour que le Pensionnat ne tombe pas en ruine, de la plomberie à l'électricité. Elle se crispe aussitôt, je retire ma main, prudemment.

— Non, pas réellement, je ne crois pas. Mais c'est comme ça que je me sens. Des lambeaux de dignité en vrac, une espèce d'addiction… je deviens accro à tout ça. Je perds pied. Tu fais de moi une chose faible et haletante… je te déteste, souffle-t-elle.

Sa voix a quelque chose d'à la fois fragile et pourtant de sauvage, de rugueux quand elle me crache ça au visage avec hargne. Je serre les dents. Je l'ai bien mérité, pas vrai ? Ça ne devrait rien me faire : elle a raison, c'est normal… Et je ne devrais pas aimer qu'elle m'ait dit ça putain. Je devrais être désolé pour elle ou un truc du genre, alors que tout ce que j'en retiens c'est une chose bien précise : elle me voit comme une addiction. Elle aime ce que je lui fais… Être si mauvais l'un pour l'autre devrait me sembler plus grave, devrait me faire culpabiliser… et pas me donner envie de l'embrasser.

Alors que je ne m'y attends pas, elle me saute littéralement à la gorge et se transforme en furie, griffant, mordant, se battant de toutes ses forces. Déséquilibré, j'ai glissé à terre et elle se jette sur moi pour me dominer.

Je n'aurais pas de mal à la forcer à arrêter : elle doit faire la moitié de ma taille et sûrement pareil niveau poids… mais la sensation que je lui dois bien ça m'en empêche, je pare à peine les coups les plus violents, patientant jusqu'à ce qu'elle se calme.

Au passage, je prends quelques bonnes mandales, elle n'y va pas de main morte et frappe efficace, je mets un peu plus d'attention après une droite en pleine mâchoire, repoussant les assauts.

Elle a la haine. La façon dont elle me roue de coups parle pour elle. Mais elle aime aussi ce que je lui fais. Peut-on ressentir tout et son contraire pour quelqu'un ? On dirait.

Puis ça arrive enfin, elle stoppe brusquement et s'effondre sur moi. Pas comme si elle s'y lovait pour chercher un câlin, non, elle est vidée de toute énergie. Elle a vraiment tout donné.

Le premier sanglot me surprend, je gérais mieux le combat au corps à corps que ça et je regrette une minute qu'on ne puisse y retourner. Quand c'est toute une rivière de larmes qui s'écoule sur moi, je finis par rabattre mes bras sur elle, sans être trop sûr de ce que je fais. Dans le doute, je décide de la serrer un peu contre mon torse, me disant que ça contiendra son chaos.

Finalement, les yeux fixés au plafond, je murmure :

— Pardon.

— Ne t'excuse pas, alors que tu as aimé ça.

Je me tends, encaissant à nouveau. Elle doit avoir l'impression d'être sur un banc de pierre. Après une hésitation, je me force à continuer malgré tout, même si ça ne sert à rien :

— Tu n'as pas compris. Oui, j'ai aimé ça. À chaque fois que je t'ai touchée, Hope.

Elle n'a pas envie d'entendre ça, mais n'ai-t-elle pas das le même cas après tout ?

— Quand je t'ai touchée, toi, Hope, je finis par ajouter quand ses larmes se sont calmées. Je ne prends jamais mon pied d'habitude.

J'hésite à préciser que me retenir de jouir aujourd'hui a été un vrai supplice ; mais ça n'aidera pas. Ses mains agrippées à mon tee-shirt au col se décrispent.

Jusqu'à ce quel point je l'effraie maintenant ? Puis je repense à tout ce que je lui ai fait : ça ne peut pas être pire. Foutu pour foutu, je ferme les paupières pour murmurer :

— Je sais de quoi j'ai l'air, d'un pervers, et je crois que c'est le cas. Cet endroit m'a sûrement totalement pourri... Mais il n'y a que toi qui me fais ça, Hope. Rien que ton nom, ça me fait mal de le dire. Comment tu peux t'appeler ainsi ? Comment je dois le prononcer en te regardant dans les yeux quand j'ai l'impression de détruire en toi l'espoir un peu plus chaque soir ?

Je la serre contre moi, plus fort. Finalement, la voix hachée elle me rétorque :

— Tu ne le penses pas. Tu essaies juste de me faire tenir, mais j'ignore pourquoi... Je lui ressemble ? Tu vois Lake en moi, c'est ça ?

Je dois la faire souffrir tant ma prise sur elle devient brutale, mais elle ne bronche pas alors que ma mâchoire grince. Évoquer Lake... je ne peux pas faire ça.

— Hope, ne parle pas de...

— River, je peux comprendre qu'elle te manque. T'as besoin de sauver quelqu'un ? Mais tes mensonges ne m'aident pas, ils m'enfoncent !

Si elle essayait me faire mal elle a réussi avec brio. On se dévisage et je pourrais la crucifier du regard tant j'ai envie de mordre à cet instant. Elle pense vraiment ça ? *Si seulement...*

— Tu crois que je veux te sauver ? Tu te fous de moi ? Je te souille un peu plus chaque fois, bordel !

Elle hésite puis secoue la tête.

— Tu as vu comment j'ai réagi ce soir ? Juste pour un sex-toy ? Tu n'as rien perverti. J'étais déjà ainsi, j'ai honte de moi à un point.

Hope a l'air à nouveau au bord des larmes. Je la contemple, fasciné par la façon dont elle se fait des films et à quel point elle est à côté de la plaque.

— Tu te trompes. Ton corps jouit. Et alors ? Pas une fois je n'ai vu l'abandon dans tes yeux. Je crois que c'est ce qui me pousse à ce moment-là et... c'est ce qui m'effraie. Je veux te conquérir, Hope. Envahir chaque partie de toi...

cette idée d'initiation est horrible, et pourtant je ne laisserais personne prendre ma place.

Je me tais, conscient de ce que je viens de dire. À quel point c'est vrai. Et horrible, putain. Mais rien n'est plus vrai en moi à cet instant que cet aveu. Mon émotion doit être palpable, mais je doute qu'elle comprenne que c'est pour elle que je suis dans cet état, car je suis aussi passé par là, avant, il y a tellement longtemps… et que je ne projette pas Lake en elle.

— Pauvre de nous, je finis par murmurer, dégoûté de moi même ; j'ai été incapable de lui foutre la paix.

Quand elle embrasse mes doigts, puis ma mâchoire, je me fige, n'étant pas sûr de ne pas avoir rêvé ça. Ce contact est si doux après ses coups que je conclus, d'une voix basse avec une envie d'elle revenue en force, presque douloureuse :

— Je pense tout ce que je t'ai dit, en tout cas. Même si ça n'a pas de sens, c'est vrai.

Elle se redresse et son regard troublé se pose sur moi. L'expression qu'elle arbore me déroute, qu'est-ce que...

— River, j'ai été dans le bureau de Blanche ce matin. J'ai trouvé des dossiers.

Je cesse de respirer brusquement. Elle hésite et se mordille les lèvres, je les fixe, attendant la suite.

— J'ai vu le dossier de Loli, il était barré d'une croix, elle était déjà…

— Morte.

— Oui. Et celui de Lake. Loli m'en avait parlé, je savais que tu la cherchais…

Sans réfléchir, je la saisis pour la rapprocher de moi, persuadé qu'elle ne me ment pas. Elle a vu ce putain de dossier ! Celui que j'ai essayé de récupérer au moins trois fois. La première j'ai été arrêté à peine dans le bureau et j'ai boîté pendant une semaine après la correction que tous les gardiens m'ont filée.

La deuxième, j'étais en train de forcer le bureau : ils m'avaient trouvé et c'était les clients qui avaient à tour de rôle eu le droit de me punir en m'humiliant. C'était allé d'une branlée pure et simple, à des trucs plus… on ne m'a jamais autant violé que ce jour-là. De toutes les manières. J'avais eu besoin de six mois avant de réessayer et cette fois-là, le tiroir était vide.

Je l'avais ouvert, incrédule : Blanche avait en fait tout déplacé pour faire une grosse mise à jour a priori, je l'avais appris par un des vigiles plus tard. Elle avait prévu de me vendre cette fois-là, s'estimant « à bout » et m'avait menacé de me donner à un réseau qui cherchait des hommes… sauf que me perdre après tant de temps à m'avoir vu filer droit et l'aider avait fini par la faire reculer, j'étais donc resté.

On m'avait à nouveau confié aux invités une soirée. Je n'avais pas pu marcher une semaine. Le docteur était venu et j'avais eu un trauma crânien qui a eu le bon goût de se résorber tout seul, mais j'avais failli y passer.

Et comme ça, comme une fleur, une nana là depuis quelques jours avait consulté le dossier de Lake où se trouvait forcément son lieu de détention ?! Putain… l'envie de rire ou de pleurer me noue la gorge. Peut-être que Blanche ne s'était pas assez méfiée d'elle quand elle continuait à me surveiller comme le lait sur le feu depuis des années ?

Je me décide enfin à parler :

— Donne-moi son adresse ? Je ferai ce que tu veux, tout ce que…

— Il y avait une croix sur son dossier aussi, River, me coupe-t-elle.

Son visage est effrayé, elle a peur de recevoir une beigne, clairement. Je la dévisage fixement. Quand elle secoue la tête, elle prend un air gêné avant de murmurer :

— Je suis si désolée.

J'ai envie de la frapper. Les mots fusent d'eux-mêmes :

— Tu mens. Tu dis ça pour me faire du mal.

C'est la seule explication. Elle est juste une très très bonne actrice. Excellente, juste... hors-norme.

— Peut-être que je t'en parle pour ça, je ne sais plus, mais je ne mens pas. La vérité te fait plus de mal, non ? commente-t-elle en grimaçant.

Je la repousse sans réfléchir, la jetant littéralement au sol alors que je me relève d'un bond. D'un geste automatique je la regarde se recroqueviller, se protégeant d'un bras devant le visage. Elle attend une raclée. J'ignore si je dois en rire ou la lui donner. Quand je réalise que tout mon corps tremble, je serre les dents.

— Tu mens.

Sans un mot de plus, je m'éloigne la vue trouble, incapable de penser correctement. Si j'étais restée avec elle, je l'aurais frappé à la réduire en charpie ; connasse de menteuse ! Elle n'avait pas d'autre manière de se venger de moi ? Mais c'est de bonne guerre. Elle a utilisé l'arme la plus efficace contre moi, provoquée la douleur la plus profonde...

Mentalement, je l'insulte. Je la traîne plus bas que terre.

Sale pute. Sale menteuse. Sale pétasse...

Les mots tournent en rond dans ma tête, je ne suis que rage, hurlement silencieux et je crains de ne devenir fou. Tout ça pour un mensonge, car c'est forcément ça, bordel ! Je ne suis pas ici pour rien, ma sœur est en vie elle... elle...

.

13

Je me suis réfugié dans la chaudière. Ce local est désert la plupart du temps, on n'y vient que quand ça tombe en rade et c'est souvent moi qui m'y colle en premier. Si j'avais souvent besoin de disparaître avant, j'évitais de me réfugier ici pour ne pas griller cette planque tranquille. Je pourrais même sûrement y rester sans qu'on ne m'y trouve pour de bon : un coin est quasi inaccessible si on n'y a jamais fait attention et ce serait sans doute idéal pour s'y laisser crever de faim… ou de chagrin.

Je me pensais mort, j'ai la confirmation que ça n'est pas encore le cas. Je suis assez vivant pour avoir mal. Le deuil me transperce de part en part comme peu d'autres émotions peuvent le faire. Peut-être l'amour, mais je n'ai pas de point de comparaison pour savoir ce quelle sensation on a.

Enfin, j'aimais Lake. Comme un dingue, c'était une partie de moi, une moitié, un alter-ego… ma sœur. Ce qu'on partageait je ne pourrais l'expliquer parce que les mots ne servent à rien pour décrire ce qui les dépasse.

Mais si j'ai eu mille fois des doutes depuis le début, me résoudre à admettre que les photos de Blanche ne prouvaient rien et que les fameuses dates pouvaient être incrustées, je n'ai jamais pu. Impossible. Parce que j'ignore ce que j'aurais fait sans ce vague espoir.

En même temps, j'ai laissé Blanche faire de moi des choses horribles pour… rien. Quel abruti je fais !

J'ai une telle rage que je dois avoir de la température, je me sens en fusion. Le sentiment qui m'habite est si grinçant, sombre et désespéré que je crains de tuer la première personne que je croiserai en m'extirpant du fond de ce réduit. Savoir si de moi-même je n'irais pas trouver direct Hope ou Blanche, je ne peux pas être sûr. L'une pour m'avoir menti… l'autre pour m'avoir dit la vérité. Alors je ne bouge pas. Je tente de me contenir. De repousser cette sensation qui m'écrase tout entier.

Pourquoi je crois Hope ? Sans doute car elle n'a jamais menti, que les probabilités qu'elle veuille me manipuler plus que Blanche sont ridicules.

Blanche ment. Hope n'en a pas besoin. Décider si elle a fait preuve de pitié ou d'une cruauté sans borgne en m'avouant pour Lake, je ne pourrais le dire.

Je me frotte le visage, prostré au sol et le bruit produit me rappelle le début de barbe que j'arbore. J'ai besoin de faire un truc, n'importe quoi pour extraire ce sentiment de ma poitrine.

Curieusement, la pensée qui arrive en premier et que j'ai envie de baiser Hope une bonne fois pour toutes. Sûrement une histoire de vengeance, j'essaie d'amener quelqu'un à souffrir autant que moi. Je pourrais aussi me crever les yeux, à la réflexion. Je ne verrais plus toutes ces merdes... ou m'ouvrir les veines. L'envie est presque aussi forte pour les deux. Mais même avec les yeux en moins, je doute que j'irais mieux. Le défoulement serait trop temporaire pour ça ; la douleur que j'éprouve, elle, n'aura pas de fin.

Puis je me rappelle : aujourd'hui est le jour où Hope va se faire... se faire massacrer, il n'y a pas d'autres mots.

Je vais être le premier, celui qui piétine avant que la foule ne passe. En plus de tout le reste, ça fait trop, le sentiment d'oppression s'accentue et je me demande si je fais un genre de crise. Panique ou crise cardiaque, je ne sais plus mon cœur est totalement broyé. Comment je pourrais faire ça ? À quoi bon ? Blanche n'a plus rien à m'extorquer... et je ne crois pas détester assez Hope pour lui faire un tel truc, ça va trop loin, même pour ici, même pour moi. J'ai atteint ma limite.

J'ai fait des choses horribles. J'ai été un monstre et tout ça en pure perte. D'une manière ou d'une autre, ça doit se terminer. Et si je voulais aider Hope, ça devrait se passer aujourd'hui. Je finis par tituber hors de ma cachette, me promettant de trouver un moyen.

L'idée me vient, sans que je sache trop comment, alors que je marche pour rejoindre ma chambre et je me rappelle brutalement du stock de Red que j'avais mis de côté, à un moment donné où j'espérais éviter que les filles s'en servent, un moment où je m'étais aussi dit que ça aurait pu être dealer auprès de clients, qu'ainsi j'aurais de l'argent de côté pour Lake et moi à notre sortie. J'étais encore assez naïf, je suppose.

Je n'ai pas repensé à ce stock de drogue depuis un bail. Si les filles aimaient ça pour le pouvoir euphorisant et l'amélioration des sensations lors du sexe, ce qui rendait le taf forcément moins lourd à porter, cela avait surtout un effet « excitant » tout court. Les bagarres éclataient toujours quand on l'utilisait et il y avait des dégâts.

Qu'est-ce que je veux à l'heure actuelle ? *Faire des dégâts. Beaucoup.* Atteindre Blanche là où ça fait mal… Tout brûler et réduire ce lieu en un tas de cendres inexploitables.

Je cherche du papier et un crayon et j'écris pour Hope un message que je laisse à son lit discrètement : « Viens me voir stp. »

Pas de signature, si elle ne peut pas deviner que c'est moi j'en serais quand même surpris et d'autres filles ne doivent pas comprendre, elles.

Je repars ensuite dans ma chambre préparer mon plan pour ce soir. Je pense avoir assez de Red pour que ça fonctionne, mais seulement si je m'en sers efficacement. Je dois toucher le maximum de gens, qu'une panique générale s'installe et me donne le champ libre ; j'irai ainsi vérifier le dossier de Lake moi-même, quitte à défoncer le bureau de Blanche et une fois que j'aurais ma preuve, on règlera nos comptes.

Un quart d'heure après, j'ai planifié les actions à mener et suis à peu près sûr de moi. Si ça foire, je dois pouvoir y rester. Si ça marche, je dois pouvoir mettre fin à ce bordel, au sens propre du terme, voir au calvaire de Hope. Ça ne sauvera pas mon karma mais on s'en contentera. Une c'est mieux que rien.

Un grincement dans le couloir m'apprend qu'on approche et je repousse sous le lit la boîte que j'examinais. Je me redresse, puis je vais ensuite vérifier, mais il n'y a rien non plus pour me trahir à la salle de bain : mon unique lame de rasoir est bien planquée dans une doublure de mon vêtement, pour l'avoir sur moi en cas de besoin tout à l'heure. J'ai même réussi à l'arrimer à un manche de brosse à dents que j'ai bricolé pour en faire une arme létale. Me taper toutes les saisons de la série *Oz* aura eu du bon.

Hope apparaît à l'entrée. Malgré l'obscurité relative, je ne dispose que d'une petite lumière, il ne m'en faut pas plus pour voir qu'elle est méfiante.

— Merci d'être venue…

À mes mots, elle sursaute, comme si elle ne s'attendait pas à me trouver ici. Quand elle me fait face, je vois une sorte de recul et réalise que je dois encore avoir l'air au fond du trou, je tente donc de détendre mes traits ; ce n'est pas le moment de la flipper. Puis je la dévisage un peu mieux et remarque enfin son état.

— Qu'est-ce que… Hope ?

— J'ai essayé d'étouffer Blanche, explique-t-elle sans s'émouvoir, haussant les épaules.

Sa mâchoire est bleue, elle a dû prendre un sacré coup.

— Pourquoi ?

Je demande, surpris alors que je ne devrais pas. Cette femme, à peine majeure, a tout essayé pour se sortir du Pensionnat, coûte que coûte, que ça soit du suicide à la tentative de meurtre quand je stagne ici depuis des années. C'est même plus que de l'admiration, je suis littéralement sur le cul tant cette nana est… fantastique. Dans un monde normal, ce genre de choses ne seraient peut-être pas impressionnantes; ici, elles prouvent un courage et une détermination que peu d'entre nous ont eus. Hope n'est vraiment pas comme les autres. Cette idée amène un drôle de sentiment que je me refuse à identifier. Elle répond finalement, le visage neutre malgré les bleus :

— J'avais l'occasion. Ça aurait pu accélérer les choses.

C'est pragmatique, logique. Ses yeux sont encore ceux d'une guerrière farouche, son séjour en enfer l'a fait murir à toute vitesse on pourrait croire qu'elle y est depuis aussi longtemps que moi. J'hésite une seconde, la main dans les cheveux, puis je vais me poser sur mon lit. Pour éviter qu'elle n'interprète mal mon intention, je ne lui propose pas de me rejoindre.

— Hope... j'ai hésité à te le dire, j'ai pensé qu'on pouvait aviser le moment venu, mais il faut que tu le saches. Justement pour arrêter ça et tenir jusque-là.

— Tenir ?

Elle a l'air de réfléchir à la question sérieusement, comme si ça n'avait pas de sens alors qu'elle me détaille du regard.

— Tu me détestes, hein ? je me contente de demander.

Après un court instant, elle hausse les épaules. En réalisant qu'elle n'ajoutera rien, je me décide. J'inspire calmement et annonce :

— On va tenter de tout faire craquer ce soir.

Silencieuse, elle me dévisage, mais sans surprise apparente.

— Comment ça ?

Je réfléchis à la meilleure manière de présenter ce que j'ai en tête puis je comprends que ça ne sert à rien ; ça semble trop désespéré pour la convaincre ou la rassurer. À la place, je préfère m'excuser. Ou presque. Mon cœur se serre.

— Je te crois pour ce que tu as dit sur Blanche. En fait, je le sais depuis longtemps, mais le reconnaître était trop...

Les mots me manquent. La douleur est encore trop puissante et elle me transperce.

— Tu avais l'impression de l'abandonner ?

Je me pose la question, réalisant qu'il y a de ça en fait. J'ai l'impression d'avoir une pierre énorme dans la poitrine, qui me leste depuis que je sais. En fait, je m'en doutais depuis des mois, mais le reconnaître m'aurait sans doute tué alors je préférais faire semblant. Jusqu'à cette fille, celle qui a dynamité mon monde sans en avoir conscience. Alors j'avoue, honnête :

— Ouais, sans doute. Comme l'impression de la tuer une deuxième fois… mais elle ne reviendra pas. Elle est… partie. Je n'ai pas pu empêcher ça, mais je peux punir celle qui en est responsable. Arrêter de la laisser détruire des dizaines de filles, toi compris.

Elle ne réagit pas vraiment, et je mesure à quel point elle a changé en quelques jours, prématurément mûri à jamais de la pire des manières. Comment pourrait-elle retourner à la vie réelle ? Ça me fait presque de la peine pour elle.

— Et tu comptes faire ça comment ? s'enquiert-elle finalement.

Les yeux dans le vague je réfléchis à ce qu'elle doit ou pas savoir. Y a-t-il une chance qu'elle aille le dire à Blanche pour essayer d'échapper à ce qui l'attend ? Ça serait humain, après tout…

— Je n'ai pas l'intention de te balancer pour sauver ma peau.

Nos regards se lient et un sentiment familier revient. Ainsi qu'une sorte de connexion latente, quelque chose que je ressens presque depuis le début sans comprendre pourquoi. Je me redresse et m'approche d'elle de quelques pas.

Hope ne veut pas me trahir. Elle ne le ferait pas. Je suis le seul des deux qui s'est montré déloyal, au final.

— Je vais faire basculer cet endroit dans le chaos. Cesser les faux-semblants une bonne fois pour toutes. Il y aura d'immenses dégâts et même des morts… tout partira en fumée.

En le disant, ma résolution s'affirme encore. Je suis sûr de pouvoir faire ça, de devoir le faire, même. Finalement, elle hoche lentement de la tête. Mais un doute lancinant me revient : je ne crois pas y parvenir sans qu'il y ait de conséquences et ça ne sera pas que Blanche qui va les subir.

— Et ceux qui seront victimes de… de tout ça ? Est-ce que c'est juste ? je m'inquiète à nouveau, imaginant les filles d'ici, Nadja, Ash, Ginger ou Rosario y laissant leur peau.

Elle avale sa salive et me dévisage, pensive. Ça dure un long moment qu'aucun de nous ne vient rompre.

— Rien n'est juste.

Elle a raison. Surtout au Pensionnat. Quand elle ferme les paupières, comme affaiblie, j'en profite pour caresser doucement sa peau meurtrie, y trouvant de nouvelles traces dont je ne suis pas responsable, réalisant un peu plus que je ne suis pas le seul à pouvoir la détruire… est-ce pire si ce sont les autres ? Je l'assassine avec application, je m'investis et y laisse à chaque fois une partie de moi. Blanche elle s'en moque.

L'énormité de ce dérapage mental me percute et j'ai honte. C'est stupide de réfléchir ainsi, c'est même incohérent, je suis un abruti.

— Je vais devenir un meurtrier…

Elle me déteste, ça ne changera rien. Alors de quoi je m'inquiète ? Quand une larme roule sur sa joue, je me demande ce qu'elle pleure : le fait que je sois perdu, qu'on en arrive là… de devoir l'affronter tout ça ?

— Beaucoup sont déjà mortes, murmure-t-elle enfin, ou le seront bientôt… Sinon ressors ce portable que tu m'as montré et mets la puce dedans. Localise-toi, contacte la police et ça sera terminé.

L'idée me fait rire. Je repense à la façon dont j'ai eu ce fameux portable.

— J'étais sérieux la dernière fois. Ce téléphone ne marche pas. Il n'y a aucune carte SIM planquée ici. Un client m'a extorqué des faveurs sexuelles, m'a avili plus que jamais je… plus de six mois pour rien. Je n'ai jamais obtenu la carte.

Après m'avoir dévisagé, semblant presque souffrir – peut-être est-ce ça, la compassion ? Puis elle se reprend et finit par remarquer :

— Dans le bureau de Blanche, elle a forcément un téléphone.

Je secoue la tête.

— Ça fait des années que j'essaie, et il faudrait savoir où nous sommes. Même les clients l'ignorent. Ils sont baladés une bonne heure avant d'arriver dans un bus aux vitres aveugles. Ils ne voient rien. J'ai déjà exploré cette piste… Non, sans la Red, sans la sauvagerie qui déborderait tout le monde ici… on se ferait chopper, je conclus.

Cette fois, elle me fixe l'air contrarié.

— Tu veux quoi ? Qu'on te dise que ça n'est pas grave…

Qu'on me pardonne ? Non, je n'ai pas le droit de demander ça, elle a raison.

— Rien, il n'y a rien à dire pour pardonner ça.

Elle se crispe un peu plus sous mes doigts.

— Tu penses à quoi ?

Je serre les dents, pas certain que de l'admettre à voix haute ne la fera pas fuir en courant et j'ai du mal à supporter cette idée, comme si je voulais la garder auprès de moi une toute petite minute de plus.

— J'ai de la Red de côté. Assez pour en faire consommer à tout le monde. Les hommes, les filles… ça sera fini.

Quelle manière détournée de présenter les choses, je m'amuse moi-même « Fini »… et comment ? Sûrement dans un bain de sang. J'ai déjà vu ça. Mais ça n'est pas ce qui semble avoir retenu l'attention de Hope.

— Pourquoi tu m'en parles ?

La question est justifiée, mais j'ai préparé une réponse sur mesure, pas la réalité, pourtant ça paraîtra crédible.

— Pour… te dire de ne rien manger ou boire. Pour te prévenir, que tu puisses te mettre dans un coin et t'enfermer. Ressors quand tout sera terminé. Quoi que tu entendes, reste planquée… Si on pousse assez fort, tout peut s'écrouler et tu ne vivras pas…

Je m'arrête, pas forcément besoin d'achever cette phrase pour qu'elle comprenne. Puis je me force à me montrer plus clair, car je me rends compte que je suis en train de lui mentir, comme les autres. Elle n'évitera pas tout ça. Pas vraiment. Inspirant, je me lance :

— Enfin… le début, ça sera inévitable. La Red met presque une heure à monter à fond… mais une fois que ça sera fait on a une chance. *Tu* as une chance. Moi, je m'occuperai de Blanche quoiqu'il arrive.

Je vais violer Hope, je réalise pour de bon, affrontant en face la vérité crue. La seule chose que je peux espérer à ce stade, c'est qu'il n'y ait que moi qui le fasse. Et, que peut-être, peut-être, pourra-t-elle le supporter si notre connexion est toujours là.

Même en pensant ça, je me sens minable, ses yeux m'accusent, elle serre les dents et tente de se contenir. Je réalise alors l'énormité que je viens de sortir : « Fait avec, laisse-toi violer, mais juste par moi… » Que connard je fais. Pourtant j'y ai beaucoup songé mais impossible de faire autrement : les clients boivent en arrivant. Moins de vingt minutes après notre « show » commence et il prend souvent plus d'une demi-heure, tout compris on devrait atteindre la fameuse heure pour que la Red entre en action. Il n'y a que les filles d'ici que je peux droguer avant, mais pas trop tôt non plus, pour ne pas attirer l'attention.

Je me dis qu'un viol, on s'en remet. Elle verra un psy. Elle m'oubliera ou me détestera, je peux faire avec. Pas la savoir morte. Pas après Lake. Plutôt crevé. Je veux bien être le méchant si ça la garde envie, au moins ça. Une vie, même traumatisée, malmenée, reste une vie. Lake n'a plus ça. Cette certitude est ancrée en moi quand je regarde le visage de Hope tendu vers moi.

La clairvoyance que j'ai tout à coup me saisit à la gorge : depuis quand l'idée que Hope puisse y passer me submerge à ce point ? Me fous littéralement en apnée et est juste inacceptable pour moi… comme s'il était question de Lake ? La chose qui les relie et simple. Les deux sont dans mon cœur. *Et tu n'auras sauvé aucune des deux, faible comme tu es.*

Les mots résonnent en moi, grinçants, mais je les ignore pour me concentrer et reprends la parole :

— Sous l'escalier du sous-sol, là où il y a une chaudière avec un placard en ferraille. Ça devrait être assez isolé et résistant. J'ai planqué la clé dessous le renfoncement de la grille sur la gauche, tu ne peux pas ne pas trouver, même si on le voit pas à part en passant les doigts dessus…

Elle me dévisage, sidérée, avant d'acquiescer et je repère la résolution que je lui connais, la force qui a été ébranlée mainte fois, mais ne la quitte pas pour autant : Hope ne lâchera rien et se relèvera de tout ça. Je dois juste la garder en vie.

Puis son expression se modifie, et je finis par murmure, surpris :

— Hope ?

— Embrasse-moi.

Je me demande si j'ai bien entendu et recule d'un pas sans y penser.

— Quoi ?

— Embrasse-moi, répète-t-elle.

Elle n'a pas dit ça. Impossible.

— Non.

Ma voix a-t-elle vraiment tremblé ? Je ne peux pas faire ça, elle doit absolument… me détester va l'aider. Le sentiment qu'elle éveille en moi se fait plus fort depuis que je l'ai réalisé et je pourrais même le situer exactement dans ma poitrine. Un endroit lui est dédié en moi, très précis. Mais c'est impossible. Je secoue la tête, refusant tout ça en bloc. Elle a une expression traquée et me crache :

— Parce qu'on ne te force pas ?

Je ne réagis pas tout de suite, trouvant fascinant qu'elle puisse croire ça. Mes années passées ici ont dû sacrément ravager mon visage pour qu'on ne puisse à ce point lire en moi. Elle a tout faux, à un point que ça pourrait presque en devenir drôle.

— Parce que…

Comment lui dire ? Qu'est-ce que j'aimerais dire d'ailleurs : personne ne m'a demandé de réfléchir par moi-même ou ressentir quoi que ce soit depuis des années. Rien de ce qui ne me concernait de ce que je vivais n'avait d'importance.

C'est là qu'elle me susurre l'air si mal que ça me donne un coup :

— Je me doutais que tu… tu ne voulais pas vraiment de moi.

Ce constat est si triste et sans appel, que je me sens juste fissuré de la voir ainsi. On a bousillé cette fille. Elle doit souffrir de ce fameux truc de Stockholm qui la force à me réclamer quelque chose, à s'inquiéter de la raclure que je suis.

— Hope…

Elle a un signe et recule, secouant la tête désespérément.

— Merci de m'avoir prévenue. Je vais… je vais…

Quand elle s'apprête à partir, j'arrête de tergiverser. C'est dégueulasse. Elle ne me veut pas vraiment, c'est ce syndrome, et je suis assez tordu pour en avoir conscience… mais m'en accommoder. C'est mieux que rien la concernant, et j'ai besoin d'elle à en crever, alors je ne la repousse ou ne la détrompe pas.

Les mots me fuient ou je ne les ai jamais eus. Les actes, je sais faire. Même les pires. Je me jette sur elle d'un geste, la collant à la porte sans délicatesse et elle grogne sous l'impact, ayant sans doute pris de plein fouet le bois sans que j'anticipe vraiment. Mais au lieu de la lâcher et m'excuser, je me raccroche à elle fermement, mes mains la parcourent, fiévreusement. Je ne cesse de me répéter en moi-même que c'est la dernière fois que je pourrais faire ça. Je mords son cou, m'agrippant à elle par tous les moyens possibles.

Quand elle crie, il n'y a pas que de la douleur, elle bascule avec moi. Elle ne sent pas ça ? Cette chose entre nous, parfaitement réciproque ? Comment peut-elle penser que je me fous d'elle, sérieusement ? Que j'ai besoin d'une raison, d'un ordre pour avoir envie de la baiser ?

Je la dénude d'un geste sec, arrachant la bretelle de son haut sans m'en préoccuper. Nos lèvres se percutent et on se bouffe littéralement, je ne sais pas lequel est le plus avide. Pourtant ça me fait du bien, je me mets à bander, conscient que ce moment est une parenthèse de plus… mais la dernière.

Je l'embrasse comme j'ai besoin de la baiser, sans douceur, sans prendre mon temps, avec le rappel constant qu'on sera bientôt séparés. Mon corps pousse le sien contre la porte, je l'écrase de tout mon poids mais elle ne s'en plaint pas, s'adaptant aussitôt, ses mains m'agrippant fermement.

Je la soulève pour pouvoir la frotter contre ma cuisse et la faire mouiller, je la veux en transe, comme moi. Et ses premiers gémissements parlent pour elle. Quand elle se mord les lèvres pour se forcer à se taire, je me dis que je n'ai jamais rien vu de plus sexy.

Puis je l'emmène jusqu'au lit, ne pouvant pas la maintenir et la caresser à la fois pleinement. Elle se laisse faire, continuant à m'embrasser, éperdue et je la positionne d'autorité à califourchon sur moi. L'une de ses jambes vient se mettre autour de moi. Loin d'être passive, elle répond à chaque caresse avec une avidité qui précipite un peu plus en moi l'urgence qu'elle provoque.

Le fait de nous retrouver seuls pourrait rendre ce baiser moins excitant si tout entre nous ne se jouait qu'en bas, que ce n'était qu'un truc tordu de voyeurisme, mais pas du tout, je suis au contraire soulagé : j'aime juste la prendre, peu importe les lieux ou les circonstances, mon corps n'a visiblement rien besoin d'autre qu'elle pour devenir dur comme le marbre.

Elle me griffe et moi je lèche ses seins, ses mamelons parfaits et sombres, je les pince jusqu'à ce qu'elle ploie en arrière, haletante. La faire prendre son pied a quelque chose de fascinant tant ça semble simple, immédiat.

Je l'aspire à travers le tissu et elle gémit, se ruant en avant pour que je continue. Elle se colle à moi avec une espèce de folie, une ferveur qui me fait bander plus fort. Dans ma tête, les pensées les plus crues se succèdent, j'adore la sentir dans cet état, ayant besoin de soulager une envie trop dévorante capable de la transformer en salope, en femme avide de cul qui se frotte sur une cuisse pour se faire du bien. Rien que cette vision, me pousse plus loin moi aussi.

Je lui donne ce qu'elle veut et vais pénétrer son sexe de mes doigts, sans le moindre mal, elle est trempée. Sa façon de retenir sa respiration avant d'émettre un long soupir m'arrache un sourire, c'est ça qu'il lui faut, bien sûr.

Personne ne la regarde, elle s'abandonne à moi à fond, écartant les cuisses pour que je puisse la prendre plus profond. L'effet qu'on se fait est presque fascinant ; ses yeux sont troubles, on la dirait droguée. Moi je pourrais tuer pour continuer ce que je suis en train de faire. La sentir si réactive, gémissante et ondulant à chaque fois que je la touche me donne envie de plus. De voir combien de fois elle peut jouir, jusqu'où elle peut se livrer. Peut-elle en pleurer ? Éjaculer à nouveau pour moi ? Me supplier de la laisser ou devenir littéralement folle, un corps frissonnant qui n'a plus aucune pensée cohérente.

Enfin, je me décide. D'un coup sec, je frappe son clitoris, ayant déjà fait ça et sachant pertinemment ce qui va suivre. Elle tente de résister, rue en arrière. Un autre coup la fait basculer pour de bon, elle jouit en criant et je l'embrasse pour la bâillonner et boire cette extase sur ses lèvres.

Il m'en faut plus ; il lui en faut plus et je la pousse à se lever pour arracher sa culotte. Elle obéit, maladroite et m'offre une vision d'elle que je détaille, dans un état second. Elle irradie de sexe, elle a les lèvres gonflées, ses seins dardent vers moi et j'ai parfaitement conscience de l'état dans lequel est son sexe si je le touchais, là maintenant. À demi-nue, elle a l'air aussi de travers que notre relation l'est. Ma vierge tordue par le désir, par nous.

— Viens ici, j'ordonne.

Elle réagit aussitôt, s'agenouille devant moi et se penche, visiblement pour me sucer. Si j'en rêve, ce n'est pas ce dont j'ai besoin. Pas après tant d'attente.

— Tout à l'heure, je vais devoir te pénétrer. Ils n'auront pas ça, Hope. Je te veux, là tout de suite. Si tu n'es pas d'accord, n'as pas envie, dis-le maintenant. Car ensuite plus rien ne pourra me stopper… j'ai besoin de te pilonner à ne plus sentir ma queue, à me perdre en toi jusqu'à oublier mon nom.

Plus clair aurait été difficile. Peut-être trop cru et assurément pervers, car je ne devrais pas lui faire ça. Je suis un connard fini… mais honnête. Elle pourrait s'en féliciter, je ne le suis jamais. Sauf pour elle. Parce qu'elle ne cache rien non plus. Elle frissonne et ferme les yeux une seconde ; je lis dans son regard l'impact de mes mots.

Et j'ai la certitude que, si je la baise, vierge ou pas, je la veux dans un état dont elle ne se remettra pas tout à fait, ne pouvant plus marcher droit ou bouger sans que son sexe lui rappelle ce qu'on viendra de faire.

— Ça sera fort, ça va aller loin et vite. Prouve-moi que tu as compris, j'insiste.

Ma voix est lourde, elle porte le désir que j'ai pour elle et, en réponse, ma queue se dresser un peu plus. Elle finit par approuver, me dévisageant bien en face et sans le moindre doute. J'ignore si elle a peur, si elle est impatiente – peut-être les deux, mais elle est clairement prête à ce qui va arriver. Putain, elle est si belle ainsi. C'est du gâchis que ça soit devant moi et pas quelqu'un qui le mérite, qui... pourquoi je ne peux pas la sauver de moi ? Alors je me montre honnête à nouveau :

— Tu pourrais trouver mieux que moi, je remarque, la détaillant par en dessous sans savoir vraiment ce que je recherche, si ce n'est que je sens ma part sombre revenir à grands pas, aimant ce qu'elle lui fait loin de toute morale. Un mec doux, gentil. Le gars qui prendra soin de toi ne sera pas tordu jusqu'à la moelle...

Je fais une pause, réfléchissant à mes paroles mais surtout vérifiant l'impact de mes mots sur elle. Elle a l'air hypnotisée... mais foutrement consentante, putain. Je me permets de lui dire, me penchant lentement vers elle, et toujours honnête même si elle devrait juste être terrifiée, au lieu d'entrouvrir les lèvres ainsi...

— Mais il n'aura jamais envie de toi comme moi, ça, je peux te le jurer, je conclus. Je ne suis rien, tu devrais partir d'ici en courant, c'est le meilleur conseil que je peux te donner...

Elle a une toute petite chance : celle de fuir et de ne pas me laisser la prendre comme j'en ai besoin. En est-elle capable ? Et moi, est-ce que je vais tenir parole ou lui courir après pour la prendre debout dans le couloir ou allongée à même le sol ?

Une seconde, je lis une émotion brute dans ses yeux, quelque chose que je pourrais identifier si j'ai quelques secondes, mais ça disparaît trop vite. À la place, elle pointe le menton vers moi, et annonce calmement :

— Baise-moi. Maintenant.

Plus rien ne pouvant me stopper, je me lève et on se retrouve au sol en moins de temps qu'il n'en faut pour le dire, carrelage ou pas. J'arrache mon haut de ma poitrine pour sentir sa peau sur la mienne et elle m'aide, ses mains fébriles me griffant au passage. Le bruit de ma ceinture et de la glissière du jean résonne dans le silence, précurseur de ce qui va suivre, de la manière dont ça va finir entre nous : une baise. Une baise bestiale, dont elle veut autant que moi.

Au lieu de la pénétrer d'un coup, je vais frotter ma queue sur elle, pour l'enduire de sa mouille qui coule d'elle depuis que j'ai commencé à la toucher. On se dévisage longuement et je vérifie l'effet que ça lui fait, parce qu'elle n'arrive pas à le cacher. Même ça, elle prend son pied.

Finalement, c'est elle qui bascule le bassin, me cloue du regard à deux doigts de m'insulter. J'ai envie de rire et de la rendre folle de désir, pour la forcer à me supplier de la pilonner. Mon sexe n'est pas d'accord, il n'en peut plus, mais je m'en fous.

Puis je ne peux plus attendre et j'agrippe ses hanches, la positionne d'un mouvement sec pour l'envahir d'un seul coup de reins. Deux secondes trop tard, je me rappelle qu'elle est vierge et que j'aurais dû la faire jouir en même temps, peut-être y aller avec plus de douceur. Pourtant elle noue ses jambes autour de moi et geint en me griffant, tête renversée en arrière. Elle n'a pas l'air de regretter une seconde d'être prise comme ça.

Alors que j'hésite, étrangement déstabilisé par l'idée que mon membre doit être enduit de son sang, que je viens de lui ravir ça comme un rustre, elle se met à bouger, m'incitant clairement à revenir plus loin en elle. Je la détaille, fasciné, en appui au-dessus d'elle. Pourquoi évite-t-elle ainsi mon regard ? Sa voix s'élève, rauque :

— Prends-moi ! Fais-le, prends-moi, prends…

Elle le répète en boucle d'une voix rauque et ça fait sauter tout verrou en moi. Je lui donne ce qu'elle demande. Je me laisse aller et la pilonne comme j'en rêve depuis la première fois où j'ai posé la main sur elle. Je me lâche totalement et sens son sexe s'écarter autour du mien, la résistance de départ s'amenuise et je m'enfonce encore avec plus de force. Putain elle est si étroite, c'est si puissant…

Hope respire fort, haletante, et accueille chaque coup de boutoir, elle se mord les lèvres et sans savoir pourquoi, je devine qu'elle retient les mots qu'elle aimerait murmurer. Des mots aussi crus que ceux que j'ai en tête alors que je martèle cette chatte chaude et dégoulinante. Je parie que oui, qu'elle s'éclate et voudrait me le dire, qu'elle aimerait avouer toutes ses pensées les plus obscènes et sales.

L'idée de les lui arracher m'effleure, mais je suis incapable de parler, toute mon énergie se concentre dans mes reins en feu et je pourrais faire ça des heures, la voir se plier ainsi, admirer sa peau couverte de sueur jusqu'à ce qu'elle en chiale pour de bon… mais ça ne va pas durer, on va me la reprendre.

— Vas-y, vas-y…

Elle s'accroche à moi de ses ongles et je me tétanise un peu en pensant que je vais la perdre dans quelques minutes à peine, une seconde je me dis que je préférais la tuer, sur-le-champ, que l'orgasme l'emporte et moi avec, crever dans cette femme serait le mieux de tout ce que j'aurais pu espérer vivre.

L'idée que je vais devoir renoncer à elle me broie le cœur, mon cerveau est en surchauffe et je sens seulement les échos de mes reins qui la percute avec rudesse, claquant fort sur son cul que j'ai soulevé pour la prendre plus loin. Cette idée me déchaîne littéralement j'y vais si fort qu'on pourrait croire que je la fesse.

La sueur me dégouline du dos, j'ai le goût du désespoir sur mes lèvres et j'ai beau l'envahir plus fort, plus loin, ne rien lâcher et me forcer à repousser l'orgasme de toutes mes forces pour ne pas replonger dans la réalité, le plaisir est si puissant qu'il vient à moi par vague, têtu. Je résiste. Je mets toute ma putain d'énergie à continuer encore.

La conscience qu'elle aussi est dans le même état m'aiguillonne et je continue, à fond, laissant s'envoler des années de colère, d'humiliations et de douleurs dans un sentiment indescriptible : ce plaisir efface tout ce qui me ronge, il m'offre une rédemption, étrange, mais réelle. Je fonds en elle oubliant tout si ce n'est ce qu'on est en train de faire.

L'orgasme arrive malgré tout, je soupire et on dirait que je gémis comme une bête blessée. Hope, attentive, s'accroche à moi pour me retenir et presse d'un coup les muscles de sa chatte autour de ma queue palpitante, la sensation est tellement bonne que je ne peux plus rien faire et je décharge en elle ; fort, si fort que j'ai la sensation de sombrer.

Mon corps tombe d'ailleurs lourdement sur elle sans que je parvienne à me rattraper, mais une chose manque.

— Meurs avec moi, je demande, venant frotter son clito de mes doigts.

Un simple effleurement, la fait jouir, se contractant follement autour de ma bite et je sens mon orgasme se prolonger comme il ne l'a jamais fait. Putain, j'ai l'impression de crever pour de bon. Mais c'est parfait.

Écroulé sur elle, je cherche à me relever, mais j'en suis incapable. J'ai le nez dans son cou où une odeur de savon et de sueur se mêle. J'inspire profondément pour m'en souvenir. Son souffle est haché, mais il ralentit petit à petit.

Finalement, je parviens à la lâcher et roule sur le dos à ses côtés. En contemplant le plafond, je repense à ce que Blanche m'a demandé. Une initiation de vierge en bonnet et du forme, selon elle… Les mots s'échappent malgré moi, percutant la bulle qu'on vient de partager avec fracas.

— Tout à l'heure, ce qu'elle veut que je te fasse… un fist. Tous les doigts, la main… en prenant son temps, ça peut être bon à en pleurer de plaisir. Là, je ne pourrai pas faire ça, je…

Je me tais, la gorge serrée. Pourquoi lui avoir dit ça maintenant ? Sans même la laisser atterrir ? Comment j'ai pu lui cracher ça de cette manière, et comment elle va pouvoir encaisser ça ? Je suis le dernier des abrutis. Même mon plan ne va pas la sauver… de ça. De moi. Elle finit par demander d'une petite voix :

— Un… truc… enfin, anal quoi ?

Je pourrais sourire si ça n'était pas si triste comme conversation.

— Non, devant ou pas, c'est au choix. C'est bien ta virginité qui est visée…

Elle approuve vaguement, sans émotion apparente.

— Et tu m'as déjà prise par-derrière, ajoute-t-elle, étrangement calme.

— Je… oui.

Que répondre ? Elle baisse la tête et je comprends qu'elle détaille mes mains. Une seconde, je les dévisage, comme si je ne les connaissais pas. C'est vrai qu'elles sont larges…

— Je suis désolé, Hope.

Quand je l'ai dit, je ne l'ai jamais autant pensé. Peut-être aussi ai-je oublié de le lui avouer, parce que je n'étais pas à l'aise avec cette idée alors que j'aimais à ce point la toucher… pourtant c'est parfaitement vrai. Elle ne me rassure pas ou ne me dédouane pas, mais je n'en espérais pas tant.

Un coup brusque ébranle la porte finissant de fracasser notre moment.

— River ! Il y a pas mal à installer à l'avance pour ce soir, bouge-toi le cul.

Hope semble se figer, terrifiée de le voir entrer, mais il ne ferait jamais ça. Alors que je la dévisage, je réponds à voix haute :

— Je viens, je m'étais endormi.

— Ouais, pendant que tu fais de beaux rêves, y en a qui taffent ! Magne !

— J'arrive, j'annonce à nouveau sans m'émouvoir.

On se regarde, longuement. Ses yeux sont impénétrables et je donnerais cher pour deviner ce qu'elle pense. Puis les mots de Mick, pleins d'ironie, me reviennent.

— De beaux rêves, hein ?

Il est temps, je me redresse et cherche mes fringues pour me rhabiller.

Il est temps.

14

La Red a été distribuée aux filles dans le réfectoire, j'en ai mis dans la fontaine à eau et la dilution devrait couvrir le goût. Si jamais l'une le sent, je doute qu'elle prévienne les autres de s'abstenir : elles y étaient toutes devenues accros, enfin, elles prenaient leur pied au lieu de subir de A à Z tout ce que faisaient les clients.

Dans le buffet de ces derniers, ça a été plus compliqué, mais je me suis proposé pour finir de l'installer et je sais ce qu'ils consomment en priorité. J'y ai passé presque toute la fin de mon stock. C'est eux que je vise le plus : qu'ils s'entre-tuent comme les animaux qu'ils sont.

C'est à ce moment-là que Blanche me fait appeler. Je rejoins le bureau le cœur battant me disant qu'elle a tout appris d'une manière ou d'une autre. Au pire, j'ai retardé l'échéance pour un soir, à moins que je ne l'aie précipité et qu'elle la livre à ces types immédiatement ?

Quand j'arrive, elle me dévisage en se tenant à son bureau, à moitié voutée. Je baisse les yeux une seconde sur le meuble, en pensant à ce qu'il contient, imaginant un dossier et le nom de Lake barré comme me l'a décrit Hope. J'ai l'impression qu'on me broie le cœur à nouveau, la sombre colère qui m'habite flambe un peu plus, difficile à supporter. Malgré tout, j'ai besoin de le voir pour y croire. Absolument…

— Ne reste pas planté là putain ! crache-t-elle subitement, comme je ne bouge pas.

— Vous voulez vos médicaments ?

Elle approuve et vacille sur place, souffrant visiblement le martyre. Si je m'enfermais avec elle, combien de temps pourrais-je la laisser dans cet état, lui faire payer un peu de la douleur qu'elle inflige sans s'en soucier ? Mais ça ne serait jamais assez.

Alors j'obéis et me dirige vers l'étagère dissimulée dans la bibliothèque, j'y sélectionne ses calmants habituels et y ajoute une pilule de Red, la dernière que j'avais et que j'hésitais à prendre, pour avoir un plan de secours si la police débarquait et en avoir dans le sang moi aussi, comme tous les autres, même si ça avait troublé ma réflexion. Mais je préfère la faire plonger avec les autres, tant pis, je resterais conscient de mes actes et coupable à cent pour cent. Ça sera ma peine capitale à moi ; vivre avec ça.

— Bouge-toi ! aboie-t-elle.

Je m'approche et m'apprête à lui tendre ses cachets ; quand elle souffre à ce point, elle ne compte jamais ce que je lui donne je l'ai déjà surdosé, comme poussé par l'envie de vérifier si le monstre était fragile – il ne l'est pas. Elle se relevait toujours le lendemain. Quand elle grimace, j'en profite pour annoncer sobrement :

— J'ai mis un calmant en plus, vous semblez super douloureuse.

Elle a un vague signe pour approuver. Mais quand je tente de lui transférer les cachets, sa paume tremble et elle finit par me fusiller du regard avant de déclarer :

— Mets-les dans ma bouche, je… j'ai trop mal, je n'arrive pas à contrôler ma main.

Je ne l'ai jamais vu ainsi. Mais ça ne m'inspire aucune pitié, je suis trop loin pour ça. Pour la première fois depuis des mois, voire des années, derrière la maquerelle vénale je peux distinguer une femme atteinte de douleurs chroniques, se mordant les lèvres pour ne pas crier. Est-ce que ça excuse la cruauté dont elle fait preuve et les ravages qu'elle cause ? J'en doute.

— Dépêche-toi ! siffle-t-elle.

Je ne fais aucun commentaire, habitué à son humeur quand elle est dans cet état et me disant que la Red va passer inaperçue. Elle agira peut-être juste plus lentement ; elle est pleinement efficace une fois diluée dans du liquide, mais tant pis.

Elle avale le tout avec un peu d'eau, en grimaçant. Quelque chose traverse furtivement ses prunelles et je me demande si je me suis trahi, si elle a compris quelque chose. Il y a un silence lourd, pesant, et je décide que peu importe, ce que j'ai fait devrait porter ses fruits même si elle me chope : combien y a-t-il de chance qu'elle devine tout mon plan ? Elle croira seulement que je l'ai droguée, elle, rien de plus.

Pourtant dans ses yeux il y a autre chose, son regard s'attarde sur mes lèvres une longue seconde avant qu'elle déglutisse et annonce :

— Retourne en bas… et fais de ce fist une séance mémorable. Je veux voir en cette gosse une victime et une catin qui prend son pied, une petite pucelle devenue chienne. Tu m'as compris ? Les clients vont adorer ça. Tu seras si magnifique, à l'apothéose de ton... art.

Cette dernière phrase me percute, brutale. Je me demande si elle l'a vraiment dit ou si je l'ai imaginé. Un frisson me parcourt le dos. Oui, c'est forcément ça. Cet air rêveur, presque… de l'envie ? Je repense à tout ce que j'ai pu observer ici, les vices nombreux, les pratiques toutes différentes… ceux qui trouvent leur plaisir à mater au lieu d'agir... non, impossible. Il n'y a rien entre elle et moi, que de la haine et elle le sait. Jamais elle n'a tenté le moindre rapprochement, d'ailleurs. Puis l'idée que j'aurais cherché à la tuer me vient. Elle en a parfaitement conscience, je ne m'en suis jamais caché.

Une seconde, de flottement je m'interroge : et s'il y avait réellement quelque chose. Si j'avais pu tordre cette femme autrement, la séduire, me servir d'elle et obtenir quelque chose pour Lake. Je visualise en un éclair toutes les conversations, tout ce qu'elle m'a obligé à faire et son regard braqué sur moi. Un frisson d'effroi pur me balaye, la sensation me noue la gorge.

Puis le moment passe, ses yeux sont froids, hautains, elle me toise.

— Dépêche toi, je t'ai donné un ordre. Et détruis-moi cette fille avec application, prononce-t-elle détachant chaque syllabe.

La cruauté émane de chacun de ses traits et je me dis que j'ai halluciné, pourtant l'ambiance étrange me pousse à tenter. J'hésite à peine, m'engouffrant dans la brèche même si j'ai les dents serrées.

— Alors autant la faire vraiment jouir, une femme qui prend son pied quand on lui fait ça... une vierge, j'insiste, le souffle court.

Elle réfléchit une seconde, sourcils froncés, puis finit par approuver.

— Un sex-toy, ne traîne pas trop non plus, je veux l'entendre couiner.

Cette phrase me laisse de marbre, mais en moi-même, je bous. Puis, elle papillonne des yeux :

— Enfin, les clients, je n'ai rien à voir là-dedans.

Elle peut sûrement en tromper d'autre, mais pas moi, je secoue seulement la tête.

— Vous la détestez, n'est-ce pas, Blanche. Elle vous a résisté ?

Son regard se fait plus sombre.

— Il paraît qu'elle vous a agressé... c'est ce qui se raconte.

Elle jure et son expression change totalement, affichant une peur étrange tout à coup.

— Les filles l'ont su ?

Je n'ajoute rien, prenant mon pied de sentir cette panique en elle, cette trouille bleue qui l'envahit. Finalement, le gardien de l'enfer a ses peurs lui aussi... Sauf que ça ne dure pas, la cruauté revient au galop, plus facile à contrôler, et elle remarque d'une voix doucereuse :

— Cette petite conne va se rappeler de son initiation, c'est moi qui te le dis... je compte sur toi, mon River.

Le possessif ne m'échappe pas, il me file même une claque immense, j'en ai presque le vertige... non, peu importe il est trop tard pour réfléchir à ce que j'ai raté comme un con.

— River ! m'interpelle-t-elle alors que je me détourne.

Je ferme une seconde les paupières. Elle ne va pas lâcher le morceau, je la connais.

— Les clients vont adorer ce que je ferai à cette chienne, je promets. — Bien, et demande à Mick de venir me voir, j'ai besoin qu'il me rende un service.

Cette fois, je pars sans me retourner et me dirige vers la salle de réception où les clients vont arriver d'une minute à l'autre. Il n'y a plus de Red pour moi. Je vais devoir traverser tout ce qui va suivre sans rien. C'est sûrement mon châtiment. Même les vigiles en ont eu, mais moi je vais...

L'idée que tout ça est vraiment en train d'arriver, que j'ai sauté le pas et que je suis clairement sur le point de provoquer une boucherie bientôt me fait une drôle d'impression. Je ne peux même pas me féliciter de « sauver » ses filles ; je les envoie en fait vers un bain de sang où elles ont beaucoup de chances d'y rester. Pourtant c'est aussi ce qui me guide : elles ne vivent plus, elles meurent à petit feu, je ne fais que précipiter la chute.

La même pensée me revient lancinante depuis que j'ai versé la Red dans leur eau : et si je leur avais laissé le choix ? Si elles avaient pu décider de participer ou se mettre à l'abri ? Après tout, j'ai prévenu Hope et je lui ai donné une porte de sortie, pourquoi pas aux autres ? Parce que je vais les utiliser, tout simplement. Elles vont prendre part à ce chaos et me permettre de rejoindre le bureau de Blanche. Je ne les sauve pas, je les sacrifie pour de bon.

Cette idée me file la nausée, j'ai la tête qui tourne et je me sens lourd. Mes épaules pèsent une tonne. Si j'avais encore des illusions sur moi, je me dirais que c'est de la culpabilité, mais je n'ai plus de conscience depuis longtemps alors ça n'est pas ça, je ne peux pas éprouver un tel sentiment. Je dois juste être sous le choc pour Lake. Rien que de penser son nom, m'aveugle à nouveau. J'ai envie de mettre le feu aux objets de tout massacrer autour de moi pour la venger. Trop tard. J'ai fait un choix ; ce soir je suis le monstre. Je suis le papillon qui provoque l'ouragan et le chaos.

Mick est allé voir Blanche comme elle l'a demandé pendant que je vérifie la dissolution de la Red, il me prévient qu'il va chercher Hope et la ramener.

J'attends donc que ça soit l'heure, surveillant du coin de l'œil le buffet. Coup de chance, les clients font la fête et se resservent de tout largement. *Mon plan va fonctionner !* Cette idée me file le vertige. Il faut seulement un peu de temps, mais c'est sur le point de se passer pour de vrai !

Je ne tiens pas en place, mes mains fourmillent, mon corps semble sous tension, comme s'il vibrait d'impatience ou de rage et que j'allais exploser.

Alors que Hope arrive avec Mick, je remarque tout de suite qu'elle n'est pas bien. Que lui a-t-il fait ? Une autre entrevue avec Blanche ? L'a-t-il violenté ? Il n'a jamais violé une fille ou même coincé une novice pour une pipe en douce, et ils sont rares ceux qui n'ont pas fait ça, mais qui sait ?

Mon cœur accélère. Je jette un œil alentour avant de lui murmurer discrètement :

— Qu'est-ce qu'il y a ? Tu es livide ?

Elle a un air distant et hausse seulement les épaules.

— Blanche et ses menaces habituelles. Tu as… tu sais ?

J'approuve, bougeant à peine le menton même si je suis sûr qu'elle a compris.

— La bouffe des vigiles lors de notre collation de début de soirée, et je me suis occupée de Blanche en profitant d'une occasion. Elle a des douleurs…

Je me tais, pour vérifier que personne ne fait encore attention à nous et c'est le cas ; les clients me semblent plus dissipés, est-ce bon signe ?

— Je sais, chuchote-t-elle.

— Il y avait une pilule en plus, mais quand elle est dans cet état, elle ne capte rien, j'ai juste dit avoir doublé la dose, elle souffrait, et ça lui allait, j'explique.

Je détaille le buffet pris d'assaut par les clients. C'est mon jour de chance décidément.

— Pas une seule de ces boissons n'a été oubliée. Ils ne mangent pas tous, mais pas un ne repart sans avoir éclusé de l'alcool. Bière, whisky ou autre, ça va marcher…

Elle ne répond pas et à la place se laisse tomber sur le lit sans y avoir été poussé pour la toute première fois, sans doute la peur. Son regard m'avoue quelque chose même si je ne comprends pas ce que c'est, mais impossible de l'interroger plus devant témoin. Qu'est-ce que j'ai raté ?

***

Blanche procède au discours habituel ou presque : c'est le dernier.

Hope sur le lit semble totalement vaseuse et je me demande si Nadja lui a filé un truc pour traverser la soirée. Fist ou pas, elle doit être en pleine possession de ses moyens ou tout va déraper. À la fois inquiet et furieux, je lui jette un coup d'œil à nouveau quand je sens le regard lourd de Blanche braqué sur moi. Aussitôt, je cesse mon petit manège ; ça n'est pas le moment de se faire griller !

— Ce soir est votre soir. Faites découvrir à Hope… tout ce que vous voulez. Tout. Cette jeune fille a été initiée avec art, elle a aimé tout ce qu'elle a vécu… et attend votre savoir. Que la nuit soit longue et intense, pour qu'elle devienne inoubliable ! conclut-elle, saluée par un concert d'applaudissements.

Hope n'a pas la moindre réaction et mon inquiétude se mue en panique. Je me mets face à elle alors que le silence revient dans la salle.

La culpabilité me ronge, mais je me décide enfin à lui faire signe de reculer. Quand je monte à genoux sur le matelas, ce dernier s'incline et la tête de Hope oscille comme si elle était incapable de la retenir ; elle est stone, c'est certain.

Une seconde, je la contemple et je m'en veux, savoir ce qui allait se passer en plus du fist a dû être trop pour elle, elle a craqué et pris un truc. Pourtant, je ne peux pas m'en occuper maintenant.

Je récupère sous l'oreiller un sex-toy spécial, destiné uniquement à la stimulation clitoridienne et d'une efficacité sans faille ; Hope n'aurait clairement plus besoin de moi – ou d'aucun homme – avec ça pour se satisfaire.

Je me penche pour lui murmurer alors que je déclenche l'appareil :

— J'ai réussi à arracher l'accord de Blanche pour être sûre que tu puisses ensuite…

Les yeux dans les yeux, je tente de l'aider à oublier la situation et ses angoisses, mais ses pupilles dilatées me rappellent assez bien dans quel état elle est.

Elle regarde autour de nous, l'air traqué et je me décide à passer la seconde disposant l'embout contre son clito que je titille pour le faire sortir. Ce truc est redoutable, même à l'une des vitesses les plus basses, il fait beaucoup d'effet, plus qu'un vibro normal.

Alors qu'elle lutte, je plaque une main sur son ventre pour la retenir : il suffira de deux petites minutes à ce que j'ai posé sur elle et les choses vont se faire naturellement.

Rapidement, sa tête bascule en arrière et elle aspire de l'air, surprise. J'entends un remue-ménage dans la salle et les hommes autour se font sûrement une joie de voir la vierge se tortiller sur les draps, prenant déjà son pied ; sauf que c'est évident pour moi que Hope n'est pas dans son état habituel.

Quelque chose se noue en moi, un pressentiment sombre qui me serre la gorge. Sa manière de se laisser faire, comme une poupée de son, yeux grands ouverts pas loin de se révulser ont un côté glaçant. Ses gémissements s'amplifient et il devient clair qu'elle s'approche de l'orgasme… et que je dois agir.

Mes doigts la pénètrent, la trouvant bien humide et, avec le lubrifiant que j'ai ajouté sur ma peau, je m'enfonce en elle sans mal, mais la peur au ventre.

Hope est à moitié présente. Je songe un instant à la Red vu sa réactivité, mais plus personne n'en a parmi les filles j'y ai veillé.

Elle semble à peine consciente de ce que je lui fias et du va et vient que j'imprime dans son sexe. Quand elle jouit, j'en profite pour introduire la plupart de mes doigts. Le plus compliqué est le passage de l'articulation, juste après le pouce. C'est le moment où un peu de dextérité est nécessaire, sans quoi…

Hope se tord sur le lit et je ne peux que penser à ce qui provoque cet état ; pas uniquement le sex-toy, c'est autre chose. Ma mâchoire se contracte.

Mes gestes ont été trop secs et je la vois grimacer, pour concentrer son attention ailleurs, j'amplifie le rythme de l'appareil d'une nouvelle pression et Hope geint doucement. Elle doit flotter entre douleur et plaisir, elle a déjà connu ça.

Des larmes s'échappent de ses paupières closes alors qu'elle émet quelques plaintes. Pour les spectateurs autour de nous ça doit être parfait : elle a l'air de souffrir plus que de s'éclater. Moi qui suis en elle, son sexe ayant encore des répliques d'orgasme je réalise mieux ce qu'il en est vraiment, mais ça ne me rassure pas.

Des cris retentissent, brutaux et l'écho de ce qui va arriver ce soir : « Baise-la ! », « Défonce cette salope ! », comme autant de murmures d'animaux en rut. Nos yeux se croisent et j'y lis la panique qui l'habite, me prenant à la gorge. À nouveau je repense à ce qui va bientôt se passer ici. La Red est là, la drogue agit déjà.

Je la rappelle à l'ordre en l'épinglant de mes yeux :

— Regarde-moi. Il… n'y… a… que… moi…

À chaque mot, j'en profite pour l'envahir un peu plus loin. La peau tendre est assouplie par l'orgasme, et quand je comprends que j'ai passé le barrage, que toute ma main est maintenant en elle jusqu'au poignet, je ne sais plus où j'en suis. Victoire, déception, plaisir, doute, regret… j'explose avec elle. C'est le bordel dans ma tête comme ça ne l'a jamais été. Car j'ai la peur au ventre pour elle. Pour ce qui va suivre et que je ne peux plus occulter.

Ses yeux s'ouvrent largement et elle hurle. Je repositionne le sex-toy sur qui a quitté son clitoris une seconde, pour qu'il le martèle et, aussitôt, sa tête roule sur le côté. Si elle continue de crier, sans doute totalement perdue dans le plaisir qui est en train de monter, dévastateur, elle ne doit plus être consciente des bruits qu'elle fait.

Pour l'encourager, je l'appelle, je lui murmure tout bas, rien que pour elle, qu'elle est belle, que ma main aime être en elle… je chuchote au creux de son oreille pour que personne d'autre ne puisse le surprendre. Je ne suis même pas sûr qu'elle m'entend d'ailleurs, pourtant à chaque fois que je dis son nom, je remarque une légère détente, une oscillation de ses reins, qui me répondent. Son corps est connecté à moi, lui, il perçoit tout ce que je fais.

Je balance ma paume de gauche à droite dans un mouvement que j'ai déjà appris, mais pas sur elle. Cette fois, je le soigne, je m'applique les yeux rivés sur ses expressions, sentant une fascination connue ressurgir, malgré le public, les circonstances ou son état inquiétant. Comme si c'était plus fort que moi, que tout mon corps était avide de son plaisir, de la contempler dans cet état particulier, contre toute pensée cohérente. Je guette sur son visage les réactions qui m'indiquent comment me positionner et ce qu'elle préfère ou ce qui la fait souffrir. Car avec le fist l'équilibre entre les deux est très subtil.

Son souffle s'accélère et je la vois basculer, quand elle me dévisage enfin bien en face, un déclic semble se faire. Elle fixe me fixe, puis son regard pic vers le bas jusqu'à mon bras qui disparaît en elle. C'est presque immédiat, je sens son sexe pulser, se contracter très fort et elle décolle à cette image.

J'en profite pour bouger plus fort en elle, et la pénètre de toute ma main, Hope a réussi à se détendre juste assez et ce que je lui fais devient bon pour elle. Elle crie en jouissant, fort. Elle est en nage.

Puis des éclats de voix nous parviennent, ruinant le moment. À quelques pas de nous, des clients se bousculent, d'autres s'en mêlent et une bagarre démarre.

La Red !

Je repère un type en train d'escalader l'estrade et je dois réagir rapidement. Je laisse tomber le sex-toy, hésitant sur le geste le plus efficace ensuite, mais heureusement un autre homme s'agrippe à celui qui tente de nous rejoindre, le faisant basculer en arrière.

Pour l'instant, les vigiles ou Blanche peuvent penser que c'est normal, que ce qui se passe n'est qu'un incident. Mais ça ne va pas durer. Et Hope doit se mettre à l'abri et vite !

Quelque part, j'ai envie de sourire, de rire en songeant à ce qui est en train de se produire : le chaos de la Red est tout proche et cet enfer va fermer pour de bon ! Hope me lance un regard intrigué, je crois qu'elle a compris la raison de mon excitation.

Mon pouls s'emballe. Je visualise rapidement dans ma tête ce que je dois encore faire et dans quel ordre. Et refoule fermement le besoin que j'aie d'embrasser Hope, car nous n'avons pas le temps ; il n'y aura plus de parenthèse pour nous. Pourtant je vais la perdre dans deux minutes.

Des clients tentent à nouveau d'escalader notre estrade alors que d'autres sifflent les filles en haut et les invectivent, sur la coursive, deux d'entre elles se battent d'ailleurs, se poussant l'une l'autre violemment. On y est : ça arrive pour de bon.

La Red !

Un type en frappe un autre si fort qu'une gerbe de sang vole et éclabousse même lit où nous sommes encore. L'urgence me gagne et j'attrape Hope pour le bras pour avoir son attention.

— Va là où je t'ai dit !

J'en profite pour me concentrer sur elle, et, aussi délicatement que possible, je sors ma main de l'écrin où elle se trouve, essayant de la ménager autant que possible au passage. Elle crie et se crispe un peu, mais je suis déjà dehors. Un mec particulièrement menaçant nous vise et sans réfléchir, je me jette sur lui pour le calmer. Si j'arrive à le jeter au milieu de la bagarre, il sera assez occupé pour laisser Hope.

Mick tente de me rejoindre, mais deux clients se ruent sur lui. Tout bascule pour de bon et autour de moi ce ne sont que cris, bastons et chaos. Les actes s'amplifient, de plus en plus brutaux. Je vois un type en frapper un autre avec une chaise, des hommes ont atteint les filles qui hurlent, hystériques.

Du sang vole, des gémissements s'élèvent, des plaintes ou des grognements de ceux qui attaquent ou reçoivent des coups. Du coin de l'œil, je remarque Blanche en train de s'enfuir, mais son pas chancelant la ralentis. La joie mauvaise que j'en conçois ne me fait même pas honte : tombe et roule dans la pièce que ses hommes te fassent tout ce qu'ils devaient faire à Hope.

Le mec avec lequel je me bats n'est pas très bon, sa coordination laisse à deviner et il manque de force, mais il réussit à m'en coller une. Sans réfléchir, je le roue de coups, repensant à ce qu'il a dit à une des filles la dernière fois. Ce type mérite que je le massacre.

Du coin de l'œil, je vois Hope qui réagit enfin, rampant à travers la foule pour s'échapper et passant relativement inaperçue. Je prie pour que ça reste le cas.

Quand je me suis débarrassé de mon attaquant, je regarde autour de moi, le pied gauche planté dans une flaque de sang. Un mec à ma droite est inconscient au sol, il a visiblement était agressé au couteau ; c'est vrai qu'il y en avait sur le buffet.

Je cherche Hope des yeux. Elle s'en sort bien, progressant au milieu des groupes et évitant de justesse la main d'un homme qui tentait de l'attraper, bientôt lui-même pris à parti par un autre à sa gauche. Mais un type la saisit et la jette au sol.

Aussitôt, je me démène pour traverser la cohue et la rejoindre malgré les bras qui m'agrippent, un pied qui fuse, percutant mon sternum. Rien ne m'arrête, je ne pense qu'à un mot en continu : Hope, Hope, Hope ! Quand je l'atteins, il lui a frappé la tête sur le plancher et je prends mon élan pour le shooter d'un énorme coup de pied qui l'envoie valdinguer, sûrement avec bon nombre de côtes cassées.

Alors que je la délivre, Hope me couve d'un regard horrifié et ce n'est qu'en remarquant sur son haut une goutte de sang tomber, que je réalise que ma figure doit en être couverte. Pourtant je me contente de la rappeler à l'ordre :

— BOUGE !

Des types l'ont repéré et je vais devoir les retenir, elle doit vraiment se mettre à l'abri immédiatement. Je me tourne vers eux pour faire barrage de mon corps, mais je la vois faire volte-face, mais le bruit de ses pas alors qu'elle grimpe les escaliers me fait sursauter. Putain elle s'est plantée ! La panique ou la merde qu'elle a ingéré doivent la désorienter !

— Hope, pas par-là !

Les hommes sont déjà sur moi et nous nous prenons à bras le corps. L'avantage que j'ai sur la plupart est que, même sans Red, j'ai la rage. Des heures d'entraînement derrière moi ont affuté mon corps et je massacre avec application tout ce qui me tombe sous le poing. La pitié m'a quitté depuis longtemps ; pas une de ses pourritures ne mérite la clémence vu ce qu'ils font aux filles d'ici. C'est aussi moi qu'on a violé, frappé, humilié et forcé que je venge à cet instant. Et Lake, et Loli... Qu'ils crèvent tous !

Je finis par réussir à m'extraire de ce magma de corps, et contemple mon œuvre. La nausée se dispute à une sorte de joie malsaine, jouissance de pouvoir expurger toute la violence qu'on m'a infligée. Voilà. Enfin, cet endroit ressemble vraiment à l'enfer !

Puis je me souviens de celle qui a créé tout ça et qui échappe en ce moment même à la déroute alors que je vois plusieurs de ses filles malmenées autour de moi. Sans réfléchir, je me mets à courir. Je croise Nadja qu'un client étrangle dans l'escalier et je m'arrête pour le chopper. Je le force à reculer et le jette par-dessus la balustrade. Nous sommes a mi-hauteur, mais, au cri que j'entends, il a du se briser un truc en tombant. Bien, il aura du mal à l'emmerder ainsi.

Nadja me dévisage, à bout de souffle, et le regard vague. La Red.

— Merci...

— Ne me remercie pas, je rétorque en grimaçant, devant faire face en la détaillant aux dégâts que j'ai causé.

Une seconde, je ferme les yeux, puis me tourne vers la salle. Le spectacle est indescriptible. C'est pire que ce que je pensais encore. Alors je prends une grande inspiration avant de beugler par dessus le vacarme :

— Les filles aidez vous et allez-vous protéger ! Planquez-vous, mettez-vous à plusieurs dans les dortoirs et bloquez-en l'accès avec des lits que vous empilez. Allez-y par groupes ! MAINTENANT !

Certaines ne réagissent pas vraiment, mais j'en vois plusieurs qui se font signe et espère qu'elles pourront y arriver. Mais je dois absolument m'assurer de ne pas avoir fait ça pour rien et dans ce cas, j'ai besoin de couper la tête du serpent.

Où est Blanche ?

Je finis de grimper l'escalier, esquive un ou deux corps donne un coup de pied dans la tronche d'un type pour libérer la fille qu'il violait.

— Au dortoir ! Tout de suite, je lui grogne alors qu'elle approuve, un peu paumée.

Puis je continue. Je m'engouffre dans les couloirs, me disant que j'ai une chance de la choper à son bureau et que je veux y vérifier les dossiers. Celui de Lake, surtout. Si elle est morte, il y a peut-être une adresse, un lieu où je peux me rendre et faire la même chose qu'ici.

À quelque mètres de son bureau, je la croise qui boitille. Elle est pitoyable, un gros bleu orne sa joue, sa robe est déchirée, elle a le chignon en bataille et les yeux fous.

— River ! Hope m'a attaqué ! glapit-elle, l'air choqué. Si tu me sauves, je te promets de te dire immédiatement où est Lake, de… de t'y faire conduire dès que je serais en sécurité, je te jure…

D'un pas lourd, je fonce sur elle et l'attrape à la gorge. Je serre, fort. Elle crie, mais le son s'étrangle sous mes doigts.

— Lake est morte.

Mes mots ont la froideur d'un coup de lame, froid et efficace. Ses pupilles s'écarquillent et je devine sans mal, la connaissant bien, que c'est de la stupeur mêlée de panique. Eh oui, elle vient de perdre son seul atout contre moi.

— C'est l'heure de payer tes dettes, j'annonce.

— River, pitié, je t'en supplie…

— Ces mots n'ont aucun sens ici, tu me l'as appris, Blanche.

Elle a une plainte étouffée, mais ses yeux me transpercent, rageurs.

— Quand ça sera fini, tu verras ce qui va t'arriver tu…

Je la secoue sans ménagement, mes yeux flambant de colère.

— Que crois-tu vraiment qui va se passer, Blanche ? Je suis prêt à brûler ce taudis en étant dedans plutôt que de laisser encore un « après » arriver.

Mon visage doit être résolu, car au lieu de continuer à tergiverser, elle geint et tente de m'échapper. Plus fort qu'elle, je n'ai aucun mal à traîner Blanche dans le couloir même si elle débat de toutes ses forces. Elle peut bien me supplier ça n'atténue en rien ma haine ; évoquer Lake à nouveau était une grave erreur, elle a réveillé la bête acculée en moi qui souffre toujours à en crever.

Cette femme a massacré des dizaines de filles. Elle les a piétinées, malmenées, données en pâture contre de l'argent sans le moindre scrupule. C'est un monstre. Elle mérite un châtiment à la hauteur de ce qu'elle a fait. L'instinct me pousse et je la conduis en haut des escaliers.

Nous dominons cet endroit de perdition qu'elle a menée à la baguette... jusqu'à présent.

— ÉCOUTEZ-MOI ! mon cri est si fort qu'il couvre tous ceux de la salle, certaines bagarres s'arrêtent même quelques secondes. Elle vous a fait payer des sommes folles pour vous taper des femmes. Et vous, les filles elle vous a humilié, frappé, fait violer... je vous la donne. Blanche est tout à vous, vous pouvez lui faire ce que bon vous semble. Cadeau de la maison !

Je n'ai pas réussi à reproduire à l'identique le discours qu'elle a tenu pour Loli, la haine vibrant dans ma voix, mais c'est en y pensant très fort, pour qu'elle le reconnaisse que j'ai parlé. Je lis dans ses yeux la compréhension et un éclat de terreur. Puis, sans pitié, je la jette dans l'escalier. Elle le dévale en roulant et atterris en bas sans provoquer la moindre remord en moi.

Des noms ne cessent de défiler dans mon esprit. Ceux des femmes mortes ici. Par sa faute. Loli. Lake. Chica... la liste est infinie. Hope ? Mon cœur accélère.

Alors que Blanche tente maladroitement de se relever, plusieurs hommes fondent sur elle. Un est déjà queue à l'air, il a dû la sortir d'une autre fille. Un à sa droite une ceinture dans la main. Des filles s'approchent à leur tour et j'en vois une saisir une bouteille sur une table.

Blanche d'en bas me contemple une seconde et son regard est empli d'une haine farouche. Mais je ne sais pas si elle égale la mienne. Je pourrais lui faire un doigt d'honneur, me joindre au massacre... mais c'est inutile. Quand je comprends qu'elle m'insulte, même si le bruit couvre ses mots, je ne réagis pas, ou plutôt si, je prononce sa sentence :

— Crève.

Sur ces mots, je me détourne. Je dois retourner au bureau et trouver les dossiers avant de m'occuper du reste. Si jamais je sors d'ici, je pourrais venger Lake. Il me faut aussi retrouver Hope, être sûr de ce qui lui est arrivé : Blanche a dit qu'elle l'avait agressé, c'est pour ça qu'elle avait pris les escaliers et non car elle était désorientée. C'est d'ailleurs pour ça que j'ai dirigé les autres filles sur le dortoir, espérant vraiment qu'elle n'est pas faite la connerie de s'y planquer. Mais elle n'en a rien fait, au lieu de sa cacher elle est allée droit chez Blanche. Voulait-elle la confronter ?

Quand je parviens au bureau, la porte défoncée me fait froncer les sourcils, mais je franchis le seuil sans hésiter dans un état d'urgence, conscient de quelque chose d'autre : c'est Blanche que j'ai vu dans le couloir, pas Hope. Que lui a-t-elle fait ?

Le bureau est en bordel et je contemple le bazar ambiant avec un drôle de pressentiment, le cœur serré. Ce dernier a même un raté quand j'aperçois des pieds au sol. Le pas lourd, je contourne les chaises renversées pour rejoindre… Hope.

Je me précipite sur elle et vérifie son pouls. Il a l'air très faible, mais ma propre panique n'aide pas. Puis, je le repère. Au sol, il y a un portable. Un putain de téléphone…

Tremblant, je m'en saisis et l'allume avec le bouton sur le côté. L'écran n'est pas protégé par un code, Blanche devait être trop sûre d'elle pour agir ainsi. Et, après tout, depuis des années je n'ai pas réussi à lui prendre, a-t-elle vraiment tord ?

Quand l'écran s'illumine, je détaille les icônes avec un sentiment étrange. Je n'ai pas vu le mot « 3G » depuis tellement de temps… la page qui s'ouvre n'est pas celle d'accueil, mais le journal d'appel qui m'apprend que Hope a contacté la police. Sidéré, je dévisage son visage inconscient. Puis mon regard dérive sur le tiroir défoncé en face de moi, sûrement l'œuvre de Hope toujours au sol… mon cœur se gonfle d'une sorte de reconnaissance et de respect infini. Cette femme est une putain de guerrière : dans sa situation combien auraient affronté Blanche au lieu de se cacher ? Je me sens comme la pire des merdes à ses côtés et la seule chose qui me vient et qu'elle doit s'en sortir. Absolument. Elle le mérite, elle.

J'hésite sur la marche à suivre et tente de revérifier son pouls. Des cris me parviennent d'en bas, mais je doute que Hope craigne quelque chose ici. La violence va se concentrer sur place, la Red semble diminuer le champ de vision et de réflexion en même temps qu'elle échauffe les gens. Ils ne voient rien d'autre que ce qui les entoure.

Finalement, je me décide à faire ce que j'avais prévu après avoir repris le pouls de Hope qui est toujours présent et la police déjà prévenue, je n'ai plus de temps : j'ouvre les tiroirs. Ceux qui ne sont verrouillés je les fais sauter avec une statuette qui traîne au sol, comme a dû le faire Hope avant moi et j'arrive enfin à accéder aux dossiers.

L'émotion qui m'étreint en repérant celui estampillé « Lake » s'accrut encore quand je m'en saisis. Je tremble et j'ai même du mal à l'ouvrir, mais je m'y force, conscient de l'urgence. Son nom est effectivement barré d'une croix rouge tellement impersonnelle et définitive que les larmes me viennent aux yeux pour la première fois depuis des mois.

Putain, c'est vrai. Je le savais, quelque part. Mais… putain… Une larme coule sur ma joue, solitaire. Je ne pleure plus pour moi-même depuis longtemps. Que ça soit par tristesse ou douleur, c'est fini. Je ne le peux plus. Mais pour Lake… peut-on faire le deuil d'une partie de soi ? La peine me plie littéralement en deux et je me prends le ventre à deux mains comme si je pouvais contenir cette sensation qu'on m'arrache les tripes.

Quand j'ai un peu retrouvé mon sang-froid, je saisis le document pour le parcourir. Plutôt court, il n'y est mention qu'une adresse et un numéro accompagné d'un nom. Le tout se grave dans ma mémoire au fer rouge, impossible que j'oublie ça un jour.

Elle a dû être transférée sur Chicago de ce que j'en lis, et il y a une suite de chiffres, l'argent que Blanche a dû recevoir pour Lake, comme une location ? Je ne sais pas trop. A priori ça a duré un mois ou deux, à peine. Quelques poignées de jours qui ont servi à Blanche à me faire tenir des années. Je me sens vide. Je pourrais me tirer une balle si j'avais un flingue dans la main à cet instant tant ce que j'éprouve me terrasse.

Accroupi au sol, Hope toujours inconsciente devant moi et le dossier de Lake dans la main, j'éclate de rire. Mon fou rire me perfore de part en part, douloureux, long comme un sanglot. Putain quel con… Mais quel… con. Une nouvelle larme coule sur ma joue, peut-être que celle-là est pour moi, pour tout ce gâchis, tout le mal que j'ai fait et tout ce temps passé à me laisser mourir, empoisonné à petit feu par ce lieu, rendant mon esprit pourri… pour rien.

Puis je me remue : cet apitoiement ne va aider personne et surtout pas Hope qui n'a pas repris connaissance. Je tente de la bouger, l'appelle, la touche… sans le moindre résultat. L'idée me vient et me fait rire ; un rire désespéré. Si jamais c'est un baiser de prince qui peut la sauver, la pauvre est foutue. Comme je ne parviens pas à la ramener à elle, j'observe la pièce, hésitant. Enfin, je finis par me bouger, planifiant froidement dans ma tête chaque action comme si je n'étais pas concerné, qu'un autre allait se charger de tout ça.

Je prends une photo du dossier de Lake toujours ouvert au sol avec le portable, puis je le range à sa place. Après, je vérifie rapidement il y a une application mail sur le téléphone.

En faisant défiler les messages, je réalise que c'est la boîte pro de Blanche, elle contient des dizaines de contacts, de téléphones, de noms… des détails de ce qu'elle a fait. Ce smartphone est une mine d'or ! J'envoie un mail avec la photo prise en piècejointe à une adresse que j'ai depuis des années et qui doit encore être valide. Puis, j'efface les traces du message et de la photo en question. Je n'ai aucune idée si ça suffit pour qu'un expert ne repère pas mon stratagème, mais peut-être aussi qu'ils s'en foutraient totalement, c'est plus par précaution.

Ensuite, je fouille en systématique tous les tiroirs et j'y déniche une caisse que je connais, pour avoir déjà vu Blanche la manipuler : c'est la caisse des recettes de chaque soir, et donc celles du final de Hope. Après un comptage approximatif, je réalise que cette seule recette doit avoisiner les 50 000 $. Je n'hésite pas et bascule Hope par-dessus mon épaule, saisissant la caisse que j'ai refermée.

Je me relève, m'appuyant sur le bureau et me décide à faire sortir Hope de cet enfer, le portable en poche. Si besoin, je vais rappeler les flics et l'éloigner d'ici à tout prix. Mon unique espoir et que si elle se trouve dehors, il ne lui arrivera rien.

La violence qui secoue les lieux n'est même plus descriptible. Je me déplace entre des cadavres et des mares de sang. Une fille a été égorgée et trône sur le sol, ses yeux vides fixant le plafond. Elle devient en une seconde le symbole de ce que j'ai fait. C'est Piper. Je la contemple de longues secondes avant de me forcer à bouger, ramené à la réalité par le poids de Hope qui pèse sur moi. Juste reflet de ce que je vais devoir accepter : elle est la seule que je sauve au milieu des autres parce que, égoïste et bâtard que je suis, je tente de préserver l'unique personne qui compte encore à mes yeux.

En passant à proximité de la salle, j'aperçois Blanche, elle est sur une table. Son cadavre, est sur une table. Elle est morte. Ses yeux ont été crevés, sa tenue… je détourne le regard, la bouche pâteuse et une nausée me tordant le bide. C'est aussi moi qui ai fait ça. Je la déteste de tout mon être. Vraiment. Mais… c'est moi qui ai provoqué ça, putain.

Personne ne fait attention à moi, ombre qui charrie une fille, car chacun est déjà trop occupé à se battre ou crever dans son coin. La folie de la Red est à son comble, on est presque au moment d'après, quand il n'y a plus rien que des décombres.

Une odeur de brulé me prend au nez ; ils ont mis le feu quelque part. Quelque chose de cuivré flotte dans l'air, teinté d'un relent âcre et nauséabond. Du vomi et du sang.

Alors que je parviens finalement à la porte, ignorant tout ce qui se passe pour me concentrer sur mon objectif, je contemple le boîtier et le code. C'était rarement moi qui venais ouvrir aux clients, rien que le geste me dégoûtait. Mais, ironiquement, je savais le code pour sortir d'ici : parce que j'étais le seul qui ne s'en servirait jamais.

Je tape les chiffres et attends le déclic. Il se produit, la porte s'ouvre. Je suis libre. Je m'enfonce dans la nuit et m'avance sur le sol du parking qui accueille les visiteurs. Le bus est garé sur le côté, prêt à reprendre son chargement de pervers avant de le ramener à les ramener à leur vie tranquille.

Mais pas ce soir. Ça aussi ça m'arrache un rire éraillé. Je tousse et cherche où je pourrais poser Hope. J'ai laissé la porte ouverte en grand : si des filles peuvent s'échapper, tant mieux. Je m'éloigne quand même par précaution et me mets sur une butte que j'ai souvent parcourue quand j'ai obtenu le droit de sortir pour le croque-mort. À l'époque, je voulais savoir où nous étions, avoir une vue d'ensemble avant de comprendre que le coin était totalement désert et que c'est pour ça que Blanche l'avait choisi. Peut-être que nous étions en réalité à cinq minutes à peine d'un patelin. Ou peut-être pas.

Puis je l'entends, le bruit qui habitait mes rêves au tout début, puis mes cauchemars, quand je suis devenu un des bourreaux du Pensionnat. Ce bruit qui me filait des sueurs froides en imaginant les témoignages qu'on pourrait faire contre moi, contre chacune des choses que Blanche a pu m'ordonner de faire... des sirènes de police.

Ils sont proches. La cavalerie arrive. Ils ne trouveront que des décombres, des cadavres... les dégâts de la Red et le résultat de mon choix de tout faire brûler.

Après avoir installé Hope aussi délicatement que possible sur le sol froid, avoir à nouveau cherché son pouls, constant, mais qui me semble faible, je me laisse tomber par terre, face au Pensionnat. Je ferais peut-être mieux de m'enfuir, me planquer à l'abri pour éviter les représailles. Une chose est sûre s'il y a un procès un jour, je ne serais pas sur le banc des victimes. Je ne le mérite pas.

Mais je reste là, comme anesthésié et me demande à la place si le jour est encore lointain, ayant perdu la notion du temps. Je vérifie le portable et vois le chiffre 3. À peine trois heures du matin ? L'enfer a un temps bien à lui.

Le smartphone affiche également autre chose : une date, que je contemple, un peu paumé. Sur celui que j'avais récupéré, et alors que je croyais ça impossible, l'application avait été retirée. Je m'étais avili, avait sucé un mec, l'avait laissé me pénétrer planqué dans un couloir sombre, me faire tout ce que bon lui semblait, tant et tant de saloperies, pour rien. Pas même un minuscule petit calendrier qui aurait été le plus beau des cadeaux. Mais il ne me l'avait pas donné, pas plus que la fameuse carte SIM tant espérée.

Assis au sol, à même la poussière qui couvre mon jean noir, je pose finalement une main hésitante sur la joue de Hope. *T'ai-je sauvée ?*

Le bruit des sirènes approche et je me demande s'ils ont vraiment pensé que c'était la meilleure option : arriver ainsi ne leur a-t-il pas paru dangereux ? Que ferait un criminel acculé si ce n'est faire disparaître les traces de son crime ? Une fumée s'échappe du toit du Pensionnat à cet instant comme pour me donner raison. L'histoire en est même la preuve, les massacres ont été précipités à chaque changement de dictatures.

Puis je réalise qu'il me reste un truc à accomplir avant d'être attrapé : m'assurer que la cagnotte revienne à Hope. Cet argent lui appartient. Il sera le salaire de cette semaine d'enfer. Une maigre réparation, mais qu'elle est la seule à y avoir droit. Alors je tâtonne dans le noir pour repérer un arbre tordu que je connais depuis longtemps et creuse à sa base à même le sol de mes mains.

Le sol meuble ne me résiste pas trop et je m'applique à persévérer pour enfouir profondément la cagnotte. Je rebouche ensuite avec une sorte de maniaquerie à la lumière du portable. C'est parfait. Personne ne trouvera rien. Et je n'ai plus qu'à chercher un moyen pour le faire savoir à Hope, j'enverrais des indications de prison.

Je retourne m'assoir à côté de Hope et saisit son poignet dans un geste automatique, à la recherche du pouls. Je le garde entre mes doigts, comme un rythme que j'aimerais apprendre par cœur.

Enfin ils sont là, je regarde les lumières des voitures qui clignotent par intermittence devant le Pensionnat.

C'est la fin.

Avec le portable en lampe torche je fais des signes veux eux et me met à genoux main en l'air dès que j'entends les éclats de voix de deux personnes qui approchent.

— Une femme à terre à côté de moi ! je crie.

Les piétinements s'approchent même si je ne vois pas bien dans l'obscurité. Il n'y a pas de lune ce soir, normal, elle a trop honte. Comme moi.

15

Six mois plus tard.

Au fond d'une ruelle, j'attends. Je ne pensais pas y arriver si vite. Six mois peuvent sembler longs, mais quand on patiente depuis des années, franchement ce n'est rien.

Enfin son pas résonne. Dès qu'il m'a dépassé depuis un moment, je le suis. Le mec a la démarche assurée du prédateur qu'il est. Le retrouver a été le seul de mes objectifs, et le flic qui m'y a aidé a été plus que complaisant ; il doit avoir le même sens tordu de la justice que moi.

Sancho Ramirez marche effectivement dans la rue d'une allure rapide, l'air conquérant, mac pur jus, ravi de sa petite vie et de régner en maître sur un réseau pornographique de bonne envergure. A priori le type se lance dans la pédopornographie et c'est ce qui a dû pousser le flic à m'aider.

Pour l'instant, son réseau doit rester actif : la police tente de récupérer le maximum d'info, mais je suis personnellement bien placé pour savoir les ravages qu'il fait, un peu comme Blanche.

Quand j'ai appris que le Pensionnat était en fait dans le collimateur de la police depuis presque un an, je suis tombé de haut. Un an qu'ils accumulaient des preuves, des témoignages et se servaient de ce point de départ pour suivre les clients qui y venaient.

Le flic qui me file un coup de main, Willl Adamo et également celui avec lequel j'ai passé un accord : contre les infos du portable de Blanche, j'ai eu une sorte d'immunité. Je voulais être jugé, mais on a trouvé un compromis ; Will m'aide à payer ma dette.

Si ce dernier m'a bien expliqué le but de toutes es enquêtes longues, ce que les flics en attendent, j'ai senti qu'il avait aussi la haine sur comment tourner cette affaire.

La police ne choppe pas sans réfléchir, ils vérifient tout et tentent de remonter des pistes avant. C'est comme ça que des pédophiles arrivent à continuer un moment leurs activités le temps que les autorités tracent leur éventuel réseau. Et, là-dedans, les victimes sont oubliées, elles doivent tenir bon ou représentent des dégâts collatéraux.

Will Adamo semble vomir ce système et je crois qu'il a beau être flic, ça le broie autant que le Pensionnat m'a détruit, ce qui est plutôt étrange. La culpabilité ça vous bouffe jusqu'au trognon.

Mais ce soir je suis la justice, enfin, selon ma vision des choses. Ça n'est pas universel, bien des gens désapprouveront, pourtant peu importe à ce stade car ce soir Sancho va voir sa petite copine. Étrange, mais vrai, il a une fille qu'il couvre de cadeau hors de prix et traite comme une princesse et pour ça, il exploite des dizaines de femmes, mais ça ne doit pas le déranger.

Nous sommes à un pâté de maisons de chez elle et je guette la bonne opportunité ; il me faut attendre juste assez pour qu'on s'éloigne des immeubles, mais pas trop, ça sera plus compliqué ensuite.

Enfin, on y est, voici le croisement que j'ai repéré au cours de la semaine précédente. Ici ça devrait être parfait. Tout va très vite, je me mets à courir et je lui saute dessus quand il se retourne je le percute déjà. Je vois bien que sa main s'apprêtait à dégainer l'arme qu'il porte au dos, mais le coup que je lui assène fait valdinguer sa sale tronche en arrière.

Je donne plusieurs coups de pied dans ses côtes et même un à la tête lui brisant la mâchoire. Il ne gémit plus vraiment, occupé à cracher son sang quand je le traîne dans la ruelle transversale. Elle se situe entre un parking et un immeuble dont toutes les fenêtres sont de l'autre côté de la façade.

D'un geste, je le pousse à rouler et attrape l'arme à sa place. J'enlève le cran d'arrêt, puis le mets en joue.

Sa paupière se soulève, et il me dévisage.

— Lake. Tu l'as utilisé pour des photos pornos, puis des vidéos et sur la dernière un de tes connards l'a buté…

— Ben, souffle-t-il, une lueur s'allumant dans ses yeux.

Ben Travis. Aussi retrouver par Will grâce aux vidéos de Lake qui font partie des preuves qui les ont mis sur la voie de ce réseau, et c'est Will qui examine les preuves pour sa brigade.

— C'est toi, articule-t-il difficilement, mais arrivant encore à parler, donc j'aurais manifestement dû frapper plus fort.

Oui, mais je ne compte pas lui répondre. Son expression se modifie ; il réalise qu'il va mourir et que je suis sérieux. Certains croient pouvoir tuer et en sont en fait incapable… pas moi je l'ai sû grâce à Ben. Mon esprit est perdu à jamais. Le tueur direct de ma sœur a payé, reste le commanditaire, Sancho.

— Si tu as des derniers mots ou volontés, étouffe toi avec. Tu veux que je te dise ce que je vais faire ensuite ? Je vais aller voir Mira, et je vais la violer. Je buterai son gosse aussi… il n'ira jamais au match de foot que vous aviez prévu.

Le regard de Sancho vrille : c'est de la peur. Ça y est, il flippe. Eh oui, je l'ai suivi un bout de temps pour ça et trouver la bonne opportunité, quand il n'avait pas sa clique avec lui pour le protéger. Je lui mens, jamais je ne toucherais cette femme ou son gosse, mais une seconde je veux lui infliger ce qu'il fait à d'autres en s'en foutant royalement.

— Si… jamais… tu…

Je l'interromps, il n'arrivera jamais au bout de sa phrase vu l'état de sa mâchoire.

— Des menaces, je suppose ?

Je souris, mais c'est pour mieux lui cracher à la gueule et lui prouver que je me moque de sa mort à ce bâtard. Je repense mentalement à tout ce que m'a montré Will, toute la misère que ce type a provoquée. Comme Blanche.

Mon doigt appuie seul sur la gâchette et le coup part alors que le recul de l'arme me remonte le long de l'épaule. Ça a quelque chose de symbolique : comme si cet a coup était là pour me rappeler qu'on ne tue pas sans laisser de trace chez celui qui presse la détente. Il faut savoir encaisser.

Son expression figée, ses yeux fixés sur moi, je regarde le sang s'écouler sur le trottoir, puis me décide. Le coin a beau être malfamé, il vaut mieux que je me bouge. Je pose son arme à ses côtés et préviens Will par SMS grâce à deux téléphones prépayés qu'on a achetés ; il doit envoyer une patrouille et qu'on évite qu'un gosse découvre ça demain matin.

J'ai porté des gants, mais peut-être ce crime-là me rattrapera, ou celui de Ben, même si les deux étaient des raclures qui avaient des dizaines d'ennemis au cul. Je ne me fais pas d'illusion, le business de Sancho ne va pas s'arrêter malheureusement. Il y aura toujours un autre connard va le remplacer... mais j'ai vengé Lake de ceux qui sont à l'origine de sa disparition, c'était le minimum que je devais faire. La vidéo d'elle lors de ce viol qui a conduit à sa mort ne cessera jamais de circuler : elle est sur le Net et c'est éternel, mais j'ai fait... ce que j'ai pu.

Désolé, Lake.

Je marche dans la rue, je finis par entendre les rumeurs d'une voiture de police dans le lointain mais j'ai déjà mis assez de distance avec le lieu du crime pour ne plus m'inquiéter. Mon rythme reste lent, inutile d'avoir l'air coupable en accélérant.

De toute façon on ne distance pas ce genre de sentiment, j'en suis bien conscient...

16

Deux mois plus tard.

Je ne devais pas faire ça. Je devais rester à distance... mais j'ai craqué.

Hope marche dans la rue pour rejoindre son appartement. Will n'est pas pour, mais il a donné assez d'indices sur elle pour que je la retrouve.

Je n'ai pas encore trouvé la bonne manière de lui faire parvenir son argent. Elle semble s'en sortir seule mais plus d'argent pourrait sûrement l'aider. En même temps, je n'ose pas interférer : et si je foutais tout en l'air ? Alors pourquoi t'es là ? Abruti ?

Mais je dois la voir. Même de loin, une toute petite minute. Ce besoin est primaire, il me dévore un peu plus chaque jour malgré tous mes efforts pour l'ignorer.

Hope me manque à en crever. J'ai l'impression d'avoir été amputé. Il y a des centaines de conversations que nous n'avons pas eues. Sans espérer quelque chose de fou, comme la toucher à nouveau, de pouvoir... stop, je ne peux pas y penser, ce qu'il me faut c'est juste la voir. Avoir une dose pour tenir.

Et puis, si j'y réfléchis, je pourrais lui être utile pour me racheter ? La suivre comme son ombre, veiller à ce qu'il ne lui arrive rien... tout pour rester avec elle. Si elle ne le sait pas, je ne la dérange pas. Mon comportement est sûrement de plus en plus inquiétant au final.

En retrait, je détaille son visage tandis qu'elle attend le bus. Elle a muri et a même fêté ses dix-neuf ans. Hope a les traits fins et ciselés, elle a maigri, ses joues se sont creusées et son menton pointe en avant, volontaire.

Putain qu'elle est belle. Pas le genre de beauté des magazines, non un truc a changé en elle. Elle est magnifique comme un katana ou une lame rare. Ça me fascinait quand j'étais gosse et que je m'imaginais en guerrier ou en ninja. Je lisais trop de mangas. Pourtant j'y repense, sans doute son expression et son regard acéré, presque tranchant.

Seule sa bouche a gardé une sorte de douceur. C'est léger, mais c'est ce que je reconnais le mieux. Ses cheveux aussi sont plus foncés et courts… tout chez elle est différent. Et notre relation, comment serait-elle.

Je la suis. Comme une ombre, je passe une semaine dans son sillage à épier le moindre de ses faits et gestes tel un malade – rien de nouveau, en somme.

Il ne me faut pas longtemps pour admettre ce que je fais vraiment : je vérifie si elle a quelqu'un. Dans ma tête, c'est impossible. Pas parce que je lui manque ou ce genre de connerie, je ne suis pas si naïf. Juste parce qu'elle sort du Pensionnat, tout simplement. Ils l'ont brisé. Non, *je* l'ai brisé.

Ma main bouge nerveusement dans ma poche, se rappelant sûrement du moment où elle était enfouie en elle. Putain, même ce moment, qui est sans doute l'un de ses pires souvenirs à elle, ça me manque. *Malade…*

Mais mon corps continue à l'attendre. J'ai été jusqu'à essayer de sortir avec une fille dans un bar pour coucher avec. Ça a été incroyablement facile de la convaincre ; lui dire crûment que je voulais tirer ma crampe et que je ne la reverrais jamais ensuite ne l'a pas fait tiquer, elle persistait à me fixer avec un air fasciné, avant de m'assurer qu'elle était d'accord se dandinant sur place comme si elle n'en pouvait plus. Comment c'est possible ? En vrai, je m'en foutais totalement et n'avais pas cherché plus loin. Et c'est ce que j'ai ressenti en touchant cette fille : je m'en foutais. Elle avait tenté de me sucer, de me branler… ça n'avait rien fait. La seule qui a réussi à provoquer chez moi une érection – à distance et sans le savoir – se tient à quelques centaines de mètres et sera toujours à cette distance. Car je lui ferais le cadeau de ne plus jamais l'empoisonner. Je lui dois au moins ça.

Pourtant, mon cœur, tout mon corps est comme en pause, avec la sensation d'attendre de la retrouver. Je l'ai accepté depuis un moment maintenant.

C'est comme si elle était un sillon de ma peau, une odeur qui ne me quitte pas, ou même une de mes pensées. Elle est en moi, quelque part.

Finalement, je la perds : elle prend un avion pour se rendre à Bali, selon le panneau d'affichage, et je reste seul dans l'aéroport, mon obsession enfuie au loin. Je vois ça comme un signe et m'éloigne à nouveau, tentant un nouveau sevrage.

Le manque revient rapidement, plus lancinant, et je trouve par hasard en ligne sa présence. En cherchant des images de Bali, grâce à un simple hashtag. Ce monde est effrayant, il est si facile de se mettre à traquer quelqu'un sur Internet. Je revois Blanche me proposant de récupérer des filles pour elle en les pistant avec leur portable localisé en temps réel. Hope évite ça, mais le hashtag l'a trahi.

Sa photo de compte, un selfie pris grâce au reflet d'une fontaine dans un pays d'Asie n'en dévoile pas beaucoup d'elle, malgré tout je suis sûr de moi : c'est Hope dont je reconnaîtrais le profil, même ainsi, entre mille.

Alors je reste à l'affût autrement. Pervers et obsessionnel quoi que je fasse.

Ses photos sont magnifiques. Elle a un œil particulier et je me demande si ça date d'avant le Pensionnat ou si ce qu'elle y a vécu a aiguisé sa perception des choses ? Mais cette vision est trop idéaliste, comme si l'enfer pouvait être bénéfique d'une façon ou d'une autre.

Chaque jour, plusieurs fois, je vérifie d'éventuels updates. C'est comme si je tentais de partager son quotidien, mais à distance. La magie d'Internet : porte ouverte et amie des voyeurs.

Hope risque-t-elle d'attirer des détraqués ? D'autres, je veux dire, en plus de moi ? L'idée me fait serrer les dents. Non, ça n'arrivera pas. Son prochain voyage se profile, une allusion sur une photo m'a prévenu et je la suivrais jusqu'au Cambodge. Personne ne lui fera jamais plus de mal, je me tiendrais loin, promis, mais je surveillerais qu'on n'ose plus s'en prendre à elle.

17

Dix mois plus tard.

Le procès est sur le point de débuter et je crois que je vais vomir. Je ne peux pas y aller. Je pourrais faire à peu près tout et n'importe quoi… mais pas ça.

L'idée de ne pas être sur le banc des accusés me pose de plus en plus problème. Will y a veillé, ils ne me feront rien et c'est une connerie sans nom. Après le Pensionnat j'aurais dû finir en tôle. C'est une offense à toutes ses femmes… et à Hope. Will a de bons arguments pour ça et je pense qu'il couvre ses propres arrières, comme il sait parfaitement ce que j'ai fait ; peut-être a-t-il peur de me voir craquer et me mettre à tout raconter de A à Z. Mais je ne lui ferais pas ça.

Pourtant je n'arrive pas à lâcher prise, ça me dégoûte, je ne dois pas m'en sortir. Et si j'allais la trouver ? Si je lui proposais de porter plainte, pour viol ? Répété et commis avec perversité… et plaisir. Combien m'infligerait-on d'années de prison pour ça ? Sûrement pas assez.

Plus que mon absence sur le banc des accusés, la plus grave est sans doute celle de Blanche, morte cette nuit-là. Alors pourquoi faire ce procès ? Aucun des vrais coupables ne sera présent. Blanche n'était qu'un membre au sein d'un vaste réseau de prostitution ils en ont fait tomber d'autres grâce au portable que j'ai fourni, mais ça me semble insuffisant pour venger ses filles.

Peut-on réparer l'horreur ? J'en doute.

***

En accord avec la police, je n'apparaîtrais pas non plus comme témoin. Ils pensent que je suis maintenant recherché par des gens de ce réseau vu le rôle que j'ai joué et ils ont préféré me laisser de côté.

Pourtant quand le procès commence enfin, relayé dans tous les médias du pays avec force détails glauque et même des interviews de quelques rescapées racontant leur expérience. Ces dernières ont d'ailleurs participé à faire considérablement alléger les charges qui auraient pu peser contre moi, même sans mon accord, car aucune d'elles n'a jamais su que j'avais versé la Red et toutes ont dit m'avoir vu me battre contre des clients, aider des filles ou leur avoir indiqué où se cacher. Je pourrais presque en rire si ce n'était pas si tragique, cette ironie.

Mais le début du procès me force surtout à me confronter à des photos de Hope, traquée par les journalistes. C'est ce qui me fait craquer malgré les recommandations de Will et je me rends un jour à la salle d'audience. Je me glisse dans les rangs les plus retirés, prêt à m'échapper à tout moment. Pas de bol, Will me repère par hasard et me fusille des yeux. À son expression, je comprends que ce soir je vais recevoir un appel désagréable mais je m'en fous. S'il m'avait prévenu de ne pas faire ça, persuadé que des gros bonnets du réseaux me cherchent encore, je suis prêt à courir le risque pour être dans la même pièce que Hope.

Elle ne s'apercevra de rien, je me le promets je vais juste me contenter du fait qu'on a été physiquement proches quelques heures. Après des mois à la suivre plus ou moins à distance, jusque dans un pays étranger, le besoin de la revoir devient trop puissant.

Et je fixe sa nuque des heures durant ce matin-là. Reconnaître sa mère parmi les gens installés sur les bancs est assez facile ; elle rend souvent visite à Hope. Son divorce de son ex, celui qui a vendu Hope l'a foutu dans une merde financière sans nom et j'ai réussi à soudoyer un notaire pour faire parvenir de la cagnotte de Hope à sa mère en faisant croire à un héritage lointain et providentiel. Hope et elle ont l'air très proches, je pense qu'elle l'aurait fait d'elle-même et, ainsi, je n'influe pas sur leurs vies. Ou pas directement.

Quand l'audience se lève, je suis tellement absorbé que je ne réagis pas assez vite en partant. Et nos yeux se croisent sans que j'y sois préparé, comme si Hope avait senti ma présence. Le coup que je ressens au cœur est si fort que j'expulse l'air contenu dans mes poumons en un soupir étranglé.

Nos regards ne se quittent pas d'une semelle, rien de ce qui se passe autour de nous ne semble être réel. Bon dieu, elle me dévisage !

J'essaie de lire en elle et de deviner ce qu'elle éprouve à cet instant, mais ça aussi ça a changé : elle est devenue impassible. Le Pensionnat a fait son œuvre.

Sa mère s'approche d'elle et l'interpelle, le contact se rompt et je la vois se diriger vers une sortie, le pas hésitant.

Évidemment. Qu'est-ce que j'espérais ? Qu'elle vienne d'elle-même à moi ? Abruti. Pourtant mes pieds, masochistes ou inconscients, se mettent en marche. Je la suis à distance, profitant que Will soit retenu avant qu'il ne tente de m'intercepter.

Je les suis de loin, m'assurant du coin de l'œil qu'aucun journaliste ne m'imite. Elles se sont faufilées par une porte latérale que je connaissais, ayant déjà repéré les lieux. Mes séquelles du Pensionnat, je suppose : je ne peux plus me rendre quelque part sans m'y préparer avant, sans vérifier si des portes de sortie existent, par exemple. Une sorte de claustrophobie aiguë.

Alors que Hope parle à sa mère, elle s'arrête et pointe du doigt un parc en retrait. Quand je comprends qu'elle compte s'y arrêter, j'emprunte une allée parallèle, faisant un large détour pour le rejoindre. Je me promets à nouveau de ne pas venir à elle : nul doute qu'elle ne le veut pas, c'est sûr. Mais j'en ai tellement besoin…

Et si elle aussi ? Si des excuses pouvaient l'aider à se reconstruire ? J'ai croisé ses yeux et je connais son quotidien, elle souffre encore chaque jour de sa semaine au Pensionnat, j'en suis certain. Paumé, l'impression d'être en apnée, le cœur palpitant, je ne sais plus quoi faire.

Finalement, je laisse le destin s'emmêler ou cette fameuse connexion entre nous. Je ne m'approche pas d'elle, non, mais je ne me cache pas comme d'habitude, me transformant en ombre. Je reste visible…voir si elle me rejoindra d'elle même.

J'ai les mains moites d'appréhension et les dizaines de scénarios possibles défilent dans ma tête : elle pourrait me frapper, me crier dessus, appeler la police... me fuir... m'ignorer. Cette dernière hypothèse vrille un éclat de douleur en moi. Ça serait effectivement mérité, mais quand même la pire claque.

Pendant que je patiente le cœur battant, Hope semble me repérer immédiatement, marchant dans ma direction puis sursautant à peine quand je me décale pour me rendre encore plus visible, au centre d'une allée.

La connexion est toujours là, tangible. Ce que ça me fait, par contre, je ne pourrais le dire.

Elle me dévisage longuement, sans doute pour rattraper les dix-huit mois écoulés et vérifier ce qui a changé en moi. Pour moi ça n'est pas la peine bien sûr. La voir comme ça me fait bizarre ; comme si quelque part j'avais cru poursuivre une obsession, un genre de mirage. Elle est si proche… plus qu'elle ne l'a jamais été, je pourrais la toucher.

— Je n'étais pas sûr que tu existes vraiment, je murmure sans y penser.

Ses sourcils se froncent, et je réalise que j'ai parlé à voix haute.

— Comment ça ?

Comment lui avouer que j'ai fait d'elle une sorte de mythe, d'échos dont j'ai besoin pour avancer. Je ne sais même pas comment expliquer ça en fait, ça n'a pas de sens. Je hausse les épaules et me frotte la nuque. Craignant de trop en dire ou de trahir la manière dont je l'ai gardé à vue, alors que cela la paniquera forcément.

— Une impression. Celle que te rencontrer ne pouvait pas être… réel.

Ne pouvait pas « arriver », c'est ça le mot que je voudrais dire ; parce que je n'aurais pas osé.

Je me force à penser à autre chose, mais ce qui me vient à l'esprit est pire. C'est une question interdite qui continue de m'obséder ; si elle est déstabilisée, peut-être sera-t-elle honnête ?

— Je ne sais pas. Entre nous il y a eu quelque chose, non ?

Elle tousse brusquement, comme si elle avait avalé sa salive de travers. Elle hésite, puis s'assoit sur une des balançoires du parc alors que je m'approche.

L'endroit est désert, c'est un jour de semaine et les enfants sont encore dans les écoles à cette heure. Quand je ne m'y attends plus, elle répond :

— Je... oui.

Pourquoi j'ai demandé ?

— Mais c'était là-bas, je conclus.

Il y a une éternité. Dix-huit mois. Comment évoquer ce que j'ai en tête ? Je ne suis pas quelqu'un de très loquace, depuis ma sortie j'ai franchement peu parlé. Un psy de la police a essayé de me suivre mais je lui ai évité ça ; il aurait fini en analyse pour supporter le boulot, le pauvre. Quoi qu'ils en pensent, personne n'est prêt à entendre tous les détails de mon histoire. Du rapt jusqu'à la chute. Vraiment pas, même moi, je fuis cette histoire.

J'hésite, puis ma bouche continue malgré moi.

— Quand je te faisais du mal, que... je t'ai forcée et violentée...

Qu'est-ce que tu veux dire River ? Hein ? Que tu es désolé ? Oui. Mais est-ce que tu oserais aussi cracher que ça te manque parce que tu ferais n'importe quoi pour être avec elle et la toucher à nouveau ?

Je fronce les sourcils, me sentant nauséeux. Se détester soi-même est épuisant. Ça bouffe une énergie dingue. J'en sais quelque chose. Puis je me cantonne à ce dont je dois *absolument* me rappeler.

— C'était là-bas, je répète finalement.

— Oui.

Sa voix est minuscule, son regard traqué et je me demande si je lui fais encore peur. Pourquoi elle ne s'enfuit pas alors ? À cause de cette fameuse connexion ? Si je me jetais par la fenêtre, est-ce que ça l'en libèrerait ?

Crevé par des nuits sans sommeil où les souvenirs me hantent, je viens prendre place à ses côtés sur une balançoire. Je m'y case à peine alors que Hope semble y flotter. Mange-t-elle bien ?

Quand elle prend la parole, je ne m'y attends pas et me fige aussitôt :

— Ça te manque ?

Mes yeux se ferment une seconde. Pourquoi a-t-elle posé cette question entre toutes ?

— J'ignore si je peux vraiment te répondre. Je suis déjà un monstre, pas vrai ?

Hope regarde autour de nous comme si elle allait trouver quelque part dans ce parc une explication, puis elle secoue finalement la tête.

— Tu n'es pas un monstre. Pas totalement.

Elle a hésité à ajouter ça. Essaie-t-elle de me faire du bien en mentant ? Je ris, triste.

— Pas totalement… Comme ce jeu, un peu, beaucoup… ça finit bien sur pas du tout. Oui, le Pensionnat me manque.

Comment je peux l'avouer à voix haute ? Pourtant je le fais, sans doute complètement fou. Son « Pas totalement » me revient… si seulement. La voix basse, honteux, je murmure :

— Parce que je connaissais les règles, le fonctionnement. J'avais un rôle… Depuis que je suis sorti, rien de tout ça n'est vrai.

Je songe à ma vie actuelle, à ce que j'ai trouvé une fois libre… et en fait, le mot qui le résume le mieux est simple : rien. Plus de famille. Pas d'études ou de diplôme. Pas d'expérience professionnelle exploitable. Un CV avec un immense trou béant impossible à combler… le néant, comme ma vie.

— Je ne suis personne, j'ai tout perdu… mes parents sont totalement…

Là encore, comment lui dire que mes parents sont vraiment morts maintenant que Lake ne leur a pas survécu ? Qu'ils sont partis une seconde fois ?

— J'imagine… Et je ne suis pas partie longtemps. Je sais que je devrais rester sur cette idée : ça n'a duré qu'un instant, un claquement de doigts…

Elle se tait mais je devine à quoi elle pense : là-bas le temps n'est pas le même.

— Mais on t'a tout pris, je lui rappelle lui faisant face brusquement.

C'est vrai, j'y ai passé une éternité. Que ma vie soit brisée est normal. Mais elle ? Comment peut-il y avoir eu tant de dégâts ? Pute de Blanche, si je la tenais à nouveau entre mes mains… Je me revois pour la millième fois la jeter dans l'escalier. J'ignore si ce souvenir me fait du bien ou du mal. La fierté que je croyais en ressentir n'est en tout cas pas là.

— Et toi, on ne t'a pas tout pris ? Personne ne t'a forcé à faire quoi que ce soit… ne t'a… violé ?

Elle a l'air choquée, comme si elle me pensait victime d'amnésie. J'ai un mouvement de lassitude avant de répondre, honnête.

— Si, si… est-ce que ça compte ? J'ai joué le jeu, je finis par rétorquer, las. À qui as-tu fait du mal, toi ?

Hope hésite une minute.

— Peut-être… à toi, non ? Je t'ai dit pour Lake… je t'ai griffé, mordu… À Blanche… mais je ne suis pas sûre de regretter d'avoir essayé de l'étrangler.

Essayé de l'étrangler… c'est mignon. Elle a des remords pour des choses si bénignes. Est-ce que je peux en dire autant après avoir provoqué un massacre dans une maison close et tuer de sang-froid deux hommes pour venger ma sœur ?
F

Nos yeux se nouent à nouveau sans que je m'y attende, balayant d'un seul coup ce que je ressasse chaque jour. Puis je décide de lui rappeler ce qu'elle a fait pour tout le monde au Pensionnat.

— Tu m'as libérée, Hope. Personne n'a jamais fait ça pour moi. C'est même toi qui as appelé la police quand je voulais juste y crever… et te laisser dans cet enfer en plein dérapage, sans aucune aide, lâchement. Je t'ai abîmée, puis je ne me suis pas assuré qu'on t'ouvrirait la porte de sortie. J'ai été con.

Dans la réalité, je n'avais pas assez réfléchi mon plan, même si j'avais eu très peu de temps. Et c'est bien moi qui l'en ai est sorti, dans les faits. Mais ça ne me semble pas être quelque chose qui compte, alors je ne le mentionne pas. Aucun de mes gestes ne peut rattraper les loupés, les énormes ratés que j'ai eus avec elle, tant que je ne pourrais les dénombrer. Soudain, elle se redresse.

— J'ai envie de marcher…

J'hésite mais je la suis, supposant qu'elle m'aurait dit plus clairement de la laisser tranquille. On remonte une allée du parc sans rien dire. Cet endroit si quotidien et banal a pourtant quelque chose de fascinant. C'est comme ça pour tout. J'ai passé une demi-heure dans un fast-food à laisser refroidir un hamburger en regardant les gens autour de moi.

Aucun n'avait subi l'horreur, tous faisaient leur petite vie, maître de leur destin sans réaliser la chance qu'ils avaient. Je sursaute presque quand elle reprend la parole alors que j'observe fixement un oiseau qui cherche des vers dans un parterre de fleurs.

— Je ne t'ai jamais demandé de me sauver, annonce-t-elle calmement.

Je la dévisage, pas sûr d'avoir suivi le cours de ses pensées.

— Non, c'est vrai. Peut-être que c'est moi qui avais besoin de ça… pour ne pas me détester plus ?

Elle a un signe de dénégation.

— Tu as fait ce que tu avais à faire. J'aurais sans doute agi pareil.

Comme si elle se décidait brusquement, elle accélère et vient se placer devant moi, me bloquant le passage. S'il y a de la panique dans ses yeux, elle y fait face.

— Tu as fait semblant ?

De quoi parle-t-elle exactement ? Puis je réalise que ça n'a pas d'importance. Je n'ai jamais fait semblant avec elle.

— Non.

— Tu m'as manipulée ? s'enquiert-elle à nouveau.

Ce coup-ci, j'ai envie de sourire et hausse les épaules.

— Forcément. On ne faisait que ça là-bas. Mais... pas... je ne peux pas dire que ça n'était pas volontaire ni que... merde ! Pourquoi c'est si difficile ? je m'énerve, bafouillant.

Parce que je suis un connard, un manipulateur et le plus maladroit pour les longs discours.

— Tu as pensé à moi ?

Elle veut dire... oui, depuis notre sortie. Je revois mentalement tout ce que j'ai fait pour me rapprocher d'elle sans qu'elle le sache ; mon dieu fait que jamais, jamais, elle ne puisse l'apprendre. Vraiment. Je la détaille, songeant à ses photos, ses voyages, moi qui aie failli la croiser dans une ruelle au Cambodge, pas assez méfiant...

— Oui. Chaque jour, Hope.

Elle semble vaciller sur place. Puis souffle, timide :

— Moi aussi.

Ça, je ne m'y attendais pas. Je doute d'avoir réussi à maitriser mon expression alors que j'ai l'impression de m'être pris un pain en pleine tronche. Elle ne peut pas avoir dit ça, elle... ma gorge est serrée à me faire mal.

— Tu as... regretté ?

La question que je redoute depuis le début. Je tente de gagner du temps et détourne le regard ; si je réponds, c'est foutu. Si je fais ça, elle va finir par reculer et partir en courant pour s'éloigner du grand malade que je suis. Pourtant je dois me faire violence pour ne pas la prendre dans mes bras, ça me demande tellement d'effort que je manque de peu de trembler.

— Quoi ?

Je suis un vrai lâche. Parce qu'elle ne va pas lâcher l'affaire comme ça, qu'elle va insister pour savoir si je regrette de lui avoir fait tout ça… et je ne vais pas pouvoir dire oui. Je préfère avoir été son pire cauchemar que rien du tout pour elle. Putain si ce n'est pas pourri jusqu'à la moelle et quel C O N N A R D je suis.

— Nous, lâche-t-elle finalement le souffle court et les yeux fixés… sur mes lèvres.

Je penche la tête et rentre les mains dans mes poches sinon je vais l'attirer à moi et l'embrasser. Je pourrais tuer pour ça.

— Quelle partie ?

J'ai besoin qu'elle précise. C'est forcément le cul… et je vais affronter la vérité et lui répondre clairement.

— Euh…

Pourquoi hésite-t-elle ?

— La partie en tête-à-tête, je suppose ? avance-t-elle, de plus en plus maladroite mais sans fuir mon regard pour autant.

J'essaie de ne pas régir de… merde. Comme hypnotisé, je me rapproche parce que je ne peux plus supporter ce petit mètre qui nous sépare. Elle peut me foutre une grosse claque, je ne broncherais pas. Mais elle ne bouge pas. Je l'ai peut-être flipper ? Son souffle s'accélère. Et ses yeux se dilatent. *Je réalise que ça n'est pas de la peur, ou pas que…*

Je frôle sa joue, juste ça et j'ai l'impression d'avoir touché un courant électrique. Être honnête… et la dégoûter. De toute façon, quel que soit le cas de figure je vais la perdre. Les mots se frayent d'eux-mêmes un chemin hors de ma bouche :

— Non. Je ne regrette pas. Mais ce que je n'arrive pas à assumer, c'est que c'est pareil pour le reste. Je te l'ai dit à l'époque… Et je le pense encore plus maintenant. Dans le monde normal quand on raconte ce que je t'ai fait, ce qu'il y a eu… c'est inacceptable.

À un point que je pourrais décrire. Comme l'effet que me fait ma main sur sa joue. Je devrais être rempli de culpabilité, me détester un peu plus… j'ai de la nostalgie. Hope est devenue la chose la plus importante de mon quotidien sans le savoir et elle restera hors d'atteinte. Une sorte de punition parfaite avec tout ce que j'ai fait, je suppose. Alors je reprends, la mâchoire serrée :

— Vraiment, hein, ne me pardonne pas. Jamais. Je te le demande comme un service.

Parce que sinon je pourrais craquer. Je pourrais vouloir te récupérer, te noyer dans l'obscurité qu'est ma vie, je termine, dans ma tête.

J'ai envie de chialer pour elle. D'avoir un timbré dans mon genre qui lui colle encore au cul après tout ce qu'elle a déjà dû encaisser. J'aurais dû la sauver, et retourner dans le Pensionnat. Lake était morte, je ne pouvais plus rien faire. J'y aurai croisé le premier type venu et je l'aurais laissé me massacrer. Ou mieux, une des filles que j'ai aidé à malmener.

Mais Hope n'a pas bougé elle semble à deux doigts de s'accrocher à ma main. Ce qu'on a partagé en enfer nous a peut-être liés à jamais ? Qu'y-a-t-il dans les vœux de mariage ? « Pour le pire… » nous sommes, à tout jamais, le pire de ce que peut être une relation.

— Il y a sûrement un truc de tordu en moi, et c'est irréparable, j'avoue doucement. On m'a proposé de me payer une thérapie, mais j'ai l'impression que ça serait injuste. Je dois vivre avec ce que j'ai fait, ça doit me ronger, me bouffer jusqu'à ce que je me foute en l'air. Mais je ferai ça le plus tard possible. Je dois souffrir pour expier d'abord, sinon ça serait trop facile.

Ses larmes coulent, belles, parce qu'elle semble le faire spontanément quand je n'y arrive plus depuis longtemps. Je l'envie presque.

— Et moi, je peux te poser une question ? je finis par m'enquérir.

Elle ravale ses larmes et me dévisage, méfiante.

— Quoi ?

— Tu regrettes ?

Pourquoi j'ai sorti ça ? Abruti. Au moins je lui tends la perche, elle pourra me dire : je regrette que tu sois encore en vie. Je regrette que ta mère t'ait mis au monde... tout ce qu'elle veut, ça ne changera rien mais peut-être que ça la défoulera un peu.

Et si elle ne disait pas ça justement ? Je crois que j'en ai besoin. Si elle me crache sa haine au visage je vais peut-être trouver...je ne sais pas, moi, le courage de me foutre en l'air ? ... Je ne sais pas.

— Quoi ?

Il fallait qu'elle me renvoie mes questions, bien sûr. Alors je joue le jeu, sentant que ma bouche a envie de sourire, ce qui est plutôt inhabituel. Elle cherche un mot qu'elle n'a pas osé... vais-je le faire, moi ?

— Nous.

Elle ferme un instant les paupières, comme si je venais de la caresser : elle avait exactement cette expression... Putain, qu'est-ce que ça me manque !

— La partie en...

Je ne sais pas ce qui me prend ; je disjoncte. Sûrement à cause de cet instant où elle décide de se mordiller les lèvres ou... mais peu importe, je l'attrape par la nuque pour la coller à moi. Je m'étais juré de ne pas le faire et voilà !

Nos lèvres sont si proches qu'on pourrait s'embrasser. Pour ne pas le faire, je m'accroche à elle et tire ses cheveux au passage. Le vent nous balaye et ses cheveux volètent, caressant ma main. Et même ça, j'en suis reconnaissant. Je me contenterai de n'importe quelle miette de contact. Elle me manque à en crever, je le sens jusqu'au fond de mes tripes.

Ses paupières se ferment. Je lui fous les jetons... puis je la vois frissonner. Il y a du vent, mais je la connais ; ses lèvres se sont entrouvertes, elle... se retient. Elle veut mes doigts sur elle ! Bordel, Hope ne peut pas me faire ça.

— Arrête, pitié... je la supplie la voix cassée.

Son regard se fait plus sombre et me fixe, sérieux. Elle ne doit pas avoir encore envie de moi. Si je pouvais, je ravalerais ma question, mais, trop tard, elle me répond :

— Non. Je ne regrette pas.

Ça me tue qu'elle dise ça. J'en avais besoin… mais putain je l'ai tordue elle aussi.

— Ni en privé… ni le reste.

Échec et mat. J'essaie de lâcher sa nuque avant de l'embrasser, car il ne le faut surtout pas. Mais je n'y parviens pas. On continue un long moment à se dévisager. Ses yeux sont magnifiques à la lueur du jour, les lumières du Pensionnat ne leur rendaient pas justice. C'est ce moment qu'elle choisit pour chuchoter :

— River, s'il te plaît. Si tu as été… vrai, je veux dire, avec moi. Embrasse-moi. Sinon arrête.

J'ai l'impression d'avoir reçu un coup. Bon dieu. Je ne peux pas… j'ai tellement envie... mais ça n'est vraiment pas bien de faire ça ! Et depuis quand je me soucie de bien me comporter ?

— OK…, finit-elle par dire, le visage douloureux.

Elle aussi a l'air d'avoir été frappée, quand elle s'arrache à mon étreinte. J'ai aussitôt froid. Impossible de garder le cap je la rattrape et la ramène à moi, brutal, comme d'habitude. On est plus là-bas, je n'ai plus le droit. Mais je le prends. Je me jette littéralement sur elle et l'embrasse à pleine bouche.

Elle m'a manqué à en crever ces dix-huit derniers mois. Je savoure le contact de sa langue, son haleine qui a un arrière-goût de caramel… C'est juste trop bon.

Je la serre à la briser, la collant à moi pour épouser chaque forme de son corps. Sans y penser, pour mieux la sentir, je la soulève et presse ses reins contre moi, même si mon érection ne va sûrement pas passer inaperçue.

Enfin, à bout de souffle, on se lâche pour se dévisager, les yeux vagues. Elle a pleuré. Ma brutalité ? Les regrets ?

Quel abruti ! Même dans le monde normal, je continue à m'accrocher à elle, quitte à la détruire. Une expression de surprise s'affiche sur ses traits et je me demande ce qu'elle a lu en moi pour réagir ainsi. Je me force à redevenir impassible.

Je dois faire ça pour elle. Si je ne suis pas capable de lui foutre la paix, de ne pas la traquer et veiller à ce qu'il ne lui arrive rien, je peux le faire à distance. Elle pourra rencontrer un type bien, un… normal, pour aller avec ce monde.

De force, je m'arrache à elle et recule. J'agis en automate tant c'est difficile de réaliser que bientôt je vais devoir me contenter des souvenirs que j'ai d'elle, de ce que pourront aussi savoir tous les inconnus qui la croisent dans la rue… mais il le faut putain. Absolument ! Je suis le passé, je suis le Pensionnat pour elle. Elle doit sortir de ça.

Je me racle la gorge, maladroitement, et essaie de repartir sur mon but initial, à savoir les excuses.

— Je…

Je me tais et ma mâchoire se serre si fort qu'elle grince ; Hope n'en a pas raté une miette. Impossible. Elle mérite mes excuses… mais je ne dois pas être capable de me repentir totalement, j'ai aimé, malgré tout, malgré toute décence, ce que j'ai obtenu d'elle.

Ses larmes m'aident à m'arracher à ce moment et à elle, je lui adresse un signe d'adieu et m'en vais.

Ma poitrine est broyée par la peine et la douleur. Je suis en colère contre moi, d'une rage qui n'a pas de limite.

Ai-je le droit de continuer à la suivre et la traquer ? Une seconde, je me dis que Will a peut-être encore besoin d'un homme de main, à force de tenter la chance, quelqu'un finira bien par me buter ? Si je crève, Hope le sentira-t-elle, la connexion sera rompue, et elle passera à autre chose.

Puis l'idée qu'elle pourrait elle-même mourir me glace le sang. Je ne pourrais pas le supporter… Will pourrait veiller sur elle à ma place ? Voir devenir son protecteur, son… mec. Cette idée me fait totalement vriller, tout mon corps se contracte et la nausée est si forte que je manque de vomir dans le caniveau.

Putain, Hope a un vrai problème : moi. Un malade de stalker avéré à ses trousses. Il faut que je règle ça...

18

Dix-huit mois plus tard.

Ça fait dix-huit mois, il est temps que je tente le tout pour le tout parce que cette longue apnée va bientôt avoir ma peau.

Je prends le train pour rejoindre sa ville. Mon anxiété ne fait que grimper petit à petit. J'ai encore du mal à croiser le regard des gens ; après le procès l'attention des médias s'est d'un coup braquée sur moi.

Will avait raison, vouloir voir Hope dans la salle d'audience n'était pas une bonne idée et je l'ai payé très cher. Ils ont fait des recherches sur moi et trouvé mon lien avec l'enquête, une ancienne fille du Pensionnat – presque une amie, si ce mot avait le moindre sens là-bas, j'aurais pu plus mal tomber – a répondu à leurs questions ils se sont tous mis à me traquer après ça.

La presse a monté le tout en épingle et ils se sont déchaînés, provoquant une fascination chez les lecteurs de ces tabloïds qui m'a bien pourri la vie. J'ai été poursuivi par les journalistes, tous me proposaient des sommes astronomiques pour un entretien exclusif, puis ce qui est arrivé à ma sœur a ensuite été révélé par un quotidien New Yorkais et les choses ont empiré.

Notre lien de jumeau et ce que nous avions pu faire – ou pas – au Pensionnat a horrifié et pasionné les gens tout à la fois. Des rumeurs ont couru... mais aucune des filles qui ont survécu à l'émeute n'était présente à l'époque, donc tout ce qui s'est dit, ou presque, était un tissu de conneries. Nous sommes devenus une sorte de légende urbaine glauque. Lake était la martyre moi le bourreau.

Un an. Un an entier ça a duré, une éternité dans ce monde-là où n'importe quel fait divers est balayé en un claquement de doigts. J'ai du déménager, me cacher… j'ai fini par m'exiler dans un coin paumé en Alaska quand j'ai failli renverser un journaliste qui insistait à m'en rendre foudre rage.

Après avoir été dans une cage, j'ai connu un nouveau genre d'enfermement bien particulier. À la vue de tous, mais avec aucune liberté d'action, exposé malgré moi, mis en avant et des photos de moi partout dans la presse. Les gens me regardaient ou voulaient me parler, d'autres me craignaient, ou du moins l'image qu'ils avaient de moi grâce au média qui était en dessous de la réalité et totalement fausse, ce qui avait quand même un côté assez fascinant. Pas une personne ne sais vraiment ce qui s'est passé et qui je suis.

Sauf elle.

Enfin, j'arrive devant chez elle, deux heures après, je suis pas loin de trembler. J'ai conscience que c'est une connerie mais je n'ai pas le choix. J'ai toujours la main sur la portière du taxi lorsque je l'aperçois justement monter dans un autre, garé en bas de son immeuble quand j'ai préféré faire s'arrêter le mien un peu avant pour avoir le temps de me préparer mentalement. Je la détaille rapidement et repère le sac qu'elle porte. Je jure, puis rentre dans le taxi.

— Suivez ce taxi, il y a mon… amie dedans.

Le type ne fait pas de commentaire et m'obéit. À croire qu'on lui a déjà fait le coup – ou que ce n'est pas du tout louche alors que j'ai carrément l'air d'un harceleur. Mais visiblement, ce mec s'en tape.

On se faufile donc dans le trafic plutôt fluide sans la moindre difficulté, à peine quelques mètres derrière la voiture de Hope. Finalement, nous arrivons à l'aéroport et je comprends ce qui est en train de se passer : elle s'en va encore en voyage… pile quand je voulais… Eh merde.

Le cœur serré, je paye le taxi et la précède dans l'aéroport, gardant mes distances. L'idée qu'elle va s'envoler pour l'étranger, sans moi, me fait bizarre. Avec toute cette affaire avec les médias j'ai été obligé de déménager et lui foutre la paix.

Son compte Instagram est devenu quasiment muet et je ne peux plus avoir de nouvelles d'elle autrement. Je suis en sevrage forcé depuis presque un an, même si je vérifie régulièrement, incapable de lâcher prise. Et quand je me décide, elle s'en va sans avoir laissé le moindre signe en ligne. Je suis un mec chanceux dans la vie.

Elle se dirige dans le terminal avec une aisance naît de l'habitude son sac à dos pesant sur ses épaules. Elle voyage plutôt léger, elle va donc revenir. Normalement. Mes yeux la dévorent de loin, s'imprégnant de chaque petite chose que je pourrais me repasser plus tard. Ses cheveux ont poussé. Elle a l'air d'avoir encore maigri, je ne l'ai jamais trouvé épaisse mais elle avait une sorte de douceur dans les lignes, un cul rebondi qu'elle ne doit plus avoir.

L'idée folle – et insensée ! – que si un jour je pouvais la retoucher, mes mains ne la reconnaîtraient pas me fait bizarre.

Je suis avec attention ses gestes et regarde les tableaux lumineux qu'elle détaille. Vu le chemin qu'elle prend, je comprends assez vite qu'elle part en Norvège.

Puis une inquiétude me vient : et si elle y déménageait définitivement ? Malgré son sac à dos minuscule ? Je n'ai pas mon passeport sur moi, même si je le pouvais et qu'il restait une place sur son vol, il me serait impossible de décoller avec elle aujourd'hui... Et si je la perdais pour de bon ? Et ne la retrouvais jamais ? L'angoisse est telle que j'envisage d'aller la trouver immédiatement, me foutant des gens et du lieu…

Mais je ne peux pas. Dans un état second, je l'espionne alors qu'elle attend l'heure de son embarquement en patientant avec un bouquin. Puis, un gamin blond non loin d'elle tombe au sol. Elle redresse aussitôt la tête et regarde autour d'elle. Sa mère est allée se chercher un café deux minutes avant, le laissant jouer avec leur valise et des petites voitures.

Le gosse pleure toujours et Hope se lève, maladroite et le rejoins. Fasciné, je l'observe se pencher devant lui et lui parler doucement, sans le toucher. Il finit par se calmer et l'écoute.

Mon attention dérive sur ses affaires qu'elle a abandonnées sur le banc. J'hésite à peine et me rapproche à pas rapides, le plus discrètement possible – des mois de traque assidus m'ont bien servi pour m'entraîner à devenir une ombre invisible. Je me pose à deux sièges de son sac. Un coup d'œil de vérification m'apprend que personne ne s'occupe de moi, plusieurs personnes n'ont même pas levé le nez de leur portable et une vieille femme dévisage Hope et le garçon en souriant. Ce dernier a confié à Hope une petite voiture et lui en montre une autre.

Il ne me faut qu'une minute pour ouvrir le livre qu'elle tenait dont dépasse son billet qu'elle utilise comme marque page. Un aller. Seul.

Mon cœur sombre ou éclate, comme un miroir qui se brise. Elle part pour de bon.

Quelque chose en moi a toujours pensé, bêtement, qu'elle ne s'éloignerait jamais. Qu'elle reviendrait… peut-être pour moi, qui sait ? Mais c'est stupide. Puis je repère vers la fin du bouquin une feuille glissée. Je jette un œil à nouveau à ce que fait Hope et le gosse, mais ils ont commencé à jouer ensemble, ils font tourner les voitures en rond sur un siège, dos à moi.

Alors je récupère le billet et vérifie. Un billet de retour ! Mentalement, je note la date. Mes paupières se ferment une seconde et je soupire. Putain. Je viens de frôler la crise de panique en plein aéroport à l'idée de la perdre…

Si une partie de moi ne se leurre plus depuis longtemps sur ce que je ressens pour elle, j'en ai une nouvelle preuve. Je remets ses affaires en place et m'éloigne pour aller me positionner dans un coin du hall d'attente, face à une vitre parfaitement nettoyée qui m'offre une bonne vue sur ce qui se passe derrière moi grâce au reflet qu'elle renvoie.

La maman réapparaît moins d'une minute après et Hope se redresse aussitôt pour parler avec elle, puis retourne à son siège après un signe de main au garçon. Elle hésite une seconde et je me demande si j'ai remis le livre exactement au même endroit ? Mais elle se rassoit finalement après avoir regardé autour d'elle. Ma tête a du rentrer dans mes épaules, pourtant je ne bronche pas et attends son départ.

Elle revient le 20. Le 20 je pourrais aller chez elle et tenter une dernière confrontation.

Il y a longtemps que je suis honnête avec moi-même la concernant : je suis un genre de poison, de boulet de son passé dont elle n'a pas besoin.

Mon obsession pour elle n'est pas justifiée. Je n'ai pas le droit de lui faire un coup pareil. C'est égoïste. C'est même mal. Si, dans un monde tordu, nous finissions par former une sorte de... couple, je ne vois que ce mot, je lui rappellerais toute sa vie les pires choses qu'elle a subies. Qui voudrait de ça ?

Je n'ai aussi pas grand chose à offrir, objectivement. Je ne suis qu'une coquille vide, avec des pensées, des émotions étranges et inappropriées et rien d'autre. Avant mon enfermement au Pensionnat, j'aimais le sport et la lecture. J'ai repris les deux mais je souffre de séquelles de ma captivité selon la psy que j'ai fini par consulter. Je lui ai parlé de tout ça en enlevant ce qu'aucun être humain normal ne pourrait accepter ou comprendre. Mon attention a du mal à se fixer, entre autres. Elle a proposé de me faire faire des analyses pour vérifier si j'ai des carences graves. Ça me semble presque étrange, en fait. Carence ? Je suis en manque de tout, oui. Surtout de Hope et tant que ça sera le cas, rien n'ira dans ma vie je crois.

Même le boulot que je me suis trouvé, veilleur de nuit dans une structure immense, qui me permet de marcher des heures ne parvient pas à apaiser mon angoisse quand je suis dans un lieu fermé. La psy a parlé de changer de voie, de chercher un job où je devrais rester à l'air libre et j'y pense de plus en plus ; selon elle continuer à évoluer de manière noctambule ne m'aide pas à laisser le passé derrière moi.

La seule chose que je pourrais affirmer à Hope sans le moindre doute, c'est que personne ne peut tenir plus à elle que moi. C'est vrillé en moi si profond que ça semble avoir été sellé dans ma chair.

Elle ne le mérite pas d'être mon vice et mon obsession, mais c'est bien le cas. Je pourrai lui promettre sans mentir. Elle est l'air que je respire les pensées qui m'habitent. J'ai beau mettre de la distance, je pourrais vivre en face de chez elle. Chose à laquelle je rêve très souvent. Tout ça, bien sûr, la psy ne le sait pas elle me proposerait sûrement un internement.

Je suis perdu. Tordu. Cassé. Je ne suis qu'une ombre qui manque de lumière et elle n'a pas à être cette lumière.

Alors que je reprends un taxi pour rejoindre une gare et repartir chez moi, je pense à la date du 20. Puis-je revenir vers elle et lui dire que malgré tout, je ne l'oublie pas ? Que je suis si égoïste que mes besoins passent avant les siens, ce qui est le contraire de l'amour, j'en ai conscience. Je ne l'aime pas, je la veux. À en crever. À tout prix. Même si c'est tellement mal.

Je ne sais plus ce que je dois faire. À moins de lui laisser le choix de sombrer avec moi ?

Épilogue

Elle revient aujourd'hui. J'ai pu suivre à nouveau son voyage, mais à distance. Elle a mis à jour son Instagram. Elle a acquis un nombre de followers assez impressionnant. J'ai une idée de l'heure, grâce à son billet posté en story, pourtant je n'y tiens plus et me retrouve chez elle deux bonnes heures avant qu'il soit raisonnable d'espérer son arrivée.

Cela fait plus de dix jours que j'attends ce moment oscillant entre la certitude de vouloir être ici ou celle que je devrais plutôt me tuer, la presse relayerait sûrement la nouvelle à un moment donné et elle le saurait, débarrassée d'un souvenir.

Mais non, je suis là. Toujours ce même égoïsme forcené, à patienter dans le froid en bougeant régulièrement pour éviter d'attirer trop l'attention : un mec de ma carrure ça devient vite une menace, je n'ai jamais stoppé la muscu qui me défoulait, bien que j'ai troqué les bouteilles contre de vrais haltères.

Au bout de deux heures debout, je finis par aller m'asseoir sur son porche et monte sur la dernière marche pour être moins exposé à la lumière des réverbères de la rue.

Enfin, je la vois arriver à pied. Mon cœur rate un battement. La contempler me fait le même effet que d'habitude. Ça se passe de mot, ça ne se décrit pas, tant ça me submerge. Le temps n'a rien arrangé.

Si elle me rejette, si elle a guéri et a arrêté de laisser le lien pervers entre nous l'affecter, je suis à peu près sûr que j'en serais encore là dans dix ans. Je peux continuer toute ma vie à la guetter de loin, à surveiller qu'elle vieillit doucement et fait des choses de sa vie. Ça pourrait me suffire… non, pas vraiment. Mais j'ai beau être le pire connard tordu de toute la planète, je me suis juré que je ne ferais rien contre elle. Ni la forcer, ni l'emmener dans une maison au fin fond d'une forêt où je deviendrais le nouveau Blanche de son quotidien. Non, je ne serai pas son ravisseur. Seulement une ombre dont elle ne prendra jamais conscience.

Je reste assis, incapable de me relever comme je comptais le faire tant je redoute ma réaction ; tout va se jouer là maintenant. Mon cœur cogne comme un fou contre mes côtes. Putain, je suis juste mort de peur ! Que va-t-elle dire ?

Quand elle me remarque, elle ralentit, puis s'arrête. Voilà, elle va repartir en courant. Je le savais c'est évident. Je n'aurais plus qu'à m'en aller et cesser une bonne fois pour toutes mes conneries... c'est le moment qu'elle choisit pour faire un pas vers moi.

Mon cœur qui avait sombré dans ma poitrine remonte brutalement dans ma gorge. Ses yeux sont braqués sur moi et je me demande si elle peut ne pas avoir compris qui j'étais ? Son sac tombe au sol dans un bruit mat et je finis par me relever, décidé à faire face.

Comme elle est toujours figée, je la rejoins et ramasse son sac pour éviter son regard. Putain, je dois avoir les mains moites et je crois que je suis incapable de lâcher un simple « Bonjour ».

Hope semble d'un coup réaliser où nous nous trouvons et elle fouille dans sa poche dont elle sort des clés. Elle n'essaie pas de récupérer ses affaires et passe devant. Vu son attitude, je me dis qu'elle m'invite à la suivre et je le fais.

On se retrouve à gravir les marches l'une après l'autre dans le même silence tendu. Je fais tout mon possible pour garder mes yeux sur ses chevilles et ne pas remonter pour mater son cul.

Devant sa porte, elle n'hésite pas et la déverrouille avant de rentrer puis l'ouvre grand, me jetant un nouveau regard un peu timide, qui me fait un coup au cœur. Moi qui aie l'impression de ne plus en avoir un la plupart du temps, je me demande pourquoi ça n'est qu'à cet endroit que se situe mes réactions quand elle est à proximité. Il est peut-être mort, mais il se réanime pour elle.

— Entre, insiste-t-elle quand je me sens à deux doigts de balancer son sac à l'intérieur avant de partir en courant.

Peut-être que ça se voit, car elle ressort après avoir ôté ses chaussures et attrape ma main. Le contact me donne une décharge et on se détaille, aussi surpris l'un que l'autre.

J'ai déjà ressenti ça au Pensionnat, mais le lieu m'empêchait d'y faire attention. Cette fois, je baisse les yeux, pas sûr de ne pas avoir rêvé un truc pareil. Pourquoi je ne crois plus à cette histoire d'électricité statique ? Hope m'agrippe plus fermement et tire de toutes ses forces alors je la suis.

Dans son entrée, je laisse le sac, puis enlève mes rangers sans savoir ce que je fais. J'essaie de me rappeler de mon discours tout prêt, même si je le trouvais nul, mais impossible.

Une main se pose sur mon torse, juste entre mes pectoraux, bien à plat. Je fixe cette main, abasourdi.

— Ton cœur bat vraiment vite.

C'est tout ce qu'elle dit et ça me tue. Alors elle attrape ma paume et la pause sur sa propre poitrine, entre ses deux seins. Il me faut quelques secondes pour passer le choc, puis je sens où elle voulait en venir : son cœur frappe comme un dingue lui aussi.

Nos yeux se nouent. Longtemps. Une sorte d'éternité immobile.

Ma tête est vide. Je la touche ! Je pensais que ça me donnerait envie de lui sauter dessus, mais elle doit m'intimider. Merde c'est bien la première fois ? Putain je suis foutu !

— River...

Je fixe ses lèvres sans pouvoir m'en empêcher. Je lui ai déjà avoué que j'adorais sa voix ?

— River ?

— Oui ?

Elle hésite.

— Tu as souris.

Je fronce les sourcils.

— Je...

— Quand j'ai mis ta main sur moi, précise-t-elle.

Ça ne me dit rien, je ne croyais plus faire ça.

— Désolé.

Hope a l'air perturbé par ma réponse, et c'est sûrement logique ça semble même complètement con en fait. Pourtant, elle ne se moque pas et se contente de secouer la tête, ses yeux dans les miens.

— Non. Je... tu as souri, répète-t-elle, et je remarque enfin l'émerveillement dans sa voix.

Alors que son regard se réchauffe subitement, je comprends : j'ai dû le refaire, je lui souris. C'est là que je remarque son tremblement.

Un de ses doigts vient se poser sur ma joue, frottant un creux qui s'est dessiné sous ma barbe de quelques jours. Toujours rêveuse, elle murmure tout bas :

— Tu as une fossette... putain t'es magnifique quand tu souris. Mais genre, vraiment, pas comme...

Pas comme au Pensionnat, je n'ai pas besoin qu'elle explique plus.

— Hope...

Je me tais comme un con. Parce que je n'ai pas les bons mots et que je suis mauvais pour elle. Que tout à coup ça me semble plus grave que de ne la perdre de vue. Alors pourquoi je suis incapable de lui foutre la paix ?

Je veux bien croire que je souris : je suis proche de la seule chose qui devrait m'être interdite. Mais elle, pourquoi ses lèvres s'étirent-elles ainsi ? Pas grâce à moi, je ne peux pas être lui faire cet effet.

Elle fait un pas vers moi et se dresse sur la pointe des pieds, des larmes au bord des yeux que je détaille, fasciné. Je l'ai déjà vu pleurer. Douleur, plaisir... orgasme... Là, c'est autre chose.

Le mot qui me vient est bonheur. Et quand elle reprend la parole, j'ai l'impression d'être victime d'hallucinations :

— On devrait se donner le temps. Je suis incapable de te parler, là maintenant parce que je ne pense qu'à… t'embrasser.

J'ignore si elle l'a fait exprès mais j'ai l'impression qu'elle m'a retourné un coup de massue. Ça pourrait être moi qui ai dit ça et c'est si vrai, si puissant et douloureux que je peine à respirer. Mais comment peut-elle être sur la même longueur d'onde ?

— On se passe de mots ? suggère-t-elle tout bas.

J'approuve. De toute façon, je suis muet comme un con.

— On… se contente du reste ? je propose finalement.

Puis je me m'en veux : que va-t-elle penser si je sors un truc pareil ? Abruti.

— N'importe quelle miette que tu me donneras pourrait me suffire, River. Je suis morte de faim…

Outch. Putain, Hope est plus incisive qu'une lame, elle frappe là où ça fait mal… Sans réfléchir, j'avoue la gorge serrée :

— Je pensais pareil. J'ai la dalle à en crever, tu devrais te méfier. Mais je… ne suis pas là pour du cul.

Merde, y avait-il pire façon de le dire ?! Quel sombre connard je fais. Pourtant, elle éclate de rire et se rapproche comme si elle se foutait de toutes mes erreurs.

— Merde, je suis déçue…

Sans pouvoir m'en empêcher, je joins mon rire au sien, rauque car il sert rarement. Mon cœur n'est plus lourd, même s'il frappe toujours autant. Alors qu'elle s'accroche à mon cou, je la soulève pour l'aider.

— Le cul, n'est pas… enfin si tu…

— Putain oui ! Du cul, te voir dormir, manger, me parler ou même ne rien faire. Je veux tout, River. Je te veux à en crever.

Je recule, mais j'oublie qu'elle est dans mes bras, donc on titube ensemble sous cet aveu.

— Hope…

— River ?

Pourquoi elle a l'air si sûre d'elle, si… sereine ? Ses yeux expriment une confiance et son sourire devient lumineux. Trop pour moi, je devais être son ombre, j'avais tout prévu sauf cet accueil.

— Tu ne devrais pas vouloir tout ça, je finis par souffler.

Je chuchote pour ne pas qu'elle ne m'entende, comme ça elle évitera d'aller se chercher un mec bien à ma place, mais ses lèvres s'étirent encore et elle rayonne.

— Ça, River, je m'en contrefous. Ce que j'ai besoin de savoir, dit-elle en insistant sur le mot « besoin », c'est si tu veux la même chose. Sinon je crois que tu pourrais me briser le cœur. Et désolée si tu ne voulais pas l'entendre, mais j'ai trop encaissé pour ne plus… être honnête.

Je réfléchis une seconde. Juste pour me faire à l'idée.

— On ne devait plus parler ?

Elle grimace un peu, les yeux étrangement chaleureux, presque taquins ce qui est nouveau… et un peu bizarre, mais ça me plait.

— On ne doit pas tout un tas de choses, mais on a l'air de ne suivre aucune règle.

Je repense à tout ce qu'on a traversé et ce qu'on pourrait appeler « notre histoire ». Je m'autorise ses mots. Et de l'embrasser sans prévenir.

On vacille sur place, aucun de nous n'étant préparé à ce contact. Je l'ai attendu des mois. Des mois depuis cet instant où je l'ai confié à la police devant le Pensionnat. Il y a eu ce moment au parc, mais je tentais de la libérer, de dire adieu… et là ce baiser c'est tout sauf ça.

Il relance mon cœur pour de bon, comme s'il retrouvait son vrai rôle. Il me réchauffe, et résonne du nom de la femme que je porte contre moi : Hope. Mon espoir à moi. Il fallait au moins ça pour sauver un mec comme moi.

Alors j'abandonne sa bouche et cesse de lutter :

— Je veux tout ça, Hope. Mais je veux tellement plus de toi que tu ne dois pas le savoir, crois-moi, je la préviens.

Je l'embrasse à nouveau, à lui faire perdre l'haleine, à sentir ses hanches se presser follement contre moi. Puis je m'éloigne juste assez pour murmurer :

— Je…

Nouveau baiser, plus profond. J'aspire sa langue, mordille ses lèvres…

— Veux…

Elle geint et se colle à moi. Je perçois la pointe de ses mamelons sous le tissu, qui m'appelle, mais les ignore. Je relâche encore ses lèvres pour aller titiller le lobe de son oreille. Elle s'agrippe à mes cheveux où elle enfouit ses doigts.

— Tout.

C'est une promesse. Je veux tout d'elle. Aspérité, cassure, lumière, rires, pensées… Le pire et le meilleur, le doux et le brut, le sombre et la clarté. Je veux son plaisir, je veux qu'elle soit entière, de ce qu'il y a de plus tordu et pervers en elle à ce qu'il y a de plus pur. Je ne laisserai rien.

Ses yeux me fixent et elle me dévisage avec une expression que je ne peux pas définir autrement que par bonheur. Une larme coule, silencieuse. C'est moi le responsable. Et pour la première fois, je me sens, sans le moindre doute, fier à cette pensée. Mon cœur se met à frapper à coups sourds sur un rythme unique, chaque battement pourrait se résumer ainsi :

Hope. Hope. Hope…

FIN

Printed in France by Amazon
Brétigny-sur-Orge, FR

20427549R00259